KARL MAY TASCHENBÜCHER
Ausgewählte Werke

KARL MAY

KRÜGER BEI

REISEERZÄHLUNG

(SATAN UND ISCHARIOT II)

UEBERREUTER

Herausgegeben von Dr. E. A. Schmid
Diese Ausgabe erscheint in enger Zusammenarbeit
mit dem Karl-May-Verlag, Bamberg

Bestellnummer
T 21

ISBN 3-8000-4021-2
Papier und Gesamtherstellung: Salzer - Ueberreuter, Wien
Printed in Austria

1. Die Felsenburg

Unsre Pferde hatten nicht leicht zu tragen, da die Vorsicht gebot, uns für drei bis vier Tage mit allem zu versorgen, was nötig werden konnte. Wir hatten nicht nur Lebensmittel für uns und Futter für sie, sondern auch noch verschiedne Gegenstände mitgenommen, von denen anzunehmen war, daß sie uns von Nutzen sein würden. Dazu gehörte ein Paket Lichte und ein Bündel lange Wachsfackeln. Von beiden hatten wir in den Wagen eine bedeutende Menge vorgefunden. Auch drei große Fässer mit Brennöl waren verladen worden. Das alles hatte Melton bei dem Kaufmann in Ures bestellt, bevor er mit dem Haziendero den Kauf abschloß. So war auch mit den Yumas vorher verhandelt und ihnen alles, was sofort gebraucht wurde, zur Beförderung übergeben worden. Der Herkules hatte mir ja erzählt, daß die dreihundert Yumas über vierhundert Pferde verfügten. Nahm ich an, daß von diesen sechzig für die Deutschen nötig gewesen waren, so hatte man noch über vierzig schwer beladene Packpferde gehabt, die die erforderlichen Gegenstände in die Berge schleppen mußten.

Natürlich hatte ich mich vor unserm Fortreiten mit Winnetou über die wesentlichsten Gesichtspunkte meiner Pläne ausgesprochen. Vor allen Dingen hatte er wissen müssen, daß ich die Höhle des Players und den Gang, den der Herkules entdeckt hatte, untersuchen wollte. Das gab den Anfang des Fadens, dem er folgen konnte, falls er nach uns zu forschen gezwungen war.

Da wir gestern von unsrer Richtung abgewichen waren, mußte ich mit dem kleinen Mimbrenjo heut zunächst auf dem letzten Teil des gestrigen Wegs zurück. Ich bemerkte dabei zu meiner Genugtuung, daß die Wagen- und Pferdespuren schon nicht mehr zu erkennen waren. Und wo doch eine Stelle die Eindrücke noch zeigte, war vorauszusehen, daß sie im Lauf des Tags verschwinden würden. Diese Beobachtung befriedigte mich für den Fall, daß Melton uns Kundschafter entgegenschicken sollte; ich konnte überzeugt sein, daß die Leute unsern Lagerplatz nicht finden würden.

Nachdem wir vielleicht vier Stunden südwärts geritten waren, lenkten wir nach Osten ein und erreichten bald darauf die mehrmals erwähnte Grenze des Pflanzenwuchses. Die Einöde begann. Da, wo das letzte Gras zu sehn war, hielten wir an, um den Pferden eine Stunde Erholung zu gönnen und sie das spärliche Futter abweiden zu lassen. Dann ging es weiter.

Es war ein Ritt wie durch eine Wüste. Der Boden bildete langgestreckte Wellen, zwischen denen seichte Vertiefungen lagen; alles war Fels, war Stein, Geröll oder Sand. Kein Strauch, kein Grashalm war zu sehn. Dieses nackte Gestein saugte die Strahlen der glühenden Sonne auf, bis es davon gesättigt war; die nachfolgende Hitze konnte alsdann nicht mehr eindringen und lagerte nun wie ein vier oder fünf Fuß hoher zitternder Glutsee auf der Erde. Das Atmen wurde schwer, und der Schweiß drang mir aus allen Poren; aber es mußte ausgehalten werden; wir trabten ohne Unterbrechung weiter und immer weiter, denn wir wollten Almaden noch vor Abend erreichen. Sonst wäre uns ein ganzer Tag verlorengegangen.

Die Zeit verging in tiefem Schweigen, bis ich mir sagte, daß unser Ziel nun nördlich von uns liegen müsse. Wir bogen also nach dieser Richtung um, hielten nun scharfe Ausschau nach vorn und betrachteten den Boden, ob er vielleicht eine Fußspur zeige.

Als die Sonne fast den Himmelsrand erreichte, stieg vor uns in der Ferne ein Felsen auf.

„Das muß Almaden sein“, sagte ich. „Nun gilt es doppelte Vorsicht.“

„Will unser großer Bruder Old Shatterhand nicht absteigen?“ fragte der Knabe in bescheidnem Ton.

Das zeigte, wie reif und bedachtsam der Knabe urteilte. Ein Reiter ist viel weiter zu sehn als ein Fußgänger. Wir setzten also unsern Weg zu Fuß fort.

Die erwähnten Bodenwellen hatten aufgehört. Wir schritten über ebenes Land, das wie ein Ring um Almaden lag. Das Gesichtsfeld war deshalb sehr groß.

Nach einiger Zeit begann der Boden plötzlich sich abwärts zu senken. Wir standen am Rand der Vertiefung, in deren Mitte Almaden sich erhob, oder vielmehr am Ufer des einstigen Sees, dessen Mitte die Felseninsel eingenommen hatte, die jetzt Almaden genannt wurde.

Ich hatte mich doch ein wenig verrechnet, wohl durch die Einförmigkeit der Gegend, die eine genaue Schätzung sehr schwer, ja fast unmöglich machte. Wir erreichten Almaden nicht von Süden, sondern von Südwesten her, was mir jetzt lieb sein konnte, da ich nun gleich die Stelle erblickte, die ich sonst hätte suchen müssen, nämlich den Felsblock, von dem der Player und der Herkules erzählt hatten.

Das riesige Felsenbollwerk, das sich da drüben in der Mitte des einstigen Seebeckens erhob, war oben platt und bildete einen beinah regelmäßigen Würfel, dessen Seiten fast genau nach den vier Winden lagen. Da wir vor der südlichen Ecke hielten, konnten wir die südliche und westliche Seite überblicken. Die südliche stieg im allgemeinen auch senkrecht in die Höhe, hatte aber tiefe Risse und in der Mitte eine Schlucht, die, wie man sofort erkannte, nach oben führte. Das stimmte zu dem, was mir der Player gesagt hatte, nämlich, daß die Höhe von der südlichen und von der nördlichen Seite aus erstiegen werden könne.

Die westliche hingegen bildete eine lotrechte Fläche, deren Regelmäßigkeit nur an ihrem untern Teil unterbrochen wurde; dort lag der Block, der sich aus der Wand gelöst hatte und herabgestürzt war. Wir bemerkten deutlich das Geröll, wovon die Lücke, die zwischen ihm und der Wand lag, ausgefüllt wurde.

Um dorthin zu gelangen, hatten wir ungefähr eine Viertelstunde zu gehen, durften das aber nicht wagen. Oben befanden sich jedenfalls Leute, und wenn einer von ihnen an der südlichen Kante stand, mußte er uns trotz der beginnenden Dämmerung erspähen.

Zunächst war es notwendig, zu erforschen, wo sich die Indianer aufhielten. Das tat ich, während der Mimbrenjo bei den Pferden blieb. Ich folgte dem Rand des einstigen Sees, indem ich mich nach Nordwesten wendete. Da es keinerlei Deckung für mich gab, mußte ich die Augen offen halten.

Schon war ich eine gute Strecke vorgedrungen, da bemerkte ich vor mir kleine, dunstartige Wölkchen, die langsam aufstiegen, sich ausbreiteten und verschwanden. Das war Rauch, und zwar der Rauch eines Indianerfeuers, das mit nur ganz wenig Holz unterhalten wurde und darum keinen dichten Qualm verursachte. Noch durfte ich eine kleine Weile aufrecht gehn; dann aber bückte ich mich und lief wie ein Vierfüßler weiter.

Bald sah ich sechs Zelte, bei denen sich Menschen bewegten. Ich mußte mich ganz niederlegen und auf dem Bauch kriechen, bis mich nur noch eine so kurze Strecke von den Zelten trennte, daß ich die Figuren erkennen konnte, mit denen sie gezeichnet waren.

Jeder Indianer pflegt sein Zelt, wenigstens sein aus Leinen gefertigtes Sommerzelt, mit seinem Namenszeichen oder mit einem Bild zu schmücken, das sich auf irgendeinen hervorragenden Vorgang aus seinem Leben bezieht. Um eins dieser Zelte wand sich eine große, mit roter Farbe gemalte Schlange; auf einem andern war ein Pferd, auf dem dritten ein Wolf abgebildet. Zwischen ihnen gingen Indianer hin und her oder lagen rauchend auf der Erde. Vor dem

Schlangenzelt standen zwei Lanzen; es schien die Wohnung des Anführers zu sein.

Ich wußte nun, wo sich die Yumas befanden und welche Gegend ich infolgedessen zu meiden hatte, und wollte eben umkehren, als drei Personen aus dem genannten Zelt traten, zwei Männer und eine weibliche Person. Diese erkannte ich sogleich; es war Judith, die schöne Jüdin. Der eine der Männer war Melton und der andre ein Indianer, jedenfalls der Besitzer des Zelts. Sie sprachen noch einige Augenblicke miteinander, dann verschwand der Indianer in seinem Wigwam, und der Mormone ging mit der Jüdin dem Bergwerk zu.

Es war mir nicht unlieb, Melton sogleich bei meiner Ankunft zu erblicken; aber dieser Umstand brachte mich in nicht geringe Gefahr, denn die beiden kamen in einer so kurzen Entfernung von mir vorüber, daß mir hätte bang werden mögen. Ich lag auf lockerm Sand und warf so rasch wie möglich einen kleinen Haufen vor mir auf, der zwar nicht so hoch war, daß er hätte auffallen müssen, mir aber doch so viel Schutz gewährte, daß mich nur ein mißtrauisches Auge entdecken konnte.

Melton wanderte mit Judith vorüber, ohne nur einmal dahin zu blicken, wo ich lag. Sie sprachen miteinander und lachten, waren also bei besserer Laune als vermutlich der Vater des Mädchens, der tief im Innern des Felsens steckte. Sie begaben sich nach dessen Nordseite, um deren westliche Ecke ich sie verschwinden sah.

Nun durfte ich zurück; ich tat das so, wie ich gekommen war, erst auf dem Bauche kriechend, dann auf Händen und Füßen gehend und endlich, als man mich nicht mehr sehn konnte, aufrecht. Die Sonne war verschwunden, und die in jenen Gegenden nur kurze Dämmerung wuchs rasch. Als ich bei den Pferden eintraf, stiegen wir auf und hatten nur noch wenige Augenblicke zu warten. Es mußte genau der Zeitpunkt benutzt werden, in dem es so dunkel war, daß man uns nicht mehr sehn konnte, aber auch noch hell genug, den Eingang zur Höhle ohne große Mühe zu entdecken.

Als es so weit war, galoppierten wir die Senkung hinunter und dann unten auf dem Boden des frühern Sees nach dem Block hinüber. Dort stiegen wir ab und erkletterten das Geröll, um es im Hintergrund des Winkels von der Felswand zu entfernen.

Das ging rasch und bald zeigte sich zu unsern Füßen ein Loch. Als es so erweitert war, daß ich hineinsteigen konnte, holte ich mir eine der Wachsfackeln und kletterte ins Innere der Höhle hinab. Das ging leicht, weil das Geröll nach innen nur langsam abfiel.

Bald war der Boden erreicht; ich fand den hohlen Raum, der

Beschreibung des Players entsprechend. Er hatte weit über doppelte Mannshöhe und konnte leicht gegen hundert Menschen fassen. Die kleine Nebenhöhle enthielt sehr kaltes Wasser. Den Hintergrund wollte ich später untersuchen, wenn wir die Pferde versorgt hatten. Wir mußten sie in der Höhle unterbringen, da wir sie draußen nicht stehn lassen durften.

Wir sahn uns also genötigt, das Loch bis über Pferdehöhe zu erweitern, was keine angenehme Arbeit war, da wir nur die Hände dazu hatten und das lockere Geröll immer wieder nachrutschte. Als wir endlich soweit waren, holten wir die Pferde. Das war nun noch schwieriger. Andre Tiere hätten wir gewiß nicht in die Höhle gebracht, wenigstens nicht ohne Lärm, der uns verraten konnte; die beiden edlen Geschöpfe aber stiegen gehorsam auf den Geröllhaufen und wurden erst dann bedenklich, als es jenseits hinab in die Tiefe gehn sollte. Das war ihnen doch nicht ganz geheuer. Mein „Blitz“ wollte gehorchen; er setzte einen Vorderfuß einigemal vor, zog ihn aber schnell wieder zurück, weil das Gestein darunter wich. Endlich kam er doch vertrauensvoll herab, allerdings mehr geglitten als gestiegen.

Dann begann dasselbe mit dem „Iltschi“ Winnetous, der noch schneller herabkam als der Blitz, indem er auf dem Schwanz Schlitten fuhr. Die guten Tiere durften zur Belohnung Wasser trinken und bekamen ihren Anteil Mais vorgelegt. Dann waren sie versorgt. Ich konnte nun den Hintergrund der Höhle besichtigen. Er bildete einen Abgrund. Als ich einen Stein hinabwarf, dauerte es lang, bis ein kaum hörbares Geräusch mir sagte, daß er unten aufgetroffen war. Wer da hinabfiel, war verloren.

Der Player hatte nicht gewußt, wie breit die tiefe Felsspalte war, da er nicht das nötige Licht zur Hand gehabt hatte. Meine Fackel leuchtete weit genug, um mir, als ich hart an der diesseitigen Kante stand, die jenseitige zu zeigen. Ihn hatte die Finsternis getäuscht. Ich aber stellte fest, daß der Spalt nicht breiter als fünf bis sechs Meter war. Während ich da hinüberschaute, war der junge Mimbrenjo niedergekauert und machte sich am Boden zu schaffen. Er untersuchte eine Stelle erst mit dem Finger und begann dann mit dem Messer zu graben.

„Will Old Shatterhand beachten, daß sich hier ein Loch befindet?“ sagte er dabei, indem er die Erde, die es verstopfte, mit der Klinge herauswarf.

„Es wird durch Wasser, das früher von der Decke tropfte, gebildet worden sein“, antwortete ich.

„Dann wäre dieses Loch rund; es hat aber Ecken.“

„Hm. Laß mal sehen!“

Ich bückte mich nieder und half beim Graben. Wirklich! Es war ein mehr als fußtief in den Boden gemeißeltes viereckiges Loch von einer Männerspanne im Durchmesser.

„Suchen wir, ob es das einzige ist“, meinte ich, und bald hatten wir noch drei andre entdeckt. Als wir die Erde, mit der sie gefüllt waren, entfernt hatten, blickte mich der Mimbrenjo fragend an. Darum forderte ich ihn auf:

„Wenn mein junger Bruder etwas über die Löcher sagen will, mag er sprechen.“

„Ich kann nichts sagen“, erwiderte er. „Man macht ein Loch, um etwas hineinzustecken. Was kann in diesen Löchern gesteckt haben? Old Shatterhand wird es wissen.“

„Es ist nicht schwer zu erraten, aber die Sprache meines Bruders hat kein passendes Wort dafür. Oder wüßtest du, was ein Bolzen oder eine Klammer ist?“

„Nein.“

„Ein Eisen oder ein Holz, das in den Boden oder in die Wand geschlagen wird, um irgendeinem Gegenstand Festigkeit und Halt zu geben. Die Last, um die es sich hier handelt, ist eine Brücke über den Spalt. Wären wir drüben, so würden wir dort vier ähnliche Löcher finden.“

„Wo aber ist die Brücke?“

„Weg. Wahrscheinlich haben sie die Leute, die sie zuletzt benutzten, in den Abgrund geworfen. Es hat verborgen bleiben sollen, daß man den Spalt mit einem Steg überschreiten kann. Man hat die Löcher mit Absicht verstopft, damit Späterkommende sie nicht entdecken sollen. Die Augen meines jungen Bruders aber sind scharf gewesen.“

„Nicht die Augen haben mich zu dieser Entdeckung geführt. Ich fühlte die Erde, weil sie weicher als der Felsen war, mit der Spitze meines Fußes. Wäre die Brücke noch vorhanden, so könnten wir hinüber und dann weiterforschen.“

„Wir brauchen die Brücke nicht, denn wir werden in den Gang, der da drüben beginnt, auf andre Weise gelangen. Er hat, wie ich vermute, ein Loch, in das wir steigen werden.“

„Wann? — Heute abend?“

„Nein, sondern morgen. Das Loch ist geschlossen worden; ich würde es in der Dunkelheit nicht finden, und Licht dürfen wir draußen nicht anzünden; aber wenn es Tag geworden ist, werden wir in den Gang eindringen, um ihn zu untersuchen. Jetzt wollen wir essen, und dann will ich fortgehn, um die Gegend kennenzulernen.“

„Wird Old Shatterhand mir erlauben, ihn zu begleiten?"

„Nein. Ich würde dich gern mitnehmen, aber du mußt bei den Pferden bleiben. Sie kennen die Höhle nicht und fürchten sich. Ließen wir sie allein im Finstern, so könnten wir sie später im Abgrund suchen."

Der Knabe blieb also zurück, und ich zog, als wir unser einfaches Abendessen verzehrt hatten, auf Entdeckungsreisen aus. Ich mußte warten, bis der Schein der Sterne heller wurde. Dann ging ich an der Felswand hin, bis ich die nördliche Ecke erreichte. Dort setzte ich mich nieder und überlegte.

Meine Absicht war, den auf die Höhe führenden Weg auszukundschaften, was mir bei der jetzigen Dunkelheit gefährlich werden konnte. Es war möglich, daß sich jemand auf dem Weg befand und mich kommen hörte.

Da, wo ich saß, lagen mehrere Steine von verschiedner Größe. Auch das war ein Grund für mich, nicht weiterzugehn, denn wenn es auf meinem Weg mehr solcher Felsstücke gab, so mußte das beabsichtigte Schleichen zu einem immerwährenden Stolpern und Stürzen werden.

So wartete ich wohl eine Stunde. Es herrschte tiefe Stille ringsumher. Die vorher bleichen Sterne bekamen Glanz; ich konnte weiter blicken und war eben im Begriff, von meinem Sitz aufzustehn, als ich Schritte hörte, die sich näherten. Ich duckte mich hinter einem der erwähnten Felsstücke nieder. Die Schritte kamen grad auf mich zu; ich sah die Gestalt eines Indianers, der nicht weit von mir stehnblieb und sich umsah. Als er niemand erspähte, ließ er einen halblauten Ausruf der Enttäuschung hören und setzte sich auf einen Stein, der nicht weiter als drei Schritte vor mir lag.

Das war im höchsten Grad unangenehm. Die Steine lagen so, daß ich nicht zurückkonnte, ohne gehört zu werden. Es blieb mir also nichts andres übrig, als geduldig zu warten, bis er wieder ging.

„Uff!" hörte ich den Indianer nach langer Pause halblaut rufen. Er stand auf und trat einige Schritte vor. Es kam jemand — die Jüdin! Ich wurde Ohrenzeuge einer höchst eigentümlichen Unterhaltung. In ihrem Verlauf nannte er sich Listige Schlange. Er war also der Inhaber des Zelts, das ich gesehn hatte, und der Anführer der hier liegenden dreihundert Yumas, ein Unterhäuptling des Großen Mundes. Wie ich hörte, verfügte er über einen leidlichen Schatz an englischen und spanischen Wörtern; die Jüdin wußte nicht den zwanzigsten Teil davon und verstand kein Wort indianisch. Aus diesem Grund konnten sie einander das nicht mitteilen, was sie sagen wollten; aber sie verstanden sich doch, wenn es auch hier und da ein Mißverständnis gab, über das man hätte auflachen mögen. Wo Worte nicht ausreichten, wurden Zeichen zu Hilfe genommen.

Er nahm sie, als sie kam, bei der Hand, führte sie zu dem Stein, auf dem er gesessen hatte, und sagte:

„Schon glaubte die Listige Schlange, die weiße Blume würde nicht erscheinen. Warum ließ sie ihn warten?“

Er mußte seine Frage mehrmals wiederholen und ihr ein andres Gewand geben, ehe sie begriffen hatte, was er meinte.

„Melton hielt mich zurück“, entgegnete sie.

Nun verstand er sie nicht; sie wiederholte ihre Worte und erklärte sie durch Zeichen.

„Was tut er jetzt?“

„Er schläft“, antwortete sie weniger durch Worte als durch Gebärden.

„Meint er, daß die weiße Blume auch schläft?“

„Ja.“

„So ist er ein Tor, der betrogen wird, weil er selbst betrügen will. Die weiße Blume darf nicht glauben, was er sagt; er belügt sie und wird nicht halten, was er ihr versprochen hat.“

Jedem Satz folgte, da keins von beiden sogleich verstand, ein mühevolles Gebärdenspiel.

„Weißt du denn, was er mir versprochen hat?“ fragte sie.

„Ich denke es mir. Hat er nicht gesagt, daß er dir große Reichtümer geben will?“

„Ja. Er meint, daß er durch das Bergwerk bald eine Million verdienen werde. Dann soll ich seine Frau werden, Diamanten, Perlen, ein Schloß in der Sonora und einen Palast in San Franzisko erhalten.“

„Du wirst keine Edelsteine und keinen Palast haben, denn er wird zwar viel Geld verdienen, es aber doch nicht besitzen.“

„Wieso nicht?“

„Das ist Geheimnis der Yumas. Aber selbst wenn es so käme, wie er denkt, würde er dir nichts davon geben. Du bist die einzige Blume in dieser Einsamkeit; nur darum trachtet er nach dir. Wenn es später andre gibt, wird er dich wegwerfen.“

„Das sollte er wagen! Ich würde mich rächen und alles verraten, was er hier begangen hat.“

„Das wirst du nicht können. Man vermag eine Blume, wenn sie welk geworden ist und gefährlich werden will, hier leicht zu zertreten. Glaub mir, daß sich bei ihm keine deiner Hoffnungen erfüllen wird!“

„Das sagst du, weil auch du mich haben willst. Beweise es mir!“

„Listige Schlange kann beweisen, was sie behauptet. Sag mir, warum du zugegeben hast, daß dein Vater mit in das Bergwerk gegangen ist!“

„Weil er Aufseher sein und sich viel Geld verdienen soll.“

„Er ist angebunden wie jeder andre, muß arbeiten wie die andern und erhält auch keine bessern Speisen als sie. Ich weiß, es ist ihm versprochen worden, daß er von Zeit zu Zeit herausgehn darf, um sich in der guten Luft zu erholen; aber das Versprechen wird man nicht halten.“

„Ich würde Melton dazu zwingen.“

„Glaub das nicht! Über einen solchen Mann können die tausend schönsten Squaws der Erde keine Macht erlangen. Fordre, deinen Vater zu sehn! Er wird ihn nicht herauslassen.“

„So gehe ich weg und zeige ihn an.“

„Versuch das!“ meinte der Rote in verächtlichem Ton. „Er wird auch dich einsperren. Dann wird in kurzer Zeit deine Schönheit zerstört und dein Körper vom Gift des Quecksilbers zerfressen sein. Er ist ein Betrüger; mein Herz aber ist aufrichtig zu dir. Was er dir nur zum Schein bietet, das biete ich dir in Wirklichkeit. Wenn ich will, so werde ich viel reicher sein als Melton.“

„Ein Indianer und reich!“ lachte sie.

„Zweifelst du daran? Wir sind die eigentlichen Besitzer des Landes, das uns die Weißen genommen haben. Bei dem Leben, das wir führen, bedürfen wir nicht des Goldes und Silbers. Wir wissen, wo es in den Bergen in großer Menge zu finden ist, verraten es aber den Bleichgesichtern nicht. Wollte jedoch die weiße Blume meine Squaw werden, so würde ich ihr Gold und Silber und alles verschaffen, was Melton ihr versprochen hat und doch nicht geben wird.“

„Ist das wahr? Geld, Geschmeide, einen Palast, schöne Kleider und viele Diener?“

„Alles das würdest du haben! Ich liebe dich, wie ich kein rotes Mädchen zu lieben vermöchte. Ich könnte dich auch gegen deinen Willen zu meiner Squaw machen, denn wir roten Männer rauben die Mädchen, die wir haben wollen und auf andre Weise nicht bekommen können. Aber du sollst freiwillig meine Squaw werden. Darum will ich warten, bis du mir dein Herz schenkst. Kannst du das nicht sogleich?“

Er stand auf, schlug seine Arme über der Brust zusammen nnd blickte forschend zu ihr nieder. Sie antwortete nicht. Ihr Leichtsinn war auf eine Liebelei mit dem hübschen jungen Häuptling nicht ungern eingegangen; an solche Folgen hatte sie nicht gedacht. Nun verlangte er von ihr, daß sie seine Frau werden sollte. War es wahr, daß Melton sie betrügen wollte? War es wahr, daß der Indianer reich sein konnte, wenn er wollte? Er stand wartend vor ihr und hielt den Blick scharf auf sie geheftet. Als sie aber auch nach längerer Zeit noch mit der Antwort zögerte, brach er das Schweigen.

„Ich weiß, was die weiße Blume denkt. Sie liebt den Reichtum, das Vergnügen, das Leben in den Städten der Bleichgesichter. Der rote Mann besitzt nichts als sein Zelt, sein Pferd und seine Waffen. Er lebt im Wald und auf der Savanne. Wie könnte da die weiße Blume jemals den Gedanken hegen, die Squaw eines Indianers zu werden! Nicht wahr, es ist so!"

„Ja", gestand sie.

„Es wird aber anders werden, sobald du nur willst. Sag ja, und ich gehe augenblicklich, deine Wünsche zu erfüllen. Meine Hand soll die deinige nicht eher berühren, als bis ich dir so viel Gold gebracht habe, wie du verlangst."

Das wirkte; sie war sogleich entflammt.

„Könntest du das wirklich?"

„Ich kann es."

„Und spielt Melton wirklich ein falsches Spiel mit mir?"

„Prüfe ihn, indem du verlangst, deinen Vater zu sehn; aber sag ihm nichts davon, daß du mit mir gesprochen hast!"

„Gut, ich werde ihn auf die Probe stellen, und hält er mir nicht Wort, so werde ich ihn verlassen und zu dir kommen."

„Das wird er nicht zugeben, sondern dich zwingen, bei ihm zu bleiben."

„Was hätte ich in diesem Fall zu tun?"

„Nichts weiter als zu warten, denn ich hole dich von ihm. Er befindet sich in unsern Händen. Komm, bis du dich entschlossen hast, an jedem Abend um dieselbe Zeit hierher! Wenn du nicht erscheinst, nehme ich an, daß dir etwas geschehn ist, und werde zu ihm gehn, um dich von ihm zu fordern. Howgh!"

Er wandte sich zum Gehn, ohne ihr die Hand gereicht zu haben. Sie ließ ihn drei oder vier Schritte fort, dann sprang sie ihm nach und schlang die Arme um seinen Hals; ich hörte das Geräusch eines Kusses; nun huschte sie schnell zurück und setzte sich wieder auf den Stein. War das Berechnung, plötzliche Gefühlswallung oder ein Ausdruck des Danks für das versprochne Gold? Vielleicht ein wenig von alldem. Er blieb überrascht stehn, kehrte dann langsam zu ihr zurück und sagte:

„Die weiße Blume hat mir freiwillig gegeben, was ich mir jetzt noch nicht erbeten hätte. Sie mag bedenken, daß sie sich von jetzt an von keinem andern liebkosen lassen darf. Sobald es Tag geworden ist, stelle sie Melton auf die Probe, um sich zu überzeugen, daß er ihr nicht Wort halten wird. Morgen abend bin ich dann wieder hier, und wehe Melton, wenn er ihr ein Leid getan hat! Zum Dank aber für ihren Kuß will ich ihr etwas mitteilen, was sie sonst wohl nicht erfahren würde. Von den Bleichgesichtern, die wir hierher führten, ist eins entflohn; es war ein hoher, starker Mann, den die weiße Blume kennen wird."

„Ich kenne ihn."

„Du kennst ihn", nickte er mit Nachdruck, „und zwar besser, als du die andern kanntest."

„Woher weißt du das?"

„Das Auge, womit er dich bewachte, hat es mir gesagt. Du hattest ihn lieb?"

„Nein. Er ist mir nachgelaufen."

„Dann wird es dich nicht betrüben, wenn ich dir sage, daß er tot ist."

„Tot? Woran starb er?"

„Die beiden Wellers haben ihn verfolgt und erschlagen. Die Geier werden seinen Leib nun schon gefressen haben."

Sie saß eine Weile stumm; dann rief sie aus:

„Es ist ganz recht so gekommen. Er war mir widerwärtig, und nun bin ich ihn los!"

„Ja, er wird nicht zurückkehren; ich aber bin morgen wieder hier. Howgh!"

Er entfernte sich. Sie blieb sitzen, nachdenklich und ohne sich zu bewegen. Dann schnippste sie mit den Fingerspitzen, wie man es macht, wenn man einen unangenehmen Gedanken leichthin verjagt, und begann leise vor sich hin zu trällern. Es war der Singsang eines alten Gassenhauers. Als sie aufstand und fortging, hätte ich ihr nur zu folgen brauchen, um den Aufstieg nach der Höhle schnell kennenzulernen; ich unterließ es aber vorsichtshalber, denn ich kannte das Indianerleben zu genau, um nicht zu wissen, daß Listige Schlange sich nicht ganz entfernt hatte. Er folgte ihr jedenfalls von weitem, um sie heimlich zu begleiten, bis sie oben angekommen war. Er konnte sogar Veranlassung finden, oben zu bleiben, weshalb mir die Vorsicht gebot, heut lieber ganz auf die Nachforschung zu verzichten. Ich kehrte also nach der Höhle zurück, zufrieden mit dem Ergebnis meines nächtlichen Schleichgangs.

Wenn ich alles, was ich erfahren hatte, zusammennahm und überlegte, welche Vorteile ich daraus ziehn konnte, so brachte ich jetzt einen viel größern Erfolg mit, als ich beim Ausgang erhofft hatte. Was ich gehört hatte, mußte mir ungeahnten Vorteil bringen. Wir konnten dadurch zum Ziel gelangen, ohne auf noch mehr Mimbrenjos warten zu müssen, um die Yumas zu besiegen. Ja, es erschien mir etwas als sehr möglich, was ich vorher für eine vollkommne Unmöglichkeit gehalten hätte, nämlich daß es mir gelingen würde, allein und ohne die Hilfe Winnetous und unsrer andern Begleiter unsern Zweck zu erreichen, und zwar auf friedlichem Weg.

Was war diese Judith für ein Geschöpf! Wie gelassen hatte sie die Nachricht vom Tod ihres früheren Bräutigams aufgenommen! Mit einem Fingerschnippsen hatte sie die Kunde abgetan, daß er von den Geiern aufgefressen worden sei! Armer Herkules! Freilich wurde ich mit diesem Leichtsinn einigermaßen dadurch versöhnt, daß ich mich in bezug auf ihren Vater in ihr geirrt hatte. Er war von ihr nicht so ganz gefühllos verlassen worden, sondern sie glaubte ihn in einer erträglichen Lage. Das Benehmen der Listigen Schlange hatte mir eine gewisse Achtung abgewonnen; er war jedenfalls ein besserer Mensch, als sein Name vermuten ließ. Man konnte mit Zuversicht wagen, mit ihm in Unterhandlung zu treten. Er liebte die Jüdin, die für mich jetzt eine wichtige Person, ein wertvoller Tauschgegenstand geworden war. Ich gestehe aufrichtig, daß ich entschlossen war, etwas ganz Verdammenswertes zu treiben — ein wenig Menschenhandel. Ich wollte Judith festnehmen, um durch sie Macht über Listige Schlange und seine Yumas zu erhalten.

Als ich in der Höhle ankam, sagte ich dem Mimbrenjo nur, daß wir jetzt schlafen und schon bei Tagesgrauen aufstehn würden; dann legte ich mich auf meine Decke und schlummerte nach dem anstrengenden Tag bis zum frühen Morgen. Der Mimbrenjo war wohl noch ermüdeter gewesen als ich, denn ich mußte ihn wecken und brachte ihn nicht gleich aus dem Schlaf.

Es handelte sich jetzt darum, den Gang zu untersuchen. Nachdem wir die Pferde versorgt hatten, machten wir uns ans Werk. Unsre erste Sorge war es, draußen vor dem Eingang das Geröll wieder so aufzuhäufen, daß er verdeckt wurde.

Dann stiegen wir hinab und mußten an der andern Seite des Felsblocks wieder emporklettern. Wir konnten von hier aus das Indianerlager überblicken. Es zeigte sich dort noch keine Spur von Leben. Dennoch waren wir so vorsichtig, uns nur kriechend zu bewegen. Wir fanden die Windungen, von denen der Herkules gesprochen hatte, und hielten bei der von ihm bezeichneten Stelle an. Ich fand sie ohne Mühe. Er war in solchen Dingen ungeübt und hatte das Loch so zugedeckt, daß ein erfahrnes Auge sich gar nicht täuschen konnte. Der Ort war von dem Indianerlager aus nicht zu beobachten; darum durften wir uns frei bewegen.

Wir räumten das Gestein vorsichtig weg; dadurch entstand eine Öffnung, in die selbst ein starker Mann steigen konnte. Wir sahn die Steine liegen, aus denen der Herkules Stufen gebildet hatte, und kletterten hinab. Sie waren behauen, was mich vermuten ließ, daß der Stollen seinen Ursprung nicht Indianern zu verdanken hatte. Er lief mit sanfter Neigung von rechts nach links ins Innere des Berges.

Zunächst untersuchten wir ihn nach rechts, also aufwärts. Das dazu nötige Licht hatten wir uns mitgebracht. Schon nach wenigen Schritten kamen wir an den Abgrund, an dessen jenseitigem Rand unsre Höhle lag. Die Pferde erkannten unsre Stimmen und kamen drüben herbei. Sie hatten die Nacht in der Höhle zugebracht und fürchteten sich nicht mehr; doch wollte ich sie nicht so nah am Abgrund haben und trieb sie durch Zurufe zurück. Als ich nun meinem Hatatitla befahl: „Iteschkosch — leg dich!" gehorchte er, und Winnetous Pferd machte es ebenso. Ich war sicher, daß sie vor unsrer Rückkehr nicht aufstehn würden.

Wir fanden am Rand des Spalts vier Löcher, die mit den gestern entdeckten übereinstimmten; es war hier früher also wirklich ein künstlicher Übergang vorhanden gewesen. Dann wandten wir uns zurück, um dem Gang abwärts, nach innen, zu folgen.

Er war ein wenig übermannshoch und ungefähr einen Meter breit. Die Wände zeigten Spuren der Spitzhacke und zuweilen Merkmale der Rundungen von Bohrlöchern. Man hatte die festern Teile des Gesteins mit Pulver gesprengt; der Gang war also gewiß von Weißen angelegt worden. Er führte meist durch Fels. Wo er auf Spalten oder Klüfte gestoßen war, hatte man behauene Steine verwendet.

Wir schritten tiefer hinein, ohne auf ein Hindernis zu stoßen. Die Luft war wider alles Erwarten erträglich. Dieser Umstand machte mich auf unsre Fackel aufmerksam; die Flamme brannte nicht grad aufwärts, sondern wehte, wenn auch nur ganz leise und kaum bemerkbar, in den Gang hinein. Es war also ein Luftzug vorhanden. Die frische Luft kam hinter uns und folgte dem Gang. Da sie gleichmäßig strömte, mußte sie einen Abzug haben. Sollte dieser Stollen mit dem Schacht in Verbindung stehn? Das war leicht möglich, da sein Lauf ostwärts gerichtet war, nach der Mitte des Felsens, wo sich, wie ich wußte, der Schacht befand.

Wir waren schon über dreihundert Schritte gegangen, als der Mimbrenjo auf einen eingemauerten Stein zeigte.

„Eine Schrift!“ sagte er.

Als ich die Stelle mit der Fackel beleuchtete, konnte ich deutlich lesen: Alonso Vargas of. en min. y comp. A. D. MDCXI. Ich ergänzte mir die Abkürzungen zu „Alonso Vargas, oficial en minas y compañeros, Anno Domini MDCXI“, oder zu deutsch: „Alonso Vargas, Bergsteiger, und Genossen, im Jahr des Herrn Eintausendsechshundertundelf.“ Es waren also bis heut mehr als zweihundertfünfzig Jahre vergangen, seit dieser spanische Bergmann den Stollen angelegt hatte. Ich schrieb mir die Inschrift auf, denn es war mir neu, daß die Spanier damals so weit in die entlegnen Gegenden Mexikos, das sie Neuspanien nannten, vorgedrungen waren.

Dann ging es weiter, bis der Gang zu Ende war. Er war durch eine aus Hausteinen errichtete Mauer verschlossen. Dennoch wehte die Flamme der Fackel nach dieser Mauer hin, obgleich keine Öffnung zu erkennen war. Als ich die Wand daraufhin untersuchte, fand ich, daß sie eine Art Sieb bildete. Der Mörtel, der die Steine verband, war da, wo die Ecken zusammentrafen, weggelassen worden, wodurch Löcher geblieben waren, die man nur dann bemerkte, wenn man, durch den Luftzug auf sie aufmerksam gemacht, nach ihnen suchte. Dabei entdeckte ich auf einem der Steine die mit einem spitzen Werkzeug flüchtig eingegrabene Inschrift E. L. 1821. Das E. L. waren jedenfalls die Anfangsbuchstaben eines Namens; die Zahl sagte, daß der Gang im Jahre 1821 durch die Mauer verschlossen worden war; aus welchen Gründen, das konnte mir gleichgültig sein. Jedenfalls hatte man da auch die über den Abgrund führende Brücke weggenommen und den Eingang der Höhle, der zugleich Eingang des Stollens war, mit dem Geröll verschüttet. Die Löcher waren in der Mauer gelassen worden, damit die Luft freien Abzug hatte und, falls das Bergwerk später wieder in Betrieb genommen werden sollte, das Leben der Arbeiter nicht durch tödliche Gase gefährdet würde.

Wir lauschten. Hinter der Mauer regte sich nichts. Ich wagte zu klopfen und erhielt keine Antwort. Dennoch war ich überzeugt, daß jenseits dieser Mauer meine Landsleute zu finden seien. Falls ich mich in dieser Voraussetzung nicht täuschte, konnte ich sie ohne alle Gefahr befreien. Es galt also, durch die Mauer zu kommen. Wir mußten Steine herausbrechen. Aber wir hatten dazu keine andern Werkzeuge als unsre Messer. Die Löcher bildeten gute Ansatzpunkte dafür; leider war der Mörtel eisenhart, und nach einem kurzen Versuch kamen wir zu der Überzeugung, daß wir den ganzen Tag zu arbeiten hätten, um nur einen Stein aus den Fugen zu lösen. Dennoch machten wir uns an die Arbeit; wir hatten ja nichts weiter zu tun, da wir am hellen Tag draußen nichts vornehmen konnten.

Wir arbeiteten, bis die beiden Fackeln, die wir mitgenommen hatten, verbrannt waren, und dann noch einige Zeit im Finstern. Als wir von der Anstrengung ermüdet waren, kehrten wir nach der Höhle zurück, wo die Pferde noch genau so lagen, wie sie sich auf meinen Befehl hingestreckt hatten. Sie durften aufstehn und bekamen Mais zu fressen. Wir aßen auch und kletterten dann wieder in den Stollen, nachdem wir uns mit neuen Fackeln und Lichten versehn hatten. Auch die Gewehre nahmen wir mit, weil wir sie als Brechstangen zu brauchen gedachten.

Es war eine schwere, anstrengende Arbeit, den Mörtel zwischen den Steinen herauszukratzen, und wir mußten oft innehalten, um auszuruhn. Endlich — meine Uhr zeigte sieben Uhr nachmittags — hatten wir den ersten Stein los. Ich blickte durch das Loch. Jenseits der Mauer herrschte tiefes Dunkel. Der zweite Stein machte uns weniger Mühe; er folgte dem ersten schon nach zwei Stunden; nach wieder einer Stunde hatten wir den dritten los. Es war zehn Uhr. Um Mitternacht waren sieben Steine ausgewuchtet, und um ein Uhr konnten wir durch die Öffnung kriechen, was nur mit der größten Vorsicht und ohne Licht geschah. Wir hatten unsre Fackeln gelöscht, da der Schein durch die Öffnung hinüberfiel.

Als sich nichts Verdächtiges regte, wagten wir es, eine Kerze anzubrennen und mit hinüberzunehmen. Da sahn wir denn zunächst, daß die Mauer auf dieser Seite mit einem gefärbten Mörtel überzogen war. So hatte man erreicht, daß man sie von dem angrenzenden Felsen nicht unterscheiden konnte.

Wir befanden uns in einem breiten, hohen Gang, der von stehngelaßnen Steinblöcken gestützt wurde. Er war abgebaut und gab also keinen Ertrag mehr. Der Luftzug wollte uns nach rechts führen, dennoch wandten wir uns erst nach links, um zu erfahren, was wir hinter uns hatten. Wir kamen nicht weit, denn schon nach wenigen Schritten war der Gang zusammengestürzt. Darum kehrten wir zurück, um dem Stollen nach rechts zu folgen.

Da sahn wir denn bald allerlei Werkzeuge längs der Wände liegen. Wir kamen, wie es schien, in eine begangne Gegend. Der Luftzug wurde stärker wahrnehmbar. Dann stießen wir auf eine Erweiterung des Gangs, eine viereckige Kammer, in deren Mitte wir einen wuchtigen Holzkasten erblickten, der aus dem Boden und drei Wänden bestand. An seinen vier Ecken waren starke, aus Riemen zusammengedrehte Seile befestigt; sie hingen mit den andern Enden an einer Kette, die nach oben führte. Dort hinauf gab es eine Öffnung, die einen etwas größern Durchmesser als der Kasten hatte. Sie bildete jedenfalls den Schacht, denn die Luft stieg hier nach oben. Der Kasten war der Förderstuhl, der an der wandlosen Seite beladen wurde. Es lagen da noch verschiedne Gegenstände umher, denen ich jetzt keine Beachtung schenkte, weil meine Aufmerksamkeit von zwei Türen gefesselt wurde, die aus schwerem, roh bearbeitetem Holz bestanden und durch starke Riegel verschlossen waren. Die eine lag dem Gang gegenüber, aus dem wir kamen, die andre uns zur rechten Hand. Wahrscheinlich führten sie nach dem jetzt im Abbau begriffnen Teil des Bergwerks.

Wir wandten uns zunächst nach der Tür zur Rechten und schoben die beiden Riegel zurück. Der Mimbrenjo hielt die Fackel. In dem Augenblick, da die Tür sich öffnete, stürzte von drinnen eine weibliche Gestalt auf mich zu, krallte mir die Fingernägel in den Hals und kreischte in deutscher Sprache:

„Elender Bösewicht! Bist du wieder da? — Laß mich hinauf, oder ich erwürge dich!“

Die Begrüßung war recht unfreundlich; ich nahm sie aber nicht übel, da sie jedenfalls einer andern Person zugedacht war, schob die Arme des wütenden Wesens, in dem ich zu meiner Überraschung die Jüdin erkannte, von mir ab und hielt sie fest.

„Bitte, Fräulein, wollen Sie bemerken, daß Sie sich in der Person irren! Ich komme nicht in der Absicht, von zarter Hand zu sterben.“

Der Mimbrenjo leuchtete mir ins Gesicht. Sie erkannte mich und rief erstaunt:

„Sie sind es, Sie? Gott sei Dank! Sie werden mich nicht hier stecken lassen!“

„Nein. Ich werde Sie in die Freiheit führen. Wer hat Sie denn hier eingesperrt?“

„Melton, dieser Teufel in Menschengestalt.“

„Wie hat er Sie hier heruntergebracht?“

„Durch List. Ich bin ihm freiwillig gefolgt. Wir fuhren im Förderkasten herab.“

„So hat er Ihnen etwas weisgemacht, Ihnen vielleicht gesagt, daß er Ihnen Ihren Vater zeigen wollte?“

„Ja, das hat er gesagt; ich sollte meinen Vater heraufholen. Sie wissen, daß er hier eingesperrt ist?“

„Das weiß ich. Ich weiß überhaupt mehr, als Sie denken. So zum Beispiel, daß Listige Schlange gestern mit einer Dame redete, die ihn so in Entzücken versetzt hat, daß er ihr Edelsteine, Gold, ein Schloß, schöne Kleider und viele Diener zur Verfügung stellen will."

Sie errötete nicht, wie es sicher bei einem andern Mädchen der Fall gewesen wäre, sondern antwortete ganz unbefangen:

„Haben Sie mit ihm gesprochen?"

„Nein."

„War er bei Melton?"

„Das weiß ich nicht. Es ist aber anzunehmen, daß er zu ihm gehn wird, wenn er noch nicht bei ihm gewesen ist."

„Ich warte auf ihn und dachte, als ich Sie erkannte, er hätte Sie geschickt, um mich herauszuholen. Erst hielt ich Sie für Melton, diesen Schurken."

„Und mit diesem Schurken hatten Sie sich verbündet?"

„Weil er mir große Versprechungen machte."

„Ja, Gold und Geschmeide, ein Schloß und einen Palast. Haben Sie denn das wirklich glauben können? Der Umstand, daß er Ihre Landsleute hierher lockte, um sie einzusperren und für sich arbeiten zu lassen, mußte Ihnen doch sagen, daß bei ihm von Ehrlichkeit keine Rede sein kann. Wie haben Sie sich die Zukunft der armen Menschen eigentlich gedacht?"

„Gar nicht schlimm. Sie sollten hier unten so lang arbeiten, bis sie eine gewisse Anzahl von Zentnern Quecksilber zu Tag gefördert hatten; das hätte nicht lange gedauert; er wäre dadurch ein steinreicher Mann geworden, hätte sie dann freigelassen und jedem so viel Geld gegeben, daß auch sie ohne Arbeit hätten leben können."

„Das haben Sie ihm geglaubt?"

„Ja."

„Hm. Ich will Ihnen erklären, wie es gekommen wäre. Durch die hier unten herrschende Luft, die schlechte Nahrung und die eingeatmeten Quecksilberdämpfe wäre der Körper jedes Arbeiters in kurzer Zeit zerstört worden, und nach zwei oder drei Jahren hätte keiner mehr gelebt. Das wäre der entsetzlichste Massenmord gewesen, der sich denken läßt, und Sie wären dabei Meltons Mitschuldige geworden."

„Zwei oder drei Jahre? Das glaube ich nicht. Es ist nur von einigen Monaten die Rede gewesen."

„In so kurzer Zeit wird man nicht so reich. War es denn Ihr Ernst, seine Frau zu werden?"

„Warum nicht?"

„Und nun wollen Sie Listige Schlange heiraten?"

„Ja, Melton zur Strafe!"

„Und Ihr einstiger Verlobter, der Ihnen so treu ergeben ist?"

„Was geht er mich noch an? Übrigens ist er ja tot."

„Ja, von den Geiern aufgefressen! Sie scheinen ebenso wenig Gewissen zu haben wie Melton; fast hätte ich Lust, Sie wieder einzusperren und Ihrem Schicksal zu überlassen."

Ich hatte ihre Arme losgelassen, so daß sie sich frei bewegen konnte, und stand noch zwischen ihr und der Tür; sie drängte sich jetzt aber rasch an mir vorüber.

„Das werden Sie nicht tun! Kein Mensch bringt mich wieder in dieses Loch!"

„Nun, es fällt mir auch nicht ein, meine Worte wahr zu machen. Sie werden frei sein."

„Das würde ich auch, wenn Sie mich nochmals einsperrten, denn der Häuptling käme gewiß, um mich wieder herauszulassen."

„Wenn er es vermag!"

„Meinen Sie, daß er daran gehindert werden könnte?"

„Ja, von Melton."

„Der kann ihm nichts tun; der Indianer hat ihn in der Hand."

„Das hat der Häuptling Ihnen gestern allerdings gesagt, aber es ist sehr möglich, daß Melton ihn viel eher in seine Hände nimmt. Und wenn das geschieht, so tragen Sie die Schuld."

„Wieso?"

„Das kann ich erst dann sagen, wenn ich weiß, was Sie mit Melton gesprochen haben. Listige Schlange riet Ihnen, ihn auf die Probe zu stellen. Wie haben Sie das angefangen?"

„Erklären Sie mir erst, woher Sie alles so genau wissen! Sie behaupten, nicht mit dem Häuptling gesprochen zu haben, und können das, was Sie wissen, doch nur von ihm erfahren haben."

„Ich lag hinter dem Stein, auf dem Sie mit ihm saßen, und belauschte Sie."

„Das haben Sie gewagt? Wenn der Häuptling Sie bemerkt hätte, so —"

„So wäre das jedenfalls für ihn gefährlicher geworden als für mich. Nun teilen Sie mir aber endlich mit, wie Sie es angefangen haben, Meltons Ehrlichkeit auf die Probe zu stellen!"

„So, wie der Häuptling mir geraten hatte. Da Sie uns belauscht haben, müssen Sie es doch wissen."

„Sie haben Ihren Vater zu sehn verlangt?"

„Ja. Er antwortete, ich sollte noch warten, weil mein Vater notwendig hier unten gebraucht würde; ich ließ mich aber nicht damit abspeisen, sondern bestand auf meinem Verlangen und erklärte schließlich, daß ich ihn verlassen würde. Er lachte und sagte, daß ich ohne den Vater doch gar nicht fortkäme. Dann drohte ich ihm mit dem Häuptling."

„Ah, hab' es mir gedacht! Das war eine große Unvorsichtigkeit von Ihnen. Damit haben Sie doch verraten, daß Sie mit dem Indianer im Einvernehmen stehn."

„Was schadet das? Er mußte wissen, daß ich auch ohne den Vater nicht so sehr ohne allen Schutz und alle Hilfe dastehe, wie er dachte."

„Sie werden aber doch gleich erkennen, daß Sie damit keineswegs sehr pfiffig gehandelt haben. Ich vermute, daß Sie nicht nur den Namen des Roten genannt, sondern noch mehr ausgeplaudert haben."

„Warum sollte ich nicht antworten, wenn er mich fragt?"

„Das werden Sie gleich sehn. Haben Sie ihm etwa gesagt, daß Listige Schlange Ihnen einen Antrag gemacht und Ihnen ganz dasselbe Glück und Wohlleben versprochen hatte wie vorher er selber?"

„Ja."

„Und daß er Melton packen will, falls dieser Ihnen irgendwie Gewalt antun würde?"

„Grade das mußte ich besonders erwähnen."

„Dann danken Sie Gott, daß ich gekommen bin! Denn Listige Schlange hätte Sie nicht aus diesem Schacht geholt. Nachdem Sie so unvorsichtig gewesen sind, Melton alles mitzuteilen, weiß er, woran er mit dem Roten ist. Er kennt nun in ihm nicht nur einen Nebenbuhler, sondern weiß auch, daß der Indianer ihm mißtraut und jede an Ihnen etwa begangene Strenge rächen will."

„Das schadet nichts, denn Melton befindet sich in der Gewalt der Yumas und muß sich vor ihrem Häuptling fürchten."

„Im Gegenteil! Er hat Sie trotz allen Ihren Drohungen eingesperrt. Das beweist doch, daß er sich vor dem Indianer nicht fürchtet."

„Er wird sehr bald einsehn, daß er sich irrt, denn ich habe ihm gesagt, daß Listige Schlange mich heut erwartet und nach mir forschen wird, wenn ich nicht komme."

„Das war das Törichtste, was Sie tun konnten; denn Melton ist nun vorbereitet und wird sich auf den Empfang Ihres roten Beschützers eingerichtet haben. Es ist anzunehmen, daß der Häuptling selber des Schutzes bedarf."

„Denken Sie etwa, daß Sich Melton an ihm vergriffen hat? Das brächte ihm doch den ganzen Stamm der Yumas auf den Hals."

„Glauben Sie doch das nicht! Er kann den Häuptling unschädlich machen, ohne daß es die Indianer jemals erfahren. Sie haben Ihren roten Anbeter durch Ihre Schwatzhaftigkeit in die größte Gefahr gebracht."

„Wenn das wirklich der Fall sein sollte, so hoffe ich, daß Sie ihn retten werden. Unter den obwaltenden Umständen ist zu befürchten, daß Melton zu den schlimmsten Mitteln greift."

„Allerdings! Doch davon später! Jetzt beantworten Sie mir erst eine Frage: Wissen Sie, wo sich Ihre Landsleute befinden? Sie müssen doch mit Melton darüber gesprochen haben."

„Wir haben oft von ihnen geredet, aber nicht so ausführlich."

„Die Leute müssen doch essen und trinken. Wer versorgt sie mit Speise und Trank?"

„Melton sagte, daß Wasser unten sei; gefüttert werden sie einstweilen von zwei Indianern."

„Was bekommen sie zu essen?"

„Nichts als Maiskuchen, die ich mit den Indianerinnen gebacken habe."

„Da die Arbeiter nicht freiwillig hier sind, muß man sie gefangen halten und die notwendigen Maßregeln getroffen haben, daß sie nicht entfliehn und sich an denen, die sie zu versorgen haben, vergreifen können. Was für Vorkehrungen sind das?"

„Sie haben Hand- und Fußschellen."

„Können die Bedauernswerten denn in ihren Fesseln arbeiten?"

„Wahrscheinlich; aber jetzt schaffen sie noch nicht. Die Tätigkeit wird erst beginnen, wenn noch einige Weiße eingetroffen sind, auf die Melton wartet. Diese Leute sind teils Aufseher und teils Sachverständige."

„Hat man die Deutschen einzeln eingesperrt, oder sind sie beisammen?"

„Soviel ich weiß, hocken sie beisammen."

„Sie werden jetzt von zwei Indianern versorgt. Diesen vermögen sie doch trotz der Hand- und Fußschellen gefährlich zu werden?"

„Nein, denn es ist eine starke Tür dazwischen. Hoffentlich werden Sie diese öffnen können?"

„Auf alle Fälle."

„Und was geschieht mit Melton? Wollen Sie den laufen lassen?"

„Den lasse ich hängen."

„Ich will Ihnen sagen, wie Sie das anzufangen haben. Draußen im Freien dürfen Sie ihn nicht angreifen, denn er würde Sie niederschießen."

„Das befürchte ich nicht."

„O doch, er ist stets mit zwei Revolvern bewaffnet. Die legt er aber ab, sobald er daheim ist. Sie müssen ihn also in seiner Wohnung aufsuchen."

„Das beabsichtige ich allerdings, obgleich ich mich vor seinen Revolvern nicht fürchte."

„Kennen Sie denn seine Wohnung?"

„Nein. Ich weiß nur, daß man in den Schacht steigen muß, um zu ihr zu gelangen; doch denke ich, daß Sie mir die nötige Beschreibung geben werden."

„Das vermag ich, denn ich kenne sie. Sie ist von einem gewissen Eusebio Lopez gebaut worden."

„Eusebio Lopez? Ich habe vorhin die beiden Buchstaben E. L. gesehn, das werden die Anfangsbuchstaben dieses Namens sein. Die Wohnung ist zugleich ein Versteck, kann also wohl nicht sehr geräumig sein."

„Oh, sie ist groß genug. Es hat oben auf dem Felsen eine Rinne gegeben, die Lopez einfach überbaut hat; dadurch ist ein verdeckter Gang entstanden, der im Schacht beginnt und nach der Wohnung führt. Die Rinne ist an ihrem Ende sehr breit gewesen, und Lopez hat sie durch Mauern in Einzelräume abgeteilt, wodurch mehrere Stuben entstanden sind, die wir bewohnen. Die äußere Wand sieht genau wie der Felsen aus, weshalb man von unten nicht bemerken kann, daß da oben eine Wohnung ist. Die Fenster sind Mauerlöcher, die aus der Entfernung nicht auffallen."

„Wie tief steigt man in den Schacht, um in den Gang zu kommen?"

„Vielleicht zwanzig Stufen einer Leiter hinab."

„Ich sehe aber hier einen Förderkasten, der an einer Kette hängt, da ist doch anzunehmen, daß es oben eine Welle, einen Göpel gibt, durch den man den Kasten in die Höhe zieht?"

„Ein solcher Göpel ist allerdings da."

„So ist die Leiter eigentlich überflüssig."

„Sie führt auch nicht ganz hinab, sondern nur bis in den übermauerten Gang. Wer von da aus hinunter will, muß in den Kasten steigen."

„Gut. Und nun die Wohnung?"

„Die besteht aus vier Stuben. Zwei liegen am Ende des Gangs und zwei an den Seiten."

„In welcher ist Melton zu finden?"

„Wenn Sie dem Gang folgen, so liegt rechts der Raum, worin die alten Indianerinnen schlafen; links wohnte ich. Dann haben Sie zwei Türen vor sich, die hart nebeneinander liegen. Rechts hausen die Weller, und links befindet sich Melton."

„Was für Schlösser haben die Türen?“

„Sie können keine haben, denn sie bestehn aus Matten, die von oben herabhängen.“

„Wie ist das Lager Meltons beschaffen?“

„Er schläft auf Decken in der ersten Ecke links.“

„Wer bewegt den Göpel, wenn der Förderkasten auf- und niedersteigen soll?“

„Die Indianer, die im Förderhaus wachen. Das sind – horch!“

Sie brach hastig ab und wandte sich in die Richtung zum Schacht. Dort klirrte die Kette, woran der Kasten hing; er bewegte sich; wir bemerkten, daß er aufgezogen wurde.

„Man ist oben noch wach“, sagte ich. „Warum holt man den Kasten hinauf? Ob jemand herunter will?“

„Jedenfalls“, entgegnete sie. „Sie werden sogleich erfahren, daß Sie vorhin unrecht hatten, denn der Häuptling wird jetzt erscheinen.“

„Wenn jemand kommt, so wird es entweder Melton oder der alte Weller sein.“

„Weller ist heute gar nicht da.“

„Wo befindet er sich?“

„Er ist mit mehreren Indianern fort, um Sie zu beobachten und es Melton mitzuteilen, wenn Sie kommen. Er scheint Sie nicht entdeckt zu haben, sonst wäre er wieder zurück.“

„So ist er es also nicht, den wir jetzt hier unten zu erwarten haben. Melton wird es sein.“

„Dann haben Sie die beste Gelegenheit, ihn zu ergreifen.“

„Ob ich das tue, kommt auf die Umstände an. Man muß vorsichtig sein. Weller kann auch zurückgekehrt sein und mitkommen. Wir werden also abwarten, was geschieht. Darum muß ich Sie bitten, sich einstweilen wieder einriegeln zu lassen.“

„Einriegeln?“ fragte sie erschrocken. „Das werde ich nicht. Ich bin froh, daß ich heraus bin.“

„Ich gebe Ihnen mein Wort, daß ich Sie sicher wieder herauslasse. Ich will wissen, wer da kommt und warum er kommt; er muß darum hier alles in Ordnung finden und darf nicht vermuten, daß jemand bei Ihnen gewesen ist.“

Sie fügte sich endlich, wenn auch mit großem Widerstreben. Ich verriegelte hinter ihr die Tür, und dann kroch ich mit dem Mimbrenjo hinter einen Haufen von Hölzern, die dort, wo der alte, verlaßne Gang begann, aufgeschichtet waren. Natürlich hatten wir unser Licht gelöscht.

2. Unter der Erde

Keine Minute länger hätte ich mit der Jüdin verhandeln dürfen; denn wir hatten uns kaum versteckt, so kam von oben ein Geräusch, aus dem wir entnahmen, daß der Kasten wieder unterwegs sei. Das Geräusch näherte sich; der Kasten wurde sichtbar und erreichte den Boden. Melton stand darin; er hatte eine Laterne im Gürtel hängen. Er stieg aus, bückte sich in den Kasten zurück und zog daraus einen Gegenstand hervor, in dem ich einen gefesselten Menschen erkannte. Hier unten verstärkte sich der Schall an den engen Mauern; darum hörte ich deutlich jedes Wort, als Melton höhnisch zu dem Gefesselten sagte:

„Du hattest solche Sehnsucht nach deiner weißen Blume. Darum habe ich dich hierher gebracht, um sie dir zu zeigen. Paß auf!"

Er trat zu der Tür, hinter der die Jüdin steckte, öffnete und rief hinein:

„Kommen Sie heraus, Fräulein! Es steht Ihnen eine freudige Überraschung bevor."

Sie erschien. Er führte sie zu dem am Boden liegenden Indianer und fragte:

„Kennen Sie diesen Mann? Hoffentlich erinnern Sie sich noch, wer er ist!"

„Listige Schlange!" rief sie betroffen. „Sie haben ihn überwältigt?"

„Ja, das habe ich! Sie erfahren jetzt, welch ein Held Ihr neuester Liebhaber ist. Er kam, um mich zur Rechenschaft zu ziehen und Sie zu befreien, und befindet sich nun selber hier unten. Er wird die Sonne niemals wiedersehn. Sie haben mir zu viel von ihm erzählt, als daß ich ihn am Leben lassen könnte."

„Sie wollen ihn ermorden?" fragte sie schaudernd.

„Ermorden? Welch ein Ausdruck! Muß man es denn gradezu einen Mord nennen, wenn ich ihn ein wenig unter die Erde grabe und ihm eine so hübsche Decke gebe, daß er rasch einschläft? Wenn er dann nicht wieder aufwacht, so ist das seine Sache."

„Also lebendig begraben!"

„Ja, wenn es Ihnen Vergnügen macht, es so zu nennen."

„Sie sind ein Unmensch!"

„Ereifern Sie sich nicht! Ich werde Ihnen gleich beweisen, daß ich ein Mensch, und zwar ein sehr gutherziger, bin. Sie lieben den roten Gentleman, und er ist Ihnen zugetan. Sie beide sollen, bevor er stirbt, zwei oder drei Stunden beisammen sein. Geben Sie Ihre Hände her, damit ich sie Ihnen auf den Rücken binde, sonst könnten Sie meine Güte mißbrauchen und Ihren Anbeter losknüpfen."

Sie fuhr zurück.

„Denken Sie ja nicht, daß Sie straflos tun können, was Sie wollen! Die Yumas werden ihren Häuptling rächen!"

„Fällt ihnen nicht ein. Sie ahnen nicht, daß ich es bin, der ihn verschwinden läßt."

„Sie wissen aber doch, daß er jetzt bei Ihnen ist. Die Wächter haben ihn zu Ihnen gehn sehn."

„Ich habe sie getäuscht: sie glauben, er sei wieder fort. Da es oben finster ist, war es leicht zu bewerkstelligen, daß sie mich für ihn hielten. Dann habe ich Ihren gefesselten Liebhaber heimlich in den Förderkasten geschafft und sorgfältig zugedeckt, so daß die beiden Wächter keinen Verdacht schöpften, als sie mich herabließen. Es ist für Sie keine Hoffnung auf Rettung vorhanden. Also her mit den Händen!"

Er hatte einen Riemen in der Hand. Ich war neugierig darauf, was sie tun würde. Sie wußte, daß ich hier war und ihr helfen würde, und konnte getrost darauf rechnen, daß ich sie befreien würde. Daran dachte sie wohl und reichte ihm nach kurzem Zögern beide Hände hin.

„Da, binden Sie mich! Der Strafe werden Sie nicht entgehn."

„Wollen Sie Prophetin sein, Judith? Das ist ein schlechtes Geschäft."

Er knüpfte ihr die Hände auf den Rücken und schob sie in den dunklen Raum, worin sie gesteckt hatte. Sie ließ es ruhig geschehn. Sodann schleifte er den Indianer hinein, schloß die Tür und schob den Riegel vor. Nun blieb er eine Zeitlang stehn und hielt das Ohr an die Tür, um zu lauschen. Der Schein seiner Laterne fiel dabei auf sein Gesicht, das einen teuflischen Ausdruck angenommen hatte. Dann stieg er in den Kasten und gab mit einer herabhängenden Schnur ein Zeichen nach oben, worauf man den Förderkasten aufwärts zu winden begann. Das Licht verschwand und mit ihm verklang das Geräusch, das der Kasten verursachte, indem er an die Wände des Schachtes stieß.

Ich hatte den Menschen für vorsichtiger und klüger gehalten, als er sich jetzt zeigte. Mir an seiner Stelle wäre Judiths Verhalten aufgefallen; ich hätte mir gesagt, daß sie irgendeinen Grund haben müsse, seinen Besuch in solcher Ruhe hinzunehmen, und ich wäre bemüht gewesen, diesen Grund kennenzulernen. Daß er nicht so rechnete, ließ seinen Scharfsinn in keinem rühmlichen Licht erscheinen.

Mein Mimbrenjo hatte, seit wir durch die Mauer gekrochen waren, kein Wort gesagt; jetzt aber wunderte er sich über mein Verhalten so sehr, daß er nicht länger zu schweigen vermochte. Als wir uns hinter den Hölzern erhoben, meinte er:

„Der Weiße, den wir haben wollen, war da. Warum hat Old Shatterhand ihn fortgelassen?“

„Weil er mir sicher genug ist. Später wird sein Schreck doppelt groß sein.“

Ich steckte das Licht wieder an und ging zur Tür, um sie zu öffnen. Die Jüdin hatte dicht dahinter gestanden, um zu horchen. Nun trat sie rasch heraus.

„Gott sei Dank! Es war mir wirklich angst, ob Sie kommen würden.“

„Was ich verspreche, halte ich. Haben Sie dem Häuptling bereits alles erzählt?“

„Noch kein Wort. Ich konnte vor Sorge nicht reden. Sie haben gehört, was Melton sagte?“

„Alles.“

„Wie leicht konnte er Sie entdecken! Dann befand ich mich wieder in seiner Gewalt.“

„Nein, sondern er hätte sich in meiner Gewalt befunden. Wenn Sie noch nicht mit Listige Schlange gesprochen haben, so werde ich ihn aufklären. Wie gut, daß er von Melton überwältigt worden ist! Der Bösewicht hat mir dadurch einen Trumpf in die Hand gespielt, woran seine Karte verlorengehn wird.“

Ich trat zu dem Indianer und durchschnitt seine Fesseln. Er richtete sich schnell auf und fragte die Jüdin:

„Wer ist das Bleichgesicht, das sich in unserm Schacht befindet und doch nicht zu uns gehört?“

„Mein roter Bruder wird sogleich erfahren, wer ich bin“, antwortete ich an des Mädchens Stelle. „Er hat nicht verstehn können, was Melton zu der weißen Tochter sagte, denn es wurde in einer ihm fremden Sprache gesprochen. Darum frage ich ihn, ob er weiß, was Melton mit ihm plante?“

„Ich sollte sterben; er wollte mich hier unten in die Erde graben, denn nur mein Tod hätte ihm Sicherheit gegeben.“

„Was wäre aus dem weißen Mädchen geworden, das Listige Schlange zur Squaw begehrt?“

„Sie hätte sterben und verderben müssen wie die andern Bleichgesichter, von denen keins wieder das Licht des Tages erblicken wird."

„Darin irrt mein roter Bruder: sie alle werden das Licht schon am nächsten Morgen sehn. Ich werde sie aus dem Schacht führen."

„Das wird Melton nicht zugeben."

„Er wird sich nicht weigern können, weil ich ihn nicht um seine Erlaubnis frage. Ich bin gekommen, alle Gefangenen zu befreien, wie ich auch dich befreie."

„Noch bin ich nicht frei, denn wie gelange ich aus dem Schacht?"

„Das fragst du? Du brauchtest ja nur zu warten, bis Melton wieder herabkommt; es würde, da er nicht darauf vorbereitet ist, sehr leicht für dich sein, ihn zu überraschen und zu überwältigen. Aber das ist nicht nötig. Ich werde Listige Schlange und die weiße Tochter auf einem andern Weg aus dem Schacht führen; dann kann mein Bruder sie zu seiner Squaw machen und ihr einen Palast bauen."

Meine Anwesenheit und jedes meiner Worte war für ihn ein Rätsel; es machte mir Spaß, den Ausdruck zu sehn, mit dem sein Blick auf mich gerichtet war.

„Mein weißer Bruder kennt einen mir unbekannten Weg aus dem Schacht?" fragte er. „Er weiß auch, daß ich die weiße Blume liebe und was ich ihr versprochen habe? Wird er mir wohl sagen, wer er ist?"

„Mein Name heißt in der Sprache der Yumas Tave-schala."

„Tave-schala, Old Shatterhand!" fuhr er auf, indem er zurückwich und mich wie ein Gespenst anstarrte. „Old Shatterhand hier, in unserm Schacht!"

„Wenn du es nicht glaubst, so frage die weiße Blume. Ich habe sie und ihre Leute vom großen Wasser aus bis in die Berge begleitet, um zu erfahren, was Melton mit ihnen beabsichtigte, und um sie aus seinen Händen zu befreien.

„Old — Shatter — hand, der Feind unsres Stammes! Mitten in unserm Lager, mitten in Almaden!"

„Du irrst; ich bin nicht der Feind eures Stammes."

„Aber du hast den Kleinen Mund, den Sohn unsres vornehmsten Häuptlings, getötet."

„Er zwang mich dazu, weil er den jungen Mimbrenjokrieger, der vor dir steht, seinen Bruder und seine Schwester morden wollte."

„Der Große Mund hat dir den Tod geschworen."

„Das weiß ich; aber ist das ein Grund für dich, ebenfalls mein Todfeind zu sein?"

„Ich muß dem Großen Mund gehorchen."

„Kein roter Krieger muß, und ein Häuptling, wie du bist, braucht erst recht nicht zu müssen. Der Große Mund mag die Sache, die er gegen mich hat, allein mit mir ausfechten. Ich habe dich befreit und dadurch bewiesen, daß ich nicht ein Feind der Yumas bin. Wäre ich das, so hätte ich alle eure Krieger getötet, die ich von der Hazienda del Arroyo bis hierher traf. Es sind vierzig Mann, die ich alle gefangengenommen habe."

„Alle — gefangen — genommen!" wiederholte er erstaunt. „Wo befinden sie sich?"

„Bei unsrer Mimbrenjoschar, mit der ich gekommen bin."

„Hast du die Mimbrenjos hier bei dir?"

„Nein. Sie warten unter dem Befehl Winnetous, des großen Apatschen, auf meine Rückkehr. Sie stehn an einem Ort, wo ihr sie nicht finden könnt. Ich bin mit dem jungen Krieger allein ausgeritten, um Almaden zu erkundschaften, und werde alle Bleichgesichter, die sich hier unten befinden, befrein, ohne daß ich dazu der Hilfe eines andern Menschen bedarf."

Der Ausdruck eines unbeschreiblichen Erstaunens war noch immer nicht aus seinem Gesicht gewichen. Er fand keine Worte zu dem, was ich sagte; ich aber nützte sein Schweigen und fuhr fort:

„Es würde uns nicht schwer werden, die Yumas, die Almaden bewachen, zu besiegen; aber ich möchte ihr Blut nicht vergießen. Listige Schlange mag mir sagen, ob er mein Feind bleiben oder mein Freund werden will!"

Der Indianer war mir schon gestern, als ich ihn mit der Jüdin reden hörte, als ein ehrlicher Mann erschienen, und auch sein jetziges Benehmen machte einen guten Eindruck auf mich. Er hatte ein treues und redliches Auge. Indem er den Blick auf mich gerichtet hielt, überlegte er einige Minuten; dann antwortete er:

„Es ist mir befohlen worden, Old Shatterhands Feind zu sein, und diesem Befehl muß ich gehorchen; aber er hat mich und die weiße Blume vom Tod errettet; darum drängt es mich, ihm meine Freundschaft zu schenken. Ich kann nicht tun, wonach mein Herz begehrt, und doch auch das nicht, was mir befohlen ist; ich bin nicht Old Shatterhands Freund und auch nicht sein Feind. Er mag mit mir tun, was ihm beliebt."

„Gut! Mein Bruder hat da sehr verständig gesprochen. Wird er sich aber auch in das fügen, was ich über ihn bestimme?"

„Ja. Der Tod war mir hier gewiß; nimm mir das Leben, und ich werde mich nicht wehren!"

„Dein Leben begehre ich nicht, wohl aber deine Freiheit, wenigstens für einige Zeit. Willst du dich als meinen Gefangenen betrachten?"

„Ja."

„Muß ich dich da wieder fesseln, um deiner sicher zu sein?"

„Du magst mich binden oder nicht, ich bleibe bei dir, bis du mir sagst, daß ich wieder frei bin. Weiter aber darfst du nichts von mir verlangen. Ich kann dir nicht behilflich sein und werde dir keine Auskunft erteilen."

„Gut, so sind wir einig. Du bist mein Gefangener und gehorchst allen meinen Anweisungen. Zu dem, was ich vorhabe, brauche ich deine Hilfe nicht."

Ich band nun auch der Jüdin die Hände vom Rücken los und ging daran, die andern Eingesperrten aufzusuchen. Der Raum, worin Judith gesteckt hatte, war klein. Man hatte da einen Gang begonnen, aber die Arbeiten wieder eingestellt, da man nach dieser Richtung nichts gefunden hatte. Die andern Gefangnen waren hinter der zweiten Tür zu suchen. Als ich diese geöffnet hatte, befanden wir uns in einer Art ausgehauener Kammer, aus der drei Gänge in drei verschiedne Richtungen führten. Hier herrschte eine schlechte Luft. Es roch nach Schwefel; man atmete schwer. Zwei von den Gängen waren unverschlossen. Vor dem dritten bemerkte ich eine Tür mit zwei Riegeln. In dieser war eine Klappe angebracht, wie man sie an Gefängnistüren findet. Ich öffnete sie, um hindurchzublicken, zog aber die Nase schnell zurück, denn es drang mir ein Dunst entgegen, der kaum auszuhalten war. Als ich das Licht an die Öffnung hielt, schien es verlöschen zu wollen.

Noch schlimmer wurde es, als ich die beiden Riegel entfernte und dann die Tür weit öffnete. Eine dicke Luft drang heraus, und der Geruch war unbeschreiblich. Die Luft, die früher im Zwischendeck berüchtigter Auswandrerschiffe zu herrschen pflegte, war das reine Ozon dagegen. Die Tür war, dem Gang angemessen, den sie zu verschließen hatte, viel niedriger als die andre. Um sich in ihm zu bewegen, mußte man sich bücken; und doch beherbergte er so viele Menschen! Sie lagen gleich vorn hinter der Tür, Männer, Frauen und Kinder, alle bunt durcheinander. Als der Lichtschein auf sie fiel, erhoben sie sich, und es ertönte Kettengerassel, denn die Hand- und Fußschellen der Unglücklichen waren durch Ketten verbunden. Die Kinder begannen vor Furcht zu weinen; die Frauen riefen nach Brot; die Männer fluchten und schrien mich zornig an und drängten sich herbei, um mich zurückzuschieben und aus ihrem engen Gewahrsam zu entrinnen. Ich wurde gepackt; man erhob die Fäuste mit den Schellen und Ketten gegen mich; es war ein Augenblick der größten Aufregung. Aber es bedurfte nur einiger herzhafter Worte von mir, so verwandelte sich der drohende Grimm in Freude. Man jubelte; ich wurde trotz der Ketten umarmt. Jeder wollte mir die Hand drücken, und viele weinten vor Glück. Es dauerte lange, bis sie sich soweit beruhigt hatten, daß ich auf meine Erkundigungen Antwort erhielt.

Der Häuptling hatte von fern zugeschaut. Als ich nicht mehr so eng umdrängt wurde, benutzte er die Gelegenheit, zu mir zu treten.

„Ich habe gesagt, Old Shatterhand hätte keine Hilfe von mir zu erwarten; eins aber will ich ihm doch verraten: dort in der Ritze der Mauer steckt der Schlüssel, mit dem die Ketten geöffnet werden können."

Er war ein halbwilder Mensch, konnte aber dem Anblick des Elends nicht widerstehn; sein gutes Herz trieb ihn, mir die Mitteilung zu machen. Ich hätte den Schlüssel wohl auch ohnedies gefunden, da ich mir sagen konnte, daß man ihn in der Nähe des Ortes, wo die Leute eingesperrt waren, zu suchen hätte. Aber so blieb mir das Suchen erspart, und die Befreiung ging rascher vonstatten. Einer half dem andern; in Zeit von noch nicht fünf Minuten waren die Ketten abgenommen und auf einen Haufen geworfen. Nun wollten die Geretteten hinauf ins Freie. Ich hatte Mühe, sie zu bewegen, ruhig zu sein. Der Lärm konnte zu Melton dringen und ihn auf unsern Handstreich aufmerksam machen. Da wir nicht sicher wußten, ob wir uns nicht vielleicht gegen einen Angriff zu verteidigen haben würden, ordnete ich an, daß die vorgefundnen Werkzeuge, Hämmer und Hauen, als Waffen mitgenommen werden sollten.

Hatten die Leute in den ersten Augenblicken der Freude über ihre Befreiung nicht auf den Häuptling geachtet, so schenkten sie ihm nun ihre Aufmerksamkeit. Sie kannten ihn; sie wußten, daß er der Anführer der Yumas war und welchen Anteil er an ihrem Elend hatte. Sie wollten sich an ihm rächen, und ich hatte Mühe, sie davon abzuhalten, ihn auf der Stelle zu lynchen. Ich beruhigte sie, indem ich ihnen erklärte, er solle mir als Geisel dienen und werde uns so von großem Nutzen sein.

Wir traten den Weg nach unsrer Höhle an. Da wir einzeln hintereinander gehn mußten, war der Zug, den wir bildeten, lang; darum wurden alle Lichter angesteckt, die wir übrig hatten, und dazu einige Schachtlaternen, die an der Mauer hingen. Natürlich konnten wir des Abgrunds wegen nicht unmittelbar nach der Höhle; wir mußten durch das schon beschriebene Loch erst ins Freie. Als ich es als letzter verlassen hatte, wurde es zugeworfen;

dann stiegen wir die Windungen hinab und jenseits des Felsblocks in die Höhle hinauf. Sie war geräumig genug, uns alle zu fassen.

Es war drei oder vier Uhr geworden, also die höchste Zeit, uns Meltons zu versichern. Bevor es hell wurde, mußten wir Almaden verlassen haben; darum kam es vorläufig zu keinem Gedankenaustausch. Ich suchte zehn der kräftigsten Männer aus, die mich und den Mimbrenjo begleiten sollten; den Zurückbleibenden schärfte ich ein, die Höhle nicht zu verlassen, da das zu unsrer Entdeckung führen könne. Sie gaben mir ihr Wort, die Warnung zu befolgen. In Beziehung auf den Häuptling hatte ich keine Sorge; ich war überzeugt, daß er sein Versprechen halten und keinen Fluchtversuch unternehmen werde.

Den Aufstieg nach der Höhe brauchte ich nicht zu suchen; jeder der zehn Männer, die mich begleiteten, kannte ihn, da sie auf diesem Weg hinaufgeschafft worden waren. Wir gelangten gut empor. Wegen der Wächter brauchten wir nicht sonderlich vorsichtig zu sein; sie mochten uns immerhin hören! Es war mit Sicherheit anzunehmen, daß sie uns für Freunde halten würden.

Das Schachthaus hatte neben der Tür noch einige Fensteröffnungen. Durch diese drang uns ein Lichtschein entgegen; das war mir lieb, da wir auf diese Weise sehn konnten, wohin wir zu greifen hatten. Wir gingen grad und mit lauten Schritten auf das Haus zu und drangen so schnell wie möglich ein. Die drei Indianer, die da faul auf der Erde gelegen hatten, sprangen auf, wurden aber, ehe sie zur Gegenwehr schreiten konnten, niedergerissen und mit ihren eigenen Gurten gebunden. Jeder bekam einen Knebel in den Mund. Sie wurden hinausgeschafft und so entfernt vom Haus niedergelegt, daß man sie von hier aus nicht zu entdecken vermochte. Die zehn mußten sich bei ihnen niedersetzen. Diese Veranstaltung traf ich mit Rücksicht auf Melton, der nicht sofort erkennen sollte, wie die Angelegenheit stand.

Um ihn festzunehmen, glaubte ich, keiner Hilfe zu bedürfen, doch nahm ich für alle Fälle den kleinen Mimbrenjo mit, auf den ich mich in solcher Lage mehr verlassen konnte als auf die zehn weißen Begleiter, da sie in den rauhen Dingen des Wildwest-Lebens unerfahren waren.

Im Schachthaus gab es auch einige kleine Laternen. Ich zündete eine davon an und befestigte sie am obersten Knopfloch der Weste. So konnte ich sie nach Belieben mit der Jacke verdecken. Ich hatte erwartet, hier oben im Haus das Göpelwerk zu finden; das war aber nicht der Fall; es mußte also tiefer angebracht sein;

weshalb, darüber brauchte ich mir den Kopf nicht zu zerbrechen. Die Leiter ragte mit einigen Sprossen aus dem Mundloch hervor. Ich stieg hinein, und der Mimbrenjo folgte mir.

Das Loch war oben viel weiter als unten in der Tiefe. Es konnten hier auch größere Gegenstände hinuntergeschafft werden. Als die Leiter zu Ende ging, befanden wir uns in einer viereckigen Erweiterung des Schachts. Hier stand der Göpel über dem weiter abwärtsführenden Loch. Er war durch ein Schwungrad in Bewegung zu setzen, und eine Welle von riesigem Durchmesser nahm die Kette auf. Der Förderkasten hing nach oben. Drei Wände des Raums waren mit allerlei Gegenständen behängt; in der vierten befand sich eine breite Öffnung; das war die Mündung des Gangs, den wir suchten. Wir horchten hinein; es war alles still; mit leisen Schritten gingen wir vorwärts.

Ich deckte die Laterne zu und ließ nur von Zeit zu Zeit einen Lichtstrahl auf die Strecke vor uns fallen. Der Gang war lang; er schien kein Ende zu nehmen. Endlich sahn wir rechts eine Tür und links eine zweite; beide waren mit Matten verhängt. Man schien zu schlafen. So dachte ich, hatte mich aber geirrt; denn als wir einige Schritte weitergingen, hörte ich sprechen. Vor uns befanden sich zwei nebeneinanderliegende Türen; die Stimmen ertönten hinter der zur linken Hand, also aus Meltons Wohnung. Wir traten unhörbar heran, und ich zog die Decke, die dort hing, ein klein wenig zurück. Drin brannte eine Kerze, die mir ermöglichte, den ganzen Raum zu überblicken. Er war ziemlich groß. Ein aus Decken bereitetes Lager befand sich links in der Ecke. In der Mitte stand ein roh gearbeiteter Tisch, worauf zwei Revolver und ein Messer lagen; außerdem bemerkte ich einige aus Aststücken zusammengenagelte Schemel. An der Wand rechts hingen zwei Gewehre, daneben eine große Ledertasche, die sehr wahrscheinlich Patronen enthielt. Melton saß hinter dem Tisch auf einem Schemel und sprach mit einer Indianerin, die das Urbild menschlicher Häßlichkeit war; sie stand zwischen der Tür und dem Tisch. Eben als mein erster Blick in die Stube fiel, sagte er, indem er sich des schon oft erwähnten Sprachgemischs bediente:

„Sie tut euch beiden wohl leid, da du dich so sehr danach erkundigst, was ich mit ihr machen werde?"

„Leid tun?" antwortete sie mit schnarrender Stimme. „Wir freuen uns! Sie konnte uns nicht leiden und wir sie auch nicht."

Offenbar war von Judith die Rede.

„So wird es euch noch mehr freuen, wenn ich dir versichere, daß sie nie wieder heraufkommen wird. Ihr seid also wieder allein und

Herrinnen über euch. Dient ihr mir treu, so werde ich euch gut belohnen."

„Wir sind treu, Señor, denn Ihr habt uns so viel Schönes versprochen und werdet Wort halten. Wenn Ihr Euch nur der Feinde, die Ihr erwartet, erwehren könnt!"

„Oh, vor denen ist mir nicht bang; sie sind rein toll, daß sie sich nach Almaden wagen. Sie werden es übrigens gar nicht erreichen, denn wir gehn ihnen, sobald uns die Kundschafter bestimmte Nachricht gebracht haben, entgegen und töten sie bis auf den letzten Mann."

„Aber wir haben gehört, daß sich der große Winnetou und ein sehr verwegner weißer Krieger bei ihnen befinden. Diesen Krieger kenne ich nicht; aber Winnetou läßt sich nicht so leicht besiegen. Seine List geht über alles. Wenn er unsre Leute nun fortlockt und unterdessen nach Almaden eilt, das dann unbeschützt liegt?"

„Das gelingt ihm nicht. Und sollte das Unmögliche zur Möglichkeit werden, so wißt ihr, was ihr zu tun habt. In den Schacht darf kein Fremder hinein; niemand darf die Gefangnen sehn; das Messer liegt für solche Fälle stets am Göpel bereit. Dazu wird es aber niemals kommen, denn selbst wenn wir vor Almaden besiegt würden, bildet unser Felsen eine Festung, die niemand ohne unsern Willen ersteigen kann. Und ganz besonders ist dafür gesorgt, daß weder Winnetou noch der Weiße, von dem du redest, einen Fuß heraufsetzt."

Ich wollte nicht länger zuhören, weil uns die Zeit so kurz gemessen war; darum schob ich den Vorhang beiseite und trat ein.

„Da irrt Ihr Euch sehr, Master Melton, denn wir sind schon hier."

Zu gleicher Zeit bemächtigte ich mich der Revolver und des Messers und stellte mich so, daß er an mir vorüber mußte, wenn er zu den Gewehren wollte. Er fuhr wie vor einem Gespenst zurück.

„Old Shatterhand! Tausend Teufel!" rief er aus. – „Dann ist auch Winnetou da! – Hinaus, und tu deine Pflicht! Das ist der Weiße, den du meinst!"

Dieser Zuruf war an die Indianerin gerichtet. Sie wollte schnell fort, aber ich faßte sie und schleuderte sie zurück, so daß sie auf das Lager fiel. Zugleich kam der Mimbrenjo herein, um sie festzuhalten; sie versuchte, sich ihm zu entringen, und als ihr das nicht gelang, schrie sie nach der Tür hin wiederholt einige indianische Worte, wovon ich nur zwei verstand, nämlich Ala und Akva; das eine war wohl ein weiblicher Name, und das andre bedeutet Messer. Der Ruf galt wahrscheinlich der zweiten alten Indianerin, die sich mit hier oben befand; sie sollte das ausführen, woran wir die erste hinderten; ich konnte aber jetzt nicht auf sie und ihren Zuruf achten, weil ich meine ganze Aufmerksamkeit auf Melton richten mußte: der hatte als einzige Waffe, die ihm zu Gebot stand, seinen Schemel ergriffen, schwang ihn gegen mich und drang auf mich ein. Unter einem entsetzlichen Fluch wollte er mir den Sessel auf den Kopf schlagen; ich unterlief ihn aber, hob ihn aus und warf ihn an die Mauer, daß er wie gebrochen zu Boden stauchte. Da antwortete draußen auf dem Gang eine zweite weibliche Stimme. Melton wollte sich aufraffen; ich hatte ihn jedoch fest beim Hals; er versuchte, mich mit den Knien von sich zu stoßen, was ihm aber nicht gelang. Ich brauchte gegen ihn keine Hilfe, doch kam der Mimbrenjo herbei; er hatte die Alte mit einem tüchtigen Hieb betäubt und wollte mir beistehn. Im Winkel lagen einige Lassos; mit einem band er Melton, den ich festhielt, erst die Beine zusammen und dann auch die Arme an den Leib. Als wir den Kerl sicher hatten, gebot ich meinem Begleiter:

„Bleib hier! Ich muß hinaus, denn da draußen scheint etwas zu geschehn.“

Eben als ich die Stube verließ, hörte ich vorn beim Göpel die Kette klirren. Meine Laterne erlaubte mir zu laufen; ich rannte davon. Als ich am Mundloch des Schachts ankam, stand das zweite alte Weib beim Göpel, von dem die Kette soeben abgelaufen war. Ich sah mit einem schnellen Blick, daß sie mit einem starken, zusammengeflochtnen Riemen an die Welle befestigt war. Bevor ich es verhindern konnte, hatte die Alte den Riemen zerschnitten, und die Kette fiel mit schwerem Klirren in den Schacht hinab – niemand war imstande, sie wieder heraufzuholen.

Ich begriff nun die Bedeutung der Worte, die Melton vorhin gesagt hatte: „Ihr wißt ja, was ihr zu tun habt.“ Die Weiber waren für den Fall, daß die Gefahr der Entdeckung zu groß schien und niemand sonst es besorgen konnte, angewiesen, den Göpel schnell ablaufen zu lassen und dann den Riemen zu zerschneiden. Die Leiter führte nur bis zum Göpel; weiter hinab konnte man nur mit dem Förderkasten kommen; lag dieser mitsamt der Kette unten, so war es, wenigstens für lange Zeit, unmöglich, in die Tiefe zu gelangen; die Gefangnen mußten dort unten verschmachten und konnten später nicht erzählen, wer sie hinuntergebracht hatte. Solch eine teuflische Bosheit hatte ich Melton trotz all seiner Schlechtigkeit doch nicht zugetraut.

Ich schauderte. Ein Glück, daß ich den Stollen gefunden hatte! Bei dem Gedanken, daß sich die armen Teufel ohne diesen Ausweg jetzt hilflos da unten befänden, überlief es mich kalt. Da sah ich, daß das Weib zur Leiter hinauf wollte; ich riß sie zurück, nahm sie beim Arm und zog die nur wenig Widerstrebende in den Gang hinein und nach der Stube, worin Melton lag. Als er uns kommen sah, warf er der Alten einen Blick voll Spannung und Besorgnis entgegen und fragte:

„Ist die Kette unten?“

„Ja“, nickte sie grinsend.

Da ließ er ein heiseres Lachen hören und wandte sich in höhnischem Ton gegen mich:

„Der Teufel weiß, wie Ihr hier heraufgelangt seid, Master. Ihr habt mich glücklich überrumpelt; aber Euer Zweck ist doch verfehlt.“

„Welcher Zweck?“ fragte ich scheinbar unbefangen.

„Ihr kennt ihn so gut wie ich; ich werde mich natürlich hüten, Euch Worte zu sagen, die später als Beweis gegen mich dienen können.“

„Ich suche die Arbeiter der Hazienda del Arroyo. Wo sind sie?“

„Ich weiß nichts von ihnen. Sie sind nach Almaden unterwegs, aber noch nicht eingetroffen; ich bin ihnen vorausgereist.“

„Warum habt ihr die Kette in den Schacht fallen lassen?“

„Ich? Ihr habt doch soeben gehört, daß die Frau es getan hat.“

„Weil Ihr es befohlen habt.“

„Das wißt Ihr so genau? Fragt sie doch danach! Sie wird Euch alles sagen, was Ihr wissen wollt. Ich aber muß Euch ersuchen, mich freizulassen. Almaden gehört mir; ich bin hier der Herr, und wenn Ihr mich nicht freigebt, habt Ihr die Folgen zu tragen.“

„Vor den Folgen fürchte ich mich nicht. Was mit Euch geschehn soll und ob Ihr jemals wieder freikommt, wird das Gericht entscheiden.“

„Das Gericht? Ihr seid toll! Wo gibt es hier ein Gericht?“

„Es ist schon unterwegs. Man wird einmal untersuchen, wer die Yumas gedungen hat, die Hazienda del Arroyo zu überfallen und einzuäschern. Man wird auch nach den Arbeitern forschen. Ich denke, sie werden, wenn wir sie finden, sehr viel Lobenswertes über Euch zu berichten haben.“

„Dann wünsche ich nur, daß Ihr sie findet“, lachte er, „und daß Ihr darin glücklicher seid als ich, denn ich habe sie nicht wiedergesehn, seit ich mich auf der Hazienda von ihnen verabschiedet habe.“

„So sind sie also noch unterwegs, und nachdem ich meinen Zweck hier erreicht habe und nun nach der Hazienda zurückkehren kann, werde ich ihnen wohl begegnen. Da Ihr mich selbstverständlich begleitet, so werdet Ihr das Vergnügen haben, sie begrüßen und Euch von ihrem Wohlergehn überzeugen zu können."

Sein Gesicht zeigte den schon mehrfach beobachteten teuflisch höhnischen Ausdruck. Er war überzeugt, daß wir die Arbeiter unterwegs nicht treffen würden, da er sie tief unten im Schacht glaubte. Dort waren sie dem gewissen Tod überliefert und konnten nicht gegen ihn zeugen. Freilich war das „Geschäft", das er mit ihrer Arbeitskraft hatte machen wollen, nun zur Unmöglichkeit geworden; es konnte aber, wenn er nur der Bestrafung entging, in andrer Weise und auf anderm Weg wieder aufgenommen werden. Dieser Gedankengang gab ihm die Antwort in den Mund:

„Soll mich freuen, Sir, denn mit Hilfe ihrer Aussagen werde ich dann den Beweis liefern, daß Ihr ganz ohne Recht hier eingedrungen seid und mich vergewaltigt habt. Die Folgen könnt Ihr Euch wohl denken."

„Es kann nur eine einzige Folge geben, und die wird in einem Strick um Euern Hals bestehn. Beweise gegen Euch habe ich genug zur Verfügung; ich denke sogar, daß es mir gelingen wird, die Yumas zum Zeugnis zu bewegen."

„Versucht es doch!" lachte er.

„Allerdings werde ich das versuchen. Ich meine, daß sich auch noch andres finden wird. Da Ihr der Nachfolger des Haziendero seid, so hat er Euch jedenfalls die von meinen Landsleuten unterschriebenen Verträge ausgeliefert. Auch den mit Don Timoteo abgeschloßnen und in Ures unterzeichneten Kaufvertrag werdet Ihr hier bei Euch haben. Und hoffentlich gibt es noch andre Schriftstücke, die Euch unangenehm werden müssen, falls sie in meine Hände geraten. Ich darf Euch also wohl nicht auffordern, mir zu sagen, wo sich die Sachen befinden?"

„Fragt danach, soviel Ihr wollt; ich habe nichts dagegen!"

„Ja, aber antworten werdet Ihr mir nicht; wir wollen also alles unnütze Reden darüber unterlassen und lieber gleich danach suchen."

„Sucht immerhin! Ich bin neugierig, wohin Ihr Euer naseweises Riechorgan stecken werdet, um es ohne Erfolg zurückzuziehn."

Ich untersuchte zunächst seine sämtlichen Kleidungsstücke, doch vergeblich, dann die Taschen der andern Sachen, die er in der Nähe seines Lagers hängen hatte, ebenso ohne Erfolg. Die Hauptsache hob ich mir bis zuletzt auf und begab mich zunächst in die andern Räume. Da, wo sich die Wellers aufgehalten hatten, war ebensowenig etwas zu finden. In der Stube Judiths und in der der beiden Indianerinnen gab es Speisevorräte, die uns zustatten kamen. Als ich unverrichteter Sache zu Melton zurückkehrte, fragte er spottend:

„Jetzt bringt Ihr wohl Euern Fund, Master? Es unterliegt keinem Zweifel, daß Old Shatterhand stets auf das, was er sucht, sofort mit der Nase fällt!"

„Das ist so richtig, Sir, daß ich mir gar keine Mühe gebe, weiter nachzuforschen. Mein junger Begleiter mag das an meiner Stelle tun und ein wenig an die Wände klopfen. Vielleicht finden wir eine hohlklingende Stelle. Leute Eures Schlags pflegen dergleichen Verstecke zu haben."

„Laßt ihn solang klopfen, wie Euch beliebt; mir wird es nur Spaß machen."

Ich war überzeugt, daß er die erwähnten Schriftstücke mitgebracht hatte. Das Suchen überließ ich jetzt dem Mimbrenjo, um Melton scharf beobachten zu können. Jeder Kriminalbeamte weiß, daß bei einer Haussuchung der Gesichtsausdruck und die Augen des Beschuldigten als willkommene Verräter dienen. Mit einigen leisen Worten wies ich den Indianerknaben an, nach hohlen Stellen der Wände und des Fußbodens zu suchen und dabei, falls ich mich räuspern sollte, sogleich von dem betreffenden Punkt abzulassen, dann aber bald wieder zu ihm zurückzukehren. Er folgte der Anweisung. Ich tat so, als ob ich meine Aufmerksamkeit auf seine Bewegungen richtete, behielt aber Melton fest im Auge. Damit er es nicht bemerkte, stellte ich mich so, daß mein Gesicht im Schatten lag.

Er beobachtete den Mimbrenjo mit zuversichtlichen Blicken; aber diese Zuversicht schien desto geringer zu werden, je näher der Rote dem Lager kam. Als er dieses erreicht hatte, hustete ich leise. Er wandte sich ab, und sogleich huschte ein Ausdruck der Befriedigung über die Züge Meltons. Da sich das einigemal wiederholte, war ich überzeugt, daß das Versteck im Lager oder in dessen Nähe zu suchen sei. Darum räusperte ich mich nun nicht mehr, als der Rote wieder dorthin kam. Er untersuchte die Decken. Ich bemerkte, daß Melton besorgt geworden war und sich dann freute, als der Knabe nichts fand.

Ich nahm mit Sicherheit an, daß ich nur im Boden unter dem Lager zu suchen brauchte, um das Gewünschte zu finden, und ließ nun nicht weiterforschen; denn ich wollte, daß Melton nichts von unserm Fund erfahren sollte. Als er sah, daß der Mimbrenjo seine Bemühungen aufgab, begann er von neuem uns zu verhöhnen; ich nahm mir aber nicht die Mühe, ihm Antwort zu geben, ließ ihn und seine beiden Alten unter der Bewachung des

Knaben zurück und stieg hinauf ins Freie zu den zehn Männern, die dort auf uns warteten. Einer von ihnen genügte, auf die roten Wächter aufzupassen; die andern mußten mir nach unten folgen, um Lebensmittel heraufzubringen. Wir brauchten diese Vorräte unterwegs, da ich nur soviel mitgenommen hatte, wie für mich und den Mimbrenjo nötig war. Dann schafften wir die Wächter hinunter in die Stube der beiden Indianerinnen, worauf die zehn die Weisung erhielten, mit den Lebensmitteln zur Höhle zurückzukehren, aber so vorsichtig, daß sie unbemerkt blieben. Ich schickte sie fort, weil Melton sie jetzt noch nicht sehn sollte.

Als das geschehn war, trug ich die zwei alten Weiber zu den Wächtern und Melton in die Stube Judiths. Er mußte aus seinem Zimmer fort, um nicht zu bemerken, daß wir dort weitersuchten; ich sonderte ihn ab, damit er von den Wächtern nicht erfuhr, daß ich Weiße bei mir gehabt hatte, von denen sie überrumpelt worden waren.

Nun ging es an die Untersuchung des Fußbodens unter dem Lager. Er bestand aus festgetretner Erde. Ich klopfte und hörte bald einen hohlen Ton. Als ich die Erde an dieser Stelle mit dem Messer entfernte, stieß ich auf einen platten Stein, den ich aufhob. Er bedeckte ein Loch, worin ich fand, was ich suchte: — eine lederne Brieftasche, die zum Schutz gegen die Feuchtigkeit wieder in ein Stück Leder eingeschlagen war. Ich öffnete sie, um einen flüchtigen Blick hineinzuwerfen, da ich mir zur eingehenden Betrachtung nicht die Zeit nehmen wollte. Sie enthielt neben mehreren Briefen eine bedeutende Anzahl zusammengefalteter Papiere, die Verträge meiner Landsleute und den Kaufvertrag über die Hazienda. In einem besondern Fach steckte ein Paket Legal-Tendernoten, deren Betrag sehr ansehnlich zu sein schien. Ich schob die Briefmappe in meine Tasche, verschloß das Loch wieder so, wie es vorher gewesen war, und breitete das Lager darüber. Hierauf trugen wir die Waffen Meltons ins Freie und gingen daran, ihn selbst auch hinaufzuschaffen. Er erhielt, um nicht laut werden zu können, einen Knebel in den Mund. Als er sich widersetzte, banden wir ihn an einen Lasso, woran er hinaufgezogen wurde. Wir machten auch die Leiter mit Hilfe unsrer Messer unbrauchbar. Das taten wir, um Zeit zu gewinnen. Wenn die Yumas mit Tagesanbruch das Fehlen der Wächter bemerkten, konnten sie nicht in den Schacht. Zwar vermochten sie sich mit Lassos hinabzulassen, freilich nur bis zum Göpel; um ihnen auch das zu erschweren, ließen wir die Trümmer der Leiter so in das Mundloch fallen, daß sie sich darin einklemmten und den Zugang hinderten. Die Leiterstücke mußten von den Yumas mühsam herausgeschafft werden; dadurch gewannen wir genug Zeit, uns so weit von Almaden zu entfernen, daß eine Verfolgung ergebnislos sein mußte.

Nachdem wir Meltons Waffen an uns genommen hatten, wollten wir mit ihm den Berg hinab und gaben ihm deshalb die Füße frei. Er weigerte sich zu gehn, doch brachten ihn einige tüchtige Kolbenstöße zu besserer Einsicht, und er schritt mit uns hinab bis zur Felsenecke, an der ich Listige Schlange mit Judith belauscht hatte. Hier fesselten wir ihn wieder und banden ihn an einen Stein, so daß er sich nicht rühren konnte. Ich wollte ihn hier liegen lassen, da er die geretteten Arbeiter und den von ihm betrognen Häuptling noch nicht erblicken sollte.

In der Höhle brannten die Lichter; ich fand die Landsleute beim Essen. Sie hatten Hunger gelitten und sich nach der Rückkehr der zehn sofort über die von diesen mitgebrachten Vorräte hergemacht. Ich sagte ihnen, daß es hohe Zeit sei, Almaden zu verlassen, da wir, wenn es Tag würde, schon weit entfernt sein müßten; sie freuten sich darüber.

Zunächst wurden die Pferde herausgeschafft; sie waren bestimmt, abwechselnd die schwächsten Leute zu tragen. Der Mimbrenjo sollte als Führer vorangehn, und ich wollte in einiger Entfernung mit Melton folgen. Der Listigen Schlange wurden die Arme auf den Rücken gebunden, und die Deutschen nahmen sie in die Mitte.

Ehe wir aufbrachen, schütteten wir den Eingang zur Höhle zu. Als sich der Zug entfernt hatte, trat ich zu Melton, um auch ihn zu holen. Ich gab ihm die Füße frei; und da er die Kolbenstöße noch nicht vergessen hatte, so ging er ohne Widerstreben mit. Der Dunkelheit wegen schlang ich noch einen Riemen um seinen Arm, den ich mit dem andern Ende an den meinen befestigte.

Ich hielt denselben Weg ein, den wir gekommen waren, ging also zunächst südwärts. Dabei wußte ich, daß sich der Mimbrenjo ebenso sicher wie ich in dieser Richtung halten und sich nicht verirren werde.

Während wir langsam dahinschritten, verging die Nacht, und der Tag begann zu grauen. Als es so hell geworden war, daß wir weit genug blicken konnten, war der Fels von Almaden längst nicht mehr zu sehn. Auch meine Kameraden vor uns bemerkten wir nicht. Ich war absichtlich so langsam marschiert, damit sie einen genügenden Vorsprung gewinnen sollten; denn ich wollte Melton durch ihren Anblick überraschen. Als wir noch über eine halbe Stunde bis zu dem Punkt benötigten, wo sich unser Weg westlich wendete, schlug ich diese Richtung schon jetzt ein und trieb den Gefangenen zu schnellerm Laufen an, weil ich den Gefährten vorauskommen wollte. Das gelang mir, weil die in dem Schacht halbverschmachteten Arbeiter nur mühsam gehen konnten. Als wir die Ecke abgeschnitten hatten und unsre alte Richtung wieder erreichten, bemerkte ich hinter uns eine lange, dunkle Linie mit zwei hervortretenden Punkten. Diese Linie waren die Fußgänger, die beiden Punkte die Pferde mit ihren Reitern. Melton hielt die Augen vorwärts gerichtet und hatte sie also nicht bemerkt. Er war mir bis jetzt gefolgt, ohne ein Wort zu sagen; nun aber schien ihn das rasche Laufen anzustrengen, und er fragte:

„Wohin wollt Ihr mich denn mit solcher Geschwindigkeit schleppen, Sir? Ich vermute, nach der Hazienda del Arroyo?“

„Allerdings, wertester Master“, antwortete ich.

„Zu Fuß? Wann denkt Ihr wohl, dort einzutreffen, zumal Ihr einen falschen Weg einschlagt?“

„Es ist derselbe Weg, auf dem ich gekommen bin, und ich meine, es ist der richtige.“

„Nein, es ist ein Umweg. Wenn wir auf den richtigen kommen wollen, müssen wir uns viel weiter nördlich halten. So ein erfahrner Prärieläufer, wie Ihr seid, sollte das wissen.“

„Der grade Weg wäre für mich der falsche; das wißt Ihr genau, und darum wollt Ihr mich verleiten, ihn einzuschlagen. Da oben im Norden halten Eure Yumas; dort geht ihre Postenlinie nach der Hazienda, und dort würden wir auch Weller treffen, der mit Indianerbegleitung ausgeritten ist, um auszukundschaften, wo ich mich mit Winnetou befinde.“

Er sah sich durchschaut, ärgerte sich darüber und machte diesem Ärger durch den höhnischen Ausruf Luft:

„Also fürchtet sich Old Shatterhand, der sich sonst doch für einen so großen Helden ausgibt!“

„Vorsicht ist noch lange nicht Furchtsamkeit, Master, und für einen Helden habe ich mich noch nie gehalten und auch noch nie ausgegeben. Ich gestehe Euch unumwunden, daß ich bei meinem gegenwärtigen Unternehmen Glück gehabt habe. Ihr kennt seinen Umfang noch gar nicht.“

„Ah“, lachte er grimmig auf, „ich kenne ihn doch! Zwei Menschen dringen trotz der Bewachung von soviel Indianern in Almaden ein und holen mich heraus! Das ist allerdings ein unbeschreibliches Glück. Ihr habt dabei auch Unglück gehabt, denn die Deutschen habt Ihr nicht gefunden und auch nicht das, was

Ihr da oben in meiner Stube suchtet. Und noch viel weniger Glück werdet Ihr von jetzt an haben. Weller wird nicht ruhen, bis er seinen Sohn befreit hat, und wird dann mit den Yumas über Euch herfallen. Ich rate Euch also, es nicht mit mir zu verderben."

„Ich erkläre Euch, daß Ihr mich mit Weller nicht ängstlich machen könnt. Seinen Sohn kann er nicht befreien, denn dieser ist von dem Herkules erwürgt worden; und wenn wir den Alten ergreifen, so werden wir wegen des Mordversuchs kurze Sache mit ihm machen. Hat er Euch erzählt, daß sein Sohn in unsre Hände geraten ist, so wird er Euch wohl auch gesagt haben, daß er mit ihm den Herkules ermorden wollte. Da dieser aber einen äußerst harten Schädel besitzt, ist ihm der Kolbenhieb gut bekommen, und er wartet mit Schmerzen darauf, mit dem Alten ebenso abrechnen zu können wie mit dem Jungen."

Melton sah mich eine ganze Weile betroffen an und rief dann aus:

„Der junge Weller tot? Ihr wollt mir damit nur einen Bären aufbinden!"

„Ich versichre Euch, daß er zwischen den gewaltigen Fäusten des Athleten erstickt ist, und der Alte wird demselben Schicksal schwerlich entgehn. Wenigstens befürchte ich nicht, daß er mit den Yumas über uns herfallen wird. Diese Indianer gelangen, wenn es nicht bereits geschehn ist, bald zur Einsicht, daß Eure Freundschaft nicht zuverlässig ist."

„Möchte den Grund wissen!" spottete er.

„Dieser Grund heißt Listige Schlange."

„Inwiefern? Er ist mein treuster Verbündeter und wird Weller alle seine Krieger gegen Euch zur Verfügung stellen."

„Ihr meint, daß Weller das von ihm verlangen wird?"

„Ja, sobald er mein Verschwinden erfährt."

„So, so! Ich denke, daß im Indianerlager nicht nur von Euerm Verschwinden, sondern auch von dem der Listigen Schlange die Rede sein wird. Oder solltet Ihr noch nicht wissen, daß der Häuptling plötzlich fort ist?"

„Ich weiß kein Wort. Fort? Wohin denn?"

„Hinunter in den Schacht!"

Bei diesen Worten wandte er mir sein Gesicht mit einem so scharfen Ruck zu, als hätte er einen Schlag an den Kopf erhalten, sah mich mit großen, starren Augen und weit offnem Mund an und fragte dann:

„In den Schacht? Wie meint Ihr das?"

„Er ist im Schacht unten eingesperrt, und zwar von derselben Person, die auch die schöne Judith eingeriegelt hat."

„Judith?“ fragte er wie abwesend.

„Freilich, Judith. Sie verzichtete auf das Gold, die edlen Steine, den Palast und auf die schönen Kleider, die ihr versprochen worden waren, weil ihr in Beziehung auf ihren Vater nicht Wort gehalten wurde und weil der Häuptling ihr das alles auch geben wollte. Da wurde sie in den Schacht gelockt und dort von einem gewissen Melton eingesperrt.“

„Mensch, seid Ihr bei Sinnen?“

„Sogar sehr! Sie wurde eingesperrt, obgleich sie gedroht hatte, daß Listige Schlange nach ihr suchen und sie von Euch fordern würde. Sie hatte sich doch am Abend vorher mit dem Häuptling verlobt und ihn auf Eure Versprechungen aufmerksam gemacht. Als die Jüdin verschwunden war, kam der Häuptling, um sich bei Euch nach ihr zu erkundigen. Er wurde überwältigt, in den Schacht geschafft und in dasselbe Loch gesperrt, worin Judith steckte.“

„Ihr tut ja, als ob Ihr allwissend wärt!“

„Der Mensch braucht nicht allwissend zu sein, um von dem, was er gehört und gesehn hat, reden zu können.“

„Wie? Was?“ fragte er, indem seine Stimme einen angstvollen Ausdruck annahm und seine Augen aus den Höhlen treten wollten. „Ihr wollt das gesehn und gehört haben?“

„Ich will nicht nur, sondern es ist in Wirklichkeit so.“

„Dann müßtet Ihr doch unten im Schacht gewesen sein!“

„Das war ich auch.“

Er blieb stehn, starrte mich abermals wie im Traum an und forschte:

„Wie wollt Ihr denn wieder heraufgekommen sein?“

Da es nicht meine Absicht war, ihm die Wahrheit zu sagen, antwortete ich mit einer Gegenfrage.

„Kann ich nicht an der Kette des Förderkastens heraufgeturnt sein?“

„Nein, denn ich habe dann den Kasten ganz hinaufgewunden.“

„Ah, jetzt kommt's! Ihr sagt, daß Ihr den Kasten dann hinaufgewunden habt. Mit diesen Worten habt Ihr Euch soeben vergessen und ein Geständnis abgelegt.“

„Nun, zum Henker, ja! Mag es meinetwegen ein Geständnis sein! Ich hab' es nur zu Euch gesagt, werde es zu keinem andern wiederholen, und was Ihr behauptet, wird man nicht glauben. Übrigens werdet Ihr gar nicht zu einer solchen Behauptung kommen, denn Weller wird bald dafür sorgen, daß Euch der giftige Atem ausgeht! Ihr scheint mit dem Satan im Bund zu stehn, denn nur er kann Euch hinunter in den Schacht geführt haben. Aber verlaßt Euch nicht zu sehr auf ihn! Der Teufel ist ein schlechter Freund und läßt einen mit Vorliebe grade dann im Stich, wenn man seine Hilfe am nötigsten hat."

„Ja, das habt Ihr wohl genugsam an Euch selbst erfahren, und grad jetzt fühlt Ihr Euch von ihm verlassen."

„Da irrt Ihr Euch gewaltig! Ich bin Euch nicht so widerstandslos preisgegeben, wie Ihr denkt. Was wollt Ihr tun, wenn ich mich hier niedersetze und nicht von der Stelle zu bringen bin?"

Er warf sich bei diesen Worten auf die Erde nieder.

„Ihr habt den Kolben schon einmal gefühlt", antwortete ich. „Er wird Euch auch diesmal zum Gehorsam bewegen."

„Versucht es doch! Ich bleibe hier und laß mich lieber zuschanden schlagen, als daß ich weitergehe. Wir sind noch nicht zu weit von Almaden und von meinen Yumas entfernt. Sie werden unsre Fährte finden und uns folgen; dann werden sie Euch erwischen und mich befreien."

„Denkt Euch das nicht so leicht! Ich bin meiner Sache sicher. Das werde ich Euch beweisen, indem ich Euch nicht zum Weitergehn zwinge. Wir werden hierbleiben und die Ankunft Eurer Yumas erwarten. Es wird sich dann zeigen, ob sie sich um Euretwillen an mich wagen. Ich werde sogar darauf verzichten, Euch die Füße wieder zusammenzubinden, damit Ihr, wenn sie kommen, versuchen könnt, ihnen entgegenzulaufen."

Ich setzte mich neben ihm nieder; er legte sich ganz hin, spuckte vor mir aus und wandte sich dann um, damit er mich nicht anzublicken brauchte. Das war mir lieb, denn in dieser Stellung sah er die Nahenden nicht, die nun am Himmelsrand erschienen. Bald konnte ich ihre Gesichter erkennen. Der Mimbrenjo schritt voran. Melton hatte ihn bei mir gesehn, und so wunderte ich mich darüber, daß er nicht nach ihm fragte. Daß sich der Indianer nicht bei mir befand, hätte seine Aufmerksamkeit erregen sollen; seine Abwesenheit mußte doch einen Grund haben.

3. Satan in Ketten

Nun waren uns die Gefährten so nah, daß wir ihre Schritte hörten. Melton horchte, richtete sich dann auf und drehte sich um. Im nächsten Augenblick sprang er auf und starrte die Nahenden an, als wären sie Gespenster.

„Alle Wetter! — Wer kommt denn da?"

„Eure Yumas, die Euch befreien werden", antwortete ich. „Hoffentlich freut Ihr Euch, daß sich Eure Erwartung so bald erfüllt."

„Verwünschter Kerl! Du stehst wirklich mit dem Teufel im Bund!"

Indem er mir diese Worte entgegenzischte, versetzte er mir einen Fußtritt und rannte so schnell davon, wie es ihm mit gebundnen Händen möglich war. Der Fluchtversuch war lächerlich; ich stand ruhig auf, tat aber keinen Schritt, ihn zu verfolgen. Ein solches Bemühn war durchaus unnötig, denn als die Befreiten, die sich uns bis auf vierzig Schritte genähert hatten, ihn erkannten und davoneilen sahn, erhoben sie ein lautes Geschrei und rannten hinter ihm her; nur der Mimbrenjo blieb stehn und rief mir lachend zu:

„Der Vogel wird nicht weit kommen, denn die Flügel sind ihm gebunden."

Den Verfolgern voran waren Judith und Listige Schlange. Das Mädchen war nicht lang eingekerkert gewesen, hatte keine Not gelitten und besaß also mehr Kräfte als die andern. Ganz dasselbe galt von dem Häuptling. Zwar waren auch ihm die Hände gebunden, aber der Grimm, der sich seiner beim Anblick Meltons bemächtigte, beflügelte seine Schritte. Er hetzte ihm nach, bis er ihn erreicht hatte, dann eilte er absichtlich einige Schritte über ihn hinaus, machte eine Wendung und rannte mit solcher Kraft gegen ihn, daß Melton zu Boden stürzte und sich zweimal überschlug. Er kam nicht zu dem Versuch, sich aufzurichten; der Häuptling lag schon auf ihm und hielt ihn trotz seiner gefesselten Hände bei der Kehle. Sie rangen miteinander und wälzten sich dabei einigemal um und um, bis Judith dem Roten half. Die Jüdin befand sich in einer Aufregung, die sie alle Weiblichkeit vergessen ließ. Sie schrie in einem fort und schlug dabei mit geballten Fäusten auf Melton ein, bis die andern kamen, denen sie Platz machen mußte.

Nun gab es einen Knäuel von lärmenden Menschen, die Melton in der Mitte hatten. Ich fürchtete für sein Leben und eilte darum hin, um den Mißhandlungen Einhalt zu tun. Als ich mir durch die Leute Bahn gebrochen hatte, sah ich ihn auf der Erde liegen; mehrere hielten ihn fest, und Judith bearbeitete mit Fäusten und Nägeln sein Gesicht in einer Weise, daß ich sie wegriß und ihr zornig zurief:

„Was fällt Ihnen ein! Überlassen Sie den Menschen uns Männern! Sie sind ja zur Furie geworden."

„Der Halunke hat es verdient, daß ich ihm die Augen auskratze", keuchte sie atemlos. „Er hat mich betrogen und eingesperrt. Ich sollte da unten im Schacht sterben."

Sie wollte wieder zu ihm hin; ich schleuderte sie aber fort und warnte die andern.

„Daß keiner von euch sich weiter an ihm vergreift! Er gehört mir und wird seiner Bestrafung nicht entgehn. Wer nicht gehorcht, bekommt es mit mir zu tun!"

Sie wichen zurück, und ich richtete Melton, der übel zugerichtet war, vom Boden auf. Er schrie wie ein Tier; seine Augen waren mit Blut unterlaufen, und seine geifernden Lippen brachten die Verwünschungen, die er mir entgegenwarf, nur undeutlich hervor. Es war das Lallen des Grimms und der größten Wut. Ich machte diesem Wüten dadurch ein Ende, daß ich ihm einen Knebel in den Mund stecken ließ. Er drohte zwar zu ersticken, doch brachte die Angst, die ihm das verursachte, ihn bald zur Ruhe.

Listige Schlange hatte Melton zwar niedergeworfen und festgehalten, bis die andern hinzugekommen waren; dann jedoch hatte er von ihm gelassen. Sein Stolz gestattete ihm nicht, sich an den Mißhandlungen zu beteiligen; aber in seinen dunkeln Augen glühte das Feuer unversöhnlichen Hasses. Er wandte sich, da rundum Ruhe eingetreten war, mit der Frage an mich:

„Was gedenkt Old Shatterhand mit diesem verräterischen Bleichgesicht anzufangen?"

„Das kann ich jetzt noch nicht sagen, ich muß es mit Winnetou beraten."

„Das ist nicht nötig, denn der Häuptling der Apatschen wird alles gutheißen, was Old Shatterhand bestimmt. Beide sind wie einer, und was der eine will, das will stets auch der andre."

„Zu welchem Zweck spricht Listige Schlange diese Worte?"

„Eines Vorschlags wegen, den ich meinem weißen Bruder machen möchte. Old Shatterhand mag mit auf die Seite treten, da ich mit ihm allein sprechen will."

Ich entfernte mich mit ihm so weit, daß Melton uns nicht hören konnte. Dann begann der Indianer mit der Frage:

„Wird Old Shatterhand mir sagen, ob er mich für einen Lügner hält?"

„Einen Lügner? Der Name meines roten Bruders könnte Mißtrauen erwecken; dennoch glaube ich, daß Listige Schlange die Wahrheit liebt und viel zu stolz ist, sich eine Treulosigkeit zuschulden kommen zu lassen."

„Mein Bruder hat recht; ich danke ihm. Ich will ihm mitteilen, daß ich Frieden mit ihm schließen möchte, nicht nur für mich selbst, sondern auch für meine Krieger."

„Was wird euer Oberhäuptling, der Große Mund, dazu sagen?"

„Er wird beistimmen."

„Das bezweifle ich: er hat eine Blutrache gegen mich, weil ich seinen Sohn, den Kleinen Mund, getötet habe."

„Er mag das allein mit Old Shatterhand abmachen; ich habe mit seiner Rache nichts zu tun. Als wir den Zug nach Almaden unternahmen, haben wir ihn zu unserm Anführer ernannt; wir können den, den wir wählen, auch wieder absetzen. Die Yumas zerfallen in viele Stämme; er ist der Häuptling des seinigen, und ich bin der Häuptling des meinigen. Er ist nicht mehr, als ich bin. Er hat mir Kampf geboten, ich aber erkenne jetzt, daß Frieden besser ist. Darum bin ich bereit, mit Old Shatterhand im Namen meines Stammes die Friedenspfeife zu rauchen."

„Mein roter Bruder wird den Frieden nur unter gewissen Bedingungen schließen wollen. Er mag mir seine Wünsche mitteilen!"

„Es sind nur zwei. Mein erster Wunsch ist der, daß Old Shatterhand nicht dagegen ist, daß ich die weiße Blume, die Judith heißt, zu meiner Squaw mache."

„Ich habe gar nichts dagegen. Darüber sind wir also einig. Welches ist nun der zweite Wunsch?"

„Ich will Melton haben!"

„Das dachte ich mir. Listige Schlange glaubt, daß ich über den Mann verfügen kann?"

„Ja. Nach unsern Gesetzen kann Old Shatterhand mit ihm machen, was er will. Wir befinden uns auf dem Gebiet der roten Stämme, also gilt hier das Recht der Yumas."

„Mein roter Bruder kann Melton bekommen. Hat er aber damit gerechnet, daß auch ich Bedingungen stellen werde?"

„Ja. Ich möchte sie hören."

„Ich fordre zunächst Frieden zwischen deinem Stamm und allen Bleichgesichtern, die sich hier bei uns befinden."

„Listige Schlange ist einverstanden."

„Sodann verlange ich, daß sich der Friede auf alle Mimbrenjos erstreckt, die meine Freunde sind."

„Die Mimbrenjos sind unsre Feinde; ich brauche nur zu befehlen, so fallen meine dreihundert Krieger über sie her. Wenn du verlangst, daß wir sie schonen, muß ich außer meinen bisherigen Bedingungen noch einige andre stellen."

„Behalte sie für dich! Wie die Sache liegt, können meine Mimbrenjos dir viel eher Vorschriften machen als du ihnen; du hast vergessen, daß Winnetou ihr Anführer ist, und daß auch ich ihnen beistehe. Wir haben deine dreihundert nicht gefürchtet und werden sie jetzt, da du mein Gefangener bist, erst recht nicht fürchten. Was hindert uns, nach Norden zu reiten und eure Pferde wegzunehmen?"

„Wißt ihr denn, wo sie sind?"

„Allerdings. Übrigens bist du ja nicht der einzige, der in unsre Hände geraten ist. Wie ich dir schon sagte, haben wir alle vierzig Yumas gefangen, die zwischen hier und der Hazienda aufgestellt waren; der Schnelle Fisch ist auch dabei. Sobald ihr uns bedroht, werden sie erschossen."

Dieser Hinweis machte ihn stutzig. Er sah eine Weile sinnend vor sich hin, bis ich fortfuhr:

„Also wirst du einsehn, daß wir nicht nötig haben, uns Bedingungen des Friedens vorschreiben zu lassen. Ihr könntet euch überdies hier nicht halten: die Wagen, die ihr aus Ures erwartet, sind mit allen Lebensmitteln und der sonstigen Fracht von uns weggenommen worden."

„Uff! So gibt es hier nichts zu essen. Wir haben nur noch auf zwei Tage Vorrat. Ist er zu Ende, so müssen wir entweder hungern oder diese Gegend, in der es kein Wild gibt, verlassen."

„Ja, ihr seid hilfloser, als du bis jetzt gedacht hast. Ich bleibe also bei meiner Forderung, daß der Friede, den wir schließen werden, sich auch auf die Mimbrenjos erstreckt."

„Und wenn ich mich weigere?"

„Das wäre sehr schlimm für dich. Wir haben nur noch Weller zu fangen, dann nehmen wir euch die Pferde weg, warten, bis der Starke Büffel mit mehreren hundert Mimbrenjos kommt, und vernichten deinen ganzen Stamm. Du selbst aber wirst mit Melton und Weller dem Richter überliefert und auf viele Jahre ins Gefängnis gesperrt."

Ein freier Indianer und jahrelang eingesperrt! Entsetzlicheres kann es für einen Sohn der Wildnis nicht geben! Der Schreck fuhr ihm in alle Glieder, und er entschied sich schnell:

„Ich sehe ein, daß mein Bruder recht hat; die Mimbrenjos sollen also in den Frieden mit eingeschlossen sein. Hat Old Shatterhand noch weitere Bedingungen?"

„Für jetzt nicht. Meine sonstigen Vorschläge werde ich während der Beratung machen, denn ich nehme an, daß Listige Schlange das Kalumet nicht mit mir rauchen wird, bevor er mit seinen ältesten Kriegern gesprochen hat."

„Ja, sie müssen zur Beratung gezogen werden. Wird Old Shatterhand mit mir zu ihnen gehn, oder wollen wir sie kommen lassen?"

„Wir werden sie zu uns rufen."

„So brauchen wir einen Boten. Wen wird mein weißer Bruder senden?"

„Den Mimbrenjoknaben."

„Ich werde ihm meinen Wampum mitgeben als Beweis, daß ich bei euch bin und daß alles, was er meinen Kriegern sagt, wahr ist. Er mag ihnen erzählen, was geschehn ist, und die fünf erfahrnen Krieger herbeibringen, deren Namen ich ihm nennen werde; sie sollen unbewaffnet erscheinen, um zu zeigen, daß sie ohne Arg im Herzen sind."

Der Mimbrenjo erhielt ausführliche Anweisungen und ritt auf Winnetous Pferd davon. Die Gesellschaft lagerte sich in einem Kreis, in dessen Mitte Melton genommen wurde; ich aber ließ mich außerhalb nieder, um unbemerkt den Inhalt der Brieftasche zu untersuchen. Zunächst zählte ich den Betrag der Banknoten. Der Mann war bedeutend reicher mit Geldmitteln versehn, als ich geglaubt hatte, denn die Summe betrug etwas über dreißigtausend Dollar. Ob das Geld sein Eigentum war oder den Wellers mitgehörte oder aus der Mormonenkasse stammte, ging mich nichts an. Sodann fand ich die schon erwähnten Verträge, auch den über den Verkauf der Hazienda del Arroyo, und endlich eine Anzahl Briefe, die ich las. Die meisten stammten aus Utah, einige aus San Franzisko; alle aber bewiesen, daß Melton über die Grenze gekommen war, um im Auftrag der Mormonen eine größere Landstrecke zu erwerben. Zwei oder drei von ihnen enthielten Beweise dafür, daß er sich mit den Wellers verbunden hatte, die Erwerbung auf unehrlichem Weg vorzunehmen, um sich eine ansehnliche Summe für die eigne Tasche zu verdienen.

Ein einziger Brief war andern Inhalts. Der Umschlag war nicht dabei, und da die Angabe des Datums und des Aufgabeorts fehlte, so wußte ich nicht, aus welcher Zeit und woher er stammte. Die Schrift hatte aber eine so frische Färbung, daß ich annahm, dieser Brief sei erst in neuerer Zeit geschrieben worden. Er war „dear uncle", also „lieber Onkel" überschrieben, und enthielt anfangs Mitteilungen unverfänglicher Art, während am Ende folgende Zeilen meine Aufmerksamkeit erregten:

„Und fragst Du, wovon ich hier lebe, so kann ich Dich durch die Versicherung beruhigen, daß es mir sehr wohl geht. Ich habe im Spiel Glück und habe außerdem einen Freund gefunden, dessen wohlgefüllte Tasche mir stets offen steht. Erinnerst Du Dich noch des einstigen reichen Heeresversorgers, dessen Bekanntschaft Du in St. Louis gemacht hast? Er war ein geborner Deutscher, spielte sich aber gern als Yankee auf und hatte darum seinen ursprünglichen Namen Jäger in das englische Hunter verwandelt. Wie ich jetzt erfahren habe, ist er als Schustergeselle von drüben herübergekommen, hat trotz seiner Dummheit großes Glück gehabt und hat es durch eine Heirat zu einem gutgehenden Ladengeschäft in New York gebracht. Während des Krieges gegen die Südstaaten lieferte er für das Heer Schuhwerk und andres. Er verdiente damit einen unendlichen Haufen Geld.

Jetzt arbeitet er nicht mehr, ist kränklich geworden und gibt sich Mühe, seine ungeheuern Zinsen immer wieder zum Vermögen zu schlagen, obgleich er das nicht nötig hat, da seine Frau gestorben ist und er nur ein einziges Kind, einen Sohn, besitzt, der als Alleinerbe später gewiß genug zum Leben hat. Der Alte ist geizig, hat seinen armen Verwandten drüben noch nie einen Pfennig geschickt, besitzt dabei jedoch eine solche Affenliebe für den Jungen, daß der Bursche das Geld zum Fenster hinauswerfen kann, ohne den geringsten Vorwurf fürchten zu müssen. Sein Vater hat ihm in Verleugnung seiner deutschen Abstammung den seltsamen Vornamen Small gegeben. Er ist ein hübscher junger Mensch, verzogen, ohne Charakter und Willenskraft, sonst aber kein übler Kerl. Er besitzt nicht eine Spur von Menschenkenntnis und ist so vertrauensselig gegen jedermann, daß er alle die Blutegel, die sich an seinen Geldbeutel gehängt haben, für wahre Freunde hält. Es wird mir aber gelingen, ihm zu meinem Vorteil die Augen zu öffnen, denn ich habe dadurch, daß ich seine Schwächen begünstige, großen Einfluß auf ihn gewonnen.

Wie ich diesen Small Hunter, der für uns ein fetter Bissen werden kann, kennengelernt habe, fragst Du? Nun, auf eine höchst eigentümliche Weise! Ich wurde gleich am ersten Tag nach meiner Ankunft hier von einem Kellner mit Mister Hunter angeredet. Das wurde von andern Personen wiederholt, und als ich dann während eines Konzertes diesem Mister Hunter vorgestellt wurde, standen wir uns eine Weile gegenüber, ohne ein Wort zu sagen. Wir sind einander nämlich zum Verwechseln ähnlich, und zwar in Beziehung auf die Gestalt, die Gesichtszüge und die Stimme. Und wenn ich seinen etwas langsamen und schlotternden Gang annehme, wird auch sein vertrautester Bekannter sich täuschen lassen. Das ist ein Zufall, den ich benutzen werde und der ihn veranlaßte, mir sofort seine Freundschaft zu schenken. Es macht ihm großen Spaß, mit mir verwechselt zu werden. Zunächst gewinne ich ihm im Spiel auf unauffällige Weise soviel ab, wie ich brauche.

Er hat sich mir vollständig angeschlossen, behandelt mich wie einen Zwillingsbruder und wünscht, daß ich ihn nächstens auf einer großen Reise begleite. Er reist nämlich leidenschaftlich gern, und sein sonst so geiziger Vater setzt dem trotz der Kosten nichts entgegen. Er hat bereits die Vereinigten Staaten durchstreift, war in Kanada und Mexiko und ist sogar schon in Brasilien und England gewesen. Jetzt spukt der Orient in seinem Kopf. Ich gebe mir alle Mühe, ihn in seinem Plan zu bestärken. Es würde mir auf diese Weise möglich, meinen Vater zu treffen, der wegen Old Shatterhands aus dem Land flüchten mußte und, wie Du weißt, drüben in Nordafrika eine Zuflucht gesucht hat.

Nun sitzen wir von früh bis spät abends beieinander und vertiefen uns mit Hilfe zweier Lehrer in die türkische und arabische Sprachlehre, lesen Haremsgeschichten und zeichnen weiße Dienerinnen und dunkle Sklavinnen an die Wände. Da Small gut veranlagt ist und seinen Reiseplan mit wahrem Feuereifer verfolgt, so macht er in den beiden Sprachen schnelle Fortschritte, und ich muß ihm wohl oder übel folgen. Noch einige Monate, und wir werden, vom Alten mit tüchtigen Schecks versehn, über den Atlantischen dampfen.

Ich schreibe Dir das mit solcher Ausführlichkeit, weil ich Deine Findigkeit kenne und von Dir einen Rat erwarte, wie ich mir die Verhältnisse, besonders die wahrhaft verblüffende Ähnlichkeit, am besten zunutze machen kann. Schreib mir also bald, was und wie Du darüber denkst, doch ja nicht hierher, sondern an meine letzte Anschrift, da ich in diesem Falle sicher bin, daß der Brief nicht in falsche Hände gerät.

Dein Neffe Jonathan."

Der Brief war für mich aus mehreren Gründen von großer Bedeutung. Zunächst, weil darin mein Name genannt wurde. Der

Vater des Schreibers war also durch mich gezwungen worden, aus dem Land zu gehn. Das konnte kein andrer sein als Meltons Bruder, den ich seinerzeit von Fort Uintah bis nach Fort Edwards gejagt hatte. Es war ihm dort gelungen, zu entfliehn, und die Polizei hatte keine Spur von ihm zu finden vermocht. Jetzt erfuhr ich durch diesen Brief, daß sich Thomas Melton „drüben in Nordafrika" befand. Aber wo? Ich nahm an, daß er weder Türkisch noch Arabisch verstanden hatte; aber es gibt in Alexandrien, Kairo, Tunis und Algier Engländer und Amerikaner genug, die in der ersten Zeit ebenso nur des Englischen mächtig gewesen sind. Mochte er sich da oder dort befinden, mir konnte das gleich sein; er ging mich nichts an.

Anders freilich war es mit Small Hunter, der sich in großer Gefahr befand, von seinem falschen Freund betrogen zu werden. Er war der Sohn eines Deutschen, und ich hätte ihn gern gewarnt. Aber das war unmöglich, denn ich befand mich jetzt im Innern von Nordmexiko, er aber in den Vereinigten Staaten, und ich wußte auch nicht den Ort, wo er sich aufhielt. Auch den derzeitigen Wohnsitz seines Vaters kannte ich nicht. Dennoch steckte ich den Brief zu mir, während ich die andern dem Juriskonsulto zum strafrechtlichen Gebrauch auszuhändigen gedachte.

Eben hatte ich die Brieftasche geschlossen und in meine Tasche zurückgeschoben, als Melton, den ich wieder von dem Knebel befreit hatte, mich rief. Ich ging zu ihm, um zu hören, was er wolle. Er sah geradezu abstoßend aus. Sein zerschlagnes und zerkratztes Gesicht begann anzuschwellen.

„Sir, wohin habt Ihr den Indianerjungen geschickt?" fragte er. „Ich muß auch wissen, was Ihr mit dem Häuptling so heimlich auszumachen hattet!"

„Warum soll ich's Euch verschweigen? Ihr werdet es ja sowieso sehr bald erfahren und einsehn, daß Ihr Euch verrechnet habt, als Ihr glaubtet, Euch auf die Yumas verlassen zu können. Ich werde mit ihnen Frieden schließen."

„Die werden sich hüten!"

„Sie werden sich nicht hüten, denn Listige Schlange hat es mir freiwillig angeboten."

„Hat er das? Der Kerl verlangt wohl seine Freiheit, und Ihr wollt ihm diesen Wunsch erfüllen?"

„Ich werde noch mehr tun."

„Er verlangt noch mehr?"

„Ja. Judith zur Frau."

„In Henkers Namen! Sie sind einander zu gönnen. Er ist ein

rothäutiger Schurke, der die hellsten Lügen gegen mich aussagen wird, und sie hat alle möglichen Feinheiten, die den, der das Glück hat, ihr Mann zu sein, verrückt machen können. Verlangt er noch mehr?“

„Ich soll Euch ihm ausliefern.“

„Das werdet Ihr nicht tun, Master!“ rief er, indem er sich erschrocken halb aufrichtete. „Bedenkt, welche Verantwortung Ihr damit auf Euch ladet! Ihr habt doch sonst ein so zartes Gewissen! Warum nicht auch hier?“

„Weil ich an Euch auch nichts Zartes bemerkt habe. Selbst wenn ich Bedenken hegen wollte, könnte ich es so einrichten, daß ich mein Gewissen nicht zu beschweren brauche. Es ist ja gar nicht nötig, daß ich Euch ihm ausliefere.“

„Gut, gut! Das wollte ich wissen“, meinte er befriedigt.

„Ich lasse Euch laufen“, fuhr ich fort. „Im nächsten Augenblick wird der Häuptling Euch beim Schopf haben.“

„Wieso? Er ist doch Euer Gefangener! Wollt Ihr ihn wirklich freilassen?“

„Ja.“

„Das geht nicht, das dürft Ihr auf keinen Fall! Wenigstens nicht so schnell, nicht jetzt! Laßt ihn erst los, wenn ich mich in Sicherheit befinde! Er würde die Freiheit sofort dazu benutzen, sich an mir zu rächen.“

„Dazu hat er auch allen Grund und alles Recht, während ich nicht den mindesten Grund und nicht das mindeste Recht habe, Euch gegen ihn in Schutz zu nehmen.“

„So mag ich nicht frei sein, sondern verlange, daß Ihr mich dem Gericht ausliefert. Es ist ein Verbrechen von Euch, mich festzunehmen und mit Euch herumzuschleppen; aber ich will das gern dulden und nichts dazu sagen.“

„Wenn Ihr so sehr überzeugt seid, daß es ein Verbrechen ist, so werde ich Euch lieber loslassen.“

„Aber vor dem Indianer?“

„Nein, nach ihm. Bald werden die hervorragendsten seiner Krieger erscheinen, um sich mit mir zu beraten. Sind sie zum Frieden geneigt, so rauchen wir das Kalumet und ich gebe ihn frei.“

„So laßt mich jetzt los!“

„Wie kann ich das tun, da ich noch gar nicht weiß, ob ich mit den Yumas einig werde? Und grad Eure Auslieferung ist die Hauptbedingung, worauf sie dringen werden. Gebt Euch keine weitere Mühe! Ich werde dafür sorgen, daß die Vergeltung ihre starken Hände an Euch legt.“

„So seid Ihr kein Mensch mehr, sondern ein Teufel! Ihr könntet Euch mit dem begnügen, was Ihr schon an uns verübt habt!“

„An uns, sagt Ihr? Wen meint Ihr da?“

„Meinen Bruder, den Ihr ins Elend gebracht habt! Ihr habt ihn damals nach Fort Edwards geschleppt!“

„Ach, jenen Spieler, der in Fort Uintah einen Offizier und zwei Soldaten erschoß? Der ist Euer Bruder? Das hättet Ihr lieber verschweigen sollen, denn eine solche Verwandtschaft kann mich nicht zur Nachsicht stimmen.“

„So nehmt die Sache doch einmal anders! Denkt daran, daß mein Bruder schon um seinetwillen den grimmigsten Haß gegen Euch haben muß! Wenn er erfährt, wie Ihr Euch nun auch gegen mich verhaltet, wird er nicht ruhn, bis er sich und mich gerächt hat.“

„Ich fürchte seine Rache nicht; er ist verschwunden und verschollen.“

„Scheinbar! Er ist noch immer hier.“

„Wo?“

„Das werde ich Euch natürlich nicht sagen. Wo er sich befindet, weiß nur ich allein.“

„Noch zwei andre wissen es.“

„Wer sind sie?“

„Ich und Euer Neffe Jonathan.“

„Jon . . .“, er brachte nur die erste Silbe dieses Namens hervor, stierte mir eine ganze, lange Minute ins Gesicht und fuhr dann stockend fort:

„Wer hat — Euch gesagt — daß ich — einen Neffen habe?“

„Das ist gleichgültig. Eine Familie wie die Eure behält man gern im Auge, um sich und andre vor Schaden zu bewahren.“

„Ihr wollt nur wichtig tun! Wenn Ihr nicht lügt, so sagt mir doch einmal, wo sich mein Bruder befindet!“

„Jenseits des Atlantischen Ozeans.“

„Das Atlan—tischen? Was wollt Ihr damit sagen?“

„Daß Ihr Euern Bruder aus dem Orient holen müßtet, wenn er sich an mir rächen sollte. Doch fällt mir dabei ein, daß es gar nicht nötig wäre. Euer Jonathan will ja nach dem Orient; dem könnt Ihr den Auftrag mitgeben.“

„Jonathan — nach dem Orient? Ihr träumt wohl?“

„Möglich! Ich träume sogar mehr, als Ihr ahnt, so etwa auch noch von einem gewissen Small Hunter, der sich mit türkischer und arabischer Sprachlehre beschäftigt und in naher Zeit mit einigen Schecks seines geizigen Vaters über den Ozean dampfen will. Vielleicht findet sich der junge Master mit Eurem Neffen zusammen."

Da gab es ihm einen Ruck, als ob er völlig aufspringen wollte; aber die Fesseln hinderten ihn; dann spuckte er nach mir und schrie erbost:

„In dir stecken mehr als hundert Teufel! Mag dich die Hölle verschlingen!"

Dann drehte er sich auf die Seite, um mich nicht ferner sehn zu müssen. Ich kehrte an meinen Platz zurück.

Wir waren von Almaden bis zu der Stelle, wo wir lagen, längere Zeit unterwegs gewesen; das kam daher, daß wir uns erst südwärts gewendet hatten. In der Luftlinie befanden wir uns jetzt nur eine Wegstunde vom Lager der Yumas entfernt. Ich nahm an, daß der Mimbrenjo mit seinem guten Pferd etwa eine Viertelstunde gebraucht hatte, um die Strecke zurückzulegen; eine halbe Stunde rechnete ich auf seine Besprechungen dort; er konnte also nach Verlauf einer Stunde wieder zurück sein, wenn er den Yumas voranritt; denn zu führen brauchte er sie nicht, da sie uns mit Hilfe seiner Fährte leicht finden konnten. Sie mußten gehn; darum konnten sie nicht eher als sieben Viertelstunden nach dem Aufbruch des Mimbrenjo bei uns sein.

Die Zeit verging, ohne daß sich der Knabe blicken ließ; ich glaubte infolgedessen, daß er als Führer bei ihnen geblieben sei, und beruhigte mich dabei. Als dann nicht viel am Ablauf der zweiten Stunde fehlte, sahen wir fünf oder sechs Fußgänger von Norden her auf uns zukommen. Es waren die Indianer; aber der Mimbrenjo befand sich nicht bei ihnen. Wo war er geblieben? Ich war überaus gespannt, das zu erfahren.

Es war augenscheinlich, daß sie der Spur folgten, die er bei seinem Hinritt verursacht hatte, denn sie hielten die Augen zu Boden gerichtet. Als sie nahe genug gekommen waren, richtete sich Listige Schlange auf, und ich tat ebenso; da erkannten sie uns und eilten nun schneller herbei. Sie waren gegen den Befehl ihres Häuptlings bewaffnet, legten aber in einer Entfernung von vielleicht zweihundert Schritten ihre Messer, Bogen und Lanzen nieder und kamen dann vollends heran. Die Waffen hatten sie mitgenommen, weil sie unterwegs in die Lage geraten konnten, sie zu gebrauchen.

Sie taten so, als sähen sie nicht, daß der Listigen Schlange die Hände gebunden waren, betrachteten mich mit achtungsvollen Blicken und nahmen die Gruppe der Deutschen kurz in Augenschein; Melton schienen sie nicht zu bemerken. Das war ein gutes

Zeichen für mich. Da sie ihn mit solcher Verachtung straften, durfte ich annehmen, daß sich der Mimbrenjo seines Auftrags glücklich entledigt hatte und daß sie von der Treulosigkeit Meltons überzeugt worden waren. Ich nahm dem Häuptling, um ihm mein Vertrauen zu zeigen, die Fesseln ab und sagte dabei:

„Mein roter Bruder soll der Beratung als freier Mann beiwohnen; sie kann sofort beginnen, nachdem ich erfahren habe, weshalb mein Bote, der junge Mimbrenjo, nicht mitgekommen ist."

Einer der Yumas übernahm die Antwort:

„Er ist nach Westen geritten, um Weller getrieben zu bringen."

„Weller?" fragte ich. „Das ist eine große Unvorsichtigkeit, denn der war uns sicher; er mußte ihn mir überlassen."

„Old Shatterhand ist ein berühmter Krieger; meine Taten aber sind klein; er mag verzeihn, daß ich nicht seiner Meinung bin. Weller stand im Begriff, für immer zu entkommen."

„Wieso? Er ist auf Kundschaft gegangen und wird also wiederkehren; so muß er uns grad in die Arme laufen."

„Nun nicht mehr, denn er kehrte zurück, als der Mimbrenjo seine Botschaft ausgerichtet hatte."

„Das ist freilich etwas andres. Ihr habt ihm gesagt, worum es sich handelt?"

„Ja, denn er fragte, was der Mimbrenjo bei uns wolle."

„Wie nahm er die Kunde auf?"

„Erst war er so erschrocken, daß er kaum sprechen konnte; dann forderte er von uns, wir sollten gegen Old Shatterhand und seine Bleichgesichter aufbrechen. Das taten wir nicht, da Listige Schlange uns benachrichtigt hatte, daß Friede geschlossen werden soll."

„Warum habt ihr ihn nicht festgehalten?"

„Er ist jetzt noch unser Freund und Bruder; der Vertrag, den wir abgeschlossen haben, ist noch nicht zerrissen, und der Friede mit dir muß erst geschlossen werden. Darum konnten wir ihn nicht halten; wir hinderten aber auch den Mimbrenjo nicht, ihm nachzureiten."

„War Wellers Pferd gut?"

„Ja, aber es war ermüdet und hatte Durst."

„So wird ihn der Mimbrenjo rasch einholen; es wird zwischen ihnen zum Kampf kommen, was ich gern verhindern möchte."

Da erwiderte der Häuptling:

„Wenn Old Shatterhand fort will, um dem Mimbrenjo zu helfen, so mag er getrost reiten. Er braucht nicht zu besorgen, daß wir in seiner Abwesenheit eine Untreue begehn. Seine Bleichgesichter mögen die Waffen meiner Krieger an sich nehmen und uns bis zu seiner Rückkehr als ihre Gefangenen betrachten.“

Das war viel, dennoch ging ich nicht darauf ein.

„Ich bleibe noch hier. Wenn wir uns beeilen, werde ich wohl noch zur rechten Zeit bei dem Mimbrenjo eintreffen.“

„Es gibt vieles zu besprechen, und wenn man das zu schnell tut, kann später leicht eine falsche Auslegung vorkommen. Also ist es besser, mein Bruder reitet fort, und wir beraten uns, wenn er zurückgekehrt ist.“

Da fiel der vorige Sprecher ein:

„Er wird bleiben können, denn ehe der Mimbrenjo fortritt, hat er gesagt, daß er Weller getrieben bringen will, nicht aber, daß er mit ihm zu kämpfen beabsichtigt. Er ist noch jung, aber er hat ein ausgezeichnetes Pferd und scheint an Überlegung älter als an Jahren zu sein.“

Als ob sich die Wahrheit dieser Worte im Augenblick bestätigen sollte, ertönte jetzt ein Schuß, und im Nordwesten wurde ein Reiter sichtbar, der in südlicher Richtung ritt. Wir bemerkten, daß er bald nach dieser, bald nach jener Seite von der Linie abwich. Dabei näherte er sich uns immer mehr. Es war klar, daß er vor jemand floh, der ihn uns zutreiben wollte.

Nun erblickten wir auch den Verfolger. Er war kleiner als der erste Reiter und hatte ein weit schnelleres Pferd. Wir hatten also Weller und den Mimbrenjo vor uns. Der Flüchtling gab von Zeit zu Zeit einen Schuß auf den Bedränger ab, doch ohne zu treffen, und der Knabe schoß ebenfalls hier und da, um Weller abzuhalten, rechts oder links auszubrechen. Auch seine Kugeln trafen nicht.

Ich mußte dem Mimbrenjo seine Aufgabe erleichtern, stieg deshalb in den Sattel und ritt den beiden entgegen. Als Weller das bemerkte, strengte er sein Pferd aufs äußerste an, um südwärts zu entkommen. Nach zwei Minuten aber hatte ich ihn nicht nur eingeholt, sondern war schon über ihn hinaus, hielt mein Tier an und nahm das Gewehr an die Wange.

„Herab vom Gaul, Master Weller, sonst wirft Euch meine Kugel herunter!“

Er ließ ein grimmiges Lachen hören, warf sein Pferd an die andre Seite und legte dabei seine Flinte auf mich an. Der Mensch konnte im Reiten unmöglich sicher zielen. Sein Schuß krachte, aber von seiner Kugel fühlte ich nichts.

Er hatte sich verrechnet: als er gewendet hatte, sah er den Mimbrenjo vor sich, der sein Pferd auch angehalten hatte und ihm das Gewehr entgegenhielt. Der auf diese Weise zwischen zwei

Feuer Genommene hatte nun nur noch einen Ausweg vor sich: die Richtung, wohin ihn der Mimbrenjo hatte haben wollen — nach unserm Lagerplatz. Er schlug sie ein und spornte sein Pferd so an, daß wir es stöhnen hörten. Meine Landsleute trugen keine Waffen, womit sie ihn hätten anhalten können, und der Mimbrenjo war weit zurück; ich war also auf mich angewiesen und folgte ihm. Ich hätte ihm eine Kugel geben, ihn durch eine Wunde aus dem Sattel werfen können, wollte ihn aber lebendig und unverletzt ergreifen. Daher nahm ich mir vor, ihn mit der Hand zu fassen.

Weller besaß eine Doppelflinte, deren einer Lauf leergeschossen war; anstatt wieder zu laden, verließ er sich auf den zweiten. Ich jagte hinter ihm her, doch nicht grad auf ihn zu. Bevor ich ihm so nahe kam, daß ich ihn packen konnte, mußte erst die Kugel aus seinem zweiten Lauf. Darum rief ich ihn abermals an:

„Haltet an, Master, sonst schieße ich!"

Er ließ sich durch die Drohung verleiten, drehte sich um und schoß selber. Ich sah den Lauf genau auf meinen Oberkörper gehalten; der Schuß war diesmal nicht ins Blaue gerichtet. Darum warf ich mich nach Indianerart auf die Seite des Pferdes herab, richtete mich, als die Kugel über mir weggeflogen war, wieder auf und jagte auf ihn zu. Da er nun keine Zeit zum Wiederladen hatte, warf er die Flinte weg und zog den Revolver aus dem Gürtel. An diese Waffe hatte ich nicht gedacht. Es wäre die größte Torheit gewesen, ihn trotzdem noch packen zu wollen. Darum gebot ich ihm:

„Weg mit dem Schießeisen, sonst feure ich nun wirklich!"

Er gehorchte nicht, sondern wartete, um sicher treffen zu können, daß ich noch näher kommen sollte. Mein Pferd galoppierte, dennoch stellte ich mich in den Bügeln auf, um einem Stoß zu begegnen und besser zielen zu können, legte den Stutzen an und drückte ab. Weller stieß einen Schrei aus, ließ den Revolver fallen und den Arm sinken. Einige Sekunden später war ich an seiner Seite, warf den Stutzen auf den Rücken und streckte beide Arme nach ihm aus, indem ich mich zu ihm hinüberbog.

„Hinunter mit Euch! Und wenn Ihr nicht freiwillig wollt, so werfe ich Euch hinab!"

Ich faßte ihn, um ihn aus dem Sattel zu reißen. Da zog er einen zweiten Revolver hervor und hohnlachte:

„Das geht nicht so schnell, Master Shatterhand. Ihr habt nicht mich, sondern ich habe Euch."

Er wollte abdrücken, kam aber nicht dazu, denn ich hieb ihm mit der Linken die Waffe aus der Hand und schlug ihm die rechte

Faust von unten her gegen das Kinn, daß ihm der Kopf in den Nacken flog. Zwei schnelle Griffe in meine und seine Zügel – die Pferde standen; sofort war ich aus dem Sattel und riß auch ihn herunter. Er fiel wie ein Sack zur Erde und blieb da liegen. Seine Augen waren geschlossen; aus dem halb geöffneten Mund lief Blut hervor. Hatte er das Genick gebrochen?

Bevor ich ihn darauf untersuchte, versicherte ich mich seiner Person, indem ich ihm die Arme mit seinem Gürtel festband, und auch der Sachen, die er bei sich trug. Ich fand eine Brieftasche und eine aus starker Seide gehäkelte Börse, zwischen deren Maschen Goldstücke hervorglänzten, und steckte beides zu mir. Die Uhr und alles andre ließ ich ihm.

Da kam der Mimbrenjo, der vom Pferd stieg, um die weggeworfene Flinte und die beiden Revolver aufzuheben. Jetzt begann sich das Gesicht Wellers zu beleben. Er öffnete die Augen und fuhr mich giftig an:

„Mensch, laßt mich los, sonst kann es Euch schlecht ergehn!"

Ich hörte es ihm an, daß er sich in die Zunge gebissen hatte. Mein Hieb hatte ihm den untern Kiefer gegen den obern getrieben, und die Zunge war zwischen die Zähne geraten.

„Redensart!" antwortete ich. „Ich möchte wissen, auf welche Weise Ihr mir schaden könntet. Steht auf und kommt mit mir!"

„Fällt mir nicht ein! Ich bleibe hier liegen, bis Ihr mich losgebt."

„Diesen Wunsch könnte ich Euch gut erfüllen. Ich brauchte Euch nur noch die Beine zusammenzubinden und Euch liegenzulassen, bis Ihr verschmachtet oder bei lebendigem Leib von den Geiern zerrissen werdet. Ich will aber menschlicher an Euch handeln, wenn es auch gegen Euern Willen ist. Also auf vom Boden, sonst helfe ich nach!"

Er blieb dennoch unbeweglich liegen. Als ihm aber der Mimbrenjo den Kolben zwischen die Rippen stieß, sprang er fluchend auf und folgte uns, die wir die drei Pferde an den Zügeln führten. Als wir ihn zum Platz brachten, machte es mir große Mühe, die ihm zugedachten Mißhandlungen von ihm abzuwenden. Wir banden ihm die Füße und legten ihn nieder.

Die Yumas waren aus nächster Nähe Zuschauer des Vorgangs gewesen. Daß ich mich den Kugeln Wellers ausgesetzt hatte, übergingen sie mit Schweigen; zum kleinen Mimbrenjo aber sagte Listige Schlange:

„Mein junger Bruder wird ein tüchtiger Krieger werden. Es freut mich, mit ihm Frieden schließen zu können und mich aus seinem Feind in seinen Freund zu verwandeln."

Damit war die Beratung eingeleitet. Sie währte über zwei Stunden und führte zu einem Ergebnis, das mich befriedigen konnte. Ich sollte Melton der Listigen Schlange ausliefern und nichts dagegen tun, daß Judith das Weib des Roten wurde. Dafür erhielt ich alle Zugeständnisse, die ich beantragt hatte. Natürlich wurde die Vereinbarung durch das Rauchen der Friedenspfeife besiegelt, und als wir damit fertig waren, brachen wir nach dem Lager der Yumas auf, damit aus Rücksicht auf meine Sicherheit jeder der dort anwesenden Roten auch einen Zug aus der Pfeife tun sollte. War das geschehn, so konnte ich überzeugt sein, daß alle Punkte unsres Abkommens von ihnen mit größter Treue gehalten würden. Dann erst konnten wir an weiteres denken.

„Was wünscht nun mein weißer Bruder, daß jetzt geschehn soll?" fragte Listige Schlange. „Wird der Häuptling der Apatschen mit denen, die bei ihm sind, zu uns kommen, oder werden wir zu ihm gehn?"

„Wahrscheinlich werden wir ihn aufsuchen. Ich muß erst mit meinen weißen Brüdern reden."

Bevor ich das tat, musterte ich die Brieftasche und die Börse Wellers. Ich fand darin fünftausend Dollar in Banknoten und weiterhin nicht ganz fünfhundert Dollar in Goldstücken. Dann versammelte ich die männlichen Landsleute um mich, die über meine Vorschläge zu bestimmen hatten: die Familienväter und andern selbständigen Personen. Die übrigen sollten nicht hören, was ich vorzubringen hatte.

Während sich diese Leute zusammenfanden, nahm ich Judith und ihren Vater auf die Seite und fragte das Mädchen:

„Ich weiß, was Sie da drüben an der Felsenecke mit dem Häuptling besprochen haben. Haben Sie Ihrem Vater etwas davon gesagt?"

„Ja", antwortete er an ihrer Stelle. „Die Tochter meines Herzens hat mir erzählt von der Ehre, die ihr zuteil wird sein, zu werden die Häuptlingin eines großen roten Volks."

„Sind Sie denn damit einverstanden?"

„Warum sollte ich nicht? Ist doch dabei zu machen ein großer Gewinn für sie und auch für meine Person, denn wir werden sein angesehne und bedeutende Leute in Mexiko und Amerika."

„Sie scheinen sich nicht ganz die richtige Vorstellung von der politischen Bedeutung eines Indianerstamms und der bürgerlichen Stellung eines Häuptlings zu machen. Ich habe die Pflicht, Ihnen auseinanderzusetzen, daß —"

„Sagen Sie gar nichts!" unterbrach er mich. „Ich bin der treue

Vater meiner Judith und habe zu horchen nur auf das, was sie will. Wir werden beherrschen einen Indianerstamm und meine Tochter kleiden können in Samt und Seide. Oder glauben Sie, daß der Häuptling sie mit dem Gold und den Edelsteinen belogen hat?“

„Nein. Es gibt hierzuland verborgne Schätze, die die Nachkommen der alten Mexikaner mit Verschwiegenheit hüten. Warum sollte der Häuptling nicht ein solches Geheimnis kennen? Er wird sein Versprechen halten. Nur müssen Sie den richtigen Maßstab anlegen. Er ist ein Naturmensch und weiß wohl nicht genau, was er sich unter einem Palast vorzustellen hat. Wenn er von einer Elle redet, müssen Sie immer nur einen Zoll nehmen. Auch mangelt ihm die Bildung, die allein Ihrer Tochter die Sicherheit gewährt, daß —“

„Bildung! Was ist Bildung?“ unterbrach er mich wieder. „Warum soll er nicht haben Bildung, wenn er besitzt Geheimnisse über Gold und Edelsteine? Ist ein neues, seidnes Kleid keine Bildung? Hat der, der einen Palast besitzt, nicht einen großartigen Verstand? Was steckt in einem Seminar, in einem Gymnasium, in einer Universität? Hölzerne Bänke zum Sitzen mit Tintenfässern zum Schreiben. Was ist das gegen die Möbel von Rokoko oder Renaissance, die man in einem Schloß findet? Nein, der Häuptling besitzt eine Bildung, mit der ich als Schwiegervater außerordentlich zufrieden sein kann.“

„Wenn Sie so denken, will ich schweigen. Ich wünsche Ihnen nur, daß Sie nicht enttäuscht werden. Was aber gedenken Sie vorerst zu tun? Ich stehe im Begriff, Ihren Gefährten den Vorschlag zu machen, die Sonora und überhaupt Mexiko zu verlassen.“

„Warum wollen sie nicht bleiben? Soll ich mit Judith sein ganz allein unter den Indianern?“

„Was sollen die Leute bei den Yumas anfangen? Sollen sie verwildern? Es kann doch nicht jede die Frau und jeder der Schwiegervater eines Häuptlings werden. Sie haben erkannt, was sich dem deutschen Arbeiter hier bietet. Ich werde sie also über die Grenze nach den Vereinigten Staaten führen, und der Häuptling wird es nicht zugeben, daß Sie mitziehn.“

„Das ist ihm auch nicht zu verdenken. Wenn er hat Gold und Silber hier im Land und kann haben dazu eine junge, schöne Frau von reizendem Benehmen und einen Schwiegervater, den er kann achten mit aufrichtiger Verehrung, was soll er sie da lassen fort über die Grenze, wo nicht zu finden ist das Gold, das liegt in seiner Gegend?“

„So werden Sie also bei den Yumas bleiben; das wollte ich wissen. Wie ich erfahren habe, sind Ihre Gefährten alle mittellos herübergekommen, allein den Herkules und Sie ausgenommen. Ich hörte, daß Sie eine Geldsumme mitgebracht haben. Ist das wahr?“

„Freilich ist es wahr“, entgegnete er eifrig. „Es war feines, echtes Gold in schönklingenden Goldstücken, aufbewahrt in einem Beutel, den mir hat aus Seide gefertigt Judith, die Tochter meines Herzens.“

„Wie hoch war die Summe?“

„Vierhundertachtzig Dollar, um die ich bin gekommen unterirdisch auf grausige Weise. Weller ist der Dieb, der ist Vater von Weller dem Sohn. Jetzt haben Sie ihn gefangen mit großer Tapferkeit; nun werden Sie haben die Güte, ihm abzuverlangen den Raub, durch den er mich gemacht elend in der Finsternis des Schachts.“

„Ist das die Börse?“ fragte ich, indem ich sie aus der Tasche zog und ihm hinhielt.

„Sie ist’s, sie ist’s!“ rief er jubelnd aus, indem er sie mir aus der Hand riß. „Ich werde sofort zählen das Geld, um zu sehn, ob ich bin worden bestohlen um einige von den goldnen Stücken.“

„Schreien Sie nicht so! Weller weiß noch nicht, daß ich ihm das Geld abgenommen habe, und braucht es auch nicht sofort zu erfahren.“

Er ging, ohne mir ein Wort des Danks zu sagen, mit seiner Tochter zur Seite und kauerte sich dort mit ihr nieder, wo sie zu zählen begannen; ich aber wandte mich zu den andern. Ich hielt ihnen eine kurze Rede des Inhalts, daß sie nichts Besseres tun könnten, als die Gegend so schnell wie möglich zu verlassen, und schloß:

„Ich werde mit Winnetou von hier aus nach dem Rio Pecos gehn, also nach Texas. Dort gibt es gutes Land in Menge und gesunde Witterungsverhältnisse. Ich erbiete mich, Sie mitzunehmen. Beraten Sie sich, und sagen Sie mir dann Ihren Entschluß!“

Ich entfernte mich für einige Zeit, damit sie sich über meinen Vorschlag besprechen konnten. Als ich zu ihnen zurückkam, sagte der Mann, den sie zum Sprecher ernannt hatten:

„Ihr Vorschlag ist gut, und wir würden ihn gern befolgen, aber das ist nicht möglich. Zunächst können wir nicht fort, weil gegen Melton und Weller ein langwieriges Verfahren entstehn wird, wobei wir doch jedenfalls als Zeugen dienen müssen.“

„Ist nicht nötig. Melton liefere ich an die Yumas aus; sie werden ihm den Prozeß auch ohne Zeugen machen. Was Weller betrifft, so weiß man nicht, was noch geschieht. Ich habe ihm mit meiner Kugel den Vorderarm zerschmettert, was in diesen Landstrichen für einen Weißen stets gefährlich ist. Außerdem bringe ich Polizei und einen Oberbeamten aus Ures mit, die auf uns warten. Wenn Sie vor diesen Leuten Ihr Zeugnis abgelegt haben, werden Sie nicht mehr gebraucht. Welche Hindernisse gibt es noch?"

„Die wilde Gegend, durch die wir wahrscheinlich müßten. Halten unsre Frauen und Kinder eine solche Wanderung aus?"

„Gewiß, wenn sie sich nur erst von den Leiden im Bergwerk erholt haben. Es ist nicht so schlimm, wie Sie denken. Der Marsch wird nicht schneller gehn, als sie es vertragen können. Pferde verschaffe ich Ihnen von den Indianern. Außerdem habe ich mehrere Wagen mit Lebensmitteln und andern nützlichen Dingen bei mir. Sie werden keinen Hunger leiden."

„Das läßt sich freilich hören; nun aber bin ich neugierig, was Sie zu dem Hauptpunkt sagen werden. Dieser lautet nämlich: Geld!"

„Das macht keine Schwierigkeiten."

Noch nie im Leben hatte ich in Beziehung auf diesen Punkt mit solcher Ruhe reden können. Es tat mir wohl, auch einmal die Miene eines reichen Erdensohns annehmen zu können. Aller Augen richteten sich erstaunt auf mich und der Sprecher rief verwundert aus:

„Keine Schwierigkeiten? Ihnen vielleicht nicht, uns aber desto mehr! So aus dem Vollen, wie Sie, können wir nicht schöpfen. Wir haben nichts und würden doch gleich heut schon Geld brauchen."

„Heut? Wieso?"

„Nun, Sie reden von Wagen voller Lebensmittel. Die müßten wir doch kaufen; niemand würde sie uns schenken."

„Oh, ich schenke sie Ihnen!"

„Wirklich? Das ist freilich etwas andres. Wie aber steht es mit den Pferden, die wir reiten sollen? Die erhalten wir doch nicht umsonst!"

„Allerdings nicht. Aber wir borgen sie. Gegen einige Geschenke bekommen wir sie von unsern roten Freunden gern geliehen."

„Wer kauft die Geschenke?"

„Ich."

„Wetter noch einmal! Sind Sie plötzlich so reich geworden? Als Sie zu uns aufs Schiff kamen, schienen Sie doch ein armer Schlucker zu sein."

„Ich verstellte mich nur. Ich war nicht so ganz mittellos. Jedenfalls bin ich imstand, Ihnen zu helfen. Doch weiter! Noch ein andres Hindernis?“

„Es kommt nun das größte. Das Land, von dem Sie sprachen, müssen wir doch kaufen?“

„Allerdings. Sie werden von mir Geld dazu erhalten.“

„Dann sind wir freilich alle Sorgen los. Wir gehn mit Ihnen; Sie geben uns das Geld zur Ansiedlung; wir arbeiten tüchtig, zahlen die Zinsen und werden dann mit der Zeit wohl auch das Kapital zurückgeben können.“

„Halt! Sie befinden sich auf dem Holzweg. Ich mag keine Zinsen haben, und von der Zurückgabe des Kapitals will ich erst recht nichts wissen.“

Der Mann sah mich erstaunt an, blickte im Kreis umher, richtete das Auge dann wieder auf mich und fragte:

„Habe ich denn richtig gehört?“

„Wahrscheinlich.“

„Das ist doch undenkbar! — Das wäre ja nichts andres als ein Geschenk!“

„Das soll es auch sein; ich schenke Ihnen das Geld und verlange es nicht zurück.“

„Aber sind Sie denn wirklich so reich, daß Sie so viel weggeben können?“

„Ich bin im Gegenteil ganz ohne Vermögen, befinde mich aber dennoch in der glücklichen Lage, rund fünfzigtausend Taler unter Sie verteilen zu können.“

„Fünfzigtausend Taler! Himmel, welch ein Geld! Woher haben Sie das denn so plötzlich?“

„Das sollen Sie gleich erfahren, zuvor aber einige Fragen: Sie sind alle arm gewesen, haben aber doch wenigstens ein kleines Eigentum gehabt. Nicht wahr?“

„Ja. Einige hatten ein kleines Häuschen; die andern besaßen wenigstens so viel, wie zu einer Arbeiterwirtschaft gehört.“

„Das haben Sie, weil man Sie fortlockte, verkauft. Wieviel haben Sie dafür erhalten?“

„Fast nichts. Wenn die Leute wissen, daß man in die Fremde geht und doch nichts mitnehmen kann, bieten sie wenig. Und was wir drüben für unsre Habseligkeiten lösten, ist unterwegs vollständig draufgegangen.“

„Sie sind also nicht nur um Ihre Heimat, sondern auch um Ihre Habe gebracht worden. Folglich würden Sie hier ohne fremden Beistand sterben und verderben; da ich nun selbst nichts übrig habe, ist mir die Hilfe für Sie nur dadurch möglich geworden, daß ich Dieb und Räuber geworden bin. Sie brauchen aber nicht vor mir zurückzuschrecken, denn ich habe Melton und Weller für Sie bestohlen, also die Männer, die Sie ins Unglück gelockt haben. Nach meinen Rechtsbegriffen sind Ihnen die beiden Menschen volle Entschädigung schuldig; sie hatten Geld bei sich; ich habe sie gefangen und müßte sie und ihr Geld nach dem hier herrschenden Gesetz dem Richter übergeben. Aber was würde die Folge sein? Das Geld würde verschwinden und die Schufte wahrscheinlich auch, um an anderm Ort wieder aufzutauchen und neuen Unfug zu treiben; Sie aber würden keinen Heller erhalten und hätten nichts, womit Sie Ihre Blöße bedecken und Ihren Hunger stillen könnten. Da ist mir denn das Gesetz in meinem Innern weit gerechter erschienen, und ich habe die Sache für Sie in die Hand genommen, oder mit andern Worten: ich habe das Geld Meltons und Wellers beschlagnahmt, um Ihnen auf diese Weise zu der Gerechtigkeit zu verhelfen, die Ihnen ein andrer Richter nicht verschaffen würde. Halten Sie das für unrecht?"

„Nein, nein, nein!" antwortete es im Kreis.

„Gut! Melton und Weller wissen jetzt noch nicht, daß ich ihr Geld habe. Der eine hatte es vergraben und wird im Leben nicht erfahren, daß es fort ist. Hätte ich es nicht gefunden, so würde es noch nach hundert Jahren dort liegen. Ich werde beide Summen unter Sie verteilen."

„Wieviel ist's, wieviel ist's?" hörte ich fragen.

„Weller hatte fünftausend und Melton eine Wenigkeit über dreißigtausend Dollar. Das ist etwas über hundertsiebenundvierzigtausend Mark."

Rundum herrschte so tiefes Schweigen, daß man den Atem der Leute hörte; dann wollte man in Freude aufjubeln; ich winkte aber kräftig ab.

„Still! Kein Mensch außer Ihnen soll hören, was hier besprochen wird! Unsre Angelegenheit ist gerecht; aber andre würden sie wohl von einer Seite betrachten, in der sie in einem nicht so günstigen Licht erscheint. Auch der Jude braucht nichts davon zu erfahren. Er ist nicht so arm wie Sie; er hat sein Geld und wird bei den Yumas bleiben."

„Er hat sein Geld?" fragte der Sprecher. „Weller hat es ihm doch geraubt!"

„Ich nahm es ihm wieder ab und habe es an Jakob Silberberg zurückgegeben. Leider wird auf den einzelnen nicht so viel entfallen, wie Sie im stillen vielleicht schon ausgerechnet haben."

„Oh, jeder von uns wird wohl darüber ebenso denken wie ich,

daß Sie nämlich einen tüchtigen Anteil vorweg zu bekommen haben."

„Ich nehme nichts. Aber es gibt andre Personen, die wir auch bedenken müssen."

„Andre? — Wer wäre das?"

„Melton hat bei einem Kaufmann in Ures Waren bestellt, die sich auf den erwähnten Wagen befinden und von uns mitgenommen werden. Es ist bei der Ablieferung noch der Rest des Kaufpreises zu zahlen, und das werde ich tun, denn ich habe den Fuhrleuten versprochen, daß ihnen durch uns kein Schaden erwachsen soll. Was noch übrig ist, wird unter Sie verteilt."

„Aber nach welchem Maßstab?"

„Wie ich denke, stellen Sie gegen dreißig verschiedne Parteien dar, wovon die einen nur je einen Kopf zählen, während die andern mehrköpfige Familien bilden. Ein junger, alleinstehender Bursche kann unmöglich so viel beanspruchen wie ein Familienvater mit Frau und mehreren Kindern. Besprechen Sie sich darüber, und machen Sie mir dann Ihre Vorschläge! Aber behalten Sie diese Angelegenheit so lange für sich, bis wir uns in Chihuahua unter den Apatschen befinden! Jeder von ihnen wird wahrscheinlich so viel bekommen, daß er sich drüben ankaufen und für die erste Zeit einrichten kann."

Da trat der Sprecher zu mir heran und drückte mir herzlich die Hand.

„Sie haben uns aus großer Bedrängnis geholfen. Wie sollen wir Ihnen das danken?"

„Dadurch, daß Sie drüben fleißig arbeiten und Ihrer deutschen Abstammung Ehre machen."

Auch die andern reichten mir die Hände. Jetzt sah ich nur noch frohe Gesichter.

Ich kehrte nun zum Häuptling zurück, der auf das Ende der Verhandlung gewartet hatte. Er wollte wissen, ob zu Winnetou geritten oder ob dieser geholt werden sollte.

„Ich werde mit den Bleichgesichtern nach Chihuahua gehn", sagte ich ihm. „Kann mein roter Bruder mir Pferde für sie geben?"

„Soviel Old Shatterhand braucht. Wir haben viele Pferde mit, die als Packtiere gingen."

„Und werden wir unbeschadet durch das Gebiet der Yumas kommen?"

„Meine Krieger werden euch gegen die andern Stämme beschützen, wenn sie dem Vertrag, den ich mit dir geschlossen habe, nicht beitreten sollten. Aber es wird dennoch Schwierigkeiten geben, weil es den Bleichgesichtern an Speise fehlen wird."

„Ich sorge für Lebensmittel. Wie steht es mit dem Großen Mund? Erwartest du ihn hier?"

„Er wollte kommen, wenn die Herden von der Hazienda in Sicherheit gebracht worden sind."

„So haben wir ihn heut und morgen noch nicht zu erwarten und können zu dem Häuptling der Apatschen reiten."

„Meine Krieger haben ihre Pferde nicht hier."

„Das ist auch nicht nötig, da nur du allein mich und den Mimbrenjo begleiten sollst. Gibt es hier kein Reittier für dich?"

„Außer Wellers Pferd befinden sich hier zwei, die für Melton und mich bestimmt waren. Sie sind bei einem Wasserpfuhl an der Ostseite des Felsens versteckt."

„So sende hin, um dir das schnellste holen zu lassen, da wir baldigst aufbrechen müssen, wenn wir Winnetous Lager noch vor Nacht erreichen wollen. Auf dem andern Roß kannst du einen Boten zu den Kriegern senden, die eure Pferde bewachen, damit sie erfahren, was geschehn ist und was sie zu tun haben. Sie müssen morgen abend mit sämtlichen Tieren hier sein, weil ich übermorgen früh den Ritt nach Chihuahua beginnen werde."

Er war einverstanden, und bald wurde ihm das Pferd gebracht. Ich erklärte den Deutschen, wie sie sich während meiner Abwesenheit gegen ihre neuen Freunde zu verhalten hatten; der Häuptling tat dasselbe seinen Kriegern gegenüber und gebot ihnen besonders, die Gefangenen nicht aus den Augen zu lassen. Dann ritten wir fort, begleitet von den Abschiedsrufen unsrer Leute.

4. Die Rache des Riesen

Wir mußten unsre Pferde mächtig ausgreifen lassen, denn der Weg, wozu sie hierher einen ganzen Tag gehabt hatten, sollte heut in viel kürzerer Zeit zurückgelegt werden. Der Häuptling machte ein bedenkliches Gesicht; es fiel ihm doch nicht leicht, all das, was seit gestern abend geschehn war, als endgültige Tatsache hinzunehmen. Hinter uns ritt der Mimbrenjo. So oft ich einen Blick auf ihn warf, sah ich sein bronzenes Gesicht in stiller Heiterkeit strahlen. Er war mit dem unerwarteten Ergebnis unsres Ritts ebenso zufrieden wie ich und sagte sich mit Recht, daß er auch sein volles Teil zu diesem Erfolg beigetragen hatte.

Das Pferd der Listigen Schlange war gut ausgeruht, sonst wäre es hinter unsern Tieren zurückgeblieben; es hielt sich so tapfer, daß wir, eben als die Sonne im Westen verschwand, die Stelle erreichten, wo wir mit den Wagen nach Norden abgewichen waren. Wir folgten dieser Richtung. Es wurde dunkel, und da bat ich den Häuptling, mit dem Mimbrenjo halten zu bleiben und erst nach einer halben Stunde nachzukommen. Ich wollte die Unsern überraschen. Darum ließ ich das Pferd und die Gewehre bei den beiden und schritt zu Fuß weiter.

Ich hatte bis zum Lager zehn Minuten zu gehen und war überzeugt, daß von Winnetou Posten ausgestellt worden waren. Ein brenzliger Geruch sagte mir, daß ein Feuer brannte. Das war ein Zeichen, daß Winnetou sich sicher fühlte. Da ich auf Kundschaft fort war, so wußte er, daß ich, falls uns eine Gefahr drohen sollte, gewiß kommen würde, ihn zu benachrichtigen; also stand, solang ich abwesend war, nichts Wesentliches zu befürchten. Es war dunkel; demnach konnte ich die Posten, an denen ich gern unbemerkt vorüber wollte, nicht erblicken und mußte mich auf mein Gehör verlassen. Da ich die Eigentümlichkeit des Apatschen kannte, ahnte ich ungefähr, in welcher Weise er die Wachen aufgestellt hatte, und konnte sie also vermeiden. Für den Fall aber, daß ich dennoch einem in den Weg laufen sollte, bückte ich mich nieder und suchte mir mit Hilfe des Tastsinns einige Steinchen zusammen. Davon warf ich im Vorwärtsschleichen von Zeit zu Zeit einen seitwärts ins Gebüsch. Das verursachte ein Rascheln, worauf der Posten gewiß achtete und dem er nachging, um zu untersuchen, wodurch es verursacht worden sei; so kam er mir aus dem Weg.

Auf diese Weise schlich ich unbemerkt nahe genug, um das kleine Feuer zu überblicken. Nun mußte ich mich auf den Boden legen und schob mich zollweise weiter hinan. Winnetou hatte seine Vorkehrungen so gut getroffen, daß einer, dem seine Eigenheiten fremd waren, ihn unmöglich beschleichen konnte. Die Flamme brannte auf der Lichtung; um diese lagen, um leicht beobachtet zu werden, die Gefangenen; die Mimbrenjos hatten sich als Wächter in einem Ring rundum gelagert. Rechts im Dunkel standen die Wagen mit den darangebundnen Zugtieren. Links von mir saß der Apatsche, mit dem Rücken an einem Baum gelehnt; in seiner Nähe hatte sich der Yumatöter niedergelassen, und nicht weit davon, grad vor dem Strauch, hinter dem ich steckte, gab es eine Männergruppe, in der eine lebhafte Unterhaltung geführt wurde. Indem ich die anwesenden Mimbrenjos zählte, sah ich, daß nicht weniger als sechs von ihnen auf Posten standen. Das Wunder, unbemerkt zwischen ihnen hindurchgeschlüpft zu sein, hatte ich nur dem Kniff mit den Steinchen zu verdanken.

In der erwähnten Gruppe saßen auch der alte Pedrillo und der sonderbare Don Endimio de Saledo y Coralba, der Juriskonsulto und der Haziendero. Der alte Pedrillo war eben daran, eins seiner in den Vereinigten Staaten erlebten Abenteuer zu erzählen. Er nahm dabei Gelegenheit, von der Schlauheit zu reden, deren man sich zu befleißigen hat, um einen feindlichen Späher des Nachts zu entdecken.

„Ich habe da manchen Roten beschlichen“, behauptete er, „aber keinem von ihnen ist es gelungen, an mich zu kommen.“

„Was ist das weiter?“ meinte der Haziendero. „Man brennt kein Feuer an, so kann man nicht gefunden werden.“

„Pah! Was versteht Ihr davon, Don Timoteo! Feuer oder nicht, das ist einem Roten gleich. Nur muß man, wenn man ein Feuer hat, mehr aufpassen und tüchtig Posten stellen. Wir zum Beispiel haben sechs um unsre Büsche stehn; da ist es vollständig unmöglich, sich ungesehn heranzuschleichen.“

Winnetou hatte die Augen geschlossen, als ob er schliefe; jetzt öffnete er sie und sagte:

„Der alte Pedrillo darf das nicht behaupten. Es gibt Jäger, die doch herankämen, rote und weiße. Wende dich um und greif hinter dich in den Busch, in dem Old Shatterhand liegt!“

Wenn ich es vorhin ein Wunder nannte, daß ich ungehört so

weit vorgedrungen war, so mußte man es ein zehnfaches Wunder heißen, daß Winnetou nicht nur bemerkt hatte, jemand befände sich hinter dem Strauch, sondern auch wußte, wer es war. Und doch hatte er, freilich nur scheinbar, die Augen geschlossen gehalten. Das pflegte er stets zu tun, wenn er sein Gehör einmal mehr als gewöhnlich anstrengen wollte. Pedrillo drehte sich nun um und fuhr mit der Hand in den Busch; ich richtete mich auf und trat heraus, indem ich zu dem Apatschen sagte:

„Meinem Bruder Winnetou kann nichts entgehn; seine Augen und Ohren sind schärfer als die meinigen."

Als ich so plötzlich vor dem tapfern Don Endimio de Saledo y Coralba auftauchte, fiel er vor Schreck hintenüber und stieß einen so markerschütternden Schrei aus, als wäre ihm der leibhafte Gottseibeiuns erschienen. Die Mimbrenjos vergaßen ganz ihre wohlgepflegte Gewohnheit, selbst das unerwartete Ereignis mit unerschütterlicher Ruhe hinzunehmen, sprangen vom Boden empor und starrten mich wie einen Geist an. Auch die gefangnen Yumas richteten sich so weit auf, wie ihre Fesseln es erlaubten. Sie wußten, daß ich nach Almaden geritten war, und hofften nun, durch mich zu erfahren, wie die Verhältnisse dort standen. Sie hatten wohl geglaubt, ich würde nicht wiederkommen, sondern ihre Krieger würden mich dort ergreifen oder gar für immer beseitigen.

Von dem ersten Wagen her erscholl ein Schrei. Dort hatte der Player gelegen. Er kam herbei, drängte sich mit den Ellbogen durch die mich umringenden Leute und rief mit einer Freude, die sichtlich aufrichtig war:

„Gott sei Dank, Sir, daß Ihr unverletzt wieder hier seid! Ich habe schlimme Angst ausgestanden."

„Angst, warum?" forschte ich.

„Wenn Euch ein Unglück geschehn wäre, hätte man vielleicht behauptet, ich sei schuld daran, weil ich Euch falsch berichtet hätte; und doch meine ich es ehrlich mit Euch."

„Was Ihr mir beschrieben habt, hat sich alles als richtig herausgestellt."

Ich erzählte, daß ich in seiner Höhle gewesen sei, Almaden ausgeforscht und mit Weller und Melton gesprochen hätte — mehr sagte ich noch nicht.

„Welch ein Glück, daß es ohne Unfall abgelaufen ist! Diese Verwegenheit hätte Euch übel bekommen können, und dann wäre der Verdacht der Untreue auf mich gefallen."

„Möglich! Aber ich bescheinige Euch gern, daß ich Euch von

jetzt an vollständig trauen werde, und löse Euch zum Beweis dafür Eure Handfesseln. Laßt Euch Eure Waffen geben, die ich Euch an der Hazienda abgenommen habe! Ihr seid frei!“

Die Freude des einstigen Bösewichts war groß; aber der Haziendero rief mir zu:

„Was tun Sie, Señor? Sie lassen einen Mann frei, der bestraft werden muß. Es ist erwiesen, daß er an der Zerstörung meiner Besitzung beteiligt war. Ich befehle Ihnen, ihm die Fesseln wieder anzulegen.“

„Sie haben mir nichts zu befehlen! Ich aber rate Ihnen, den Mund zu halten. Wer Gefangner bleiben soll, das haben nicht Sie, sondern nur Winnetou und ich zu bestimmen. Das werde ich Ihnen beweisen, indem ich noch andre freigebe.“

Bei diesen Worten trat ich zum Schnellen Fisch und zerschnitt seine Fesseln.

„Mein roter Bruder ist frei; er mag aufstehn. Die Krieger der Mimbrenjos mögen den Kriegern der Yumas die Riemen abnehmen; denn ich habe mit der Listigen Schlange Frieden geschlossen und das Kalumet geraucht.“

Ein vielstimmiger Schrei erscholl. Die Wirkung meiner Worte war sogar bei Winnetou wahrzunehmen. Er trat dicht an mich heran.

„Das Kalumet geraucht?“

„Mit ihm und allen seinen Kriegern“, bestätigte ich.

„So sind die Yumas von Melton abgefallen?“

„Ja, er und Weller sind gefangen. Die Bleichgesichter sind frei.“

„Wo befinden sie sich?“

„In Almaden bei ihren Freunden, den Yumakriegern. Morgen reiten wir alle dorthin, um das Fest des Kalumets zu feiern.“

Da legte er mir beide Hände auf die Schultern und sah mir mit einem tiefen Blick in die Augen.

„Mein Bruder übertrifft selbst die stolzesten Erwartungen, die seine Freunde auf ihn setzen. Er wird mir später erzählen, wie sich alles zugetragen hat.“

Währenddessen wurden die Yumas von ihren Banden erlöst. Das geschah nicht ohne Lärm, wodurch die Posten herbeigelockt wurden; denn sie nahmen mit Recht an, daß bei solchem Geschrei die Bewachung des Lagers eine Lächerlichkeit sei; sie mischten sich unter die andern. So kam es, daß man die Ankunft des Mimbrenjos mit der Listigen Schlange erst bemerkte, als sie schon von den Pferden stiegen. Der wackere Knabe wurde von unsern Leuten umringt, und nun gab es einen solchen Wirrwarr von

Ausrufen, Fragen und Antworten, daß es einem bei diesem bunten Durcheinander hätte angst und bang werden mögen.

Es dauerte lange, ehe sich der Lärm minderte, und es wäre gewiß auch nicht so bald Ruhe eingetreten, wäre man nicht begierig gewesen, zu erfahren, wie das große Ereignis der Aussöhnung mit den Yumas und der Gefangennahme Meltons und Wellers zustande gekommen war. Mein kleiner Mimbrenjo mußte sich so setzen, daß ihn alle bei dem jetzt hochgeschürten Feuer sehn und auch hören konnten, und mußte so die Geschichte erzählen. Er tat es mit dem größten Vergnügen und wurde dabei durch die zeitweiligen Erläuterungen der Listigen Schlange unterstützt.

An einen der Anwesenden hatte ich nicht gedacht, weil ich ihn nicht sah. Erst während der Erzählung bemerkte ich ihn. Er hatte sich vorher ferngehalten, hing nun aber mit seinen Augen an dem Mund des Mimbrenjoknaben. Das war der Athlet, der vor allem von Judith hören wollte. Der Knabe unterließ es auf einen Wink von mir, die Bedingung zu erwähnen, daß die Jüdin die Squaw des Häuptlings werden sollte; darum erfuhr der Herkules nichts von dem Schlag, der seinem törichten Herzen bevorstand. Später aber, als die Neugier gestillt war und wir uns einer nach dem andern ein Plätzchen zur Nachtruhe suchten, kam ich in seine Nähe. Das benutzte er, mich auf die Seite zu ziehn und auszufragen. Es konnte mir nicht einfallen, diesen Riesen an Körper und Zwerg an Charakter schonend zu behandeln; ich hielt es vielmehr für geraten, ihm reinen Wein einzuschenken; vielleicht wurde er dadurch von der Verirrung seines Herzens geheilt. Wen Judith heiraten wollte, verschwieg ich noch, weil es mir der hastige, entschlossene Ton, mit dem er sprach, rätlich erscheinen ließ. Der Verlobte Judiths befand sich bei uns und war unser Gast. Was ihm Schlimmes bei uns geschah, das hatten wir zu verantworten, und der Eifersucht des Riesen durfte ich keine Selbstbeherrschung zutrauen.

Später lag alles in tiefer, ungestörter Ruhe. Desto lebhafter ging es am frühen Morgen her. Es wurde zum Aufbruch gerüstet, und als sich der Zug in Bewegung setzte, befand sich diesmal kein Gefesselter dabei.

Es ging schneller, als man bei der Schwerfälligkeit der Wagen hätte meinen sollen, da an jedem mehrere Reiter ihre Pferde mit Hilfe von Lassos vorspannten. Dazu kam, daß wir durch eine Wüste zogen, die eben war und uns durch keinen Baum oder Strauch den Weg verlegte. Wir fuhren oft im Galopp und kamen noch vor Abend am Yumalager von Almaden an, wo wir von den Weißen wie von den Roten lebhaft bewillkommnet wurden.

Die durstigen Tiere mußten getränkt werden; zu fressen konnten wir ihnen aber heut nichts bieten. Zur Tränke eignete sich am besten die Nebenhöhle, die genug Wasser für alle enthielt. Der kleine Mimbrenjo mußte die Yumas hinführen, und diese staunten nicht wenig, als sie nach Wegräumung des Gerölls die Höhle und den Stollen sahen, wovon sie keine Ahnung gehabt hatten, und als sie dazu hörten, daß wir auf diesem Weg in den Schacht gekommen seien.

Gleich nach unsrer Ankunft trug sich ein Ereignis zu, das von üblen Folgen begleitet war. In den ersten Augenblicken bewegte sich alles durcheinander, so daß der einzelne nicht in die Augen fiel; dann aber, als sich ruhigere Gruppen gebildet hatten, hörte ich die Stimme Meltons, der dem entfernt von ihm liegenden Weller zurief:

„Weller, dort ist der Player, und nicht gefesselt wie wir! Wie geht das zu "

„Wo ?“ fragte der Angerufene. „Ah, dort! Sollte der Schuft uns verraten haben?“

„Natürlich! Anders kann es nicht sein, da er sonst gebunden wäre wie wir. Hätte ich meine Hände und Füße frei!“

„Ja, hätten wir sie frei, wir würden ihm den Judasgroschen auszahlen. Player, he, Player!“

„Was gibt es?“ erkundigte sich der Player, als er das erregte Rufen vernahm.

„Komm doch einmal her! Ich muß dich um etwas fragen.“

Noch ein andrer hörte den Ruf: — der Herkules.

„Ah, der alte Weller!“ hörte ich ihn sagen. „Der ist mein Mann.“

Er folgte dem Player nach der Stelle, wo Weller lag. Ich ging hinter ihm her, um nötigenfalls eine Übereilung zu verhüten. Der Riese schien den Kolbenhieb des jungen Weller überwunden zu haben; aber ob er den Wunsch nach Rache ebenso überwinden würde, das war eine andre Frage. Ich hätte vielleicht den Wortwechsel zwischen Weller und dem Player nicht zugeben sollen, aber ich tat es in der Hoffnung, noch etwas erfahren zu können.

„Wie kommst denn du hierher?“ fragte Weller in keineswegs feindlichem Ton.

„Ich wurde von Old Shatterhand überrumpelt und gefangengenommen.“

„So bist du sehr unvorsichtig gewesen. Dir scheint es aber besser zu gehn als mir und Melton, denn du bist frei. Wie kommt das? Wahrscheinlich hast du dich bei Old Shatterhand und Winnetou eingeschmeichelt. Wie?“

Der Player überlegte einen Augenblick, ob es besser sei, die Wahrheit zu sagen oder zu leugnen. Dann gab er zurück:

„Warum sollte ich nicht! Da wir Old Shatterhand und den Apatschen gegen uns hatten, war fast mit Sicherheit vorauszusehn, daß wir den kürzern ziehn würden; sodann hatte ich gar wohl durchschaut, daß ihr beiden den Löwenanteil für euch behalten und mich mit einer Kleinigkeit abfinden würdet, und endlich —“

„Nun, endlich? Was weiter?“ forschte Weller, als der andre einen Augenblick innehielt.

„Endlich“, fuhr der Player fort, „gingen mir auch die armen Teufel im Kopf herum, die so schmählich da unten im Schacht verderben sollten. Sie taten mir leid, und ich begann einzusehn, daß das, was wir an ihnen verübt hatten, ein schweres Verbrechen sei.“

Weller verzog sein Gesicht zu einer eigenartigen, lauernden Grimasse.

„Kannst du sagen, was man mit uns vornehmen wird?“

„Ich befürchte, daß ihr keine Hoffnung habt, jemals wieder freizukommen.“

„Eigentlich hast du dasselbe Schicksal verdient wie wir, dennoch aber freut es mich, daß wenigstens einer von uns so gut gefahren ist. Wie steht es denn mit meinem Sohn?“

„Willst du die Wahrheit hören?“

„Ich werde wohl nicht daran sterben. Also nur heraus damit! Du weißt, daß ich kein Schwächling bin.“

Das mochte wahr sein. Dennoch lag eine furchtbare Angst in dem fragenden Blick, den er erwartungsvoll auf den Player richtete.

„Aufrichtig gesagt: er ist tot.“

„Tot, also tot!“ wiederholte er, indem er die Augen schloß. Man sah, welche Wirkung die Nachricht auf ihn ausübte. Die Wangen fielen nach innen, und sein Gesicht bekam das Aussehn einer Leiche. Dann öffnete er die Augen wieder und erkundigte sich:

„Was für ein Tod?“

„Erwürgt durch ...“

„... durch mich!“ fiel der Athlet ein. „Ihr Schurken glaubtet mich tot, aber mein Schädel war fester, als ihr dachtet. Mich packte nur ein kurzes Fieber, und in diesem Fieber habe ich deinen Buben mit den Fäusten erwürgt, so wie ich dich bei voller Besinnung auch noch erwürgen werde!“

Weller schloß die Augen zum zweitenmal. Was mußte jetzt in

ihm vorgehn? Als er sie wieder öffnete, zeigte sein Gesicht das Gegenteil von dem, was ich erwartet hatte, nämlich einen fast rührenden Zug der Ergebung. Und mit sanfter Stimme wandte er sich nun an den Player.

„Du hast also Winnetou und Old Shatterhand mit ihren Mimbrenjos hierher geführt?"

„Ja, ich leugne es nicht; aber sie hätten den Weg auch ohne mich gefunden."

„Mag sein, doch war es von dir trotzdem ein Verrat an uns, den du selber verantworten magst. Mit deiner Gefangennahme und deinem Übergang zu den Gegnern hat unser Unglück eigentlich erst begonnen. Es wird wohl aus sein mit uns, und da habe ich einen Wunsch, der meine Hinterlassenschaft betrifft. Würdest du ihn mir als alter Kamerad erfüllen?"

„Wenn ich kann, ja."

„Du vermagst es, ohne ein Unrecht zu tun und ohne alle Mühe. Komm her zu mir!"

Der Player trat ihm einen Schritt näher und bog sich leicht zu ihm nieder. Eine Ahnung in mir wollte mich veranlassen, ihn zu warnen; aber was konnte ihm Weller tun? Er war an den Füßen und Armen gefesselt und außerdem durch meinen Schuß an der Rechten verwundet.

„Noch leiser muß ich reden, noch leiser. Komm also näher; knie neben mir nieder!"

Der Player entsprach dieser Aufforderung und ging damit in die schlau gestellte Falle des Verbrechers, der äußerlich so ergeben und doch innerlich von unbeschreiblicher Wut durchtobt war. Weller stemmte plötzlich die Ellbogen fest auf die Erde, hob blitzschnell die Beine empor und senkte sie ebenso schnell auf die Achseln des Players nieder. Es muß dabei daran erinnert werden, daß nicht seine Beine, sondern seine Füße zusammengebunden waren, und zwar an den Fußgelenken; er konnte die Beine also in den Hüftgelenken hochheben und bei den Knien so weit auseinandernehmen, daß zwischen ihnen eine Öffnung entstand, die den Kopf des Players aufnehmen konnte. Nun preßte Weller die Knie mit aller Kraft am Hals seines früheren Kameraden zusammen, so daß sich dessen Gesicht blau färbte. Dabei schrie er jubelnd:

„Hab' ich dich überlistet, du zehnfacher Schurke und hundertfacher Dummkopf? — Rache will ich haben, Rache! Ist durch deinen Verrat mein Sohn erwürgt worden, so sollst nun du dafür auch erwürgt werden!"

„Ja, gib's ihm, gib's ihm!" hetzte Melton unter teuflischem Lachen.

Man weiß, welche Kraft in den Knien eines erwachsenen Mannes liegt. Dazu kam, daß die Füße durch die Riemen vereinigt waren und in dieser Vereinigung einen Hebelpunkt fanden, durch den die ursprüngliche Kraft der Beinmuskeln noch vervielfältigt wurde. Eine einzige Minute genügte, den Player zu erdrosseln. Ich sprang zwar augenblicklich hinzu, um ihm zu helfen; der Goliath kam mir aber doch zuvor. Er warf sich nieder, klammerte seine Riesenhände um den Hals Wellers und rief:

„Du selber wirst erwürgt werden, so wie ich dir's soeben versprochen habe!"

Dies Verfahren, dem Bedrohten zu Hilfe zu kommen, war grundfalsch, denn als Weller der Atem auszugehn begann, krampfte die Todesangst seine Beine nur noch fester als vorher um den Hals des Players. Ich packte sie, um sie auseinanderzuziehn, besaß aber nicht Kraft genug. Mein Angriff mußte sich gegen den erwähnten Hebelpunkt richten; ich riß also mein Messer heraus und schnitt die Fußriemen entzwei, worauf ich die Füße auseinander zwang, mich zwischen sie klemmte und nun auch die Knie zu öffnen vermochte. Der Kopf des Player bekam Raum und sank zur Erde nieder; der arme Teufel lag wie ein Toter da, im Gesicht rotblau angeschwollen. Dafür legten sich die Beine Wellers nun mit aller Gewalt um mich.

„Lassen Sie los!" rief ich dem Athleten zu. „Sie ermorden ihn ja!"

„Ermorden?" lachte er grimmig. „O nein, ich bestrafe ihn nur."

Ich sah, daß er den Druck seiner Hände noch verstärkte, und konnte es doch nicht hindern, obgleich ich ihn von hinten packte und wegreißen wollte. Endlich ließ er los, versetzte dem regungslosen Körper Wellers einen Fußtritt und holte tief Atem.

„So, es ist aus mit ihm! Der sperrt keinen Menschen mehr ein und überfällt auch keinen wieder im Schlaf! Nun mögen die Geier ihn fressen!"

Es machte mir Mühe, von den Beinen des Gewürgten loszukommen. Natürlich sah ich zunächst nach dem Player. Er begann schon leise nach Luft zu schnappen, lebte also noch und war gerettet; Weller aber war tot, erstickt unter den Fäusten des Riesen, der sich über sein grausiges Werk freute.

„Wissen Sie, daß Sie ein Mörder sind? Ich sollte Sie binden lassen und dem Richter übergeben", fuhr ich ihn an.

„Ein Mörder?" antwortete er. „Sie haben mich keinem Richter

zu übergeben; hier hab' ich selber das Amt eines Richters ausgeübt!"

„Nein, sondern das Amt eines Henkers. Mir graut vor Ihnen!"

„Wirklich? Sagen Sie mir doch, wen Judith heiraten will. Es juckt mich gewaltig in den Fingern, den Kerl gleich auch beim Hals zu nehmen."

Es konnte mir nicht einfallen, ihm die gewünschte Auskunft zu geben. Er erhielt sie aber von andrer Seite; denn unter denen, die sich herbeigedrängt hatten, stand auch Judiths Vater, der die Worte des Herkules hörte.

„Das können Sie erfahren", spreizte er sich. „Die Tochter meiner Seele wird sein die Beherrscherin eines berühmten Indianerstamms und glänzen in Juwelen, Gold und Seide wie eine Königin."

Der Athlet sah dem Alten verblüfft ins Gesicht und schüttelte den Kopf.

„Die Beherrscherin eines Indianerstamms? Wie soll ich das verstehn?"

„Das ist so zu verstehn, daß sie wird die angebetete Gemahlin von Listige Schlange, der Häuptling des Yumastammes ist. Wir werden bei den Yumas bleiben, Judith und ich; Sie aber müssen mit nach Texas ziehn. Wir werden ein Schloß bekommen; Sie aber werden Klee ackern und Rüben pflanzen."

Der andre fuhr sich mit der Hand nach dem Kopf, stierte im Kreis umher, ließ dann seinen Blick auf mir haften und stöhnte:

„Herr, machen Sie diesem kindischen Tingeltangel ein Ende, indem Sie mir die Wahrheit berichten! Was ist's mit dem Kauderwelsch dieses alten Mannes?"

Es war jetzt unmöglich, ihm die Tatsachen länger zu verhehlen.

„Sie haben die Wahrheit gehört", bestätigte ich. „Der Häuptling begehrt Judith zum Weib und hat das zu einer Vorbedingung des Friedens gemacht."

„Der – Häupt–ling? Unglaublich! Dies Mädchen will sich einem Roten an den Hals werfen? Sag, Judith, ist's wahr, was ich höre? Du willst als Frau bei der Listigen Schlange bleiben?"

„Ja", nickte sie von oben herab.

„Wirklich? Es ist keine Lüge?"

Mir wurde himmelangst, denn ich sah, daß er sich in einer Aufregung befand, die sich von Wort zu Wort steigerte. Ich wollte ihm eine beruhigende Antwort geben, aber das Mädchen war schneller als ich.

„Ja", brüstete sie sich. „Ich habe mich mit dem Häuptling verlobt, und du kannst deines Wegs gehn."

Da traten seine Augen wild hervor; er ballte die Fäuste und blickte suchend nach dem Häuptling aus. Er sah ihn unfern bei einer Gruppe von Yumas stehn, bahnte sich den Weg durch die Umstehenden und schnaubte:

„Macht Platz! Ich muß mit dem Kerl reden! Ich bin einmal beim Erwürgen; er soll der nächste sein!"

Es stand fest, daß er seine Worte wahr machen würde, wenn es ihm gelang, den Häuptling zu erreichen; ich sprang ihm also nach und hielt ihn von hinten fest.

„Bleiben Sie, Unglücksmensch! Die Sache ist nicht zu ändern; der Häuptling steht unter meinem Schutz, und wer ihn anrührt, dem gebe ich eine Kugel!"

Er wandte sich zu mir um und zischte mich an:

„Kerl, laß mich, sonst nehme ich dich selber zwischen die Finger! Oder meinst du, weil sich alle andern vor dir fürchten, du könntest es auch mit mir aufnehmen?"

Es war ihm jetzt jede Tat zuzutrauen. Die andern wichen von ihm zurück: ich aber zog meinen Revolver.

„Wenn Sie nur einen einzigen Schritt zu mir her oder zum Häuptling tun, jage ich Ihnen diese Kugeln in den Kopf! Es gibt Millionen Mädchen auf der Welt. Schicken Sie sich ins Unvermeidliche und suchen Sie sich zu beruhigen!"

Ich sprach diese Aufforderung in begütigendem Ton. Er verzog sein Gesicht zu einem unbeschreiblichen, krampfartigen Grinsen.

„Beruhigen! Ja, ich will mich beruhigen und vielleicht werden auch andre mit mir ruhig werden. Also, es war Friedensbedingung, daß Judith die Frau des Roten wird? Und Sie werden den Häuptling beschützen?"

„Nicht nur ich, sondern alle, die sich hier befinden. Wir können unmöglich zugeben, daß ein einzelner einer überspannten Neigung wegen den Frieden bricht. Wenn Sie den Häuptling auch nur verletzen, werden seine Leute augenblicklich über uns herfallen."

„Und da fürchten Sie sich? Hört es, ihr Leute, der berühmte Shatterhand fürchtet sich; er hat Angst! Ich aber fürchte mich nicht, und werde es euch beweisen. Der Rote soll, weil ihr euch so um ihn ängstigt, heilig gehalten werden, und ich werde ruhig sein, und Judith, seine Braut, soll ebenso ruhig werden. Her mit der Schlüsselbüchse, die ihr doch nicht zu gebrauchen versteht, ihr Feiglinge!"

Der Juriskonsulto stand mit dem Haziendero in seiner unmittelbaren Nähe; der wackere Beamte war, wie schon erwähnt, bis an die Zähne bewaffnet, auch mit einem Revolver, und der Haziendero trug ebenfalls einen in seinem Gürtel. Mit einem schnellen Griff riß der Athlet diese beiden Waffen heraus, richtete die eine auf Judith, die andre gegen sich und drückte ab. Die meisten der Anwesenden schrien vor Entsetzen auf. Ich hatte eine solche Wendung des Auftritts mit in Berechnung gezogen und mich sprungfertig gehalten. Daß er die Revolver bekam, konnte ich nicht verhindern; aber als er sie gegen sich und das Mädchen richtete, stand ich schon bei ihm und griff zu. Ich konnte nur seinen rechten Arm erhaschen, den er nach Judith ausgestreckt hielt, und schlug ihn in die Höhe, so daß die Kugel über die Köpfe der Umstehenden hinwegflog. Er schoß mit dieser Hand noch ein zweites Mal, und die Kugel nahm die gleiche Richtung; dann begann er zu schwanken, denn während es mir gelungen war, Judith zu beschützen, hatte er sich mit der Linken zwei Schüsse in die Schläfe gejagt. Seine Arme sanken herab; er drehte sich halb herum, und ich fing ihn in den Armen auf; seine Augen schlossen sich.

„Ruhig, ruhig!" brachte er noch hervor; dann war es mit seinem Leben und mit seiner unglückseligen Liebe zu Ende.

Ich ließ ihn langsam niedergleiten, und vermag nicht zu sagen, was ich dabei in meinem Innern empfand. Es erklangen darin alle zornigen und klagenden, alle tiefen und hohen Saiten. Der Tote war ein Schwächling, aber ein treuer Mensch gewesen, den die Herzlosigkeit seiner Geliebten erst in die Fremde und sodann ins Verderben getrieben hatte.

Sie hatte für mich kein Wort des Dankes dafür, daß ich ihr das Leben gerettet hatte; auch fand sie kein Wort des Bedauerns für den armen Teufel, dessen Selbstmord sie verschuldete; sie nahm ihren Vater bei der Hand und sagte:

„Wie dumm von ihm! Das konnte er gescheiter machen. Er konnte mit nach Texas gehn, oder, wenn er sich das Leben nehmen wollte, konnte er es anderswo tun, wo niemand dabei war. Ich mag ihn nicht sehn. Komm!"

Sie zog den Alten fort. Ich aber vermochte es nicht über mich zu gewinnen, ruhig zu bleiben. Zornbebend hob ich den Kopf gegen sie.

„Ja, verschwinden Sie! Wenn Sie sich noch einmal von mir erblicken lassen, so vergesse ich, daß Sie ein Weib sind, und lasse Ihnen einen starken Lasso auf den Rücken geben, um wenigstens dort Gefühle hervorzurufen, da Sie im Herzen keine zu haben scheinen, Sie prächtige Königin der Yumaindianer!"

Sie nahm die Drohung wirklich ernst und hütete sich, mir vor die Augen zu treten, solange wir noch mit den Yumas beisammen waren. Aber als ich sie später in andrer Umgebung und unter andern Umständen als reiche und vornehme Dame wiedersah, schien sie meine Anweisung auf einige Dutzend Lassohiebe vollständig vergessen zu haben.

Alle seine übrigen Gefährten bedauerten von ganzem Herzen den Toten, den das Schicksal so unerwartet hingestreckt hatte. Die Roten hatten, da zwischen uns deutsch gesprochen worden war, den Vorgang nicht verstehn können und wußten also nicht, weshalb er sich das Leben genommen hatte. Als ihr Häuptling kam, um sich bei mir nach dem Grund zu erkundigen, klärte ich ihn auf.

„Judith hat ihm versprochen, seine Squaw zu werden, und er ist ihr aus Liebe über das Meer gefolgt. Nun er aber hörte, daß sie die deinige werden will, hat er sich den Tod gegeben.“

„Ich hörte doch, daß er auf sie geschossen hat?“

„Er wollte auch sie töten, weil er sie dir nicht gönnte.“

„Und du hast sie gerettet? Ich danke dir! Die Bleichgesichter sind sonderbare Leute. Kein Indianer tötet sich, wenn ein Mädchen sich weigert, seine Squaw zu werden. Entweder zwingt er sie dazu, indem er sie raubt, oder er lacht sie aus und nimmt sich eine bessere. Haben denn die Bleichgesichter so wenig Mädchen, daß sie eines hübschen Gesichts wegen den Verstand verlieren?“

Wir hatten während dieser aufregenden Vorkommnisse nicht auf den Player achten können. Jetzt sahen wir, daß er sich von der Umschlingung Wellers leidlich erholt hatte. Er saß noch an der Erde und war von da aus Zeuge des Geschehnen gewesen. Nun erhob er sich, kam langsam zu mir und erkundigte sich:

„Weller ist tot, wie ich sehe. Er wollte mich erwürgen: ich weiß, daß mir der Atem ausging; es muß mich jemand gerettet haben. Wer ist es gewesen, Sir?“

„Ich habe Euch Wellers Beine vom Hals genommen.“

„Konnte es mir denken, denn als ich zu ihm trat, sah ich, daß Ihr Besorgnis hegtet und zur Hilfe bereit standet. Ich werde es Euch nie vergessen, daß ich Euch das Leben zu verdanken habe!“

„Vergeßt das immerhin, aber vergeßt niemals, daß Ihr mir versprochen habt, ein guter Mensch zu werden und zu bleiben!“

„Dies Versprechen werde ich halten. Ich befürchte nur, daß der Haziendero und sein Jurist auf meine Bestrafung dringen werden.“

„Das mögen sie tun; ich gebe nichts darauf, und Ihr wißt ja, daß ich mir von ihnen keine Vorschriften machen lasse. Hier dürft Ihr Euch freilich nicht lange aufhalten, weil man Euch sonst festnimmt und zwischen vier unbequeme Wände sperrt.“

„Das denke ich auch. Am liebsten ginge ich mit hinüber nach Texas."

„Ihr könnt uns ja begleiten; denn ich hoffe, daß wir mit Euch keine Unehre einlegen."

„Glaubt nichts Böses mehr von mir! Vielleicht finde ich bei einem der Leute, die Ihr hinüberführt, Arbeit. Ich vermute nur, sie sind zu arm, sich anzukaufen und Arbeiter zu dingen."

„Oh, sie sind vorsichtig gewesen und haben noch so viel übrig, daß es für ein Stück Land ausreicht. Euch werden sie nicht zurückweisen, da Ihr Yankee seid und Land und Leute kennt: Ihr könnt ihnen von Nutzen sein. Zum Spielen aber dürft Ihr sie nicht etwa verleiten; denn wenn ich sie einmal besuchte und so etwas von Euch hörte, würde ich Euch ein wenig zwischen die Fäuste nehmen."

„Habt da keine Sorge, Sir! Das Spiel ist mir widerwärtig geworden, sonst wäre ich nicht mit hierher gegangen, um mich in die Einöde zu vergraben. Spielgewinn ist zwar leicht erworben, aber noch schneller wieder verschwunden; arbeite ich jedoch, so ist mir jeder Dollar, den ich verdiene, lieb."

„Seht da, was Ihr für gute Ansichten entwickelt! Wenn Ihr daran festhaltet, werdet Ihr es bald zu etwas bringen."

„Darauf schwöre ich. Wenn ich erst hundert Dollar habe, dann arbeite ich doppelt eifrig, daß rasch zwei- und dann dreihundert draus werden. Damit könnte man sich schon eine kleine Farm pachten."

„Hm! Ich habe grad dreihundert Dollar übrig, die ich nicht brauche. Könntet Ihr sie mir nicht abnehmen? Ich will sie Euch borgen."

„Oh, wie gern, wenn Ihr es wirklich mit mir versuchen wollt."

„So sollt Ihr die Summe ohne Kündigung haben. Ihr gebt sie mir wieder, wenn es Euch paßt und ich zufällig bei Euch bin. Sobald ich mit Euch über die Grenze komme, gebe ich Euch das Geld, und Ihr pachtet irgendein Anwesen. Seid Ihr damit einverstanden?"

„Welche Frage! Ich danke Euch von ganzem Herzen. Und solang ich lebe, werde ich immer daran denken, daß ich es Euch allein zu verdanken habe, wenn ich ein glücklicher Mensch geworden bin, der nun ruhig schlafen kann und sich nicht vor den Folgen seiner Taten zu fürchten braucht."

Er hatte in einem herzlichen Ton gesprochen; es war ihm ernst mit dem Vorsatz, einen neuen Lebensweg einzuschlagen. Ich freute mich darüber, ihm das Geld geben zu können, das ich von der

Summe nehmen wollte, die von Melton und Weller stammte. Als ich ihm jetzt die Hand schüttelte, empfand ich im Innern eine frohe Genugtuung.

Er wollte in seinen Dankesworten noch nicht abbrechen, doch konnte ich ihm weiter keine Aufmerksamkeit schenken; denn ich erblickte eine bedeutende Pferdeschar, die, von mehreren roten Reitern geleitet, im Galopp von Norden her angesprengt kam. Es waren die Tiere, nach denen Listige Schlange einen Boten geschickt hatte. Sie trafen in der letzten Viertelstunde des Tages ein, und als sie ringsum angepflockt waren, brach der Abend herein.

Die Führer dieser Pferdeherde waren so umsichtig gewesen, dürres Holz in Bündeln mitzubringen, so daß einige Feuer angebrannt werden konnten. Die in den Wagen verstauten Lebensmittel ermöglichten es sogar, ein kleines Festmahl zu veranstalten.

Hierauf legte ich mich schlafen; meine Landsleute und die Mimbrenjos taten dasselbe; die Yumas aber gingen nach Almaden hinüber, um das Nest auszuplündern. Früh sah ich, daß sie sich alles, was dort zu finden gewesen war, angeeignet hatten. Für den Indianer hat selbst der geringste Gegenstand, den ein andrer als unnütz wegwerfen würde, noch immer seinen Gebrauchswert. Sie hatten auch die beiden alten Frauen und die Wächter mitgebracht. Das Schachtloch war von ihnen mit Steinen verschlossen und der Eingang zur Höhle verschüttet worden. Wahrscheinlich hat sich bis heut noch niemand gefunden, der die Mittel und den Mut besitzt, das wertvolle Innere des öden Felsens auszubeuten.

Ich war der erste, der früh erwachte, und weckte den guten Don Endimio de Saledo y Coralba nebst seinen Wagenführern. Ich ordnete das Geschäft mit ihnen, dann wurden die andern Schläfer munter gemacht, worauf die Arbeit des Verladens begann. Listige Schlange leitete das Verfrachten, da ihm die Packpferde gehörten. Die Jüdin und ihr Vater waren nicht zu erblicken; sie mochten in dem Zelt ihres Häuptlings stecken und Angst vor mir haben. Ich saß neben Winnetou und schaute der Arbeit zu. Da näherten sich uns zwei Männer, denen man es anmerkte, daß sie Wichtiges mit uns zu besprechen hatten — der Haziendero und der Juriskonsulto. Daß sie noch einmal kommen würden, um mir Vorwürfe zu machen, hatte ich gewußt. Seit gestern abend, wo ich Melton den Yumas überantwortet hatte, befand er sich unter strenger Bewachung in einem der Zelte.

Die beiden grüßten von oben herab, der Juriskonsulto sogar mit einer strengen Amtsmiene; dann sagte er:

„Ich sehe, daß Sie sich zur Reise rüsten, Señor. Wohin soll es gehn?“

„Nach Chihuahua“, antwortete ich.

„Das kann ich nicht zugeben! Ich muß darauf dringen, daß sämtliche Personen, die sich hier befinden, mit mir nach Ures kommen! Meine Amtswürde wird Sie hoffentlich veranlassen, freiwillig mitzugehn.“

„Da ich noch nichts von dieser Würde bemerkt habe, kann sie mich auch zu nichts veranlassen. Übrigens denke ich, daß wir uns auf dem Gebiet der Yumaindianer befinden, und ich habe die feste Absicht, mir ihre Sitten und Gebräuche als Gesetz dienen zu lassen. Als ich bei Ihnen war, Sie um Schutz für die deutschen Auswanderer zu ersuchen, behaupteten Sie, daß Sie mit ihnen nichts zu tun hätten, und verweigerten mir den erbetenen Schutz. Infolgedessen bin ich in die Berge geritten, mich ihrer anzunehmen, und nun ich sie aus der fürchterlichen Lage befreit habe, in die sie durch Ihre Weigerung geraten waren, treten Sie vor mich hin und behaupten, wir hätten uns unter Ihre amtliche Gewalt und Würde zu stellen. Damit sind Sie aber an den Falschen gekommen, Señor. Ich bin nicht der Mann, der nach Laune und Belieben mit sich schalten läßt.“

„Was gehn mich Ihre deutschen Arbeiter an! Befinden sie sich etwa allein hier? Es sind noch mehr Leute da. Es haben sich auch Dinge ereignet, in meinem Amtsbereich ereignet, die ich gerichtlich verfolgen muß. Ich meine da den Überfall auf die Hazienda, die Morde hier und noch vieles andre, was ich nicht ungeahndet lassen darf. Wo ist Melton?“

„Beim Häuptling der Yumas, der die Absicht hat, ihn zu bestrafen.“

„Zu bestrafen habe nur ich!“

„Das machen Sie mit Listige Schlange ab! Warum kommen Sie deshalb zu mir?“

„Weil Sie ihm Melton ausgeliefert haben. Sie hatten ihn an mich abzugeben.“

„Schweigen Sie! Ich habe Ihnen gegenüber keine Verpflichtung. Wenn Sie ein kluger Mann wären, würden Sie sich anders benehmen. Sie haben bis jetzt nur Dummheiten gemacht, und wenn Sie sich trotzdem hier noch als Herr und Gebieter aufspielen, so haben Sie nur den einen Erfolg, daß Sie ausgelacht werden. Ich mag von Ihnen kein Wort mehr hören.“

Er wagte es nicht, weiterzusprechen. Dagegen mischte sich der Haziendero ein:

„Señor, treten Sie nicht in dieser Weise auf! Bedenken Sie, daß Sie sich auf meinem Grund und Boden befinden! Sie sind sozusagen nur als Gast an diesem Ort!"

„Oh, mein werter Señor, ich habe Ihre berühmte Gastlichkeit zur vollen Genüge kennen gelernt und danke dafür. Aber da Sie von Ihrem Grund und Boden reden, so behaupte ich, daß Sie ihn verkauft haben. Melton ist der Besitzer von Almaden."

„Ich werde gegen ihn klagen und mein Eigentum wiederbekommen. Der Kaufvertrag, den ich mit ihm abgeschlossen habe, ist null und nichtig. Ich verlange, daß jeder, der sich hier befindet, meinen Willen, der auch der meines verehrten Freundes hier ist, beachtet."

„Nun, was ist denn Ihr Wille?"

„Daß Sie mit nach Ures kommen. Sie sollen nicht nur gegen Melton zeugen, sondern wir haben Klage gegen Sie zu erheben."

„Klage? Worüber?

„Das werden Sie dort hören. Ich habe nicht nötig, schon jetzt darüber zu sprechen."

„Gut, schweigen wir also! Auch ich habe nicht nötig zu sprechen, weder mit Ihnen noch mit Ihrem verehrten Freund, und will Ihnen nur das eine sagen, daß Sie, wenn Sie Melton haben wollen, sich an Listige Schlange wenden müssen."

„Ich verlange ihn aber von Ihnen. Sie haben ihn festgenommen und durften ihn nicht ausliefern."

Da erhob sich Winnetou vom Boden, zog seinen Revolver und ließ den Hahn knacken.

„Ich will jetzt mit meinem Freund Shatterhand allein sein. Ich werde bis drei zählen; wer sich dann noch hier bei uns befindet, wird erschossen!"

Er richtete den Lauf auf die beiden.

„Eins –"

Da lief der Juriskonsulto davon.

„Zwei –"

Da rannte auch der Haziendero von dannen.

„So brauche ich gar nicht drei zu sagen", lächelte der Apatsche. „Hätte mein Bruder ebenso gehandelt, so würde er sich die vielen unnützen Worte erspart haben."

Jetzt standen die Memmen in sicherer Entfernung von uns und besprachen sich; dann gingen sie zum Häuptling, der vor seinem Zelt stand. Wir sahen, daß sie mit ihm unterhandelten, aber gar nicht lang, dann zog er die Lanze, die mit seinem Totem in der Erde steckte, heraus und schlug sie dem Juriskonsulto über den Rücken; der Getroffne lief schimpfend fort, und Don Timoteo folgte ihm schleunigst.

Nach einem solchen Verhalten des Haziendero war der Mann für mich erledigt. Doch ging ich, ehe wir aufbrachen, noch einmal zu ihm hin und sagte:

„Señor, hier ist der Kaufvertrag, den Sie mit Melton unterzeichnet haben, und da sind auch mehrere Briefe, die beweisen, daß er an der Einäscherung der Hazienda schuld ist. Mehr brauchen Sie nicht, um wieder zu Ihrem Besitztum zu kommen. Mit Hilfe Ihres Freundes wird Ihnen wohl der Kaufpreis, den Sie erhalten haben, als Entschädigung zugesprochen werden. Leben Sie wohl, und seien Sie in Zukunft bescheidner und klüger, als Sie bis zum gegenwärtigen Augenblick waren!"

Nun war ich fertig mit ihm. Den Deutschen gab ich ihre Verträge auch zurück, die von ihnen mit Genugtuung zerrissen wurden.

Weller und der Athlet wurden begraben. Sie lagen beide nebeneinander in der Erde, die ihnen nicht gegeben hatte, was sie suchten, Reichtum dem einen und Liebe dem andern.

Dann stiegen wir zu Pferd und brachen auf. Bei den Wagen standen der Haziendero, der Juriskonsulto, die Polizisten und Don Endimio de Saledo y Coralba. Der alte Pedrillo rief uns ein lautes Lebewohl nach. Seine Mitknechte stimmten ein, die andern aber schwiegen.

5. *Yuma-Skalp*

Da wir zunächst nach Chihuahua wollten, mußten wir erst einen Tag lang durch die Einöde reiten, kamen dann über einen schmalen Strich Landes, der noch den Yumas gehörte, und schließlich in ein Gebiet, um das sich dieser Stamm mit den Mimbrenjos stritt.

Voran ritten die ortskundigen Leute der Yumas. Ich hielt mich stets zu Winnetou, und meist war auch Listige Schlange bei uns beiden. Die beiden jungen Söhne des Starken Büffels, also der Yumatöter und sein noch namenloser jüngerer Bruder, waren stets in unsrer Nähe. Melton befand sich, stark gefesselt, unter so guter Aufsicht, daß ihm jeder Gedanke an Flucht und Freiheit vergehn mußte. Hinten ritten Judith und ihr Vater; ich beachtete sie nicht, und sie hüteten sich gar wohl, sich mir bemerklich zu machen.

Gegen Abend des ersten Tages hatten wir das Ödland überwunden und lagerten an seiner Grenze in einer grasigen Gegend, wo die Pferde die notwendige Weide fanden. Am nächsten Tag kamen wir durch den erwähnten schmalen Landstreifen, den die Yumas für sich in Anspruch nahmen, und dann in die umstrittene Gegend, die bergig war. Die Yumas wollten nach einem weiten Becken, in dessen Mitte ein kleiner See lag, wo wieder gelagert werden sollte. Wir erreichten seinen Südrand, als die Sonne hinter den westlichen Höhen verschwand.

Der erste Blick zeigte, daß es hier vorzeiten eine größere Wasseransammlung gegeben hatte, die sich langhin von Nord nach Süd erstreckte. Das Becken konnte in dieser Richtung eine halbe Wegstunde lang sein, während die Breite zwischen Ost und West nicht so viel betrug. Drei Täler mündeten hier, eins von Nord, eins von Ost und das dritte von Süd. Durch dieses kamen wir.

Zufälligerweise ritt ich, als wir das Tal verließen, mit Winnetou bei den Führern an der Spitze des Zugs. Die Yumas hielten ihre Augen nach der Mitte des Beckens gerichtet, die einen einladenden Anblick bot; den kleinen See begrenzten dichte Bäume und Sträucher, um die sich ein Ring saftigen Grases zog. Winnetou und ich waren gewöhnt, auf einem solchen Gelände vor allen Dingen nach der persönlichen Sicherheit auszuschauen, und darum schweiften unsre Blicke nach den Mündungen des nördlichen und östlichen Tals. An der zweiten sah ich einen Reiter auftauchen, der aber, als er uns erblickte, sofort wieder zurückwich. Um zu wissen, ob Winnetou die gleiche Beobachtung gemacht hätte, sah ich ihn an, und grad in demselben Augenblick wandte er mir sein Gesicht zu. Ein leichtes Augenblinzeln zeigte mir, daß er den Reiter ebenfalls bemerkt hatte.

Jeder andre Indianer hätte sofort Lärm geschlagen; der Gedankengang des Apatschen aber war so blitzschnell, daß er sich in dem Augenblick, in dem sein Auge auf den Reiter fiel, auch schon sagte, es sei jetzt besser, noch zu schweigen.

Unser Zug erlitt also keine Unterbrechung, bis wir den See erreichten, wo wir abstiegen und vor allem die Pferde trinken und dann laufen ließen; die Indianer aber sorgten zunächst für sich und dann erst für die Tiere. Melton wurde an einen Baum gebunden, und für Judith richtete man ein Lager im Gebüsch her.

Bei der Verteilung der Lebensmittel mußte ich zugegen sein, sonst wäre von den Roten alles auf einmal verzehrt worden. Während ich dadurch an den Ort gebunden war, entfernte sich der Apatsche, um nach seiner vorsichtigen Weise die See-Oase zu umschreiten. Als er von diesem Gang zurückkehrte, sah ich ihm an, daß er etwas Wichtiges entdeckt hatte; ich ging also zu ihm.

„Mein roter Bruder hat noch andres gefunden als nur den Reiter, den wir vorhin erspäht haben?“ fragte ich ihn.

„Ja“, erwiderte er. „Rund um den See grasen unsere Pferde, man kann sie weit sehn, da es noch nicht dunkel, die Gegend um das Wasser aber eben ist. Ich schaute zunächst nach Ost, wo der Reiter verschwunden war; der Eingang des Tals war leer. Dann blickte ich nach Norden und bemerkte wieder Reiter. Sie wollten auch nach dem See; aber als sie unsre Pferde erblickten, zogen sie sich schnell zurück.“

„So haben wir es also mit zwei verschiednen Trupps zu tun, die jedenfalls nichts voneinander wissen.“

„So ist's“, nickte er. „Der eine kommt von Norden, der andre von Osten her; beide wollen zum See und sind, als sie uns bemerkten, zurückgewichen.“

„Mein roter Bruder errät, wer diese Leute sind?“

„Es gibt nur eine Möglichkeit.“

„Ja, es muß der Große Mund mit seinen Yumas und der Starke Büffel mit seinen Mimbrenjos sein. Wo aber ist der eine und wo der andre? Wir wissen nicht, welcher von ihnen von Norden und welcher von Osten naht.“

„Wir werden es bald erfahren, denn beide werden Kundschafter senden, sobald es dunkel geworden ist. Man muß ihnen zuvorkommen. Wohin will mein weißer Bruder gehn?"

„Hinüber nach Ost."

„So gehe ich nach Nord. Wir brauchen nur zehn Minuten zu warten, dann ist Nacht."

Wir lagerten uns, um unsern Imbiß zu verzehren, und standen dann, als die kurze Dämmerung vorüber war, wieder auf, um uns auf den Weg zu machen, die beiden Reitertrupps zu beschleichen. Daß wir uns entfernten, fiel nicht auf. Man glaubte wohl, daß wir nach unsern Pferden Ausschau halten wollten, zumal wir die Gewehre nicht mitnahmen. Sobald wir nicht mehr gesehn werden konnten, trennten wir uns. Winnetou ging nord- und ich ostwärts.

Es war anzunehmen, daß die Indianer, die wir suchten, jetzt noch keine Kundschafter aussenden würden; aber diese Annahme war falsch. Ich war noch nicht weit gegangen, so vernahm ich vor mir ein Geräusch, wie wenn ein Fuß einen Stein von seiner Stelle stößt. Sofort legte ich mich nieder und wartete. Ich hörte die leisen Schritte eines Menschen, der auf mich zukam. Jetzt sah ich ihn; er war noch acht, noch sechs, noch vier Schritte von mir entfernt. Er bemerkte mich nicht, da er den Blick nicht zu Boden richtete. Als er noch einen Schritt getan hatte, fuhr ich auf und nahm ihn mit beiden Händen beim Hals. Er ließ die Arme sinken; seine Beine schlotterten und suchten nach festem Halt. Ich ließ ihn nieder, nahm die rechte Hand von seinem Hals, hielt ihn aber mit der Linken weiter fest und griff mit der Rechten in seinen Gürtel. Er hatte dort ein Messer stecken, seine einzige Waffe. Ich zog es heraus und nahm es an mich, ließ ihm ein wenig Luft und sagte:

„Von welchem Stamm bist du? Sprich die Wahrheit, sonst bekommst du dein eignes Messer in den Leib!"

„Mim—bren—jo", entgegnete er, nach Atem ringend in abgerissenen Silben.

Um ganz sicher zu gehn, fragte ich weiter:

„Wer führt euch an?"

„Der Starke Büffel."

„Wohin wollt ihr?"

„Nach Almaden zu Old Shatterhand und Winnetou."

Da gab ich ihm den Hals ganz frei und forderte ihn auf:

„Schau mir einmal ins Gesicht! Kennst du mich?"

„Uff! Old Shatterhand!"

„Steh auf und führe mich zu dem Starken Büffel! Da hast du dein Messer wieder.“

Er erhob sich, kehrte um und ging neben mir her, ohne ein Wort zu sagen.

Als wir ein kleines Stück ins Tal hineingeschritten waren, ließ sich das Zirpen einer Grille hören; mein Begleiter antwortete durch den gleichen Laut; so wies er sich vor dem Posten aus. Bald sah ich trotz der Dunkelheit viele Männer beisammensitzen. Sie hatten kein Feuer angebrannt. Aus ihrer Mitte erhob sich einer und trat uns entgegen.

„Zwei kommen! Wer ist der andre?“

„Old Shatterhand“, antwortete mein Begleiter.

„Old Shatterhand, Old Shatterhand!“ hörte ich es weiter und weiter flüstern.

Der Frager war der Starke Büffel. Er gab mir in froher Überraschung die Hand.

„Das macht mir das Herz leicht, denn ich habe große Sorge um dich gehabt. Wie aber kommst du hierher, da wir dich entweder tot oder in einer andern Gegend glauben mußten?“

Er hatte sich wohl weniger um mich gesorgt als um seine beiden Knaben, durfte sich aber nicht die Blöße geben, das zu bekennen. Um ihn gleich zu beruhigen, gab ich gleich die richtige Auskunft.

„Tot? Alle, die sich bei mir befinden, sind wohlauf; es ist keinem ein Leid geschehn. Die Krieger der Mimbrenjos, die mich begleiteten, und die beiden Söhne des Starken Büffels haben sich so tapfer gehalten, daß ich ihnen großes Lob zollen muß. Ich werde später von ihnen und ihren Taten erzählen; jetzt muß ich vor allen Dingen hören, wieviel Krieger der Starke Büffel mitgebracht hat.“

„Zweihundert und einige mehr“, erwiderte er.

„Er wollte die gefangnen Yumas, unter denen sich auch ihr Häuptling, der Große Mund, befand, zu den Marterpfählen führen. Sind sie mutig gestorben, oder haben sie vor Schmerzen ihre Stimmen erschallen lassen?“

Ich wußte, daß sie dem alten, groben, aber wackern Kerl entkommen waren, sprach die Frage aber dennoch aus, um ihn dafür zu bestrafen, daß er mir zugetraut hatte, ich wolle den Großen Mund absichtlich entfliehn lassen. Er zögerte lang mit der Antwort, bis er eingestand:

„Der große Geist hat nicht gewollt, daß wir uns über den Tod dieser Hunde freuen sollen. Es hatte sich einer von ihnen losgemacht und auch die Fesseln der andern gelöst; sie entflohn und nahmen viele Pferde mit.“

„Das ist eine große Heldentat von euch gewesen. Die Yumas werden noch lang darüber lachen. Wie hat der Starke Büffel gezürnt, wenn ich einmal mit dem Großen Mund sprach! Nun hat er alle Gefangenen samt dem Häuptling laufen lassen."

„Der große Geist hat es so gewollt. Er ließ einen so tiefen Schlaf über uns kommen, daß wir nichts sahen und hörten."

„Das ist die Ansicht meines roten Bruders. Ich bin andrer Meinung. So oft ich einen Fehler beging, habe ich niemals dem großen Geist die Schuld gegeben, denn Manitu ist ohne Fehler. Aber was vergangen ist, soll man als unvermeidlich betrachten. Wissen die Krieger der Mimbrenjos, wo sich der Große Mund jetzt befindet?"

„Nein; aber wir nehmen an, daß er auch hinauf nach Almaden ziehn wird. Als er uns entflohn war, habe ich mich beeilt, frische Pferde und Krieger zu holen, um ihn wieder zu fangen; die ich bei mir hatte, mußten ihn augenblicklich verfolgen. Sie werden hinter ihm her sein, und wenn ich mit diesen neuen Kriegern dazukomme, wird er sich zwischen zwei Haufen befinden, die ihn erdrücken."

„So hast du umsichtig gehandelt. Deine erste Schar wird ihm die Herden, die er sich holte, inzwischen wieder abgenommen haben. Übrigens kann ich dir mitteilen, daß er sich am nördlichen Ausgang des Talkessels befindet, worin wir lagern."

„So müssen wir hin, um ihn anzugreifen."

„Übereile dich nicht! Du mußt erst wissen, was seit unserer Trennung geschehn ist und wie die Dinge jetzt stehn."

Ich hatte nicht Zeit zu einem ausführlichen Bericht und erzählte ihm also nur in Kürze alles, was sich seit damals ereignet hatte. Seine Leute drängten sich herbei und lauschten atemlos; als ich fertig war, zeigte er sich hocherfreut.

„Nicht ganz fünfzig unsrer Krieger haben das vollbracht! Und meine Knaben waren auch dabei!"

Ich hatte bei meinem Bericht weder von Winnetou noch von mir im einzelnen gesprochen, sondern stets das Fürwort „wir" gebraucht. Dadurch wurde allerdings die Vorstellung erweckt, daß jeder von unsrer Schar denselben Ruhm zu beanspruchen hätte wie der andre.

„Also der Häuptling Listige Schlange lagert jetzt da draußen im Tal mit dreihundert Kriegern und unsern Brüdern? — Wie schade! Hättest du nicht Frieden mit ihnen geschlossen, so wären mit Tagesanbruch alle ihre Skalpe unser Eigentum!"

„Ich hoffe, daß ihr den Vertrag achtet, den wir mit Listige

Schlange abgeschlossen haben. Euer Verlangen nach Skalpen wird vielleicht auf andre Weise erfüllt werden."

„Wie?"

„Ich habe dir doch gesagt, daß sich der Große Mund auch in der Nähe befindet. Zwar habe ich ihn noch nicht gesehn, aber er muß es sein. Er wird voll Zorn sein, wenn er hört, daß Listige Schlange Freundschaft mit uns geschlossen hat, und ich denke, daß er sich weigert, dem Vertrag beizutreten. Dann kommt es unbedingt zum Kampf."

„Mein weißer Bruder möge mir sagen, was Listige Schlange dann tun wird!"

„Dieser Krieger ist ehrlich; er wird sein Wort nicht brechen. Aber von den Leuten, die bei ihm sind, ist es nicht so gewiß, daß sie sich aller Falschheit enthalten werden. Wenigstens vermute ich, daß die vierzig Mann, die wir an der Fuente und den andern Posten festgenommen haben, heimlich Rachepläne gegen uns schmieden. Man muß abwarten, was geschieht."

„Nein, nicht abwarten, sondern ihnen zuvorkommen sollte man!"

„Mute mir das nicht zu! Eines Treubruchs soll man Old Shatterhand und Winnetou niemals zeihen!"

„So sag, was zu geschehen hat! Sollen wir gleich jetzt mit hinüber nach eurem Lager reiten?"

„Nein. Ich will erst hören, was Winnetou sagt, der den Großen Mund beschlichen hat. Da der Yuma auch Kundschafter senden wird, ist es besser, du schickst keinen Späher mehr hinüber, denn er könnte von den Feinden erblickt werden."

„Wie aber erfahre ich, was ich tun soll?"

„Durch einen Boten, den ich dir schicke. Er wird zirpen, wenn er in eure Nähe kommt, und du wirst gewissenhaft das ausführen, was ich dir durch ihn sagen lasse! Mag es kommen, wie es will: wir sind den Yumas überlegen. Haben sie auch mehr Krieger als wir, so besitzen wir Gewehre, die ihnen fast gänzlich fehlen. Jetzt gehe ich. Haltet euch bereit!"

Als ich wieder ins Lager kam, war Winnetou schon da. Wir legten uns abseits nebeneinander, und ich erkundigte mich zunächst nach dem Ergebnis seines Spähergangs. Er antwortete:

„Winnetou hat erst den Großen Mund mit seinen Kriegern gesehn und dann auch die Mimbrenjos, die ihm folgen."

„Was?" fragte ich überrascht. „Sind sie ihm so nah?"

„Old Shatterhand weiß, daß sie hinter ihm her sind?"

„Ja, der Starke Büffel sagte es mir. Er sandte, als die Yumas ihm entwischt waren, die Mimbrenjos ihnen nach und eilte selbst fort, um neue Krieger und neue Pferde zu holen. Hast du auch mit ihnen gesprochen?“

„Ich kam in das Tal und beschlich die Leute, die sich dort befanden. Es war der Große Mund. Als ich hinter einem Felsen lag, huschte ein andrer vorüber, der sie auch belauschen wollte. Ich hielt ihn fest. Er mußte, da er sich ihnen nicht zeigte, ein Feind von ihnen sein; darum nannte ich ihm meinen Namen. Da teilte er mir mit, daß die Mimbrenjoschar, wozu er gehört, am Nachmittag dem Großen Mund ganz dicht gefolgt sei und nur tausend Schritte entfernt liege, um über ihn herzufallen. Ich ließ mich hinführen und sprach mit ihnen.“

„Was hast du angeordnet?“

„Sie sollen ruhig liegen bleiben, bis ich entweder selbst komme oder ihnen einen Boten sende. Dann eilte ich zurück, um mit dir darüber zu sprechen.“

„Das war das Richtige. Wir müssen nun unser Verhalten nach dem des Großes Mundes richten. Ist er zur Freundschaft geneigt, so soll es mich freuen, wo nicht, so mag er erfahren, daß wir ihn nicht fürchten.“

„Er wird den Frieden nicht anerkennen. Du hast seinen Sohn getötet. Selbst wenn er den Mimbrenjos die Hand zur Versöhnung bieten wollte, dir würde er sie verweigern.“

„Zu seinem eignen Schaden, denn er wird —“

Ich wurde durch einen lauten Ruf unterbrochen, der sich in einiger Entfernung von uns hören ließ. Dort trat jetzt ein Indianer aus den Büschen und ging unter frohen Ausrufen auf Listige Schlange zu, die am Wasser lag. Der Mann war ein Kundschafter des Großen Mundes, der ihn abgeschickt hatte, um zu erfahren, wer wir seien. Als er bemerkt hatte, daß die meisten Anwesenden Yumas waren, kam er aus seinem Versteck in den Sträuchern hervor, um den Häuptling zu begrüßen. Beide sprachen einige Zeit miteinander und schritten dann auf uns zu; deshalb standen wir auf. Der Kundschafter betrachtete uns mit finsterm Blick. Listige Schlange sagte:

„Der Krieger der Yumas meldet mir, daß der Große Mund hier eingetroffen ist und wissen will, wer am Wasser lagert. Da er der oberste Kriegshäuptling unsres Stammes ist, muß ich ihn einladen, mit seinen Kriegern hierherzukommen. Was sagen meine beiden Brüder dazu?“

„Hast du dem Kundschafter gesagt, daß wir Frieden geschlossen haben?“ antwortete Winnetou.

„Ja.“

„Wir wissen, daß du dein Wort halten wirst, und wollen nun erst hören, ob der Große Mund dir zustimmt. Bis wir das erfahren, müssen wir vorsichtig sein. Er mag mit seinen Leuten kommen und sich mit ihnen hier an das Wasser setzen. Die eine Hälfte des Beckens, bis zur großen Buche da, wo du gelegen hast, soll ihm und euch, die andre aber uns gehören. Wer über die Buche hinausgeht, wird erschossen. Brennt ein Feuer da drüben auf seiner Hälfte an, damit er sich gut umsehn kann! Ich habe gesprochen."

Listige Schlange gab dem Boten noch einige Erläuterungen, schickte ihn fort und versicherte uns dann:

„Mag der Große Mund beschließen, was er will, meiner seid ihr sicher."

„Deiner Krieger auch?"

„Der meisten von ihnen. Mit ihnen würde ich, wenn der Große Mund euch angreifen sollte, für euch kämpfen."

„So ruf deine Leute zusammen und frage sie! Wir möchten bald hören, wie viele zu uns stehn."

Die Lage war jetzt höchst gespannt. Man denke sich einen kleinen See von vielleicht zweihundert Schritten Durchmesser, an dessen Südseite in der Mitte die erwähnte Buche stand. Die nach West gelegne Hälfte des Sees und der Ufer hatte Winnetou den Yumas angewiesen; auf der andern, östlich von der Buche gelegnen, wollten wir bleiben. Hüben bei uns brannte das Feuer, das zuerst angezündet worden war; drüben wurde jetzt ein zweites entfacht.

Warum der umsichtige Häuptling der Apatschen das angeordnet hatte, wird sich zeigen. Die Yumas zogen sich nach drüben zurück; wir, das heißt Winnetou, ich, die Deutschen und die Mimbrenjos, blieben hüben. Die Lage war für uns nicht ungefährlich. Drüben dreihundertvierzig Yumas, zu denen bald der Große Mund mit seinen Leuten kommen mußte, hüben bei uns die paar Mimbrenjos und die Weißen, die nur notdürftig bewaffnet waren und Frauen und Kinder bei sich hatten! Aber wir wußten die Helfer hinter uns.

Zunächst galt es, sich unsrer Pferde zu versichern. Jeder holte also schnell das seine. Als wir die Tiere jenseits der Bäume zusammengebracht hatten, sagte der Apatsche:

„Old Shatterhand wird einige Leute nehmen, um mit ihnen die Pferde hinüber ins Tal zum Starken Büffel zu bringen; er kann in einer Viertelstunde wieder hier sein. Eher kommt der Große Mund nicht. Zu den Mimbrenjos, die hinter den Yumas auf der Lauer liegen, sende ich einen Boten. Der Starke Büffel mag die Tiere unter Bewachung im Tal lassen und sich uns nähern, sobald der Große Mund da ist. Er wird dabei auf den andern Haufen der Mimbrenjos treffen, die mein Bote heranbringen wird, und wird mit allen seinen Leuten den ganzen See umstellen. Wir müssen ihnen für den Notfall ein Zeichen geben, das nicht mißverstanden werden kann. Nehmen wir das Kriegsgeheul der Sioux. Sobald ich das ausstoße, ziehn sich alle Mimbrenjos von außen her gegen das westliche Ufer zusammen, wo sich der Große Mund befindet, und werfen sich auf ihn und seine Leute. Ertönt aber das Kriegsgeheul nicht, so ist Friede, und sie sollen bis Tagesanbruch rund um den See und die Bäume liegenbleiben."

Einen bessern Plan gab es nicht. Ich brauchte, um die Pferde fortzuschaffen, sechs oder sieben Mimbrenjos, bei denen sich auch die beiden jungen Brüder befanden, die freudig verwundert waren, als ich ihnen sagte, daß sie ihren Vater sehen würden. Als wir bei ihm ankamen und ich ihm die Lage der Sache erklärt hatte, wollte er die Söhne nicht wieder fortlassen; aber sie sträubten sich so lang gegen seinen Willen, bis er nachgab. Den Rückweg mußten wir zu Fuß machen.

Die Yumas ahnten nicht, daß unsre Pferde in Sicherheit waren; sie glaubten, wir hätten sie nur herüber auf unsre Seite geholt. Wir befanden uns in der größten Spannung. Von Wichtigkeit war es, daß der Bote, den Winnetou fortgeschickt hatte, von den Leuten des Großen Mundes nicht entdeckt wurde und seine Botschaft genau ausrichtete.

Das neue Feuer jenseits der Buche brannte jetzt hell, während das unsrige immer kleiner wurde. Winnetou wollte es ausgehn lassen. Er hatte sich vom See entfernt, um ein Stück nordwärts vorzudringen und zu beobachten. Der Große Mund konnte auf den Gedanken kommen, die Verabredung nicht zu beachten und gleich über uns herzufallen. Diese Absicht mußte der Apatsche bei der Annäherung der Yumas erkennen, und wir konnten uns dann beizeiten danach richten.

So verging eine Weile, bis wir das Getrappel zahlreicher Pferde und dann auch Menschenstimmen hörten. Zugleich kehrte Winnetou zu uns zurück und meldete:

„Der Große Mund ist da; er tut, was ich vorgeschlagen habe, und wird sogleich drüben erscheinen."

Das Stimmengewirr währte nur kurze Zeit, bis jeder sich seines Pferdes entledigt hatte; dann begann es auf der gegnerischen Seite des Sees von Yumas zu wimmeln. Von uns aber war keiner zu erblicken, da wir es vorzogen, unter dem Schutz der Bäume zu bleiben; außerdem brannte unser Feuer immer tiefer. Drüben hingegen war es so hell, daß wir den Großen Mund deutlich erkannten, als er aus den Büschen trat und von Listige Schlange begrüßt wurde. Er schien den Unterhäuptling seinen Zorn hören zu lassen, denn seine Stimme klang überlaut zu uns herüber, wenn wir auch die Worte nicht verstehn konnten. Der andre verteidigte sich kräftig und nachdrücklich. Seinem Ton war es anzuhören, daß er seine Handlungsweise mannhaft vertrat.

Indessen kam der Bote Winnetous zurück. Er war von den Yumas nicht bemerkt worden und hatte die Mimbrenjos gefunden und herbeigeführt; sie waren dabei auf die neue Schar des Starken Büffels gestoßen und hatten, mit ihr vereint, einen weiten Ring von Menschen um das Grün des Sees gezogen, so daß die Yumas eingeschlossen waren. Jetzt konnten wir das Kommende getrost erwarten.

Drüben hatten sich die beiden Häuptlinge in der Nähe des Feuers niedergesetzt und ihre ältesten Krieger um sich versammelt.

Ihre Beratung dauerte wohl zwei Stunden; es ging sehr heftig dabei her. Dann sahen wir, daß Listige Schlange aufstand. Er schritt zu uns herüber. Er wollte es nicht merken lassen, daß er sich geärgert hatte, aber seine Augen blitzten, wie es oft noch lange nach einem Gewitter wetterleuchtet.

„Meine Brüder sollen hinüberkommen und hören, was beschlossen worden ist", meldete er.

„Das kannst du uns hier mitteilen", warf ich ein.

„Ich soll nicht; der Große Mund will es selbst sagen."

„Dagegen haben wir nichts; er mag herüberkommen."

„Haben meine Brüder Mißtrauen?"

„Natürlich!"

„Mir könnt ihr vertrauen, wenn auch dem Großen Mund nicht."

„Wieviel deiner Leute halten zu dir?"

„Der Hälfte bin ich sicher. Die andern hat mir der Zorn des Großen Mundes abspenstig gemacht."

„Meinst du, daß es zum Kampf kommt?"

„Ja, wenn ihr nicht auf die Vorschläge des Großen Mundes eingeht."

„Wir sind bereit, sie zu hören, aber nachlaufen werden wir ihm nicht."

„Herkommen will er aber nicht."

„So mag er drüben sitzen bleiben. Sag ihm das!"

Dieser Bescheid war ihm unlieb; das sah man ihm an. Er sann nach und fand auch wirklich einen Ausweg.

„Würdet ihr zur Mitte gehn, wenn er zur Mitte kommt?"

„Ja. Wir wollen uns dort unter der Buche treffen, doch ohne Waffen. Ich erscheine mit Winnetou, und er bringt dich mit. Von jeder Seite zwei; mehr dürfen es nicht sein."

Er ging hinüber und stritt sich eine Viertelstunde mit dem Großen Mund herum. Dann kam er mit ihm nach der Buche geschritten, unter der sie sich niedersetzten. Ohne Waffen, war ausgemacht; wir wußten aber, daß selbst dann der Indianer manchmal ein Messer in irgendeiner Falte verborgen hatte; trotzdem behielten wir, als wir hingingen, weder Messer noch Revolver bei uns.

Der Große Mund nahm uns mit haßerfüllten Blicken in Empfang, und als ich mich bei ihm niederließ, zog er den Zipfel der Decke, in die sein Oberkörper gehüllt war, rasch an sich, damit das Kleidungsstück ja nicht mit mir in Berührung käme. Dann sah er finster vor sich nieder. Er mochte denken, daß wir zu beginnen hätten, aber wir wollten ihn wegen seiner großen Würde den Anfang machen lassen und schwiegen also ebenso hartnäckig wie er. Von Zeit zu Zeit hob er den Kopf, um uns mit einem dolchähnlichen Blick zu durchbohren. Als wir uns aber weder durchbohren, noch zum Reden bringen ließen, fuhr er uns unvermittelt an:

„Meine Ohren sind offen, so redet!"

Winnetou sagte nichts, und ich sagte nichts. Darum kam nach einiger Zeit die Drohung hervorgepoltert:

„Winnetou und Old Shatterhand sind in meine Hände geraten; der heutige Tag wird ihr letzter sein!"

Der Apatsche forderte mich durch einen stillen Blick auf, zu antworten; darum entgegnete ich:

„Und der Große Mund ist uns ins Netz gegangen; er wird noch in dieser Stunde geschlachtet werden!"

„Zählt eure Männer und zählt die unsern!"

„Winnetou und Old Shatterhand zählen niemals ihre Gegner. Ob einer oder zehn, ist ihnen gleich. Der Große Mund mag zählen."

„Wir werden euch erdrücken!"

„Wurden wir in Almaden erdrückt, wo über dreihundert gegen vierzig waren?"

„Da war ich nicht dabei. Ich werde den Verlauf der Ereignisse da oben genau untersuchen. Wer als Feigling gehandelt hat, wird aus der Reihe der Krieger gestoßen."

Da rief Listige Schlange zornig aus:

„Wer ist feig? Verbünde dich nicht mit Verrätern, so kommen deine Krieger nicht in die Gefahr, der gerechten Sache zu unterliegen!"

„Schweig! Ich werde mit Melton sprechen und von ihm erfahren, wer die Schuld an allem trägt."

„Du wirst nicht mit ihm sprechen. Das Bleichgesicht gehört mir, und niemand darf ohne meine Erlaubnis mit ihm reden."

„Auch ich, dein Häuptling, nicht?"

„Nein. Du bist ein Häuptling wie ich, und weil du der ältere bist, ist dir von den Stämmen der Yumas der Oberbefehl übertragen worden; aber keiner braucht dir zu gehorchen, wenn er nicht will. Darüber, daß du mich einen Feigling nennst, mag die Beratung der Ältesten entscheiden; sagst du es aber noch einmal, so steche ich dich nieder!"

Er sprach die Drohung in solcher Erregung aus, daß es ihm sicherlich ernst damit war. Jetzt hatte der Alte von seinem eignen Stammesgenossen einen kräftigen Hieb empfangen, tat aber so, als ob er ihn nicht gefühlt hätte, und wandte sich zu mir:

„Ich wiederhole, daß ihr in meine Gewalt geraten seid. Alle, die sich bei euch befinden, sind verloren. Es gibt nur eine einzige Möglichkeit, sie zu retten. Hör meine Forderung! Du lieferst dich und einen Sohn des Starken Büffels an uns aus, damit ihr am Marterpfahl sterbt."

„Und wenn ich es tue, welche Folgen hat das für meine Genossen?"

„Sie können weiterziehn."

„Was forderst du noch?"

„Alles, was deine Gefährten bei sich haben, und Winnetous Pferd und Silberbüchse."

„Hör, mein roter Bruder, ich gestehe, daß ich mich in dir geirrt habe; denn ich habe dich bisher für einen Dummkopf gehalten, nun aber sehe ich ein, daß du ein pfiffiger alter Kerl bist! Deine Wünsche haben wir vernommen. Frag uns doch auch einmal, was wir wollen?"

„Ihr? Was könntet ihr wollen?"

„Dich, der sich mit Melton gegen meine weißen Brüder verbündet hat. Dann können deine Leute weiterziehn."

Da fuhr er mich an:

„Hat dir ein Geier den Verstand aus der Hirnschale gefressen? Wie könnt ihr Forderungen stellen, da ihr euch in meiner Hand befindet?"

„So ist alles Reden unnütz. Du denkst, du hast uns, und wir denken, wir haben dich. Die Beratung ist zu Ende."

Dabei stand ich auf. Er aber wehrte mir.

„Halt, noch sind wir nicht fertig! Hört noch ein Wort: wenn mir in einer Viertelstunde nicht der Knabe und Old Shatterhand ausgeliefert sind, fallen wir über euch her und vernichten euch bis auf den letzten Mann!"

Da stand der andre Häuptling auch auf und erklärte dem Alten:

„Ich bin Listige Schlange und habe noch nie mein Wort gebrochen; ich werde den Vertrag halten, den ich mit diesen Männern geschlossen habe."

Der Alte sah ihn groß an.

„Wie willst du ihn halten, wenn ich ihn für ungültig erkläre?"

„Das kannst du nicht. Ich bin's, der ihn abgeschlossen hat, und ich bin's, der zu sagen hat, ob er gelten soll oder nicht."

Da erhob sich der Alte, stampfte mit dem Fuß auf den Boden und schrie:

„Und ich befehle, daß er nichtig ist! Wer wagt es, sich gegen den Großen Mund zu empören?"

„Ich, die Listige Schlange, wage es. Meine Krieger haben alle mit meinen weißen Freunden das Kalumet geraucht, das Kalumet, dessen Ton ich unter vielen Gefahren und allen frommen Gebräuchen aus den heiligen Steinbrüchen geholt habe. Jeder Stoß des Rauches ist ein Schwur, der gehalten werden muß, und wer einen solchen Schwur bricht, kann nie in die ewigen Jagdgründe gelangen, sondern irrt als Schatten vor ihren Toren umher."

Er hatte diese Worte so laut gerufen, daß sie weithin zu vernehmen waren. Der Große Mund fragte nun ebenso laut:

„Du nennst die Fremden also deine Freunde? Willst du sie etwa beschützen?"

„Ja. Wenn sie angegriffen werden, verteidige ich sie mit meinem Leben."

„Gegen mich und meine Krieger, die deine Brüder sind?"

„Wer mich zwingen will, meinen Schwur zu brechen und mein Kalumet zu entweihn, der ist mein Bruder nicht mehr. Hört es, ihr Krieger, deren Anführer ich bin! Der Große Mund hat uns Feiglinge genannt. Wollt ihr das dulden? Er verlangt von uns, daß wir unsre Kalumets zerbrechen, die das kostbarste Besitztum des Kriegers sind. Er fordert, daß wir unsre heiligen Medizinen durch Meineide beschimpfen. Wollt ihr ihm gehorchen?"

Tiefe Stille war die Antwort. Kein Ja und kein Nein ließ sich hören. Da fuhr er fort:

„Hier steht Winnetou, und hier steht Old Shatterhand! Habt ihr gehört, daß einer von ihnen jemals sein Wort gebrochen hat? Sollen sie von uns sagen, daß wir Lügner sind? Old Shatterhand hat mich aus dem Schacht geholt, in dem ich verschmachten sollte; er tat es, obgleich ich sein Feind war; soll ich nun zum Verräter an ihm werden, obgleich ich sein Freund bin? Soll euer Anführer ein Lügner sein oder ein ehrlicher Mann, auf dessen Wort ihr euch verlassen könnt? Entscheidet euch! Ich gehe jetzt mit

Winnetou und seinem weißen Freund. Wer ein ehrlicher Mann und ein tapferer Krieger ist, der mag herüber zu uns kommen; aber wer die Lüge liebt und es duldet, ein Feigling genannt zu werden, der mag drüben bei dem Großen Mund bleiben. Ich habe gesprochen und ihr mögt nach euerm Ermessen handeln. Howgh!“

Er nahm mich bei der Linken und Winnetou bei der Rechten und ging mit uns nach unsrer Seite herüber. Die Wirkung seines Auftretens war weit stärker, als ich erwartet hatte, denn seine Leute folgten ihm alle. Das war wohl die Folge davon, daß der Alte ihn einen Feigling genannt hatte.

Der Große Mund stand wie versteinert; er starrte eine Weile zu uns herüber und kehrte dann zu seinem Feuer zurück, wo er sich bei den Ältesten niederließ. Während bei uns tiefes Schweigen herrschte, ging es drüben lebhaft her. Man sah den erregten Mienen und Bewegungen der Alten an, daß sie sich Mühe gaben, den Großen Mund zu irgend etwas zu bewegen, wozu er keine Lust hatte. Das dauerte wohl über zwei Stunden lang; dann kam einer der alten Krieger langsam nach der Buche und rief mit lauter Stimme:

„Hört es, ihr Krieger der Yumas und der Mimbrenjos: Hier steht der Lange Fuß, der viele Sommer und Winter durch das Leben geschritten ist und sehr wohl weiß, was ein tapfrer Krieger in jeder Lage zu tun hat. Der Große Mund, der berühmte Häuptling der Yumas, hat seinen Sohn, den Kleinen Mund, durch die Kugel Old Shatterhands verloren. Dieses Blut muß gerächt werden. Old Shatterhand hat ihm die Hand zerschossen; auch das muß gerächt werden. Hört weiter, ihr Krieger! Bei Old Shatterhand befindet sich ein Mimbrenjoknabe, der Yumatöter genannt worden ist. Diese Namengebung ist Beleidigung des ganzen Yumastamms und kann nur mit dem Tod gesühnt werden. Wir müßten Ols Shatterhand und den Knaben töten, wo immer wir sie finden. Aber sie haben die Friedenspfeife mit den Kriegern der Listigen Schlange geraucht und sind also deren Brüder geworden; darum dürfen wir sie nicht umbringen, sondern ihre Taten müssen im offnen Zweikampf gesühnt werden. Wir sind die Beleidigten und bestimmen also, mit welchen Waffen gekämpft werden soll. Da der Große Mund an der Hand verwundet ist und nicht zu kämpfen vermag, muß ein andrer für ihn eintreten; dafür erlauben wir dem Yumatöter, daß er seinen kleinen Bruder für sich kämpfen lassen kann. Wer an die Stelle des Großen Mundes treten will, der mag sich melden!“

Nach dieser eigentümlichen Verkündigung kehrte er zum Feuer zurück. Es war ein doppelter Zweikampf beschlossen worden, der auf unsrer Seite von mir und einem der Mimbrenjoknaben ausgefochten werden sollte. Dabei wurde nicht gefragt, ob wir damit einverstanden seien, und die Gegner wollten auch die Waffen und die Kampfweise bestimmen.

Die Wirkung dieser unzweideutigen Bekanntmachung war bei mir die, daß ich den Starken Büffel holen ließ. Da ihn aber die zu uns übergegangenen Yumas noch nicht erblicken sollten, ließ ich ihn nach einer im tiefen Schatten liegenden Stelle bringen, wo man sein Gesicht nicht sehn konnte. Als ich mich nach einiger Zeit dorthin begab, lag er schon wartend da. Ich erzählte ihm, was sich ereignet hatte, und war der Meinung, daß er als Vater darüber erschrecken würde; er aber sagte ruhig:

„Das also war die laute Stimme, die wir sprechen hörten! Sie drang zu uns, doch konnten wir die Worte nicht verstehn!"

„Ich habe dich kommen lassen, um zu erfahren, ob dein Sohn die Forderung annehmen soll."

„Natürlich soll er es! Darf ein Mimbrenjo von sich sagen lassen, daß er sich vor einem Yuma fürchtet?"

„Aber dein Sohn ist noch zu jung. Man wird ihm einen kräftigen und gewandten Gegner stellen."

„Desto schlimmer für die Yumas, denn wir dürfen dann von ihnen sagen, daß sie feig sind, daß ihre erwachsnen Krieger mit Knaben kämpfen und von ihnen besiegt werden."

„Bist du des Siegs so gewiß?"

„Kein Yuma besiegt einen meiner Knaben!"

„Und welcher soll kämpfen? Der Yumatöter oder sein Bruder?"

„Sein Bruder, damit auch er einen Namen erhält."

„Aber bedenke, daß er sich die Waffe und die Kampfweise, die gewählt wird, gefallen lassen soll!"

„Meine Knaben haben alles gelernt, was ein Krieger können muß. Ich habe keine Sorge um sie. Aber wirst auch du die Forderung annehmen? Wird der Bär mit einer Ratte kämpfen?"

„Ja; er kämpft mit ihr. Wenn sie ihn beißen will, gibt er ihr die Tatze, das ist auch ein Kampf. Du wirst zusehn wollen. Bleib hier liegen, damit du nicht erkannt wirst!"

Darauf begab ich mich zu den beiden Knaben, die mit so unbefangnen Mienen beieinander saßen, als ob ganz und gar nichts Ungewöhnliches vorgefallen wäre.

„Ich sprach mit euerm Vater, dem Häuptling", sagte ich ihnen. „Was gedenkt ihr zu tun?"

„Kämpfen", antwortete der Kleine. „Ich will mir einen Namen holen; darum hat mein Bruder mir den Yuma abgetreten."

Das war einzig. Der eine hatte dem andern den Yuma abgetreten; sie betrachteten den Gegner also schon als ihr Eigentum. Wenn ein bewährter Krieger eine solche Zuversicht besitzt, ist es begreiflich; zeigt sie sich aber in so jugendlichem Alter, so möchte man es für Unverstand halten.

Auf unsrer Seite herrschte tiefe Stille. Mann neben Mann lag im Gras, das Kommende zu erwarten. Schon war es gegen Mitternacht, und es wurde fast ein Uhr, als der Lange Fuß wieder zu der Buche trat und verkündete:

„Im Rat der Alten ist folgendes beschlossen worden: erst kämpft Old Shatterhand und dann der Mimbrenjoknabe. Der Kampf Old Shatterhands findet mit der Lanze statt. Noch hat sich kein Gegner für ihn gefunden; darum wird die Art und Weise des Waffengangs später mitgeteilt werden. Der Mimbrenjo wird im Wasser mit dem Messer kämpfen. Sein Gegner ist der Schwarze Biber. Beide kämpfen, bis einer tot ist; keiner darf vor der Entscheidung das Wasser verlassen."

Wie schlau! Der Name Schwarzer Biber ließ vermuten, daß dieser Krieger sehr geschickt im Schwimmen und Tauchen war. Und ich sollte mit der Lanze kämpfen, mit einer Waffe, wovon die Roten annahmen, daß sie mir am wenigsten zuhanden sei. Aber da befanden sie sich im Irrtum. Winnetou, ein Meister im Lanzenwerfen und -fechten, hatte sich auch da so lange mit mir abgequält, bis wenigstens etwas sitzengeblieben war. Bei einem Westläufer gibt es keine freie Stunde. Hat er nichts andres zu tun, so übt er sich. Daher die staunenswerte Fertigkeit und Sicherheit, die man an solchen Leuten bewundert.

Um den kleinen Mimbrenjo wurde mir bang; es trieb mich zu ihm hin, ihm einige Ratschläge zu geben. Als er mich nahen sah, blickte er mir lächelnd entgegen; das Kerlchen fühlte gar keine Angst.

„Ist mein junger Bruder ein guter Schwimmer?" fragte ich ihn.

„Ich bin stets gern ins Wasser gegangen, und mein Bruder und ich haben dort oft mit den Messern gekämpft."

„Sei nicht zu zuversichtlich! Dein Gegner hat einen schlimmen Namen; er muß gut tauchen können."

Daran hatte er wohl nicht gedacht, denn er machte ein bedenkliches Gesicht.

„Man darf sich übrigens nicht allein auf die Fertigkeit verlassen; List ist oft besser als Geschicklichkeit. Dein Gegner wird viel kräftiger sein als du; das mußt du durch Schlauheit auszugleichen suchen. Vor allen Dingen darfst du dich nicht von ihm fassen lassen, sonst bist du verloren."

„Fett!“ meinte er, indem er mir zunickte.

Da hatte man es! Ich wollte ihm gute Lehren geben, und das eine Wort „Fett“ sagte mir, daß er sich schon ganz pfiffig in seine Aufgabe hineingedacht hatte. Dennoch fuhr ich fort:

„Er wird drüben ins Wasser gehn, während du hier bei uns hineinsteigst. Voraussichtlich wird er sich auch drüben mehr aufhalten als hüben. Dort hast du ihn zu suchen.“

„Drüben brennt das Feuer; da ist es heller“, warf er ein.

„Aber nicht am Ufer, das ringsum mit Büschen bestanden ist. Kennst du die Pflanze, die ihr Sika nennt?“

„Ja; sie steht hier in Menge am Wasserrand und zwischen den Büschen.“

„Ihr Stengel ist hohl; das gibt eine schöne Röhre zum Atemholen. Ich wurde einst von Komantschen verfolgt und flüchtete in den Fluß. Da stand ich, während sie die Ufer absuchten, lange Zeit unter der Oberfläche und holte durch eine Sikaröhre Atem. Aber husten darf man dabei nicht. Wenn du dich unter Wasser fest ans Ufer schmiegst und durch einen Sikastengel Atem holst, kannst du ruhig warten, bis dein Gegner kommt. Du hast doch gelernt, die Augen im Wasser offen zu haben?“

„Ja. Man sieht, wenn das Wasser hell ist, mehrere Schritte weit.“

„So mag es genug sein.“

Als ich den Kleinen dann beobachtete, sah ich, daß er sich mehrere Sikas abschnitt. Darauf verschwand er hinter den Büschen; sein Bruder folgte ihm bald, und als ich heimlich nachging, sah ich, daß er von ihm mit Fett eingerieben wurde.

Wieder verstrich eine lange Zeit. Endlich schien auch in bezug auf meinen Lanzenkampf ein Ergebnis erzielt worden zu sein; denn der Lange Fuß kam wieder nach der Buche und verkündete:

„Hört, ihr Krieger, was der Rat der Alten beschlossen hat! Das Blut, das Old Shatterhand vergossen hat, ist das Blut eines Häuptlingssohns, wofür doppelte Vergeltung geübt werden muß. Darum soll er mit zwei Gegnern kämpfen, und zwar zu gleicher Zeit. Jeder erhält fünf Lanzen, und die Entfernung beträgt dreißig Schritte. Die Lanzen werden geworfen. Keiner darf die Stelle, auf der er steht, verlassen, doch ist es ihm erlaubt, beim Ausholen und Abwehren einen Schritt vor oder zurück, nach rechts oder nach links zu treten. Wer seine fünf Lanzen versandt hat, muß stehnbleiben, bis auch der Gegner seine Speere geschleudert hat. Wegen einer Wunde wird der Kampf nicht beendet; nur der Tod entscheidet ihn. Old Shatterhand wird mit Langes Haar und Starker Arm kämpfen. Er mag kommen, seine Lanzen in Empfang zu nehmen."

Ich blieb trotz dieser Aufforderung im Gras liegen. Die Schufte taten so, als ob wir nur zu gehorchen hätten. Drüben stellten sich zwei Rote auf, deren jeder fünf Lanzen in den Händen hatte. Sie waren also meine Gegner, die sich der Aufgabe unterziehn wollten, die Erde von meiner Gegenwart zu befreien. Sie machten herausfordernde Armbewegungen und heulten dazu. Als mich auch das nicht veranlaßte, mich zu erheben, kam der Lange Fuß drüben ans Ufer und rief herüber:

„Warum kommt Old Shatterhand nicht? Hat die Angst ihm die Beine so steif gemacht, daß er nicht mehr gehn kann? Hier stehen die tapfern Krieger, die ihn erwarten."

Ich rührte mich nicht. Er wartete zehn Minuten und schrie dann erbost:

„Es ist so, wie ich sagte: Old Shatterhand kriecht ins Gras und versteckt sich hinters Gesträuch. Weiß er nicht, was sich für einen Krieger schickt?"

Da nahm Winnetou sich meiner an, indem er hart an das Wasser trat und hinüberrief:

„Welcher Frosch ist da drüben aus dem Wasser gestiegen, um sein Quaken hören zu lassen? Old Shatterhand ist der kühnste Krieger der Savanne; wer darf an seinem Mut zweifeln? Sein Name ist bekannt über die ganze Prärie und in allen Bergen und Tälern. Wer aber hat jemals von einem Langen Fuß gehört? Wer ist der Mann, und was hat er getan? Wie darf dieser unbekannte Mensch sich unterstehn, Old Shatterhand zu sich zu rufen? Ist einer von euch so mutig gewesen, sich gegen Old Shatterhand zu melden? Kein einziger! Darum habt ihr bestimmt, daß er gegen zwei zugleich kämpfen soll, und habt die Waffe hervorgesucht, die er nicht zu führen versteht, denn niemand hat jemals gehört, daß er eine Lanze schleuderte. Scham und Schande über euch! Ihr errötet nicht, mit einem Knaben zu kämpfen! Wer sind die stinkenden Käfer, die sich Langes Haar und Starker Arm nennen? Werden sie von ihren Müttern noch auf den Armen getragen, oder haben sie es schon so weit gebracht, am Boden hin und her zu rutschen? Wollt ihr Rache, so sei es; aber der Kampf muß ehrlich sein. Zwei Häuptlinge mögen darüber wachen, nämlich der Große Mund und ich. Ich will die Lanzen sehn und untersuchen, damit nicht einer die starken und biegsamen, der andre aber die morschen und spröden erhält. Nicht drüben bei euch darf der Kampf stattfinden, sondern zwischen hüben und drüben, da, wo die Buche steht. Der Große Mund und ich werden die dreißig Schritt abmessen. Wir stehn neben den Parteien und schießen jeden nieder, der gegen die Bestimmungen verstößt. Ist euch diese ehrliche Weise nicht recht, so seid ihr feiges Gezücht. Der Häuptling mag mir sagen, ob ihr einverstanden seid. Ich habe gesprochen. Nun mag der Große Mund reden, falls ihm nicht die Knochen im Leib vor Angst zusammenschlagen! Howgh!"

Das war eine lange, kraftvolle Rede, worauf der Große Mund sich auch sogleich erhob und antwortete:

„Was Winnetou, der Häuptling der Apatschen, vorgeschlagen hat, nehme ich an. Er mag zur Buche kommen, wo ich mit ihm zusammentreffen werde!"

Jetzt, da Listige Schlange offen zu uns übergetreten war, brauchten wir nicht mehr an Vorsichtsmaßregeln gegen eine etwaige Hinterlist zu denken. Winnetou ging also hinüber, und der Häuptling kam zu ihm. Die fünfzehn Lanzen wurden gebracht. Winnetou warf einige weg und ließ dafür bessere holen; dann wurden sie geteilt und zu je fünf verlost. Hierauf wurde der Abstand abgeschritten und abgesteckt. Langes Haar und Starker Arm kamen herbei und hielten sich in gleicher Entfernung von meinem Platz, drei Schritte voneinander entfernt. Der Häuptling stellte sich nicht weit von ihnen auf; er hatte eine Pistole in der Hand, um mir eine Kugel zu geben, falls ich gegen die Verabredung handeln sollte. Nun wurde ich gerufen, legte die Jacke ab und ging hin. Winnetou befand sich mit seiner Silberbüchse in angemeßner Entfernung neben mir.

Meine Gegner traten sehr zuversichtlich auf; hatte doch sogar der Apatsche erklärt, daß ich kein Meister der Lanze wäre.

„Wünschest du, daß ich ihnen eine Lehre gebe?" fragte ich ihn leise.

„Ja; sie verdienen es. Du kennst meinen Doppelwurf; eine Lanze als Finte und gleich hinterher die nächste als Treffer."

Ich nahm die fünf Waffen vom Boden auf, wo sie lagen; sie waren leicht und dünn, aber von zähem Holz. Ich konnte alle fünf zugleich umspannen, nahm sie als Bündel in beide Hände und hielt sie zunächst waagerecht vor mich hin. In dieser Stellung ist das Abwehren der heransausenden Wurfgeschosse für den Anfänger sehr gefährlich, für den Geübten dafür aber dreifach leicht.

Jetzt gab Winnetou das Zeichen zum Beginn. Ich wandte mich zur Seite und sah scheinbar über den See hinüber, hatte aber in Wirklichkeit die Gegner, denen ich die linke Seite zukehrte, scharf im Auge. Hinter ihnen brannte ihr helles Feuer; hinter mir war es dunkel, da das unsrige verlöscht war; ich befand mich also gegen sie im Vorteil, da ich ihre Speere viel deutlicher sehn konnte als sie die meinigen; die ihren kamen aus dem Hellen, die meinen aus dem Dunklen geflogen.

Auch sie bewegten sich nicht; sie warteten, daß ich beginnen sollte; das fiel mir aber nicht ein. Wer seine Lanzen verschossen hatte, mußte bleiben und auf sich zielen lassen, bis der Gegner auch keine Speere mehr hatte. So lautete das Übereinkommen, und das wollte ich benutzen; sie sollten Todesangst ausstehn.

So vergingen fünf Minuten. Sie wurden ungeduldig und mochten wirklich glauben, daß ich nicht auf sie achtete, denn Langes Haar trat plötzlich einen Schritt zurück, um auszuholen, und warf. Mir war zum Ausweichen ein Schritt erlaubt; ich tat ihn, und das Geschoß flog an mir vorüber. Dann warf der Starke Arm zweimal und Langes Haar noch einmal. Jeder hatte noch drei Lanzen. Ich hörte, daß sie einander Vorwürfe machten, schlecht gezielt zu haben, und rief ihnen zu:

„Die Krieger der Yumas sind Kinder, die keine Erfahrung haben; sie zielen leidlich, werden mich aber auf diese Weise niemals treffen.“

„Meint Old Shatterhand das wirklich?“ höhnte der Starke Arm. „Mein nächster Wurf wird ihn durchbohren. Hat er vor seinem Tod noch etwas zu bestellen?“

„Ja. Gib, sobald ich gefallen bin, deinem Gefährten Langes Haar zehn tüchtige Ohrfeigen und laß sie dir dann von ihm wiedergeben.“

„Das werde ich sofort ausrichten, und zwar an dich, mit dieser Lanze. Da hast du sie!“

Der Ärger vermehrte seine Kraft, nahm ihm aber die Sicherheit des Zielens. Die Lanze sauste an mir vorüber, und dann auch die von Langes Haar.

„Ich sagte es ja“, lachte ich. „Ihr seid Kinder, die sich reizen lassen und keine Berechnung haben. Ich will euch sagen, wie ihr es machen müßt. Warum seid ihr zu zweien? Und werft doch einzeln? Einer Lanze weicht man leichter aus als zweien!“

„Uff!“ rief Langes Haar und ebenso der Starke Arm.

Sie blickten einander verwundert an, denn ein so selbstverständlicher Gedanke war ihnen nicht gekommen. Es war nicht klug von mir, sie darauf aufmerksam zu machen; aber ich fürchtete mich nicht, denn ich hatte Übung darin, zwei Lanzen, die zu gleicher Zeit geworfen werden, zu entgehn. Die eine lenkt man ab, und der andern weicht man durch einen Schritt zur Seite aus.

Die beiden Yumas handelten zwar nach meiner Anweisung, sagten aber einander nicht, wohin sie zielten; ihre Lanzen nahmen nicht denselben Flug – ein Schlag mit meinem Speerbündel, ein Schritt zur Seite: ich wurde nicht getroffen. Der Ärger darüber verleitete sie, den Versuch sofort zu wiederholen, und zwar mit demselben Mißerfolg. Sie hatten nun keine Lanzen mehr, während ich die meinigen noch alle besaß.

Jetzt ging Winnetou von mir fort und näherte sich ihnen, um sie durch sein Gewehr zum Bleiben zu zwingen, falls sie die Absicht zeigen sollten, sich meinen Würfen durch die Flucht zu entziehn. Ich aber nahm eine Lanze in die Rechte, die andern vier in die Linke und rief:

„Jetzt werden die Krieger der Yumas erfahren, ob Old Shatterhand den Gebrauch dieser Waffe kennt. Ihr seid unehrlich gegen mich gewesen; es soll euch aber nichts nützen."

„Eine Unehrlichkeit?" fragte der Apatsche. „Welche? Ich weiß von keiner!"

„Sind nicht zehn Speere gegen mich gewesen, zehn Geschosse gegen einen Mann, und ich habe nur fünf gegen zwei Männer?"

„Uff! Das ist richtig!"

„Rechne nach! Sie hatten zehn gegen mich; ich habe nur zwei und einen halben Speer gegen den Mann, also waren sie viermal besser gestellt als ich. Ist das gerecht?"

„Nein; aber niemand hat daran gedacht."

„Ich dachte daran, sagte aber nichts, da ich die Ungleichheit ausgleichen werde. Jetzt der erste Wurf!"

Winnetou sah mich an und nickte bedeutungsvoll zur Seite. Damit fragte er, ob der erste Wurf, so wie wir zu tun pflegten, ein Versuch sein sollte. Ich nickte wieder. Links hinter den Gegnern stand ein Baum, der unter seinem ersten Ast einen Schwamm hatte; den wollte ich treffen. Ich setzte den linken Fuß vor, wog den Speer in der Rechten, gab ihm durch eine Daumenbewegung die nötige Selbstdrehung und schleuderte ihn; er bohrte sich mitten in den Schwamm. Die Yumas lachten hell auf, denn die Lanze war wenigstens vier Schritte weit an ihnen vorübergeflogen. Winnetou blickte nach dem Baum, nickte befriedigt über seinen Schüler und rief den Lachern zu:

„Worüber lachen die Yumas? Haben sie nicht so viel Verstand, einzusehn, daß das nur ein Probewurf war? Old Shatterhand hat noch vier Speere; zwei davon werden dem Langen Haar und dem Starken Arm in die linke Hüfte fahren."

Er hatte mir das Ziel gegeben, und ich wußte, daß ich es treffen würde — mit Hilfe des Doppelwurfs. Der erste Speer muß dabei die Aufmerksamkeit dessen, den man treffen will, auf sich lenken; der zweite folgt augenblicklich nach und geht, wenn man Übung hat, niemals fehl. Ich ließ zwei Speere fallen, nahm den dritten in die linke, den vierten in die rechte Hand und rief:

„Also in die linke Hüfte hat Winnetou gesagt. Zuerst den Starken Arm. Er mag aufpassen!“

Das Auge des Gegners hing an meiner Rechten. Ich zielte nach seiner rechten Seite, so daß er mir beim Ausweichen die linke bieten mußte, und warf; dieser Speer war noch nicht an dem Roten vorüber, so folgte schon der zweite. Die Spitze fuhr bis an den Schaft in die linke Hüfte des Getroffnen, der einen Schrei ausstieß und niedersank.

„Nun kommt das Lange Haar an die Reihe!“ kündigte ich rasch an, um dem Feind keine Zeit zur Besinnung zu lassen. Der Vorgang wiederholte sich. Langes Haar wurde von der Gewalt des Wurfs neben den Starken Arm hingestreckt. Ich drehte mich um und ging. Hinter mir hörte ich Winnetou rufen:

„So wirft Old Shatterhand die Lanze; jetzt wißt ihr's. Nun mag der Schwarze Biber mit dem Mimbrenjoknaben kämpfen!“

Mehrere Yumas eilten herbei, um ihren verwundeten Kameraden die Speere aus dem Fleisch zu ziehn und sie fortzutragen; die andern heulten nach löblicher Indianersitte; ich aber hatte meine Aufgabe gelöst und legte mich wieder ins Gras. Im Osten begann bereits der Tag zu dämmern.

Für meinen kleinen Mimbrenjo schienen sich keine guten Aussichten zu eröffnen, denn der Mann, der jetzt ans Ufer trat, war ein breitschultriger Kerl, der es mit zwei oder drei andern aufnehmen konnte.

„Heult nicht, klagt nicht!“ schrie er laut. „Der Schwarze Biber wird die Speerwunden rächen. Der Yumatöter hat, als er uns mit Old Shatterhand überfiel, meinen Bruder erschossen; dafür werde ich ihm den seinigen erstechen und ertränken. Der Mimbrenjowurm mag kommen, er wird sich in meinen Fäusten und unter meinem Messer winden, bis ich meine Rache vollendet habe!“

Er warf die breite Decke ab, die seinen nackten Körper umhüllte, und zeigte Formen, die nicht nur ungeheure Körperkraft verrieten, sondern auch einen ausgezeichneten Schwimmer vermuten ließen. Winnetou stand noch bei dem Großen Mund; sie sprachen miteinander. Dann ließ sich der Apatsche vernehmen.

„Der Mimbrenjo geht vorn bei uns, der Schwarze Biber aber hinten bei den Yumas ins Wasser. Sobald das geschehn ist, können sie tun, was sie wollen; aber nur der Sieger darf lebend ans Ufer; der andre muß seinen Skalp hergeben."

Der Mimbrenjo trat nackt in den Kampf; er hatte sein Messer in der Hand. Um seine Hüfte wand sich ein dünner Faden, in dem hinten zwei hohle Pflanzenstengel steckten; nur wir, denen er den Rücken zukehrte, konnten sie bemerken. Seine Haut glänzte von Fett. Ich sah unter dem Dunkel des Baumes hervor zwei dunkle, ängstlich blickende Augen auf ihn gerichtet — die seines Vaters, dem beim Anblick des Schwarzen Bibers doch angst geworden war.

Da gab Winnetou durch ein Klatschen seiner Hände das Zeichen, und die beiden Schwimmer gingen ins Wasser. Der Biber stürzte sich hinein, daß es hoch über ihm zusammenschlug, und kam dann, als ob er seinen Feind gleich im ersten Augenblick packen wollte, mit mächtigen Stößen herübergeschwommen. Der Mimbrenjo aber stieg bedächtig immer tiefer hinein, bis ihm die Flut bis an den Hals reichte. Dann sah ich der Bewegung des Wassers an, daß er die Stengel hinten aus der Schnur nahm und den Faden zerriß. Hierauf hob er die Beine und schwamm nur mit einer Hand steuernd, auf den Biber zu, der sich ihm mit drohender Schnelligkeit näherte. Das Verhalten des Knaben machte den Eindruck einer Überlegsamkeit, die mir wohl tat.

Jetzt waren sie höchstens noch zwölf Schläge auseinander, da tauchte der Mimbrenjo nieder; sogleich verschwand auch der Yuma. Jedermann stand am Ufer, einer an den andern gedrängt, um in atemloser Spannung das Ergebnis der nächsten Augenblicke zu erwarten. Eine Minute verging, dann kam der Mimbrenjo nach oben und sah sich um. Gleich darauf erschien auch, abgewendet von ihm, der Biber; sie waren nahe beisammen, sahen einander aber nicht. Da streckte drüben am Ufer einer der Yumas im Eifer beide Arme aus.

„Umdrehn, umdrehn, Biber! Er ist hinter dir!"

Kaum waren die Worte gesprochen, so krachte Winnetous Silberbüchse, und die nie fehlende Kugel warf den Verräter nieder, der sich durch seine Armbewegung kenntlich gemacht hatte. Dabei erscholl die drohende Stimme des Apatschen:

„So ergeht es jedem, der einem der Kämpfer hilft!"

Die Yumas heulten ob dieser kühnen Tat Winnetous grimmig auf, wandten aber ihre Aufmerksamkeit schnell von ihm ab und nach dem Wasser, wo die Folgen des Zurufs zu sehn waren. Die Biber hatte ihn befolgt, sich umgeschaut und den Knaben bemerkt. Er hatte das Messer zwischen den Zähnen, schoß auf den Mimbrenjo zu und packte ihn mit beiden Händen. Der Knabe bäumte sich sofort empor, warf, um zum Stoß nach unten Kraft zu bekommen, die Beine hoch empor und verschwand unter den Händen seines Gegners, der den schlüpfrigen Körper nicht hatte festhalten können. Der Yuma tauchte nicht nach und mußte das schnell büßen. Wir hörten, daß er einen Schrei ausstieß und sich mit mehreren hastigen Schlägen entfernte. Dann warf er sich auf den Rücken, hielt sich mit den Beinen und einer Hand oben und untersuchte mit der andern seinen Unterleib. Er hatte offenbar von dem Mimbrenjo einen Stich bekommen und hatte vor Schreck darüber sein Messer aus dem Mund fallen lassen.

Noch betastete er die schmerzende Wunde, da stieß er abermals einen Schrei aus, denn er erhielt von unten in den Rücken einen zweiten Stich, schwamm nun weit fort und tauchte unter. Nun war er nur noch von Zeit zu Zeit zu sehn; er suchte unter dem Wasser nach seinem Gegner und kam nur herauf, wenn ihm der Atem ausging. Der Mimbrenjo aber ließ sich nicht mehr blicken.

Es verging weit über eine Viertelstunde, der Morgen brach darüber an; noch immer blieb der Mimbrenjo verschwunden, und noch immer tauchte der Biber nach ihm auf und nieder. Er kam zu der Ansicht, daß sich der Gegner irgendwo versteckt haben müsse, und das konnte nur am Ufer sein. Er näherte sich also dem Land, schwamm langsam daran hin und untersuchte jede Stelle genau. Ich folgte seinen Bewegungen mit größter Spannung; jeden Augenblick erwartete ich, daß der Mimbrenjo auf ihn losfahren würde.

Da schien eine Stelle den Verdacht des Bibers zu erregen; er ruderte langsam näher. Plötzlich verschwanden sein Kopf, dann seine Arme, sein Oberkörper im Wasser; die Beine schlugen krampfhaft um sich und folgten dem Körper nach. Wellen schäumten auf, und es bildete sich ein Strudel; es fand ein Kampf unter der Oberfläche statt. Welchen Ausgang würde er nehmen?

Jetzt kam der Mimbrenjo nach oben. Er ruderte mit beiden Beinen und einem Arm dem Ufer zu und zog mit dem andern Arm etwas hinter sich her. Dann deckten ihn die Büsche, deren Gezweig tief herniederhing. Ich wandte mich zurück und rief mit halblauter Stimme:

„Er hat den Biber getötet und bringt ihn zum Ufer, um ihm dort den Skalp zu nehmen, was im Wasser schwer sein würde. Haltet die Waffen bereit! Ich fürchte, daß die Yumas in ihrem Grimm losbrechen werden."

Der Knabe kam unter den Büschen hervor und zu uns herübergeschwommen, erreichte das Land und stieg heraus.

„Halt!“ schrie drüben der Große Mund. „Nur der Sieger darf ans Ufer, und der andere muß tot sein!“

Jetzt schwang der Knabe das Messer, das er in der rechten, und den Skalp, den er in der linken Hand gehalten hatte, und rief:

„Der Große Mund mag sich den Biber ansehn, der dort im Busch liegt! Hier ist die Haut seines Schädels, die ich ihm genommen habe!“

Der junge Sieger wurde von den Seinen stürmisch begrüßt. Er hatte keine Verletzung. Die Yumas aber wußten sich vor Wut nicht zu fassen. Sie brüllten wie die wilden Tiere und rannten vom Wasser weg, um ihre Waffen zu holen. Ich eilte am Ufer hin zu Winnetou, der noch bei dem Großen Mund stand und die Augen scharf offen hielt.

„Deine Krieger laufen zu den Waffen“, sagte ich zum Yumahäuptling. „Verbiete es ihnen!“

„Das fällt mir nicht ein!“ antwortete er finster, indem er mit der Hand in den Gürtel nach der Pistole griff.

„Wenn ein einziger Schuß von ihnen fällt, seid ihr verloren!“

„Wollen sehn! Wir zählen viel mehr Krieger als ihr.“

„Nein. Komm und sieh!“

Ich nahm ihn beim Arm und riß ihn zwischen den Büschen und Bäumen hindurch hinaus ins Freie, wo jetzt, am hellen Morgen, der Ring der Mimbrenjokrieger, der den See umschlossen hielt, deutlich zu erkennen war.

„Wer sind die Leute?“ fragte er erschrocken.

„Es ist der Starke Büffel mit seinen Hunderten von Kriegern. Während wir euch am Wasser festhielten, haben sie euch von außen eingeschlossen. Siehst du nun ein, daß euch der Kampf den Untergang bringen muß? Sei klug! In einer Minute ist's vielleicht schon zu spät!“

Er fuhr sich mit der Hand über die Stirn, als ob er seine Gedanken mit Gewalt zusammenstreichen müsse, und fragte:

„Gibt es für uns Gnade oder den Marterpfahl.“

„Gnade.“

„Ich vertraue dir. Komm schnell!“

Wir rannten durch das Gebüsch wieder dem Wasser zu; es war hohe Zeit, daß wir eintrafen, denn die Yumas standen am obern Teil des Sees zum Angriff bereit, der nur deshalb unterblieben war, weil sie ihren Häuptling vermißt hatten. Er eilte zu ihnen hin, um sie über die Lage der Dinge aufzuklären, und ich schickte den Starken Büffel hinaus, seinen Leuten zu sagen, daß die Entscheidung jetzt an einem Haar hing. Sie hatten bisher am Boden gekauert, standen nun aber auf; so bot die lebendige Mauer rings um die Yumas einen weit mehr einschüchternden Anblick als vorher.

Der Große Mund mußte seine ganze Redekunst aufwenden, um seine Leute vom Losbrechen zurückzuhalten. Sie ergaben sich erst dann in ihr Schicksal, als sie selbst die Krieger sahen, von denen sie umringt waren. Der Starke Büffel kam, als er seine Leute aufgeklärt hatte, wieder herein zu mir und deutete auf die Yumas.

„Glaubst du, daß sie sich wehren werden?"

„Nein. Ich habe mit ihrem Häuptling gesprochen."

„Sie ergeben sich?"

„Ich denke es."

„So sterben sie nun doch am Marterpfahl!"

„Nein. Denn bietest du ihnen nichts als den Marterpfahl, so werden sie sich bis auf den letzten Mann wehren."

„Das mögen sie tun!"

„So kostet es sehr viel Blut."

„Sprich doch nicht immer von Blut! Mögen sie erschossen werden!"

„Und viele deiner Krieger auch!"

„Schwerlich! Der Kampf wird nur einige Augenblicke währen. Bedenke, welche Macht wir gegen sie haben. Ich mit meinen Mimbrenjos. Winnetou und du mit deinen Bleichgesichtern und Listige Schlange mit dreihundert Kriegern, die zu dir halten!"

„Ja, sie werden zu mir halten, aber gegen dich."

„Was soll das heißen?"

„Das soll heißen, daß ich dem Großen Mund sowie allen seinen Leuten Gnade versprochen habe."

„Gnade? Wie durftest du das? Befanden sie sich in meiner Hand oder in der deinigen?"

„Zunächst in der meinigen. Willst du sie etwa wieder zum Marterpfahl führen und unterwegs entfliehn lassen? Ich helfe nicht, sie niederzumetzeln, und Winnetou auch nicht; da kennst du uns. Der Häuptling Listige Schlange wird, wenn er deine Absicht erkennt, dem Großen Mund beistehn. Denke ja nicht, daß er eines Zerwürfnisses wegen seinen bisherigen Feinden, den Mimbrenjos, hilft, seine Brüder, die Yumas, abzuschlachten. Ein Friedensschluß aber bringt allen Segen, euch und ihnen, und du machst gute Beute dabei."

„Beute? Hast du ihnen denn nicht auch versprochen, daß keine Beute gemacht werden soll? Das sollte mich sehr wundern!"

„Nur Gnade, also das Leben, habe ich ihnen versprochen, weiter nichts. Gegen das Beutemachen habe ich nichts einzuwenden, ja ich rate dir sogar dazu. Nimm ihnen ihre Waffen und Pferde, so sind sie geschwächt für lange Zeit! Was der Große Mund in der letzten Zeit gesündigt hat, darf nicht ohne Strafe bleiben."

„So sprich mit Listige Schlange, was sie dazu sagt!"

Das tat ich denn auch und fand den Boden dazu sehr gut vorbereitet. Ich hatte längst bemerkt, daß der ehrliebende junge Häuptling eifersüchtig auf den alten war. Dazu kam die Kränkung, die er während der vergangnen Nacht vom Großen Mund erfahren hatte und die Trennung der Krieger des einen Stamms von dem andern. Wenn die Mimbrenjos Beute nahmen, so wurde der Große Mund in seinem Vermögen und Ansehn schwer geschädigt; das sah Listige Schlange sehr wohl ein. Die Krieger, die sich von dem Alten getrennt hatten, mußten dann ihm zufallen; sein Anhang wuchs, und es konnte leicht kommen, daß er an Stelle des Großen Mundes zum obersten Kriegshäuptling gewählt wurde. Darum antwortete er, als ich ihn fragte, was mit dem Großen Mund und seinen Leuten geschehn solle:

„Tut, was ihr wollt, nur tötet sie nicht! Auch ihrer Gefangennahme würde ich mich widersetzen, denn sie sind meine Brüder."

„Du weißt, was der Große Mund begangen hat, und gibst wohl zu, daß er Strafe verdient?"

„Das geht mich nichts an, denn ich habe ihm bei dem, was du bestrafen willst, beistehn müssen. Nehmt ihm alles ab, und laßt ihn dann mit seinen Leuten laufen!"

Diesen Bescheid brachte ich dem Starken Büffel, der mir die unangenehme Bitte vorlegte, zu dem Alten zu gehn und die Übergabe abzuschließen. Es war mir aber auch wieder vergnüglich, ihn zu beobachten, wenn er jetzt sein Schicksal aus meiner Hand nehmen mußte, der ich von ihm auch schon für den Marterpfahl bestimmt gewesen war.

Als ich zu ihm kam, befand er sich inmitten seiner Krieger, die mich mit feindseligen Blicken betrachteten.

„Du willst mir mitteilen, was beschlossen worden ist?"

„Zunächst will ich dir sagen, daß ich für euch gesprochen habe, obgleich du es nicht um mich verdient hast. Du stehst allein, denn Listige Schlange hat sich von dir gewandt, weil du ihn einen Feigling nanntest. Der Starke Büffel bestand darauf, euch an den Marterpfahl zu führen; ich redete es ihm aus. Dann wollte er euch wenigstens als Gefangne mit sich führen, um euch den Weibern der Mimbrenjos zu zeigen; auch darauf hat er verzichtet. Weiter aber darfst du nichts verlangen."

„Die Freiheit aber bekommen wir?"

„Ja. Ihr könnt gehn, wann und wohin ihr wollt."

„So werden wir augenblicklich fortreiten."

„Reiten? Eure Pferde gehören den Siegern."

„Sie wollen also Beute haben?"

„Natürlich! Oder meinst du, daß dir alles erlassen werden muß, was du auf dem Gewissen hast? Die Yumas sind gute Menschen und wackre Krieger, das habe ich an Listige Schlange erfahren. Aber wenn sie von ihrem obersten Häuptling auf falsche Wege geführt werden, so dürfen sie sich nicht wundern, wenn mit seinem Zelt auch die ihrigen eingerissen werden. Der Starke Büffel hat euch die Freiheit und das Leben geschenkt; soll er auch noch auf die Beute verzichten? Das könnt ihr nicht verlangen. Frag dich selbst, was du an Stelle des Starken Büffels tun würdest! Du würdest keine Gnade geben, sondern die Gefangnen nach deinen Weideplätzen schleppen. Du verlangst von ihm viel mehr, als du selbst tätest, wenn du dich in seiner Lage befändest. Seid also klug! Wenn ihr euch weigert, nimmt er das Wort zurück, das er mir gegeben hat, und führt euch als Gefangne fort. Und noch eins: ihr befindet euch auf streitigem Land. Wie nun, wenn er von euch verlangt, daß es von jetzt an nur den Mimbrenjos gehören soll? Ihr müßtet euch fügen, denn ihr seid in seiner Gewalt. Laßt es also nicht noch zu solchen Forderungen kommen, sondern bringt lieber das kleine Opfer, um größeren Schaden zu vermeiden!"

Eine so freundlich eindringliche Redeweise waren die rohen Menschen nicht gewöhnt; darum machte sie einen desto tiefern Eindruck. Es war eine wohl erwogene Absicht von mir gewesen, den Zorn der Krieger auf ihren Häuptling zu lenken und zu betonen, daß er sie verführt hatte. Für ihn war es eine gerechte Strafe, und meinem Freund Listige Schlange, der sich so treu erwiesen hatte, konnte es nur von Vorteil sein. Ich brachte es schließlich dahin, daß sie sich darein fügten, ihr Eigentum in die Hände der Mimbrenjos übergehn zu lassen, und freute mich darüber, dem Starken Büffel dieses Ergebnis melden zu können. Sie gaben ihre Waffen ab und mußten dann zusehn, wie ihre Pferde zusammengetrieben wurden. Eine Milderung, die der Starke Büffel noch zugestand, lag darin, daß sie alles behalten durften, was sie in den Taschen bei sich trugen. Dann hielten sie es für geraten, abzuziehn.

Der Große Mund ging nicht ohne Abschied von dannen, sondern kam vor dem Abmarsch noch zu uns, um uns eine Rede zu halten, die besonders an mich gerichtet war. Er brachte dabei seine Ältesten mit, um ihnen zu zeigen, daß er noch die innere Kraft besitze, sich als unsern Feind zu betrachten.

Als er mit seinen sechs hervorragenden Kriegern erschien, saßen wir grad bei der Beratung über die weitere Richtung unsres Zugs; es waren also die angesehensten Personen, die sich bei uns befanden, beisammen. Wir sahen ihn kommen, und ich dachte mir sogleich, was er wolle, gab den Befehl, die beiden Söhne des Starken Büffels herbeizuholen und den Platz, sobald der Alte mit seinen Begleitern bei uns stand, durch Mimbrenjos einzuschließen. Ich lud ihn ein, sich zu uns zu setzen; er wies das Anerbieten aber durch eine Bewegung der Hand von sich, nahm die Haltung eines Redners an und sprach, während die Mimbrenjos den anbefohlenen Kreis um uns zu bilden begannen, in sehr gehobnem Ton:

„Das Glück des Krieges ist ein Weib, das heut lacht, morgen weint und übermorgen wieder lacht. Das Weib ist dem Großen Mund stets hold gewesen, solang er es mit Feinden zu tun hatte, die Söhne unsres Landes waren und von denen er wußte, welche Waffen sie führten, wie sie sich verteidigen würden und wie er seine Angriffspläne auszuführen hatte. Der Große Mund wurde als großer Krieger bekannt; sein Ruhm wuchs von Tag zu Tag; seine roten und weißen Feinde fürchteten ihn, und seine Freunde fühlten sich sicher und geborgen unter seinem Schutz. Da aber kamen fremde Männer, die nicht in dies Land gehören. Sie hatten kein Recht, sich in unsre Angelegenheiten zu mischen; aber sie taten es doch: Old Shatterhand und Winnetou. Sie trugen Waffen bei sich, mit denen die unsrigen nicht zu vergleichen sind. Wer kann gegen die Silberbüchse des Apatschen und den Bärentöter Old Shatterhands aufkommen? Und der weiße Mann besitzt dazu noch ein Zaubergewehr, womit er immerfort schießen kann, ohne laden zu müssen. Was sind dagegen unsre Pfeile und Lanzen, unsre Messer und die wenigen Flinten, die die Yumas haben? Auch führen diese Männer den Krieg in einer Weise, die wir nicht kennen. Sie sind voll Heimtücke und List und treten immer grade da auf, wo man sie am wenigsten erwartet. Darum sind alle meine Pläne, seit diese beiden Menschen ins Land kamen, zunichte geworden; ich habe mich besiegen lassen müssen und muß jetzt ohne Pferde und Waffen heimkehren. Aber Winnetou und Old Shatterhand werden nicht hier bleiben, und dann wird sich das Glück mir wieder zuwenden. Die jetzt Sieger sind, werden dann die Besiegten sein und unter unsern Fäusten heulen wie Hunde, die geschlachtet werden sollen. Denn ich werde das, was jetzt geschehn ist, nicht vergessen, und die Gegner, die heut über mich frohlocken, vernichten. Und dann wird es keine Gnade und Barmherzigkeit geben, und die mir heut abtrünnig geworden sind, werden die ersten sein, die unter unsern

Messern sterben. Old Shatterhand und Winnetou aber mögen sich hüten, jemals wieder in meine Nähe zu kommen, denn ich würde sie bei lebendigem Leib schinden lassen. Ich habe gesprochen. Howgh!"

„Howgh!" riefen auch die Ältesten, um zu zeigen, daß sie seiner Ansicht seien.

Sie drehten sich um, um sich zu entfernen, sahen aber, daß sie eingeschlossen waren. Darum fragte der Alte in zornigem Ton:

„Warum hat man uns umzingelt? Will man etwa Verrat gegen uns üben und den Vertrag nicht halten, den man mit uns abgeschlossen hat?"

„Wir sind keine Verräter", antwortete Winnetou. „Die Krieger, die euch umgeben, sollen nur eine Aufforderung an euch sein, noch ein wenig zu verweilen, um das zu hören, was wir auf deine Worte zu erwidern haben. Mein Bruder Old Shatterhand mag sprechen!"

Ich folgte der Aufforderung, indem ich aufstand und mich zu dem Alten wendete.

„Der Große Mund hat uns eine Rede hören lassen, die voll Unvorsichtigkeit und Irrtum ist. Unvorsichtig ist er gewesen, indem er mißachtet hat, daß wir mit großer Schonung gegen ihn und seine Leute verfahren sind. Wir haben ihnen das Leben und die Freiheit geschenkt; er aber sagt uns ins Gesicht, daß er uns schinden will. Sieht er denn nicht, daß er sich noch in unsrer Hand befindet, er und seine Ältesten, die seiner Drohung beigestimmt haben? Was hindert uns, unser Wort zurückzunehmen, da auch er sich wortbrüchig zeigt und den versprochnen Frieden nicht halten will? Er hat ein großes Lob über sich losgelassen, aber welches Lob sollen wir und sollen auch seine Leute ihm dafür zollen, daß er sein und ihr Leben durch seine unvorsichtigen Drohungen wieder in die größte Gefahr bringt?"

„Ihr müßt Wort halten!" rief er mir dazwischen.

„Nein, wir müssen nicht. Wir hätten das volle Recht, als Antwort auf deine Drohung den Frieden für nichtig zu erklären und dich sofort niederzuschießen, dich, deine Ältesten und alle deine Leute. Wir tun es aber nicht, weil wir dich verlachen. Deine Drohungen sind wie das Quaken eines Wasserfroschs. Du bist alt und schwach geworden, und die Wut über deine Ohnmacht läßt dich Worte reden, die ein Mann nur deshalb nicht bestraft, weil sie kindisch sind und keine Taten hervorbringen können. Wir werden euch also trotz euren Reden laufen lassen, weil ihre Lächerlichkeit uns nicht zu erzürnen vermag, wohl aber unser Mitleid erregt. — Und voller Irrtümer ist deine Rede gewesen, sagte ich. Du hast behauptet, Winnetou und ich gehörten nicht in dies Land. Weißt du denn nicht, daß er der berühmte Häuptling der Apatschen ist, die von Arizona bis hinunter zur großen Mapimi und dann hinauf bis über den Rio Pecos wohnen? Gehören die Mimbrenjos, die du als deine Besieger hier siehst, nicht auch zu den Stämmen der Apatschen? Ist Winnetou nicht der vornehmste aller Apatschen, und du behauptest, er sei ein Fremder im Land! Ich sage dir, daß er ein größeres Recht besitzt als du, sich hier aufzuhalten. Und ebenso groß ist auch sein Recht, sich den Mimbrenjos vom großen Stamm der Apatschen, die du befeindest, gegen dich anzuschließen. Wahr ist es, daß ihr gegen unsre Gewehre nicht aufkommen könnt; aber es sind nur drei Stück. Wenn sich ein ganzer Stamm der Yumas vor drei Flinten fürchtet, so gibst du deinen Kriegern ein Zeugnis, dessen sie sich schämen müssen. Wie oft haben wir überhaupt die Gewehre gegen euch gebraucht? Haben wir euch damit besiegt? Nein, sondern mit ganz andern Waffen. Ihr tut nichts als Böses; wir aber verteidigen das Gute, und darum stehn wir unter dem Schutz des großen Manitu. Und das ist die Ursache unsres Sieges; das Gute siegt stets, und das Böse muß unterliegen. Daß wir stets das Gute getan haben, hältst du für Hinterlist. Ja, wir haben euch überlistet, aber das ist nur ein Beweis dafür, daß der Gute klug und der Böse dumm und unklug handelt. Wir zeigen uns auch jetzt wieder gut, indem wir euch trotz eurer Drohung laufen lassen, aber ganz straflos soll sie doch nicht bleiben; denn eine Antwort muß auf deine Prahlereien folgen, sonst glaubst du am Ende, daß wir durch sie eingeschüchtert worden sind. Mein junger roter Bruder mag zu mir kommen."

Die Aufforderung war an den jüngern Sohn des Starken Büffels gerichtet. Er folgte ihr; ich nahm ihn bei der Hand und fuhr fort:

„Der Große Mund hat es uns zum Vorwurf gemacht, daß wir einem Sohn des Häuptlings der Mimbrenjos den Namen Yumatöter gegeben haben; er hat dafür sogar den Tod des andern Häuptlingssohns verlangt und ihn mit dem Schwarzen Biber kämpfen lassen. Der Jüngling, den ich hier an meiner Hand halte, hat mir große Dienste erwiesen; er ist treu, klug und kühn gewesen, und ich habe ihm viel von meinem Erfolg zu verdanken. Darum soll ihm jetzt der verdiente Lohn werden; er soll einen Namen erhalten, der an seine Taten erinnert und ihn damit in die Reihen der erwachsnen Krieger treten läßt. Er hat den Schwarzen Biber getötet und ihm den Skalp genommen; deshalb, und auch als Antwort darauf, daß der Große Mund uns den Namen Yumatöter so verübelt, erteile ich hiermit diesem meinem jungen, roten Bruder und

Freund den Namen Yuma-Tsil[1] und bitte Winnetou und alle Krieger der Mimbrenjos, meinem Beschluß ihre Zustimmung zu geben!"

Freudige Zurufe ertönten ringsum. Winnetou erhob sich, nahm die Hand des Jünglings in die seinige und erklärte:

„Old Shatterhand hat mir aus dem Herzen gesprochen. Der junge, tapfere Krieger soll Yuma-Tsil heißen; er ist mein Bruder, und seine Freunde oder Feinde werden auch meine Freunde oder Feinde sein. Ich habe gesprochen."

„So sind also die Wünsche der beiden Söhne unsres Freundes, des Starken Büffels, erfüllt", fuhr ich fort. „Sie wünschten Namen zu haben und sind deshalb mit Winnetou und mir gegangen. Sie haben beide gute, vortreffliche Namen bekommen, die in Zukunft bekannt und berühmt sein werden bei allen Freunden und Feinden. Der Große Mund aber mag jetzt mit seinen Ältesten fortgehn. Ob wir ihn und seine Leute fürchten, mögen sie daran erkennen, daß wir die beiden Söhne des Mimbrenjohäuptlings Yumatöter und Yumaskalp genannt haben. Ich habe gesprochen. Howgh!"

Ich winkte; der Kreis öffnete sich, und die Yumas entfernten sich, wütend darüber, daß sie auf ihre Überheblichkeit eine solche Antwort erhalten hatten.

Die Namensgebung wurde sofort durch ein allgemeines Rauchen des Kalumets und die sonstigen Gebräuche gefeiert und bekräftigt. Die Knaben, die nun zu den erwachsenen Kriegern zählten, waren unendlich glücklich darüber.

Der Starke Büffel floß von Dankesworten über und bat, wir sollten uns nicht mehr von Listige Schlange und den Yumakriegern begleiten lassen; er selber wolle mir für meine weißen Kameraden genug gute Reit- und Packpferde zur Verfügung stellen und uns mit einer Kriegerschar bis über die Grenze führen.

Ich ging gern auf diesen Vorschlag ein und traf sofort die Vorbereitungen zum Aufbruch, der am nächsten Morgen erfolgte.

Von Listige Schlange gab es einen herzlichen Abschied; seine Braut, die Jüdin, ließ sich nicht vor mir blicken.

Nach einem beschwerlichen Ritt erreichten wir die Grenze von Texas, wo ich das Geld verteilte. Auch der Player bekam die Summe, die ich ihm versprochen hatte. Damit war die traurige Vergangenheit für die Auswandrer abgetan, und sie konnten einer zwar einfachen, aber doch hoffnungsreichen Zukunft entgegenblicken.

[1] Yuma-Skalp

6. Ein Emporkömmling

Bevor ich weiter von diesen Erlebnissen erzähle, muß ich noch auf ein früheres Ereignis zurückgreifen. Es war längere Zeit vorher. Ich kehrte damals von einer Reise nach Südamerika zurück, landete nach glücklicher Seefahrt in Bremerhaven und stieg in dem weitbekannten Gasthaus „Löhrs Hotel" ab.

Bei der Mittagstafel saß mir ein junger, vielleicht sechsundzwanzigjähriger Herr gegenüber, der sich mit keinem Wort am allgemeinen Gespräch beteiligte und dafür mir eine anhaltende Aufmerksamkeit zu widmen schien. Er sah mich wiederholt prüfend an, schien aber nicht mit sich ins reine zu kommen. Mir war es, als ob ich ihn schon einmal gesehn hätte, doch konnte das nur vorübergehend gewesen sein, da ich mich seiner nicht deutlich zu erinnern vermochte. Endlich, beim Nachtisch, wurde sein Auge hell; er schien nun zu wissen, wohin ich in seiner Erinnerung gehörte. Dadurch wurde aber die Aufmerksamkeit, die er mir schenkte, keineswegs vermindert. Sein Blick blieb an mir und an jeder meiner Bewegungen haften.

Nach der Tafel setzte ich mich allein an einen kleinen Fenstertisch, um dort den Kaffee zu mir zu nehmen. Er ging im Speisesaal auf und ab. Ich merkte ihm an, daß er gern mit mir sprechen wollte und mit sich zu Rate ging, wie er das anfangen solle. Endlich drehte er sich entschlossen um, kam auf mich zu und sagte unter einer Verbeugung, die weniger gewandt als gut gemeint war:

„Verzeihung, mein Herr! Haben wir uns nicht schon einmal gesehn?"

„Wohl möglich", antwortete ich, während ich aufstand, um seine Verbeugung zu erwidern. „Vielleicht erinnern Sie sich besser als ich des Orts, wo das geschehn ist."

„Drüben in den Vereinigten Staaten. Ich glaube, es ist auf dem Weg von Hamilton nach Belmont in Nevada gewesen. Sind Ihnen diese Städte bekannt?"

„Allerdings. Wann soll das gewesen sein?"

„Vor ungefähr vier Jahren. Wir waren eine Gesellschaft von Goldgräbern und befanden uns auf der Flucht vor einer Horde von Navajos. Dabei hatten wir uns so gründlich verirrt, daß wir uns im Gebirge nicht mehr zurechtfinden konnten und sehr wahrscheinlich zugrunde gegangen wären, wenn wir nicht glücklicherweise Winnetou getroffen hätten."

„Ah, Winnetou!"

„So kennen Sie diesen berühmten Häuptling der Apatschen?"

„Ein wenig."

„Ein wenig nur? Wenn Sie der Herr sind, für den ich Sie halte, müssen Sie ihn viel besser als nur ein wenig kennen. Er war damals nach dem Mono Lake unterwegs, wo er mit seinem besten Freund zusammentreffen wollte, und erlaubte uns, ihn zu begleiten, da wir jetzt entschlossen waren, uns über die Sierra Nevada nach Kalifornien zu wenden. Wir erreichten den See glücklich und trafen dort andre Weiße, denen wir uns anschließen konnten. Am letzten Tag vor unserm Weiterritt kam der Freund Winnetous. Beide wollten hinauf in die Berge, um dort zu jagen, und verließen uns schon vor Anbruch des nächsten Morgens. So kam es, daß Sie nur einige kurze Stunden mit uns am Lagerfeuer saßen und sich mein Gesicht nicht genau gemerkt haben."

„Ich?" fragte ich, indem ich mich erstaunt stellte.

„Nun ja, Sie! Oder sind Sie nicht der Freund Winnetous gewesen? Sie trugen damals allerdings einen andern Anzug als heut. Das ist auch der Grund, weshalb ich mich vorhin nicht so schnell erinnern konnte."

„Wie heißt denn der Mann, für den Sie mich halten?"

„Old Shatterhand. Habe ich mich geirrt, so verzeihn Sie die Störung!"

„Sie stören mich nicht; ich erlaube mir im Gegenteil die Frage, ob sie nach Tisch Kaffee trinken?"

„Ich stand eben im Begriff, mir eine Tasse zu bestellen."

„So bitte ich, ihn hier bei mir einzunehmen. Bitte, setzen Sie sich!"

Er folgte der Aufforderung und meinte dann:

„Sie sind also doch Old Shatterhand?"

„Ich bin's. Aber schreien Sie bitte nicht so! Es wird den Anwesenden hier sehr gleichgültig sein, wer ich bin und wie ich da drüben im Westen genannt werde."

„Es war die Freude, die mich so laut werden ließ. Sie können sich doch denken, daß ich entzückt darüber bin, hier mit einem so —"

„Still!" unterbrach ich ihn. „Hier hüben in dem Meer von Zivilisierten bin ich ein Tropfen, der verschwindet. Da lesen Sie meinen eigentlichen Namen!"

Wir wechselten unsre Karten. Auf der seinigen stand: Konrad

Werner. Während ich diesen Namen las, beobachtete er mich, als erwarte er, daß ich ihn kennen oder gar mich überrascht zeigen sollte. Da sich das aber nicht erfüllte, fragte er:

„Haben Sie meinen Namen schon einmal gehört?"

„Wahrscheinlich schon vielmal, denn der Werners gibt's in Deutschland nicht wenige."

„Ich meine drüben."

„Hm! Nicht daß ich wüßte. Es ist aber anzunehmen, daß ich ihn damals aus Ihrem Mund gehört habe."

„Ich meine es anders. Der Name Konrad Werner wird jetzt drüben viel genannt. Wollen Sie die Güte haben, einmal an Oil Swamp zu denken!"

„Oil Swamp? Hm! Es ist mir allerdings so, als ob ich diesen Namen in besondrer Beziehung gehört hätte. Ist's ein Ort oder ein Sumpf?"

„Es war ein Sumpf, ist aber jetzt ein vielgenannter Ort. Ich bin einigermaßen erstaunt, daß er Ihnen unbekannt ist."

„Seit wann spricht man denn davon?"

„Seit fast zwei Jahren."

„Grad solange bin ich in Südamerika gewesen, und zwar in Gegenden, wohin Frau Fama nur sehr spät zu kommen pflegt. Halten Sie mich also wenigstens nicht ganz und gar für einen Tungusen oder Kalmücken!"

„O nein! Es freut mich desto mehr, Ihnen heut hier sagen zu können, daß aus dem hilflosen Menschen von damals ein Ölprinz geworden ist."

„Ein Ölprinz? Dann muß ich Ihnen von Herzen Glück wünschen."

„Danke! Daß ich ein solches Glück finden würde, dachte ich freilich nicht, als wir mit Ihnen und Winnetou beisammen waren. Eigentlich habe ich es dem Apatschen zu verdanken, denn er war es, der uns veranlaßte, nach Kalifornien zu gehn. Sein guter Rat hat mich zum Millionär gemacht."

„Wenn Sie das wirklich sind, so bitte ich Sie, nicht bös darüber zu sein!"

„Nein, nein!" lachte er. „Wenn Sie wüßten, wer und was ich früher gewesen bin, so würden Sie auch einsehn, wie überflüssig Ihre Bitte ist."

„Nun, was waren Sie denn?"

„Ein Taugenichts! Ich wurde im Armenhaus geboren und befand mich auf dem richtigen Weg, ein Zuchthäusler zu werden."

„Was Sie sagen! Wenn es so ist, so haben Sie jedenfalls mit diesen Erinnerungen gebrochen, und es ist besser, darüber zu schweigen."

„Es würde mir auch gar nicht einfallen, einem andern etwas darüber mitzuteilen; aber da Sie Old Shatterhand sind, so will mir das Herz aufgehn. Vielleicht ist Ihnen die Gegend bekannt, aus der ich stamme.“

Er nannte ein kleines erzgebirgisches Städtchen.

„Kenne ich gut.“ nickte ich. „Bin früher dort einigemal gewesen.“

„So werden Sie auch die traurigen Verhältnisse kennen, die dort herrschen oder doch geherrscht haben. Denken Sie sich eine blutarme Bürgerschaft und dazu ein Versorgungshaus mit noch viel ärmeren Insassen! Diese waren meist nur auf das angewiesen, was sie sich auf den umliegenden Dörfern erbettelten. Einige ungekochte Kartoffeln, einige Schnitten trocknes Brot, ein Stückchen harter Käse, das war alles, was sie von den Bettelgängen heimbrachten. Klug waren die, die sich davon ein Mahl bereiteten. Meine Mutter aber war leider nicht so klug.“

„Ihre Mutter? Die lebte auch im Armenhaus?“

„Ja. Ich sagte Ihnen ja, daß ich dort geboren bin. Als ich nur ein paar Wochen zählte, trug sie mich schon in den Dörfern herum; später schleppte sie mich neben sich her. Das erweckte Mitleid; ich ging, ebenso wie sie, in Lumpen, und wurde von ihr fürs Betteln geradezu erzogen. Besonders streng sah sie darauf, daß ich, wenn wir ein Haus betraten oder auf der Straße jemand begegneten, vor Kälte oder Hunger wimmerte. Um das zu können, brauchte ich mich freilich nicht zu verstellen, denn für einen fortwährenden Hunger war gesorgt. Sie aß nämlich fast gar nichts und gab mir so wenig wie möglich. Was sie von mitleidigen Menschen bekam, wurde verkauft. Es gab immer noch Leute, die gern bereit waren, für das eingebettelte Brot einige Pfennige zu geben. Davon kaufte sie sich Branntwein, der ihr über alles, auch über ihr Kind ging.“

„Das sind ja schreckliche Verhältnisse! Ich meine, wir schweigen lieber darüber. Nicht?“

„Nein! Wenn ich Ihnen solche Dinge von meiner Mutter erzähle, so geschieht es nur, um den Gegensatz zwischen jetzt und damals deutlicher zu machen. Meine Mutter galt als rettungslos verloren, und ich wurde auf ihrem bergab führenden Weg fortgeschleppt, bis ich von Gemeinde wegen gezwungen wurde, bei einem Schuhmacher in die Lehre zu treten. Der Mann war nur ein Flickschuster, denn ein größerer Meister wollte mich nicht zu sich nehmen. Da bekam ich wenig zu essen und dazu der besseren Verdauung halber den Knieriemen über den Rücken gezogen. Sie können sich denken, daß mir das nicht behagte; ich entfloh zu verschiednen Malen, strich bettelnd umher, wurde aber immer wieder eingefangen und zurückgebracht. So vergingen zwei Jahre; ich lernte nichts und wurde immer nichtsnutziger. Eines schönen Weihnachtsabends bescherte der Meister seiner Familie. Er war ein armer Teufel und konnte nur wenig geben; aber jedes Kind bekam doch eine Kleinigkeit; das Allerwenigste wurde mir beschert, nämlich nichts. Als ich das nicht gelten lassen wollte, ging die Bescherung freilich los, und zwar mit dem Knieriemen. Der Mann schlug mich so, wie noch nie, und dann mußte ich mich mit blutunterlaufenem Rücken hinauf auf den kalten Dachboden legen, wo meine Schlafstatt war — ein Bündel Stroh, so zerlegen, daß es nur noch Häckerling genannt werden konnte."

„Und jetzt Ölprinz? Das ist freilich ein Unterschied!"

„Ein gewaltiger. Aber es liegen auch viele Leidensjahre dazwischen! Als mich da oben die Kälte schüttelte, nahm ich mir vor wieder auszureißen, und zwar so weit, daß man mich gewiß nicht wiederfinden könnte. Ich schlich mich also hinab, zum Haus hinaus, um die Stadt herum, und stapfte dann im tiefen Schnee und bei schrecklichem Gestöber dem Ziel entgegen, das ich mir gesetzt hatte."

„Welches Ziel war das?"

„Natürlich Amerika!"

„Eine Tollheit!"

„Ja, es war toll; aber was verstand denn ich davon? Ich glaubte, man brauche, um nach Amerika zu kommen, nur so fort und fort zu laufen. Ich hatte gehört, daß man dort reich werden könne, und steinreich wollte ich werden. Dann wollte ich heimkehren und den Meister beschämen. Ich wußte, daß er nur altes Schuhwerk zusammenflicken konnte, und wollte mir nun ein Paar funkelnagelneue Stiefel bei ihm bestellen, die er nicht fertig brachte; das sollte meine Rache sein. Die verdorbnen Stiefel wollte ich ihm mitsamt dem Geld an den Kopf werfen und dann stolz nach Amerika zurückkehren."

„Nun, das können Sie jetzt tun!"

„Ja, ich werde mich rächen, aber in andrer Weise. Wenn der arme Mann noch lebt, werde ich ihm unter die Arme greifen. Er soll für jeden Hieb, den ich von ihm erhalten habe, einen Taler erhalten."

„Das lasse ich mir gefallen, und ich wünsche herzlich, daß er noch lebt. Ihre Geschichte beginnt mich zu fesseln; der Anfang aber wollte mich abstoßen."

„Die nächste Fortsetzung wird nicht viel besser klingen. Eine alte Leinenjacke, leinene Hosen, eine noch ältere Mütze und ein paar Holzpantoffel, das war mein Anzug, in dem ich mich bis in die Magdeburger Gegend gebettelt habe."

„Lieber Himmel! Es ist doch fast unmöglich, daß Sie auf dem weiten Weg nicht ein einziges Mal von der Polizei aufgegriffen wurden!"

„Oh, ich war schlau. Wenn ich Gefahr witterte, ließ ich mich nicht blicken und hungerte lieber."

„Fanden Sie denn immer Leute, die Ihnen zu essen gaben?"

„Ja. Ich ging immer in die ärmlichsten Häuser; oft auch nahmen sich Handwerksburschen meiner an, die mich zwar auslachten, mich aber nicht verrieten und mir gute Lehren und ein Stück Brot verabreichten. Doch konnte ich diese Wanderung endlich nicht länger aushalten; es ging mir von Tag zu Tag schlimmer, bis ich hinter Magdeburg auf offner Straße liegenblieb; ich konnte vor Hunger und Entkräftung nicht weiter und kroch in eine Schneewehe, um da zu sterben. Ich schlief auch sofort ein. Als ich erwachte, hörte ich unter mir schwere Räder im Schnee knarren; über mir erblickte ich eine Wagenblahe, ich lag in tiefem, warmem Stroh, in zwei Pferdedecken gehüllt. Nach einiger Zeit schaute ein dickes, kälterotes Gesicht vorn herein, sah, daß ich die Augen offen hatte, und fragte:

‚Du lebst wieder, Junge? Woher kommst du?'

‚Aus Sachsen.'

‚Wohin willst du?'

‚Nach Amerika.'

‚Hm! Was sagen denn deine Eltern dazu?'

‚Ich habe keine mehr. Hab' überhaupt niemand, der nach mir fragt.'

‚Was bist du denn eigentlich?'

‚Schusterlehrjunge.'

‚Und wie ist dein Vorname?'

‚Konrad.'

‚Gut! Merk dir, was ich dir jetzt sage! Dort neben dir hängt ein Kober mit Brot und Käse; davon kannst du essen, soviel du willst. Dann kriechst du tiefer ins Stroh und kommst nicht wieder heraus, bis ich dich hole!'

Nach diesen Worten verschwand das Gesicht. Das mit dem Kober ließ ich mir nicht zweimal sagen. Er enthielt ein halbes Brot und einen ganzen Käse; ich habe ihn leer gemacht. Dann kroch ich unter die Decken tief ins Stroh hinein und schlief wieder ein. Als ich geweckt wurde, war es Abend. Der Mann, der am Tag mit mir gesprochen hatte, steckte bei mir im Wagen, der vor einem Dorf mitten auf der Straße hielt.

‚Kerl, du hast aber einen Hunger gehabt!' sagte er. ‚Und einen Schlaf dazu! Hast du denn nicht gemerkt, daß wir ein paarmal gehalten haben?'

‚Nein.'

‚Also nach Amerika willst du! Da hast du bei mir die beste Gelegenheit, denn ich fahre hinüber. Willst du mit?'

‚Ja.'

‚Aber du hast wahrscheinlich keinen Paß.'

‚Ich habe nichts, als was ich auf dem Leib trage.'

‚Höre, das ist nicht viel! Aber du tust mir leid. Ich habe dich aus dem Schnee herausgepuddelt und bin bereit, für dich zu sorgen, wenn du mir zweierlei versprichst. Erstens mußt du mir gehorchen, und zweitens darfst du keinem Menschen erzählen, wer du bist, woher du kommst und wohin du willst.'

‚Das werde ich gern tun.'

‚Gut! So bleibst du bei mir, bis wir nach Amerika kommen. Du nennst mich Vetter. Dein Großvater war der Bruder von meinem Vater, und du bist aus Halberstadt. Ich habe dich zu mir genommen, weil deine andern Verwandten alle gestorben sind, und du bist nun schon ein Vierteljahr bei mir. Willst du immer nur so und nichts andres sagen?'

‚Ja', erklärte ich in meiner Bedrängnis.

‚So wirst du es gut bei mir haben. Also abgemacht! Wir sind, während du schliefst, durch eine Stadt gekommen; da habe ich bei einem Trödler Stiefel und einen Anzug für dich gekauft. Zieh die Sachen an!"

Er schob die Wagenblahe ein Stück auf, so daß ich sehn und den Anzug und die Stiefel mit meinen Fetzen und den Pantoffeln vertauschen konnte. Dann mußte ich mich mit dem Wagenlenker auf den Kutschbock setzen, und wir fuhren nach dem Dorf, wo er am Gasthof hielt, um zu übernachten."

„Der menschenfreundliche Retter war wohl ein Fuhrmann, der das Fuhrwesen als Gewerbe betrieb?" unterbrach ich seine Erzählung.

„Ja. Es war ein sogenannter Harzer Landfuhrmann."

„Ah, die kenne ich. Die Leute zogen mit ihren schweren Lastwagen früher von Land zu Land, nahmen überall Gelegenheitsfrachten auf und kehrten oft erst nach mehreren Jahren in ihre Heimat zurück. Ihre Pferde hatten sie mit sonderbaren Kumten und Dachsfellen herausgeputzt. Sie waren ehrliche Leute, denen man getrost ein ganzes Vermögen anvertrauen konnte. Der Ihrige aber scheint nicht ehrlich gewesen zu sein, wenigstens mit Ihnen nicht, weil er behauptete, daß er auch nach Amerika wollte, was doch keinesfalls die Wahrheit sein konnte. Höchstwahrscheinlich hat er Sie nur ausnützen wollen."

„Das ist richtig. Zunächst aber schenkte ich ihm mein volles Vertrauen. Ich fütterte und putzte die Pferde, schlief bei ihnen im Stall und nahm ihm auch sonst nach Kräften die Arbeit ab. Dafür erhielt ich mein Essen und zuweilen ein altes, abgetragenes Kleidungsstück. Als nach und nach Monate vergingen, ohne daß wir nach Amerika kamen, merkte ich freilich, daß er mich belogen hatte; aber das ungebundne Leben gefiel mir, und so blieb ich bei ihm, bis er einmal eine Gelegenheitsfuhre nach Otterndorf bekam. Der Ort liegt in der Nähe der See; die Lust nach Amerika erwachte plötzlich von neuem in mir, und die Folge war, daß ich nach Bremerhaven entlief."

„Ohne Geld?"

„Er dachte freilich, ich hätte keins, und das hatte ihn sicher gemacht. Aber ich hatte in der Zeit von anderthalb Jahren, die ich bei ihm war, manches Frachtstück ein- und wieder ausgeladen und zuweilen ein Trinkgeld bekommen. Diese kleinen Beträge verheimlichte ich ihm und hob sie auf. So kam es, daß ich jetzt genug hatte, um, ohne betteln zu müssen, von Otterndorf nach Bremerhaven wandern zu können. Zu einem längern Aufenthalt dort hätte es freilich nicht gereicht. Darum fragte ich sofort nach einer Matrosenkneipe. Ich war während der Zeit klüger geworden und hatte verschiedenemal gehört, daß man in solchen Wirtschaften Gelegenheit bekommen könnte, umsonst nach Amerika zu fahren. In der Kneipe, nach der ich gewiesen wurde, saßen viele Matrosen. Einer von ihnen machte sich über mich her und fragte mich aus. Ich sagte ihm soviel, wie ich für nötig hielt, und er erklärte mir, daß er mir helfen wolle. Er ließ mir Essen bringen. Dazu tranken wir Nordhäuser, Kognak und Punsch, bis ich den Verstand verlor. Als ich wieder zu mir kam, lag ich in einem engen Loch, kaum größer als ein Hundestall, und es war finster um mich her. Über mir knarrte es; unter mir rauschte Wasser; dazwischen hörte ich eine befehlende Stimme. Ich tastete um mich, konnte aber keinen Ausgang finden und mußte also liegenbleiben. Es war mir herzlich schlecht zumut; mein Kopf brummte wie eine Baßgeige, und meine Glieder waren wie zerschlagen. Nach langer Zeit hörte ich Schritte; ein Riegel wurde zurückgeschoben; dann sah ich vor mir einen Menschen in Matrosentracht, der ein Licht in der Hand hatte. Es war der Mann, mit dem ich am vorhergehenden Tag beisammen gewesen war. Er ließ ein rohes Lachen hören.

‚Heraus mit dir, Landratte! Der Kapitän will dich sehn. Aber rede höflich mit ihm, und widersprich ihm nicht; er ist kein Guter.‘

Mühsam kroch ich aus dem Loch; es war, wie ich später erfuhr, das Gefängnis für widerspenstige Matrosen. Ich folgte dem ‚guten Freund‘ zwei schmale, steile Treppen hinauf und sah mich dann auf dem Verdeck eines Schiffs, das unter vollen Segeln ging. Ringsum war nichts als die weite See. Ich wurde nach hinten geführt, wo der Kapitän auf mich wartete. Er hatte sehr weite Hosen an, ein goldbetreßtes Käppi auf dem Kopf und einen gewaltigen Bart. Er nahm mich bei den Armen, drehte mich einigemal um und um, befühlte meine Muskeln und Knochen, grinste mich dann an wie eine Katze die Maus, die sie verschlingen will, und fragte:

‚Woher bist du?‘

Ich sagte ihm die Wahrheit; bei dem Gesicht, das der Mann machte, getraute sich kein falsches Wort über meine Lippen.

‚Scheinst ein sauberes Früchtchen zu sein. Habe die Absicht, dich als Schiffsjungen mitzunehmen. Dort steht der Maat, dem du zu gehorchen hast. Bei jedem Widerspruch setzt es Prügel. Marsch, fort mit dir!“

Der Maat, an den er mich wies, war ein Kerl, der noch grimmiger aussah als sein Kapitän. Er faßte mich am Arm, zog mich nach vorn, gab mir einen Topf mit Teer in die Hand und zeigte auf ein Tau, das außen am Schiff niedergelassen werden sollte. Man mutete mir, der ich die See noch nie gesehn hatte, zu, da draußen zu hängen und die Außenplanken mit Teer zu bestreichen. Ich weigerte mich, wurde auf ein Brett geschnallt und so lange geprügelt, bis ich nicht mehr schreien konnte. Es ging mir überhaupt so traurig wie noch nie im Leben. Wir segelten nach Westindien. Die Fracht wurde in kurzer Zeit gelöscht; ich aber durfte nicht an Land, durfte auch mit keinem, der an Bord kam, verkehren. Von da ging es nach Boston, dann nach Marseille, von dort aus zunächst nach Southampton und wieder hinüber nach Amerika, diesmal nach New York. Hier kam ich endlich frei. Der Kapitän hatte sich den Haß zweier Matrosen zugezogen; sie gingen des Nachts heimlich mit der Jolle durch und nahmen mich mit. Die Flucht gelang, und ich betrat als freier Mann Amerika. Zunächst lief ich so weit wie möglich fort, damit mein Kapitän oder einer seiner Häscher mich nicht zu sehn bekäme. Es war ein Feiertag, an dem nicht gearbeitet wurde. Ich fand einen Neubau und schlich mich hinein, um ungestört einen langen Schlaf zu tun. Den brauchte ich noch nötiger als Essen und Trinken. Als ich aufwachte, war es schon wieder Abend. Ich hatte Hunger, blieb aber dennoch liegen, weil mir der Gedanke gekommen war, ich könnte auf dem Neubau vielleicht Arbeit finden. Ich wartete also bis zum nächsten Morgen. Da kamen die Maurer und Zimmerleute. Ich sprach mehrere an; sie verstanden aber nicht Deutsch, bis ich endlich doch den richtigen traf, einen Preußen aus der Gegend von Königsberg. Er hatte sich auch Amerika voll goldner Berge geträumt und war hier nun unter die Ziegelträger gegangen. Durch seine Fürbitte brachte er es so weit, daß ich Arbeit erhielt. Sie war nicht leicht, aber es ging. Ich lebte sparsam und hatte mir gegen den Winter hin über hundert Dollar zurückgelegt, womit ich nach Philadelphia ging, um mein ursprüngliches Handwerk zu treiben."

„Sie sagten aber doch, daß Sie nichts gelernt hätten!"

„Nach unseren Begriffen allerdings. Aber ich hatte inzwischen erfahren, was Arbeitsteilung ist. Ich trat in Philadelphia in eine Fabrik, worin jeder Arbeiter nur eine und dieselbe Arbeit zu verrichten hatte. Dazu braucht man kein gelernter Schuhmacher zu sein. Ich habe ein ganzes Jahr lang immerfort nur Spitzen angesteppt. Dann besaß ich dreihundert Dollar, mit denen ich nach Chikago zog, um dort in eine gleiche Fabrik einzutreten. Da blieb ich aber nicht lange. Ich wollte etwas lernen, und das war bei dieser Arbeitsteilung nicht möglich. Ich traf einen Irländer, der auch ein kleines Sümmchen besaß. Er kannte das Land besser als ich und machte mir den Vorschlag, als Pedlar[1] mit ihm nach dem Westen zu wandern; bei diesem Geschäft sei viel Geld zu verdienen. Wir gingen über den Mississippi, legten unser Geld zusammen, kauften Waren ein und zogen damit den Missouri hinauf. Nach zwei Monaten hatten wir ausverkauft und unser Geld verdoppelt. Wir unternahmen noch vier solche Reisen; dann war mein Geschäftsfreund eines Tags mit seinem und meinem Geld verschwunden. Nun griff ich zum nächsten, was sich mir bot; ich arbeitete fleißig, brachte es aber zu keinen Ersparnissen mehr. Aus Verzweiflung darüber ging ich unter die Goldsucher."

„Und fanden nichts?"

„So ist es. Wir trieben uns hungernd in den Gebirgen umher. Es war kein Westmann unter uns, darum ging es uns bitter schlecht. Schließlich wurden wir gar von Navajos überfallen. Wir entkamen ihnen zwar, doch hätten sie uns gewiß wieder

[1] Wanderhändler

eingeholt und getötet, wenn wir nicht auf Winnetou getroffen wären, der uns sicher nach dem Mono Lake geleitete, wo wir auch Sie zu sehn bekamen."

„Hätten Sie mir damals Ihre Erlebnisse so erzählt wie heut, so wäre ich mit einem guten Rat und wohl auch mit der Tat zur Hand gewesen."

„Es hat nicht sein sollen. Mein immerwährendes Unglück hatte mich verschüchtert. Wie konnte ich einen Old Shatterhand belästigen? Und diese Schüchternheit war gut, denn es fragt sich sehr, ob ich durch einen Rat von Ihnen zum Millionär geworden wäre."

„Dieser Meinung bin ich freilich auch. Doch weiter! Was taten Sie in Kalifornien?"

„Das Handwerk hatte mich zu nichts geführt und der Handel zu noch weniger; so versuchte ich es denn einmal mit dem Ackerbau. Ich wurde Knecht auf einer Estanzia. Der Besitzer fand Gefallen an mir; ich hatte Lust zur Sache und bekam schnell höhern Lohn. Einmal verleitete mich der Teufel zum Spielen. Ich wagte einen halben Jahreslohn und gewann, war aber besonnen genug, sogleich aufzuhören. In zwei Jahren hatte ich fünfhundert Dollar beisammen. Um diese Zeit schickte mich der Herr nach Chico, um Einkäufe für ihn zu machen, und ich nahm mein Geld mit, um es an diesem Platz sicher anzulegen. Da traf ich einen Yankee, der mir ein Stück Land droben am obern Federnfluß anbot. Er schwur hundert Eide, daß es das trefflichste Land in ganz Kalifornien sei. Da packte mich ein gelinder Größenwahn. Ich war jetzt Knecht und konnte auf diese Art selbst Besitzer werden. Die Kameraden des Yankee redeten mir zu, und ich kaufte das Land."

„Wie teuer?"

„Vierhundert Dollar, bar bezahlt."

„War der Yankee wirklicher Besitzer, oder konnte sein Recht bestritten werden? Solcher Schwindel wird oft bei derartigen Käufen getrieben. Ich weiß, daß Ländereien ver- und gekauft worden sind, die gar nicht vorhanden waren."

„Das war bei mir nicht der Fall. Bevor ich den Kauf abschloß, ließ ich alles von der Behörde prüfen. Das Land war da; es gehörte dem Yankee, und er konnte es verkaufen."

„Warum aber schlug er es los? Wenn er es so lobte, hätte er es doch besser behalten sollen."

„Dafür hatte er einen Grund. Er liebte das abenteuernde Leben und konnte es auf der festen Scholle nicht aushalten."

„Hm! Einen Haken hat es aber doch wohl gehabt."

„Allerdings. Denn kaum war der Handel abgeschlossen und das Geld bezahlt, so wurde ich von ihm und seinen Gesellen ausgelacht. Sie sagten mir aufrichtig, daß ich einen völlig unbrauchbaren Sumpf gekauft hätte."

„Ah, jetzt kommen wir also auf Ihren Oil Swamp!"

„So ist es. Als ich nach meiner Heimkehr meinem Herrn von dem Handel mitteilte, war er zornig über mich. Er verlor mich ungern und riet mir, mich um den Sumpf nicht zu bekümmern, sondern bei ihm zu bleiben und die vierhundert Dollar als verloren zu betrachten. Er meinte, damit sparte ich wenigstens die letzten hundert Dollar, die ich auf die Reise verwenden müßte, und das verlorne Geld würde ich bei ihm bald wieder zusammengespart haben. Ich ließ mich aber nicht halten. Hatte ich Land gekauft, so wollte ich es wenigstens auch sehn; mochte das letzte Geld dabei zu Ende gehn. Ich brach also auf und bekam bald Reisegefährten. Ein Deutscher mit Namen Ackermann, der in San Franzisko wohlhabend geworden war, hatte da oben, in der Nähe meiner sumpfigen Besitzung Holzland angekauft und war hinaufgezogen, um eine Schneidemühle anzulegen. Das Werk war in seinen bescheidnen Anfängen schon im Gang und sollte später einen großartigen Umfang erhalten. Sein Sohn war aus geschäftlichen Rücksichten in San Franzisko geblieben, hatte diese Geschäfte erledigt und reiste nun dem Vater nach. Wir trafen uns, weil wir denselben Weg hatten. Er war schon einmal oben gewesen, ließ sich meine Karte zeigen und schüttelte den Kopf.

‚Ich sehe, daß Sie unser nächster Nachbar sind, und kann Ihnen keine Hoffnungen machen. Sie haben wirklich einen Sumpf gekauft. Es ist freilich ein riesiges Stück Land, aber es taugt zu nichts.'

Das war ein schlechter Trost. Als wir dann bei seinem Vater ankamen und dieser davon hörte, stimmte er seinem Sohn bei.

‚Sie besitzen einen mächtigen Talkessel, der nur aus Sumpf besteht und rundum von unfruchtbaren Höhen umgeben ist. Höchstens sehn Sie hier und da einen einsamen Strauch stehn. Was ist da zu machen? Sie haben Ihr Geld zum Fenster hinausgeworfen.'

‚Dann will ich mir den Swamp wenigstens einmal ansehn', meinte ich niedergeschlagen. ‚Das ist das einzige, was ich davon habe.'

‚Allerdings das einzige. Ruhn Sie sich heut aus! Morgen reiten Sie hin, und wir werden Sie begleiten.'

Am andern Morgen brachen wir auf. Ackermann und sein Sohn ritten mit. Der Weg führte durch hohen Nadelwald, der ihnen gehörte und ihrer Schneidemühle unerschöpfliche Mengen Holz zu liefern versprach. Dann ging es zwischen kahlen Höhen hin, die eine weite, trostlose Niederung umschlossen. Vor uns lag Sumpf und nichts als Sumpf. An seinem Rand waren noch einige Büsche zu sehn. Dann kam Schilf, dann grünbraunes Sumpfmoos, zwischen dem trübe Wasserlachen lagen. Jeder andre Pflanzenwuchs war erstorben, und auch das Tierleben hatte sich aus dieser traurigen Bodensenkung zurückgezogen.

‚Da haben Sie's!" sagte der alte Ackermann. ‚Dieses Tal ist so trostlos, daß ich gleich wieder umkehre, so oft ich hierherkomme."

‚Weiter drüben waren Sie also wohl noch nicht?'

‚Nein.'

‚Ich möchte aber gern hinüber, um zu untersuchen, ob es dort ebenso aussieht wie hier.'

‚Natürlich ist's dort nicht anders als hier. Das zeigt Ihnen doch der erste Blick.'

‚Mag sein! Aber ich will mein Besitztum einmal rund umreiten. Habe ich es dann von allen Seiten betrachtet, so ist der Genuß mit vierhundert Dollar bezahlt, und ich komme nicht wieder her.'

‚Wie Sie wollen! Aber in acht müssen wir uns nehmen. Der Boden ist trügerisch, und man weiß nie, wie tief man einsinkt.'

Wir ritten einer hinter dem andern vorsichtig weiter. Die Luft kam uns entgegen und brachte einen eigenartigen Geruch mit sich. Der Alte, der voran war, merkte das auch. Er hielt sein Pferd an, sog die Luft durch die Nase und meinte:

‚Was ist das nur für ein häßlicher Gestank? Es riecht wie Sarg!'

‚Wie Leiche!' stimmte sein Sohn bei.

‚Wie Kienöl!' fügte ich hinzu.

Dann ging es wieder weiter. Der Geruch wurde stärker. Wir kamen an eine Stelle des rechts von uns liegenden Sumpfes, an der seine Decke, das Moos, weit zurücktrat: es hatte auch ein ganz eigenartiges Aussehen, grad als wäre es vergiftet. Das Wasser sah ölig aus; es war wie mit einer blau und gelb blinkenden Haut überzogen. Plötzlich stieß der alte Ackermann einen lauten Ruf aus, sprang vom Pferd und lief dem Wasser zu.

‚Um Gottes willen, was wagst du, Vater!' schrie sein Sohn voll Angst. ‚Bleib hier, bleib hier!'

‚Ich muß nachsehn, nachsehn!' antwortete der Alte in unbegreiflichem Eifer.

‚Aber die Decke schwankt unter deinen Füßen!‘

‚Mag sie schwanken!‘

Jetzt hatte er den Wasserrand erreicht; er stand bis an die Knie im Sumpf und sank immer tiefer ein. Wir beobachteten, daß er mit beiden Händen Wasser schöpfte und es besah und beroch. Schon steckte er bis an die Oberschenkel im Schlamm; da arbeitete er sich mit Anstrengung heraus und kam zu uns zurück. Er trat in sichtlicher Erregung zu mir und fragte:

‚Sagten Sie nicht, daß Ihnen nur hundert Dollar geblieben seien?‘

‚Ja.‘

‚So will ich Ihnen diesen Sumpf abkaufen. Wieviel wollen Sie dafür?“

‚Sonderbare Frage! Geben Sie mir die vierhundert Dollar, die ich bezahlt habe?‘

‚Nein, ich gebe Ihnen viel mehr.‘

‚Sagen wir hunderttausend, sagen wir eine halbe Million Dollar!‘

Ich saß vor Erstaunen stumm im Sattel, denn Spaß konnte das nicht sein. Ackermann war überhaupt kein Spottvogel, und daß er auch jetzt keinen Scherz trieb, zeigte sein Gesicht. Als ich nicht redete, fuhr er fort:

‚Junger Mann, Sie sind ein wahrer Glückspilz! Das ist Wasser, worauf Petroleum schwimmt. Das Steinöl tritt hier zutage. Es muß unter der Erde in ungeheuren Massen vorhanden sein. Sie sind Millionär!‘

‚Mil—li—o—när!‘ wiederholte ich, beinahe lallend. ‚Sie irren sich; Sie müssen sich irren!‘

‚Ich habe lange Jahre jenseits der neuen Staaten in der Ölregion gelebt und kenne das genau. Daher weiß ich, was Petroleum ist. Glauben Sie mir das!‘

‚Pe—tro—le—um! Mil—li—o—när!‘ staunte ich noch immer.

‚Ja. Sie sind, was man hier einen Ölprinz nennt. Das heißt, Sie werden es sein. Es ist nicht genug, daß man den Boden besitzt, worin das Petroleum steckt; man muß es auch herausschaffen können, um es zu Geld zu machen.‘

‚Herausschaffen?‘

‚Ja, mit Maschinen. Und die sind teuer.‘

‚So werde ich kein Millionär. Woher soll ich das Geld für die Maschinen nehmen?‘

‚Liebster Nachbar, seien Sie doch nicht so kurzsichtig! Sie brauchen keinen Pfennig. Schreiben Sie ihr Unternehmen aus und sofort werden sich hundert Geldmänner finden, die Ihnen ihre Kasse zur Verfügung stellen.‘

‚Das ist wahr!'

‚Aber die Leute wollen ihren Nutzen haben. Sie müssen ihnen große Vorteile abtreten. Ich jedoch kenne einen, der Sie nicht übers Ohr hauen wird wie diese Menschen.'

‚Wer ist das?'

‚Ich bin es, der alte Ackermann. Ich würde nur freundschaftlich gegen Sie handeln. Wollen Sie es mit mir versuchen?'

‚Warum nicht? Aber haben Sie auch das nötige Geld dazu?'

‚Ich werde es schon zusammenbringen; und wenn das meinige nicht reicht, nehmen wir ein billiges Darlehn zu Hilfe. Überlegen Sie sich mein Angebot! Jetzt aber wollen wir weiterreiten, um ganz um den Sumpf zu kommen.'

Was wir sahen, befriedigte ihn dermaßen, daß er mir gleich auf der Stelle die vorteilhaftesten Vorschläge machte, auf die ich ohne Zögern einging. Ich will nicht ausführlich berichten, wie sich nun das Geschäft entwickelte; kurz gesagt, Ackermann war ehrlich und übervorteilte mich nicht, und bald eilte die Kunde von unsern Oil Swamp durch die Vereinigten Staaten und noch weit darüber hinaus. Die Geldmacht stellte sich uns zur Verfügung; das Unternehmen wuchs zu riesiger Höhe, und jetzt, nach Verlauf von noch nicht zwei Jahren, werde ich Ölprinz genannt, zu den Millionären gezählt und bin hinübergefahren, meine Mutter zu holen."

„Lebt sie denn noch?"

„Ich hoffe es, und diese Hoffnung war der eine Grund, der mich nach Deutschland gezogen hat."

„Haben Sie denn noch einen zweiten?" fragte ich, da er nicht weiter sprach, sondern mich mit einem Blick zu dieser Frage aufzufordern schien.

„Ja. Ihnen werde ich ihn mitteilen, da Sie Amerika kennen und mich nicht auslachen werden. Ich will mir in Deutschland etwas suchen, etwas –"

„Nur heraus damit, mein Lieber! Sie brauchen sich nicht zu schämen: Sie wollen sich hier eine Frau suchen, weil Ihnen die Amerikanerinnen nicht gefallen?"

„Richtig! Was tu ich mit einer Frau mit kleinen Füßen und winzigen Händen, aber desto größern Ansprüchen? Gewiß, ich könnte diese Ansprüche leicht befriedigen, aber ich möchte mir auch einige erlauben, und das duldet eine Amerikanerin nicht. Ich habe nie ein Familienglück gekannt und bin der Ansicht, die vielleicht nur ein Vorurteil ist, daß man das wahre Glück nur an der Seite einer deutschen Frau zu finden vermag."

„Ihr Vorurteil ist auch meine Anschauung. Wann reisen Sie ab?"
„Morgen."
„Ich auch, und zwar über Leipzig; das ist auch Ihre Richtung. Wollen Sie sich mir anschließen?"
„Wenn Sie erlauben, herzlich gern."
„Abgemacht! Wir fahren miteinander!"

Bis Leipzig blieben wir beisammen. Dort trennten wir uns. Ich mußte nach Dresden, und sein Weg führte ihn über Zwickau ins Gebirge. Vor unsrer Trennung aber versprach er mir, mich so bald wie möglich in Dresden aufzusuchen, um mir Nachricht von seiner Mutter zu bringen.

Er traf auch wirklich schon nach drei Tagen bei mir ein, und ich erfuhr von ihm, daß sein Weg in die Heimat vergeblich gewesen war; er hatte seine Mutter nicht mehr am Leben gefunden; sie war schon vor längerer Zeit gestorben. Er erzählte mir das in einem so gleichgültigen Ton, als handele es sich um eine ihm völlig fremde Person. Gewiß war bei ihm wohl nie von echter Mutterliebe die Rede gewesen, aber es hätte doch besser geklungen, wenn er jetzt etwas mehr Gemüt verraten hätte. Der Heimkehrende hatte sich dann nach seinem frühern Lehrmeister gar nicht erst erkundigt und war von der einstigen Heimat fortgegangen, ohne irgend jemand zu sagen, wer er war. Das alles ließ keineswegs auf Gemütstiefe schließen, und nun fiel es mir auch auf, daß er überhaupt nicht gewußt hatte, ob seine Mutter noch lebte. Er, der so schnell reich geworden war, hatte ihr also weder einmal geschrieben, noch eine Unterstützung geschickt. Mir wollte das alles wenig gefallen, wenn es auch Gründe gab, die ihn einigermaßen entschuldigten.

Er wohnte im besten Gasthof der sächsischen Hauptstadt und besuchte mich häufig, doch hatte ich keine Zeit, in der Weise, wie er wohl wünschte, mit ihm zu verkehren. Ich nahm seine Besuche zwar aus Höflichkeit entgegen, fühlte aber keine Veranlassung, sie zu erwidern. Bald sollte ich mich jedoch eingehender mit ihm beschäftigen.

7. Im goldenen Käfig

Auf einem Ausflug ins Erzgebirge hatte ich in einem kleinen Dorf eine Strumpfwirkerfamilie namens Vogel kennengelernt[1]. Sie lebte in ärmlichen Verhältnissen. Franz, ein Sohn von etwa fünfzehn Jahren, war musikalisch hochbegabt und geigte mir sofort alles nach, was ich ihm vorspielte. Ich beschloß, mich seiner anzunehmen, und trug den Fall gelegentlich einem mir befreundeten Musikdirektor vor. Er ging mit Begeisterung auf meine Gedanken ein. Wir holten den angehenden Künstler nach Dresden, und der Musikdirektor übernahm selber die Ausbildung.

Die Eltern Franz Vogels hatten die Einwilligung zur Übersiedlung ihres Sohnes nach Sachsens Hauptstadt nur unter der Bedingung erteilt, daß ihre Tochter Martha ihn begleitete. Wir, der Kapellmeister und ich, fanden nicht gleich eine Beschäftigung für das Mädchen; da trat Martha, ohne uns vorher um Rat zu fragen, als Arbeiterin in die Druckerei des Verlags ein, dessen Schriftleiter ich damals war.

Bald darauf schied ich aus meiner Stellung, um auf Reisen zu gehn. Als ich jetzt aus Südamerika zurückkehrte, war Martha noch in ihrer früheren Stellung tätig. Doch erlebte ich eine große Überraschung: der Kapellmeister hatte entdeckt, daß das Mädchen eine sehr schöne Stimme besaß, und sie im Gesang ausgebildet.

Gleich in den nächsten Tagen wurde ich von meinem Freund zum Konzert ‚einer ungarischen Sängerin' eingeladen: es war Martha Vogel, die zum erstenmal und mit großem Erfolg auftrat.

Konrad Werner, der ‚Ölprinz', der uns begleitet hatte, war derart hingerissen von ihrem Gesang und mehr noch von ihrer äußern Erscheinung, daß sein einziger Wunsch war, sie zur Frau zu gewinnen. Es gelang ihm, ihre Bekanntschaft zu machen; sie gab ihre Stellung als Arbeiterin auf, und bald darauf vermählten sie sich. An der Hochzeitsfeier nahm ich zwar teil, doch wurde sie recht unerquicklich: Werner war betrunken, begann mit Eifersüchteleien und wurde ausfällig. Da verließ ich kurzerhand die Feier. Anderntags reiste er zurück nach Amerika, begleitet von seiner jungen Frau und ihren Angehörigen.

[1] Siehe in Karl May, Bd. 47 „Professor Vitzliputzli" die Kurzgeschichte „Wenn sich zwei Herzen scheiden"

Nur Franz Vogel war zurückgeblieben, um seine Verpflichtungen dem Kapellmeister gegenüber zu erfüllen, dem er seine jetzige Laufbahn verdankte. Er wurde vom Schwager unterstützt, trotz der Öl-Millionen aber nicht in ausreichender Weise. Zuweilen brachte er mir Grüße von drüben. Seinen gelegentlichen Äußerungen entnahm ich, daß sich seine Schwester nicht glücklich fühlte. Werner war kein Charakter, wie ich später erfuhr, war vielmehr ein Lump, und die junge Frau litt unter seinen Lumpereien.

Geraume Zeit später weilte ich wieder in den Vereinigten Staaten, wurde von Frisko aus als Berichterstatter nach Mexiko geschickt, hatte die in den vorigen Abschnitten erzählten Erlebnisse und kam hierauf glücklich in Texas an, wo ich von dem Geld, das ich erbeutet hatte, den deutschen Auswandrern und dem Player Ländereien kaufte. Ich blieb längere Zeit bei ihnen und ritt dann mit Winnetou durch den Llano estacado nach Neu-Mexiko und Arizona, um verschiedne Indianerstämme zu besuchen. Dann ging's durch Nevada nach Kalifornien und San Franzisko, wo Winnetou den Goldstaub und die Nuggets, die wir während dieses Ritts aus seiner verborgnen „Sparbüchse“ geholt hatten, in Geld umwandeln wollte.

Unser Aufenthalt dort war nur auf einige Tage berechnet. Wir waren schon oft in Frisko gewesen und sagten uns, daß wir unsre Zeit weit besser anwenden könnten, als uns in einer bekannten Stadt umherzutreiben. Wir wollten hinauf in die Sierra, nach Nevada, Utah und Kolorado und uns dort trennen; denn von dem letzten Staat aus beabsichtigte ich durch Kansas und Missouri nach dem Osten zu reisen, um mit dem Dampfer heimzukehren.

Unsere Geschäfte in Franzisko waren schnell erledigt; dann schlenderten wir durch die Stadt. Ich trug noch meine mexikanische Kleidung und Winnetou seinen Indianeranzug; das zog aber den Blick keines einzigen Menschen auf uns, denn solche Erscheinungen, wie wir waren, gehörten dort zu den Alltäglichkeiten.

Am Nachmittag besuchten wir die berühmten Woodwards Gardens, die sich mit unsern botanischen und zoologischen Gärten vergleichen lassen. Eben wollten wir ins Aquarium treten, als uns drei Personen entgegenkamen, die bei unserm Anblick stehnblieben. Sie waren wohl Fremde, die Winnetous ausgeprägte Erscheinung fesselte. Aber als wir vorüber waren, hörte ich die heimatlichen Worte:

„Sapperlot! Is das nich Herr May, der meine Kinder nach Dresden mitgenommen hat?“

Natürlich drehte ich mich um; da standen zwei Damen und ein Herr. Die eine der Damen war verschleiert; ich konnte ihre Züge nicht erkennen. Die andre steckte in einem sehr vornehmen Kleid, das ihr aber nicht recht stehn wollte; es sah aus, als gehöre sie nicht hinein. Ihr Gesicht kam mir bekannt vor; aber das Kleid und die fremde Gegend bewirkten, daß ich mich nicht sofort auf sie besinnen konnte. Der Herr trug sich wie ein echter Yankee, sah aber dabei so lächerlich aus, daß ich, als ich ihm ins Gesicht sah, schmunzelnd ausrief:

„Was Teufel! Sind Sie's denn wirklich? Sie sind ja der reine Amerikaner geworden!"

Ja, es war der Strumpfwirker Vogel, der Vater von Franz und Martha aus dem Erzgebirge. Auf meine Worte richtete er sich um einen Zoll höher auf und warf sich in die Brust:

„Nich nur Amerikaner, sondern ooch Millionärsch sin wir geworden; denken Sie sich nur, die reenen Millionärsch. Aber warum fragen Sie nicht nach meiner Frau und Tochter hier? Kennen Sie se etwa nich mehr?"

Also die ältere Dame in dem unmöglichen Kleid war Frau Vogel, und die andre – Martha, die Schwester meines Schützlings. Sie schob den Schleier empor und reichte mir die Hand.

„Ja, 's is meine Tochter, die Frau Ölprinzessin!" nickte ihr Vater wichtig. „Wissen Sie, drüben im Erzgebirge wohnen ooch noch Leute, aus denen so was Ordentliches werden kann! Aber 's Zeug muß man dazu haben, 's richtige Zeug!"

„Vater!" bat da die Tochter. „Du weißt ja, daß wir alles nur diesem Herrn zu verdanken haben!"

„Na, wie man's nimmt. Er hat uns mit der Nase droffgestoßen; aber daß wir nachher mit der Nase droffgeblieben sin, das war die Folge unsre eegene angeborne Pfiffigkeet. Doch darum keene Feindschaft nich. Zu was treiben Sie sich hier in Amerika rum?"

„Aus alter Gewohnheit. Sie wissen doch, daß ich öfters reise."

„Ja. Und daran tun Sie recht, denn wer ene große Reese macht, der kommt als gebildeter Mann heeme. Ich hab das an mir erfahren. Ich bin als een ganz andrer hier angekommen, als ich drüben war. Wissen Sie, man is ooch eener von die Großen mit geworden. Man kriegt ordentlich Achtung vor sich selber. Hier is alles scheener, vornehmer und teurer. Aber unsre Einrichtung haben Sie noch nich gesehn; da müssen Sie gleich mit! Wir wohnen wie die Ferschten. Kommen Sie! Sie setzen sich mit in unsre Eckipaasche."

„Tut mir leid; ich bin jetzt anderweit beschäftigt. Auch bin ich nicht allein. Hier steht mein Freund Winnetou, von dem Sie, Frau Werner, doch auch gelesen haben."

Sie hatte mit ihren Augen bis jetzt nur an mir gehangen und den Apatschen nicht beachtet. Jetzt wendete sie sich Winnetou zu, reichte ihm ebenfalls die Hand und fragte mich dann:

„Also keine Zeit haben Sie? Wie lange bleiben Sie hier?"

„Wahrscheinlich verlassen wir schon morgen San Franzisko."

„Und da wollen Sie nicht mit uns kommen? Wissen Sie, daß das grausam ist?"

„Und Ihr Herr Gemahl —?"

„Wird sich gewiß freuen über den Besuch. Wahrscheinlich aber ist er nicht daheim."

„Gut, ich fahre mit. Erlauben Sie mir nur einen Augenblick, mich von meinem Freund zu trennen."

„Nein, das nicht! Ich habe von dem berühmten Häuptling soviel gelesen, daß ihm meine größte Hochachtung gehört. Bitten Sie ihn, uns zu begleiten!"

„Ja", nickte ihr Vater, „der Indianer muß ooch mit! Er braucht sich vor uns nich zu fürchten; wir sin Leute, die keenen Wilden was zu Leede tun. Aber fünf Personen gehn nicht in unsre Eckipaasche; ich werde also mit meiner Frau eene Droschke nehmen. Komm, Hanne, du gehst mit mir!"

Er zog sie fort. Winnetou hatte von unserm Gespräch, das deutsch geführt wurde, nur wenig verstanden; dennoch war weder ein Wort noch ein Wink nötig. Als ich Martha meinen Arm bot, begab er sich sofort an ihre rechte Seite und schritt so selbstbewußt neben ihr her, daß sie sich seiner nicht zu schämen brauchte.

Am Wagenplatz wartete das Gespann des „Ölprinzen". Einen solchen Wagen und solche Pferde konnte sich allerdings nur ein Millionär leisten. Wir stiegen ein und setzten uns der Dame gegenüber. Mit der Geschwindigkeit des Windes rollten wir davon.

Unser Zusammentreffen mit den Bekannten hier in Frisko war ein Zufall, worüber ich mich nicht zu wundern brauchte; aber sie besaßen hier ein Haus oder gar einen Palast, und das kam mir verwunderlich vor. Warum wohnte Werner nicht droben in den Bergen bei seinem Ölwerk? Natürlich sprach ich diese Frage nicht aus; sie sollte sich in kurzer Zeit von selbst beantworten.

Da hielt der Wagen vor einem Gebäude, das mit vollem Recht den Namen Palast verdiente. Wieviel mußte nur allein die herrliche Marmorpforte gekostet haben! Darüber waren große vergoldete Buchstaben angebracht; ich fand nicht Zeit, sie zu lesen, denn wir mußten aussteigen, wobei uns zwei Neger behilflich waren.

Dann schritten sie vor uns her die Innenstufen empor nach einem prächtigen Vorsaal und öffneten eine Tür zu einem kleinen Gemach, das fast wie ein behaglicher Wohnraum ausgestattet war. Kaum hatte die Hausherrin sich hier auf dem Diwan niedergelassen, so begann dieses Zimmer sich nach oben zu bewegen; es war ein durch Dampf getriebner Fahrstuhl in Gestalt eines reizend eingerichteten Gemachs. Ein andrer Sohn der Prärie hätte einen Ausruf der Verwunderung getan; Winnetou aber stand gleichmütig, als wäre ihm diese Art, Treppen zu vermeiden, etwas Alltägliches.

Wir kamen ins Empfangszimmer, das im zweiten Stock lag. Es war überreich ausgestattet. Man sah es ihm an, daß der Besitzer die Absicht hatte, zu prunken; aber verschiedene Kleinigkeiten und Anordnungen bewiesen, daß seine Frau bemüht war, diesen Eindruck zu mildern.

Jetzt, als wir den Fahrstuhl verlassen hatten, schien sich Martha erst ihrer selbst bewußt zu werden. Sie reichte mir und Winnetou beide Hände und sagte im herzlichsten Ton:

„Hier sind wir daheim. Sie dürfen nicht so schnell wieder fort. Sie müssen hier einige Wochen bleiben. Versprechen Sie mir das!"

Es war unmöglich, ihr diesen Wunsch zu erfüllen, besonders um ihres Mannes willen, mit dem ich nicht längere Zeit unter einem Dach weilen mochte. Darum wehrte ich ab.

„Gern, wenn es möglich wäre, Frau Werner; aber wir müssen wirklich schon morgen fort."

„Oh, Sie haben Zeit! Draußen in der Wildnis hätten Sie vielleicht einen Menschen zu verfolgen, wobei freilich jede Minute kostbar ist; aber ich habe genug von Ihnen gelesen, um zu wissen, daß Sie unbeschäftigt sind, sobald Sie sich an einem Ort wie San Franzisko befinden."

„Sie irren sich wirklich. Es gibt für uns zwingende Gründe, die —"

„Bitte, keine Ausreden!" unterbrach sie mich. „Sprechen wir aufrichtig miteinander! Nicht wahr, mein Mann ist der Grund, daß Sie nicht bleiben wollen? Ich werde Ihnen aber gleich beweisen, daß Sie ihm willkommen sind. Ich werde ihn sofort aus seinem Arbeitszimmer holen lassen. Gestatten Sie mir dazu einige Augenblicke!"

Sie entfernte sich. Winnetou wußte auch jetzt nicht, was gesprochen worden war; dennoch meinte er:

„Diese Squaw ist so schön, wie ich fast noch keine gesehn habe. Mein Bruder mag mir sagen, ob sie einen Mann hat!"

„Sie hat einen."
„Was ist ihr Mann?"
„Ein armer Teufel aus meinem Vaterland, der dadurch reich geworden ist, daß er eine Ölquelle entdeckt hat."
„Wo hat er die Squaw kennengelernt?"
„Drüben, wo er geboren wurde. Sie ist ihm vor zwanzig Monden herübergefolgt."
Er dachte einige Augenblicke nach und fuhr dann fort:
„Das war die Zeit, in der Old Shatterhand auch in seiner Heimat gewesen ist. Mein Bruder hat sie drüben wohl gekannt?"
„Ja."
„So hat der Mann diese Frau durch dich bekommen! Howgh!"
Wenn er das Wort Howgh aussprach, so war das ein Zeichen, daß er sich durch nichts mehr in seiner Überzeugung irremachen ließ.
Nun kehrte Martha zurück. Sie meldete mit sichtbarer Enttäuschung:
„Mein Mann ist leider nicht anwesend, und wir können auch nicht auf ein baldiges Kommen rechnen. Das Geschäft nimmt ihn sehr in Anspruch."
Der Seufzer, den sie dabei hören ließ, schien mehr ihr selbst als dem Übermaß seiner Arbeit zu gelten.
„Das Geschäft?" fragte ich. „Er hat doch jedenfalls seine Beamten, auf die er sich verlassen kann?"
„Das wohl; aber die Sachen sind oft sehr verwickelt; sein Geschäftsfreund nimmt sich ihrer nicht genug an, und so kommt es, daß auf meinem Mann die größte Last der Arbeit liegt."
„Verwickelt, sagen Sie? Das kann ich mir nicht denken. Und Ackermann scheint nach dem, was ich von ihm gehört habe, im Gegenteil ein sehr tätiger und unternehmender Mann zu sein."
„Ackermann? Der ist ja gar nicht mehr sein Teilhaber. Sein jetziger heißt Potter; er ist kein Deutscher, sondern ein Yankee."
„Warum hat er mit dem zuverlässigen Deutschen gebrochen und sich –"
„Warum?" unterbrach sie mich. „Ah, da fällt mir ein, daß Sie noch gar nicht wissen werden, was geschehn ist. Haben Sie, als Sie aus dem Wagen stiegen, nicht das Schild über unsrer Tür gelesen?"
„Nein."
„Sie wissen also nicht, daß mein Mann jetzt der Mitbesitzer einer Länderei- und Handelsbank ist?"
„Habe keine Ahnung! Aber den Oil Swamp besitzt er nebenbei noch?"

„Nein. Er hat sich mit Ackermann und seiner Gesellschaft auseinandergesetzt."

„Aber warum?"

„Sie fragen so ängstlich, Herr May! Es gefiel ihm nicht mehr da oben am Sumpf; und auch mir und meinen Eltern war es hier in der Stadt viel lieber. Wir lernten Potter kennen, der ein tüchtiger Geschäftsmann ist, obgleich er viele von seinen Arbeiten auf die Schultern meines Mannes legt, und folgten seinem Rat. Mein Mann trat seine Rechte am Oil Swamp für drei Millionen Dollar ab. Wir zogen in die Stadt und gründeten mit diesem Geld eben unsere Länderei- und Handelsbank."

„Und welche Summe zahlte Potter ein?"

„Nichts. Mein Mann gibt das Geld und Potter seine Fähigkeiten. Sie wissen doch, daß Werner keine kaufmännischen Kenntnisse besitzen kann."

„Warum hat er dann das Sichere aufgegeben und dafür das Unsichere eingetauscht?"

„Halten Sie unsre jetzige Lage denn für unsicher?"

„Ihr gegenwärtiges Geschäft kann ich nicht beurteilen, weil ich es nicht kenne; ich weiß nur, daß ich Ihrem frühern Nachbar Ackermann Vertrauen schenken würde."

„Potter verdient es auch. Aber da höre ich meine Eltern kommen. Sprechen wir in ihrer Gegenwart nicht über diesen Gegenstand! Ich möchte ihnen nicht Sorgen bereiten, die wahrscheinlich grundlos sind."

Der Fahrstuhl brachte die beiden Alten herauf.

„Da sin wir nu ooch!" rief uns der einstige Strumpfwirker zu, indem er mit seiner Frau herantrat. „Ich kann mich noch immer nich in die englische Sprache finden; und da es so wenig Kutscher gibt, die Deutsch verstehn, so sind wir wieder mal ewig in die Kreuz und Quer gefahren, bevor uns der Kerl vor der richtigen Tür abgeladen hat. Nu gehn wir aber ooch nich gleich wieder fort!"

„Dennoch werdet ihr unsern lieben Landsmann nur kurze Zeit genießen können", meinte Martha. „Er will uns schon bald wieder verlassen."

„Damit soll er uns nich kommen! Wen ich eenmal bei den Rockschößeln halte, den laß ich nich gleich wieder los."

„Wir sprechen schon noch darüber. Zunächst wollen wir die Herren bitten, wenigstens bis zur Tafel hier zu bleiben. Dann kommt Werner und wird sie bewegen, länger unsre Gäste zu sein. Ich werde mich mit Mutter ums Essen kümmern. Führe die Herren ins Rauchzimmer, Vater, um sie für kurze Zeit zu unterhalten."

Es blieb uns nichts andres übrig, als ihm zu folgen. Das Rauchzimmer war ebenso glänzend eingerichtet wie die übrigen Räume. Der alte Vogel fühlte sich gar nicht wohl zwischen diesen Möbeln, Bildern und Wandbeleuchtungen; er wußte nicht recht, wohin mit den Armen und Beinen, und setzte sich schließlich in einen Schaukelstuhl, weil er am niedrigsten und bequemsten war. Er hatte in der heimatlichen Hütte ja meist nur auf Schemeln gesessen.

Ich nahm mir unaufgefordert eine Zigarre, und Winnetou folgte diesem Beispiel. Leider konnte er sich nicht an unsrer Unterhaltung beteiligen.

„Itzt sind wir nu alleene", begann der Alte, „und können also offrichtig miteenander reden. Was sagen Sie eegentlich zum Millionär, meinem Schwiegersohn?"

„Den kenne ich nicht."

„Ich denke, Sie haben ihn drüben kennengelernt?"

„Nur kurze Zeit. Seitdem habe ich nichts von ihm gehört."

„Hm, ja! Er hätte Ihnen wenigstens mal schreiben sollen; aber er is nicht gut off Sie zu sprechen. Wenn meine Tochter Sie manchmal erwähnt, da kann er fuchsteifelswilde wern."

„Hat er einen Grund dazu?"

„Nee, keenen eenzigen. Aber er kommt ieberhaupt leicht in die Raasche; er fängt gleich früh zu trinken an und is dann den ganzen Tag benebelt."

„O weh! Das ist schlimm!"

„Ja, so ist es! Er muß das von seiner Mutter geerbt haben, die ja ooch am Säuferwahnsinn gestorben is."

„Was sagt Ihre Tochter dazu?"

„Die hat gar nischt zu sagen. Wenn die will, daß er was nicht machen soll, da braucht sie ihn nur zu bitten, daß ersch machen soll."

„Steht es so? Das ist traurig! So ein Leben —"

„Grad wie Hund und Katze!" fiel er ein. „Aber, wissen Sie, wir Millionäre können uns das leisten. Er wohnt unten und sie oben; sie reden den ganzen geschlagnen Tag keen Wort mitnander, höchstens wenn er mal zum Essen kommt."

„Wurde es denn gleich im Anfang so gehalten?"

„Nee. Oben im Öl-Schwamp war es andersch. Da lebten wir ganz so, als ob wir zusammengehörten; aber seit dieser Mister Potter unser Gesellschafter geworden is, hat sich een viel vornehmeres Leben eingestellt. Wissen Sie, diesen Potter kann ich sehr gut leiden. Er hält ooch große Stücke off meine Tochter.“

„Ihr Schwiegersohn hätte soviel zu tun, klagte Ihre Tochter?“

„Unsinn! Glooben Sie doch das nich! Der Potter versorgt das ganze Geschäft. Der rennt und schreibt und arbeitet Tag und Nacht. Der Werner aber, der bummelt bloß. Der is Mitglied von Klubs und andern Gesellschaften, wo tüchtig getrunken und gespielt wird. Er wär ooch een Esel, wenn er das nich täte, denn er is ja Millionär und kann sich's leisten. Der Potter mag für ihn arbeiten!“

In dieser Weise ging es fort. Der Alte faselte das Blaue vom Himmel herunter, stützte sich nur auf die Millionen seines Schwiegersohns und hatte keine Ahnung davon, daß er mir dabei einen Einblick in die geschäftlichen und familiären Verhältnisse des Hauses bot, wobei mir angst und bang wurde. Ob Martha ihren Mann liebte oder nicht, darüber konnte ich nicht klar werden. War es nicht der Fall, so bemühte sie sich doch, es zu verbergen. Das Paar hatte in der ersten Zeit recht gut miteinander gelebt; dann aber war Potter erschienen und hatte die Bekanntschaft Werners gemacht. In mir wuchs der Verdacht, daß es dieser Yankee auf Werners Vermögen abgesehn habe. Werner schien ihm alles Vertrauen zu schenken und nach und nach in eine Falle zu gehn, in der er seinen geschäftlichen Zusammenbruch erleben mußte. Am wahrscheinlichsten kam es mir vor, daß Potter mit dem Vermögen auch die schöne, junge Frau erlangen wollte.

Was konnte ich da tun? Zur Entlarvung des Menschen bedurfte es Zeit, und dann war es wohl schon zu spät. Ich mußte versuchen, einen Einblick in die Geschäfte zu gewinnen, und dagegen sträubten sich jedenfalls alle beide. Leicht konnte ich dadurch das Übel ärger machen. Während der Alte redselig erzählte, überlegte ich hin und her und kam zum Entschluß, mich nicht in diese Angelegenheit zu mischen.

Bald erschien dann Frau Vogel, um uns zum Essen zu rufen. Martha hatte keinen Diener geschickt, weil sie wünschte, daß wir ganz unter uns sein sollten. Es gab ein einfaches Mahl, und ich bemerkte, daß sich die junge Frau wieder einmal innerlich wohl fühlte. Nach Tisch durften wir uns im Speisezimmer eine Zigarre nehmen, und Martha begab sich in den Nebenraum, der, wie ich bald hörte, das Musikzimmer war. Es erklangen einfache, einleitende Akkorde auf dem Flügel, und dann erscholl die herrliche Stimme der vormaligen Sängerin; sie trug ein deutsches Lied vor.

Ich saß mit dem Rücken dem Eingang zugekehrt. Winnetou saß mir gegenüber und lauschte mit angehaltnem Atem. Er verstand die deutschen Worte nicht, war aber entzückt von dem Gesang. Da nahm sein Gesicht plötzlich einen andern Ausdruck an; ich sah, daß er scharf nach der Tür blickte und eine Bewegung machte, als ob er vom Stuhl aufstehn wollte. Schnell drehte ich mich um. Hinter mir standen unter der geöffneten Tür zwei Männer, nämlich der Ölprinz und Potter, wie ich nachher hörte. Der Yankee war eine stattliche Erscheinung; sein Gesicht hatte jetzt den Ausdruck lauernder Spannung. Werners stark gerötete Augen waren stier auf mich gerichtet. Er wankte hin und her. Man sah sofort, daß er betrunken war.

Da ich den mexikanischen Anzug trug, hatte er mich, ehe ich mich umwendete, nicht erkannt. Jetzt aber sah er mein Gesicht, ballte sofort beide Fäuste, taumelte auf mich zu und schrie:

„Das ist ja der Halunke, der mir meine Frau abspenstig machen wollte! Der ist da bei ihr? Und sie singt ihm ein Lied? Alle tausend Teufel! Potter, greif zu! Dem hauen wir die Knochen weich!"

Potter folgte der Aufforderung; ich sprang auf. Noch hatten sie mich nicht erreicht, so erschien Martha. Sie hatte die Stimme ihres Mannes gehört und darum das Lied unterbrochen. Sie flog herbei, stellte sich zwischen mich und die beiden und breitete die Arme aus.

„Keinen Schritt weiter! Du beleidigst nicht nur mich, sondern auch dich selbst."

„Weg mit dir!" fuhr er sie an. „Ich habe mit ihm zu reden. Mit dir spreche ich dann auch!"

„Ich bin dem Herrn zufällig begegnet und habe ihn eingeladen. Willst du unsern Gast beschimpfen?"

„Gast? Gast?" lachte er höhnisch. „Potter ist mein Gast. Den allein habe ich geladen. Diesem deutschen Tintenklexer werde ich den Kopf waschen! Potter komm! Wir hauen ihn, bis er nicht mehr schrein kann! Weg mit dir, Weib!"

Er ergriff sie beim Arm, ließ ihn aber sofort wieder los, denn neben ihm stand Winnetou. Eine gebieterische Handbewegung des Häuptlings genügte, die beiden Angreifer einige Schritte zurückweichen zu lassen.

„Wer von euch beiden ist der Mann, dem dieses Haus gehört?" fragte der Apatsche im reinsten Englisch.

„Ich bin es", antwortete Werner, indem er sich Mühe gab, ohne Taumeln festzustehn.

„Ich bin Winnetou, der Häuptling der Apatschen. Hast du von mir schon gehört?"

„Alle Teufel! – Winnetou, Winnetou!"

„Du kennst mich! So achte auf die Worte, die ich dir jetzt sage! Hier steht mein Freund und Bruder Old Shatterhand. Wir sind deiner Frau begegnet. Sie lud uns hierher ein, und wir folgten ihr, um dir die Ehre unsrer Gegenwart zu erweisen. Wir haben hier gegessen, und sie hat ein Lied gesungen. Das ist alles, was geschehn ist. Wenn du sie das entgelten läßt, wird Winnetou sie rächen. Meine Macht reicht bis in die Mitte dieser großen Stadt. Ich werde dich beobachten lassen. Sag nur ein zorniges Wort zu ihr, so wird einer meiner Apatschen dir mit seinem Messer antworten! Jetzt weißt du, was ich will!"

Dann griff er in seinen Gürtel, zog ein Geldstück heraus und legte es auf den Tisch.

„Hier ist der Preis für das, was wir bei dir gegessen haben. Old Shatterhand und Winnetou mögen nichts von dir geschenkt, denn sie sind reicher, als du bist. Ich habe gesprochen!"

Werner wagte kein Wort zu erwidern. Er stand da wie ein Schulknabe, der eine Züchtigung bekommen hat. Potter schien sich darüber zu ärgern und dennoch heimlich Freude zu empfinden. Ich legte meine Hand auf seinen Arm und fragte:

„Master, Ihr habt meinen Namen gehört und wißt also, wer ich bin?"

„Ja", antwortete er.

„Ich durchschaue Eure Absichten. Macht es gnädig mit Euerm Teilhaber, sonst findet Ihr auch keine Gnade vor mir! Ich werde wiederkommen und Euch richten, nicht nach den Bestimmungen Eurer Bücher und Akten, sondern nach dem strengen Gesetz der Prärie. Euer Geschäftsfreund wird Euch von mir erzählt haben. Glaubt ja nicht, daß er mich kennt! Und glaubt auch nicht, daß ich hier ebenso nachsichtig handeln werde, wie ich drüben gegen ihn gewesen bin. Und damit Ihr seht, daß es mein Ernst ist, will ich Euch Old Shatterhands Siegel in die Muskeln drücken."

Ich legte ihm die rechte Hand um den Oberarm und preßte ihn zusammen. Er stieß ein schmerzvolles Geheul aus. Dann ging ich mit Winnetou nach der Tür. Wir schritten ohne ein Wort und ohne uns nur einmal umzusehn, hinaus ins Empfangzimmer und traten in den Fahrstuhl. Ein Druck auf den Knopf setzte ihn nach unten in Bewegung; dann verließen wir den Palast, der nach meiner Ansicht dem Schicksal entgegensah, ein Haus des Elends zu werden.

Am nächsten Tag ritten wir von San Franzisko fort, und drei Monate später nahmen wir am Red Rock Creek für dreißig Monate Abschied voneinander. Winnetou behielt meinen Hatatitla, und ehe wir uns trennten, wurde genau besprochen, wann und wo wir uns wieder treffen wollten.

8. Winnetou in Dresden

Einige Monate weilte ich daheim; dann ging es nach dem Orient, wo ich zwanzig Monate blieb. Nach meiner Rückkehr versteckte ich mich daheim für einige Zeit zwischen meinen Büchern und kam nur wenig unter Menschen. Wöchentlich einmal aber besuchte ich einen Gesangverein, dessen Ehrenmitglied ich war. Das war meine Erholung.

Eines Samstags saßen wir nach der Übungsstunde beisammen, um über ein Konzert zu mildtätigen Zwecken zu verhandeln, da kam der Wirt in unser Vereinszimmer und teilte mir mit:

„Es sind zwei Herren da, die mit Ihnen sprechen wollen."

„Wer ist's?"

„Ich kenne sie nicht. Der eine ist ein junger, feiner Mann; der andre aber ein eigentümlicher dunkelfarbiger Mensch. Er spricht kein Wort, nimmt den Hut nicht ab und sieht einen mit Augen an, daß man sich fürchten könnte."

„Scharlieh!" rief es da unter der offen gebliebnen Tür.

Ich sprang schnell auf. Winnetou stand im Eingang! Winnetou, der berühmte Häuptling der Apatschen, in Dresden! Und wie sah der gewaltige Krieger aus! Eine dunkle Hose, eine ebensolche Weste, um die ein Gürtel geschnallt war, und ein kurzer Sakko, das war seine Kleidung. In der Hand trug er einen starken Stock und auf dem Kopf einen Zylinderhut, den er nicht abgenommen hatte. Ich erzähle die Tatsache hier kurz und bündig, brauche aber wohl kaum zu versichern, daß meine Überraschung, ihn hier zu sehn, ebenso groß war wie mein Entzücken.

Ich sprang auf ihn zu; er kam mir ebenso rasch entgegen; wir begrüßten uns aufs herzlichste. Bei näherer Betrachtung brachen wir in ein herzliches Gelächter aus, was bei dem Apatschen noch nie vorgekommen war. Die Gestalt, in der er seinen Shatterhand vor sich sah, war gar so zahm, und der Anblick, den der tapferste Krieger der Apatschen bot, war so drollig, daß keiner von uns der Heiterkeit wehren konnte.

Nun kam auch der junge Herr, der bei ihm gewesen war, auf mich zu, und ich sah, daß es Franz Vogel war, der frühere Schüler meines Kapellmeisters.

Die anwesenden Sänger kannten den Apatschen aus meinen

Erzählungen. Welch ein Hallo, als ich seinen Namen nannte! Zunächst wollten sie es gar nicht glauben. Sie konnten sich ihn nicht anders denken als in seiner bekannten, indianischen Kleidung und mit der berühmten Silberbüchse. Übrigens erfuhr ich noch am selben Abend, daß er sich von dieser Waffe ebensowenig wie von seinem Tomahawk getrennt hatte. Sie befanden sich beim Gepäck in der Aufbewahrung. Ich ahnte, weshalb er den Hut aufbehielt; er hatte die Fülle seines reichen Haars darunter verborgen. Ich nahm ihm den Zylinder ab; da wurde es frei und fiel ihm wie ein Mantel weit auf den Rücken herunter. Jetzt glaubten sie es, daß der Apatsche vor ihnen stand. Alle Hände streckten sich ihm entgegen, und als ein begeisterter Bassist das „Dreimal hoch!" anstimmte, fielen alle brausend ein.

Wie oft hatte ich Winnetou gebeten, einmal mit mir nach Deutschland zu gehn. Es war stets vergeblich gewesen. Daß er jetzt so ganz unerwartet kam, mußte einen höchst wichtigen Grund haben. Er sah es mir an, daß ich diesen Anlaß gern erfahren hätte, schüttelte aber den Kopf und sagte:

„Mein Bruder lasse sich nicht stören! Die Botschaft, die ich bringe, ist wichtig; aber ist eine Woche und mehr über der Reise vergangen, so kommt es auf eine Stunde nicht an."

„Wie aber hast du mich hier finden können?"

„Winnetou ist doch nicht allein. Das junge Bleichgesicht, das Vogel heißt, ist mitgekommen. Er kannte deine Wohnung und führte mich hin. Wir hörten, du seist dorthin gegangen, wo gesungen wird; da wollte ich auch gern Lieder hören. Später kehren wir in deine Behausung zurück, und dort werde ich dir mitteilen, aus welchem Grund ich über das große Wasser gekommen bin."

„Gut, ich gedulde mich also bis dahin, und du sollst nun deutschen Gesang hören."

Als die Sänger von dem Wunsch des Apatschen erfuhren, waren sie gern bereit, ihn zu erfüllen. Wir setzten uns mit Vogel an einen abgelegnen Tisch und bestellten Bier, das Winnetou gern, aber sehr mäßig trank. Dann begannen die Vorträge. Die Leute waren stolz darauf, sich vor diesem Mann hören lassen zu dürfen.

Er hielt meine Rechte in der seinigen. Ich war glücklich, ihn einmal bei mir in der Heimat begrüßen zu können, und glaube, wir haben in den Augen der Zuschauer ein gar rührendes Paar gebildet. Aber jeder, der uns drüben in der Savanne oder im Gebirge begegnet war, hätte uns heut nicht wiedererkannt.

Winnetou kam mir vor wie ein schwarzer Panther im Schafspelz, und ihm mochte es mit mir nicht viel anders gehn.

Es war wohl gegen Mitternacht, als der Apatsche erklärte, daß er nun genug gehört habe. Er bedankte sich, und dann gingen wir. Er sagte kein Wort über den Gesang, aber da ich seine Eigenart kannte, wußte ich gar wohl, welch tiefen Eindruck das deutsche Lied in seiner Seele zurückgelassen hatte.

In meinem Heim sah er sich sehr genau um, betastete jeden Gegenstand und schloß von Zeit zu Zeit die Augen, um sich alles einzuprägen. Ich nahm zwei Friedenspfeifen von der Wand, stopfte sie und gab ihm eine. Vogel bekam eine Zigarre. Als ich dann mit dem treuesten und edelsten meiner Freunde rauchend auf dem Sofa saß, begann er:

„Wir kommen wegen der schönen weißen Squaw, die ich mit dir in San Franzisko besucht habe."

„Ah, von Martha, der Schwester des Herrn Vogel?"

„Leider ja!" antwortete der Geiger. „Es ist nichts Erfreuliches, was wir Ihnen von ihr erzählen können. Ich war jetzt vier Monate drüben. Sie sind mir zu Jahren geworden, denn sie haben mir nichts als die bitterste Enttäuschung gebracht. Mein Schwager ist verkracht."

„Ah! Meine Ahnung! Wie steht es mit Potter, dem Gesellschafter?"

„Der ist natürlich auch pleite."

„Das glaube ich nicht. Er hat Ihren Schwager ausgezogen und wird für sich eine erkleckliche Summe in Sicherheit gebracht haben. Ist der Zusammenbruch etwa durch Betrug erfolgt?"

„Nein. Es verliert kein Mensch einen Pfennig."

„Niemand hat einen Pfennig verloren, und doch ist die Zahlungsunfähigkeit erklärt worden? Also wurde das große Vermögen in dieser kurzen Zeit vollständig aufgewirtschaftet? Wie war das möglich?"

„Durch falsche Unternehmungen, in die sich Potter eingelassen hat. Mein Schwager hatte ihm alle geschäftlichen Bestimmungen übertragen."

„Das war vorauszusehn. Potter schloß sich Ihrem Schwager gleich von vornherein in der Absicht an, ihn geschäftlich zugrunde zu richten. Sonst hätte das große Vermögen nicht in so kurzer Zeit vertan werden können. Er wird scheinbar alles verbraucht, sich in Wirklichkeit aber einen vollen Beutel erwirtschaftet haben. Ich hoffe, daß der Mann noch zu packen ist."

„Das glaube ich nicht; denn wenn es so wäre, hielte er sich nicht noch in San Franzisko auf, sondern wäre verschwunden. Mein Schwager ist an den Bettelstab gebracht. Das wenige, was ihm geblieben ist, hat er in die eigne Tasche gesteckt. Damit geht er nun von Kneipe zu Kneipe, bis er mit dem letzten Heller auch noch den Verstand vertrunken hat.“

„Und was tut die Familie nun?“

„Das ist eine schlimme Sache. Als ich hinüberkam, ahnte noch niemand etwas. Ich hatte mich auf Werner verlassen. Durch seine Unterstützung dachte ich schnell vorwärts zu kommen. Da aber brach schon nach drei Wochen der Krach herein. Ich war nur gekommen, um ein Esser zuviel zu sein. Die Eltern und Geschwister wollten verzweifeln. Martha allein behielt die Besinnung und dachte über Mittel nach, sich zu retten. Ich half ihr. Wir kamen auf den Gedanken, Konzerte zu geben. Zunächst reichte das Geld, das sie für ihre wenigen überflüssigen Sachen löste, für das Notwendigste aus. Wir dachten auch an Sie. Wir hatten Ihnen schon so viel zu verdanken. Wären Sie drüben gewesen, so hätten Sie sich unser gewiß mit Rat und Tat angenommen; aber Sie waren eben nicht da. Da führte uns Gott Winnetou ins Haus“

„Wie? Er kam zu Ihnen ins Haus?“

„Ja.“

„Das ist erstaunlich. Nach dem, was wir dort erlebt haben, war nicht zu erwarten, daß er es jemals wieder betreten werde.“

„Es war nicht dasselbe Haus. Wir hatten eine ganz kleine Wohnung bezogen. Glücklicherweise war der Apatsche nach San Franzisko gekommen, hatte sich nach uns erkundigt, unsre neue Wohnung erfahren und erschien nun, uns zu trösten. Fast schämte ich mich, es zu sagen: er gab uns Geld. Wir zögerten, es zu nehmen, er versicherte aber, wir würden bald in die Lage kommen, ihm alles wiederzugeben. Er sprach davon, daß er ein ernstes Wort mit Potter sprechen wolle, und ließ ihn von da an nicht aus den Augen. Da traf ein amtliches Schreiben aus New Orleans ein, daß unser Oheim, der Bruder meiner Mutter, dort gestorben sei.“

„Ah, ich besinne mich. Ihre Großmutter hat mir erzählt, daß sie einen Sohn gehabt habe, der nach Amerika gegangen sei, ohne jemals wieder etwas von sich hören zu lassen. Sie war überzeugt, er sei unterwegs gestorben.“

„So ist es. Er war aber nicht tot, sondern nur undankbar. Erst vor kurzem ist er als mehrfacher Millionär gestorben. Wenigstens hat die Behörde mir das mitgeteilt.“

„Ich gebe nicht viel auf solche Reichtümer, Sie haben ja erfahren, welchen Wert sie besitzen, wenn sie in unrechte Hände kommen.

Wie aber hat die Behörde in New Orleans Ihre Anschrift in San Franzisko wissen können?"

„Sie hat aus alten Schreibereien und Aufzeichnungen des Verstorbnen ersehn, woher er stammt, und infolgedessen in unsre Heimat geschrieben. Von dort her ist unsre Anschrift mitgeteilt worden."

„Nun, so ist Ihnen ja geholfen. Wenn die Beweise vorliegen, daß Sie die einzigen Erben sind, wird Ihnen die Erbschaft bald ausgefolgt werden."

„Das wäre allerdings gut; aber die Sache hat doch einen Haken. Wir sind nämlich vielleicht nicht die einzigen Verwandten. Der Verstorbne hat einen Sohn gehabt, der verschollen ist."

„Das ist freilich ein schlimmer Haken. Die Angelegenheit kann sich so gewaltig in die Länge ziehn."

„Das ist's ja eben!"

„Der Sohn muß in den Zeitungen aufgerufen werden, und erst wenn er sich nach einer gewissen Anzahl von Jahren nicht meldet, wird er als verstorben betrachtet. Da werden Sie leider warten müssen."

„Allerdings. Dazu kommt, daß sich in New Orleans ein Anwalt des Verschollnen annimmt. Er ist ein Freund von ihm und behauptet, daß er jedenfalls noch lebe. Der Sohn des Verstorbnen hat einen erfahrnen und zuverlässigen Reisebegleiter bei sich gehabt, und dieser, so erklärt der Anwalt, würde es jedenfalls gemeldet haben, wenn der Verschollne tatsächlich gestorben wäre. Der Rechtsbeistand nimmt nun umfangreiche Nachforschungen vor, wozu er auch die nötige Frist bekommen hat."

„Das zieht die Sache noch weiter in die Länge. Was für eine Geborne ist Ihre Mutter?"

„Jäger war ihr Mädchenname."

„Also hieß auch der alte Millionär Jäger. Was war er denn?"

„Ursprünglich Schuhmacher. Als Gesell ist er ausgewandert, hat es in New York zu einem Laden gebracht und ist dann immer weiter vorwärts gekommen."

„Schuhmachergesell? New York? Laden? Ah, da fällt mir etwas ein!"

„Was? Was?"

„Warten Sie nur! Ich muß mich besinnen."

Ich stand auf und ging eine Weile im Zimmer auf und ab. Ich dachte an den Brief, den ich unter Meltons Sachen gefunden hatte. Sein Neffe hatte ihn geschrieben. Ich ging nach meiner Bücherei und nahm den Brief, den ich mir aufgehoben hatte, aus dem betreffenden Fach, und las ihn wieder.

Ja, da stand es deutlich geschrieben. Sollte der Brief sich auf den Fall beziehn, den wir jetzt besprachen? Ich mußte Gewißheit haben und fragte deshalb weiter:

„Jäger brachte es also zu einem Schuhwarenladen in New York. Ist er dann nicht Heeresversorger geworden?“

„Ja.“

„Und er hat da nicht nur Fußbekleidungen, sondern auch andre Bedarfsgegenstände in Auftrag bekommen?“

„Ja, ja. Dadurch hat er sich die Millionen verdient. Aber woher wissen Sie das? Was für ein Schreiben haben Sie da in der Hand?“

„Nachher! Sagen Sie mir noch, ob er stets nur seinen deutschen Namen Jäger geführt hat!“

„Nein, er hat ihn in das englische ‚Hunter‘ verändert.“

„Warum sagen Sie das nicht gleich! Warum nannten Sie nur den deutschen Namen?“

„Ich dachte, es komme nicht darauf an.“

„Es kommt sogar sehr viel darauf an! Wissen Sie, wie der verschollne Sohn geheißen hat?“

„Small. Ein sonderbarer Name! Nicht wahr?“

„Ja; aber das ist nur voteilhaft für Sie, denn je merkwürdiger er ist, desto weniger kann sein Träger mit einem andern Menschen verwechselt werden. Also Small Hunter. Er ist verschollen. Und wo? Natürlich im Orient! Oder nicht?“

„Ja, im Orient!“ rief Vogel erstaunt. „Auch das wissen Sie, Herr May?“

„Auch das! Sie sind an den rechten Mann geraten, lieber Freund.“

„Das sagte Winnetou bereits!“

„Aha. Er hat einen winzigen Stapfen der Spur erkannt, der Sie folgen müssen, und dann gleich alles getan, damit sie dem Auge ja nicht wieder entgehn kann. Setzen Sie ihn nur erst auf die Fährte, dann ist er unermüdlich und zeigte eine unerreichbare Meisterschaft.“

„Sie haben also eine Spur von dem Verschollnen?“

„Ja. War denn in dem behördlichen Bericht nicht zu lesen, wo man ihn vermuten kann?“

„Doch! Ich besinne mich. Man hat einen Brief gefunden, den er von Kairo aus an seinen Vater geschrieben hat.“

„Das ist gut! Wie alt ist der Brief?“

„Das war nicht erwähnt.“

„Schade! Es ist unbedingt nötig, die Zeit zu wissen, wann Small Hunter in Kairo gewesen ist.“

„Er hat dort im Hotel du Nil gewohnt, dessen berühmten Palmengarten er ausführlich schildert.“

„Ist sonst noch etwas aus dem Brief mitgeteilt worden?"

„Nein! Und doch! Ich besinne mich. Er bittet seinen Vater, die Antwort an das amerikanische Konsulat zu richten."

„Das ist sehr wichtig! Die Spur haben wir. Der Gesuchte ist nun mit Sicherheit zu finden. aber freilich als Leiche."

„Sie halten ihn für tot?"

„Ja. Und dennoch wird er sich zur Erbschaft melden."

„Ein Toter meldet sich doch nicht zu einer Erbschaft!"

„Manchmal doch! Allerdings nur unter ganz besondern Umständen, die Sie erfahren werden, wenn ich erst mit Winnetou gesprochen habe."

„Sie machen mich höchst wißbegierig!"

„Ich werde Sie nicht lang auf die Folter spannen. Aber sagen Sie mir zunächst: wissen Sie nicht, ob sich die Behörde in New Orleans an das Konsulat nach Kairo gewandt hat?"

„Die Behörde und auch der Anwalt, von dem ich vorhin sprach."

„Welche Antwort ist erfolgt?"

„Noch keine; die Zeit ist zu kurz dazu."

„So weiß ich jetzt alles, was not tut, um Ihnen den Rat geben zu können, den Sie von mir erwarten. Sie sind ja doch nur deswegen zu mir herübergekommen?"

„Ja; ich gestehe das offen. Meine Schwester machte uns darauf aufmerksam, daß Sie den Orient kennen und —"

Er stockte.

„Und — nun, sprechen Sie weiter!" forderte ich ihn auf. „Wenn Sie Rat und Tat von mir verlangen, müssen Sie ganz aufrichtig zu mir sein."

„Sie haben das entscheidende Wort schon selbst ausgesprochen. Wir brauchen Rat und Tat von Ihnen. Meine Schwester meint, Sie kennen den Orient und wären wohl der einzige, den Verschollnen lebendig oder tot nachzuweisen."

„Hm! Ich bin Ihrer Schwester sehr dankbar für das Vertrauen, das sie in mich setzt. Also nicht bloß raten soll ich, sondern auch taten! Wissen Sie, was das heißt?"

„Ja. Wir fordern Zeit und Mühe von Ihnen."

„Unter Umständen sogar das Leben. Die Spur, die wir haben, weist auf eine großartige Schurkerei hin, die entweder schon geschehn ist oder noch geschehn soll. Der Reisebegleiter, den Small Hunter bei sich hat, ist ihm nämlich außerordentlich ähnlich. Ich vermute, daß diese Ähnlichkeit die Ursache zu einem Mord werden soll oder schon geworden ist."

„Zu einem Mord?"

„Ja! Der Reisebegleiter tötet Small Hunter, um an seiner Stelle als Small aufzutreten und den alten Hunter zu beerben. Er ist ein Verbrecher, und sein Vater und sein Oheim, an den dieser Brief gerichtet war, sind doppelte und dreifache Mörder. Ich werde Ihnen das noch ausführlich erzählen. Mit Bestimmtheit kann ich freilich noch nicht von einem Mord reden; aber wie ich die Betreffenden kenne, werden sie auf den Gedanken kommen, den Tod des alten Hunter auf diesem verbrecherischen Weg für sich auszunützen. Doch nun vor allen Dingen zu Winnetou!"

Der Apatsche hatte uns, da wir beide deutsch sprachen, nur wenig verstanden, war aber unsern Mienen und Bewegungen mit großer Aufmerksamkeit gefolgt. Vorher war der Ausdruck der Spannung auf seinem Gesicht zu lesen gewesen; seit ich aber den Brief geholt hatte, war sie verschwunden, um einem Zug der Befriedigung Platz zu machen. Als er sah, daß ich mich nun auch an ihn wenden wollte, kam er mir mit den Worten zuvor:

„Mein Bruder Old Shatterhand hat meine Vermutungen bestätigt gefunden. Das verschollne Bleichgesicht ist mit dem Neffen Meltons nach der Gegend gereist, die die Weißen den Orient nennen."

„Winnetou hat uns beide richtig beobachtet. Der Schärfe seines Auges bleibt nichts verborgen."

„Dazu bedurfte es keiner großen Schärfe. Old Shatterhand hat mir damals den Brief gezeigt und vorgelesen; ich merkte mir den Inhalt. Nun kam ich nach Frisko und sah die schöne, junge Frau, deren Mann uns damals so schwer beleidigte, daß ich die Drohung aussprach, an ihm Rache zu nehmen, wenn ich später seine Squaw im Unglück finden sollte. Ich erfuhr von dem Unheil, das sie betroffen hat, und ging zu ihr, um sie zu trösten. Sie hatte Vertrauen zu mir und erzählte mir alles. Sie las mir auch das Schreiben vor, das sie aus New Orleans erhalten hat. Darin stand der Name Hunter und noch andres, was mit dem Inhalt deines Briefes übereinstimmt. Da war es leicht, auf die richtige Fährte zu kommen. Wer sie verfehlt hätte, wäre blind und taub gewesen. Die Squaw hat dir einst ihr Vertrauen geschenkt. Du allein warst es, durch den ich ihr helfen konnte; darum mußte ich zu dir. Den jungen Mann habe ich mitgenommen, weil er die Angelegenheit kennt und die Sprache deines Vaterlands versteht, deren ich nicht mächtig bin. Welche Pläne hat mein Bruder nun gefaßt?"

„Jonathan Melton schreibt, daß er seine Ähnlichkeit mit Small Hunter ausnutzen will. Was meint Winnetou, worin diese Ausnutzung bestehn wird? Etwa nur in Fälschungen und Betrügerein?"

„Nein. Small Hunter wird sterben, wenn nicht rechtzeitig ein Retter erscheint."

„Davon bin auch ich überzeugt. An seiner Stelle wird Jonathan Melton auftauchen und die Erbschaft erheben. Es muß sogleich ein tüchtiger Mann nach Kairo, um beim Konsulat nachzufragen und die Spur dann weiter zu verfolgen."

„Dieser Mann sind Sie!" fiel da Vogel ein, indem er meine Hände ergriff.

Er hatte während seines Aufenthalts in den Vereinigten Staaten genug Englisch gelernt, um meine Beratung mit Winnetou zu verstehn. Auch bemühte er sich nun des Apatschen wegen, in englischer Sprache an der Unterhaltung teilzunehmen.

„Reisen Sie; beeilen Sie sich, bevor es zu spät wird!"

„Hm! Meinen Sie, daß ich nur so hier sitze, um auf irgendeine Veranlassung hin meine Arbeiten wegzuwerfen und mich jenseits des Mittelmeeres mit Verbrechern herumzuschlagen?"

„Tun Sie es dennoch! Wenn Sie Small Hunter retten, wird er Sie reich belohnen. Ist er aber schon tot und Sie entlarven seinen Doppelgänger, so sind wir gern bereit, Ihnen einen Teil der Erbschaft abzutreten."

„Uff!" rief der Häuptling zornig. „Old Shatterhand nimmt kein Geld, und solches Fährtenspüren kann überhaupt kein Mensch bezahlen!"

Ich milderte diesen Einwurf durch die Erklärung:

„Beruhigen Sie sich, ich war schon vorhin im stillen bereit, mich sogleich nach Kairo aufzumachen, wenn die Hindernisse, die mir für heut und morgen entgegenstehn, beseitigt sind."

Wie scharfdenkend und feinfühlend Winnetou war, zeigte er auch jetzt wieder, indem er mit einer mir sehr verständlichen Bewegung die Hand auf seinen Gürtel legte.

„Winnetou bittet Old Shatterhand, keine Hindernisse gelten zu lassen. Wie ist der Weg nach Kairo?"

„Von hier mit der Bahn nach Brindisi und dann mit dem Schiff nach Alexandrien."

„Wie lange fährt man mit der Bahn, und wann geht das Schiff ins Meer?"

„Die Fahrten finden regelmäßig an bestimmten Wochentagen statt. Wer morgen von hier abreist, kommt am dritten Tag nach Brindisi und kann schon am nächsten Morgen mit dem Dampfer in See stechen."

„So fahren wir morgen. Howgh!"

Ich hatte so etwas geahnt. Winnetou war nicht herübergekommen, um mich nach Afrika zu schicken und allein wieder heimzukehren. Dennoch überraschte mich der entschloßne Ton, in dem er diese Worte sprach, und ich glaubte, ihm die Bedeutung seines Entschlusses vor Augen halten zu müssen.

„Aber Winnetou geht in ein Land, das ihm fremd ist."

„Mein Bruder kennt das Land um so besser. Er mag nicht versuchen, mich irrezumachen! Hast du mir nicht hundertmal erzählt, was du in jenen Ländern gesehn hast, und sodann gesagt, du möchtest, daß auch ich einmal hinkomme?"

„Ja."

„Dieser Wunsch wird in Erfüllung gehn; also sprich kein Wort dagegen."

Ein Apatschenhäutling in Kairo! Welch ein Gedanke! So etwas war noch nie dagewesen! Ich freute mich darüber, denn erstens fand nun ich auch einmal Gelegenheit, seinen Lehrer zu machen; zweitens bestand für uns die Möglichkeit, in Lagen zu geraten, wo mir das Urteil dieses Scharfsinnigsten aller Scharfsinnigen von großem Nutzen sein konnte; und drittens, und das war die Hauptsache, hatte er die Hand auf seinen Gürtel gelegt. Ich befand mich nicht in der Lage, ein so bedeutendes Reisegeld, wie nötig war, vorrätig im Kasten liegen zu haben; der Hinweis auf den Gürtel aber sagte mir, daß darin des schnöden Mammons genug vorhanden war.

Die Freude Vogels über unsern Entschluß war groß. Er wurde in einen Gasthof geschickt; der Apatsche aber schlief bei mir; doch nicht lange, weil wir schon zur frühen Morgenstunde den Zug besteigen mußten. Das machte uns aber keine Schmerzen; umfangreicher Reisevorbereitungen bedurfte es ja nicht, da ich alles Nötige stets für den augenblicklichen Gebrauch beisammen habe.

Vogel war mit genügenden Mitteln zur Rückkehr nach San Franzisko versehn. Er verabschiedete sich am Abteil von uns und wurde noch ausführlich angewiesen, wie er und seine Verwandten sich in gewissen Fällen zu verhalten hätten.

Großen Spaß gewährte mir die Aufmerksamkeit, die die Erscheinung des Apatschen überall erregte. Ich scheue mich nicht, zu sagen, daß er für kurze und oberflächliche Blicke wie ein neugekleideter Stromer aussah. Aber wer auf seine Haltung und auf die edlen, stolzen und meist unbeweglichen Gesichtszüge seines hellbronzenen Gesichts achtete, der mußte zur Erkenntnis kommen, daß er keinen gewöhnlichen Menschen vor sich hatte.

Kleine Erlebnisse, die uns auf der Reise begegneten, gehören nicht hierher; ich erwähne nur, daß Winnetou trotz seiner gewohnten indianischen Zurückhaltung nicht aus dem Staunen herauskam. Es gab für ihn gar zu viel Unbekanntes und Unerwartetes zu sehn. In Alexandrien kaufte er sich einen arabischen Anzug, der ihn vorzüglich kleidete, ihm aber um so unbequemer vorkam.

In Kairo verfügten wir uns nach dem Hotel du Nil, wo Small Hunter gewohnt hatte. Wir erfuhren, daß er vor ungefähr drei Monaten abgereist sei. Das stimmte auch mit den Angaben, die man uns auf dem amerikanischen Konsulat machte. Dort hörten wir noch Weiteres. Die Behörden von New Orleans hatten Erkundigungen eingezogen, ebenso auch der schon erwähnte Anwalt. Briefe für Small Hunter waren zuerst nach Alexandrien und dann später nach Tunis nachzusenden gewesen. Der Vermittler in der letztgenannten Stadt war ein jüdischer Handelsmann namens Musah Babuam.

Diese Auskünfte bestimmten uns, nach Tunis zu gehn, und zwar verließen wir Kairo schon tags darauf; denn es galt, keine Zeit zu verlieren. Zu unsrer Beruhigung aber hatte man uns gesagt, daß Small Hunter gesund gewesen sei und mit seinem Reisebegleiter im besten Einvernehmen gestanden habe; die Ähnlichkeit zwischen beiden se gradezu überraschend gewesen, zumal sie sich bis ins kleinste gleich gekleidet hätten.

Am Abend schlenderten wir einmal nach dem Hotel de l'Orient, worin ich früher gewohnt hatte. Es führte mich keine besondre Absicht dorthin; man kehrt nur unwillkürlich an Orte zurück, die man früher besucht hat. Wir traten in den hellerleuchteten Garten und setzten uns an einen leeren Tisch, um uns durch ein Glas Zitronenwasser zu erfrischen. Man hatte uns bemerkt, denn Winnetou mußte auffallen, da er sein Haar aufgelöst im Nacken trug.

Es gab viele Gäste, die sich an der kühlen Abendluft erfreuten. In einiger Entfernung von uns hatte ein muselmännisch gekleideter Herr gesessen, der bei unserm Erscheinen aufgestanden war. Er trat näher und wendete keinen Blick von uns. Es war wohl irgendeiner, der mich früher einmal in dieser Gegend gesehn hatte; ich achtete nicht mehr auf ihn. Da zog er die Kapuze seines hellen Haik halb über das Gesicht herab, kam ganz herbei, legte mir die Hand auf die Schulter und grüßte mich im schönsten Tehua-Indianisch:

„Oseng-ge tah mo, Old Shatterhand!"

Das heißt „Guten Tag, Old Shatterhand!" Dann legte er seine Hand auch auf des Apatschen Arm und wiederholte den Gruß:

„Oseng-ge tah mo, Winnetou!"

Ich sprang überrascht auf und fragte in derselben Mundart:

„To-ah oh sse — wer bist du, Mann?“

Da lachte er in englischer Sprache:

„Rate doch einmal, alter Löwentöter! Bin neugierig, ob du mich nicht an der Stimme erkennen kannst!“

„Emery, Emery Bothwell!“ rief ich aus, riß ihm die Kapuze über den Kopf zurück und schlang beide Arme um ihn. Er tat dasselbe mit mir, drückte mich an seine mächtige Brust und sagte im Ton tiefer Rührung:

„Habe mich lange gesehnt nach dir, alter Knabe! Bist aber nie auf meiner Fährte zu finden gewesen. Jetzt bist du in diesem gesegneten Garten beinah über mich weggestolpert. Das hat das Kismet gewollt, und auch ich werde einen Willen haben, nämlich den, daß wir uns nicht sogleich wieder trennen. Bist du einverstanden?“

„Gern, liebster Freund! Du hast uns beide sogleich erkannt?“

„Dich sofort; aber der Häuptling machte mir zu schaffen. Wer konnte in diesem Gewand den berühmtesten Krieger und Häuptling der Apatschen vermuten? Wer hätte es für möglich gehalten, Winnetou hier in Afrika, in der fernen Kahira zu sehn? Ich bin so erstaunt darüber, daß ich es, wenn ich nicht so gute Augen hätte, gar nicht glauben würde. Es muß ein wichtiges Geschäft sein, das den Häuptling bewogen hat, den Llano estacado mit der Libyschen Wüste und das Felsengebirge mit dem alten Mokattam zu vertauschen.“

„Das ist es auch. Nimm Platz, so wirst du es erfahren!“

Er ließ sich durch den Kellner seinen Scherbet und seinen Stuhl bringen und setzte sich zu uns.

Wer hätte daran gedacht, daß ich meinem guten, kühnen und gradezu unbesiegbaren Kameraden aus der Prärie und der Sahara heut hier begegnen würde! Ich hatte allen Grund, mich über dieses Zusammentreffen zu freuen; das werden diejenigen Leser gern glauben, die „Die Gum“[1] gelesen haben. Es sei mir erlaubt, das zu wiederholen, was ich dort über seine Persönlichkeit gesagt habe:

„Drüben im ‚Farwest‘ habe ich einen Mann getroffen, der sich ebenso wie ich aus reiner Abenteuerlust allein in die ‚finstern und blutigen Gründe‘ des Indianergebiets gewagt hatte und mir bei allen Fährlichkeiten ein treuer Freund und Maat geblieben war. Sir Emery Bothwell war ein Engländer vom reinsten Kristall, stolz, edel, kalt, wortkarg, kühn bis zur Verwegenheit, voll Geistes-

[1] Karl May, Gesammelte Werke Bd. 10 „Sand des Verderbens“

gegenwart, ein starker Ringer, ein gewandter Fechter, ein sicherer Schütze und dabei voll Aufopferungsfähigkeit, wenn sein Herz einmal freundschaftlichen Regungen zugänglich geworden war. Neben diesen zahlreichen Vorzügen besaß der gute Emery allerdings einige kleine Eigentümlichkeiten, die ihn sofort als Engländer kennzeichneten und einen Fremden gar leicht seltsam berühren konnten. Mir aber hatten sie keinerlei Störung, sondern im Gegenteil öfters eine heimliche und unschuldige Belustigung verursacht."

Ja, so, genau so war Emery Bothwell, der dann mit mir und wenigen Männern in der Sahara eine ganze Raubkarawane vernichtet hatte. Daß er, der sonst so wortkarge Mann, uns mit so vielen Worten begrüßt hatte, war ein Zeichen der Freude, die er bei dem gegenwärtigen Wiedersehn empfand. Er kannte Winnetou ebensogut wie mich, da er im Verlauf seiner Abenteuerfahrten in Wildwest dem berühmtesten aller roten Krieger mehrfach — allerdings nicht in meinem Beisein — begegnet war. Der Apatsche freute sich wohl ebensosehr wie ich über dieses unerwartete Zusammentreffen, doch war es nicht seine Art, sich dergleichen Regungen merken zu lassen.

Emery stand sich so, daß er stets über seine Zeit verfügen konnte, und ich war überzeugt, daß er sich uns anschließen werde. Es handelte sich darum, nach einem Verschollnen zu suchen und vielleicht gar ein Verbrechen aufzudecken, und das war seiner Abenteuerlust gewiß eine hochwillkommene Aufgabe. Da er alle Eigenschaften besaß, sie zu lösen, so konnte ich keinen bessern Begleiter finden als ihn. Wenn die Gesuchten sich noch so sorgfältig versteckt hätten, mit Winnetou, dem berühmtesten Pfadfinder des Westens, und mit Emery, dem fast ebenso berühmten Pehlewân-Bei der algerischen Wüste, mußten sie entdeckt werden.

Emery wandte sich nun mit verschiednen Fragen über das Woher und Wohin an mich, und als mir das Wort Tunis über die Lippen kam, war er freudig überrascht.

„Ist's möglich", rief er, „ihr wollt nach Tunis? Ich auch!"

„Wann?"

„Wann es euch beliebt."

„Schön! Wir reisen also zusammen. Was willst du dort?"

„Welche Frage! Abenteuer. Und ihr?"

„Wahrscheinlich finden auch wir Abenteuer. Ich meinte nur, es müsse eine nähere Ursache, die dich nach Tunis zieht, vorhanden sein."

„Richtig! Die Ursache heißt Small Hunter."

„Uff!" rief der Indianer, dem dieser Name so überraschend

kam, daß er dadurch wider Willen aus seinem Gleichmut gerissen wurde.

„Small Hunter?" fragte auch ich. „Ist das möglich? Kennst du ihn?

„Yes. Du auch, wie es scheint?"

„Nein; aber ich suche ihn in Tunis."

„Bist auf falscher Fährte. Er ist in Ägypten, und zwar in Alexandrien."

„Von dorther kommen wir! Hätten wir das gewußt! Wir haben uns hier nach ihm erkundigt und erfahren, daß er schon vor etwa drei Monaten nach Tunis abgereist sei."

„Unsinn! Ist noch da."

„Aber er hat Anweisung gegeben, ihm alle Postsachen nach Tunis nachzusenden."

„Tut nichts. Er ist doch noch da; aber er will fort, und zwar mit mir; er wartet in Alexandrien auf mich."

„So bist du schon vorher mit ihm beisammen gewesen?"

„Soll ich dir etwa eine Erzählung liefern?"

„Das wäre mir freilich das liebste."

„Well! Sie wird aber kürzer sein, als du denkst. Bin da unten in Negileh mit ihm zusammengetroffen; haben miteinander einen Ausflug nach Nubien gemacht, zwei Monate lang. Hunter muß nun nach Tunis, und ich gehe mit. Bin aber vorher nach Kairo, um Kasse zu holen. Er wartet in Alexandrien auf mich."

„Und du gehst nur seinetwegen nach Tunis?"

„Nein. Wäre auch ohne ihn hingegangen. Habe mit dir die algerische Sahara kennengelernt und jetzt Ägypten angesehn. Will nun auch prüfen, was dazwischen liegt: Tunis und Tripolis."

„So, so! Wer war bei Hunter?"

„Niemand."

„Aber er hat doch einen Begleiter bei sich namens Jonathan Melton."

„Kenne den Mann nicht; habe ihn nicht gesehn."

„Hat Hunter nicht von ihm gesprochen?"

„Kein Wort."

„Hm! Merkwürdig! Aber von seinen Verhältnissen hat er etwas verlauten lassen?"

„Keine Silbe. Ist mir nicht eingefallen, mich danach zu erkundigen."

„Aber man pflegt doch nicht mit einem gänzlich unbekannten Menschen zu reisen."

„Unbekannt? — Pshaw! Hunter trat sehr anständig auf. Ist lange Zeit im Orient gewesen. Was willst du mehr?"

„So scheint es, daß ich ihn besser kenne als du, obgleich ich ihn noch nicht gesehn habe. Wir suchen ihn. Er soll nach Haus kommen, eine großartige Erbschaft anzutreten. Sein Vater ist gestorben. In welchem Hotel sollst du ihn in Alexandrien treffen?"

„In keinem. Wohnt für sich. Geht nach Tunis, um dort einen Freund zu besuchen, den Kalaf Ben Urik, Kolaghasi[1] bei den tunesischen Truppen."

„Kalaf Ben Urik? Sonderbarer Name! So kann weder ein Araber noch ein Maure oder Beduine heißen! Der Name kommt mir wie ein selbstgemachter vor!"

„Was kann dich das angehn?"

„Mehr als du denkst. Weißt du, wie alt Kalaf Ben Urik ungefähr ist?"

„Bei guten Jahren. Hunter erwähnte es zufällig. Er sagte auch, daß ich mit dem Kolaghasi Englisch sprechen könnte."

„Englisch? Ah! Wie kommt es, daß ein tunesischer Hauptmann Englisch versteht?"

„Weil er eigentlich ein Fremder ist. Hunter sagte mir, der Hauptmann sei vor acht Jahren zum Islam übergetreten, als er nach Tunis kam."

„Woher kam er da?"

„Weiß es nicht. Aber da er englisch spricht, scheint der Master ein Landsmann von mir zu sein."

„Ein Engländer? Ich möchte ihn lieber für einen Amerikaner halten, weil Hunter, der doch ein Yankee ist, ihn besucht."

„Mag sein. Ist mir auch lieber. Müßte mich darüber ärgern, wenn ein früherer Christ und jetziger Mohammedaner in meinem Old England geboren wäre. Aber was machst du für ein Gesicht? Worüber denkst du nach? Solche abwesenden und doch stechenden Augen habe ich nur dann bei dir beobachtet, wenn du über eine Fährte nachdachtest."

„So? Vielleicht befinde ich mich jetzt wiederum auf einer Spur, und zwar auf einer überaus wichtigen. Sag mir nur eins: Hunter hat von seinen Verhältnissen also kein Wort gesagt. Hat er nicht doch einmal gesprächsweise erwähnt, daß er außer zu diesem Kolaghasi noch zu einer Person in Tunis in Beziehung steht?"

„Ja. Er bekommt seine Briefe an einen dortigen Handelsmann nachgeschickt. Es ist ein Jude, und wenn ich mich nicht irre, so nannte er ihn — "

„Musah Babuam?"

„Ja, richtig; so hieß der Mann! Aber wie kommt es, daß du

[1] Hauptmann.

dich nach solchen Nebendingen erkundigst, wonach sonst kein Mensch zu fragen pflegt?"

„Weil die Nebendinge mich auf die Hauptsache bringen. Mir scheint, daß Hunter ein Betrüger ist."

„Ein Betrüger —?" fragte Emery im höchsten Grad erstaunt. „Das — ist — ganz — unmöglich!"

„Es ist nicht nur nicht unmöglich, sondern sogar sehr wahrscheinlich."

Winnetou hatte bis jetzt kein Wort geäußert, hatte aber, da wir englisch sprachen, alles verstanden. Jetzt meinte er mit der Betonung eines Mannes, der seiner Sache sicher ist:

„Mein Bruder Old Shatterhand ist auf der richtigen Spur. Dieser Mann in Alexandrien ist nicht der richtige Small Hunter, sondern ein falscher.

„Ein falscher?" fragte Bothwell. „Ihr meint, daß er nicht seinen echten Namen führt?"

„Ja, das meinen wir", antwortete ich. „Er heißt Jonathan Melton."

„Den Namen nanntest du doch vorhin als den seines Begleiters?"

„Allerdings. Er ist eigentlich der Begleiter dessen, für den er sich ausgibt." — „Das sind mir Rätsel. Erkläre mir das genauer!"

Später sollte er alles vollständiger hören; jetzt erzählte ich ihm nur so viel, wie nötig war, um ihn einigermaßen zu unterrichten. Er hörte mir mit steigender Aufmerksamkeit zu und zeigte sich, als ich fertig war, mit meinem Bericht nicht zufrieden; ich mußte ausführlicher sein und ihm alles schildern, von meiner damaligen Reise in Mexiko an bis auf den heutigen Tag. Als ich geendet hatte, saß er lange wortlos da und blickte sinnend vor sich nieder. Dann sagte er, indem seine Augen glänzten:

„Das wird eine höchst reizvolle Reise nach Tunis, weil du auf einer prächtigen Fährte bist. Mein Master Hunter ist wirklich kein andrer als Jonathan Melton, der Begleiter."

„Woraus schließt du das?"

„Das fragst du noch? Ah, du willst meinen Scharfsinn auf die Probe stellen!"

„Und weißt du, wer jener Kolaghasi, jener tunesische Hauptmann, ist?"

„Thomas Melton, den du vor neun Jahren von Fort Uintah bis nach Fort Edwards getrieben hast. Acht Jahre lang ist er in Tunis; es liegt also ein Jahr zwischen seinem Verschwinden in den Staaten und seinem Wiederauftauchen in Nordafrika, und das hat für ihn genügt, sich so viel Sprachfertigkeit anzueignen, daß er in die tunesische Truppe eintreten konnte. Was meinst du dazu?"

„Ich bin ganz deiner Ansicht."

„Aber warum läßt dieser Hunter, den ich kenne, seine Briefe an den Juden richten und nicht an den Kolaghasi, den er doch kennt?"

„Weil er eben nicht Melton, sondern Hunter sein will. Der wirkliche Hunter kennt den Kolaghasi nicht; er hat seine Briefe also an einen Geschäftsmann schreiben lassen, den er in Tunis besuchen wollte. Aber weiter! Warum wohnt Hunter in Alexandrien für sich und nicht in einem Hotel?"

„Weil er verborgen bleiben will."

„Und warum ist er nach drei Monaten noch in Ägypten, während man hier die Überzeugung hegt, daß er sich in Tunis befindet?"

„Weil er sich für den echten Hunter ausgibt, der in Wirklichkeit nach Tunis ist."

„Nein! Hier in Ägypten hat er sich nicht für diesen ausgeben, sondern verborgen bleiben wollen; daß er deine Bekanntschaft gemacht hat, war eine Unvorsichtigkeit von ihm, die er zu büßen haben wird."

„Aber warum ist er hiergeblieben? Warum hat er den echten Hunter, dessen Reisebegleiter er war, allein nach Tunis gelassen?"

„Ich nehme an, daß er den Tod des alten Hunter erfahren hat und nun den Plan zur Ausführung bringen will, den er schon früher gehabt hat: nämlich der Erbe des Verstorbenen zu werden. Das wird ihm durch den Umstand erleichtert, daß er eine außerordentliche Ähnlichkeit mit dem jungen Hunter besitzt und während des langen Beisammenseins mit ihm Gelegenheit gefunden hat, Hunters Verhältnisse genau kennenzulernen. Es ist sogar zu vermuten, daß er sich Mühe gegeben hat, die Handschrift seines Reisegefährten nachzuahmen. Auf die Nachricht von dem Tod des Alten hat er den Jungen unter irgendeinem Vorwand nach Tunis zu dem Kolaghasi oder, um den richtigen Namen zu gebrauchen, zu seinem Vater Thomas Melton geschickt, wo er verschwinden soll. Nun fährt er nach, um an die Stelle des Verschwundenen zu treten, nach Amerika zu gehn und das Erbe einzuheimsen. Das sind meine Gedanken, und ich glaube nicht, daß sie mich trügen."

„Mein Bruder Old Shatterhand hat recht", stimmte Winnetou bei.

Und auch Emery meinte:

„So wie du es darstellst, muß ich dir beipflichten. Aber sollte man so teuflische Pläne für möglich halten?"

„Denk an Harry Melton, den ich den Satan nenne und von dem ich dir erzählt habe! Hat er nicht noch schlimmere Pläne erdacht und ins Werk gesetzt?"

„Ich bin, wie gesagt, ganz deiner Ansicht. Sollte sie richtig sein, so ist es unsre Pflicht, den jungen Hunter zu retten, wenn das noch möglich ist. Aber wie?“

„Durch schnelles Eingreifen. Wir dürfen uns auf keinen andern verlassen, sondern müssen selber handeln.“

„Also nach Tunis?“

„Ja. Den jungen Melton haben wir schon in Alexandrien in der Hand, und seinen Vater werden wir ebenso leicht bekommen.“

„Aber ohne Unterstützung der tunesischen Behörde können wir nichts unternehmen.“

„Die wird mir gern jeden Gefallen erweisen, den ich mir von ihr erbitte.“

„Ah“, lächelte er, „du hast wohl mit Mohammed es Sadok Pascha, dem Gebieter von Tunis, Brüderschaft getrunken?“

„Das nicht. Aber was noch besser ist, ich kenne seinen Herrn der Heerscharen.“

„Herr der Heerscharen? Was für ein Titel ist das?“

„Mein Freund Krüger-Bei wird so genannt, weil er der Oberste der Leibwache oder Leibscharen ist.“

„Krüger? Das ist doch ein deutscher Name!“

„Krüger ist ein Deutscher von Geburt. Er hat eine Vergangenheit hinter sich, wie sie sich kein Romanschreiber phantastischer aussinnen könnte. Von Krüger selbst ist zwar über sein früheres Leben soviel wie nichts zu erfahren, aber ich glaube, daß er aus der Mark Brandenburg stammt und wahrscheinlich Brauerbursche oder so etwas Ähnliches gewesen ist. Auf der Wanderschaft wurde er nach Frankreich verschlagen, ließ sich für die Fremdenlegion anwerben, ist in Algerien entflohn, über die tunesische Grenze entwichen und dort Sklave geworden. Wegen seiner Anstelligkeit steckte man ihn später unters Militär; er hielt aus, kam zur Leibwache und hat es dort schließlich bis zum Obersten gebracht. Mohammed es Sadok Pascha schenkt ihm sein ganzes Vertrauen.“

„So ist er also ein guter Soldat?“

„Ein tüchtiger Soldat, ein treuer Beamter und ein guter Mensch. Leider ist er Mohammedaner geworden! Er hängt noch mit großer Liebe an seinem Vaterland, mag aber von dem einzelnen Deutschen nichts wissen. Mit mir hat er eine Ausnahme gemacht und mir die beiden Male, als ich bei ihm war, eine herzliche Zuneigung erwiesen. Wenn du ihn kennenlernst, wirst du ihn achten und auch viel Spaß an ihm haben.“

„Wieso?“

„Er hat die Eigenart, seinen jetzigen Glauben mit seinem

frühern zu verquicken, Bibel und Koran zu verwechseln und dabei allerlei Lächerlichkeiten an den Tag zu fördern. Das größte Meisterstück von ihm aber ist sein Deutsch. Da du der deutschen Sprache mächtig bist, wirst du die helle Freude an ihm erleben. Er hat nur den notdürftigsten Schulunterricht genossen und als Brandenburger schon als Kind mit dem Mir und Mich im Streit gestanden. In Frankreich eignete er sich einen kleinen Vorrat von Französisch an, und in Algerien und Tunesien lernte er mit der Zeit Arabisch sprechen. Da aber seine Sprachbegabung bei weitem nicht ausreicht, die drei Sprachen auseinanderzuhalten, und da er besonders die Verschiedenheiten des Satzbaues nicht zu begreifen vermag, so leistet er darin gradezu Unglaubliches. Arabisch hört er täglich und spricht es selber täglich; darum hat er sich eine bilderreiche Ausdrucksweise angewöhnt. Deutsch hat er nur in der Jugend, und da auch nur fehlerhaft, gesprochen, später gar nicht mehr; daher ist grad seine Muttersprache am schlechtesten weggekommen."

„Diesen Krüger-Bei oder — hm, wie nanntest du ihn?"

„Herr der Heerscharen. So nennt er sich nämlich selber, arabisch Reïs el-dschijûsch. Sobald wir uns an die Behörde zu wenden haben, werde ich mir seine Hilfe erbitten. Ich habe sogar die Absicht, ihn schon vorher aufzusuchen, und bin überzeugt, daß er sich darüber freuen wird."

„Willst du ihm vielleicht gleich den vermeintlichen Hunter übergeben?"

„Das wird wohl nicht nötig sein."

„Vielleicht doch. Wenn dieser Mensch unsre Absichten durchschaut, wird er uns zu entkommen trachten. In diesem Fall müssen wir ihn ins Gefängnis stecken lassen, bis wir auch seinen Vater fest haben."

„Wir dürfen uns eben nicht durchschauen lassen."

„Nun, mir traut er keine Feindschaft zu; wie aber, wenn er zufällig errät, wer ihr seid?"

„Es wäre ein unbegreiflicher Zufall, der ihm verriete, daß wir Winnetou und Old Shatterhand sind!"

„So müßt ihr euch andre Namen geben. Es ist besser, wir ordnen das schon jetzt. Je eher wir uns an die falschen Namen gewöhnen, desto sichrer sind wir, uns nicht zu versprechen."

„Das ist richtig. Was mich betrifft, so möchte ich nicht für einen Deutschen gelten; denn der junge Melton weiß gewiß, daß Old Shatterhand ein Deutscher ist."

„Ja. Willst du vielleicht ein Landsmann von mir sein?"

„Habe nichts dagegen."

„So sei ein Verwandter von mir, ein gewisser Mr. Jones, den ich zufälligerweise hier getroffen habe und der in Tunis Geschäfte hat. Und Winnetou? Für wen geben wir ihn aus?"

„Er wird es sich gefallen lassen müssen, einmal ein Afrikaner zu sein. Geben wir ihn für einen mohammedanischen Somali aus, Ben Asra!"

„Schön! Nur fragt es sich, ob er nichts dagegen einzuwenden hat."

Als der Apatsche diese Worte hörte, sagte er:

„Nennt Winnetou, wie ihr wollt; er bleibt doch der Häuptling der Apatschen."

„Das ist richtig", erwiderte ich. „Ich werde dich also unterwegs darüber unterrichten, wer und was ein Somali ist und wie du dich als ein solcher zu benehmen hast. Wir geben an, daß du das Arabische nicht verstehst, was ja auch die Wahrheit ist, aber von Sansibar aus einige Jahre in Indien gewesen bist und dort Englisch gelernt hast. Wann reisen wir von hier ab?"

„Morgen früh", entschied Emery. „Dann kommen wir grad kurz vor der Zeit an, in der mein Mr. Hunter ein Schiff nach Tunis erwartet."

„Was für eins?"

„Ein französisches Handelsfahrzeug."

„Also keinen Personendampfer? Das fällt mir auf. Er muß also von Tunis aus sehr wahrscheinlich über diese Reisegelegenheit verständigt worden sein."

„Das denke ich auch. Vielleicht gelingt es uns, etwas darüber zu erfahren."

„Aber Winnetou und ich werden uns beim Kapitän des Schiffes auszuweisen haben, wenn er uns mitnehmen soll."

„Das überlaß mir! Ihr seid unterwegs um eure Papiere gekommen, und ich denke, daß es genügen wird, wenn ich meinen Paß vorzeige und für euch gutsage."

„Sodann bin ich neugierig, wie Hunter sich ausweisen wird. Der wirkliche Träger dieses Namens hat doch seine Pässe jedenfalls mit nach Tunis genommen."

„Werden sehn. Die Hauptsache ist, daß er keinen Verdacht schöpft. Du bist in Indien gewesen und hast dort Winnetou, also den reichen Somali Ben Asra getroffen. Jetzt geht ihr nach London, wo er Geschäftsbeziehungen anknüpfen will, und verweilt unterwegs kurze Zeit in Tunis, wo du irgend etwas zu erledigen hast. Alles Weitere müssen wir abwarten."

Man sieht, daß Emery sich unsrer Angelegenheit ganz so annahm, als wäre sie die seinige. Wir saßen noch einige Zeit beisammen; dann trennten wir uns, um am nächsten Morgen gemeinsam abzureisen.

9. *Der ‚Herr der Heerscharen'*

Über unsere Fahrt nach Alexandrien ist nichts zu berichten. Wir kehrten dort im Hotel ein, und dann ging Bothwell, um Hunter aufzusuchen. Wir hatten angenommen, es würde ihm nicht lieb sein, weitere Reisegesellschaft zu erhalten, sahen uns aber in dieser Voraussetzung getäuscht; denn er kam bald darauf mit Emery zu uns und sagte, es sei ihm angenehm, mit uns fahren zu können.

Wenn ich einmal nach reiflicher Überlegung eine Meinung gefaßt habe, so pflege ich sie so lang festzuhalten, bis ich vollständig vom Gegenteil überzeugt worden bin. Besäße ich einen wankelmütigeren Charakter, so hätte ich beim Anblick dieses jungen Mannes den Verdacht, den ich gegen ihn hegte, fallen lassen. Er machte nämlich einen vortrefflichen Eindruck, und ich wunderte mich nicht mehr darüber, daß Emery ihn einen anständigen Menschen genannt hatte. Es war in seinem Benehmen nichts zu entdecken, was unsern Verdacht hätte bestätigen können. Er zeigte sich frei, offen und ohne jede Spur irgendeiner Unsicherheit. Wir hatten uns entweder in ihm geirrt, oder er war trotz seiner Jugend schon ein glattgeriebener Gauner.

Der Dampfer, den wir benützten, kam von den Palästinahäfen und wollte von Alexandrien aus über Tunis und Algier nach Marseille zurück. Als wir vier Personen an Bord kamen, trat uns der Kapitän sogleich mit der Bemerkung entgegen:

„Das Schiff ist kein Personendampfer, Messieurs. Sie müssen sich also wieder zurückbemühn."

Jetzt mußte es sich zeigen, ob der Kapitän benachrichtigt worden war. Hunter lächelte gelassen.

„Nehmen Sie auch keinen Reisenden mit, der Hunter heißt?"

„Hunter? Sind Sie dieser Herr?"

„Ja."

„Dann dürfen Sie allerdings mitfahren, denn ich bin von Kalaf Ben Urik benachrichtigt worden. Doch ich weiß nur von Ihnen, nicht aber auch von andern Reisenden."

„Diese drei Herren sind Freunde von mir; Kalaf Ben Urik hat nicht gewußt, daß sie sich mir anschließen wollen. Wir wären Ihnen dankbar, wenn Sie auch für meine Begleiter noch Plätze ermöglichten."

„Da muß ich mich selbst und den Ersten Offizier einschränken, denn ich bin nur auf Sie vorbereitet. Doch will ich Kalaf Ben Urik zuliebe eine Ausnahme machen und die Herren aufnehmen."

Der französische Kapitän fühlte sich also dem tunesischen Hauptmann verpflichtet. Es schien, daß der Kolaghasi Verbindungen unterhielt, die seinen Militärstand nichts angingen, und nebenbei heimliche Geschäfte betrieb. Wie hätte der Führer eines Handelsfahrzeugs sonst dem Offizier Dankbarkeit schulden sollen? Dieser Umstand bestärkte mich in meiner vorgefaßten Meinung über Kalaf Ben Urik. Die Folge war, daß ich mich durch das scheinbar rechtliche Wesen Hunters nun erst recht nicht irremachen ließ.

Wir vier Personen bekamen zwei kleine Kajüten angewiesen, wovon jede nur Platz für zwei Mann hatte. Da fragte es sich nun, wer Hunter Gesellschaft leisten sollte. Einige Worte genügten, uns darüber zu verständigen, daß wir ihm die Wahl zwischen uns lassen wollten; seine Entscheidung konnte uns als Fingerzeig dienen.

Zunächst wurden unsre Habseligkeiten in die eine Kajüte geschafft; dann machten wir es uns, während das Schiff den Anker lichtete, auf Deck bequem. Wir saßen rauchend unter der Sonnenleinwand und unterhielten uns über allerlei, wobei ich bemerkte, daß Hunter uns heimlich auszuforschen trachtete. Es schien besonders seine Absicht zu sein, mich kennenzulernen. Ich gab mich so unbefangen wie möglich und war sehr höflich gegen ihn. Es wäre mir lieb gewesen, wenn er mich zu seinem Kammergefährten gewählt hätte, da ich dadurch Gelegenheit finden mußte, ihn genauer zu beobachten.

Meine Bemühungen schienen aber nicht von Erfolg zu sein: ich bemerkte einigemal, daß er, wenn ich ihn unerwartet ansah, sein Auge scharf auf mich gerichtet hielt und den Blick dann schnell von mir wandte. Ich hatte, wie ich genau wußte, nichts an mir, was ihm verdächtig vorkommen konnte; das Mißtrauen, das er zu empfinden schien, mußte also eine Folge seines bösen Gewissens sein.

Später, als wir uns auf offner See befanden, trat er zu mir, der ich allein an der Brüstung stand und das Heben und Sinken der Wellen betrachtete. Vorhin hatten wir nur über Allgemeines gesprochen; Persönliches war nicht berührt worden. Jetzt aber war es wohl seine Absicht, über mich klar zu werden. Nach einigen einleitenden Fragen über gleichgültige Dinge erkundigte er sich:

„Ich höre, daß Ihr aus Indien kommt, Mr. Jones. Wart Ihr lange dort?"

„Nur vier Monate. Geschäfte riefen mich hin."

„Seid also wohl selber Inhaber eines Geschäfts?"

„Ja."

„Würdet Ihr es für unbescheiden halten, wenn ich fragte, welcher Art dieses Geschäft ist?"

„Ich befasse mich nur mit zwei, und zwar sehr alltäglichen Gegenständen: Pelz und Leder", antwortete ich absichtlich, weil der alte Hunter früher mit Leder gehandelt hatte.

„Das ist ein sehr einträglicher Geschäftszweig. Aber ich habe noch nie zugehört, daß der Pelz- und Lederhandel auch Indien berührt."

Da griff er mich allerdings an der schwachen Seite an; da ich aber einmal in Indien gewesen sein wollte, mußte ich mich herauszubeißen suchen.

„Ihr denkt da wohl nicht an den ungeheuern Pelzertrag Sibiriens."

„Gehn die Pelze von dort nicht nach Rußland?"

„Nach Rußland und China; aber ich bin Engländer; China liegt mir zu weit und zieht zu hohe Gewinne von seinem Zwischenhandel; Rußland ist neidisch auf England und verhält sich ablehnend zu unseren Anfragen. Da haben wir uns denn des Umstands erinnert, daß unsre indischen Besitzungen weit nach Hochasien aufsteigen; eine Handelsstraße von dort aus nach dem Baikalsee war leicht zu schaffen, und nun holen wir uns unsern Bedarf an sibirischem Pelzwerk über Indien, ohne dem Zaren oder dem chinesischen Kaiser gute Worte zu geben."

„Ah, so! Eure Hauptbezugsquelle ist aber wohl Nordamerika?"

„Für Häute die La-Plata-Staaten und für Pelzwerk Nordamerika. Ich habe manche Sendung von New Orleans selbst herübergeholt."

„New Orleans? Natürlich habt Ihr dort auch Bekanntschaften gemacht?"

„Nur geschäftliche."

„Solltet Ihr nicht trotzdem auf meinen Namen gestoßen sein? Mein Vater hat sich zwar längst zur Ruhe gesetzt, ist aber mit seinen dortigen Geschäftsfreunden in ununterbrochnem persönlichem Verkehr geblieben."

Jetzt hatte er mich da, wo er mich haben wollte: ich ihn aber auch. Ich gab mir den Anschein, nachzusinnen, und antwortete dann:

„Euer Name? Hunter? Hm! Hunter – Hunter – kann mich auf kein Geschäftshaus dieses Namens besinnen. Hunter –"

„Nicht Geschäftshaus, sondern Heeresversorger. Er hat aber viel, sehr viel mit Leder gehandelt."

„Ah, das ist etwas andres! Hunter, heißt das nicht auf deutsch Jäger?"

„Ja."

„Ich habe einen steinreichen Herrn gesehn, der deutscher Abstammung war und Jäger geheißen hatte. Er war allerdings Heeresversorger gewesen und hatte den Namen Jäger in Hunter verwandelt."

„Das war mein Vater! Ihr habt ihn also gekannt?"

„Gekannt eigentlich nicht. Ich bin ihm einmal vorgestellt worden. Das ist alles."

„Wo? Wann?"

„Das ist mir leider nicht mehr erinnerlich. Bei einem so viel bewegten Leben, wie das meinige ist, wird einzelnes leicht vergessen. Es wird aber jedenfalls bei einem Geschäftsfreund gewesen sein."

„Natürlich! Und da Ihr ihn nicht näher gekannt habt oder kennt, so wißt Ihr wohl nicht, daß er gestorben ist?"

Mit dieser Frage schoß er einen Bock, der gar nicht größer sein konnte. Ich setzte ihm auch schnell den Fuß zwischen die Tür, indem ich fragte:

„Gestorben? Er ist tot? Seit wann denn, Mr. Hunter?"

„Etwas über ein Vierteljahr."

„Ihr befandet Euch also zur Zeit seines Todes im Orient?"

„Ja."

„Habt Ihr Geschwister?"

„Nein."

„So mußtet Ihr eigentlich sofort heimkehren. Ein solches Erbe läßt man doch nicht so lang auf sich warten."

Er errötete und sah jetzt ein, welchen Fehler er begangen hatte. Um ihn wieder gutzumachen, erklärte er:

„Ich habe die Nachricht von dem Todesfall erst vor einigen Tagen erhalten."

„So! Das ist freilich etwas andres. Ihr geht aber dennoch nicht sofort zurück?"

Diese Frage brachte ihn abermals in Verlegenheit.

„Nicht grade sofort", entgegnete er, „aber doch so schnell wie möglich. So sehr ich mich auch beeilen muß, ich bin doch gezwungen, Tunis zu berühren."

Mit dieser Bemerkung gab er sich eine noch viel größere Blöße als vorher. Der Zwang also führte ihn nach Tunis. Um ihn ja nicht zur Einsicht seines Fehlers kommen zu lassen, fuhr ich schnell fort:

„Gezwungen? Wohl durch Eure Verbindung mit Kalaf Ben Urik?“

„Wie kommt Ihr darauf?“ fragte er erstaunt, indem er mir einen mißtrauischen Blick zuwarf.

„Auf die einfachste Weise. Der Kapitän sprach von diesem Mann, den er zu kennen schien. Kalaf Ben Urik hat ihm, wie ich hörte, Auftrag gegeben, Euch von Alexandrien abzuholen. Daraus ist doch zu ersehen, daß Ihr mit diesem Kalaf in enger Beziehung steht?“

Er war gefangen. Seine Stirn legte sich in Falten. Er blickte vor sich nieder.

„Da Ihr einmal gehört habt, was der Kapitän sagte, so bin ich zu entschuldigen, wenn ich Kalaf gegenüber aus der Schule schwatze, indem ich Euch eine Bemerkung über ihn mache. Ihr werdet ihn in Tunis sehn und — reist Ihr von Tunis aus sofort heim?“

„Wahrscheinlich.“

„Und ich gehe über England. Es ist also sehr wahrscheinlich, daß wir dasselbe Schiff benutzen, und da Kalaf vermutlich auch mitfährt, so würdet Ihr später doch erfahren, was ich Euch jetzt unnützerweise vorenthalten könnte. Kalaf ist nämlich Kolaghasi.“

„Was ist das?“ fragte ich scheinbar unwissend.

„Offizier im Kapitänsrang. Er stammt aus den Vereinigten Staaten.“

„Wie? Was? Ein Amerikaner? So ist er also Christ? Wie kann er da tunesischer Offizier sein?“

„Er ist zum Islam übergetreten.“

„O weh! Ein Abtrünniger!“

„Verurteilt ihn nicht! Er hat mir über sein Vorleben nichts mitgeteilt; aber er ist ein Ehrenmann und kann nur durch schwere Schicksalsschläge zu diesem Schritt gezwungen worden sein. Ich verteidige Kalaf nicht, ich verurteile ihn nicht, ich weiß nur, daß er sich fort sehnt und nicht fort kann. Ich will ihm dazu behilflich sein: ich will ihn befreien.“

„Befreien? Er braucht ja nur um seinen Abschied zu bitten.“

„Den bekommt er nicht, weil man ahnt, daß er dann wieder zum Christentum übertreten wird.“

„So nimmt er einen Urlaub und geht über die Grenze.“

„Das ist leicht gesagt. Gesetzt, er bekäme den Urlaub und flüchtete, was dann? Er ist arm. Wovon sollte er leben? Er braucht dann einen wohlhabenden Beschützer, der sich seiner annimmt.“

„Und der werdet Ihr sein?“

„Ja. Ich nehme ihn mit nach Amerika. Mit dem ersten Schiff,

das den Hafen von Goletta verläßt, dampfen er und ich ab, und da Ihr dasselbe Fahrzeug benutzen werdet, habe ich Euch die Verhältnisse aufrichtig mitgeteilt. Vielleicht habt Ihr, wenn ich eines Helfers bedarf, die Güte, mich zu unterstützen?"

„Mit größtem Vergnügen, Mr. Hunter", entgegnete ich, erfreut, daß er grad mich als Verbündeten wählte. „In welcher Weise, meint Ihr wohl, könnte ich Euch behilflich sein?"

„Das weiß ich jetzt noch nicht. Zunächst möchte ich Euch bitten, den Boten zwischen ihm und mir zu machen."

„Den Boten? Wollt Ihr denn nicht persönlich mit ihm verkehren?"

„Nein, wenigstens nicht öffentlich. Sie geben wohl zu, daß ich Ursache habe, im Verborgenen zu bleiben, wenn ich einen Offizier entführen will. Käme es heraus, daß ich seine Flucht unterstützt habe, so könnte ich später Unannehmlichkeiten davon haben. Er war von Tunis abwesend, und ich weiß nicht, ob er jetzt schon wieder zurück ist. Das muß ich erfahren, ohne selbst Erkundigungen danach einzuziehn. Würdet Ihr die Güte haben, das an meiner Stelle zu tun?"

„Mit großem Vergnügen."

„So will ich Euch sagen, daß ich nicht in Goletta, dem Vorhafen von Tunis, aussteigen werde. Der Kapitän hat vielmehr die Weisung, mich schon am Ras[1] Chamart an Land zu setzen. Von da aus begebe ich mich heimlich nach dem südöstlich von Tunis gelegenen Ghadis zu einem Freund des Kolaghasi; er ist Pferdehändler und heißt Bu Marama. Bei ihm bleibe ich verborgen, bis ich mit dem Flüchtling zu Schiff gehe, denn niemand soll erfahren, daß ich dagewesen bin und die Hand im Spiel gehabt habe. Ihr aber fahrt bis in den Hafen, erkundigt Euch, ob Kalaf Ben Urik zurück ist, und kommt dann nach Ghadis zu Bu Marama, um mir zu sagen, was Ihr erfahren habt. Oder ist das zuviel von Euch verlangt?"

„Nein. Ich bin ein wenig abenteuerlich veranlagt, so daß ich mich Euch mit größtem Vergnügen zur Verfügung stelle. Es soll mich freuen, wenn es mir erlaubt ist, einen kleinen Beitrag zur Befreiung des Hauptmanns zu liefern."

„So sind wir also einig; Ihr unterstützt mich. Ihr seid ein Freund von Emery Bothwell?"

„Ja."

„So will ich Euch nicht von ihm trennen. Wohnt also mit ihm zusammen, während Euer Somali meine Kajüte mit mir teilen mag! Ist Euch das recht?"

Ich gab meine Zustimmung, da ich befürchtete, sein Mißtrauen

[1] Vorgebirge, Kap

zu erregen, wenn ich mich ihm als Genossen anbot. Übrigens hielt ich es jetzt nicht mehr so wie vorher für notwendig, ihn zu beobachten, weil ich ihm bei der Befreiung des Kolaghasi helfen sollte und dabei jedenfalls sowieso erfahren konnte, was ich zu wissen wünschte.

Der junge Mann war also Jonathan Melton — das stand nach dieser Unterhaltung unumstößlich fest — und der tunesische Hauptmann war sein Vater Thomas Melton, der damals verschwunden war. Hätte dieser Jonathan gewußt, daß ich den Brief bei mir in der Tasche trug, den er seinem Oheim Harry Melton, dem Satan, geschrieben hatte!

Er wollte in Tunis verborgen bleiben, angeblich um spätern Mißhelligkeiten infolge der Flucht des Hauptmanns auszuweichen; ich aber kannte den wahren Grund. Der eigentliche Small Hunter war auf irgendeine Weise nach Tunis zu dem Hauptmann gelockt worden, um von ihm auf die Seite gebracht zu werden; bevor er verschwunden war, durfte Jonathan Melton, der sich für ihn ausgeben wollte, nicht auftauchen. Die Abwesenheit des Hauptmanns stand mit der Ermordung Hunters in engster Beziehung. Solang sie währte, war Hunter vielleicht noch zu retten; befand sich aber der Hauptmann erst wieder in Tunis, so war Hunter tot. Jetzt brannte mir das Deck des Schiffs unter den Füßen.

Ebenso erging es Emery, als er von mir hörte, was ich von dem falschen Hunter erfahren hatte. Winnetou war bedeutend ruhiger und ging, als es Abend geworden war, mit dem gefährlichen Menschen so unbedenklich schlafen, als wäre dieser der größte Ehrenmann.

Die beiden Kajüten, die uns angewiesen waren, lagen durch zwei kleine Räume, deren Zweck ich nicht kannte, voneinander getrennt; also konnten wir nicht beobachten und belauschen, was drüben bei Winnetou und Melton vorging, und umgekehrt. Dennoch sprachen wir, als ich mich mit Emery über unsre gegenwärtige Aufgabe unterhielt, nur leise miteinander. Es geschah einfach aus einer Vorsicht, die uns zur Gewohnheit geworden war, obgleich sie hier höchstwahrscheinlich nicht notwendig war.

Trotz allem, was ich von Hunter, den ich noch immer so nennen will, erfahren hatte, bedauerte Emery es lebhaft, daß dieser mich nicht zu sich genommen hatte; er meinte, ich hätte ihn, falls ich mit ihm dieselbe Kajüte bewohnte, noch weit mehr ausfragen können, als es mir bis jetzt möglich gewesen war. Er behauptete, Winnetou könne uns als Schlafgefährte Hunters nichts nützen. Auch ich war dieser Ansicht; aber wir sollten bald erfahren, daß wir uns geirrt hatten. Wir schliefen nämlich schon längst, als ich —

es mochte zwei Stunden nach Mitternacht sein — durch ein leises Klopfen an unsrer Tür aufgeweckt wurde. Das Geräusch war so leise, daß Emery ruhig weiterschlief. Meine Ohren aber waren geübter als die seinen.

Ich stand auf, ging zur Tür und fragte, ohne zu öffnen:

„Wer ist draußen?"

„Winnetou", wurde leise geantwortet.

Jetzt schob ich den Riegel zurück. Der Apatsche trat ein. Er mußte uns etwas Wichtiges mitzuteilen haben.

„Es ist dunkel hier", sagte er. „Können meine Brüder kein Licht anbrennen?"

„So willst du uns nicht nur etwas sagen, sondern auch etwas zeigen?" fragte ich.

„Ja. Es ist ein ledernes Ding, das die Bleichgesichter eine Brieftasche nennen. Hunter ging gar so heimlich und sorgfältig damit um. Ich habe sie entwendet, werde sie aber so bald wie möglich wieder an ihren Platz legen."

„Trug er sie in der Tasche?"

„Nein. Meine Brüder haben den kleinen Koffer gesehn, den er bei sich hat. Als ich mich niedergelegt hatte, stellte ich mich schlafend. Da öffnete er ihn, um die Gegenstände, die sich darin befanden, zu ordnen. Es gab da auch eine Brieftasche, die er aufschlug. Er nahm mehrere Papiere heraus, die er las und dann wieder hineinlegte. Dabei betrachtete er mich so mißtrauisch, daß ich annehmen mußte, die Brieftasche enthalte Heimlichkeiten. Er legte sie in den Koffer zurück, verschloß ihn und steckte den Schlüssel ein. Den mußte ich also haben. Als er dann eingeschlafen war, hat es sehr lang gedauert, bis ich ihm den Schlüssel aus der Tasche ziehn konnte."

„Alle Wetter! Du scheinst gute Anlagen zum Taschendieb zu haben."

„Ein Mann muß alles können, was er will. Er darf freilich manche Fertigkeiten nur dann anwenden, wenn es einem guten Zweck gilt. Ich habe also, während er weiterschlief, den Koffer geöffnet und die Brieftasche herausgenommen. Hier ist sie. Meine Brüder mögen sehn, ob sie etwas enthält, was sie brauchen können!"

Wir hatten an der Kajütendecke ein Lämpchen hängen, das ausgelöscht worden war, als wir uns schlafen legten. Ich brannte es wieder an. Emery war inzwischen auch munter geworden. Ich hatte die Tür wieder von innen verriegelt, und nun machten wir uns an die Durchsicht der Tasche.

Sie enthielt neben Wertpapieren und andern Schriftstücken

einige sorgfältig eingeschlagene Briefe, die ich öffnete. Gleich der erste fesselte unsre Aufmerksamkeit im höchsten Grad. Er war in englischer Sprache geschrieben und lautete in deutscher Übersetzung ungefähr:

„Lieber Jonathan!

Welch ein Glück, daß Du hinter Hunters Rücken seine Postsachen vom Konsulat in Kairo holtest! Welch eine Nachricht! Sein Vater ist tot, und er soll nach Haus kommen! Daß es in Wirklichkeit so ist, wird dadurch bewiesen, daß sowohl die Behörde als auch der Anwalt Murphy, sein Freund, geschrieben haben. Natürlich wirst Du Dich in den Besitz des Erbes setzen; und dann gibt es für mich die Mittel, meine traurige Verbannung zu verlassen und anderswo ein besseres Dasein zu führen.

Ob ich mit Deinem Plan einverstanden bin? Ich sage Dir, er könnte gar nicht besser sein! Wir locken Hunter durch den Brief, den Du im Namen des Anwalts geschrieben hast, nach Tunis. Du bist ein Tausendkünstler. Die Handschrift des Anwalts ist so täuschend nachgeahmt, daß Hunter nicht daran zweifeln kann, daß sein rechtsgelehrter Freund sich jetzt in Tunis befindet und in sehr wichtigen Angelegenheiten mit ihm sprechen will. Er wird sofort aufbrechen und die nächste Gelegenheit nach Tunis benützen.

Natürlich darfst Du nicht mit ihm hierher kommen, denn da würde Eure erstaunliche Ähnlichkeit auffallen, und dieser Umstand könnte doch vielleicht zur Entdeckung unsres Streichs führen, während wir meiner Ansicht nach sonst völlig sicher gehn. Du mußt einstweilen in Ägypten zurückbleiben. Um einen Grund dazu wirst Du nicht verlegen sein; Du kannst ja plötzlich krank werden. Wenn Du Dich dann in Alexandrien bei dem Griechen Michalis einmietest, wird mein nächster Brief Dich dort treffen.

Höchst schlau ist es von Dir, daß Du in dem gefälschten Brief Small Hunter an mich verweist, indem Du schreibst, der Anwalt Fred Murphy wohne bei mir. So kommt Hunter gradewegs zu mir, und ich werde Gelegenheit finden, ihn schnell und heimlich verschwinden zu lassen. Dann rufe ich Dich, und Du trittst an seine Stelle.“

Das war der größere Teil des Briefs. Es folgten nun noch verschiedne anderweitige Bemerkungen, die uns gleichgültig sein konnten, für den Empfänger aber so wertvoll waren, daß er ihretwegen das Schreiben aufbewahrt hatte. Sonst wäre es ja geradezu sträflich leichtsinnig gewesen, diese verräterischen Blätter nicht zu vernichten.

Der zweite Brief war jüngeren Ursprungs und begann ungefähr folgendermaßen:

„Lieber Sohn!

Du hast Deine Sache gut gemacht. Es klappt alles vortrefflich. Small Hunter ist hier angekommen und wohnt bei mir. Nur das eine paßt mir nicht recht, daß er in Kairo die Weisung hinterlassen hat, ihm etwaige Postsachen und andre Eingänge an Musah Babuam nachzusenden. Er hat mir von Dir erzählt und bedauert es, daß er gezwungen gewesen ist, Dich krank zurückzulassen. Natürlich hat er keine Ahnung davon, daß sein Vater gestorben ist.

Er hat mich sofort nach dem Anwalt Fred Murphy, seinem Freund, gefragt. Darauf war ich vorbereitet und hatte mir eine glaubhafte Antwort ausgesonnen. Ich brauchte sie aber nicht vorzubringen, denn der Zufall kam mir zu Hilfe.

Es haben sich nämlich die Uled Ayar gegen den Bei von Tunis empört, weil ihnen die Kopfsteuer, die er erhebt, zu hoch ist. Ich habe den Befehl erhalten, mit meiner Atly bölüjü[1] sofort gegen sie aufzubrechen, um zur Strafe die doppelte Steuer einzutreiben. Da nehme ich Small Hunter mit. Ich sagte ihm, der Anwalt hätte ihn nicht so schnell erwartet und einen Ausflug in diese Gegend gemacht. Er ist so dumm gewesen, das zu glauben, obwohl die Uled Ayar wenigstens hundertfünfzig Kilometer von Tunis wohnen, und will mit mir dem Anwalt folgen. Morgen geht es fort; es wird Kämpfe geben, und ich finde dabei Gelegenheit, dafür zu sorgen, daß er nicht zurückkehrt.

Nach meiner Berechnung wird das Unternehmen vier bis fünf Wochen dauern; dann treffe ich wieder in Tunis ein. Du magst Dich so einrichten, daß Du um diese Zeit dort bist. Mein Freund, der französische Kapitän Villefort, dampft von hier nach Alexandrien und wird Dich dort aufnehmen. Er hat mir versprochen, Dich nicht im Hafen, sondern schon vorher am Kap Chamart an Land zu setzen, denn Du darfst Dich hier nicht eher öffentlich sehn lassen, als bis ich mit Dir gesprochen habe. Erkundige Dich, ehe Du zu mir kommst, ob ich schon wieder zurück bin! Ist das nicht der Fall, so mußt Du im Verborgnen auf mich warten. Zu diesem Zweck habe ich mit Bu Marama, dem Pferdehändler, gesprochen. Er wohnt in Ghadis,

[1] Schwadron

südöstlich von Tunis, und ist mir zu Dank verpflichtet. Er wird Dich gern bei sich aufnehmen und Dich so heimlich halten, daß kein Mensch von Deiner Anwesenheit erfährt.

Es versteht sich von selbst, daß ich Small Hunter alles abnehme und es Dir mitbringe, damit Du Dich ausweisen kannst. Dann fällt es mir gar nicht ein, um Urlaub einzukommen, sondern ich fliehe einfach. Wir gehn mit dem nächsten Schiff über England nach den Vereinigten Staaten. In England werden wir eine kurze Zeit bleiben; ich habe Gründe dazu. Wir müssen nämlich unterwegs einige gute Bekanntschaften zu machen suchen, womöglich vornehme Personen, die Dich als Small Hunter kennenlernen und nötigenfalls als Zeugen für Deine Echtheit auftreten können."

Nach diesen Zeilen folgten noch einige Seiten, die Verhältnisse und Umstände behandelten, die uns nichts angingen.

Die übrigen Schreibereien enthielten nichts, was für uns von Bedeutung war. Wir hatten genug an diesen beiden Briefen und sahen den schändlichen Plan der Meltons offen vor uns liegen.

„Also nun wissen wir genau, warum er schon am Kap aussteigen will", meinte Emery.

„Und warum er deine Bekanntschaft gesucht hat", fügte er hinzu.

„Yes. Ich habe ihn als Small Hunter kennengelernt und soll nötigenfalls für die Echtheit seiner Person eintreten. Der Halunke wird von mir sehr deutlich hören, was an ihm echt oder unecht ist! Winnetou mag die Brieftasche jetzt wieder in den Koffer legen und ihn verschließen."

Der Apatsche nahm die Brieftasche wieder zu sich und schlich fort. Am andern Morgen berichtete er uns, der falsche Hunter hätte fest geschlafen und nichts davon gemerkt, daß der ebenso falsche Somali Ben Asra während der Nacht an seinem Koffer gewesen war.

Auch den ganzen Tag über war Hunter völlig unbefangen gegen uns, doch wartete ich vergeblich, daß er die Rede wieder auf unsre Abmachung bringen würde; er tat es nicht. Jedenfalls fürchtete er meine Wißbegier; er wollte nicht durch Fragen in Verlegenheit gebracht werden. Die folgende Nacht verging, und als der Morgen anbrach, näherten wir uns dem Ziel. Jetzt kam Hunter zu mir und fragte:

„Sind Sie noch willens, mir den Gefallen zu erweisen, von dem wir gesprochen haben?"

„Natürlich!" antwortete ich. „Was ich einmal verspreche, das pflege ich auch zu halten."

„Sie wollen sich erkundigen, ob der Kolaghasi in Tunis anwesend ist, und dann nach Ghadis kommen, um es mir zu sagen?"

„Ja."

„Sie können es am besten in den Kasernen nördlich von der Stadt erfahren. Wann darf ich Sie da wohl in Ghadis erwarten?"

„Wahrscheinlich schon am frühen Nachmittag."

„Schön! Jetzt habe ich nur noch eine Bitte. Da ich den weiten Weg von Kap Chamart bis nach Ghadis zurücklegen muß und dabei so wenig wie möglich auffallen darf, ist es für mich nicht geraten, meinen Koffer mit an Land zu nehmen. Würden Sie die Güte haben, ihn bis in den Hafen in Ihrer Obhut zu behalten und dann durch einen Träger zu dem Pferdehändler nach Ghadis zu senden?"

„Gern."

„So will ich mich jetzt von Ihnen verabschieden. Also auf Wiedersehn am Nachmittag!"

Er gab mir die Hand und ging nach seiner Kajüte. Auf einen Wink von mir folgte ihm Winnetou. Der Apatsche meldete mir sodann, daß Hunter die Brieftasche aus dem Koffer genommen und zu sich gesteckt hätte. Das war's, was ich wissen wollte.

Am Kap ließ der Kapitän beidrehn, um Hunter in einem Boot an Land zu schaffen; dann dampften wir weiter nach dem Hafen, wo ich nicht verfehlte, den Koffer einem Hammal[1] zu übergeben.

Es fiel mir nicht ein, die versprochne Erkundigung in einer Kaserne einzuholen, sondern ich ging gleich an die richtige Schmiede, nämlich zu meinem Freund Krüger-Bei. Wo dieser zu finden war, wußte ich. Er hatte zwei Dienstwohnungen, eine in der Kasba, dem Palast des Herrschers, und eine im Bardo, einer vier Kilometer von der Stadt gelegnen starken Burg, die der Sitz der Regierung ist. Meine Gefährten ließ ich in einem Gasthaus der untern Stadt zurück und begab mich zunächst nach der Kasba, wo Krüger-Bei aber nicht zu finden war; darum spazierte ich hinaus nach dem Bardo. Jeder Schritt war mir bekannt, denn ich hatte während meiner beiden frühern Aufenthalte diesen Weg, hinaus zu meinem ebenso lieben wie urdrolligen Herrn der Heerscharen, sehr oft gemacht.

Im Bardo hatte sich in Beziehung auf die Baulichkeiten nichts verändert. Im Vorzimmer saß ein alter Unteroffizier, der die Kommenden anzumelden hatte. Er rauchte seinen Tschibuk und hatte den Säbel gemütlich abgeschnallt neben sich liegen.

„Was willst du?" fragte er gewohnheitsmäßig, ohne mich anzusehen.

[1] Lastträger

Ich kannte ihn sehr gut, dieses alte Bestandstück des Herrn der Heerscharen. Er war mein Liebling gewesen, damals noch Onbaschi[1], jetzt aber zum Tschausch[2] aufgerückt. Der biedere, graubärtige Moslem mochte jetzt sechzig Jahre zählen, sah aber noch so rüstig aus wie damals, als er mich zu den Uled Saïd führte. Er hieß eigentlich Selim, wurde aber nur der alte „Sallam" genannt, weil er dieses Wort stets im Mund führte und ihm alle möglichen Bedeutungen unterlegte. Wenn er „o Sallam!" ausrief, so konnte das ebensowohl o Wonne wie o Schande, o Freude, o Unglück, welche Schlechtigkeit, wie herrlich, wie entzückend, wie armselig, wie schändlich und hunderterlei bedeuten. Es kam nur darauf an, wie er es aussprach, welche Miene er dabei zeigte und welche Armbewegung er machte.

Sein Gesicht hatte er wohl wochenlang nicht gewaschen. Der graue Bart hing voller Hammelfett, das beim Essen hineintropfte und nie entfernt wurde, wenn es nicht von selber abfiel, sein Mund roch nach dem Saft der Pfeife, die wohl nie gereinigt worden war. Aber trotz alledem freute ich mich herzlich, meinen alten Sallam so wohl und munter wiedergefunden zu haben.

„Ist der Herr der Heerscharen daheim?" antwortete ich auf seine Frage.

„Nein."

Er sah mich noch immer nicht an. Ich kannte das.

Er ließ seinen Obersten nie eher daheim sein, bis er ein Backschisch erhielt.

„Aber ich weiß, daß er da ist", entgegnete ich. „Nimm diese fünf Piaster und melde mich an!"

„Gut! Da Allah dir den Verstand so hell erleuchtet, sollst du zu ihm dürfen. Gib also her und —"

Er stockte. Er hatte den Blick nun doch zu mir erhoben und sah von der Hand, mit der ich ihm das Geld entgegenhielt, in mein Gesicht, ließ den angefangnen Satz unvollendet und sprang freudig empor.

„O Sallam, Sallam, Sallam, abermals Sallam und dreimal Sallam! Du bist es, o Wonne meiner Augen, o Glanz meiner Seele, o Entzücken meines Angesichts! Allah führt dich zur rechten Zeit zu uns; wir brauchen dich. Laß dich umarmen und behalte dein Geld! Lieber mag mir die Hand verdorren, als daß ich von dir ein Backschisch nehme, wenigstens heut; später kannst du es mir doppelt geben!"

Er umarmte mich und rannte dann ins Nebenzimmer, wo ich ihn laut „o Sallam, Sallam, Sallam!" rufen hörte.

[1] Unteroffizier [2] Feldwebel

Nun war ich gespannt auf das Wiedersehen mit Krüger-Bei. Ich durfte überzeugt sein, von ihm sogleich mit einem seiner deutschen Rattenkönigsätze empfangen zu werden. Die Tür wurde aufgerissen. Sallam trat heraus, packte mich beim Arm, schleuderte mich ins Zimmer hinein und rief dabei:

„Da ist er, der von Allah gesandte! O Sallam, Sallam!"

Dann machte er die Tür hinter mir zu. Ich befand mich im Selamlik des Herrn der Heerscharen, der, etwas gealtert, etwas gebeugter als vor Jahren, aber mit leuchtenden Augen und lachendem Angesicht vor mir stand. Er streckte mir beide Hände entgegen und begrüßte mich mit den schönen deutschen Worten:

„Ihnen hier? Ihnen hier in Tunis? Ich bitte Ihnen, zu wollen nehmen den Empfang auf herzliche Willkommen zu richten die edle Freundschaft desselbiges Gefühle in Überraschung den schönen Augenblick auf Ansicht der Gegenwart wegen tausend Grüßen bei hundert Empfindungen zu sein gewesen und wollen zu bleiben Ihnen der Freund und Sie der Bruder wegen Deutschland und trotzdem immer Afrika!"

Wer diese Worte so schnell wie möglich liest, bekommt wenigstens ungefähr einen Begriff von der Art und Weise, in der Krüger-Bei seine Muttersprache zu handhaben pflegte. Er umarmte mich, zog mich auf den Teppich nieder, auf dem er gesessen hatte, und fuhr eifrig fort; aber ich kann seinen Satzbau meinen Lesern nur etwas verbessert bieten, sonst verstehn sie keine Zeile davon.

„Setzen Sie Ihnen nieder! Setzen Sie Ihnen, setzen Sie! Mein alter Sallam werden bringen Pfeife und Kaffee mit geschnellter Ungeheurigkeit, um Sie zu beweisen den verzückten Zustand, daß Sie heut so plötzlich hierhergekommen sind. Wann sind Ihnen angekommen?"

„Soeben erst aus Ägypten."

„Haben Sie Wohnung im Gasthof zu nehmen gesonnen sein?"

„Noch nicht fest, wenigstens für mich nicht. Meine Freunde aber haben sich wahrscheinlich jetzt eingemietet. Ich habe zwei Begleiter mit."

„Wem?"

„Erinnern Sie sich noch meiner Erlebnisse in der algerischen Wüste?"

„Ja. Die Raubkarawane, die prächtiger Engländer totzuschlagen und Gefangener befreit nach Haus geführt."

„Richtig! Dieser prächtige Engländer, Emery Bothwell, ist mit hier. Und erinnern Sie sich aus meinen frühern Erzählungen des Apatschenhäuptlings Winnetou?"

„Mit genauer Unvergänglichkeit für das Andenken Ihrer amerikanischer Indianer, bei denen Winnetou ihr Hauptfreund."

„Ja. Dieser Indianerhäuptling ist auch mit da. Ich werde Ihnen erzählen, zu welchem Zweck ich mich mit diesen beiden außergewöhnlichen Männern vereinigt habe."

„Ja, du wirst mir alles sagen", begann er jetzt in arabischer Sprache, in der er keine Fehler machte. Er erkundigte sich, ob Winnetou auch seine Silberbüchse und ob ich meinen Henrystutzen und meinen ‚Löwentöter' mitgebracht habe. Ich bejahte und knüpfte daran eine Erkundigung.

„Warum fragst du so angelegentlich nach unsern Waffen?"

„Weil wir sie gebrauchen können."

„Wieso denn?"

„Weil ich morgen aufbrechen werde gegen die Uled Ayar, die sich empört haben."

„Die Uled Ayar haben sich empört? Davon habe ich freilich schon gehört. Sie wollen die Kopfsteuer nicht zahlen. Aber ich denke, du hast schon Streitkräfte gegen sie geschickt?"

„Ja, aber gestern ist ein Bote eingetroffen und meldete, daß meine Reiter von den Ayar umzingelt worden sind. Der Bote ist der einzige, der entkommen ist."

„Wo sind deine Leute umzingelt worden?"

„Bei den Ruinen von Mudher."

„Ich kenne den Ort nicht, aber es ist jedenfalls ein Glück zu nennen, daß sie nicht auf freiem Feld eingeschlossen worden sind. In den Ruinen finden sie Deckung und können sich möglicherweise so lang halten, bis Hilfe kommt. Es ist da überhaupt ein ganz unverzeihlicher Fehler begangen worden. Die Uled Ayar sind ein tapfrer Stamm, und nach dem, was ich von ihnen weiß, vermute ich, daß sie gegen tausend Reiter zusammenbringen können. Eine einzige Schwadron gegen einen solchen Stamm war zu wenig. Hat die Schwadron denn tüchtige Offiziere?"

„O ja! Der Kapitän oder Rittmeister ist wegen seiner Klugheit und Tapferkeit mein Liebling geworden. Er heißt Kalaf Ben Urik."

„Ein Araber, Türke, Maure oder Beduine?"

„Keins von alledem! Er ist in England geboren, in Ägypten unters Militär gegangen und nach Tunis gekommen, ist bald Unteroffizier geworden und dann immer schneller vorgerückt. Er hat sich oft ausgezeichnet, ist endlich Kolaghasi geworden, und ich habe ihn mit dem jetzigen Vorstoß gegen die Uled Ayar betraut."

„Wie konnte er da die Unvorsichtigkeit begehn, den gefährlichen Zug mit nur einer einzigen Schwadron zu unternehmen? Wollte der Pascha nur soviel hergeben?"

„Ja."

„Oder hielt sich Kalaf Ben Urik für so tüchtig, seine Aufgabe mit so wenigen Streitkräften lösen zu können?"

„Auch."

„Wo brach er zu dem Zug auf?"

„In Uneka."

„Also auf der Karawanenstraße nach dem Süden. Ist nicht vielleicht ein Fremder bei ihm gewesen?"

„Ja."

„Wer war der Mann? Weißt du es?"

„Nein."

„Ich denke doch, daß Kalaf Ben Urik dich hat um Erlaubnis fragen müssen, wenn er einen Fremden mitnehmen wollte?"

„Als oberster Befehlshaber der Truppe hat er die Erlaubnis, mitnehmen zu dürfen, wen er will!"

„So! Nun aber eine andre Frage! Mit wieviel Leuten willst du nun zu seinem Entsatz nachrücken?"

„Mit drei Schwadronen. Morgen nachmittag geht's los."

„Also wohl zur Zeit des Asr?"

„Ja."

„Leider glauben die Moslemin, daß jeder Zug mißglückt, der nicht zur Zeit des Asr[1] begonnen wird; dadurch aber geht ein ganzer Tagesmarsch verloren. Man sollte bedenken, daß grad dieser Zeitverlust, so kurz er ist, das Verderben derer herbeiführen kann, die gerettet werden sollen. Ich würde sofort aufbrechen, und wenn es mitten in der Nacht wäre."

„Du hast recht; aber das Asr hat immer das Asr zu bleiben, und dem Befehl des Paschas darf kein andrer Wille entgegentreten."

„Wenn es Mohammed es Sadok Pascha so angeordnet hat, dann ist allerdings nichts zu ändern."

„Du reitest doch mit uns? Und auch deine beiden berühmten Begleiter?"

„Hm! Ich habe nichts dagegen. So ein Kriegszug ist mir eben recht. Und was Winnetou und Emery betrifft, so denke ich, daß sie sich auch mit anschließen werden."

„Es freut mich ungemein, das zu vernehmen. Die zwei Herren dürfen nicht im Gasthof bleiben, sondern ich lade sie hiermit zu mir ein."

„Gut, laß die beiden Freunde holen! Da sie kein Gepäck bei sich haben, so genügt es, ihnen zwei Pferde zu senden. Wenn wir dich

[1] Asr = Nachmittagsgebet um drei Uhr

auf deinem Zug gegen die Uled Ayar begleiten sollen, mußt du uns überhaupt beritten machen. Dabei brauche ich wohl nicht zu erwähnen, daß Winnetou und Emery Bothwell nicht etwa geringe Anforderungen an ein gutes Reitpferd stellen."

„Ganz so wie du. Aber mach dir keine Sorge. Du kennst mich und weißt, daß mir die besten Tiere zur Verfügung stehn."

„Das nehmen wir dankbar an. Es wäre mir lieb, wenn du mir mein Pferd gleich jetzt geben ließest. Ich muß nach der Stadt zurück und habe auch einen kleinen Ritt nach Ghadis vor."

„Zu welchem Zweck?"

„Das werde ich dir später mitteilen, wenn mehr Zeit dazu ist. Dann wirst du auch erfahren, was wir drei Männer eigentlich in Tunis wollen. Ich bitte dich jetzt nur um Beantwortung einiger Fragen. Hast du Beweise dafür, daß Kalaf Ben Urik Engländer gewesen ist?"

„Nein."

„Was für ein Untertan ist er jetzt?"

„Tunesischer."

„Gesetzt den Fall, er verübte ein Verbrechen, so hätte also nicht der Vertreter seines Heimatlandes, sondern der Pascha darüber zu richten."

„Ja. Aber Kalaf Ben Urik ist ein Ehrenmann; ich schwöre jeden Eid auf ihn und dulde keinen Angriff auf meinen Liebling."

Er hatte diese Worte in einem so strengen und nachdrücklichen Ton gesprochen, daß ich wohl erkannte, wie hoch Kalaf Ben Urik in seinem Ansehn stand. Ich brach also schnell von diesem Gegenstand ab und lenkte das Gespräch auf andre Dinge. Wir teilten uns unsre Erlebnisse mit, rauchten einen köstlichen Dschebeli, tranken dazu den Kaffee, den der alte Sallam immer wieder erneuerte, und unterhielten uns von allem möglichen, nur nicht von dem, was ich auf dem Herzen hatte. Ich hatte gemerkt, daß es nicht geraten war, Krüger-Bei ins Vertrauen zu ziehn. Er hätte uns mit seinem schroffen Eintreten für den Kolaghasi nur schaden statt nützen können.

Endlich mußte ich aufbrechen. Krüger-Bei begleitete mich bis hinaus vor die Tür, wo ein herrlicher Fuchshengst stand, den er für mich hatte satteln lassen. Auf ihm ritt ich zunächst ins Gasthaus, um meinen Gefährten zu melden, daß sie als Krügers Gäste abgeholt werden sollten und daß ich in Beziehung auf Kalaf Ben Urik eigentlich einen Mißerfolg zu verzeichnen hatte. Es war nicht anzunehmen gewesen, daß der geriebene Mensch sich so tief in der Gunst meines alten Herrn der Heerscharen einnisten würde. Nun hatte ich mich vom Gegenteil überzeugt und wußte, daß ich mit einer bloßen Anklage nichts ausrichten konnte, sondern ihm gleich mit Beweisen ins Haus fallen mußte. Er mußte einfach überrumpelt werden.

„Aber wie soll das geschehn? Wie wollen wir ihn überzeugen?" fragte Emery.

„Durch den falschen Hunter", antwortete ich.

„Wieso?"

„Indem ich jetzt hinaus zu ihm reite und ihn überrede, nicht in Ghadis auf die Rückkehr seines Vaters zu warten, sondern den Zug gegen die Uled Ayar mitzumachen. Ich bin überzeugt, das unerwartete Wiedersehn mit dem Sohn wird Kalaf Ben Urik so überraschen, daß er sich gewiß eine Blöße gibt."

„Kein übler Gedanke! Aber wodurch willst du den Sohn bewegen, mitzugehn?"

„Das überlaß nur mir! Ich werde es ihm so mundgerecht machen, daß er selbst seine Begleitung anbietet. Denk dir den Schrecken des Kolaghasi, wenn er ihn sieht, und das Entsetzen, wenn er mich erkennt, Old Shatterhand, der ich von seinem Vorleben genau unterrichtet bin. Es müßte ihm grade der Teufel beistehn, wenn er dabei nicht etwas sagte, was den Herrn der Heerscharen überzeugte, daß er einem Raubtier in Menschengestalt seine Liebe geschenkt hat. Jetzt reite ich nach Ghadis; ihr werdet bald abgeholt werden."

„Warte noch einen Augenblick! Es gibt dabei einen Umstand, an den du nicht zu denken scheinst und der doch von großer Wichtigkeit ist. Krüger-Bei weiß, daß du ein Deutscher bist, und kennt auch deinen wirklichen Namen?"

„Natürlich!"

„Auch hast du ihm gesagt, daß Winnetou, der Apatsche, bei dir ist?"

„Auch das."

„Und da soll dieser falsche Hunter mit uns reiten? Da wird er ja erfahren, daß du ihn belogen hast."

„Was schadet das?"

„Was es schadet? Sonderbare Frage! Es ist unterwegs unausbleiblich, daß er eure richtigen Namen hört. Dann muß er Verdacht schöpfen."

„Ich werde ihn glauben machen, daß wir nicht ihn, sondern den ‚Herrn der Heerscharen' täuschen."

„Ob dir das gelingen wird?"

„Ganz gewiß! Ich sage dir, je mehr ein Mensch selber verstrickt ist im Bösen, desto leichter ist er zu übertölpeln."

Da wurde an die Tür gklopft, und der alte Sallam trat ein. Er war von seinem Herrn mit zehn Reitern geschickt worden, um Winnetou und Emery abzuholen, eine Ehrung, die bewies, wie gern Krüger-Bei uns bei sich sah. Emery bezahlte die kleine Rechnung, und dann setzte sich der Zug nach dem Bardo in Bewegung; ich aber ritt hinaus nach Ghadis.

Dort war es mir nicht schwer, die Wohnung Bu Maramas zu erfragen. Zu ihm als Pferdehändler kamen gewiß viele Leute, und so konnte auch mein Besuch niemandem auffallen. Ich hielt vor einem langen, weißgetünchten Haus, das nur aus dem Erdgeschoß bestand und ein plattes Dach hatte. Marama kam selber heraus, öffnete das Tor und ließ mich in den Hof reiten, wo in mehreren eingehegten Abteilungen Pferde zum Verkauf standen. Er betrachtete erst meinen Fuchs und dann mich mit verwundertem Blick und fragte, während ich abstieg:

„Kommst du, dieses Pferd zu verkaufen?"

„Nein."

„Das ist gut, denn sonst wärst du ein Pferdedieb. Ich kenne den Fuchs. Er ist ein echter Hassi Ferdschân-Hengst und das Lieblingspferd des Herrn der Leibwache unsres Pascha. Er muß dir ein großes Vertrauen schenken, da er dir dieses kostbare Tier anvertraut."

„Er ist mein Freund."

„Dann sag ihm, daß ich sein und auch dein geringster Diener bin! Welchen Wunsch kann ich dir erfüllen?"

„Es ist heut ein Fremdling bei dir angekommen, der verborgen bleiben will?"

„Davon weiß ich nichts. Wer hat dir das gesagt?" fragte er, sichtlich betroffen darüber, daß ein Freund Krüger-Beis nach der Person fragte, die er bei sich versteckt hielt.

„Sprich immer die Wahrheit; du darfst mir vertrauen. Ich bin mit dem Fremden zu Schiff gekommen und habe dir durch einen Hammal seinen Koffer geschickt. Sag ihm, daß ich mit ihm sprechen möchte!"

„Er wird dich wohl schwerlich empfangen", meinte er noch immer mißtrauisch. „Mein Gastfreund will grad vor dem, dessen Freund du bist, verborgen bleiben. Ich werde gleich erfahren, ob du wirklich der bist, den er erwartet. Woher und wann bist du mit dem Schiff gekommen?"

„Von Alexandrien, heut früh."

„Wo ist der Fremdling, mit dem du reden willst, gelandet?"

„Am Ras Chamart."

„Aus welchem Lande stammst du?"

„Aus dem Belâd el-Englîs[1]."

„Und wie ist dein Name?"

„Jones."

„Deine Antworten stimmen. Doch sag mir, ob der Oberst der Leibwache weiß, wohin du geritten bist!"

„Er weiß es nicht!"

„Aber du wirst es ihm sagen?"

„Das fällt mir nicht ein. Ich weiß, daß du ein Freund des Kolaghasi Kalaf Ben Urik bist und ihm zu Gefallen den Fremden bei dir aufgenommen hast. Dem Kolaghasi schenke ich eine lebhafte Teilnahme und bitte dich, dein Mißtrauen fallenzulassen und mich zu deinem Gast zu führen. Ich habe ihm wichtige Dinge mitzuteilen, die keinen Aufschub leiden."

„So komm! Ich werde dich zu ihm geleiten!"

Es war allerdings kein Wunder, daß der Pferdehändler mir nicht traute. Er wußte, daß die Obrigkeit von der Anwesenheit seines Gastes nichts wissen sollte, und ich kam auf dem Pferd eines der höchsten Beamten geritten. Das war freilich geeignet, ihn zur Vorsicht zu veranlassen.

Ich ließ mein Pferd stehn und folgte ihm. Der scheinbare Zweck meines Besuchs war, Jonathan Melton davon zu benachrichtigen, daß der Kolaghasi, sein Vater, noch nicht von seinem Zug zurückgekehrt sei; meine eigentliche Absicht aber bestand darin, ihn zu veranlassen, mit uns zu reiten, damit er uns nicht entgehn könnte.

Der wunde Punkt war, daß er mich für einen Mr. Jones hielt und nun unbedingt erfahren mußte, daß ich ein Deutscher war. Ich mußte ihm diesen Widerspruch irgendwie zu erklären suchen.

Der Pferdehändler führte mich durch einige kleine Räume und ließ mich dann warten, um mich anzumelden. Daß er diese Vorsicht selbst jetzt noch für notwendig hielt, war ein Zeichen, daß es mir nicht geglückt war, sein Mißtrauen zu zerstreuen. Es dauerte auch wirklich eine längere Zeit, bevor er wiederkam und mich aufforderte, einzutreten, worauf er sich entfernte.

Der falsche Hunter stand im nächsten Zimmer. Es war, wie mir schien, der am besten ausgestattete Raum des Hauses. Er reichte mir die Hand und sagte:

„Da seid Ihr ja! Fast wärt Ihr nicht zu mir gelassen worden. Nicht?"

Aus seinem Ton und seinem Gesicht schloß ich, daß es dem Pferdehändler nicht gelungen war, ihn gegen mich einzunehmen.

[1] England

„Allerdings", nickte ich. „Euer Wirt schien Mißtrauen gegen mich zu hegen."

„Das ist wahr. Und wißt ihr auch, warum?"

„Ich hoffe, es von Euch zu erfahren."

„Weil Ihr den Fuchshengst des Obersten der Leibgarde reitet. Er sagte, Ihr müßtet ein Vertrauter des Herrn der Heerscharen sein."

„Ah so! Hm! Da hat er richtig und auch falsch geraten."

„Wieso?"

„Ein ganz eigentümliches Zusammentreffen!" Ich war zunächst erstaunt, dann aber rasch entschlossen, mir die Sachlage zunutze zu machen. „Setzen wir uns! Ich muß es Euch erzählen. Es ist eine Art von Abenteuer, und ich halte es für wahrscheinlich, daß noch mehr Abenteuer daraus entstehn."

„Wieso? Ich bin gespannt. Redet!" forderte er mich auf, indem er sich mit mir niedersetzte und mir eine Zigarre anbot.

„Ich begab mich Euerm Auftrag gemäß nach der Kaserne, um mich nach dem Kolaghasi zu erkundigen. Mehrere Soldaten saßen plaudernd vor dem Tor, und eben wollte ich meine Fragen an sie richten, als sie aufsprangen und Ehrenbezeigung machten. Ich sah mich um. Es kamen mehrere Reiter, an deren Spitze sich ein hoher Offizier zu befinden schien. Im Vorüberreiten fiel sein Blick auf mich; er hielt sofort sein Pferd an, stieß einen Ruf der Freude aus und begrüßte mich, indem er mich Kara Ben Nemsi nannte."

„Ah! Sonderbar! Ihr scheint also demjenigen, der so heißt, ähnlich, sehr ähnlich zu sein. Ihr sagtet doch, daß er sich irre?"

„Das tat ich allerdings; aber er lachte dazu und nahm es für Scherz."

„Dann ist die Ähnlichkeit außergewöhnlich groß. Wer war der Offizier?"

„Eben Krüger-Bei, der Herr der Heerscharen."

„Das ist höchst seltsam. Erzählt weiter! Ihr überzeugtet ihn doch von seinem Irrtum?"

„Das wollte ich; aber er schnitt mir durch ein weiteres lustiges Lachen die Rede ab, nahm mich beim Arm und forderte mich auf, den Scherz nicht zu weit zu treiben. Ich mußte ihm in die Kaserne folgen, wo er mich in eine Offiziersstube brachte und mich bat, hier auf ihn zu warten, bis er die dienstliche Angelegenheit, die ihn hergeführt hatte, erledigt habe. Damit ich mich indessen nicht langweilen sollte, ließ er einen alten Feldwebel bei mir, der Sallam hieß."

„Das klingt freilich ganz wie ein Abenteuer!"

„Es kommt noch besser. Der Feldwebel behauptete nämlich ebenfalls, mich zu kennen, und nannte mich auch Kara Ben Nemsi."

„Aber es ist Euch gelungen, wenigstens ihn umzustimmen?"

„Nein. Fiel mir auch gar nicht ein. Denn es kam mir ein Gedanke, der zwar kühn war, mir aber sehr große Vorteile verschaffen kann. Ihr wißt doch, daß ich Pelz- und Lederhändler bin; ebenso werdet Ihr wissen, daß die tunesischen Beduinen außerordentlich viel Felle erbeuten und daß dort große Mengen Maroquin und Saffian ausgeführt werden?"

„Das weiß ich freilich."

„Schön! Wie also, wenn ich mir als Lederhändler meine Ähnlichkeit mit diesem Kara Ben Nemsi zunutze machte?"

„In welcher Weise könnte das geschehn?"

„Auf die einfachste Art. Es steht doch fest, daß die Empfehlung Krüger-Beis einem Großhändler von ungeheurem Nutzen sein kann; denn dieser Mann ist die rechte Hand des Paschas von Tunis. Ich habe mich also entschlossen, Geschäftsbeziehungen mit Tunis anzuknüpfen und bedeutende Einkäufe an Fellen und Leder zu machen. Dabei hoffte ich, daß meine Ähnlichkeit mir schätzenswerte Vergünstigungen bringen wird."

„Das würde", meinte er nachdenklich, „ein vortrefflicher Gedanke sein, wenn — wenn nicht —"

„Nun? Wenn nicht — was meint Ihr?"

„Ich vermute, Ihr wollt Krüger-Bei bei dem Gedanken lassen, daß Ihr Kara Ben Nemsi seid?"

„Ja."

„Und doch soll die beabsichtigte Geschäftsverbindung für Euch, den Mr. Jones, eingeleitet werden. Wie reimt Ihr beides zusammen? Ihr könnt doch nicht Mr. Jones sein und zu gleicher Zeit als Kara Ben Nemsi auftreten."

„Das werde ich auch nicht. Der Widerspruch ist leicht zu lösen. Ich bin Kara Ben Nemsi; Mr. Jones ist ein Freund von mir und hat mich beauftragt, seine Geschäfte hier zu führen. Versteht Ihr mich?"

„Ja; in dieser Weise könnte es sich freilich machen; aber ich bezweifle, daß Ihr es fertigbringen werdet, weil es Euch unmöglich sein wird, Eure Rolle als Kara Ben Nemsi durchzuführen."

„Darüber bin ich andrer Ansicht. Die Ähnlichkeit scheint so groß zu sein, daß ich mich unbedenklich auf sie verlassen kann."

„Sie allein genügt nicht. Wenn Kara Ben Nemsi ein Freund des Herrn der Heerscharen ist, so kennt Krüger-Bei nicht nur ihn, sondern auch alle seine Verhältnisse genau. Sie haben sich kennengelernt und miteinander verkehrt. Wie das geschehn ist, was dabei vorkam, was gesprochen und getan wurde, das alles müßtet ihr wissen, wenn Ihr Euch nicht verraten wollt. Ein einziges falsches Wort, eine unrichtige Bemerkung, eine kleine Unwissenheit kann Euch zu Fall bringen."

„Was Ihr da sagt, ist alles gut und wohlgemeint, und dennoch macht Ihr mir damit nicht bange. Es ist viel leichter, als Ihr denkt, diese Rolle zu spielen. Als ich mich nämlich mit dem alten Feldwebel allein im Offizierszimmer befand, habe ich ihn, ohne daß er es ahnte, nach allen Seiten hin ausgefragt. Ich weiß nun, woran ich bin. Als Krüger-Bei kam und ich mich nun nicht mehr weigerte, Kara Ben Nemsi zu sein, konnte ich das, was ich von dem Feldwebel erfahren hatte, gleich verwerten und habe nachher im weitern Verlauf unsrer Unterhaltung noch so viel erfahren, daß ich getrost die beabsichtigte Rolle zu übernehmen vermag."

„Das erfordert aber ungeheure Vorsicht und ebenso großen Scharfsinn. Ihr scheint fest entschlossen zu sein, das Vorhaben auszuführen, und ich will also nicht dagegen sprechen. Aber sagt, nicht wahr, Krüger-Bei ist ein Deutscher?"

„Ja."

„Und dieser Kara Ben Nemsi scheint demselben Volk anzugehören, denn Nemsi heißt ja ‚ein Deutscher'?"

„Auch das ist richtig."

„So nehmt Euch ja in acht! Krüger-Bei hat es zu einer hervorragenden Stellung gebracht und kann unmöglich ein dummer Kerl sein. Die Gefahr, von ihm durchschaut zu werden, ist also bedeutend, zumal wenn er auf den für Euch sehr gefährlichen Gedanken kommt, mit Euch deutsch zu reden. Was werdet Ihr dann tun?"

„Mittun werde ich."

„Ah! Ihr sprecht deutsch?" fragte er erstaunt.

„Leidlich. Ich bin früher einige Zeit in Deutschland gewesen und habe da von der Sprache dieses Landes soviel gelernt, wie ich hier brauchen werde. Krüger-Bei hat seine Muttersprache fast vergessen, so daß ihm ein Urteil, ob ich sie gut oder schlecht spreche, unmöglich ist. Ich habe mich mit ihm schon deutsch unterhalten und dabei bemerkt, daß ihm meine Aussprache nicht aufgefallen ist."

„Dann habt Ihr freilich Glück; aber nehmt Euch trotzdem in acht! Wenn Ihr entlarvt werdet, möchte ich mich nicht an Eurer Stelle befinden. Ist denn der Nutzen, den Ihr aus der Täuschung ziehn könnt, so groß, daß Ihr das Wagnis nicht zu groß findet?"

„Allerdings. Es lassen sich Hunderttausende dabei verdienen."

„So müßt Ihr wohl längere Zeit hierbleiben und könnt nicht, wie es beabsichtigt war, mit mir abreisen?"

„Leider werde ich wohl auf Eure Gesellschaft verzichten müssen, denn ich begebe mich morgen ins Innere des Landes."

„Morgen? So bald schon? Habt Ihr auch an die Gefahren gedacht, denen Ihr da entgegengeht?"

„Nein, denn es wird keine geben, da ich unter ausgezeichnetem Schutz reisen werde."

„Unter welchem?"

„Sir Emery reitet mit."

„Der —? Wirklich —?" dehnte er enttäuscht. „Ich war sicher, daß er mit mir zu Schiff gehn würde!"

„Das wird nun freilich nicht der Fall sein. Als er hörte, was ich beabsichtige, war er sofort entschlossen mitzureiten. Natürlich freue ich mich darüber, denn er ist ein sehr erfahrner Mann, dessen Gesellschaft mir von großem Nutzen sein wird. Aber er ist's nicht allein, mit dem ich gehe, sondern ich werde noch ganz andre Begleitung haben: Krüger-Bei."

„Diesen? Ist das wahr?"

„Ja. Der Herr der Heerscharen wird Militär mitnehmen, Reiterei. Ihr seht also, daß ich mich keineswegs zu fürchten brauche."

„Reiterei? Wozu das?"

„Um die Uled Ayar zu züchtigen."

„Sonderbar! Ich habe von diesen Beduinen gehört und denke, sie sind schon bestraft! Kalaf Ben Urik, der Kolaghasi, ist doch gegen sie gezogen, um sie zu demütigen."

„Das weiß ich wohl, und damit kommen wir endlich auf den Gegenstand unsres Besuchs. Ich habe mich nach dem Kolaghasi erkundigt, wie Ihr mir auftrugt."

„Nun? Ist er wieder da?"

„Nein. Er hat Unglück gehabt."

„Unglück?" fuhr er erschrocken zurück. „Wirklich?"

„Ja. Anstatt die Uled Ayar zu besiegen, ist er von ihnen umzingelt und eingeschlossen worden. Ein einziger Soldat ist entronnen und hat es hier gemeldet."

„Da muß man schleunigst Hilfe senden!"

Er war aufgesprungen und schritt erregt im Zimmer hin und her. Das war auch gar kein Wunder, da sich nach meinen Worten sein Vater in der größten Gefahr befand.

„Da Krüger-Bei Euch für seinen Freund hält", sagte er hastig, „so habt Ihr jedenfalls einigen Einfluß auf ihn. Könnt Ihr es nicht erwirken, daß er dem Kolaghasi Hilfe sendet?"

„Die Frage ist überflüssig, Mr. Hunter. Ihr habt ja von mir gehört, daß der Herr der Heerscharen morgen mit Reiterei aufbrechen wird."

„Gegen die Uled Ayar?"

„Ja. Sobald der entkommene Bote die Hiobspost brachte, hat man sich sofort zum Aufbruch gerüstet. Krüger-Bei wird drei Schwadronen anführen."

„Drei? Meint Ihr, daß das genug ist, den Kolaghasi zu retten?"

„Ja, wenn er nicht inzwischen getötet wird. Die Gefahr ist groß, und die Entfernung beträgt ungefähr fünf Tagereisen. Der Bote fünf Tage her, wir fünf Tage hin, das macht volle zehn Tage."

„Zehn Tage! Was kann nicht alles in zehn Tagen geschehn!"

„Freilich, freilich. Der Kolaghasi hat, vom Wasser gar nicht zu reden, nicht so viel Lebensmittel mit, um es mit seiner Schwadron zehn Tage auszuhalten. Es ist sehr wahrscheinlich, daß er sich ergeben muß."

„Himmel! Was ist da zu tun?"

Er rannte schneller hin und her als vorhin, fuhr sich mit den Händen ins Haar, stieß unverständliche Rufe aus und gebärdete sich wie ein Mensch, der völlig den Kopf verloren hat. Ich ließ das geschehn, ohne ein Wort zu sagen. Wenn ich ihn richtig beurteilte, mußte er jetzt zu dem Entschluß kommen, auf den ich abgezielt hatte, nämlich mit uns zu reiten.

Da blieb er plötzlich vor mir stehn.

„Ihr schließt Euch also diesem Kriegszug an und Sir Emery auch?"

„Ja. Sogar Ben Asra, unser Somali, reitet mit."

„Auch er? Was sagt Ihr dazu, daß ich wünsche, auch mitgehn zu dürfen?"

„Ihr? Hm!"

„Brummt nicht, sondern redet! Warum macht Ihr ein Gesicht, in dem das deutlichste ‚Nein' zu lesen ist?"

„Weil Ihr angewiesen seid, hierzubleiben, um auf den Kolaghasi zu warten."

„Pah! Das kann mich nun nicht mehr kümmern. Es war als selbstverständlich vorausgesetzt, daß er siegen würde. Es ist aber das Gegenteil eingetreten, und da bin ich nicht mehr an diese Weisung gebunden."

Ich warf mit voller Absicht einen forschenden Blick auf ihn. Als er ihn bemerkte, meinte er:

„Ihr wundert Euch über die Aufregung, in der ich mich befinde?"

„Allerdings. Der Kolaghasi geht Euch doch gar nichts an!"

„Das ist freilich wahr, aber ich bin nun einmal so. Ich habe ihm meine Hand zur Befreiung geboten, und ich pflege Wort zu halten. Jetzt befindet er sich in Lebensgefahr. Bin ich da nicht erst recht verpflichtet, ihm zu helfen? Hoffentlich laßt Ihr das Vertrauen, das ich in Euch setze, nicht zuschanden werden."

„Hm! Ihr wollt dem Kolaghasi beistehn und verlangt selber Beistand!"

„Laßt doch Euer Brummen und Euer immerwährendes ‚Hm'! Jetzt freue ich mich darüber, daß Ihr Eure Ähnlichkeit mit diesem Kara Ben Nemsi benutzt habt, Krüger-Bei zu täuschen. Er hält Euch für seinen Freund und wird Euch keinen billigen Wunsch abschlagen. Wollt Ihr bei ihm für mich bitten?"

„Welche Bitte meint Ihr?" fragte ich, innerlich erfreut, daß er auf meine heimlichen Absichten einzugehn begann.

„Mitreisen zu dürfen."

„Hm, ich bezweifle sehr, daß Krüger-Bei Euch die erbetne Erlaubnis geben wird. Bei militärischen Unternehmungen nimmt man nicht den ersten besten Fremden mit."

„Er nimmt doch Euch auch mit!"

„Weil er mich für Kara Ben Nemsi hält; sonst würde er sich wohl hüten, es zu tun."

„Aber Sir Emery und sogar der Somali dürfen teilnehmen!"

„Weil sie seine Gäste sind, denen er nach dem Gebrauch des Landes diesen Wunsch nicht abschlagen darf."

„Ausrede, Mr. Jones, Ausrede! Sagt mir kurz und bündig, ob Ihr Euch für mich verwenden wollt oder nicht!"

„Gut! Ich werde es versuchen."

„Schön, ich danke Euch. Also morgen wird aufgebrochen?"

„Morgen nachmittag nach dem Asr."

„So müßt Ihr mich bald benachrichtigen, welchen Erfolg Eure Fürbitte gehabt hat. Wann und wie wird das geschehn?"

„Noch heute durch einen Boten, den ich an Euern Wirt sende. Aber ich muß doch dem Herrn der Heerscharen sagen, wer und was Ihr seid. Welchen Namen und Stand wollt Ihr Euch geben?"

„Den richtigen; das ist der allerbeste. Sagt ihm, daß ich Small Hunter heiße, aus den Vereinigten Staaten stamme und ein Bekannter des Kolaghasi bin. Und nun geht! Ihr dürft keine Zeit verlieren. Ich bin überzeugt, daß Ihr Euch Mühe geben werdet, mir die gewünschte Erlaubnis zu erwirken, und werde also meine Reisevorbereitungen sofort treffen."

„Mit Euerm Koffer könnt Ihr Euch aber nicht belasten."

„Fällt mir auch gar nicht ein. Ich nehme nur das Allernotwendigste mit und werde mir von meinem Wirt ein gutes Pferd geben lassen. Aber nun macht endlich, daß Ihr fortkommt! Ihr seid imstande, die kostbarste Zeit zu versäumen.“

Er schob mich zur Tür hinaus, und ich ritt nach der Stadt und dem Bardo zurück.

Der sonst so schlaue Mensch war jedenfalls überzeugt, mich im Sack zu haben. Er hatte mich geradezu gezwungen, dahin zu wirken, daß er mitreiten durfte, und ahnte nicht, daß er grade damit in meine Falle ging.

Im Bardo fand ich Winnetou und Emery bei Krüger-Bei sitzend. Sie unterhielten sich von ihren Erlebnissen, wobei Winnetou, da er weder Arabisch noch viel Deutsch verstand, den Schweigsamen spielen mußte.

Es wurde mir nicht schwer, für den falschen Hunter die von ihm erbetne Erlaubnis zu erwirken, doch verlangte Krüger-Bei, daß er sich von ihm und uns fernhalten und sich zu den Soldaten gesellen sollte.

„Das ist mir lieb“, antwortete ich; „seine Nähe wäre mir unangenehm gewesen.“

„Wodrum?“ fragte der Herr der Heerscharen, der damit ‚warum‘ sagen wollte.

„Weil ich ihn nicht mag und weil er nicht wissen soll, daß sich der Häuptling der Apatschen bei uns befindet.“

„Hätten Sie gehabt einen Grund dafür?“

„Allerdings habe ich einen Grund. Erlauben Sie mir indessen, Ihnen das bei einer späteren Gelegenheit mitzuteilen!“

„Bon! Ganz wie Ihnen wollen! Aber wenn er wird fragen nach Winnetou, was wünschen Sie da zu sagen?“

„Wir geben Winnetou für einen Somali namens Ben Asra aus.“

Damit war die Angelegenheit abgetan. Ich schickte den versprochenen Boten hinaus nach Ghadis und ließ dem falschen Hunter sagen, daß er sich morgen noch vor dem Asr beim Dorf Uneka einfinden solle, von dem aus der Ritt beginnen würde.

Wir verlebten bei dem braven Herrn der Heerscharen einen gemütlichen Abend, mußten dafür aber am Morgen auf seine Gesellschaft verzichten, da ihn die dienstlichen Obliegenheiten so in Anspruch nahmen, daß er für uns keine Minute erübrigen konnte. Auch beim Mittagessen bekamen wir ihn nicht zu sehn. Nach Tisch ritten wir hinaus nach Uneka, wo er sich befand, um die Truppen, die nach dem Nachmittagsgebet aufbrechen sollten, zu besichtigen.

Die Leute waren gut beritten und mit Säbeln, Lanzen und Gewehren ausgerüstet. Auf meinen Rat hatte Krüger-Bei für einige schnelle Reitkamele gesorgt, die uns unter Umständen nötig sein konnten. Es waren auch Lastkamele genug vorhanden, die Schießbedarf, Lebensmittel, Zelte und andres zu tragen hatten. Außerdem hatte man jedes der Tiere mit einem Wasserschlauch versehn. Wir hatten zwar einen verkehrsreichen Weg vor uns, doch führte er auch durch Gegenden, wo es kein Wasser gab. Und außerdem war es ja möglich, daß wir gezwungen waren, längere Zeit in der Wüste oder Steppe zu lagern.

Kurz vor dem Asr kam der falsche Hunter geritten. Er hatte zwei Pferde, von denen das eine ihn selber und das andre seine Mundvorräte trug. Er wollte sich sogleich zu uns gesellen; aber als Krüger-Bei das bemerkte, sagte er zu mir in arabischer Sprache:

„Sag dem Menschen, daß ich nicht jede fremde Person an meiner Seite sehn mag!"

Ich ging also dem Amerikaner entgegen und meldete ihm im Sinn dieser Weisung:

„Krüger-Bei hat erlaubt, daß Ihr uns begleitet, wünscht Euch aber nicht in seiner Nähe zu haben."

Die Mitteilung enthielt eigentlich eine Beleidigung für ihn, er nahm sie aber wider mein Erwarten ruhig, ja sogar zufrieden hin.

„Das ist mir durchaus lieb. Es ist meine Absicht nicht, immer in der Nähe des Herrn der Heerscharen zu sein und von ihm beobachtet zu werden. Wie wird sich der Zug gestalten?"

„In den ersten Tagen einfache Marschordnung. Später, wenn wir auf feindlichem Gebiet angelangt sind, wird es Vorhut, Nachhut und Marschsicherung nach beiden Seiten geben. Haltet Euch, zu wem Ihr wollt! Da Ihr hinreichend arabisch sprecht, kann es Euch nicht schwer werden, Anschluß zu finden."

Als die Zeit des Asr nahte, ließ Krüger-Bei seine Leute niederknien, die Gesichter in der Richtung nach Mekka, und sprach selber das Gebet. Dann wurde aufgesessen und ausgerückt.

Es genügt zu sagen, daß wir bis Testur dem Medscherdafluß folgten und dann über Tunkah und Tebursuk am Wadi Kralled zum Bah es Ssers ritten. In der letztgenannten Gegend treiben sich die Uled Ayun umher, die sich stets noch widerspenstiger als die Uled Ayar gezeigt haben und mit ihnen verfeindet sind. Es galt nun, vorsichtiger als bisher zu sein, denn der Nachmittag des vierten Tags war angebrochen, und am nächsten Tag erreichten wir das Gebiet der Uled Ayar. Es wurden Seitenposten ausgesandt und eine Vorhut vorausgeschickt. Zu diesen Leuten gesellte ich mich mit Winnetou und Emery.

Wir ritten jetzt durch sandige Wüste, weshalb vorher die Schläuche gefüllt worden waren. Emery musterte die weite Fläche mit scharfem Blick und fragte mich:

„Du kennst die Ruinen, zu denen wir wollen?"

„Nur die Gegend im allgemeinen."

„Wie weit ist's noch bis dort?"

„Vierzehn Stunden ungefähr."

„Nur? Da gilt's vorsichtig zu sein. Was sind die Uled Ayar für Leute? Haben wir, nämlich du, Winnetou und ich, sie zu befürchten?"

„Nein. Ein einziger Apatsche oder Sioux ist gefährlicher als zehn oder zwanzig Ayar."

„Well. Dennoch müssen wir vorsichtig sein. Meinst du, daß sie bei den Ruinen geblieben sind?"

„Wer kann das wissen? Hat der Kolaghasi sich ergeben müssen, so sind sie längst fort von da; hat er aber ausgehalten, so belagern sie ihn noch."

„Hm! Und der Bote, der ihnen entwischt ist?"

„An den habe ich auch schon gedacht. Wissen sie nichts von ihm, so werden sie sorglos sein. Wissen sie aber, daß er nach Tunis ist, so können sie sich denken, daß von dorther Militär kommen wird, um die Belagerten zu entsetzen. In diesem Fall werden sie uns Kundschafter entgegensenden, vor denen wir uns in acht zu nehmen haben."

„Well! Aber sie sich auch vor uns!"

„Jawohl. Wir müssen zu derselben Maßregel schreiten und auch Kundschafter ausschicken."

„Fragt sich nur, wen? Traust du den Soldaten des Paschas von Tunis gute Augen und Ohren zu?"

„Nein, und Klugheit noch weniger. Ich möchte mich auf sie als Kundschafter nicht verlassen."

„Well, so gehn wir selber mit Winnetou! Wird sich langweilen, der Apatsche. Müssen ihm Beschäftigung geben. Mag mit mir reiten, da rechts hinüber, und du links. Schlagen jeder einen Viertelkreis und treffen da vorn wieder zusammen. Willst du?"

„Natürlich! Ich habe mein Pferd noch nicht prüfen können. Es ist feurig, und der langsame Karawanenschritt gefällt ihm nicht; werde es einmal jagen lassen. Also vorwärts, Emery!"

Wir trennten uns von der Truppe. Er ritt mit Winnetou gegen Südwest davon, während ich mich nach Südost wendete. Ich war überzeugt, daß die Uled Ayar kaum versäumt hatten, uns Kundschafter entgegenzusenden; es galt also, ihnen zuvorzukommen, sie zu entdecken und gegebenfalls zu ergreifen.

10. Lebendig begraben

Mein Henneschah-Hengst rechtfertigte das Vertrauen, das ich in ihn gesetzt hatte.

Wir flogen nur so über die sandige Ebene, und dabei hatte ich den Blick immer voraus und nach beiden Seiten. Es verging eine halbe Stunde, in der ich wenigstens eine deutsche Meile[1] zurückgelegt hatte; ich ritt noch zwei Kilometer und dann noch zwei, ohne etwas zu bemerken, und wollte mich eben wieder nach rechts wenden, um mit Emery und Winnetou zusammenzutreffen, als ich mehrere bewegliche Punkte entdeckte, die in größerer Entfernung von mir abwechselnd sich am Boden hielten, in die Höhe gingen und dann sich wieder auf die Erde niedersenkten. Aus der Art ihrer Bewegung schloß ich, daß es Geier seien; wo aber Geier sind, da gibt es Aas. Aas in dieser Entfernung vom Verkehrs- oder Karawanenweg, das mußte mir auffallen. Ich ritt auf die Stelle zu.

Als ich noch zweihundert Pferdelängen davon entfernt war, glaubte ich eine menschliche Stimme zu vernehmen. Dann, als ich die Hälfte dieser Entfernung zurückgelegt hatte, hörte ich deutlich den Ruf:

„Elmeded, elmeded! Jâ Allah, ta' al, ta' al – zu Hilfe, zu Hilfe! O Gott, komm, komm!"

Es war eine weibliche Stimme. Und nun sah ich deutlich einen Gegenstand, der eine menschliche Gestalt zu sein schien und an dem mehrere Geier herumzerrten. Kurz hinter dieser Stelle saßen noch mehr Geier, die etwas andres gierig zu betrachten schienen, sich aber bei meinem Nahen in die Luft erhoben; auch die andern Vögel flogen, als ich nah genug herangekommen war, fort und ließen sich nicht weit davon wieder nieder.

Ja, es war ein menschlicher Körper, an dem sie gefressen hatten. Die Stimme, die aus der Erde zu tönen schien, rief jetzt:

„Betidschi, betidschi; subhan Allah! – Du kommst, du kommst; Allah sei gepriesen!"

Nun hielt ich da, wo die Stimme erklang. Aus dem Sand ragte ein menschlicher Kopf. Ob es ein männlicher oder ein weiblicher war, ließ sich nicht unterscheiden: das Gesicht war so verschwollen,

[1] 1 deutsche Meile = 7,42 km

daß die Züge nicht zu erkennen waren. Ein blaues Tuch bedeckte das Haar. Vor dem Kopf lag ein mit einem Hemd bekleidetes Kind, das die Augen geschlossen hielt und sich nicht bewegte; es mochte wenig über ein Jahr alt sein. Die Leiche, von der die Geier gefressen hatten, befand sich zehn Schritte entfernt; sie bestand fast nur noch aus den Knochen, die aber auch schon auseinandergerissen waren.

Mich schauderte. Ich sprang vom Pferd und bückte mich zu dem Kopf nieder; er hatte jetzt die Augen zu; die Person, der er gehörte, war ohnmächtig geworden. Das war mir zunächst lieb, da ich so meine Hilfeleistung besser vornehmen konnte. Um das Kind und das abgenagte Gerippe bekümmerte ich mich zunächst nicht; der oder die Eingegrabne bedurfte meiner Hilfe weit mehr. Ich lüftete das Kopftuch und sah zusammengewickeltes weibliches Haar darunter. Es war also eine Frau.

Wie sie nun ohne passende Werkzeuge schnell ausgraben? Ich benutzte die Hände. Der Boden war festgetreten worden, aber als ich tiefer kam, wurde er lockerer. Glücklicherweise bemerkte ich bald, daß man ihr eine sitzende Stellung gegeben hatte. Im andern Fall hätte man das Loch tiefer machen müssen, und das war den Buben, die das arme Weib hier eingeschaufelt hatten, zu viel Mühe gewesen. Mir wurde dadurch die Arbeit erleichtert. Als ich den Oberkörper befreit hatte, brauchte ich nur noch wenig von der Sanddecke, die auf den Beinen lag, zu entfernen und konnte dann die ganze Gestalt hervorziehn.

Die Frau war, als ich sie nun niederlegte, noch immer ohnmächtig; sie war nur mit einem hemdartigen Gewand bekleidet, wie es von armen Beduinenweibern getragen wird; die Verzerrung der Gesichtszüge war gewichen, und nun sah ich, daß die Frau nicht viel über zwanzig Jahre alt sein konnte. Ihr Puls bewegte sich nur schwach.

Auch das Kind war nicht tot. Ich hatte einen Flaschenkürbis voll Wasser am Sattelknopf hängen, nahm ihn herab und flößte dem Kleinen von der belebenden Flüssigkeit ein. Es schlug die Augen auf, aber was für Augen! Die Augäpfel waren mit einer grauen Haut überzogen; das Kind war blind. Ich gab ihm noch mehr Wasser; es trank und trank und ließ dann die Lider wieder fallen; es war so erschöpft, daß es sogleich wieder in Schlaf verfiel.

Die Geier hatten sich wieder herangemacht. Wenn sie sich auch nicht bis ganz zu mir herangetrauten, so wagten sie sich doch an die Leiche und zerrten an ihren Knochen herum. Ich legte den Stutzen auf sie an und erschoß zwei davon, worauf die andern mit heiseren Schreien davonflogen.

Die beiden Schüsse hatten die Frau erweckt. Sie schlug die Augen auf, erhob den Oberkörper, sah zunächst nur ihr Kind, streckte die Arme nach ihm aus und riß es an sich.

„Jâ weledi, jâ weledi, jâ Allah, jâ Allah, jâ weledi! – Mein Kind, mein Kind, o Allah, o Allah, mein Kind!“

Dann drehte sie sich zur Seite, sah die Überreste der Leiche, stieß ein herzzerreißendes Wehgeschrei aus und wollte aufspringen, fiel aber vor Schwäche wieder nieder. Sie bemerkte mich nicht, weil ich auf der andern Seite stand. Da aber schien sie sich auf die letzten Augenblicke, die ihrer Ohnmacht vorangegangen waren, zu besinnen, denn ich hörte den Ruf:

„Der Reiter, der Reiter! Wo ist er?“

Sie wandte sich zu mir um, sah mich und sprang auf. Sie wankte, aber die Erregung gab ihr die Kraft, sich zu halten. Nachdem sie mich einen Augenblick mit unsicherm Blick gemustert hatte, fragte sie:

„Zu wem gehörst du? Bist du ein Krieger der Uled Ayun?“

„Nein“, entgegnete ich. „Du brauchst keine Angst zu haben. Ich gehöre zu keinem hiesigen Stamm; ich bin ein Fremder von weit her und werde dir gern helfen. Du bist schwach; setz dich; ich werde dir Wasser geben.“

„Ja, gib Wasser, Wasser!“ bat sie.

Ich reichte ihr den Kürbis. Sie trank ihn ganz aus und gab ihn mir dann zurück. Dabei fiel ihr Blick auf die Leiche; sie wandte sich schaudernd ab, bedeckte ihr Gesicht mit beiden Händen und begann herzbrechend zu weinen.

Da ich annahm, daß die Tränen sie erleichtern würden, schwieg ich und ging zu der Leiche. Ihr Schädel zeigte mehrere Löcher; der Mann war erschossen worden. Im Sand fand sich keine Spur; der Wind hatte alle Eindrücke verweht; der Mord konnte also nicht heut geschehn sein.

Während ich diese Beobachtungen anstellte, hatte die Frau sich soweit beruhigt, daß sie mir nun Rede und Antwort stehn konnte; ich kehrte also zu ihr zurück.

„Dein Herz ist schwer und deine Seele wund; ich möchte dich nicht drängen, sondern dir Ruhe gönnen; aber meine Zeit gehört nicht mir allein, und ich muß wissen, wie ich dir weiter helfen kann. Willst du mir Antwort auf meine Fragen geben?“

„Sprich!“ sagte sie, indem sie die noch immer tränenden Augen zu mir erhob.

„War dieser Tote dein Mann?“

„Nein; er war ein Greis, ein Freund meines Vaters, und wanderte mit mir nach Nabhanah.“

„Meinst du die Ruinen von Nabhanah, worin sich das Grab eines wundertätigen Marabut befindet?"

„Ja; an dem Grab wollten wir beten. Als Allah mir das Kind gab, kam es blind zur Welt; es sollte durch eine Wallfahrt nach dem Grab des Marabut das Licht der Augen erhalten; der Greis, der mich begleitete, war auch auf einem Auge erblindet und wollte in Nabhanah Heilung suchen. Mein Gebieter erlaubte mir, mit ihm zu gehn."

„Aber euer Weg führte durch das Gebiet der räuberischen Uled Ayun. Zu welchem Stamm gehörst du?"

„Zu den Uled Ayar."

„So sind die Ayun Todfeinde von dir; ich weiß, daß sie in Blutrache mit euch leben. Es war von euch beiden gewagt, die Wallfahrt ohne Begleitung zu unternehmen."

„Wer sollte uns begleiten? Wir sind arm und haben keinen Anhang, der uns hätte schützen sollen."

„Aber dein Mann, dein Vater konnten dich begleiten."

„Das wollten sie auch; aber sie mußten daheim bleiben, weil es plötzlich eine Fehde gab mit den Soldaten des Paschas. Mein Gebieter und mein Vater hätten für immer als Feiglinge gegolten, wenn sie mit uns gegangen wären."

„So hättet ihr mit der Wallfahrt warten sollen, bis die Fehde ausgetragen war."

„Das ging nicht. Wir hatten gelobt, an dem bestimmten Jom el-dschumâ[1] die Wanderung zu beginnen, und durften dieses Gelübde nicht brechen. Wir kannten die Gefahr, die uns durch die Uled Ayun drohte, und machten deshalb einen Umweg nach Süden, der uns durch das Gebiet der Mescheer führte, die uns befreundet sind."

„Warum habt ihr den gleichen Weg nicht auch zurück gemacht?"

„Mein Begleiter war alt und schwach; die Wanderung hatte ihn ermüdet, und er glaubte, den Umweg nicht aushalten zu können; darum schlugen wir die grade Richtung ein."

„Das war eine große Unvorsichtigkeit. Der Greis ist zwar alt, aber doch nicht weise gewesen. Seine Schwäche war kein Grund, den Umweg zu vermeiden, denn er hätte sich bei den Mescheer, euern Freunden, ausruhn und erholen können."

„Ich sagte ihm dasselbe; aber er erklärte mir, daß Pilger nach dem Koran unantastbar sind und daß während einer Wallfahrt jede Feindschaft schweigen muß."

„Ich kenne das Gesetz; es bezieht sich nur auf die Wallfahrt nach Mekka, Medina und Jerusalem, nicht aber auf andre fromme

[1] Freitag

Wanderungen, und es gibt Tausende, die sich selbst während der großen Hadsch nicht danach richten."

„Das habe ich nicht gewußt, sonst hätte ich mich geweigert, meinem Führer heimwärts auf dem gefährlichen Weg zu folgen. Er schien sich auch selber im Zweifel zu sein, denn wir ruhten des Tags und wanderten nur des Nachts, bis wir an allen Zelten und Lagern der Uled Ayun vorüber waren."

„Und dann fühltet ihr euch sicher und wurdet unvorsichtig?"

„Ja. Wir befanden uns zwar noch immer auf feindlichem Gebiet, doch war es bis zu dem unsrigen nicht mehr weit; darum wanderten wir zuletzt auch am Tag."

„Ihr habt nicht daran gedacht, daß da, wo zwei feindliche Gebiete zusammenstoßen, die Gefahr am größten ist. Mitten im Feindesland ist man oft sichrer als an der Grenze."

„Ja, Allah hat uns den falschen Weg gehn lassen, weil es im Buch des Lebens so verzeichnet war. Als wir an diese Stelle kamen, wurden wir von den Uled Ayun überfallen. Sie stachen mit Spießen nach meinem Begleiter, schossen ihm Kugeln durch den Kopf und raubten ihm die Kleider und wenigen Sachen, die der arme Mann bei sich trug. Mich aber gruben sie ein, damit ich den Anblick der Leiche vor Augen haben sollte. Wäre mein Kind nicht blind gewesen, so hätten sie es auch getötet."

„Wann ist das geschehn?"

„Vor zwei Tagen."

„Schrecklich! Was hast du da ausstehn müssen!"

„Ja. Allah verfluche sie und stoße sie in den tiefsten Abgrund der Hölle! Ich habe Qualen erlitten, die nicht zu beschreiben sind, um mich und noch viel, viel mehr um mein Kind. Ich konnte ihm nicht helfen. Es lag vor mir im Sonnenbrand und im Dunkel der Nacht, ohne daß ich es beschützen konnte, weil meine Arme mit eingegraben waren. Und dort lag der Greis. Die Geier flogen herbei und zerrissen ihn; es war entsetzlich. Dann kamen sie zu mir und zu meinem Kind; ich konnte mich nicht bewegen und vermochte nur, sie durch die Stimme zu verscheuchen. Ich habe mich heiser geschrien; sie aber merkten nach und nach, daß ich mich nicht verteidigen konnte; sie wurden immer dreister, und wenn du nicht erschienen wärst, hätten sie sich gewiß noch vor Abend über mich und mein armes Kind hergemacht."

Sie drückte es wieder und wieder an sich und weinte dazu, mehr vor Aufregung als vor augenblicklichem Schmerz.

„Tröste dich! Allah hat dich geprüft; nun aber ist dein Leid zu Ende. Du wirst dich von den Qualen, die du ausgestanden hast, erholen; dein Kind lebt, und wenn du heimkehrst, hast du nichts Liebes verloren und wirst von der Freude und dem Entzücken der Deinen empfangen."

„Du hast recht, o Herr. Wie aber komme ich heim? Ich habe weder Speise noch Trank und bin so schwach, daß ich nicht gehn kann."

„Wirst du dich auf meinem Pferd halten können, wenn ich nebenher gehe?"

„Ich glaube nicht. Zudem habe ich das Kind bei mir."

„Das werde ich tragen."

„Deine Güte, o Herr, ist so groß, wie mein Leid gewesen ist; aber selbst wenn du mir die kleine Last abnehmen wolltest, wäre ich jetzt noch zu schwach, mich im Sattel zu halten."

„So bleibt nichts andres übrig, als daß du dich mir anvertraust. Ich setze dich vor mich aufs Pferd, du nimmst deinen Sohn in den Arm und ich werde dich so fest halten, daß du nicht herabgleiten kannst. Iß diese Datteln; das wird dich stärken."

Sie verschlang die Früchte mit Begier und sagte dabei:

„Du weißt, o Herr, daß kein Mann ein fremdes Weib berühren darf, aber da Allah mir die Kraft genommen hat, ohne fremde Hilfe zu reiten, so wird er mir's auch nicht anrechnen, wenn ich mich in deine Arme lege. Und mein Herr und Gebieter wird mir's ebenso verzeihn."

„Wo gedenkst du ihn zu finden?"

„Das weiß ich nicht, da er in den Kampf gezogen ist. Allah möge sein Leben beschützen! Aber unser Lager, worin die Greise, Frauen, Kinder, Kranken und Schwachen zurückgeblieben sind, das weiß ich zu finden. Es liegt am Dschebel Schefara, den wir morgen erreichen werden. Willst du mich dorthin bringen? Die Unsrigen werden dich mit Freude empfangen. Ich bin zwar arm, aber alle haben Elatheh lieb. Elatheh, so ist nämlich mein Name. Der ganze Stamm wird meinen Retter mit Jubel bewillkommnen."

„Auch wenn er ein Feind von euch ist?"

„Ein Feind? Wie kannst du ein Feind der Uled Ayar sein, du, der du mich von dem schrecklichen Tod errettet hast!"

„Und doch bin ich es."

„Das ist nicht möglich, denn du hast mir gesagt, daß du von weit herkommst. Wie heißt der Stamm, dem du angehörst?"

„Es ist kein Stamm, sondern ein großes Volk von wohl fünfzig Millionen Seelen."

„O Allah! Wie groß muß da die Oase sein, in der diese vielen Menschen wohnen. Wie werden sie genannt?"

„Das Land heißt Belâd el-Almân; ich bin also ein Almâni oder, wenn du das Wort vielleicht gehört haben solltest, ein Nemtsche und heiße Kara Ben Nemsi. Mein Vaterland liegt weit drüben über dem Meer."

„Und da sagst du, daß du ein Feind der Uled Ayar seist?"

„Eigentlich bin ich es nicht, nur jetzt im Augenblick. Ein Almâni oder Nemtsche ist keines Menschen Feind; wir lieben den Frieden und halten Allahs Gebote; aber ich bin gegenwärtig ein Freund und Gefährte derer, die ihr eure Feinde nennt, der Soldaten des Paschas."

„Wie?" fragte sie erschrocken. „Du bist ein Gefährte dieser Peiniger, denen wir das Kopfgeld verweigert haben?"

„Ja."

„So bist du allerdings unser Feind, und ich darf nicht mit dir gehn."

„Willst du hier bleiben und verschmachten?"

„Allah 'l Allah! Du hast recht. Wenn du mich nicht mitnimmst, muß ich mit meinem Kind elend umkommen. Was tu ich?"

„Das, was du vorhin beschlossen hattest; du vertraust dich mir an."

„Aber wirst du mich nach unserm Lager bringen?"

„Das kann ich freilich nicht. Erstens seid ihr beide fast verschmachtet, und ich habe nichts zu essen und auch kein Wasser mehr; wie könntet ihr es bis morgen oder gar übermorgen aushalten? Und zweitens muß ich unbedingt zu den Meinigen zurück. Käme ich nicht, so würden sie um mich in Sorge sein und weit und breit nach mir suchen. Grade dadurch könnte es zu feindlichen Begegnungen mit den Eurigen kommen, und das ist es, was ich gern vermeiden möchte."

„So würdest du mich also zu unsern Feinden bringen? Glaubst du wirklich, daß ich da mitgehn werde?"

„Ja. Wenn du es nicht freiwillig tust, werde ich dich zwingen."

„Ma' as Allah — Gott verhüte es!" rief sie erschrocken aus. „Willst du ein schwaches Weib zwingen? Willst du ebenso schlimm sein, wie die Uled Ayun gewesen sind?"

„Ja, ich werde dich zwingen, aber ich beabsichtige damit nur, dir Gutes zu tun. Wenn du hier bleibst, bist du verloren; du mußt mit mir fort, und da ich nur zu den Soldaten zurückkehren kann, mußt du mit zu ihnen. Aber du brauchst dich nicht zu fürchten. Betrachte mich nicht als deinen Feind! Als ich dich in der Erde stecken sah, habe ich mir sofort gesagt, daß du zu den Uled Ayar, also zu meinen jetzigen Gegnern gehörst; dennoch habe ich dich aus der Erde gegraben. Du kannst daraus ersehn, daß ich kein tückischer Feind bin. Ich bin mit den Soldaten nur mitgezogen, um Blutvergießen zu verhüten und, wenn es möglich ist, Frieden zu stiften. Sieh mich an! Habe ich das Gesicht eines Menschen, vor dem du dich fürchten mußt?"

„Nein", antortete sie lächelnd. „Dein Auge blickt freundlich, und dein Gesicht ist mild. Vor dir fürchte ich mich nicht, desto mehr aber vor den Soldaten."

„Das ist nicht nötig; sie werden alle freundlich mit dir sein; wir führen nicht mit Frauen Krieg."

„Ich glaub's deinen Worten, denn du siehst nicht aus wie ein Betrüger, sondern — doch siehe", unterbrach sie sich, „dort erscheinen zwei Reiter!"

Sie deutete in die Richtung, aus der ich gekommen war. Es waren Emery und Winnetou.

„Es werden doch nicht Feinde von dir oder mir sein, o Herr!" sagte sie besorgt.

„Es sind Freunde von mir, die mich suchen, weil ihnen meine Abwesenheit zu lange gewährt hat", beruhigte ich sie.

Als die beiden uns erreicht hatten, hielten sie an, und Emery meinte:

„Hatten Sorgen. Warst über zwei Stunden weg; konntest einen Unfall gehabt haben. Sind bis zu deiner Spur geritten und ihr dann gefolgt. Natürlich wieder Abenteuer gehabt?"

„Ja, dieses Weib befand sich mit ihrem Kind in größter Gefahr."

Ich erzählte ihnen das Vorkommnis. Als ich geendet hatte, sagte Emery:

„Entsetzlich! Habe von Krüger-Bei gehört, daß Uled Ayun Halunken sind. Weib wird natürlich nicht feindlich behandelt, armes Wesen! Werden ihr zu essen und zu trinken geben."

Sie stiegen ab. Sie hatten Wasser bei sich. Emery gab ihr dazu Datteln und Winnetou ein Stück Fleisch, das er aus der Satteltasche hervorzog. Er hatte sich einen Vorrat auf Indianerweise gebraten.

Während die Frau aß, sah ich fern im Osten einen weißen Punkt auftauchen, der immer größer wurde und bald als zweifarbig zu erkennen war, unten dunkel und oben weiß. Als ich in die angegebne Richtung deutete, meinte Emery:

„Ein Trupp Beduinen, unten die Pferde dunkel, oben die Burnusse hell. Sie kommen grad hierher. Was tun?"

Die Frau sah, daß wir etwas beobachteten. Sie blickte auch gegen Osten und erschrak.

„Allah beschütze uns! Wir sind verloren, wenn wir nicht so schnell wie möglich fliehn! Das sind Uled Ayun."

„Es können auch andre sein."

„Nein. Sie leben jetzt mit aller Welt in Unfrieden, und wer so offen und am hellen Tag aus der Gegend ihrer Zeltdörfer kommt, der muß ein Uled Ayun sein. Fort, Herr, schnell, schnell!"

Sie erhob sich.

„Warte nur!" antwortete ich. „Ein Nemtsche flieht nicht vor solchen Leuten."

„Aber es sind ihrer mehr als zehn!"

„Sei ruhig! Ich gebe dir mein Wort, daß sie dir nichts tun werden. Ich denke vielmehr, daß wir sie für den Mord, der hier begangen worden ist, bestrafen werden."

„Willst bleiben?" fragte Emery in seiner kurzen Weise.

„Auf alle Fälle."

„Und wenn es keine Uled Ayun sind —?"

„Dann sind es Uled Ayar, gegen die wir ziehn, und die müssen wir erst recht bekommen."

„Gefangennehmen?"

„Ja. Wenn wir schießen müssen, dann möglichst nur auf die Pferde, nicht auf die Menschen, die ich lebendig haben möchte."

Sein so ernstes Gesicht strahlte vor Vergnügen, als er zu seinem Pferd trat, um das Gewehr vom Sattel zu nehmen, mit dem er jedes Wild und jeden Feind in die Stirn zu treffen pflegte.

Auch Winnetou griff nach seiner Silberbüchse und fuhr dann mit der Hand in den Gürtel, worin das bewährte Bowiemesser und der Tomahawk steckten.

Da rief die Frau noch ängstlicher als vorher:

„O Erbarmer, o Gnädiger, o Beschützer! Es sind wirklich Uled Ayun! Die sechs, die mich eingruben, sind bei ihnen. Der mit dem großen schwarzen Bart, der voranreitet, war ihr Anführer. Wie wird es uns ergehn! O Allah, Allah, Allah!"

Ich drückte sie auf den Boden nieder und beruhigte sie:

„Es wird dir und deinem Kind kein Haar gekrümmt werden."

Ich hatte keine Zeit mehr, länger auf die Zaghafte zu achten, denn der Trupp hatte sich uns bis auf ungefähr dreihundert Schritte genähert, wo er anhielt, um uns zu betrachten. Die Uled Ayun kamen jedenfalls, um nachzusehn, ob die Frau tot sei, und sich an ihrem Anblick zu weiden. Wir standen so, wie es die gegenwärtige Lage erforderte, nämlich ich bei dem Weib in der Mitte, Emery zwanzig Schritte weit rechts und Winnetou ebenso weit links von mir, so daß wir eine grade, vierzig Schritt lange Linie bildeten. Die Pferde hielten hinter uns.

Die Beduinen waren außer zweien mit langen Feuersteinflinten bewaffnet; die beiden andern trugen Lanzen. Beritten waren sie sehr gut. Darum wurde es mir leid um die Pferde, und ich rief meinen beiden Genossen zu:

„Wenn wir schießen müssen, dann nicht die Tiere, wie ich vorhin sagte, sondern die Reiter, aber nur in die Arme oder Beine! Um die Pferde wäre es schade, um die Mörder aber nicht."

„Well, soll pünktlich geschehn", nickte Emery, der, seine hohe Gestalt auf die nie versagende Büchse gestützt, die feindliche Truppe mit erwartungsvollen Augen betrachtete.

Die Beduinen hielten eine kurze Strecke vor uns; sie teilten sich ihre Ansichten über uns mit; zuweilen klang ein lauter Ausruf der Verwunderung zu uns herüber. Sie hatten nicht erwartet, jemand hier zu treffen, und unsre Haltung erregte erst recht ihr Erstaunen. Drei Beduinen wären vor einer solchen Übermacht ganz gewiß beizeiten geflohn; und wären sie ja geblieben, so hätten sie sich unbedingt auf die Pferde gesetzt, um für alle Fälle zur Flucht bereit zu sein. Daß wir zu Fuß blieben und ihnen so bewegungslos und getrost entgegenblickten, war ihnen einfach ein Rätsel. So etwas hatten sie noch nie erlebt. Sie konnten sich unser Verhalten nur auf eine Weise erklären: wir mußten der Meinung sein, Bekannte vor uns zu haben, die wir nicht zu scheuen brauchten. Aber das konnte nach ihrer Ansicht nur ein Irrtum sein; denn sie selbst kannten keinen von uns. Nur eins stand bei ihnen fest, und zwar grade das, worin sie sich irrten, nämlich daß wir Mohammedaner seien. Daß sie diese Überzeugung hegten, zeigte ihr Gruß. Nie wird ein strenggläubiger Mohammedaner einen Andersgläubigen mit „Sallam aleikum" grüßen, es ist sogar Nichtmohammedanern verboten, einem Anhänger des Islam gegenüber diesen Gruß zu gebrauchen. Der schwarzbärtige Anführer trieb jetzt sein Pferd einige Schritte vor, legte die Hand aufs Herz und rief zu uns herüber:

„Sallam aleikum, jâ ichwâni — Heil sei mit euch, meine Brüder!"

„Sal — al —", erwiderte ich kurz.

Indem ich nur diese beiden Silben gebrauchte, gab ich deutlich zu verstehn, daß ich nicht die Absicht hegte, zu dem Grüßenden in freundliche Beziehungen zu treten. Er tat so, als hätte er das nicht bemerkt, und fuhr fort:

„Kef sahhatak — wie befindest du dich?"

Ich entgegnete grob:

„Ente es beddak; min inte — was willst du? wer bist du?"

Das war freilich gegen alle Regeln der Höflichkeit; er langte auch sofort nach dem Kolben seiner Flinte und drohte.

„Wie kannst du wagen, diese Frage auszusprechen! Bist du vom Ende der Welt hierhergekommen, daß du nicht weißt, wie man sich zu benehmen hat? Ich nenne mich Farad el Aswad und bin der oberste Scheik der Uled Ayun, denen der Boden gehört, auf dem du dich befindest! Du hast unser Land betreten, ohne uns um Erlaubnis zu fragen, und wirst die Wegesteuer bezahlen müssen."

„Wie hoch ist sie?"

„Für die Person hundert tunesische Piaster und sechzehn Karuben."

Das waren einundfünfzig Mark für jeden von uns.

„Wenn du sie haben willst, so hol sie dir!" forderte ich ihn auf, indem ich mein Gewehr erhob und über den gekrümmten Arm legte. Mit dieser Bewegung sagte ich ihm, daß er nichts bekommen sollte.

„Dein Maul ist so groß wie das eines Nilpferds", lachte er höhnisch; „aber dein Gehirn scheint noch kleiner zu sein als das der verachteten Dscherâda[1]. Wie ist dein Name, und wie heißen deine Begleiter? Woher kommen sie? Was wollen sie? Welches ist ihr Beruf, und haben ihre Väter Namen gehabt, die noch nicht vergessen sind?"

Die letzte Frage enthielt nach hiesigen Anschauungen eine schwere Beleidigung. Danach richtete sich meine Antwort.

„Du scheinst deine Zunge in den Schmutz eurer Kamele und Rinder getaucht zu haben, da sie so übelriechende Worte spricht. Ich bin Kara Ben Nemsi aus dem Land der Almân; mein Freund zur Rechten ist der weit berühmte Pehlewân-Bei aus dem Lande der Englîs, und der Held zu meiner Linken ist Winnetou el-Harbi we'l Nasir[2], der oberste Scheik aller Stämme der Apatschen im großen Belâd el-Amirika. Wir sind gewohnt, Mördern unsre Kugeln zu geben, aber keine Steuern. Ich wiederhole es: Wenn du das Geld haben willst, so hol es dir!"

„Dein Verstand ist noch viel kleiner, als ich dachte. Sind wir nicht vierzehn tapfre Männer, und ihr zählt nur drei? Also würde jeder von euch fünfmal getötet, bevor er einen von uns töten könnte!"

„Versucht es doch einmal! Ihr kommt nicht dreißig Schritte weit, so haben unsre Kugeln euch gefressen."

Drüben erscholl ein allgemeines Gelächter. Man meine ja nicht, daß ich mit meinen Worten prahlen wollte. Nein! Ich folgte nur der Landessitte. Grad wie die altgriechischen Helden ihre Kampftaten mit einem volltönenden Wortgefecht einzuleiten pflegten,

[1] Heuschrecke [2] Der Krieger und Sieger

so hat auch der Beduine die Gewohnheit, bei losbrechenden Streit vor der wirklichen Waffe erst den Mund zu gebrauchen, und das tut er gewöhnlich ausgiebig. Auch das Hohngelächter der Uled Ayun gehörte unbedingt mit zur Sache. Als es verklungen war, fuhr der Scheik drohend fort:

„Du sprichst von Mördern. Ich befehle dir, mir zu sagen, wen du meinst!"

„Du hast mir nichts zu befehlen, zumal ihr selbst es seid, die ich meine!"

„Wir sollen Mörder sein? Beweise es, du Hund!"

„Für den ‚Hund' werde ich dich bestrafen, so wahr ich hier stehe, und zwar noch bevor das Abendgebet gesprochen wird! Merk es dir! Habt ihr nicht den Greis ermordet, dessen Überreste da vor uns liegen?"

„Das war nicht Mord, sondern Blutrache!"

„Und dann habt ihr dies schwache Weib in die Erde gegraben. Ein Greis und ein Weib können sich nicht wehren; darum habt ihr euch an die beiden gewagt, ihr Feiglinge; an uns aber würde euer Mut zuschanden werden."

Ein neues, noch viel lauteres Gelächter war die Antwort; dann höhnte der Scheik:

„Kommt doch heran und zeigt uns eure Tapferkeit, ihr Schakale, ihr Schakalssöhne und Enkel von Schakalskindern!"

„Kommt doch ihr zuerst heran! Ihr seid fünfmal mehr als wir und braucht also weniger Mut zum Angriff. Merkt auf, was ich euch sage! Ihr habt an dieser Stelle ein Verbrechen begangen, das wir bestrafen werden. Ihr seid unsre Gefangnen; wer entfliehen will, den schießen wir nieder. Steigt ab und übergebt uns eure Waffen!"

Das Gelächter, in das sie nun ausbrachen, war unbeschreiblich; der Scheik aber schrie:

„Jetzt ist dein Widerstand vollends zu Ende; dein Hirnkasten ist leer! Soll ich ihn öffnen, um es dir zu beweisen?"

„Spotte nicht! Schau her, wie ruhig wir vor eurer Übermacht stehn! Müssen wir unsrer Sache nicht sicher sein? Ich wiederhole es: Hütet euch, zu fliehen, denn unsre Kugeln würden euch einholen!"

Da wendete sich der Schwarzbärtige zu den Seinen:

„Der Hund scheint im Ernst zu sprechen; er redet von ihren Kugeln. In unsern Läufen stecken auch welche. Gebt sie ihnen, und dann drauf!"

Er legte sein Gewehr auf uns an; seine Leute folgten diesem Beispiel. Zwölf Schüsse knallten, aber keiner traf, weil ihre alten Flinten nichts taugten. Es war ihre Absicht gewesen, sich auf uns zu stürzen, aber das Erstaunen, uns unverletzt zu sehn, hielt sie am Platz zurück. Da trat Emery einige Schritte vor und rief ihnen mit seiner mächtigen Stimme zu:

„Habt ihr gemerkt, wie ihr schießt? Wir blieben getrost halten, weil wir wußten, daß ihr uns nur aus Versehn treffen würdet. Jetzt wollen wir euch einmal zeigen, wie wir schießen: Dort sind zwei Männer mit Lanzen; einer mag die seinige emporheben, und ich werde sie treffen."

Der eine der Lanzenträger gehorchte dieser Aufforderung; als er aber sah, daß Emery seine Büchse zum Schuß erhob, ließ er den Spieß wieder sinken und rief:

„O Allah, Allah! Was fällt dem Menschen ein! Er will auf meine Lanze schießen, wird aber mich treffen!"

„Du fürchtest dich!" lachte der Engländer. „Steig ab und steck den Speer in den Boden! Wenn du dich dann entfernst, kann ich dich nicht treffen."

Der Beduine tat so, wie ihm geheißen wurde. Emery legte an und drückte ab, ohne länger als einen Augenblick zu zielen. Die Lanze war grad unter der eisernen Spitze getroffen; es war ein Meisterschuß.

Die Uled Ayun drängten ihre Pferde hin, um den Treffer in Augenschein zu nehmen. Keiner sagte ein lautes Wort; sie flüsterten nur leise miteinander; einen solchen Eindruck hatte der Schuß auf sie gemacht. Da fragte mich Winnetou:

„Wahrscheinlich wird mein Bruder ihnen auch zeigen, wie er schießt!"

„Ja", antwortete ich. „Ich will sie ohne Blutvergießen fangen und muß ihnen also durch einige Schüsse beweisen, daß sie uns nicht entkommen können."

„So braucht Winnetou seine Silberbüchse nicht sprechen zu lassen; aber haben die Leute auch Tomahawks?"

„Nein. Sie werden staunen, wenn du ihnen den Gebrauch dieser Waffe zeigst."

„Gut! Ich verstehe nicht, mit ihnen zu sprechen, also mag mein Bruder ihnen sagen, daß ich die Lanze, die noch in der Erde steckt, durch meinen Tomahawk grad in der Mitte auseinanderschneiden werde!"

Noch hatten die Beduinen sich von ihrem Erstaunen nicht erholt, als ich ihnen zurief:

„Geht weg von der Lanze! Mein Gefährte hat eine Waffe, die

ihr noch nicht gesehn habt. Es ist ein Baltat el-Kitâl[1], mit dem man die Köpfe spaltet und im Wurf jeden fliehenden Feind erreicht. Er wird es euch zeigen."

Sie gaben Raum. Winnetou warf den langen Haîk ab, zog den Tomahawk, schwang ihn einigemal um den Kopf und ließ ihn dann aus der Hand gleiten. Die Waffe flog, sich immer um sich selbst drehend, erst niederwärts, berührte in einiger Entfernung fast den Boden, stieg dann jäh empor, wirbelte in einem Bogen weiter und senkte sich endlich nieder, um den Schaft des Speers grad in der Mitte zu treffen und wie mit einem haarscharfen Messer zu durchschneiden.

Schon der Umstand, daß die Lanze auf eine so bedeutende Entfernung getroffen worden war, erregte die Verwunderung der Uled Ayun; aber daß die Waffe ein Beil war, vergrößerte ihr Erstaunen; das Unbegreifliche dabei war ihnen jedoch die wirbelnde Bewegung und die unerklärliche Bahn, die es durchflogen hatte.

Und da geschah etwas, was ihnen noch viel wunderbarer vorkam: Winnetou legte seine Silberbüchse auf die Erde und ging hin, um sein Beil zu holen. Er schritt mitten durch sie hindurch bis zu der Stelle, wo es lag, hob es auf und kehrte auf demselben Weg zurück, ohne nur einen einzigen von ihnen eines Blicks gewürdigt zu haben. Sie rissen die Augen auf und starrten zu uns herüber.

„Das war sehr gewagt!" bemerkte ich dem Apatschen.

„Pshaw!" antwortete er verächtlich. „Das sind keine Krieger. Sie haben ja nicht einmal ihre Gewehre wieder geladen, und wenn sie sich an mir vergriffen hätten, so hatte ich meine Fäuste und mein Messer, und du hättest mir mit deinem Stutzen Luft gemacht."

So war Winnetou, kaltblütig und verwegen und dabei doch von einer Überlegung, die ihn selbst im gefährlichsten Augenblick nicht verließ.

Um die Beduinen nicht aus dem Staunen kommen zu lassen, rief ich ihnen jetzt zu:

„Haj jâ ridschâl — auf, ihr Leute, ich will euch nun ein Zaubergewehr zeigen. Steckt die zweite Lanze in die Erde!"

Sie taten es. Ich nahm den Stutzen zur Hand und fuhr fort:

„Dieses Gewehr schießt immerfort, ohne daß ich es zu laden brauche. Ich werde jetzt zehn Kugeln in die Lanze senden, jede zwei Finger breit über die andre. Paßt auf!"

Ich lege an und schoß. Aller Augen waren auf mich gerichtet, ob ich auch wirklich nicht laden würde; als ich dann nach dem zehnten Schuß den Stutzen aus dem Anschlag nahm, eilten alle nach der Lanze. Ich achtete nicht auf die Ausrufe, die dort er-

[1] Schlachtbeil

schollen, sondern beeilte mich, unbemerkt die Zahl der Kugeln zu ergänzen, um später, wenn es notwendig sein sollte, alle fünfundzwanzig Schüsse bereit zu haben.

Die Geschosse hatten die Lanze in der angegebnen Entfernung voneinander durchschlagen; ich mußte ihnen als ein Zauberer erscheinen, wollte sie aber immer noch mehr einschüchtern und rief ihnen also zu:

„Zieht die Lanze heraus, geht hundertfünfzig Schritte weiter und steckt sie dort in den Boden! Ich werde sie trotz dieser Entfernung durch zwei Kugeln in drei gleich große Teile zerschießen."

Daß mir viele Schüsse in wenigen Sekunden zu Gebot standen, hatten sie gesehn. Nun wollte ich ihnen auch zeigen, auf welche Entfernung ich noch genau zu treffen vermochte. Die kleinen Kugeln des Stutzens hatten die Lanze durchbohrt. Die großen Geschosse meines Bärentöters aber mußten sie zersplittern.

Als die Lanze wieder in der Ecke steckte, glich sie von uns aus einem dünnen Rohrstöckchen. Der Schuß war heikel; aber ich kannte mein Gewehr und konnte mich darauf verlassen. Ich legte den schweren Bärentöter an und zielte. Die zwei Schüsse krachten wie aus einer Donnerbüchse; zwei Dritteile der Lanze waren verschwunden; das letzte Drittel steckte in der Erde. Die Uled Ayun ritten hin. Ich legte den Bärentöter auf den Boden nieder, ergriff den Stutzen und rief Emery und Winnetou zu:

„Nun rasch auch hin, damit sie uns nicht aus der Treffweite kommen. Winnetou mag, da er nicht mit ihnen reden kann, ihre Waffen und Pferde in Empfang nehmen."

Wir folgten den Uled Ayun, denn wir mußten ihnen so nah bleiben, daß wir sie mit unsern Kugeln in Schach halten konnten. Wir kamen bis auf fünfzig Schritte an sie heran, ohne daß sie darauf achteten.

Die Lanzenstücke gingen von Hand zu Hand, und des Staunens war kein Ende. In seiner unvorsichtigen Bewunderung wandte sich der Scheik um und rief uns zu:

„Der Teufel ist euer Gehilfe. Ihr schießt, ohne zu laden, und eure Kugeln fliegen zehnmal weiter als die unsrigen!"

„Und die Hauptsache hast du vergessen", antwortete ich. „Von euern Kugeln hat keine einzige getroffen, während wir lauter Treffer gehabt haben. Weißt du, in wieviel Zeit ich die zehn Schüsse getan habe?"

„In ebensoviel Herzschlägen."

„In welcher Zeit würde ich dann wohl vierzehn Schüsse tun?"

„In vierzehn Herzschlägen."

„Richtig! Und jeder würde treffen, nämlich einen von euch!"

„Jâ Allah, jâ Rabb – o Gott, o Herr! Willst du wirklich auf uns schießen?"

„Nur wenn ihr mich dazu zwingt. Ich habe euch erklärt, daß ihr meine Gefangnen seid; dabei bleibt es! Nun sag mir, ob ihr euch ohne Widerstand ergeben wollt, oder ob ich schießen soll!"

„Gefangen? Ich ergebe mich nicht! Welch eine Schande, von so fremden Hunden, wie ihr seid und wie –"

„Schweig!" donnerte ich ihn an. „Du hast mich schon einmal Hund genannt, und ich versprach dir, die Strafe dafür sollte noch vor dem Abendgebet erfolgen. Ich verdopple sie, wenn du dieses Wort nur noch ein einziges Mal sagst. Also zum letztenmal: Ergebt ihr euch?"

„Nein. Ich schieß dich nieder!"

Er legte seine Flinte auf mich an; ich aber lachte.

„Schieß doch! Ihr habt ja nicht wieder geladen! Ihr habt euch überlisten lassen. Ich wende mich zunächst an dich, und deine Leute werden deinem Beispiel folgen. Steig jetzt ab und –"

Ich wurde unterbrochen. Emery hatte sein Gewehr blitzschnell erhoben und geschossen, denn einer der Uled Ayun, der hinter zwei andern steckte und sich von uns nicht beobachtet glaubte, hatte Pulverhorn und Kugeltasche hervorgezogen, um zu laden. Der Schuß des Engländers traf ihn in den Vorderarm. Er schrie laut auf und ließ sein Gewehr fallen.

„Dir ist recht geschehn!" rief ich ihm zu. „So wie dir wird es jedem ergehn, der ungehorsam ist. Ich habe euch gewarnt und warne noch einmal. Auch den, der sich etwa wendet, um zu fliehn, wird sofort eine Kugel vom Pferd reißen. Steig ab; trag dein Gewehr hinüber zu dem Krieger aus dem Belâd el-Amirika; gib dein Messer und deine andern Waffen an ihn ab und setz dich dann in seiner Nähe auf den Boden nieder!"

Der Mann zögerte, obgleich ihm das Blut vom Arm lief. Da legte ich den Stutzen auf ihn an und drohte:

„Ich zähle bis drei. Wenn du nicht gehorchst, zerschmettre ich dir auch noch den andern Arm. Also – eins – zwei –!"

„Mâ schâ 'llah, kân wamâ lam jascha lam jekun – was Gott will, geschieht; was er nicht will, geschieht nicht", knirschte er, stieg vom Pferd, hob sein Gewehr auf und trug es Winnetou hin, der es ihm abnahm und ihn dann nach andern Waffen untersuchte.

Ich rief die Frau herbei und gab ihr mein Messer.

„Du weißt, was die Schurken an dir und deinem Kind getan haben, und wirst uns jetzt helfen. Schneide dem Mann dort einen starken Streifen vom Haïk und binde ihm damit die Arme an beiden

Ellbogen so fest auf den Rücken, daß er die Fessel nicht zerreißen kann. Das tust du dann auch mit jedem folgenden!"

„O Herr, was seid ihr für Krieger!" rief sie aus. „Ihr tut Wunder über Wunder, und euch ist alles möglich!"

Sie tat, was ich ihr befohlen hatte, und ich wandte mich wieder zum Scheik:

„Du hast nun gesehn, was man davon hat, wenn man uns widerstrebt. Also gehorche! Herab vom Pferd!"

Anstatt meinem Gebot Folge zu leisten, wollte er sein Roß schnell herumreißen und davonjagen; das Tier aber verstand den heftigen Zügelruck falsch und stieg vorn in die Höhe. Schon hob ich den Stutzen, um zu schießen, da sprang Emery zu ihm hin.

„Halunke, du bist keine ehrliche Kugel wert; wir machen das anders. Herunter vom Gaul!"

Er nahm ihn beim Bein; ein riesenkräftiger Ruck, und der Reiter flog in einem weiten Bogen auf die Erde, wo Emery ihn mit einigen Faustschlägen betäubte, während Winnetou und ich mit unsern Gewehren die andern in Schach hielten. Der Scheik wurde entwaffnet und dann an Händen und Füßen gebunden.

Ich wendete mich nun zu dem Mann, der seinen Gesichtszügen und den Narben nach der Mutigste zu sein schien, und gebot ihm:

„Jetzt nun du! Herab und hin, um dein Gewehr und Messer abzuliefern! Eins, zwei —!"

Er wartete die Drei gar nicht ab, sondern stieg gehorsam vom Pferd, gab Winnetou seine Waffen, wurde gebunden und setzte sich dann nieder.

Nun ging es schneller und ohne großen Widerstand. Uns kam die mohammedanische Ansicht vom Kismet zustatten: Es war Allahs Wille; es stand im Buch des Lebens verzeichnet. Sie gehorchten alle, und nur zwei stießen, indem sie sich notgedrungen fügten, Verwünschungen aus. Der eine rief mir zu: „Jil' an daknak — verflucht sei dein Bart!" woraus ich mir natürlich nichts machte. Und der andre fuhr mich grimmig an: „Allah jelbisak bornejta — Allah setze dir einen Hut auf!" Das bezieht sich darauf, daß ein Moslem niemals einen Hut trägt; die Verwünschung will also sagen: Gott rechne dich zu den Ungläubigen, und da ich im Sinn des Islam zeit meines Lebens zu den Ungläubigen gehört habe, so konnte auch dieser entsetzliche Fluch mich weder in großen Zorn versetzen, noch zu bittern Tränen rühren. Hatte ich doch schon manchen Tag meines Daseins einen Filz- oder Strohhut und zur schönen Zeit der lieben Prüfungen sogar einen Zylinder, genannt Angströhre, getragen.

Wir hatten das unmöglich Erscheinende vollbracht — drei Personen hatten vierzehn bewaffnete und ausgezeichnet berittene Feinde ohne eigentlichen Kampf gefangengenommen; ich gestehe aber aufrichtig, daß uns das mit vierzehn Indianern nicht in gleicher Weise gelungen wäre. Als sie alle gebunden beisammensaßen, fragte mich Emery:

„Wie nun sie fortbringen? Wird wohl schwieriger sein als die Gefangennahme! Sollen sie etwa reiten? Dann brennt uns der eine oder andre durch, trotzdem sie gefesselt sind."

„Sie reiten eben nicht! Jeder Uled Ayun führt sein Pferd. Wir binden den Zügel an seine Hände, die er auf dem Rücken hat; er läuft voran, und das Pferd folgt ihm."

„Well! Also vorwärts! Wir haben nur noch anderthalb Stunden bis zum Abend. Glücklicherweise können wir, selbst wenn die Kerls nicht reiten, in einer Stunde am Warr sein."

„Warr? Welches Warr?"

„Der Führer sagte, kurz ehe wir aufbrachen, um dich zu suchen, daß wir heut an ein Warr kommen würden, durch das wir morgen reiten müssen, und so beschloß Krüger-Bei, am Anfang dieses Warrs Lager zu machen."

„Kennst du den Weg dorthin?"

„Müssen unbedingt hinkommen, wenn wir westlich reiten."

„Warr" ist eine mit Felsblöcken übersäte Wüste. Unter „Sahar" versteht nämlich der Beduine nur die sandige Wüste. „Serir" ist die steinige, „Dschebel" die gebirgige Wüste. Ist sie bewohnbar, so heißt sie „Fajafi", während man die unbewohnte „Khala" nennt. Hat die Wüste Gesträuch, so heißt sie „Haitia", und wo gar Bäume stehn, spricht man von „Khela".

Mit dem Führer, den Emery erwähnt hatte, war der Soldat gemeint, der der Einschließung durch die Uled Ayar entgangen war und die Botschaft vom Mißgeschick des Kolaghasi nach Tunis gebracht hatte. Es war ihm dafür der Grad eines Unteroffiziers erteilt worden. Um die Feinde zu finden, bedurften wir keines Führers; wenn es sich aber um die Einzelheiten der Gegend handelte, so mußte es uns ganz lieb sein, einen Mann bei uns zu haben, der sie kannte.

Jetzt wurden die Gefangenen so, wie ich es gesagt hatte, mit ihren Pferden zusammengebunden, und dann brachen wir auf. Der Verwundete hatte für seinen Arm einen Verband erhalten; der Scheik war längst aus seiner Ohnmacht erwacht und mußte sich zähneknirschend in sein Schicksal fügen.

11. Der Scheik der Uled Ayun

Elatheh, die von mir gerettete Frau, hatte erklärt, nun stark genug zu sein, sich mit ihrem Kind im Sattel halten zu können, und bekam eins der Pferde der Ayun. Sie schien keine Sorge mehr um sich selbst zu haben, da wir ihre Todfeinde nicht als Freunde behandelt hatten.

Wir drei saßen natürlich auch zu Pferd und trieben unsre Fußgänger zu raschem Lauf an. Die Tiere der Ayun machten uns nicht viel zu schaffen. So feurig die Beduinenrosse sind, so sind sie doch wie Hunde, die ihren Herren willig nachlaufen.

Die Sonne hatte den Himmelsrand noch nicht erreicht, als wir hier und da im Sand größere oder kleinere Steine liegen sahen. Das „Warr" begann; je weiter wir kamen, desto größer und zahlreicher wurden die Steine. Endlich erblickten wir sie südwärts vor uns in Massen; ein nächtlicher Ritt durch ein solches Warr ist höchst beschwerlich, und so konnten wir den Entschluß Krüger-Beis, am Beginn der Steinwüste haltzumachen, nur billigen.

Bald sahen wir denn auch das Lager vor uns, in dem es lebhaft zuging. Viele Neugierige kamen uns entgegen, die nicht wenig erstaunt waren, als sie bemerkten, daß wir nicht allein waren, und hörten, was geschehn war.

Ich stattete Krüger-Bei meinen Bericht ab. Er schien nicht sehr erbaut darüber zu sein, denn er sagte:

„Ihnen haben da zu drei Personen eine Heldentat vollbracht; aber anders wäre es mir viel lieber gewesen."

„Anders? Wie meinen Sie das?"

„Weil diese Gefangnen mitschleppen zu müssen, große Unannehmlichkeiten zur Folge haben wird."

„Ich denke grad das Gegenteil."

„Wodrum?"

„Weil sie uns in Beziehung auf die Uled Ayar von großem Nutzen sein können."

„So wollen Sie mir gütigst mitteilen, worin dieser Nutzen besteht, was ich mit voller Zuverlässigkeit nicht einsehe."

„Die Uled Ayar haben die Kopfsteuer verweigert. In welcher Weise wird diese geleistet oder ausbezahlt?"

„Der Stamm hat soundsoviel Köpfe, macht so viel Pferde, Rinder, Kamele, Schafe oder Ziegen.“

„Die Kopfsteuer wird also in Vieh geleistet. Im Frühjahr ist der Regen ausgeblieben, und bei der nachfolgenden Dürre gingen unzählige Tiere zugrunde. Die Herden sind gelichtet, und mancher wohlhabende Nomade ist zum armen Mann geworden. Die Leute müssen, wenn sie nicht rauben sollen, von ihren Herden leben; nun aber sind sie gezwungen, zu darben. Sie hegten die Hoffnung, daß Mohammed es Sadok Pascha ihnen deshalb die Kopfsteuer für dieses Jahr erlassen oder doch wenigstens herabmindern würde; er hat es aber nicht getan. Sie sollen von ihren gelichteten Herden die volle Steuer entrichten und werden also in noch größere Not geraten. Das hat sie erbittert. Nun kommen wir, ihnen mit Gewalt das Verweigerte abzunehmen; das wird sie zur Verzweiflung treiben. Ich bin aber überzeugt, daß sie die Steuer entrichten würden, wenn sie nicht so große Verluste erlitten hätten. Sie nicht auch?“

„Sofern als auch!“ nickte er.

„Sie können sie nicht geben, ohne in noch größere Not zu geraten; sie werden sich also bis aufs Messer wehren. Die Uled Ayar sind uns an Zahl der Krieger überlegen. Wenn sie uns besiegen, so müssen wir mit Schande heimkehren. Das darf nicht geschehn.“

„Es ist unmöglich, einer solchen Schande zu ertragen, lieber mit der Waffe in der Faust sterben.“

„Ganz richtig! Aber nun der andre Fall: wir siegen. Dann stürzen wir den ganzen Stamm ins tiefste Elend; der Hunger reibt ihn auf, und was dieser übrigläßt, raffen die Krankheiten und Seuchen hin. Soll das geschehn?“

„Ungern. Aber warum soll nicht eintreten ein Auszug des Stammes nach Gegenden, wo die Herden mit gefundenen Weiden wieder Kraft, Fett und Fleisch erhalten?“

„Sie meinen, die Ayar sollen die Gegend wechseln, sollen gute Weiden aufsuchen, um ihre Herden sich wieder vermehren zu lassen? Dann ziehn zie hinüber nach Algerien oder gar über die Grenze von Tripolis; sie gehn also dem Pascha verloren, und er wird von ihnen nie wieder Steuer erhalten können. Wünschen Sie das?“

„Entweder niemals oder auch nein!“

„Also wünschen Sie nicht, daß die Uled Ayar besiegt werden!“

Er antwortete nicht sofort. Er starrte mich ganz erstaunt an und meinte verlegen:

„Das zu wünschen, kann ich weder einsehn noch begreifen.“

„Ich weiß ein Mittel, den Uled Ayar die Zahlung der Kopfsteuer zu ermöglichen, ohne daß sie Schaden davon haben. Sie treiben diese von den Uled Ayun ein."

„Uled Ayun? Inwiefern?"

„Die Uled Ayun sind viel reicher als die Uled Ayar; sie können einen Verlust leichter ertragen. Indem ich ihren Häuptling und seine dreizehn Begleiter gefangennahm, verfolgte ich einen doppelten Zweck; erstens wollte ich ihn für den Mord bestrafen, zweitens bekam ich durch ihn einen Trumpf in die Hände, den wir für die Uled Ayar ausspielen können. Denken Sie daran, daß diese mit den Uled Ayun in Blutrache stehn! Es wird uns nicht schwer werden, festzustellen, wieviel Morde die einen an den andern begangen haben; dafür müssen die Uled Ayun die Blutpreise zahlen. Wir können sie zwingen, weil ihr Scheik sich in unsern Händen befindet."

Da verklärte sich Krüger-Beis Gesicht. Es fehlte nicht viel, daß er trotz seines Alters einen Freudensprung getan hätte.

„Elhamdulillah! Allah sei Dank für diesen kostbaren Gedanken und diese unvergleichliche List, die Sie ausgesonnen haben! Sie sind ein kostbarer Kerl! Ihnen meine Freundschaft! Darauf können Sie sich verlassen von Zeit zu Zeit."

Er schüttelte mir die Hände, und ich fragte ihn:

„Sie tadeln mich also nun nicht mehr darüber, daß ich den Scheik gefangengenommen habe?"

„Weder nicht noch nie!"

„So lassen Sie ihn bitte mit seinen Leuten vorführen! Wir wollen ihn ins Gebet nehmen. Ich habe auch noch eine persönliche Sache mit ihm zu ordnen. Er schimpfte mich wiederholt einen Hund; ich habe ihm dafür Strafe angedroht. Er soll Prügel haben."

„Prügel? Wissen Sie, daß ein freier Beduine die Prügel nur mit Blut abwäscht und die fürchterlichste Rache auf Tod und Leben nimmt?"

„Ich weiß es genau. Es ist auch nicht etwa allein der ‚Hund', den er büßen soll, sondern er soll bestraft werden für die Bosheit und Gefühllosigkeit, eine wehrlose Frau mit einem armen Kind in gradezu teuflischer Weise zu behandeln. Ich habe gesagt, daß er seine Strafe noch vorm Abendgebet erhalten soll, und was ich sage, das gilt. Wenn Sie es nicht zugeben, werde ich ihn hinter Ihrem Rücken durchbläuen lassen."

„Indem es Ihr fester Entschluß ist, daß er entweder hinter meinem Rücken oder auch davor geprügelt wird, so soll es auf der Stelle Ihnen zuliebe ausgeführt werden."

Nachdem er den Befehl erteilt hatte, ihm die Gefangnen vorzuführen, nahm er vor dem Zelt, das für ihn aufgerichtet worden war, Platz; ich mußte mich auf die eine Seite neben ihn setzen und Winnetou und Emery auf die andre.

Als die Truppen hörten, daß der Herr der Heerscharen mit den Gefangnen sprechen wolle, kamen sie herbei. Die Offiziere bildeten einen weiten Halbkreis um uns. Der Scheik der Uled Ayun wurde mit seinen Leuten gebracht. Er kannte Krüger-Bei und grüßte mit einer leichten Verneigung. Der freie Beduine meint, auf den unfreien Beamten oder Soldaten des Paschas herabsehn zu dürfen. Da kam er aber bei dem Obersten an den unrechten Mann; dieser schnauzte ihn an:

„Wer bist du?"

„Du kennst mich doch!" antwortete der Scheik trotzig.

„Ich glaubte dich zu kennen; dein hoheitsvoller Gruß sagt mir aber, daß ich mich geirrt habe. Bist du Seine Herrlichkeit, der Großsultan von Stambul, der der Kailf der Gläubigen ist?"

„Nein", antwortete der Scheik, der nicht wußte, wo der Oberst mit seinen Fragen hinaus wollte.

„Warum grüßest du mich da wie ein Sultan, zu dessen Angesicht ich meine Augen nicht erheben darf? Ich will hören, wer du bist!"

„Ich bin Farad el Aswad, der oberste Scheik aller Uled Ayun."

„Ah, der! Allah öffnet mir die Augen, dich zu erkennen. Also du bist nichts als ein Ayun, und doch ist dein Nacken zu steif, den Herrn der Heerscharen des Paschas, dem Allah tausend Jahre schenken möge, in würdiger Weise zu grüßen. Ich werde dir den Nacken beugen lassen!"

„Herr, ich bin ein freier Ayun!"

„Ein Mörder bist du!"

„Kein Mörder, sondern ein Bluträcher; und das geht keinen etwas an. Wir sind freie Männer, wir haben unsre eignen Gesetze, nach denen wir leben; wir zahlen dem Pascha die Kopfsteuer, die wir ihm versprochen haben; weiter hat er nichts zu fordern, und um das übrige hat er sich nicht zu kümmern."

„Du kennst deine Rechte ganz genau, und ich werde sie dir nicht streitig machen; aber deine Pflichten scheinst du nicht zu kennen. Du siehst in mir den Vertreter des Paschas und hast ihn in mir zu achten und zu ehren. Ich werde euch jetzt zwanzig Schritte weit zurückführen lassen; dann naht ihr euch wieder und grüßt mich so, wie ihr es mir schuldig seid! Sonst bekommt ihr die Bastonade!"

„Wag es!" fuhr der Schwarzbärtige auf. „Wir sind freie Männer!"

„In der Wüste seid ihr frei. Wenn ihr euch aber beim Pascha oder bei mir befindet, seid ihr Untertanen. Fort mit euch!"

Sie sahen, daß es ihm Ernst war, und entfernten sich bis auf zwanzig Schritte. Dann nahten sie wieder und grüßten, indem sie sich tief verbeugten und die rechte Hand auf Stirn, Mund und Brust legten. Dennoch fuhr Krüger-Bei sie an:

„Wo bleibt das Sallam? Seid ihr stumm geworden?"

„Sallam aleikum!" grüßte der Scheik. „Allah verlängre dein Leben und schenke dir die Freuden des Paradieses!"

„Sallam aleikum! Allah verlängre dein Leben und schenke dir die Freuden des Paradieses!" wiederholten seine dreizehn Begleiter einstimmig.

„Aleikum Sallam!" entgegnete Krüger-Bei kurz. „Wie kommt ihr hierher?"

„Man hat uns gezwungen", antwortete der Scheik. „Weil wir ein Weib der Uled Ayar bestraften, mit denen wir in Blutrache leben."

„Wer zwang euch?"

„Die drei Männer, die an deiner Seite sitzen."

„Und ihr seid vierzehn? Wie kannst du das sagen, ohne daß dein Angesicht errötet?"

„Wir brauchen nicht zu erröten, denn die Männer stehn mit dem Scheitan[1] im Bund; er hat ihnen Gewehre gemacht, gegen die hundert Krieger nicht aufkommen können."

„Sie halten es nicht mit dem Teufel, sondern sie fürchten Gott; aber sie sind tapfre Männer, die schon in vielen Kämpfen gesiegt haben."

„So kennst du sie noch nicht; uns aber haben sie gesagt, wer sie sind."

„Nun, wer sind sie?"

„Der eine ist ein Nemtsche, der andre ein Englîsi und der dritte ein Amirikani. Sie alle drei sind Ungläubige, die in der Hölle wohnen werden. Was haben sie in unserm Land zu suchen? Wer gibt ihnen das Recht, sich in unsre Angelegenheiten zu mischen? Die Hunde haben uns —"

„Halt!" gebot der Oberst drohend. „Beleidigt sie nicht, denn sie sind meine Freunde und Gäste!"

Und in einem ganz andern, merkwürdig freundlichen Ton fuhr er fort:

„Ihr habt Blutrache mit den Uled Ayar? Seit wann?"

„Seit fast zwei Jahren."

[1] Teufel

„Ich ziehe jetzt gegen sie, um sie zu bekämpfen. Sie sind also meine Feinde, ebenso wie die eurigen."

„Wir wissen es und hoffen, daß du uns darum als Freunde behandeln wirst."

„Für wen ist die Blutrache günstiger ausgefallen, für euch oder sie?"

„Für uns."

„Wieviel Männer haben sie euch getötet?"

„Keinen."

„Und ihr ihnen?"

„Sechzehn."

Ich wußte, daß der freundliche Ton des Obersten einen Grund hatte. Jetzt meinte er in ganz veränderter, strenger Weise:

„Das wird euch teuer zu stehn kommen. Denn ich werde euch den Uled Ayar ausliefern."

„Das wirst du nicht!" rief der Scheik erschrocken. „Sie sind doch deine Feinde."

„Sie werden dadurch, daß ich euch ihnen gebe, meine Freunde werden."

„O Allah! Sie werden Rache nehmen und uns töten! Aber du hast kein Recht, uns auszuliefern. Wir sind nicht deine Sklaven, die du nach Belieben verschenken kannst."

„Ihr seid meine Gefangnen. Ich sage euch, der Ritt nach der Stelle, wo ihr das Weib eingegraben hattet, war ein Ritt ins Verderben."

Der Scheik schaute finster vor sich nieder; dann blickte er zu dem Obersten auf und sah ihm scharf und forschend ins Gesicht.

„Ist es dein Ernst, uns auszuliefern?"

„Ich beteure es bei meinem Namen und bei meinem Bart!"

Da ging ein Zug grimmigen Hasses über das Gesicht des Ayun, und in höhnischem Ton fuhr er fort:

„Du meinst wohl, daß sie uns töten werden?"

„Ja."

„Du irrst. Sie werden uns nicht töten, sondern die Dije[1] von uns nehmen. Einige Pferde, Kamele und Schafe werden ihnen lieber sein als unser Blut. Dann sind wir wieder frei und werden an dich denken. Wir werden dich — dich —"

Er machte eine drohende Armbewegung. Der Oberst tat, als hätte er das nicht gesehn.

„Es wird sich wahrscheinlich nicht nur um einige Stück Vieh, sondern um viel mehr handeln."

[1] Blutpreis

„Nein. Wir kennen den Preis, der bei uns gebräuchlich ist, und können ihn recht wohl bezahlen."

Da wandte sich der Oberst an mich und fragte:

„Welcher Ansicht bist du, Effendi?"

Es ist allerdings gebräuchlich, die Höhe der Dije, des Blutpreises, nach den Verhältnissen der Person, die ihn zu bezahlen hat, zu bestimmen. In diesem Fall war freilich anzunehmen, daß die Uled Ayun nicht so viel für die getöteten Ayar hinzugeben hatten, wie die Kopfsteuer betrug, die diese entrichten sollten. Das wußte der Oberst, und darum wandte er sich an mich in der Hoffnung, daß ich es verstehn würde, der Sache eine günstige Wendung zu geben. Ich erfüllte denn auch seine Erwartung.

„Du willst, o Herr, mit dem Uled Ayar über die Auslieferung unsrer Gefangnen verhandeln?"

„Ja."

„So bitte ich dich, zu erlauben, daß ich die Verhandlung führe!"

„Die Bitte ist gewährt, denn ich weiß, daß ich keinen bessern Mann damit beauftragen kann."

„In diesem Fall werden die Uled Ayun nun freilich viel mehr zu bezahlen haben, als sie jetzt denken."

„Meinst du?" fragte er erfreut.

„Ja. Der Scheik der Ayun hat mich einen Hund, einen Ungläubigen genannt; ich kenne aber den Koran und seine verschiednen Auslegungen besser als er. Ich werde ihm das dadurch beweisen und seine beleidigenden Ausdrücke dadurch bestrafen, daß ich bei der Auslieferung der Gefangnen die Bedingung stelle, den Blutpreis für die getöteten Uled Ayar genau nach dem Koran und seinen Auslegungen zu bestimmen."

Da lachte der Scheik höhnisch auf.

„Ein Nemtsche, ein Ungläubiger, ein Christ, will den Koran besser kennen als wir und nach dem heiligen Buch die Dije bestimmen! Dem Giaur ist der Hochmut in den Kopf gefahren!"

„Wahre dich!" warnte ich ihn. „Noch ist das Abendgebet nicht gekommen, und du nennst mich einen Giaur. Weißt du denn, was der Koran und die Auslegung über die Dije berichtet?"

„Nein, denn es wird gar nichts berichtet, sonst wüßte ich es wissen."

„Du irrst, und ich werde deine Unwissenheit erleuchten. Also höre: Abd el-Mutalib, der Vatersvater des Propheten, hatte der Gottheit gelobt, wenn sie ihm zehn Söhne bescheren würde, ihr einen davon zu opfern. Sein Wunsch wurde erfüllt, und um seinem Gelübde treu zu sein, befragte er das Los, welchen seiner zehn

Söhne er zum Opfer bringen solle; es traf Abd-Allah, den nachherigen Vater des Propheten. Da nahm Abd el-Mutalib den Knaben und verließ mit ihm die Stadt Mekka, um ihn draußen vor den Toren zu opfern. Inzwischen aber hatten die Bewohner der Stadt gehört, was er vorhatte; sie folgten ihm und stellten ihm vor, wie frevelhaft und grausam zu handeln er im Begriffe stände. Sie versuchten sein Vaterherz zu erweichen, aber er widerstand all ihren Reden und schickte sich an, das Opfer zu vollziehn. Da trat ein Mann zu ihm, und bat ihn, bevor er handle, eine berühmte Wahrsagerin zu befragen. Abd el-Mutalib tat das, und sie erklärte, daß man rechts den Abd-Allah und links zehn Kamelstuten stellen möge; dann solle man das Los werfen, wer zu töten sei, der Knabe oder die Stuten. Wenn das Los auf Abd-Allah falle, müsse man weitere zehn Kamelstuten bringen und wieder das Los befragen und in dieser Weise fortfahren, bis es auf die Stuten fiele; denn so erkläre die Gottheit, wieviel Stuten das Leben und das Blut des Knaben wert sei. Man tat nach ihrem Geheiß. Neunmal fiel das Los auf den Knaben, so daß bereits neunzig Kamelstuten auf der linken Seite standen. Zum zehntenmal traf das Los die Kamele, und Abd-Allah, der Vater des Propheten, wurde dadurch vom Opfertod erlöst. Seit jenem Tag und zum Andenken daran würde der Blutpreis eines Menschen auf hundert Kamelstuten festgesetzt, und jeder gläubige Moslem muß sich nach diesem geheiligten Brauch richten. Was sagst du nun?"

Diese Frage richtete ich an den Scheik. Er blickte einige Zeit finster vor sich nieder, warf mir dann einen grimmigen Blick zu und fragte:

„Welcher Mu'allim[1] des Koran hat die Todsünde begangen, dich, den Ungläubigen, über die Geheimnisse des Islam zu unterrichten? Allah verbrenne ihn im glühendsten Feuer der Hölle!"

„Der Lehrer war auch ein Christ. Wir Christen kennen eure Lehre weit besser als ihr selber. Nun rechne einmal! Ihr habt sechzehn Uled Ayar umgebracht; das gibt sechzehnhundert Kamelstuten, die ihr zu bezahlen habt, wenn ihr euer Leben retten wollt."

„Und die Uled Ayar werden so verrückt sein, sie zu verlangen?"

„Ja. Oder sie würden vielmehr verrückt sein, wenn sie es nicht täten. Wir liefern euch nur unter der Bedingung an sie aus, daß sie es tun. Wir machen ihnen mit euch ein Geschenk, das sie mit Freuden hinnehmen werden, da sie dann die Kopfsteuer bezahlen können und ihnen so noch viele Tiere übrigbleiben, um ihre Verluste zu ersetzen."

[1] Lehrer

„Du redest wie ein Kind! Woher sollen wir sechzehnhundert Kamelstuten nehmen?“

„Hat denn nicht jedes Tier einen Preis, für den es zu haben ist, auch jede Kamelstute?“

„Sollen wir Geld entrichten? So viel bares Geld gibt es im ganzen Land nicht. Wir bezahlen nicht, sondern wir tauschen. Aber das weißt du nicht, weil du ein Fremder bist!“

„Habe ich gesagt, daß ihr mit Geld bezahlen sollt? Wenn es bei euch nur Tauschhandel gibt, so wird euch kein Mensch verwehren, die sechzehnhundert Kamelstuten im Tausch zu bezahlen. Ihr kennt den Wert eines Kamels, eines Rindes, eines Pferdes, eines Schafs und einer Ziege und könnt euch also leicht berechnen, wieviel Pferde, Rinder, Schafe oder Ziegen ihr für die Stuten abzuliefern habt. Übrigens ist das noch nicht alles, was ihr zu entrichten habt.“

„Etwa noch mehr?“ fuhr er auf.

„Ja. Kennst du die Erklärung des Korans von Samachschari und Beidâwi?“

„Nein.“

„Diese beiden Ausleger sind die berühmtesten von allen und sagen übereinstimmend: Wer das Weib eines andern schändet, der tötet ihre Ehre und soll den halben Blutpreis bezahlen; wer sie aber mißhandelt, der tötet die Ehre ihres Mannes und muß die ganze Dije entrichten. Weißt du, was ich meine?“

„Allah verderbe dich!“ knirschte er.

„Ihr habt die Frau, die ich rettete, auf unmenschliche Weise mißhandelt und dadurch die Ehre ihres Mannes getötet. Das kostet den ganzen Blutpreis, also hundert Kamelstuten. Ich will dabei so gütig sein und die Gefahr, in die ihr auch das blinde Kind brachtet, nicht mit in Anrechnung bringen. Aber das schwöre ich euch zu, daß ihr euer Leben nicht rettet, außer ihr bezahlt neben den sechzehnhundert Stuten für die Ermordeten auch noch hundert an die Frau! Sie ist arm, und ich will, daß sie durch die Mißhandlungen, die sie erdulden mußte, wohlhabend wird.“

Da konnte sich der Scheik nicht länger halten; er sprang zwei Schritte vor und schrie:

„Hund, was hast du zu wollen und zu gebieten! Was gehn dich all diese Dinge an? Du bist wahnsinnig, daß du dir einbildest, zwei große Stämme dieses Landes sollen sich nach deinen Wünschen richten! Wären mir nicht die Hände gebunden, so würde ich dich erwürgen. So aber nimm das! Ich speie dir ins Gesicht!“

Er führte seine Drohung wirklich aus; ich aber warf, auf der Erde sitzend, den Oberkörper schnell zur Seite, so daß er mich nicht traf. Da rief Krüger-Bei:

„Führt die Hunde fort, sonst werden sie toll! Sie haben gehört, was wir wollen, und wir werden keinen Finger breit davon abgehn; sie werden ausgeliefert und müssen den Blutpreis nach dem Koran und hundert Kamelstuten an die Frau zahlen, wenn sie nicht ihr Leben lassen wollen. Sind die Schuldigen nicht reich genug, so mag ihr Stamm für sie eintreten!"

Man schaffte sie weg. Nur den Scheik, dem die Füße wieder gebunden wurden, hielt man auf meinen Wink zurück.

Jetzt ging die Sonne unter, die Zeit des Moghreb war gekommen, des Gebets, das verrichtet wird, wenn sich das Tagesgestirn hinter dem Himmelsrand niedersenkt. Bei jeder Karawane gibt es einen, dem das Amt des Vorbeters übertragen ist; ist's kein moslemitischer Geistlicher, Derwisch oder Moscheebeamter, so ist's ein Laie, der die vorgeschriebnen Förmlichkeiten genau kennt. Hier bei uns war es mein Freund, der alte Sallam. Kaum berührte die Sonne den Himmelsrand, so rief er mit weithin schallender Stimme:

„Haj 'ala's-salât, haj 'ala'l-felâh! Allahu akbar. Aschadu anna la ilaha ill' Allah, aschadu anna Mohammed arrasul-ullah — auf zum Gebet, auf zum Heil! Gott ist sehr groß! Ich bekenne, daß es keinen Gott gibt außer Gott. Ich bekenne, daß Mohammed der Gesandte Gottes ist!"

Darauf folgte der für dieses Gebet vorgeschriebne Lobpreis, der aus siebenunddreißig Versen oder Abschnitten besteht und zu dem in den Moscheen Rauchwerk mit Laudanum geopfert wird. Die Soldaten lagen alle auf den Knien, die Gesichter gen Mekka gerichtet, und verrichteten ihr Gebet mit einer Andacht und Hingebung, die man manchem Christen wünschen möchte. Nur der Scheik konnte nicht beten, weil er doppelt gebunden war. Er wendete fast kein Auge von mir, und ich bemerkte, daß er mich mit dem Ausdruck der Verachtung und des Hohn betrachtete. Er mochte denken, ich hätte meine Drohung, ihn noch vor dem Abendgebet zu bestrafen, vergessen. Aber er sollte sich irren. Es fehlte noch das Aschiah, das letzte Gebet, und ehe das gesprochen wurde, wollte ich ihn vornehmen.

Der letzte Abschnitt des Moghreb lautet:

„Es ist kein Gott als der einzige, der ohne Gefährten ist. Sein ist die Herrschaft, und sein ist das Lob. Er belebt und er tötet, und er stirbt nicht. In seiner Hand ist das Gute, und er ist über alle Dinge mächtig. Es ist kein Gott als Gott. Er hält, was er versprochen hat, und steht seinen Dienern bei. Er erhöht sein Heer mit Ehre und vernichtet der Feinde Heere, er, der einzige. Es ist kein Gott als Gott, und wir dienen keinem andern als ihm, wir, seine Diener, die aufrichtigen, die treuen, wenn uns auch die Ungläubigen deshalb verabscheuen. Lob sei Gott, dem Herrn der Welten! Lobpreis ihm in der Morgen- und in der Abendzeit! Sein ist das Lob im Himmel und auf Erden, im Morgen- und im Abendrot, vormittags, nachmittags und mittags!“

Kaum waren diese Worte verklungen und die Betenden hatten sich erhoben, so befahl ich dem alten Feldwebel:

„Ruf den Bastonnadschi!“

„Wer soll denn bestraft werden?“

„Der Scheik der Uled Ayun.“

„Wieviel Hiebe?“

„Hundert.“

„Herr, dann wird er uns Beschwerde verursachen, denn er wird mehrere Tage nicht laufen können.“

„Nicht Bastonnade, sondern Hiebe auf den Rücken.“

„Das ist etwas andres! O Herr, Allah segne deine Gedanken! Jetzt werden wir endlich einmal wieder die ‚Beschließerin‘ beten können; das ist seit langer Zeit nicht vorgekommen: bei jedem Namen ein Hieb. Erlaubst du mir, die Namen herzusagen? Ich tu das so gern!“

„Meinetwegen!“

Er ging, um meinen Auftrag auszuführen. Bei welcher muselmännischen Truppe gäbe es keinen Bastonnadschi oder Kurbadschi! Der Mann, ein Unteroffizier, war schnell mit seinen Gehilfen zur Stelle, und die Soldaten, voran die Offiziere, versammelten sich wieder beim Zelt des Obersten.

Krüger-Bei hatte nichts gegen die Bestrafung einzuwenden. Wir saßen noch am Eingang des Zelts, und der Scheik lag vor uns. Es war nicht meine Absicht gewesen, so hart mit ihm zu sein; ich mag überhaupt dergleichen Auftritte nicht leiden, aber er hatte die Hiebe durch die Mißhandlung der Frau verdient, und sein Verhalten war nicht geeignet, uns zur Milde zu stimmen.

„Hundert Hiebe! Schöne Zahl!“ meinte Emery. „Möchte sie nicht haben; danke! Wird er sie aushalten?“

„Jedenfalls.“

„Und Feldwebel dazu beten?“

„Ja.“

„Die Beschließerin? Eigentümliches Volk, die Mohammedaner. Zu den Prügeln einen hundertfachen Lobpreis Allahs!“

„Ich nehme das nicht als Gotteslästerung. Hundert Hiebe und

hundert Namen Allahs; da verzählt man sich nicht. Ich habe einer derartigen Bestrafung noch nicht beigewohnt, aber man hat mir versichert, es komme häufig vor, daß der Sträfling die Namen Allahs laut mitbrüllt, um seine Schmerzen zu betäuben."

„Bin wirklich neugierig!"

Zu bemerken ist, daß das mohammedanische Schlußgebet, das „Die Beschließerin" genannt wird, die hundert Namen Allahs enthält, die unter Verbeugungen und Händeaufheben hergesagt werden. Ein Stück der „Beschließerin" mag hier folgen:

Erbarmer, Barmherziger, König, Hochheiliger, Friede, Getreuer, Beschützer, Mächtiger, Gewaltiger, Stolzer, Schöpfer, Schaffender, Bildner, Vielvergebender, Allbezwingender, Spender, Allversorger, Sieger, Wissender, Ergreifender, Ausbreitender usw.

Als der Scheik den Bastonnadschi kommen sah, starrte er mich wie abwesend an; denn belebte sich plötzlich sein Auge, und er fragte mich:

„Wer — wer ist dieser Mann?"

„Der Bastonnadschi", antwortete ich bereitwillig. „Er soll seines Amtes bei dir walten."

„Ich — ich soll — die hundert Hiebe erhalten! Mensch! Giaur!"

„Schweig, sage ich dir, sonst werden es hundertfünfzig!"

„Weißt du, daß es dich dein Leben kostet?"

„Schwatz nicht! Wie gefährlich du bist, habe ich heut gesehn. Bastonnadschi, es kann beginnen."

„Kräftig?"

„Tu deine Pflicht, aber ich will ihm nicht ans Leben!"

„So wird er nicht sterben, aber Allah mag mich bewahren, die Wonnen zu schmecken, die ich ihm bereiten werde! Zieht ihn aus!"

Man nahm dem Scheik den Haïk und band ihm die Hände los. Dann wurden sie ihm auseinandergestreckt und an eine Lanze gebunden, die zwei Soldaten festhielten; zwei andre faßten ihn an den Füßen; alle vier zogen, und nun lag der Scheik lang ausgestreckt mit dem Bauch auf der Erde.

„Wir sind bereit, o Herr!" meldete der Bastonnadschi, indem er einen Stock aus dem Bündel nahm, das er in der Linken hielt.

„Dann los!" nickte ich.

Aber es ging noch nicht los, sondern alle blickten auf den alten Sallam. Dieser breitete die Arme aus und begann im Vorbeterton:

„Bismi-llahi 'r rahmani 'r rahim. Jâ rabb, jâ daîm. Groß und viel sind die Sünden dieser Welt und verstockt die Herzen der Boshaften. Aber die Gerechtigkeit ist wach, und die Strafe schlummert nicht. O Allah, o Mohammed, o all ihr Kalifen! Hört, ihr Gläubigen, ihr frommen Lieblinge der Tugend, die hundert heiligen Namen dessen, der keine Sünde hat und die ewige Gerechtigkeit und Vergeltung ist! Hört sie, aber hört nicht auf das Wimmern dieses Wurms, dessen Sünden ihm jetzt auf die Fläche seines gottlosen Rückens verzeichnet werden! Allah! O Erbarmer! O Barmherziger! O König!"

Bei diesen drei Namen folgten die drei ersten Hiebe. Dann kamen die andern langsam hintereinander. Beim „O" holte der Bastonnadschi aus, und bei der nächsten Silbe fiel der Hieb. Der Scheik lag wie leblos; er biß die Zähne zusammen und gab keinen Laut von sich. Aber beim fünfzehnten Namen öffnete er stöhnend den Mund, und beim siebzehnten begann er brüllend mitzuzählen:

„O Allversorger — o Sieger — o Wissender — o Ergreifender — o Ausbreitender —!"

Der Mensch hatte seine Hundert voll verdient; aber die Szene wurde mir unerträglich widerwärtig, und als er sechzig Hiebe empfangen hatte, ließ ich aufhören und ihn fortschaffen. Der seelische Schmerz, den ich ihm angetan hatte, war wenigstens ebenso groß wie der körperliche, und ich konnte überzeugt sein, mir in ihm einen grimmigen Feind geschaffen zu haben.

Elatheh kam zu mir, um mir Dank für die Strafe zu sagen, die ihren Peiniger getroffen hatte. Sie wußte nicht, daß sie heimlich beaufsichtigt wurde. Es war ja immerhin möglich, daß sie, wenn auch nicht aus Undankbarkeit, entwich und, wenn sie auf die Krieger der Ihrigen traf, uns absichtslos durch ihre Mitteilungen verriet.

Wir legten uns zeitig schlafen, denn der Weg am andern Tag durch das Warr wurde nach und nach gefährlich, je mehr wir uns den Ruinen näherten, wo wir die Feinde und unsre eingeschloßnen Leute vermuteten.

12. Judas Ischariot

Am nächsten Morgen wurden zeitig die Pferde und Kamele gefüttert. Dann brachen wir auf. Im letzten Augenblick kam Winnetou zu mir geritten.

„Mein Bruder mag mich begleiten! Ich habe ihm etwas zu zeigen."

„Etwas Gutes?"

„Vielleicht etwas Böses."

„Ah! Was?"

„Winnetou hat, wie mein Bruder weiß, die Gewohnheit, vorsichtig zu sein, auch wo es nicht notwendig zu sein scheint. Darum ist er auch heut in weitem Bogen um das Lager geritten und hat eine Spur gesehn, die seinen Verdacht erweckt."

Er nahm mich, während die andern fortzogen, mit nach Süden, und da bemerkten wir denn im Sand zwischen den Steinblöcken eine menschliche Fährte, die zunächst vom Lager fort und dann wieder zurück führte. Wir folgten ihr und kamen an eine zwischen großen Felsbrocken gelegne Stelle, wo der Mann, der die Spur verursacht hatte, mit einem andern zusammengetroffen war; der andre war zu Pferd gewesen. Allem Anschein nach hatten sie längere Zeit miteinander gesprochen.

Die Spuren waren wenigstens fünf Stunden alt; die Zusammenkunft hatte also um die Mitternachtszeit stattgefunden. Wir konnten jetzt nichts weiter tun als der Fährte des Reiters folgen. Sie führte ohne Unterbrechung nach Süden, also weit ab von der Richtung, der unser Zug folgte. Das beruhigte uns einigermaßen und wir kehrten nach einer halben Stunde um, um die Gefährten einzuholen.

Wir teilten Krüger-Bei und Emery unsre Beobachtungen mit. Der Herr der Heerscharen nahm sie leicht und machte sich keine Sorge; der Engländer aber erkundigte sich:

„Der Reiter war nicht im Lager, während wir schliefen?"

„Nein."

„So hat er Ursache gehabt, sich nicht blicken zu lassen. Und wer sich nicht blicken lassen darf, der ist ein Feind."

„Und wer nächtlicherweise heimlich mit einem Feind verkehrt, ist ein Verräter. Wir haben also einen Verräter unter uns", ergänzte ich.

„Well, bin auch der Meinung; aber wer mag das sein? Wenn wir heut abend aufmerksam sind, werden wir ihn wahrscheinlich erwischen. Wie lang reiten wir noch bis zu den Ruinen?“

„Bis morgen nachmittag.“

„Dann ist zu erwarten, daß der Reiter heut abend wiederkommt, um sich neue Nachrichten zu holen. Wir halten ihn fest und seinen Kumpan dazu.“

Leider sollte diese Erwartung nicht in Erfüllung gehn; es hatten sich Dinge ereignet, die wir, wenn sie uns vorher gesagt worden wären, wohl kaum geglaubt hätten, obgleich wir wußten, daß der Kolaghasi Kalaf Ben Urik ein Schurke war. Er war nämlich zu den Feinden übergegangen und befand sich mit ihnen viel näher, als wir dachten. Der nächtliche Reiter war ein Spion der Uled Ayar gewesen, und zwar, wie sich später zeigte, Thomas Melton. Der, mit dem er gesprochen hatte, war der Führer gewesen.

Das Warr hinderte unser Fortkommen sehr. Wir konnten nicht in geschloßner Kolonne reiten, sondern mußten uns teilen und viel mehr Kundschafter aussenden, als sonst nötig gewesen wäre. Doch als wir mittags einen kurzen Halt machten, tröstete uns der Führer mit der Bemerkung, daß das Warr nach drei Stunden zu Ende sei und wieder in eine offne Steppe überginge.

Eine Stunde nach Mittag brachen wir wieder auf; eine halbe Stunde später kam der Führer zu uns und meldete dem Obersten:

„Da drüben liegt die Stelle, wo der Mülasim[1] Achmed ermordet wurde.“

Er deutete nach rechts, also nach Südwest hinüber.

„Der Mülasim Achmed?“ fragte Krüger-Bei erstaunt.

„Ja.“

„Der ist ermordet worden?“

„Ja. Ich hab es dir doch gesagt, o Herr!“

„Kein Wort!“

„Verzeih, o Herr! Ich weiß genau, daß ich es dir berichtet habe. Wie hätte ich etwas so Wichtiges vergessen oder verschweigen können?“

„Sollte ich es wirklich überhört haben? Achmed tot! Ermordet! Von wem?“

„Von mehreren Ayar drüben an einem kleinen Wasser.“

„Sind die Mörder erwischt worden?“

„Ja. Wir haben sie ergriffen und erschossen. Es waren ihrer drei.“

„Und Achmeds Leiche —?“

„Die haben wir da, wo er gefallen ist, begraben.“

[1] Leutnant

„Erzähle!“

„Wir nahmen denselben Weg, auf dem wir uns jetzt befinden. Der Mülasim hörte, daß dort, zehn Minuten von hier, Wasser sei, und ritt hin, denn sein Pferd war matt, und er wollte es laben. Wir zogen weiter, hörten aber bald einen Schuß. Der Kolaghasi sandte sofort zehn Mann, bei denen ich mich befand, um zu erfahren, wer geschossen hatte. Als wir an das Wasser kamen, lagerten da drei Uled Ayar, die keine Ahnung davon hatten, daß wir in solcher Nähe vorüberzogen; sie hatten den Mülasim getötet. Wir ergriffen sie und brachten sie dem Kolaghasi. Er ließ den Zug halten. Es wurde kurzer Prozeß gemacht; sie bekamen die Kugel. Dann ritten die Offiziere mit einiger Mannschaft nach dem Wasser. Der Mülasim wurde begraben. Wir deckten ihn mit Steinen zu und schossen darüber dreimal unsre Gewehre ab.“

„Achmed, der brave, tapfre Achmed! Ich muß sein Grab sehn! Zeig es uns!“

Ich kann es mir heut noch nicht erklären, warum ich damals so unvorsichtig war und dem Führer glaubte. Er wollte Krüger-Bei Bericht erstattet haben, und dieser wußte nichts davon! Ich hätte doch an den nächtlichen Reiter denken sollen.

Wir folgten also dem Führer, nämlich Krüger-Bei, Emery und ich. Winnetou ritt nicht mit, wohl nur deshalb, weil er an unserm Gespräch nicht teilnehmen konnte. Ehe wir den Zug verließen, befahl der Oberst, die Truppe solle indessen weiterziehn.

Wir ritten zwischen Felsblöcken, und es dauerte weit über zehn Minuten, bis wir an Ort und Stelle kamen. Auch dieser Zeitunterschied hätte mir auffallen sollen.

An einem großen Felsblock gab es allerdings eine geringe Wasserlache, deren Inhalt spärlich aus der Erde zu sickern schien. Zur Seite waren kleinere Steine aufeinander gehäuft. Auf diese deutend, sagte der Führer:

„Das ist das Grab.“

„Da muß ich das Gebet der Toten verrichten“, meinte der Oberst, indem er sich vom Pferd schwang.

Auch wir stiegen ab und ließen unsre Gewehre an den Sätteln hängen. Krüger-Bei kniete nieder und betete. Emery und ich falteten die Hände, blieben aber aufrecht. Der Führer war nicht abgestiegen, was uns wieder hätte auffallen müssen.

Als der Oberst sein Gebet vollendet hatte, erhob er sich und fragte:

„Wie liegt der Mülasim? Doch mit dem Gesicht nach Mekka gerichtet?“

„Ja, Herr“, antwortete der Führer.

Ohne daß ich mir etwas Böses dabei dachte, sagte ich:

„Das ist wohl unmöglich. Mekka liegt gegen Osten; die Länge dieses Haufens aber geht von Nord nach Süd.“

„Das ist wahr! Allah! Man hat ihm eine falsche Lage gegeben!“

„Und“, fügte ich hinzu, jetzt aufmerksamer werdend, „was ist denn das? Der Steinhaufen müßte doch zwei Wochen alt sein; das ist er aber nicht.“

„Ja, das ist er nicht“, stimmte mir Emery bei.

„Warum?“ fragte der Oberst.

„Schau, wie der dünne, mehlfeine Sand sich bewegt, obgleich man kaum einen Luftzug spürt! Der Sandstaub wird in jede Spalte und in jede Ritze getrieben; man sieht das an den andern Steinen überall. Hier aber auf dem Steinhaufen bemerkt man keine Spur des Sandes. Ich möchte behaupten, daß er nicht zwei Tage alt ist. Vielleicht ist er gar erst heute errichtet worden, um — have care! 's death!“

Emery unterbrach sich und stieß diese englischen Alarmrufe aus, weil es in diesem Augenblick plötzlich von wilden Gestalten um uns wimmelte, die sich auf uns und unsre Pferde warfen. Ich riß schnell meinen Revolver aus dem Gürtel, wurde aber ebenso rasch von sechs, acht Männern von hinten und vorn, von den Seiten und an den Armen gepackt. Ich wendete meine ganze Kraft an und machte mir auch wirklich die Arme frei. Schon glaubte ich schießen zu können, zwölf Revolverkugeln mußten mir unbedingt Luft schaffen, da riß mir einer die Füße nach hinten; ich stürzte nieder und hatte sofort die ganze Rotte auf mir liegen. Es kamen noch mehrere hinzu. Sie entwanden mir die Revolver; sie zogen mir das Messer aus dem Gürtel; sie banden mich — ich war gefangen.

Im Niederstürzen hatte ich gesehn, daß unser Führer frei davonritt, und nun wußte ich mit einemmal, wer uns verraten hatte. Rechts von mir lag Krüger-Bei und noch näher Emery, beide ebenso gefesselt wie ich. Der Engländer rief mir in seiner Muttersprache zu:

„Wir sind Esel gewesen; der Führer ist der Verräter. Aber nur getrost! Man will uns, wie es scheint, nicht ans Leben. Das gibt uns Zeit. Winnetou wird sich an unsre Spur halten und nicht von ihr lassen, bis er bei uns ist!“

Es waren wohl an die fünfzig Menschen, die uns überrumpelt hatten; sie waren hinter den umliegenden Felsblöcken versteckt gewesen, ohne daß wir die leiseste Spur von ihnen bemerkt hatten. Einer von ihnen, wohl der Anführer, sagte zu Krüger-Bei:

„Du bist es, den wir haben wollten; aber die beiden andern nehmen wir auch mit, und morgen fangen wir dein ganzes Heer, um es zu vernichten, wenn der Pascha uns nicht Kamele, Pferde, Schafe und andre Nahrung für das Leben der Soldaten gibt. Fort mit euch, ehe ihr vermißt werdet!"

Man zwang uns, auf unsre Pferde zu steigen, und band uns darauf fest; dann ging es weiter, nach Südwest, immer zwischen Felsen hindurch, bis nach über zwei Stunden das Warr zu Ende war.

Ich hätte mich am liebsten ohrfeigen mögen. Meine Waffen waren fort. Dort, der Anführer, ein Kerl mit einem wahren Affengesicht, hatte sie an sich genommen. Wir waren unsern Feinden, den Uled Ayar, glatt in die Falle gegangen.

Emery hoffte auf Winnetou. Ja, ich traute dem Apatschen mehr zu als jedem andern, aber was vermochte er in diesem Fall, da er des Arabischen nicht mächtig war! Es gab ja keinen Menschen, mit dem er sich verständigen konnte. Dennoch fiel es mir nicht ein, das Spiel verloren zu geben. Emery hatte recht: man schien unser Leben schonen zu wollen, denn keiner der Angreifer hatte von irgendeiner Waffe Gebrauch gemacht. Das mußte uns beruhigen. Dann gab es einige gute Trümpfe die wir ausspielen konnten: Elatheh, die wir gerettet hatten, und die gefangnen Uled Ayun, die wir ihren Todfeinden ausliefern wollten; durch sie kamen die Uled Ayar zu dem, was sie, wie ich soeben gehört hatte, zu haben wünschten.

Unlieb war mir nur, daß man uns drei getrennt hatte. Ich wurde vorn, der Oberst in der Mitte und Emery am Ende des kleinen Zugs gehalten, so daß wir nicht miteinander sprechen konnten. Ich blickte fleißig nach Ost hinüber, wo unsre Leute sich bewegen mußten, konnte aber, obgleich die Gegend jetzt von Felsen vollständig frei war, nichts von ihnen bemerken. Jedenfalls waren wir ihnen zu lange weggeblieben, und sie hatten haltgemacht, um nach uns zu suchen. Leider war ich überzeugt, daß der Führer sein möglichstes tun würde, sie zu täuschen und irrezuleiten.

Wie der Verräter richtig vorausgesagt hatte, gab es nun keine Sand- oder Steinwüste mehr; die Ebene war mehr eine Steppe zu nennen, denn es wuchs, wenn auch höchst spärlich, Gras darauf. Es wurde jetzt östlich eingelenkt und Galopp geritten. Erst Südwest und dann nach Osten; es war klar, daß man einen Umweg gemacht hatte, um etwaige Verfolger irrezuführen.

Die Sonne senkte sich dem Westen zu; in drei Viertelstunden war die Dämmerung zu erwarten. Da hob sich nach und nach der Boden, und rechter Hand tauchten Höhen auf. Zwei davon traten besonders scharf hervor, obgleich sie weit entfernt lagen. Das mußten mächtige Bergstöcke sein. Täuschte ich mich nicht, so waren es die hohen Berge des Dschildschil. Wenn ich aber recht vermutete, so führte unser Weg nicht nach den Ruinen, die unser Ziel gewesen waren. Die Uled Ayar mußten sie verlassen und sich nach der Gegend des Dschildschil gewendet haben.

Wir hatten einen großen Bogen gemacht, und meiner Berechnung nach lag das Warr, worin wir uns vorhin befunden hatten, nicht weiter als eine gute Reitstunde nördlich von uns. Das war mir von Bedeutung. Es kommt überhaupt unter Umständen sehr viel darauf an, sich die Gegend genau einzuprägen.

Nun sahen wir eine eigenartige Berggestaltung vor uns. Eine feste Masse stieg rechts und links zu bedeutender Höhe an und war in der Mitte bis tief herunter auf die Steppe eingeschnitten. Es sah aus, als hätte sich ein Riese ein Brot gebacken, es hierhergelegt, mit einem mehrere Kilometer langen Messer bis nach unten durchschnitten und nachher die beiden Hälften ein wenig auseinandergerückt. Die beiden Seiten waren leicht zu ersteigen, der zwischen ihnen liegende Paß aber schwer, denn ich bemerkte deutlich, daß seine Wände fast lotrecht abfielen.

„Der Paß wird von großer Bedeutung für euch werden."

So sagte ich mir gleich, als ich ihn erblickte, und die Vermutung sollte schon in der nächsten Nacht zur Wahrheit werden. Die Uled Ayar ritten grad auf ihn zu.

Noch ehe wir ihn erreichten, drehte ich mich um und musterte den Gesichtskreis nach rückwärts. Irrte ich mich nicht, so gab es da weit draußen einen kleinen, hellen Punkt, der scheinbar nur die Größe einer Erbse hatte. Das war jedenfalls ein Haïk; und eine Ahnung, die sich später bewahrheitete, sagte mir: das ist Winnetou. Er war gewiß unsrer Spur gefolgt, hatte also denselben Umweg gemacht wie wir und mußte uns besser sehn als ich ihn, da wir fünfzig Männer waren, die alle weiße Burnusse trugen. Daß er höchst vorsichtig sein und sich auf keinen Fall blicken lassen würde, davon konnte ich bei einem Mann, wie der Apatsche war, überzeugt sein. Ich ahnte, daß er uns trotz aller Gefahr, die dabei unvermeidlich war, bald herausholen würde.

Jetzt gelangten wir in den Paß, und ich erkannte, daß die Wände tatsächlich wie mit einem Messer geschnitten waren. Dahinauf konnte wohl niemand klettern. Wir waren kaum fünf-

oder sechshundert Schritte hineingeritten, so tauchte das eigenartige Treiben eines kriegerischen Beduinenlagers vor uns auf.

Es gab Zelte, zwischen denen sich viele Gestalten bewegten. Hier und da war dürres Holz aufgeschichtet, das am Abend zu Feuern verwendet werden sollte. Hunderte von Menschen kamen uns entgegengerannt, um ihre siegreichen Stammesgenossen mit überschwenglichem Jubel zu begrüßen. Hinter den Zelten lagerten Soldaten, die von Wachen beaufsichtigt wurden, und noch weiter hinten erblickte ich eine große Menge von Pferden. Nur Männer waren zu sehn, kein einziges weibliches Wesen. Wir befanden uns wirklich in einem Kriegslager und die Soldaten, die dahinten bewacht wurden, waren Gefangne und gehörten zu der umzingelten Schwadron, die sich hatte ergeben müssen. Ich war nun auch darauf gefaßt, dem Kolaghasi Kalaf Ben Urik zu begegnen. Daß er mich als Gefangnen sehn sollte, ärgerte mich gewaltig; doch tröstete ich mich mit der Beruhigung, daß er ebenfalls Gefangner sei. Da aber hatte ich mich freilich geirrt.

Gradezu unbegreiflich war es mir, daß die Uled Ayar hier in dem engen Paß ihre Lager aufgeschlagen hatten. Wie ich zu meinem Schaden überzeugt worden war, wußten sie genau um die Annäherung unsrer Truppen. Wie nun, wenn diese sich teilten und zu gleicher Zeit von vorn und von hinten in den Paß eindrangen? In diesem Fall waren die Ayar in der schönsten Falle. Ich sollte aber gleich hören, warum sie sich hier so sicher fühlten.

Es läßt sich leicht denken. welche Blicke uns von allen Seiten zugeworfen wurden, und noch schlimmer waren die Schimpf- und Hohnrufe, die wir zu hören bekamen. Es war am besten, gar nicht darauf zu achten.

Hart an der linken Wand der Schlucht stand ein ungewöhnlich großes Zelt, das mit einem Halbmond und anderm Zierat geschmückt war, jedenfalls die Wohnung des Scheiks. Dahin wurden wir von sechs Reitern gebracht. Die sechs stiegen dort von den Pferden, banden uns los und forderten uns auf, auch abzusteigen. Vor dem Zelt saß auf einem Teppich ein Greis mit langem, grauem Bart, der ihm ein ehrwürdiges Aussehn verlieh. Sein Auge blickte offen, und sein Gesicht war das eines Mannes, dem man Vertrauen schenken kann. Daß er in hohem Ansehn bei den Seinen stand, bewies die achtungsvolle Scheu seiner Krieger, die in gebührender Entfernung standen, um uns zu betrachten. Er hatte eine lange Pfeife in der Hand, aus der er rauchte.

Der Kerl mit dem Affengesicht übergab ihm meine Waffen, auch die von Emery und Krüger-Bei, die andre getragen hatten.

Er schien ihm dann Bericht zu erstatten; denn sie sprachen längere Zeit halblaut miteinander. Während dieser Pause standen wir wartend da. Dann entfernte sich der Berichterstatter mit den fünf andern Beduinen; sie nahmen die Pferde mit. Nun wollte Krüger-Bei nicht länger stehn und trat auf den Scheik zu.

„Wir beide kennen uns. Du bist Mubir Ben Safa, der oberste Scheik der Uled Ayar. Ich begrüße dich."

Der Scheik sah ihm ruhig ins Gesicht.

„Ich kenne dich, aber ich grüße dich nicht. Wer sind die beiden andern?"

„Das ist Kara Ben Nemsi aus dem Belâd el-Almân, und dieser ist der Pehlewan-Bei aus dem Belâd el Englîs."

„Du hast noch so einen Fremden bei dir gehabt aus dem Belâd el-Amirika?"

„Ja. Woher weißt du das?" fragte der Oberst erstaunt.

„Ich weiß alles. Woher, das geht dich nichts an. Wo ist dieser Amirikani?"

„Bei meinen Leuten."

„Das ist schade! Es ist jemand hier, der ihn sehr gern sehn wollte."

Damit war Melton gemeint, der sich wie ich vermutete, hinten bei den gefangnen Soldaten befand. Aber die Vermutung war falsch, denn soeben kam mit schnellen Schritten ein hagrer Beduine daher, dem der Scheik entgegenrief:

„Ist er begraben?"

„Noch nicht ganz", antwortete der andre. „Das Loch ist noch zuzuschütten; ich bin so früh davongelaufen, weil ich hörte, daß der Streich, den ich dir vorgeschlagen habe, geglückt ist. Wo ist der Fremde aus dem Land Amirika?"

„Er ist nicht mit dabei."

Jetzt trat der Mann heran. Kaum erblickte ihn Krüger-Bei, so rief er in höchster Überraschung:

„Kalaf Ben Urik, mein Kolaghasi! Du bist gefangen?"

„Nicht gefangen, sondern frei!" meinte der andre stolz.

„Frei? Dann werde auch ich sofort frei sein, denn ich vermute, daß —"

„Schweig!" fiel ihm der Verräter ins Wort. „Erwarte keine Hilfe von mir! Mit dir habe ich nichts mehr zu schaffen, denn —"

Er hielt mitten in der Rede inne und fuhr einige Schritte zurück. Sein Blick war auf mein Gesicht gefallen. Er erkannte mich, so wie ich ihn erkannt hatte, aber er traute seinen Augen nicht, sondern fragte den Scheik atemlos:

„Hat dir dieser Gefangne seinen Namen gesagt?"

„Ja. Er heißt Ben Nemsi aus dem Belâd el-Almân."

Da platzte er in englischer Sprache los:

„The devil! So habe ich doch richtig gesehn, obgleich es unglaublich ist! Old Shatterhand! Ihr seid Old Shatterhand! Man sprach ja schon damals davon, daß Shatterhand auch in der Sahara bekannt sei. Mann, wenn ich Euch nicht für einen Feigling halten soll, so redet! Seid Ihr der Schuft, dessen dreimal verfluchten Namen ich soeben genannt habe?"

Er legte mir dabei die Hand auf die Achsel. Ich schüttelte sie heftig ab.

„Thomas Melton, mäßigt Eure Worte! So oft Old Shatterhand auf Eure Fährte geraten ist, hat es für Euch noch nie Grund zum Jubel gegeben."

„Also Ihr seid Old Shatterhand! Und Ihr seid mit Krüger-Bei, dem alten, verrückten deutschen Landstreicher ausgezogen, die Uled Ayar zur Vernunft zu bringen! Na, freut Euch! Euch soll es so wohl wie möglich werden! Denkt Ihr noch zuweilen an Fort Uintah?"

„Sehr oft! Wenn ich mich recht besinne, mußtet Ihr Euch aus triftigen Gründen dort ein wenig unsichtbar machen."

„Und denkt Ihr auch an Fort Edwards?"

„Ebenso. Wie mir scheint, habe ich Euch dort herum einmal liebevoll beim Schopf genommen."

„Ja, Ihr habt mich durch die Wälder und Prärien gejagt wie einen tollen Hund. Aber Ihr begingt die Dummheit, mich nicht selber abzuurteilen und gleich aufzuknüpfen. Ihr liefertet mich menschenfreundlich der Polizei aus, und diese war dann auch so kindlich harmlos, mir ein Loch zu lassen, durch das ich kriechen konnte. Seit jener Zeit ist mir Euer heißgeliebter Anblick entzogen worden. Ich habe nach ihm geschmachtet zum Herzbrechen, und Ihr könnt Euch denken, mit welcher Wonne ich Euch hier so plötzlich wie durch ein Wunder wiedersehe. Ich bin Euch noch viel mehr Dank schuldig, als Ihr meint. Könnt Ihr Euch vielleicht auf meinen Bruder Harry besinnen?"

„Ja. Ich kenne Eure liebe Familie überhaupt besser, als Ihr ahnt und als es für die Sippe der Meltons wünschenswert ist."

„Well, wollen das abwarten! So denkt Ihr wohl zuweilen an die Hazienda del Arroyo zurück?"

„Die Euer Bruder anzünden und verwüsten ließ? Ja."

„Wohl auch an das Bergwerk Almaden alto?"

„Wo ich Euern Bruder gefangennahm? Ja."

„Er hat damals durch Euch sein ganzes Vermögen verloren. Er hatte es versteckt, und als er später wieder hinauf nach Almaden kam, war es nicht mehr da. Ein vermaledeiter Indianer muß es im alten Schacht gefunden haben!"

„Da irrt Ihr Euch. Ich habe es damals gleich mitgenommen und an die armen deutschen Auswandrer verteilt, denen er so übel mitgespielt hatte."

„Hell and damnation! Na, ich werde es Euch so reichlich danken, daß es Euch in allen Gliedern reißen soll. Wäre doch mein Bruder hier! Welche Seligkeit für ihn, Euch hier in meiner Gewalt zu wissen! Aber am Ende habt Ihr ihn bisher für tot gehalten?"

„Allerdings."

„Seid doch so gut und laßt Euch nicht auslachen! Ihr hattet ihn den Indianern überantwortet, die mit ihm kurzen Prozeß machen sollten, so wie Ihr mir heut von den Uled Ayar ausgeliefert werdet; aber er entkam ihnen und befindet sich jetzt wohl und munter. Es wird Ecuh gewiß herzlich freuen, das von mir zu erfahren. Nebenbei bemerkt, müßt Ihr Euch recht rasch freuen. Spätestens morgen seid Ihr ein toter Mann."

„Pshaw!" lachte ich so ungezwungen wie möglich.

Ich tat es, um ihn zu reizen, denn ich hoffte, von ihm etwas über den Kriegsplan der Uled Ayar zu hören.

„Lacht nicht!" warnte er. „Ich sprach im Ernst."

„Und dennoch lache ich. Selbst wenn ich mich in Eurer Gewalt befände, würde das, was Ihr Euch einbildet, nicht so leicht und billig auszuführen sein."

„Wohl weil Ihr Old Shatterhand seid und ich mich vor Euch fürchten soll?"

„Nein, obgleich ich schon oft bewiesen habe, daß Old Shatterhand noch mit ganz andern Menschen, als Ihr seid, fertig geworden ist. Ich brauche zu meiner Befreiung nichts zu tun, denn die Truppen, mit denen ich gekommen bin, werden für mich sorgen."

„Und ich sage Euch: Ehe sie kommen, seid Ihr tot."

„Dann werden sie mich an euch rächen, denn ich bin überzeugt, daß sie siegen werden."

Da schlug er ein lautes Gelächter an.

„Welch eine Treuherzigkeit und Arglosigkeit!"

„Lacht nur! Unsre Soldaten werden euch zu Paaren treiben!"

„Als ob ich die Memmen nicht besser kennte als Ihr! Ich will Euch sagen, wie es kommen wird."

Jetzt war er da, wo ich ihn haben wollte. Dennoch unterbrach ich ihn, nur um ihn noch mehr zu reizen:

„Behaltet es für Euch! Ich weiß es besser als Ihr. Ihr seid so leichtsinnig gewesen, Euch in dieser Schlucht, die eine wahre Falle ist, festzusetzen. Morgen werden unsre Truppen nachrücken und Euch einschließen; da gibt es dann kein Entrinnen!"

„Das sagt Ihr mir? Seht Ihr denn nicht ein, was für eine ungeheuerliche Torheit Ihr damit begeht? Gesetzt, wir wären wirklich so unvorsichtig in die Falle gegangen, wie Ihr denkt, so hättet Ihr mich doch durch Eure Bemerkung auf die Gefahr, in der wir schwebten, aufmerksam gemacht, und wir würden uns ihr schleunigst entziehn."

„Zounds!" stieß ich hervor und machte dabei ein Gesicht wie einer, der einsieht, daß er einen gewaltigen Pudel geschossen hat.

„Ah, ich sehe, daß Ihr erkennt, was für ein Schlaukopf Ihr seid. Sorgt Euch nicht um uns! Wir sind in die Schlucht gegangen, weil wir da versteckt liegen. Auch können wir hier unsre Feuer brennen. Aber morgen früh werden wir die Stelle verlassen, doch nur die Hälfte von uns; die übrigen werden sich so weit nach hinten in den Paß ziehn, daß sie nicht bemerkt werden. Die andern verbergen sich draußen hinter Felstrümmern. Dann erscheinen Eure tapfern Soldaten und reiten in die Schlucht, die nun für sie zur Falle wird: sobald sie eingedrungen sind, kommen ihnen die außen aufgestellten Uled Ayar nach und drängen sie auf ihre im Hintergrund wartenden Gefährten. Ein Kind muß einsehn, daß es dann für Eure Leute keine andre Rettung gibt als Ergebung auf Gnade und Ungnade."

Jetzt wußte ich, was ich wissen wollte; aber ich ließ ihn das nicht merken und machte im Gegenteil ein möglichst verlegnes Gesicht. Dann ließ ich meine Züge schnell wieder hell werden und meinte:

„Die Berechnung würde gut sein, wenn es gewiß wäre, daß die Soldaten auch in die Falle reiten."

„Sie werden es; darauf könnt Ihr Euch verlassen; es ist dafür gesorgt. Der Führer, nach dessen Weisungen Ihr Euch mit so großem Vertrauen gerichtet habt, steht mit mir im Bund. Er hat Euch heut nach dem Wasser gebracht; ich war gestern abend bei Euerm Lager und habe ihm das befohlen, um Eure Truppe führerlos zu machen. Ebenso wird er sie morgen in die Schlucht bringen."

„Wetter! Aber Ihr seid doch Offizier und solltet zu Krüger-Bei halten."

„Unsinn! Ich habe mich lange Zeit vor ihm geduckt und um seine Gunst gebuhlt, habe jetzt aber wichtigere Dinge vor und ganz andre Aussichten. Ich gehe nach den Vereinigten Staaten zurück und will die Gelegenheit benutzen, eine gut gefüllte Tasche mitzunehmen. Ich habe mich mit Absicht umzingeln lassen; ich habe mit voller Überlegung dem Scheik der Uled Ayar meine Soldaten zugeführt; ich habe durch meinen Boten Krüger-Bei mit seinen drei Schwadronen herbeigelockt. Die Soldaten gehören dem Scheik; der Pascha mag sie auslösen. Krüger-Bei gehört mir und soll mir für seine Freiheit eine tüchtige Summe geben. Hier steht ein Engländer, und bei Euern Truppen befindet sich ein Amerikaner. Beide müssen mir Lösegeld geben. Und in Euch habe ich durch Zufall den allerwertvollsten Fang gemacht; aber Ihr sollt mir kein Geld einbringen, sondern Ihr werdet sterben! Alles, was Ihr an mir und meinem Bruder verübt habt, wird nun mit einemmal über Euch kommen. Und wißt Ihr, warum ich Euch das alles mit solcher Aufrichtigkeit sage?"

„Nein. Ich finde Eure Offenherzigkeit gradezu unbegreiflich."

„Um Euch zu beweisen, daß ich meiner Sache vollständig sicher bin. Es gibt keine Rettung für Euch."

„Dann aber auch nicht für den Engländer und Amerikaner, noch weniger für Krüger-Bei."

„Wieso?"

„Sobald Ihr das Lösegeld in den Händen habt, werdet Ihr sie töten lassen, um nicht von ihnen verraten zu werden."

„Ach, wie klug Ihr plötzlich geworden seid!" grinste er mich an. „Was ich mit ihnen vereinbaren werde, braucht Ihr nicht zu wissen; das ist meine und ihre Sache. Was sie mir zahlen sollen, ist nur ein hübsches Reisegeld. Drüben werde ich dann Geld in Masse finden; dafür ist gesorgt."

„Wohl durch eine Erbschaft?"

Er lachte mir frech ins Gesicht. Ohne zu ahnen, daß ich schon alles wußte, bestätigte er meine Rede.

„Ja, durch eine Erbschaft, werter Sir! Und nun soll es genug sein mit meiner Aufrichtigkeit. Der Oberst mag bei dem Scheik bleiben; Ihr aber und der Englishman geht mit nach meinem Zelt, wo ich euch sicher aufbewahren werde. Nur noch ein Wort zum Scheik!"

Er wandte sich an den Greis.

„Krüger-Bei gehört dir vorläufig. Diese beiden aber nehme ich mit zu mir; sie sind mein Eigentum ebenso wie der Oberst, den ich dir einstweilen lasse, damit du mit ihm über die Bedingungen sprechen kannst, unter denen du seine Soldaten freigeben wirst."

Emery hatte an meiner Seite gestanden und jedes Wort des

Halunken vernommen. Dieser faßte jetzt mit der einen Hand ihn und mit der andern Hand mich beim Arm, um uns fortzuführen; da aber hielt ihn der Scheik zurück.

„Halt! Du scheinst mit den beiden Männern fertig zu sein, ich aber bin es noch nicht mit dir."

Das Gesicht des Sprechers hatte einen finstern, fast möchte ich sagen, drohenden Ausdruck angenommen. Ich ahnte, er werde es nicht zugeben, daß wir von dem Amerikaner fortgeführt wurden, und das konnte uns nur lieb sein. Fürs erste war ich zwar nicht sonderlich in Sorge, aber es stand fest, daß wir bei dem Kolaghasi mehr auszustehn hatten, als wenn der Scheik uns bei sich behielt. Um unser Leben hatte ich aus zwei Gründen keine Angst. Ich konnte mich zwar auf Krüger-Bei nicht verlassen, glaubte aber annehmen zu dürfen, daß ich mit Emery gewiß eine Möglichkeit finden würde, uns zu befreien. Und selbst wenn mich diese Hoffnung getäuscht hätte, so war Winnetou da, auf den ich vertrauen konnte.

Aber war der Apatsche denn wirklich da? Ich hoffte es, ja ich hätte darauf schwören mögen, so genau kannte ich diesen bewährtesten meiner Freunde. Ich war vollständig überzeugt, daß er der weiße Punkt gewesen war, den ich bemerkt hatte, und konnte leicht von dem, was ich an seiner Stelle getan haben würde, auf seine Maßnahmen schließen.

Er hatte unbedingt wahrgenommen, daß wir in den Engpaß einbogen, der den Berg in zwei Hälften, eine östliche und eine westliche, teilte. Winnetou kam, wie wir, von Westen her; jedenfalls hielt er diesen Paß für ebenso bedeutsam wie ich. Er mußte erfahren, wer sich darin befand, und hatte daher auf alle Fälle seine Richtung geändert und unsre Spur verlassen, um hinauf auf den Berg zu reiten und von der Höhe in den Paß hinabzublicken. Es war mir, als müßte ich ihn dort sehn, wenn ich meinen Blick nach oben richtete. Ich tat es, und wirklich, kaum hob ich das Gesicht empor, so richtete sich da oben, an der Kante des lotrecht abfallenden Felsens, eine Gestalt auf, machte einige Armbewegungen und ließ sich dann schnell wieder niederfallen. Er schien in dieser Höhe nur die Größe eines Knaben zu haben; aber ich hatte ihn dennoch erkannt. Er war es und hatte mir ein Zeichen gegeben, daß er uns sah und alles beobachtete. Ich war nun vollständig beruhigt; ich wußte, daß er trotz aller Gefahr, die es für ihn dabei gab, kommen würde, um uns zu befreien. Er blieb auch bestimmt so lange da, bis er wußte, wohin wir geschafft wurden.

„Da oben liegt Winnetou und schaut zu uns herab", flüsterte ich Emery zu. „Wenn es hier ruhig geworden ist, wird er kommen."

„Well", antwortete er, ohne sein Auge nach oben zu richten. „Prächtiger Kerl! Wird uns herausholen!"

Der verräterische Kolaghasi hatte sich inzwischen mit dem Ausdruck des Erstaunens dem Scheik zugewandt und ihn gefragt:

„Was hast du mir noch zu sagen?"

„Das, was du nicht zu wissen scheinst, nämlich, daß du dich in einem Lager der Uled Ayar befindest und daß ich der Anführer dieser Krieger bin."

„Das weiß ich."

„Warum benimmst du dich dann so, als wärst du der Anführer? Warum bestimmst du über unsre Gefangnen, als wären sie die deinigen?"

„Das sind sie doch auch."

„Nein. Sie sind von meinen Kriegern ergriffen worden. Die beiden Männer bleiben ebenso bei mir wie der Herr der Heerscharen."

„Das kann ich nicht zugeben."

„Ich frage nicht nach dem, was du zugibst. Hier gilt nur mein Wille."

„Nein! In diesem Fall gilt der meinige!"

Und auf mich deutend, fuhr er fort:

„Du weißt nicht, welchen Wert diese Männer für mich haben. Der da ist ein entsprungner Verbrecher, der viele Mordtaten und andre Sünden auf dem Gewissen hat. Er wollte auch mich und meinen Bruder töten, was ihm aber glücklicherweise nicht gelang. Ich habe also eine Blutrache mit ihm; er ist mir verfallen und gehört mir."

Da trat ich auf ihn zu, stieß ihn, weil ich ihn mit meinen gefesselten Händen nicht züchtigen konnte, mit dem Fuß an, daß er zu Erde flog, und rief:

„Schurke, du drehst die Verhältnisse um! Du selbst bist der Mörder, und ich verfolgte dich, um dich der Gerechtigkeit zu überliefern."

„Hund!" schrie er, indem er aufsprang und auf mich losstürzte. „Du wagst es, eine solche Lüge gegen mich —"

Er kam nicht mehr weiter. Um mich fassen zu können, mußte er an Emery vorüber, und dieser versetzte ihm ebenfalls einen so gewaltigen Tritt, daß er wieder zur Erde flog und die Besinnung verlor. Das geschah so schnell, daß kein Mensch Zeit fand, es zur verhindern. Es hatte aber überhaupt gar nicht den Anschein, als hätte irgend jemand Lust gehabt, dem Kolaghasi die verdiente Züchtigung zu ersparen.

Ich wollte mich hierauf an den Scheik wenden und eben zu

sprechen beginnen, da gab er mir ein Zeichen zu schweigen und erklärte:

„Still! Ich mag nichts hören von dem, was du mir sagen willst. Daß ihr diesen Menschen mißhandeln durftet, ohne daß ich euch dafür bestrafe, mag euch genug sein. Ihr erseht daraus, was ich von ihm denke. Er nennt dich einen Flüchtling und Mörder. Du siehst nicht aus wie ein entflohner Verbrecher, und der Herr der Heerscharen würde keinen solchen Mann in seiner Nähe dulden. Du bist ein Almâni, also wohl ein Christ?“

„Ja.“

„So kennst du das Leben eures Heilands, den auch wir für einen Propheten halten?“

„Ja.“

„Er hatte zwölf Jünger und Schüler. Einer davon verriet und verkaufte ihn. Weißt du, wie er hieß?“

„Judas Ischariot.“

„Gut! So ein Ischariot ist der Kolaghasi, denn er hat seinen Freund und Herrn, den Obersten der Heerscharen, verraten und verkauft. Er scheint eine große Rache gegen euch zu haben und würde euch wohl töten. Das soll aber nicht geschehn; ich liefere euch ihm nicht aus. Ihr seid nicht seine, sondern meine Gefangnen.“

„Soll ich dir erzählen, warum er meinen Tod wünscht?“

„Jetzt nicht, denn ich habe keine Zeit dazu. Was mit euch geschehn wird, werdet ihr erfahren. Damit ihr nicht entfliehn könnt, werde ich euch gut bewachen lassen, und damit ihr nicht miteinander reden könnt, werde ich euch trennen. Jeder von euch wird in einem andren Zelt liegen. Der Herr der Heerscharen wird hier in dem meinigen bleiben.“

„Ich habe dir aber einige wichtige Dinge mitzuteilen, die geeignet sind, dir zu beweisen —“

„Jetzt nicht, jetzt nicht“, unterbrach er mich. „Später, wenn wir mehr Zeit haben, kannst du mir erzählen, soviel du willst.“

Er rief zwei seiner Beduinen herbei, erteilte ihnen leise einige Weisungen, und dann wurden wir von ihnen fortgeschafft. Der eine brachte mich in ein Zelt, wo er mir nun auch die Füße band. Dann schlug er einen Pfahl in die Erde und befestigte mich mit Stricken daran, nachdem er mir die Taschen geleert hatte. Hierauf setzte er sich draußen vor dem Eingang nieder, um mich zu bewachen.

Die Trennung von meinen beiden Gefährten war mir nicht lieb; es ließ sich aber nichts dagegen tun.

Mittlerweile wurde es immer dunkler. Der Abend brach herein. Nach dem letzten Gebet brachte mir mein Wächter einige Schluck Wasser; zu essen bekam ich nichts.

Durch die Leinwand meines Zelts bemerkte ich, daß mehrere Feuer brannten, doch ließ man sie bis auf ein einziges, das während der ganzen Nacht unterhalten werden sollte, bald wieder ausgehn. Der Lärm des Lagers verstummte zeitig: man legte sich früh schlafen, weil morgen noch vor Tagesanbruch der Paß verlassen werden sollte.

Mein Wächter kam von Zeit zu Zeit herein, um sich zu überzeugen, daß ich noch da sei, und um meine Fesseln zu betasten.

Ich arbeitete mit Eifer an meinen Handfesseln herum und hatte alle Hoffnung, noch vor dem Morgen die Hände frei zu bekommen. Wenn mir das gelang, war ich gerettet. Aber meine Mühe war überflüssig, denn noch war es nicht Mitternacht, als ich ein leises Geräusch an der Rückseite des Zelts hörte. Es war so dunkel, daß ich unmöglich etwas erkennen konnte, aber ich sagte mir gleich, daß Winnetou es sei, von dem dieses Geräusch herrührte. Ich horchte.

„Scharlieh, Scharlieh“ flüsterte es da in meiner Nähe.

„Hier bin ich“, antwortete ich ebenso leise.

„Natürlich gefesselt?“

„Gefesselt und an einen Pfahl gebunden.“

„Kommt dein Wächter herein?“

„Von Zeit zu Zeit.“

„Wie seid ihr gefangen worden?“

Ich erzählte es ihm in kurzen Worten, erklärte ihm den Verrat des Kolaghasi und fügte hinzu:

„Krüger-Bei ist im Zelt des Scheiks. Wo Emery steckt, werden wir bald erfahren.“

„Ich weiß es, denn ich sah, wohin man ihn schaffte. Er befindet sich auf der entgegengesetzten Seite des Lagers.“

„So schneide mich ab. Wir müssen uns beeilen, die beiden zu befreien.“

„Nein, das werden wir nicht, weil wir damit alles verderben würden. Die Uled Ayar dürfen nicht merken, daß ihr fort seid. Sie würden sofort annehmen, daß wir unsre Soldaten holen, und das würde sie zum eiligen Aufbruch veranlassen. Also müßt ihr hierbleiben. Sieht das mein Bruder Old Shatterhand ein?“

„Ja. Aber dann muß ich darauf rechnen können, daß unsre Soldaten gewiß kommen.“

„Du sollst sie selber holen.“

„Aber ich darf doch nicht fort! Mein Wächter würde Lärm schlagen."
„Er wird nichts bemerken, denn ich bleibe an deiner Stelle hier."
„Winnetou! Ein solches Opfer kann ich nicht annehmen "
„Es ist kein Opfer. Wenn ich allein gehe, kann ich nicht mit den Soldaten sprechen, denn ihre Sprache ist mir unbekannt. Wenn du mitgehst, entdeckt man dein Verschwinden, und der Fang gelingt uns nicht. Wenn aber ich hierbleibe und du gehst, ist es sicher, daß wir die Feinde fangen, denn du wirst sie noch während der Nacht einschließen, so daß sie am Morgen nicht aus der Schlucht können. Für mich ist keine Spur von Gefahr dabei, daß ich hierbleibe."
Er hatte recht. Ich durfte auf sein Anerbieten eingehn, ohne fürchten zu müssen, eigennützig zu erscheinen. Er sollte gewiß keinen Schaden haben von seiner Aufopferung; wir wußten, daß wir uns aufeinander verlassen konnten.
„Gut, ich willige ein", erklärte ich. „Bist du bei den Unsrigen gewesen, seit wir gefangengenommen wurden?"
„Nein; ich hatte keine Zeit dazu. Ich mußte vor allen Dingen dich heraus haben."
„Wie will ich sie finden, da ich nicht weiß, wo sie sind?"
„Wenn du grad gegen Norden reitest, mußt du auf sie stoßen. Sie haben jedenfalls da, wo die Felsen aufhören, haltgemacht."
„Am südlichen Ende des Warrs? Das denke ich auch. Du sprichst vom Reiten. Natürlich meinst du auf deinem Pferd?"
„Ja. Wann du aus der Schlucht kommst, gehst du tausend Schritte gegen Norden; da hab ich es angehobbelt. Meine Waffen hängen am Sattel; nur das Messer habe ich hier."
„Das behältst du auch, um für alle Fälle etwas zur Verteidigung zu besitzen. Wie aber, wenn der Wächter hereinkommt und dich anspricht? — Du kannst ja nicht antworten."
„Ich werde schnarchen, damit er denkt, ich schlafe."
„Gut! Hoffentlich dauert es nicht lang, bis ich wieder da bin. Soll ich dir ein Zeichen geben?"
„Ja. Drei Schreie eines Geiers."
„Gut! Also binde mich los! Dann feßle ich dich; aber so, daß du dir die Hände leicht frei machen kannst."
Das geschah; nun verabschiedete ich mich von dem Apatschen und kroch zum Zelt hinaus. Das war nicht schwer. Die Leinwand war mit Hilfe von Schnüren unten am Boden an die Zeltstangen festgebunden. Winnetou hatte zwei Schnüre gelöst und die Leinwand soweit emporgehoben, daß er ins Zelt hatte kriechen können.

Ich kam auf dieselbe Weise hinaus und band die Schnüre wieder fest. Ich war frei, ohne daß mein Wächter eine Ahnung davon hatte.

Nun, eigentlich frei war ich allerdings noch nicht, denn ich hatte erst noch einen großen Teil des Lagers zu durchschleichen; aber ich wußte, daß es niemandem gelingen würde, mich zu fangen.

Der junge Mond stand am Himmel, obgleich ich ihn hier in der tiefen Schlucht nicht sehn konnte. Es war ziemlich hell, doch erblickte ich keinen Menschen, der noch munter war. Die Schläfer lagen in Gruppen, die leicht zu vermeiden waren, beisammen. Ich kroch auf der Erde hin und hatte schon nach einer Viertelstunde die letzten Uled Ayar hinter mir. Da stand ich auf und lief.

Die Beduinen fühlten sich vollständig sicher. Sie hatten nicht einmal am Ausgang des Passes einen Wachtposten aufgestellt. Nun tausend Schritt vorwärts. Schon nach achthundert Schritten sah ich das Pferd, denn hier im Freien war es bedeutend heller als drin in dem tiefen Engpaß. Ich stieg auf und ritt davon. Jetzt erst konnte ich meine Flucht als gelungen betrachten, da ich ein Pferd und Winnetous vortreffliche Waffen hatte.

Nun ging es im Galopp immer weiter nach Norden. Der Mond stand im Anfang des ersten Viertels, schien aber so hell, daß ich eine weite Fernsicht hatte. Nach einer Stunde erreichte ich die ersten Felsblöcke, die den Beginn des Warrs bildeten. Es galt, unser Lager zu finden, was hier zwischen den Felsen weit schwerer war als auf der offenen Steppe. Ich nahm die Silberbüchse des Apatschen und gab einen Schuß ab, nach einer kleinen Weile einen zweiten. Als ich nun horchte, hörte ich nach vielleicht einer halben Minute zwei Schüsse als Antwort; sie fielen westlich von mir. Ich schlug diese Richtung ein und traf bald auf mehrere Soldaten. Man hatte im Lager meine Schüsse gehört und war der Ansicht gewesen, daß Winnetou zurückkehrte. Man hatte auch zweimal geschossen, um ihm die Richtung anzudeuten, und außerdem noch Leute ausgesandt, ihm entgegenzugehn. Sie erstaunten, an seiner Stelle mich zu sehn, doch unterließ ich es, ihnen Auskunft zu geben; meine Zeit war zu kostbar, als daß ich sie hätte mit langen Reden vergeuden mögen.

13. Um die Kopfsteuer

Im Lager empfing man mich jubelnd. Ich fragte nach dem Führer; er wurde gerufen und zeigte keine Spur von Angst.

„Du weißt, wie wir gefangen wurden?“ fragte ich ihn in ruhigem Ton.

„Ja, o Herr. Ich war ja dabei.“

„Was mag wohl der Grund gewesen sein, daß grade nur du entkamst?“

„Weil ich auf dem Pferd sitzengeblieben war. Er trug mich schnell davon.“

„Hm, ja! Was tatest du dann?“

„Ich meldete eure Gefangennahme.“

„Und dann?“

„Suchten wir euch im Warr.“

„Warum denn da?“

„Es war anzunehmen, daß sich die Uled Ayar mit euch dort verstecken würden.“

„Und ihrer Spur folgtet ihr nicht?“

„Das wäre überflüssig gewesen, weil es dein Freund, der Ben Asra heißt, schon tat.“

„Ah, darum hieltet ihr es für überflüssig! Wenn einer ein gutes Werk tut, dürfen andre es nicht auch ausführen, weil es überflüssig ist. Du hast sonderbare Gründe. Aber der eigentliche Grund ist ein andrer. Wo hatten die Uled Ayar gesteckt, als sie uns überfielen?“

„Hinter den Felsen.“

„Dort hatten sie auf uns gewartet. Sie mußten also wissen, daß wir kommen würden. Sie erfuhren es von einem, der es gewußt hat, daß du uns an das Wasser führen würdest. Wer hat es noch gewußt?“

„Niemand.“

„Ja, niemand außer dir. Folglich bist du der Verräter gewesen.“

„Ich? Welch ein Gedanke! Habe ich nicht bewiesen, daß ich treu bin? Bin ich nicht nach Tunis geritten, um Hilfe zu holen?“

„Dn willst sagen, um den Uled Ayar noch mehr Soldaten in die Arme zu treiben. Wer war der Reiter, mit dem du gestern um Mitternacht in der Nähe unsers Lagers gesprochen hast?“

Diese Frage hatte er nicht erwartet. Er blieb vor Schreck stumm.

„Antworte!“ befahl ich ihm.

„Herr, auf — auf eine — auf eine solche Frage — kann ich nicht antworten“, stotterte er.

„Du kannst es: Wer war es?“

„Ich habe mit niemandem gesprochen. Ich habe das Lager gar nicht verlassen.“

„Lüge nicht! Du hast mit dem Kolaghasi Kalaf Ben Urik verabredet, uns den Uled Ayar auszuliefern.“

„Maschallah Herr, sag mir, wer mich in dieser Weise verleumdet hat, damit ich ihn niederschieße!“

„Sprich nicht vom Schießen, denn du selbst wirst es sein, der erschossen wird. Die Kriegsgesetze verlangen deinen Tod.“

„Herr, ich bin unschuldig Ich weiß —“

„Schweig!“ herrschte ich ihn an. „Du hast nach unserm Verschwinden als Führer die Nachforschungen geleitet und mit Absicht nicht auf unsre Spuren geachtet. Der Kolaghasi hat mir selber gesagt, daß er mit dir im Bund steht.“

„Der Schurke! Er ist —“

„Still! Du bist ein Verräter und wolltest uns alle ans Messer liefern. Entwaffnet den Halunken und bindet ihn! Der Herr der Heerscharen wird ihm morgen sein Urteil sprechen.“

Die Leute waren so erstaunt, den Unteroffizier, der bisher ein so großes Vertrauen genossen hatte, im Verdacht eines solchen Verbrechens zu sehn, daß sie versäumten, meinen Befehl auszuführen. Das machte er sich zunutze.

„Mein Urteil?“ rief er. „Eher soll das deinige gesprochen werden, du verfluchter Giaur!“

Er zog sein Messer und wollte es mir in die Brust stoßen. Ich hatte Winnetous Gewehr in der Hand, wehrte damit den Stoß ab und griff nach dem Verräter. Er huschte mir aber unter dem Arm weg und eilte davon, der Stelle zu, wo die Pferde standen. Die Anwesenden waren so überrascht, daß keiner ihn verfolgte. Auch ich blieb stehn; aber ich legte die Silberbüchse zum Schuß an.

An dem Mann lag mir nichts. Er hätte immerhin entkommen mögen; aber es war anzunehmen, daß er sich nach der Schlucht zu den Uled Ayar wenden würde, und das mußte verhindert werden. Die Felsblöcke versperrten die Aussicht auf die Pferde; aber wenn er aufstieg, saß er so hoch, daß seine Gestalt über die Felsen ragen mußte. Darauf wartete ich. Das Schnauben eines Tiers war zu hören, dann Hufschlag. Er war aufgestiegen. Da drüben ritt er hin. Ich sah ihn, zielte auf die rechte Schulter und drückte ab. Der Schuß krachte; ein Schrei ertönte, und der Reiter verschwand.

„Ich habe ihn vom Pferd geschossen", sagte ich, indem ich das Gewehr absetzte. „Eilt hin und holt ihn her zu mir!"

Viele rannten fort. Als sie ihn brachten, war er ohnmächtig.

„Der Hekim[1] mag ihn verbinden; dann wird er gefesselt", gebot ich. „Er darf nicht aus den Augen gelassen werden."

„Warum fesseln?" fragte da eine Stimme hinter mir. „Der Mann schien brav zu sein und hat sich gut geführt. Wer wird eines Verdachts wegen einen Menschen erschießen?"

Diese Worte waren in englischer Sprache gerufen worden, und als ich mich umdrehte, stand der falsche Hunter da. Der kam mir eben recht.

„Ihr tadelt mich?" fragte ich ihn in derselben Sprache. „Dazu habt Ihr keine Veranlassung."

„Habt Ihr Beweise für die Schuld dieses Unteroffiziers?"

„Ja."

„So mußtet Ihr ihn anzeigen, damit er vor ein Kriegsgericht gestellt wird. Ihr hattet kein Recht, auf ihn zu schießen."

„Pshaw! Ich werde das, was ich getan habe, vor Krüger-Bei verantworten. Wie kommt es aber, daß Ihr Euch eines Verräters so warm annehmt?"

„Es muß erst bewiesen werden, daß er einer ist."

„Es ist schon erwiesen. Ich habe allerdings in letzter Zeit bemerkt, daß Ihr eine ganz besondre Zuneigung zu diesem Mann gefaßt und Euch heimlich viel mit ihm beschäftigt habt. Jetzt verteidigt Ihr ihn, ohne dazu berufen zu sein. Könnt Ihr mir den Grund dafür angeben?"

„Ich habe mich vor Euch nicht zu rechtfertigen."

„So! Das ist Eure Meinung; die meinige klingt aber anders. Soll ich Euch sagen, weshalb Ihr eine so innige Freundschaft mit diesem Verräter geschlossen habt?"

„Das zu sagen, würde Euch wohl schwer werden."

„Kinderleicht! Er ist das Bindeglied zwischen Euch und dem Kolaghasi Kalaf Ben Urik, den Ihr befreien wollt."

„Wenn Ihr so denkt, so bedaure ich es sehr, Euch in mein Vertrauen gezogen und Euch so viel mitgeteilt zu haben."

„Ich brauche weder Euer Vertrauen noch Eure Mitteilungen. Ich weiß ohnehin genug, so zum Beispiel, daß Ihr einen gewissen Thomas Melton kennt."

„Tho — mas — Mel — ton!" stieß er silbenweise hervor.

„Ja. Ihr leugnet doch nicht diesen Mann zu kennen oder wenigstens von ihm gehört zu haben?"

[1] Arzt

Wenn ich diesen Namen gebrauchte und eine solche Frage aussprach, mußte ich allerdings etwas wissen. Daß ich aber alles durchschaute, hielt er wohl für unmöglich. Leugnen wäre ein großer Fehler gewesen; darum antwortete er:

„Ich kann nicht in Abrede stellen, daß ich diesen Namen gehört habe. Aber was geht das Euch an?"

„Nur sehr wenig, wie Ihr gleich hören werdet. Wißt Ihr, wer Thomas Melton war?"

„Ja, ein Westmann."

„Und nebenbei ein Falschspieler und Mörder."

„Mag sein; mich kümmert das nicht."

„Das wundert mich, denn ich weiß, daß Ihr die Geschichte vom Fort Uintah kennt."

„Und Ihr kennt sie auch?" fragte er unbedacht, denn er gab damit zu, daß er sie in Wirklichkeit kannte.

„Ein wenig", fuhr ich fort. „Er hatte damals falsch gespielt und wurde ertappt; es kam zum Streit, und er erschoß dabei einen Offizier und zwei Soldaten. War es nicht so?"

„Ich denke", antwortete er scheinbar gleichgültig.

„Dann tauchte er in Fort Edwards auf, wie Ihr wohl ebenfalls wißt?"

„Was fragt Ihr nur? Ich habe nicht die mindeste Beziehung zu dem Mann!"

„Wenn ich mich nicht irre, wurde er dort als Gefangner eingeliefert, und zwar von einem Westmann, der — hm, wie hieß er doch gleich?"

„Old Shatterhand!"

„Ja, richtig; jetzt fällt mir's ein. Old Shatterhand. War das nicht ein Schotte oder Irländer?"

„Nein, sondern ein Deutscher, der überall seine schmutzige Hand im Spiel hatte."

„Ja, er mengte sich gern in alles. Dabei fällt mir gleich noch etwas andres ein, eine Geschichte, in der Old Shatterhand auch sein Wesen trieb. Hatte Thomas Melton nicht einen Bruder, der Harry hieß und nach Mexiko, in die Sonora ging, um sich dort eine Besitzung zu erwerben?"

„Ich hörte davon."

„Wurde er nicht auch durch Old Shatterhand von da vertrieben?"

„Ja."

„Und Thomas Melton hat einen Sohn, der Jonathan heißt?"

„Alle Wetter! Wie kommt Ihr auf den?"

„So, wie man eben aus Langeweile auf irgend etwas kommt. Jonathan Melton ging als Reisebegleiter nach Europa und dann nach dem Orient?"

„Wo — woher — wißt Ihr das?" fragte er stockend.

„Ich habe es zufällig erfahren. Er ging als Begleiter mit einem Amerikaner, der — hm, wie hieß er doch nur gleich! Wißt Ihr das nicht?"

„Nein."

„Nicht? Das wundert mich, denn ich lasse mir auf der Stelle den Kopf abschlagen, wenn dieser Amerikaner nicht genau so hieß wie Ihr, nämlich Small Hunter. Ist's nicht so?"

„Ich weiß es nicht. Laßt doch diese Fragen; sie sind mir zuwider."

„Mir nicht, denn die Sache ist wirklich wichtig. Und jetzt kommt die Hauptsache. Nämlich ich selber habe damals die entscheidende Rolle gespielt. Ich heiße nicht Jones, sondern Old Shatterhand."

„Old — Shat —!"

Er brachte vor Schreck den Namen nur halb über die Lippen und fuhr zurück, als hätte der Blitz vor ihm in die Erde geschlagen.

„Ja, so heiße ich. Und diesen Namen habt Ihr vorhin genannt, als Ihr sagtet, es hätte einer seine schmutzige Hand überall mit im Spiel. Vielleicht spiele ich auch heut mit, mit Euch und mit Euerm Kolaghasi Kalaf Ben Urik."

Er überhörte den drohenden Hohn und sagte wie abwesend: „Old Shatterhand! Ihr wollt dieser Mann sein, Ihr? Unmöglich!"

„Später wird Euch das Licht darüber heller aufgehn. Fragt Emery, der mich genau kennt und mit mir im wilden Westen gewesen ist! Und fragt Krüger-Bei, der genau weiß, daß ich ein Deutscher bin und da drüben Old Shatterhand genannt werde. Übrigens will ich Euch noch eine weitere Überraschung bereiten. Mein zweiter Begleiter ist nämlich kein Somali und heißt nicht Ben Asra, sondern er ist ein berühmter Apatschenhäuptling und wird Winnetou genannt."

„Win — ne — tou!" wiederholte er, als wollte ihm der Atem stocken. „Er ist's — wirk — wirk — wirklich?"

„So wahr, wie ich Old Shatterhand bin. Wenn Ihr von uns gehört habt, so wißt Ihr wohl, daß wir beide unzertrennlich sind."

„Das weiß ich. Aber was wollt Ihr denn hier in Tunis?"

„Wir suchen jenen Thomas Melton."

„Donnerwetter!" fluchte er.

„Wir waren erst in Ägypten, fanden aber anstatt dieses Thomas seinen Sohn Jonathan, der im Begriff stand, nach Tunis zu gehn;

da wir uns sagten, daß er da jedenfalls seinem Vater einen Besuch abstatten würde, gingen wir mit."

„Und – und –?"

„Und haben uns nicht geirrt. Wir haben Thomas Melton gefunden in der Gestalt Eures lieben Kolaghasi Kalaf Ben Urik."

„Laßt mich in Ruh! Was kümmern mich alle die Leute! Ich bin Small Hunter und habe nichts mit Euch zu schaffen."

Er wollte sich abwenden; ich hielt ihn aber beim Arm zurück.

„Bitte, wartet noch, Sir! Ich glaube gern, daß Ihr nichts mit mir zu schaffen haben wollt; jetzt aber ist die Frage, ob ich noch mit Euch zu schaffen habe. Ich kann Euch nicht fortlassen. Ich behalte Euch vielmehr bei mir, bis ich mit dem jungen Amerikaner gesprochen habe, der den Zug hierher mit dem Kolaghasi Melton gemacht hat."

„Kenne ich nicht; weiß kein Wort von ihm."

„So? Und doch ist er eine Persönlichkeit, an der Ihr den lebhaftesten Anteil nehmen müßt. Er nennt sich gradeso wie Ihr, nämlich Small Hunter."

„Unmöglich!"

„Ihr seht, der Mann bringt Euch in Gefahr, für einen falschen Small Hunter gehalten zu werden!"

„Ihr denkt doch nicht etwa –!"

„Ich denke, daß Ihr der wirkliche Small Hunter seid, und bin überzeugt, daß Ihr das beweisen könnt. Ich weiß es sogar sehr genau."

„Woher?"

„Aus Euerm Notizbuch."

„Notizbuch? Was wißt Ihr von meinem Buch? Kein Mensch hat dahinein gesehn, als ich allein."

„Da irrt Ihr Euch. Ich habe hineingeblickt. Und nicht ich allein, sondern Winnetou und Sir Emery ebenfalls. Ihr erinnert Euch, daß Winnetou auf dem Schiff mit in Eurer Kajüte wohnte. Wir wollten nun wissen, woran wir mit Euch waren; da machte Winnetou seine Augen auf, und die sind scharf. Er sah, daß Ihr Eure Brieftasche mit großer Sorgfalt behandeltet und verstecktet. Als Ihr schlieft, lieferte er eines seiner Meisterstücke. Ihr schlummertet infolge Eures guten Gewissens sehr fest, und es gelang ihm, den Schlüssel aus Eurer Hose und die Brieftasche aus dem Koffer zu holen. Natürlich kam er damit zu uns, und wir beeilten uns, Einsicht zu nehmen. Dann schaffte er sie an die Stelle zurück, woher er sie genommen hatte. Ihr begreift nun wohl, warum ich überzeugt bin, daß Ihr wirklich Small Hunter seid."

„So bin ich also von Euch bestohlen worden?“

„O nein, denn Ihr habt Euer Eigentum zurückerhalten. Ihr könnt uns höchstens vorwerfen, daß wir ein wenig neugierig gewesen sind. Auch jetzt will ich Euch nicht bestehlen. Ich gebe zwar zu, daß ich die Brieftasche brauche; aber ich werde sie Euch nicht im Schlaf nehmen, sondern Ihr werdet die Güte haben, sie mir im wachen Zustand zu geben.“

„Das werde ich nicht!“ schrie er mich an.

„Ihr werdet!“ sagte ich in einem sehr bestimmten Ton. „Wenn Ihr sie nicht herausgebt, werde ich Euch zu zwingen wissen.“

„Ich habe sie nicht bei mir! Ich habe sie beim Pferdehändler von Ghadis gelassen.“

„Ihr irrt. Einen so wichtigen Gegenstand läßt man nicht bei fremden Leuten liegen. Ihr habt die Brieftasche während unsers Rittes oft in der Hand gehabt und sie immer wieder in Euern Rock zurückgesteckt. Hier ist sie; ich fühle es.“

Bei diesen Worten klopfte ich ihm an die Brust, wo die umstrittene Tasche steckte. Er wich zornig zurück.

„Rührt mich nicht an; ich dulde das nicht!“

„Oh, Ihr werdet noch mehr als das dulden. Paßt auf!“

Ich wandte mich, natürlich nicht in englischer Sprache, an die umstehenden Offiziere, die nichts von unserm Gespräch verstanden, aber doch bemerkt hatten, daß sein Inhalt für Jonathan Melton nicht angenehm sein könne. Es kostete mich nur einige Worte, so wurde er ergriffen, niedergeworfen und gebunden. Ich nahm die Brieftasche; was er sonst bei sich hatte, wurde ihm gelassen. Dann schaffte man ihn zu den gefangnen Uled Ayun, mit denen er streng bewacht wurde. Nun konnte er sich nicht mehr im Zweifel darüber befinden, daß er von mir durchschaut worden war.

Wir hatten, wie schon oben erwähnt, drei Schwadronen. An der Spitze einer jeden standen ein Kolaghasi, also ein Rittmeister, ein Ober- und ein Unterleutnant. Mit diesen neun Offizieren hielt ich einen kurzen Kriegsrat, nachdem ich ihnen erzählt hatte, wie die Sachen standen.

Die erste Schwadron sollte sich mit ihrem Kolaghasi vor den Eingang des Engpasses legen. Mit der zweiten wollte ich selbst den Berg umreiten, um den Ausgang abzuriegeln. Die dritte sollte hinauf auf den Berg, um die beiden Felsenränder des Passes zu besetzen und nötigenfalls von da oben herabzuschießen. Diese Schwadron mußte sich also teilen; die eine Hälfte unter dem Kolaghasi sollte die rechte und die andre unter dem Oberleutnant die linke Seite des Berges nehmen. Dahinten, wo ich mich aufstellen wollte, waren bekanntlich die Pferde, und dort lagerten auch die Soldaten der gefangnen Schwadron, die von Uled-Ayar-Kriegern bewacht wurden. Wenn es mir gleich anfangs gelang, die Gefangnen zu befreien, bekamen wir hundert Mann mehr für uns.

„Und wann soll der Angriff erfolgen?“ fragte einer der Offiziere.

„Einen eigentlichen Angriff wird es nicht geben. Die erste Schwadron hat nichts zu tun, als die Feinde zurückzuweisen, wenn sie die Schlucht verlassen wollen; die zweite Schwadron hat die gleiche Aufgabe, falls die Ayar hinten ausbrechen. Nur werde ich mit einem Teil der Leute vorher über die Wächter herfallen, um eure gefangnen Kameraden herauszuholen. Das wird wohl nicht ohne Geschrei und einige Schüsse abgehn, ist aber noch kein Kampf zu nennen, und so dürfen sich die andern Abteilungen nicht etwa dadurch zu voreiligem Handeln verleiten lassen.“

„Aber der Augenblick, an dem du über die Wächter unsrer gefangnen Kameraden herfallen willst, muß doch bestimmt werden, damit wir wissen, woran wir sind!“

„Das ist richtig. Ich werde den Zeitpunkt des Salât el-fadschr, der Morgengebets, dazu benutzen.“

„Das geht nicht.“

„Warum?“

„Weil wir doch auch beten müssen, und so haben wir keine Zeit, auf den Feind zu achten. Du bist ein Christ und meinst vielleicht, daß wir nicht zu beten brauchen.“

„Das meine ich nicht; ihr sollt beten und dennoch gerüstet sein. Ihr vergeßt, daß die Uled Ayar ihr Morgengebet nach den Regeln der Hanefiten verrichten. Ihr betet, wenn der erste schwache Lichtschimmer im Osten erscheint. Bei den Hanefi aber beginnt das Fadschr, wenn el Isfirar, der ‚gelbe Schimmer‘, zu sehn ist. Ihr seid also, wenn sie beginnen, schon fertig. Sobald die Ayar beten, werde ich schnell vorrücken, um die Gefangnen zu befreien. Sie werden überhaupt durch unser Erscheinen so überrascht sein, daß sie, wenigstens für den ersten Augenblick, jede Gegenwehr vergessen.“

Wir brachen auf, um nach dem Engpaß zu reiten. Nach Verlauf von anderthalb Stunden waren wir in seiner Nähe. Hier trennten wir uns. Die erste Schwadron ritt an den Eingang, nachdem sie einige Kundschafter zu Fuß vorausgesandt hatte. Die zweite ritt rechts und links den Berg hinan, und die dritte führte ich um den Engpaß herum, bis wir seine südliche Seite erreichten. Dort ließ ich halten und ging voran, Umschau zu halten.

Die Uled Ayar zeigten sich überaus unvorsichtig. Sie hatten auch hier keinen Posten, und ich drang wohl zweihundert Schritt in die Schlucht ein, ohne auf irgend jemanden zu stoßen.

Bis dahin war beim Schein des Mondes alles gut vonstatten gegangen; aber jetzt hatte er seinen Lauf schon tief gesenkt und mußte in einer halben Stunde verschwinden.

Ich legte beide Hände hohl an den Mund und ließ dreimal den Schrei des Geiers hören. Er drang in die Schlucht hinein, und ich war überzeugt, daß Winnetou ihn vernommen hatte.

Nun galt es, bis zum Morgen zu warten. Ich hatte einige Posten in die Schlucht vorgeschoben; die andern lagerten draußen. Meiner Weisung gemäß verhielten sie sich ruhig. Es war nichts als nur zuweilen das Schnauben eines Pferdes zu hören.

Die Zeit verging; der Mond war längst verschwunden, und die Sterne verloren ihren Glanz. Dann färbte sich der Osten mit einem leisen Schein.

„Herr, sollen wir beten?“ fragte mich der Kolaghasi.

„Ja, aber ganz leise.“

Sie knieten nieder und verrichteten die vorgeschriebne Andacht. Darüber wurde der Schein am Himmel heller und heller, bis er sich gelb färbte. Das konnte man im Innern der Schlucht nicht erkennen; dennoch drang jetzt von dort der laute Ruf:

„Haj 'ala's-salât, haj 'ala'l-felâh; as-salât cher min en nôm — auf zum Gebet, auf zum Heil; das Gebet ist besser als der Schlaf!“

Es war so hell geworden, daß wir auf größere Entfernung sehen konnten. Ich huschte rasch in die Schlucht hinein und ging so weit, wie ich vordringen konnte, ohne befürchten zu müssen, bemerkt zu werden. Schon gestern hatte ich wahrgenommen, daß der Paß fast schnurgerade verlief.

Gar nicht weit von mir befanden sich die Pferde. Hinter ihnen lagen die gefangnen Soldaten; sie waren nicht gefesselt und wurden von ungefähr zwanzig bewaffneten Uled Ayar bewacht. Dann kam ein freier Raum, hinter dem das eigentliche Lager begann. Alle Menschen, die ich erblickte, knieten betend auf der Erde, auch die Gefangnen mit ihren Wächtern. Ich eilte zurück und holte mir dreißig Mann.

„Seid ganz still!“ gebot ich ihnen. „Es sind zwanzig Wächter da. Schlagt sie mit den Kolben nieder! Dann lauft ihr schnell wieder zurück.“

Es ging mit raschen Schritten in die Schlucht hinein. Die Stimme des Vorbeters wechselte mit dem Chor der Nachbetenden ab. Da kamen wir zu den Pferden. Wir rannten um sie herum und zwischen ihnen hindurch und warfen uns mit hochgeschwungnen Kolben auf die Wächter. Sie waren vor Schreck wie erstarrt. Hieb fiel auf Hieb. Zwei oder drei rafften sich auf und rannten schreiend davon; die übrigen wurden niedergeschlagen.

„Auf, ihr Männer!" rief ich den Gefangnen zu. „Ihr seid frei. Eilt zu den Pferden; nehmt so viele ihr könnt bei den Zügeln und kommt mit ihnen hinaus, wo eure Befreier warten!"

Sie sprangen auf und zu den Pferden. Jeder warf sich auf den Rücken eines Tiers und nahm ein andres oder gar zwei bei den Zügeln. Ein kurzes Drängen durcheinander, dann trieb alles dem südlichen Ausgang zu. Vom Lager her aber erschollen Rufe des Zorns. Die Uled Ayar ergriffen die Waffen und kamen schreiend nach hinten gerannt. Aber die Befreiten waren mit den Pferden schon hinaus in die Ebene; sie waren unbewaffnet und mußten also zunächst zurück. Mit den andern ging ich vor. Wir füllten in vielen Gliedern hintereinander die ganze Breite des Passes und gaben eine blinde Salve ab. Da wichen die Heranstürmenden zurück. Ihr Schreck war so groß, daß sie zunächst nicht wußten, was sie tun sollten. Dann ertönte die Stimme des Scheiks. Er brachte Ordnung in das Gewirr und führte seine Leute nach dem nördlichen Eingang. Da krachten ihnen gleichfalls Schüsse entgegen, und auf beiden Seiten blitzte es auch noch von oben herab. Ein einziges großes Wut- und Wehgeheul der Ayar erfüllte den Engpaß; sie gingen auch da vorn zurück und drängten sich in der Mitte der Schlucht zusammen. Da sandte ich einen Leutnant zu ihnen. Er schwang ein Tuch, zum Zeichen, daß er als Unterhändler erschien. Ich ließ durch ihn den Scheik bitten, zu mir zu kommen, und gab ihm das Versprechen, daß er jederzeit unbehelligt zu den Seinen zurückkehren könne. Doch sollte er seinen Uled Ayar den Befehl geben, sich bis zu seiner Rückkehr jeder Feindseligkeit zu enthalten.

Ich sah den Boten im Gedränge der Feinde verschwinden. Es dauerte wohl zehn Minuten; dann öffnete sich die Menge, und er erschien wieder; an seiner Seite kam der Scheik geschritten. Er hatte also das Vertrauen zu mir, daß ich mein Versprechen halten würde. Der Höflichkeit halber ging ich ihm eine Strecke entgegen, legte beide Hände auf die Brust und verbeugte mich.

„Sei willkommen, o Scheik der Uled Ayar! Du wolltest mich gestern, als ich dein Gefangner war, nicht zu dir sprechen lassen.

Darum bin ich aus deinem Lager gegangen, um dich jetzt als freier Mann zu bitten, heut mit mir zu reden."

Er verbeugte sich ebenfalls.

„Ich grüße dich! Du hast mir freies Geleit geboten und wirst dein Versprechen halten?"

„Ja. Du kannst gehn, sobald du willst, denn ich bringe dir den Frieden."

„Dafür willst du Steuern!"

„Nein."

„Nicht?" fragte er erstaunt. „Seid ihr nicht als Feinde zu uns gekommen, um uns das, was uns von unsern Herden übriggeblieben ist, vollends zu nehmen?"

„Ihr habt Mohammed es Sadok Pascha versprochen, die Kopfsteuer zu zahlen, aber nicht Wort gehalten. Es ist sein Recht, das, was ihr ihm verweigert, mit Gewalt zu nehmen; ihr werdet also zahlen müssen; aber ich bin dein Freund und will dir sagen, wie du die Steuer bezahlen kannst, ohne daß du ein einziges Stück eurer Herden wegzugeben brauchst. Habe die Güte, dich zu mir zu setzen, so wirst du hören, welchen Vorschlag ich dir zu machen habe!"

„Deine Rede duftet wie Balsam. Die Erde, auf der du sitzest, soll auch meinen Gliedern Ruhe geben."

Es wurden zwei Gebetsteppiche nebeneinander gelegt; er setzte sich auf den einen, ich mich auf den andern. Der Beduine überstürzt nichts. Unsre Würde erforderte, zunächst eine Pause zu machen. Endlich begann er:

„Der Herr der Heerscharen hat mir gestern von dir erzählt, Effendi. Ich habe erfahren, was du erlebt und getan hast; aber er hat mir nicht gesagt, daß du auch ein Meister in der Zauberei bist."

„Wieso?"

„Du lagst gefesselt und angebunden in deinem Zelt. Dein Wächter ist in dieser Nacht zwölfmal bei dir gewesen und hat dich und deine Fesseln betastet, um zu prüfen, ob du noch da wärst. Nur ganz kurze Zeit vor dem Morgengebet war er zum letztenmal bei dir: Jetzt ist das Zelt leer, und du sitzest hier und redest zu mir als freier Mann! Ist das nicht Zauber?"

Dieser ‚Zauber' war leicht zu erklären. Ich hatte Winnetou die Hände nicht fest zusammengebunden. Als er mein Zeichen hörte, hatte er die Fesseln abgestreift, sich vom Pfahl losgemacht und unbemerkt aus dem Lager geschlichen. Jedenfalls befand er sich bereits vorn am Eingang der Schlucht bei der ersten Schwadron.

Da ich es nicht für nötig hielt, dem Scheik diese Erklärung des ‚Zaubers' mitzuteilen, ließ ich ihn bei seinem Wunderglauben und sagte:

„Du magst daraus ersehn, was für Männer wir sind, und daß es besser wäre, wenn du mir schon gestern dein Ohr gegönnt hättest. Ist jemand von euch durch die Schüsse unsrer Soldaten verwundet oder getötet worden?"

„Nein."

„Das ist gut! Ich hatte Befehl gegeben, in die Luft zu schießen. Erst wenn meine Unterredung mit dir vergeblich sein sollte, werden wir euch unsre Kugeln schmecken lassen. Wie steht ihr mit den Uled Ayun?"

„Wir haben Blutrache mit diesen Hunden!"

„Wie viele Männer haben sie euch getötet?"

„Sechzehn! Allah sende die Ayun in die Hölle!"

„Sind sie ärmer oder reicher als ihr?"

„Reicher. Schon früher waren sie reicher; aber nun, da wir unsre Herden verloren haben, ist der Unterschied noch größer als vorher, denn sie haben keine Verluste gehabt. Sie weiden ihre Tiere im Wadi Siliana, wo es nie an Wasser mangelt."

„Wie bist du dazu gekommen, mit dem Kolaghasi Kalaf Ben Urik einen Vertrag abzuschließen?"

„Er bot ihn mir an, als wir ihn umzingelt hatten."

„Konnte er sich denn nicht anders retten?"

„O doch! Seine Soldaten hatten viel bessere Waffen als wir. Sie hätten sich durchschlagen können und dabei gewiß sehr viele von uns getötet. Er aber zog es vor, einen Vertrag mit mir abzuschließen und sich zu ergeben. Ich sollte die Soldaten bekommen, die er bei sich hatte, und auch die, die er noch herbeilocken wollte."

„Und was verlangte er dafür?"

„Seine Freiheit und den Herrn der Heerscharen, den er zwingen wollte, ihm ein großes Lösegeld zu bezahlen."

„Du weißt nicht, mit was für einem Menschen du den Vertrag abgeschlossen hast."

„Er ist ein Ischariot; das habe ich dir schon gesagt."

„Und er ist noch mehr. Ich werde dir später von ihm erzählen; jetzt ist die Zeit zu kurz, denn ich möchte auch einen Vertrag mit dir abschließen, aber einen viel bessern, der dich nicht in Widerstreit mit deinen Pflichten bringt."

„So sprich! Ich lausche deinen Worten, o Effendi."

„Zunächst will ich dir sagen, was ich von dir verlange, nämlich die Freiheit des Herrn der Heerscharen und des Engländers, die sich noch bei dir befinden. Sodann die Auslieferung des Kolaghasi und endlich den vollen Betrag der Kopfsteuer, die wir eintreiben sollen."

„Effendi, die Steuer kann ich dir nicht geben; es ist unmöglich!"

„Warte nur! Ich will dir doch auch sagen, was du von uns erhältst, wenn du in meine Forderungen willigst. Du erhältst sechzehnhundert Kamelstuten oder deren Wert."

Er sah mich mit weitgeöffneten Augen an und schüttelte den Kopf.

„Ich kann unmöglich richtig gehört haben, Effendina, und bitte dich also, es noch einmal zu sagen!"

„Gern! Du sollst sechzehnhundert Kamelstuten oder deren Wert bekommen."

„Aber wofür? Bedenke, Effendina, daß ich gar keine Forderungen an euch stellen kann."

„Ja. Du magst daraus ersehn, daß es viel besser ist, einen Christen als einen Moslem zum Gegner zu haben. Es gibt bei euch ein junges Weib, das Elatheh heißt?"

„Ja. Sie ist der Liebling des ganzen Stamms. Aber Allah hat sie mit den Augen ihres Kindes betrübt, denn ihr Söhnchen ist blind geboren. Darum ist sie mit einem ehrwürdigen Greis nach einem heiligen Ort gepilgert, um Allah zu bitten, die Augen des Kindes sehend zu machen. Sie wird nun bald heimkehren."

„Sie ist bei mir. Sie fiel unterwegs den Uled Ayun in die Hände, die den Greis töteten und die Frau bis an den Kopf in die Erde eingruben."

„Allah 'l Allah! Schon wieder ein Mord! Das ist der siebzehnte. Das viele Blut schreit um Rache bis zum Himmel hinauf. Und die Hunde verschonen nicht einmal ein Weib, das sich auf der Wallfahrt befindet! Welch eine Qual und welch ein Tod! Bis an den Kopf eingegraben? Da kommen die Geier und hacken dem Wehrlosen die Augen aus!"

„Allah hatte Erbarmen mit der Frau. Er führte mich zu ihr, und ich habe sie ausgegraben. Dann aber habe ich Farad el Aswad gefangengenommen."

„Farad el Aswad? Wer heißt so? Denn den Scheik der Uled Ayun kannst du doch nicht meinen!"

„Warum nicht?"

„Weil das für mich die größte der Wonnen wäre, und Wonnen gibt es für mich nicht mehr. Und ferner, weil sich dieser Scheik nicht so leicht gefangennehmen läßt."

„Pah! So hältst du ihn für einen tapfern Mann? Ich habe ihn

freilich ganz anders gesehn. Ich hatte nur zwei Männer bei mir. Wir drei haben den Scheik Farad el Aswad nebst dreizehn Ayun festgenommen. Und doch hatten sie ihre Waffen bei sich und saßen auf vortrefflichen Pferden."

Da fuhr er vom Gebetsteppich auf und jubelte:

„O Allah, Allah, ich danke dir! Das macht alles wieder gut! Daß es ihrer vierzehn waren, die sich von drei Männern festnehmen ließen, das verlängert mein Leben um mehrere Jahre. Welche Schande — welche Schande! Effendina, sag mir, was du mit den Hunden gemacht hast, als sie in deine Hände gefallen waren! Hast du sie getötet?"

„Nein. Sie leben noch, sind gefesselt und befinden sich bei mir."

„Was wirst du mit ihnen anfangen? Sag es mir — sag es mir schnell!"

Er zitterte fast vor Verlangen, meine Antwort zu hören.

„Ich übergebe sie dir."

Kaum hatte ich diese vier Wörtchen ausgesprochen, so ergriff er meine Hände und fragte, vor Aufregung fast brüllend:

„Ist das wahr — ist das wahr? Ist das dein fester Wille?"

„Ich liefere sie dir aus; aber nur dann, wenn du die Bedingungen erfüllst, die ich vorhin gestellt habe."

„Ich erfülle sie — ich erfülle sie! O Allah, o Mohammed! Wir bekommen vierzehn Uled Ayun, und der Scheik ist selbst dabei! Wir können unsre Rache sättigen! Ihr Blut wird fließen —"

„Halt!" fiel ich ihm in die begeisterte Rede. „Ihr Leben darf nicht gefährdet werden!"

„Wie?" fragte er ganz betroffen. „Wir haben sechzehn Morde zu rächen, bekommen vierzehn Todfeinde in die Hände und sollen uns doch nicht an ihnen rächen? Alle Einwohner des Landes würden uns verlachen und uns für Menschen halten, die keine Ehre besitzen, weil sie sich Mord und Beleidigung gefallen lassen."

„Nein, das wird niemand von euch sagen, denn man wird erfahren, daß ihr wegen des Blutpreises darauf verzichtet habt, eure Feinde zu töten."

„Effendi, das ist eine Bedingung, auf die wir wohl schwerlich eingehn können!"

„Nicht? Dann bekommt ihr die Uled Ayun auf keinen Fall."

„Du vergißt, daß dann auch die Wünsche, die du ausgesprochen hast, nicht erfüllt werden."

„Ich vergesse nichts. Aber du hast vergessen, daß ihr euch in unsrer Gewalt befindet. Dreihundert Soldaten stehn vorn und hinten an diesem Paß. Und hundert Mann halten da oben auf der Höhe. Ihr könnt sie mit euern Kugeln nicht erreichen, aber sie können einen nach dem andern von euch abschießen. Ich brauche nur ein einziges Zeichen zu geben, so krachen hinter und über euch alle Gewehre. Was könnt ihr dagegen unternehmen?"

Er blickte eine kleine Weile finster vor sich nieder und antwortete dann:

„Nichts! Wir sind unvorsichtig gewesen; wir hätten nicht hier in der Schlucht bleiben sollen."

„Ja, ihr wolltet uns hier fangen und steckt nun selbst in dieser Falle. Ich habe nicht lange Zeit, gegen deine Bedenken mit unnützen Redensarten anzukämpfen. Ich gebe dir fünf Minuten Zeit, dich zu entscheiden. Also merke wohl: Ich verlange den Engländer und den Herrn der Heerscharen frei; dazu gebt ihr alles heraus, was den beiden und mir abgenommen worden ist! Ferner verlange ich die Auslieferung des Kolaghasi Kalaf Ben Urik. Dafür übergebe ich euch die vierzehn Uled Ayun unter der Bedingung, daß ihr auf die Zahlung des Blutpreises eingeht. Und außerdem lasse ich euch aus der Schlucht heraus und sorge für einen guten Friedensschluß zwischen euch und dem Pascha."

„Dem wir aber die Kopfsteuer bezahlen müssen?"

„Allerdings. Ich gebe ihm recht, daß er darauf nicht verzichten will, denn sie gehört zu seinem Einkommen."

„Aber sie ist doch zu hoch für uns! Unsre Herden müssen sich erst erholen."

„Du vergißt wieder den Blutpreis von sechzehnhundert Kamelstuten, von dem ihr die Steuer bezahlen könnt."

„Allah ist groß! Sechzehnhundert Kamelstuten! Das ist freilich viel mehr, als wir an den Pascha zu zahlen haben. Wir würden eine ganze Menge von diesen Tieren übrig behalten und mit ihnen unsre gelichteten Herden vermehren können."

„Ja. Du siehst, wie gut ich es mit euch meine. Und da die Frau, die Elatheh heißt, der Liebling eures Stamms ist, so soll sie für die Angst und Qual, die sie ausgestanden hat, entschädigt werden. Sie ist arm, ich aber habe ihr versprochen, sie wohlhabend zu machen. Die Uled Ayun sollen ihr ebenfalls hundert Kamelstuten geben."

„Effendi, deine Güte ist groß, und deine Hände werden zum Segen für jeden, den sie berühren! Doch das würden siebzehnhundert Stuten sein; das ist eine ungeheure Zahl!"

„Für die Uled Ayun nicht zu viel, denn sie sind reich."

„Aber dies Opfer wird ihren Reichtum gewaltig vermindern!"

„Das will ich eben! Sie verlieren, ihr aber gewinnt an Macht."

„Das ist richtig; aber darum bezweifle ich, daß sie auf einen so hohen Preis eingehn werden."

„Sie müssen, denn sie haben nur die Wahl zwischen ihm und dem Tod. Ich werde den Unterhändler machen, und du kannst dich darauf verlassen, daß ich um keine einzige Stute herabgehn werde. Die vierzehn Uled Ayun laßt ihr nicht eher frei, als bis die Dije ohne allen Abzug bei euch eingegangen ist."

„Da kennst du diese Leute nicht. Sie werden die Zahlung hinausschieben, rüsten und dann über uns herfallen, um die Gefangnen zu befreien."

„Nein. Du mußt bedenken, daß wir mit unsern Truppen erst fortgehn, wenn die Steuer entrichtet ist. Bis dahin sind wir eure Gäste, die nötigenfalls an eurer Seite kämpfen werden."

„Effendi, was du da vorbringst, gibt mir die Gewißheit, daß du es ehrlich mit uns meinst."

„Du gehst also auf meine Bedingungen ein?"

„Ich für meinen Teil, ja. Aber du wirst wissen, daß ich nicht die Macht habe, eine so hochwichtige Frage allein zu entscheiden. Ich muß vorher die Dschemma, die Versammlung der Ältesten, zusammenrufen. Und du? Hast denn du die Macht der Entscheidung? Du bist ein Fremder hier im Land, und der Friedensschluß ist doch eine Angelegenheit des Paschas."

„Der Herr der Heerscharen befindet sich an der Stelle des Paschas hier; was er tut, wird dieser gutheißen, und ich bin überzeugt, daß Krüger-Bei meinen Forderungen und Bedingungen seine Einwilligung nicht versagen wird."

„Effendi, ich achte deine Worte, aber noch lieber wäre es mir, wenn ich sie auch aus dem Mund des Herrn der Heerscharen vernehmen könnte."

„Gut, das sollst du. Schick ihn her, damit ich mit ihm reden kann!"

„Willst du nicht lieber zu ihm gehn? Du könntest da erst mit ihm und dann auch in unsrer Dschemma sprechen. Wenn du meinen Ältesten alles erklärst, wird es weit tiefern Eindruck machen."

„Gibst du mir freies Geleit?"

„Ja. Du hast es mir auch gegeben."

Trotz dieser Versicherung erteilte ich, so daß er es hörte, den Befehl, daß die Soldaten, sobald ein Schuß fiele, in der Schlucht vordringen sollten. Ich war überzeugt, daß in diesem Fall auch unsre andern Abteilungen die Feindseligkeiten beginnen würden.

Dann brach der Scheik auf, und ich begleitete ihn.

14. Der ‚Vater der zwölf Zehen'

Wir wurden von den Uled Ayar mit feindseligen Blicken empfangen. Der Scheik suchte eine erhöhte Stelle, von der aus er von allen gesehn wurde, und sprach zu seinen Kriegern, die sich erregt zusammendrängten.

„Hört, ihr Männer, was ich euch zu sagen habe! Der fremde Effendi, Kara Ben Nemsi genannt, bringt uns Frieden, Reichtum und Ehre. Ich habe ihm freies Geleit versprochen; er kann unangefochten wieder gehn, sobald es ihm beliebt. Er steht unter meinem Schutz und ebenso auch unter dem eurigen. Die Dschemma mag zusammentreten, um zu vernehmen, welche Freude und welches Glück uns widerfahren wird!"

Diese Worte brachten einen außerordentlichen Eindruck hervor. Die vorher so finsteren Gesichter wurden freundlicher. Es entstand ein Rauschen von fragenden und antwortenden Stimmen. Da klang eine über alle andern hinweg:

„Halt! Das kann ich nicht zugeben! Der Giaur war unser Gefangner und ist uns entflohn. Wer darf ihm da freies Geleit zusichern? Ich fordre, daß man ihn auf der Stelle wieder in Fesseln legt!"

Der Sprecher drängte sich herbei; es war der Kolaghasi Thomas Melton. Sein rot und blau angeschwollenes Gesicht bot einen widerlichen Anblick. Wahrscheinlich hatte er sich gestern beim Sturz infolge unsrer Fußtritte verletzt. Er stellte sich vor mich hin und herrschte den Scheik an:

„Ich habe dir bereits gesagt, daß dieser Mann mir gehört."

„Was du sagst, geht mich nichts an", entgegnete der Greis. „Der Effendi steht unter meinem Schutz."

Ich war auf irgendeine schnelle Tat des Kolaghasi gefaßt und hielt Winnetous Silberbüchse, die ich mitgenommen hatte, zur Abwehr bereit.

„Unter deinem Schutz?" fragte er ergrimmt. „Wie kommst du dazu, meinen Todfeind in Schutz zu nehmen?"

„Er bringt uns Glück und Segen. Wir werden Frieden mit dem Pascha schließen."

„Frieden? Und wo bleibe ich? Was wird aus unsern Vereinbarungen?"

„Die gelten nicht mehr. Du siehst, daß wir von allen Seiten eingeschlossen sind. Wir haben nur zwischen dem Frieden und dem Tod zu wählen."

„Ah! Da greift ihr Feiglinge nach dem Frieden! Und der deutsche Hund soll mir überantwortet werden?"

„Nein. Er ist der Beschützte!"

„So beschütz ihn, wenn du kannst!"

Er zog mit einer schnellen Bewegung sein Messer; es blitzte gegen meine Brust, aber noch bevor es mich traf, rannte ich ihm den Gewehrkolben unter das Kinn, daß er in einem weiten Bogen zur Erde flog. Da blieb er liegen; ein Blutstrom entquoll seinem Mund.

„Effendi, ich danke dir für diesen Stoß!" sagte der Scheik. „Du hast damit das tödliche Messer von dir abgewehrt. Hätte er dich verletzt, so wäre mein Versprechen, mit dem ich dir Sicherheit verhieß, gebrochen gewesen, und das hätte mein graues Haupt mit unauslöschlicher Schande bedeckt. Ist er tot?"

Diese Frage galt einigen Uled Ayar, die sich zu Melton niedergebückt hatten.

„Er bewegt sich nicht, scheint aber nicht tot zu sein", lautete die Antwort.

„So bindet ihm die Hände und Füße, damit er bei seinem Erwachen nicht etwa noch größeren Schaden verursachen kann! Du aber, o Effendina, magst in mein Zelt treten, wo du den Herrn der Heerscharen finden wirst."

Ich folgte der Aufforderung und fand Krüger-Bei an einem Pfahl befestigt.

„Ihnen hier, Ihnen!" rief er mir erfreut entgegen. „Ich denke, daß Sie ebenso wie ich mit Fesseln angebunden gewesen sind."

„Wie Sie sehn, bin ich frei und werde auch Sie gleich losbinden."

„Gott sei Dank! So sind Sie wohl gar nicht gefesselt zu betrachten gewesen?"

„O doch! Ich war ebenso wie Sie gefangen, bin aber entflohn." Ich erzählte ihm schnell das Notwendigste, nachdem ich ihn losgebunden hatte. Er hörte mir mit großer Spannung zu, und diese verdoppelte sich, als ich ihm die Vorschläge, die ich dem Scheik gemacht hatte, auseinandersetzte. Als ich geendet hatte, war er voll Staunen.

„Maschallah! Was sind Sie für ein Mensch!"

„Wie meinen Sie das? Stimmen Sie mir bei oder nicht?"

„Sowohl ja, niemals nein!"

„Das freut mich. Ich war überzeugt, ganz in Ihrem Sinn gehandelt zu haben. Sie verlangen also von den Uled Ayar nicht mehr, als ich von ihnen gefordert habe, und gewähren ihnen alles, was ich ihnen versprochen habe?"

„Ja und Amen."
„Gut, so kommen Sie heraus! Draußen werden die Ältesten beisammensitzen und auf mich warten. Oder wollen Sie zu ihnen sprechen?"
„Um meines Ranges willen, weil ich des Paschas Vertretung habe, will ich lieber selber zu ihnen reden."
Wir traten aus dem Zelt, vor dem die Alten in einem Kreis saßen. Sie zeigten keine Spur von Erstaunen darüber, daß ich den Herrn der Heerscharen losgebunden hatte und machten ihm bereitwillig Platz, als er sich anschickte, in die Mitte ihres Kreises zu treten.
Alle Uled Ayar hatten sich neugierig rundum zusammengeschart, hielten sich aber in achtungsvoller Entfernung. Bei den Beduinen wird einer Dschemma die größte Ehrerbietung erwiesen, und mancher junge Fant könnte von diesen ungebildeten Leuten lernen.
Die Rede Krüger-Beis war ein Meisterstück wie immer, wenn er sich nicht seiner deutschen Muttersprache bediente. Er bestätigte alles, was ich dem Scheik versprochen hatte, und wollte sich, als er zu Ende war, zurückziehn, um der Dschemma Zeit zur Beratung zu lassen; da aber erhob sich der Scheik und sagte:
„Deine Worte, o Herr, waren die Rosen, deren Duft das Herz verjüngt. Du willst dich entfernen, damit wir uns beraten können? Das ist nicht nötig. Wozu eine Beratung? Ich stimme jedem deiner Worte bei und fordre alle meine Gefährten auf, dasselbe zu tun. Wer ein Wort dagegen zu sagen hat, mag seine Stimme erheben!"
Keiner folgte der Aufforderung.
„Und wer mit dem, was der Herr der Heerscharen gesagt hat, einverstanden ist, der stehe auf!"
Nicht einer blieb sitzen.
Darauf bestieg der Scheik wieder einen hohen Stein und verkündete den Seinen mit weithin schallender Stimme, welches Übereinkommen jetzt getroffen worden war. Da erhob sich ein lauter Jubel. Ich hatte mehrere hundert Hände zu drücken und sah überall in dankbar strahlende Gesichter.
Das erste, was ich nun unternahm, war natürlich, Emery zu befreien. Er hatte den Lärm, die lauten Stimmen gehört und daraus geschlossen, daß etwas Wichtiges im Werk sei; aber daß es ein Friedensschluß sein könne, das war ihm nicht in den Sinn gekommen. Um so größer war sein Erstaunen, als ich in sein Zelt trat, um ihn loszubinden.
Das war die erste Folge unsres Friedensschlusses, die zweite war, daß wir unsre Waffen und alles, was man uns abgenommen hatte, wiederbekamen.
Nun ließ ich mir sagen, wo der Kolaghasi zu finden sei. Man

hatte ihn in sein Zelt geschafft und ihn dort angebunden. Als ich hineintrat, sah ich, daß er die Augen offen hatte; er schloß sie aber sogleich und stellte sich, um Spottreden zu entgehn, ohnmächtig. Er hatte Blut gespuckt und zwei Zähne verloren, ein Beweis, daß mein Kolbenstoß nicht grad die Wirkung einer Liebkosung gehabt hatte. Ich überzeugte mich, daß er sich nicht befreien konnte, und ging wieder.

Es wurde ausgemacht, daß die Uled Ayar die Schlucht verlassen sollten, um draußen ihr Lager aufzuschlagen. Vorher aber mußte der Friedensschluß förmlich vollzogen werden, was unter dem Absingen der heiligen Fâtiha und andrer Gebete zu geschehn hatte. Dabei genügte die Anwesenheit Krüger-Beis und Emerys. Ich zog es vor, mir die langweilige Handlung zu ersparen und begab mich zu meinen Soldaten, um ihnen das Übereinkommen mitzuteilen.

Dann setzte ich mich aufs Pferd und ritt gradenwegs durch die Schlucht und durch die Schar unsrer bisherigen Feinde nach der Nordseite des Passes, wo die erste Schwadron aufgestellt war. Die Leute wunderten sich nicht wenig, als sie mich von den Feinden her kommen sahen. Natürlich nahmen auch sie die Kunde, die ich ihnen brachte, mit Freude auf.

Wie schon gesagt, hatte ich vermutet, daß Winnetou sich bei dieser Abteilung befände, und das traf auch zu. Noch ehe ich den Mund öffnen konnte, trat er mir entgegen und fragte:

„Mein Bruder hat mit den Kriegern der Uled Ayar Frieden geschlossen?“

„Ja. Es ist gut gegangen und hat keinen Tropfen Blut gekostet. Das habe ich nur dir, meinem Bruder, zu verdanken.“

„Winnetou hat keinen Dank verdient, denn mein Bruder Scharlieh hätte dasselbe für mich getan. Auch war keine Gefahr dabei; ich war nicht festgebunden und konnte also in jedem Augenblick fort. Was ist mit Thomas Melton, dem Mörder und Verräter, geworden?“

„Er liegt gefesselt in seinem Zelt. Die Uled Ayar werden den Engpaß verlassen und hier ihr Lager aufschlagen. Wir bleiben ganz in ihrer Nähe und wollen unsre Truppen zusammenrufen.“

Der Kolaghasi dieser Schwadron sandte Boten aus, und eine halbe Stunde später war unsre ganze Reiterei an der Nordseite des Bergs versammelt. Die vorher gefangne Schwadron Meltons erhielt später von den Beduinen ihre Pferde und ihre Waffen wieder.

Es war vier Uhr nach arabischer Zeit, nach abendländischer ungefähr zehn Uhr vormittags, als die Feierlichkeit des Friedensschlusses vorüber war: die Uled Ayar kamen, ihren Scheik, Krüger-Bei und Emery an der Spitze, aus dem Engpaß geritten und wurden von drei Salven einer Abteilung unsrer Reiterei begrüßt; auch sie schossen zur Erwiderung ihre Gewehre ab. Emery hatte dafür gesorgt, daß der Kolaghasi Melton mitgebracht wurde. Da dieser sich jetzt nicht mehr bewußtlos stellen konnte, nahm er eine andre Maske vor. Er sah schrecklich aus. War sein Gesicht schon durch den gestrigen zweimaligen Sturz verletzt worden, so kamen jetzt die Folgen meines Kolbenhiebs dazu. Dieser hatte zwar nur den Verlust einiger Zähne herbeigeführt, aber die untere Hälfte des Kiefers war jetzt ebensosehr wie vorher schon die obere geschwollen. Auch die Zunge schien in Mitleidenschaft gezogen; das hörte ich sehr bald, denn er wurde zu mir geführt und mir vom Scheik förmlich übergeben, wie unsre Friedensbedingungen das mit sich brachten. Der Scheik tat das in einigen kurzen Worten. Melton aber fuhr ihn grimmig an:

„Was? Du lieferst mich diesen Menschen aus?"

„Ich muß", antwortete der Beduine. „Das war eine Bedingung des Friedensschlusses."

„Aber du hast mir vorher die Freiheit versprochen! Wenn du das nicht erfüllst, bist du ein schandbarer Lügner, ein ehrloser Verräter."

Eigentlich hatte er recht; das mußte sich der Scheik auch sagen, und daher erklärte ich mir die Ruhe, mit der er die Beleidigung hinnahm. Übrigens wäre der Scheik jetzt ohnehin nicht zu Worte gekommen, denn als Melton geendet hatte, fuhr Krüger-Bei ihn zornig an:

„Das wagst du zu sagen, Halunke? Du wagst, von Lüge und Verrat zu sprechen? Du wirfst dem Scheik vor, als Verbündeter schlecht an dir gehandelt zu haben. Was aber bin ich, ich dir gewesen? Etwa nur ein Verbündeter? Ich war dein Gönner, dein Beschützer, dein Freund; ich habe wie ein Vater an dir gehandelt. Und wie hast du es mir vergolten? Du hast mich von Tunis hierher in eine Falle gelockt. Ich werde dich dafür aufhängen lassen. Schafft den Judas fort!"

„Halt!" bat ich. „Wenn du ihn als deinen Gefangnen betrachtest, so muß ich geltend machen, daß ich ältere Rechte habe."

„Sie sind nicht größer als die meinigen!"

„Das mag sein; aber ich habe ihn noch wegen wichtiger Dinge vorzunehmen."

„Das werde ich nicht verhindern."

„Gut! Dann bitte ich dich nur noch, ihn so fest binden und so gut bewachen zu lassen, daß er uns vollständig sicher ist."

„Hab keine Sorge! Der Hund soll mir nicht entgehn, darauf kannst du dich verlassen. Schnürt ihn fest und bindet ihn an einen Pfahl!"

Der Befehl wurde dem alten Sallam gegeben, und er beeilte sich, ihn auszuführen. Dabei sagte Scheik Mubir Ben Safa zu Krüger-Bei:

„Herr, du hast recht, wenn du den Hund als Ischariot bezeichnest; auch ich habe ihn schon so genannt."

„Hattest auch du Veranlassung dazu? Ist er auch gegen dich nicht ehrlich gewesen?"

„Mich hat er nicht betrügen können. Aber er hat dich verraten. Du warst mein Feind; du kamst, uns zu bekriegen; darum bin ich auf seinen Vorschlag, dich zu fangen, eingegangen. Das war mir von großem Nutzen, konnte mich aber nicht hindern, ihn für einen Judas Ischariot zu halten und aus tiefstem Herzen zu verachten. Aber er hat noch an einem andern ebenso gehandelt."

„An wem?"

„An seinem Begleiter."

Da fiel ich schnell ein:

„Dieser Mann ist es, nach dem ich fragen muß. Ich kenne ihn und fürchte, daß seine Reise bisher verhängnisvoll für ihn geworden ist. Wo befindet er sich?"

„Dort in der Schlucht."

„In der Schlucht? Himmel! Kein Mensch ist mehr dort, wenigstens kein lebender! So ist er tot?"

„Ja."

„Ermordet?"

„Ich denke es."

„Vom Kolaghasi?"

„Von ihm!"

„Wie hieß der Mann?"

„Seinen eigentlichen Namen kenne ich nicht. Der Kolaghasi nannte ihn seinen Freund; er redete ihn stets ‚mein Freund' an."

„Aber ihr müßt ihn doch bei irgendeinem Namen genannt haben."

„Das haben wir. Wie du weißt, besitzen wir die Gewohnheit, fremde Leute, die wir nicht kennen oder deren Namen wir schwer auszusprechen vermögen, nach irgendeiner Eigenschaft zu benennen, durch die sie sich vor andern auszeichnen. Wir haben diesem jungen Fremdling auch einen solchen Namen gegeben, nämlich Abû tna'schar usba[1]."

„Aus welchem Grund? Hatte er etwa zwölf Zehen, was ja bei manchen Menschen vorkommt?"

„Ja. Wir umzingelten die Soldaten bei den Ruinen, in deren Nähe eine Quelle liegt. Die Soldaten wurden als Gefangne betrachtet, der Kolaghasi aber und sein Freund waren frei. Der Fremde trank an der Quelle und wusch sich dann das Gesicht, die Hände und die Füße, und dabei hat einer unsrer Leute bemerkt, daß er an jedem Fuß sechs Zehen hatte."

[1] Vater der zwölf Zehen

„Das ist mir von großer Wichtigkeit! Ich bekenne jetzt, was selbst mein Freund, der Herr der Heerscharen noch nicht weiß, daß ich gekommen war, den ‚Vater der zwölf Zehen' vom Tod zu erretten."

„Wie?" fragte Krüger-Bei. „Du wußtest, daß er ermordet werden sollte?"

„Ich ahnte es. Es handelte sich um einen verbrecherischen Plan, der ebenso abgefeimt wie eigenartig ins Werk gesetzt worden ist. Hört!"

Ich erzählte dem Herrn der Heerscharen und dem Scheik, was sie zu wissen brauchten. Krüger-Bei geriet durch meinen Bericht in große Erregung.

„Welche Berechnung, welch bodenlose Schlechtigkeit! Hättest du eher gesprochen, so hätten wir uns beeilt und wären eher hier angekommen. Da wäre der Vater der zwölf Zehen noch nicht tot gewesen."

„Glaube das nicht! Wir haben uns beeilt und hätten gar nicht schneller reiten können. Und wäre es uns möglich gewesen, einen Tag früher hier zu sein, so ist damit noch lang nicht gesagt, daß darum der arme Small Hunter am Leben geblieben wäre."

„Dennoch behaupte ich, du hättest reden sollen!"

„Ich durfte nicht. Wenn ich dich in die Angelegenheit einweihn wollte, so mußte ich dir doch sagen, daß der Kolaghasi ein entsprungner Mörder sei? Nicht?"

„Allerdings."

„Er war dein Liebling. Erinnerst du dich unsres Gesprächs im Bardo? Ich fing an, von ihm zu reden; aber schon beim ersten Wort, mit dem ich dein Vertrauen zu dem Kolaghasi zu erschüttern versuchte, wurdest du zornig."

„Du hättest dennoch nicht schweigen sollen. Du bist mein Freund, und ich hätte dich doch vielleicht angehört!"

„Nein, denn deine Erregung war zu groß. Und wenn du mich angehört hättest, so wäre es mir dadurch doch nicht gelungen, dir dein Vertrauen zu diesem Menschen zu nehmen. Ja, ich behaupte sogar, daß es für meine Pläne gefährlich war, dich dennoch ins Vertrauen zu ziehn."

Er senkte den Kopf, schwieg eine Weile und sagte dann:

„Die Aufrichtigkeit zwingt mich, einzugestehn, daß ich wahrscheinlich etwas getan hätte, was dir hinderlich gewesen wäre. Ich gebe zu, daß ich für den Halunken eingenommen war."

„Und nun, o Scheik, sag uns, was du über den Tod des Vaters der zwölf Zehen weißt! Wurde er vom Kolaghasi schlecht behandelt?"

„O nein! Der war sehr freundlich mit ihm. Das lag ja in dem Plan, den er gegen ihn hegte: er mußte ihn sicher machen. Wir lagerten in der Schlucht. Vorgestern nach dem Abendgebet gingen beide aus dem Lager fort bis an eine Stelle, die zwischen den gefangnen Soldaten und den Pferden lag. Da hörten wir einen Schuß, keinen starken, sondern einen schwachen, wie er aus den winzigen, fremden Pistolen kommt, die sechs Kugeln, aber nur einen Lauf haben. Dann kehrte der Kolaghasi ins Lager zurück und brachte mir die Nachricht, sein Freund hätte sich soeben erschossen."

„Gab er einen Grund an?"

„Ja. Er sagte, sein Freund hätte es aus Lebensüberdruß getan."

„Habt Ihr je eine Spur von Schwermut an ihm bemerkt?"

„Nein. Er hatte die wenigen Tage, die er bei uns war, stets ein heiteres Gesicht und brachte uns durch seine scherzhaften Reden oft zum Lachen."

„Das stimmt freilich mit dem angeblichen Trübsinn nicht überein."

„Der Kolaghasi behauptete, sein Freund sei längst des Lebens überdrüssig gewesen und hätte schon einige Selbstmordversuche gemacht; das sei auch der Grund gewesen, daß er ihn so wenig aus den Augen ließ."

„Weiter! Was tatet ihr bei der Nachricht von dem angeblichen Selbstmord?"

„Ich ließ eine Palmfaserfackel anzünden; dann begaben wir uns nach der Stelle, wo der Tote lag."

„War er wirklich tot? Hast du dich selbst davon überzeugt?"

„Nein, weil wir nach unserm Glauben durch die Berührung einer Leiche verunreinigt werden. Hätte der Tote zu uns gehört, so wäre es etwas andres gewesen; aber er war ein Fremdling, warum sollten wir da unsre Hände an ihm beflecken?"

„Hm! Er wurde begraben?"

„Ja, vom Kolaghasi."

„Er half ihm niemand dabei?"

„Niemand, eben der Verunreinigung wegen. Auch hat er keinen Menschen um Hilfe gebeten."

„Wann war das?"

„Gestern. Als man euch als Gefangne zu mir brachte, erschien doch der Kolaghasi bei euch und mir. Er kam vom Grabe er war noch nicht fertig damit und hat es dann später vollendet, als wir euch in die Zelte gesteckt hatten."

„Sahst du die Wunde, die die Kugel gemacht hat?"

„Ja. Das tödliche Metall ist ins Herz gedrungen. Hältst du solche Nebendinge für wichtig, daß du mich danach fragst?"

„Für überaus wichtig. Ich muß sofort das Grab aufsuchen und bitte dich, mich zu begleiten."

Er war dazu bereit, nachdem er vorher in betreff des Lagers

einige Anordnungen gegeben hatte. Krüger-Bei, Winnetou und Emery gingen mit. Unterwegs erkundigte ich mich noch beim Scheik:

„Ging nicht aus deinen Worten vorhin hervor, daß du nicht an einen Selbstmord glaubst?“

„Ich zweifle allerdings daran, weil es mir unmöglich erscheint, daß der Vater der zwölf Zehen so lebensüberdrüssig gewesen ist, daß er sich selbst den Tod gegeben hätte. Und sodann ist der Kolaghasi ein Mensch, dem man alles zutrauen kann. Er bewachte den Fremden dauernd; es war ganz so, als ob der Freund sein Gefangner sei.“

Als wir während dieses Gesprächs den großen Teil der Schlucht durchschritten hatten, zeigte uns der Scheik, die Stelle, wo sich das Grab befand. Es bestand nicht aus einer Grube, sondern nur aus einem Steinhaufen, mit dem die Leiche zugedeckt worden war. Melton hatte sich die Arbeit leicht gemacht. Der Steinhaufen war nicht hoch; wir hatten ihn in wenigen Minuten entfernt. Da lag der Tote. Sein Anblick machte den Eindruck, den ich erwartet hatte.

„Heavens!“ rief Emery aus. „Welch eine Ähnlichkeit!“

„Uff!“ meinte Winnetou, ohne noch ein Wort hinzuzufügen.

„Maschallah, Gottes Wunder!“ ließ sich der Herr der Heerscharen vernehmen. „Das ist ja der Mann, den du von Tunis mitgenommen hast!“

„Du findest die Ähnlichkeit also groß?“

„So groß, wie ich sie niemals für möglich gehalten hätte!“

„Sie ist es ja, die das Gelingen des Plans dieser Menschen allein möglich machen konnte. Durchsuchen wir zunächst die Kleider!“

Ich hatte schon manchen Toten erblickt; dieser aber machte einen ganz besondern Eindruck auf mich, und nicht etwa allein infolge der Umstände, die ihn das Leben gekostet hatten, sondern auch wegen des Ausdrucks, den sein Gesicht zeigte. Es lächelte so selig, als ginge ein glücklicher Traum durch seine Seele. Er sah so wenig wie ein Toter aus, daß ich mich wirklich mit den Händen überzeugen mußte, um es zu glauben, daß er nicht mehr lebte.

In seinen Kleidern und Taschen fand sich kein Gegenstand. Aber bei der weitern Untersuchung fiel mir auf, daß seine linke Hand verbunden war.

„Was ist das?“ fragte ich den Scheik. „Weißt du, weshalb er den Verband trug?“

„Er ist von einer Kugel verwundet worden. Als wir eure Reiter umzingelten, sind einige Schüsse gefallen. Eine Kugel hat den Fremden getroffen. Sie hat ihm das vordere Glied des linken Daumens halb weggerissen, so daß es mit dem Messer entfernt werden mußte.“

„Ah! Das muß ich sehn.“

Ich wickelte die Binde, die aus einem Stück eines Kopftuchs bestand, ab und überzeugte mich, daß dem Toten wirklich die Spitze des Daumens fehlte. Da trat Winnetou näher heran, besah sich die Wunde und sagte:

„Mein Brude mag nun das Herz entblößen!“

Ich tat es. Ja, grade da, wo das Herz lag, war die Revolverkugel eingedrungen; sie hatte schnelle und saubre Arbeil gemacht, denn die Wunde und ihre Umgebung war so rein, als wäre sie abgewaschen worden. Auch an der Kleidung war kein Blutflecken zu sehn.

Winnetou legte den Finger auf die Stelle, wo die Kugel eingedrungen war, drückte einigemal darauf und meinte dann:

„Wird mir mein Bruder Scharlieh erlauben, die Kugel und ihren Weg zu suchen?“

„Natürlich! Komm her!“

Ich machte ihm an der Leiche Platz, er zog sein Messer und begann die traurige Arbeit, vor der ich mich zwar gescheut, die ich aber doch auch vorgenommen hätte. Ich hatte denselben Gedanken wie er. Es sollte Selbstmord vorliegen; die Tat hätte nur mit der Rechten ausgeführt werden können, da es dem Toten unmöglich gewesen wäre, mit der verletzten linken Hand zu schießen. Es kam also darauf an, welcher Richtung die Kugel im Körper gefolgt war; daraus ließ sich dann schließen, ob der Schuß mit der rechten Hand abgefeuert war.

Winnetou war ein geschickter Wundarzt. Er handhabte sein langes, starkes und scheinbar ungefüges Bowiemesser so vorsichtig wie ein gewandter Arzt. Das ging freilich langsam; erst nach einer halben Stunde kannten wir den Weg, den die Kugel genommen hatte; sie saß hinten an der letzten rechten wahren Rippe. Der abwärtsgehende Schuß konnte also unmöglich mit der rechten Hand abgegeben worden sein. Der Apatsche richtete sich auf, hielt uns seine Hand mit der Kugel entgegen und sagte nur das eine Wort: „Mord!“

„Well!“ stimmte Emery bei. „Hier liegt kein Selbstmord vor. Eine solche Richtung nimmt die Kugel nur, wenn mit der linken Hand geschossen wird, und mit ihr hat Small Hunter unmöglich schießen können.“

„Also ist Melton der Mörder!“ fügte ich hinzu. „Das habe ich sogleich gedacht, und ihr seid wohl alle derselben Meinung gewesen. Es ist eine traurige Arbeit, der wir uns hier zu unterziehn haben, und es schaudert mich; aber wir dürfen sie nicht versäumen. Es muß nun unbedingt festgestellt werden, wer der Tote ist. Ziehn wir ihm die Schuhe aus; wir müssen die Zehen sehn.“

Das geschah. Ja, er hatte an jedem Fuß sechs Zehen. Sonst fanden wir am Körper nichts, was zur Feststellung der Persönlichkeit hätte dienen können.

Damit hatten wir unsrer Pflicht genügt; es galt nun, den Toten zu begraben, was mit größrer Sorgfalt geschah, als Melton es getan hatte. Wir gaben den aufgeschichteten Steinen die Gestalt eines Kreuzes und beteten dann leise für das Heil des Toten, der so ohne alle Vorbereitung aus dem Leben geschieden war.

Dann aber drang der Scheik darauf, daß wir uns reinigen sollten. Es geschah in der Weise, daß wir uns Hände und Gesicht mit Sand wuschen, wobei er mit leiser Stimme einige Gebete murmelte. Danach sagte er:

„Nun seid ihr wieder rein, und niemand braucht sich zu scheuen, euch zu berühren. Kehren wir jetzt nach dem Lager zurück!"

„Warte noch!" bat ich. „Der Ort und das Grab liegen auf dem Gebiet, das den Uled Ayar gehört, deren oberster Scheik du bist. Kannst du uns versprechen, daß die Stätte von euch geachtet und nicht beschädigt wird?"

„Ich schwöre es euch bei Allah und dem Propheten. Doch warum bist du so besorgt um das Grab eines Mannes, der für dich ein Fremder gewesen ist?"

„Weil es möglich ist, daß es später noch einmal geöffnet werden muß. Ihr vergegenwärtigt euch doch alles, was ihr hier gesehn habt?"

„Ja."

„Wir müssen eine Schrift darüber aufsetzen, die drüben in Amerika gerichtliche Geltung hat. Du als Scheik des Stamms, dem der Ort gehört, mußt sie unterschreiben, wir als Zeugen auch, und wenn der Herr der Heerscharen seinen Namen daruntersetzt, so ist alles geschehn, was unter den gegenwärtigen Verhältnissen möglich ist. Für jetzt aber muß ich dich, Mubir Ben Safa, bitten, mir eine wichtige Frage zu beantworten: Wo sind die Sachen, die diesem Toten gehörten?"

„Sein Pferd befindet sich mit bei unsern Tieren. Seine Waffen hatte der Kolaghasi zu sich genommen; aber als er selbst gebunden in seinem Zelt lag, habe ich sie mir holen lassen. Ich werde sie euch zeigen, und ihr könnt sie haben."

„Und das sonstige Eigentum? Der Tote hat doch jedenfalls noch viele andre Gegenstände besessen, wie Ringe, eine Uhr und vor allen Dingen seine Beglaubigungen, die zu einer Reise hierher notwendig waren. An der Leiche aber haben wir nichts von alledem gefunden. Natürlich hat der Kolaghasi die Sachen eingesteckt?"

„Das weiß ich nicht."

„Nicht?“ fragte ich erstaunt. „Du hast ihm doch jedenfalls alles abgenommen, was er bei sich hatte?“

„Seine Waffen habe ich, aber was sich in seinen Taschen befand, ist ihm geblieben. Ich habe verboten, ihm irgend etwas davon zu nehmen.“

„Warum?“

„Infolge der Übereinkunft, die ich mit ihm abschloß, bevor er sich uns ergab. Ich mußte ihm versprechen, daß sein Eigentum unangetastet bliebe.“

„So hat er auch alles, was dem Toten gehörte, noch bei sich stecken?“

„Jedenfalls, denn ich bin überzeugt, daß keiner meiner Krieger sich daran vergriffen hat.“

„Gut, werde nachsehn. Gehn wir!“

„Ja, gehn wir! Was ihr mit dem Kolaghasi und seinem Eigentum macht, kann mich nicht kümmern; ich habe ihm nur mein Versprechen zu halten, und dabei war nicht gesagt, daß ich ihn gegen euch in Schutz nehmen soll. Seit ich ihn euch vorhin ausgeliefert habe, könnt ihr mit ihm verfahren, wie ihr wollt, und ich habe nichts mehr mit ihm zu schaffen.“

Nach diesen Worten handelte er auch. Als wir aus der Schlucht kamen und das Lager erreichten, trennte er sich von uns. Krüger-Bei wurde von einigen militärischen Obliegenheiten in Anspruch genommen; wir übrigen drei suchten Melton auf. Er war streng gefesselt und an einen in die Erde gerammten Pfahl gebunden. Zwei Soldaten hielten bei ihm Wache. Er wandte, als er uns nahen sah, den Kopf zur Seite, zum Zeichen, daß er nichts von uns wissen wolle.

„Master Melton“, sagte ich, „wir kommen, um einige Fragen an Euch zu richten.“

Er sagte nichts, sah uns auch nicht an. Ich fuhr fort:

„Die erste ist: Wer war der Fremde, der sich von Tunis bis hierher bei Euch befand?“

Er antwortete auch jetzt nicht. Darum gebot ich einem der Soldaten: „Hol den Bastonnadschi! Er mag dem Mann die verlorne Sprache wiedergeben.“

Da wandte Melton sein Gesicht schnell herum und schrie mich an:

„Wagt es, mich schlagen zu lassen!“

„Pshaw, macht Euch doch nicht lächerlich. Jede Weigerung zu sprechen, trägt Euch auf jede nackte Sohle zehn Hiebe ein. Also, wer war der Fremde, nach dem ich soeben fragte?“

Er warf einen langen Blick in mein Gesicht, als ob er meine Gedanken durchschauen wolle, und knurrte:

„Was habt Ihr nach diesem Mann zu fragen!"

„Er ist für mich von Bedeutung!"

„Fangen wollt Ihr mich! Ich kenne Euch! Wer weiß, was für Absichten und Pläne Ihr jetzt in Euerm Schädel stecken habt!"

„Das will ich Euch gern sagen. Ich habe die Absicht, Euch peitschen zu lassen, wenn Ihr nicht antwortet. Also, wer ist der Fremde?"

Der Bastonnadschi stand meines Winks gewärtig; darum zog Melton es doch vor, zu antworten: „Er ist mein Sohn."

„Euer Sohn? Ah! Das ist doch sonderbar! Habt Ihr den bei den Uled Ayar nicht als Euern Freund ausgegeben?"

„Ist ein Sohn kein Freund? Mußten die Wilden alles wissen?"

„Hm! Es kommt allerdings auf Euch an, wie Ihr Euern Sohn nennen wollt. Aber er ist plötzlich fort. Wo steckt er jetzt?"

„Verstellt Euch nicht! Ihr wißt es doch, daß er gestorben ist."

„Wie ist aber Euer Sohn auf den unglücklichen Gedanken gekommen, sich das Leben zu nehmen?"

„Lebensüberdruß!"

„Und dieses Selbstmords wegen kommt Euer Sohn von Amerika herüber nach Tunis? Er hat Euch die Möglichkeit geben wollen, dabei zu sein? Mir scheint, er hat eine ungeheuer zärtliche Liebe zu Euch gehegt!"

„Spottet nur! Kann ich dafür, daß solche Grillenfänger auf so dumme Gedanken kommen?"

„Ihr scheint Euch aber nicht viel daraus zu machen; wenigstens ist Euch keine Betrübnis anzumerken. Aber dennoch nehme ich Anteil an diesem traurigen Fall. Ich hörte, daß er sich in Eurer Gegenwart erschossen hat?"

„Ja, mit seinem Revolver."

„Nicht mit dem Eurigen?"

„Laßt die dummen Witze! Ich habe keinen. Ein tunesischer Kolaghasi führt keine Revolver."

„Aber wie konnte Euer Sohn mit einem Revolver umgehn? Er war doch verwundet und vermochte infolgedessen die Hand nicht zu brauchen."

„Da Ihr alles wißt, werdet Ihr auch erfahren haben, daß nur seine linke Hand verletzt war."

„Ach so! Hoffentlich habt Ihr den Toten beerbt?"

Wieder sah er mich forschend an, um zu erraten, wo ich hinaus wollte. Als ich die Frage wiederholte, erwiderte er:

„Selbstverständlich, wenn Ihr nämlich meint, daß ich alles, was mein Sohn bei sich trug, an mich genommen habe."

„Das freut mich, denn ich möchte den Nachlaß einmal sehn.

Da Ihr verhindert seid, in die Taschen zu greifen, werde ich Euch der Mühe entheben, indem ich es an Eurer Stelle tue." — „Tut es!"

Diese Worte waren in zornigem Ton gesprochen, und doch klang, wie mir schien, ein gut Teil Hohn und Schadenfreude heraus.

Ich leerte seine Taschen und untersuchte seinen Anzug. Es konnte mir nichts verborgen bleiben, und doch fand ich nur Gegenstände, die ihm gehörten; es war nichts dabei, was das Eigentum Small Hunters gewesen sein konnte.

„Was macht Ihr denn für ein Gesicht, wertester Sir?" lachte er mich aus. „Könntet Ihr Euch jetzt im Spiegel betrachten, so würdet Ihr darauf schwören, der geistreichste Mensch der Erde zu sein. Und ich Esel habe Euch stets für den größten Dummkopf gehalten! Ihr seht, wie man sich irren kann!"

Er hatte mir die Enttäuschung, die ich fühlte, angemerkt; ich nahm mich zusammen und sagte in einem Ton, dem er meinen Mißmut nicht anhören konnte: „Das ist also alles, was Ihr besitzt und was Euer Sohn bei sich gehabt hat?"

„Ja", nickte er mit freundlichem Grinsen.

„So bedaure ich Euch und ihn! Ein tunesischer Kolaghasi sollte doch kein so armer Teufel sein, und Euer Sohn scheint sich auch nicht viel erspart zu haben."

„Erspart? Wo? Bei wem?"

„Bei Small Hunter."

„The devil!" fuhr er auf. „Small Hunter! Was wißt Ihr von Small Hunter?"

„Daß er ein angenehmer junger Master ist, der sich das Vergnügen macht, den Orient kennenzulernen."

„Den Orient?"

„Ja. Er hat einen Begleiter bei sich, der ein ebenso geistvoller junger Mann ist. Wenn ich mich nicht irre, wird er Jonathan Melton genannt."

„Ich verstehe nicht."

„Es geht mir fast selber so, daß ich mich nicht verstehe. Ich habe gemeint, daß Small Hunter und Jonathan Melton sich in Ägypten befinden, und nun erfahre ich hier zu meinem Erstaunen, daß sich Jonathan vor Euern Augen erschossen hat."

Er musterte mich wieder mit einem seiner langen Blick. Es schien ihm jetzt ein Licht aufzugehn, daß ich nicht zufällig hier war, sondern mehr über seine Pläne wußte, als ihm lieb sein konnte.

„Könnt Ihr mir vielleicht eine Erklärung geben?" fragte ich.

„Denkt gefälligst selber nach!"

„Meint Ihr? Nun, ich will einmal Euern Rat befolgen. Indem

ich nachdenke, komme ich auf den sonderbaren Gedanken, daß Ihr Euch in der Person Eures Sohnes geirrt habt."

„Ein Vater soll sich in der Person seines Sohnes irren!"

„Warum nicht? Nehmen wir zum Beispiel an, es läge eine große Ähnlichkeit vor. Das ist doch ein Fall, der nicht zu den Unmöglichkeiten gehört."

Er horchte auf und brach dann ungestüm los:

„Verwünscht sei Euer Zerren und Dehnen! Ihr habt etwas auf dem Herzen. Ihr wollt mir irgendeinen Hieb oder Stoß versetzen! Was zögert Ihr noch! Heraus damit!"

„Einen Hieb? Da irrt Ihr Euch. Ich spreche aus reiner Teilnahme zu Euch. Der beste Trost für Euch wäre nun freilich der Beweis, daß Ihr Euch vergeblich grämt, daß Euer Sohn noch lebt."

„Laßt mich mit Euern Romanen in Ruh! Ich kann nicht begreifen, wie Ihr auf solche Gedanken kommt."

„Wie ich darauf komme? Auch das will ich Euch sagen. Wieviel Fußzehen hat wohl jeder Mensch?"

„Zehn natürlich!" grollte er heraus. „Ihr müßt wahrhaftig nicht recht klar im Kopf sein, daß Ihr mir so dumme Fragen vorlegt."

Der Ton, in dem er diese Worte aussprach, war mir ein sichrer Beweis, daß er den abweichenden Bau des Fußes bei Small Hunter nicht kannte. Darum verfolgte ich meinen Weg weiter:

„Die Frage ist gar nicht so verrückt, wie Ihr anzunehmen scheint. Es ist bekannt, daß Small Hunter an jedem Fuß sechs Zehen hat oder vielmehr hatte."

„Wie? Sechs Zehen?" fragte er betroffen, indem er mich mit großen Augen ansah. Der Fall war von außerordentlicher Wichtigkeit für ihn.

„Ja, sechs an jedem Fuß. Und da er Euerm Jonathan so außerordentlich ähnlich sah und Ihr ihm nur ins Gesicht blicktet, aber nicht auf die Zehen, so habt Ihr Euch unnützerweise über den Tod Eures Sohns gehärmt. Ihr habt die Leiche selber begraben. Hättet Ihr dem Toten die Schuhe ausgezogen, so wäre es Euch nicht entgangen, daß er zwölf Zehen hatte."

Er stieß einen Fluch aus.

„Ja, sonderbar! Ihr habt nichts davon gewußt; den Uled Ayar aber ist dieser seltne Überfluß an Zehen recht wohl bekannt gewesen, denn sie haben den Toten unter sich nicht anders als Abû tna'schar usba, Vater der zwölf Zehen, genannt."

Er drängte die Ausrufe des Erstaunens, die ihm auf den Lippen schwebten, zurück und begnügte sich mit einem Kopfschütteln.

„Und nicht nur in dem Mann selbst habt Ihr Euch geirrt", fuhr ich fort, „sondern auch in Beziehung auf den Tod, den er gestorben ist. Es liegt nämlich ganz gestimmt kein Selbstmord vor. Wir haben die Leiche ausgegraben und geöffnet. Die Kugel ist von links oben nach rechts unten durch das Herz gegangen und an der siebenten Rippe, da wo diese am Wirbel sitzt, steckengeblieben. Einen solchen Schuß könnte ein Selbstmörder nicht mit der Rechten, sondern nur mit der Linken abgegeben haben. Die linke Hand des Mannes war aber in der Weise verletzt, daß er mit ihr keinen Revolver zu handhaben vermochte; folglich hat er sich nicht selber getötet, sondern ist von einem andern ermordet worden."

„Wer sollte ihn denn ermordet haben?"

„Der im betreffenden Augenblick bei ihm war."

„Das war ich."

„Ihr? Hm, Master Melton, das wirft freilich kein gutes Licht auf Euch."

„Unsinn! Meint Ihr wirklich, daß ich imstand bin, meinen einzigen Sohn zu töten?"

„Nun, so wie ich Euch kenne, würde ich Euch unbedenklich auch einen Kindesmord zutrauen. Aber Ihr erklärt mit sehr glaubhafter Miene, es nicht getan zu haben, und da muß ich mich also nach einem andern umschauen, der es gewesen sein kann. Ich denke da an den Schreiber eines Briefe, der aus Tunis nach Ägypten gegangen ist. In diesem Brief wurde Small Hunter angeblich von seinem Freund, dem Anwalt Fred Murphy, eingeladen, nach Tunis zu kommen. Wißt Ihr etwas von diesem Brief?"

„Nein, nein!" brüllte er mich an, zitternd vor Grimm und Verlegenheit.

„Oder kennt Ihr einen Juden namens Musah Babuam, an den gewisse Schriftstücke gerichtet werden sollten?"

„Nein, nein!"

„Oder den Pferdehändler Bu Marama im Dorf Ghadis, bei dem Euer Sohn bis zu Eurer Rückkehr heimlich wohnen soll?"

Er bäumte sich unter seinen Fesseln auf, fiel aber wieder zurück und rief mir, vor Wut schäumend, zu:

„Du stehst mit allen Teufeln im Bund! Du ersinnst dir Lüge über Lüge, nur um mich zu quälen; aber ich werde dir nicht länger Rede stehn und nicht mehr antworten, und wenn du mich totpeitschen läßt! Geh in die Hölle, wohin du gehörst!"

Jetzt endlich hatte er eingesehn, daß ich alles wußte. Um ihm noch vollere Gewißheit zu geben, ging ich, seinen Sohn zu holen, der sich gut bewacht bei unsern Truppen befand und seinen Vater noch nicht erblickt hatte. Ich band ihm die Füße los, so daß er ausschreiten konnte, und führte ihn nach der Stelle, wo sein

Vater auf der Erde lag. Ich war überzeugt, daß die Überraschung beide zu unvorsichtigen Äußerungen bringen würde, hatte mich aber darin getäuscht, denn als sie einander anschauten, sprach keiner von ihnen ein Wort, grad als ob sie es so verabredet hätten.

Jonathan Melton hatte sich natürlich sagen können, daß man ihn seinem Vater gegenüberstellen würde, und hatte vollständig Zeit gehabt, sich sein Benehmen für diesen Fall zurechtzulegen. Er hatte für Small Hunter gelten wollen; auch sein Vater hegte die Absicht, ihn für diesen auszugeben, und er war entschlossen, bei dieser Rolle so lange wie möglich zu bleiben. Zwar hatte er von mir erfahren, daß er und sein Plan durchschaut worden waren, doch hielt er es für besser, bei der Lüge zu verharren, als ein Geständnis abzulegen. Und Thomas Melton, der Vater, war zu gerieben und schlau, als daß er durch die Überraschung zu einer Unvorsichtigkeit verleitet werden konnte.

Also sie sahen sich erstaunt an, sagten aber dabei kein Wort.

„Nun, kennt ihr euch?“ fragte ich.

„Natürlich kennen wir uns“, antwortete Thomas Melton, indem sich sein geschwollnes Gesicht zu einem höhnischen Grinsen verzerrte.

„So? Das ist gut! Also sagt mir doch einmal, wer ist dieser junge Mann?“

„Das ist Small Hunter, mit dem mein Sohn einige Zeit gereist ist.“

„Schön! Und Ihr, junger Mann, sagt mir nun, wer dieser Gefangne ist!“

„Das ist Thomas Melton, der Vater meines frühern Reisebegleiters“, antwortete der Gefragte.

„Das habt ihr beide sehr gut gemacht. Vom Standpunkt der Schurkerei muß ich euch das lobendste Zeugnis ausstellen. Nur schade, daß ich dieses Beweisstück hier besitze; es wirft eure ganze Festigkeit über den Haufen.“

„Was ist's?“ fragte der Alte.

Ich hatte die Brieftasche des Jungen vorgezeigt und entgegnete:

„Das werdet Ihr schon noch erfahren, Thomas Melton. Und alles, was Ihr Euch von Small Hunter angeeignet habt, werde ich Euch bald bringen.“ — „Versucht es doch!“ lachte er.

„Ich finde es schon noch.“

„So forscht, soviel Ihr wollt! Mich aber laßt nun endlich in Ruhe mit Euern Dummheiten!“

Er drehte sich um, und ich sah ein, daß es Zeit war, abzubrechen. Aber beisammen lassen durfte ich die beiden nicht; sonst hätten sie sich besprechen können. Der junge Melton wurde also wieder weggeführt.

15. Im Wadi Budawas

Es war für mich über allen Zweifel erhaben, daß Thomas Melton den Nachlaß Hunters irgendwo versteckt hatte, und ich nahm mir vor, den betreffenden Ort zu suchen. Der Scharfsinn Winnetous und Emerys mußten mir dabei von großem Nutzen sein. Vorher aber galt es, die erwähnte Urkunde über den Befund der Leiche Hunters aufzusetzen. Das nötige Papier war im Gepäck Krüger-Beis vorhanden. Das Schriftstück wurde in arabischer und englischer Sprache verfaßt und von uns unterzeichnet. Krüger-Bei und der Scheik untersiegelten es außerdem noch mit ihrem Châtim[1]. Ich glaubte, daß es drüben in den Vereinigten Staaten die gewünschte Geltung haben würde.

Eigentlich hatten wir nun die beabsichtigte Nachforschung beginnen wollen, doch ließ uns der Scheik jetzt noch nicht dazu kommen, denn er sagte:

„Ich habe meinen Vertrag erfüllt und werde auch später Wort halten; nun aber bitte ich, daß auch ihr das Eure tut!"

„Was meinst du?" fragte ich.

„Uns die Uled Ayun übergeben."

„Du sollst sie haben, doch nur unter der Bedingung, daß sie ihr Leben erkaufen dürfen."

„Das sollen sie. Bringt sie herbei! Ich werde die Versammlung der Ältesten berufen, in der den Ayun unsre Forderungen bekanntgegeben werden sollen."

Ich wußte, daß uns da ein schweres Stück Arbeit bevorstand, und es wurde noch weit schwerer, als ich gedacht hatte. Die Ayun fanden die Forderung von hundert Kamelstuten für ein Leben viel zu hoch; sie gingen erst dann auf unser Verlangen ein, als sie erkannten, daß es uns wirklich ernst damit war, und der Scheik ihnen erklärte, daß sie alle sterben müßten, falls sie sich länger weigern sollten.

Damit keine Zeit verloren würde, wurden zwei Uled Ayar als Boten zu den Uled Ayun geschickt, um ihnen mitzuteilen, was geschehn und beschlossen worden war. Die beiden Beduinen liefen dabei keine Gefahr. Boten, die die Dije fordern, gelten bei allen diesen Stämmen als unverletzlich.

[1] Siegelring

Für Elatheh hatte ich auch hundert Stuten ausgewirkt. Krüger-Bei versprach, mit seinen Truppen dafür einzustehn, daß alles bezahlt würde. Die Frau kam mit ihrem ‚Herrn und Gebieter' zu mir, um sich für die Rettung ihres Lebens und für den ihnen zugedachten Reichtum zu bedanken.

Der Mann war allerdings arm. Er besaß nur das Kleid, das er trug, und das bestand aus einem ärmellosen Hemd und einem Kopftuch. Dennoch versicherte er mir im Ton eines mächtigen Fürsten:

„Effendi, du hast mein Weib und Kind vom Tod errettet, und nur durch deine Güte wird Reichtum in mein Zelt einziehn. Mein Herz ist voll Dank für dich. Du stehst unter meinem ganz besondern Schutz, solang du dich hier bei uns befindest!"

Wir waren jetzt Freunde der Ayar und hatten gegen vierhundert Reiter bei uns; es war also nicht recht zu ersehn, was mir der Schutz des armen Teufels nützen sollte; aber es ist kein Geschöpf Gottes so gering und klein, daß man seine Liebe von sich weisen darf. Das war meine Überzeugung, und ich sollte sie bald genug bestätigt sehn.

Nun hätten wir wohl Zeit gehabt, nach der Hinterlassenschaft Small Hunters zu suchen, aber es war für heute zu spät dazu. Die Verhandlung mit den vierzehn gefangnen Ayun hatte so lange gedauert, daß sich schon die Zeit der Dämmerung nahte. Wir mußten also bis morgen warten.

Das tat unsrer Meinung nach nichts, denn wir hatten Zeit, und die beiden Meltons waren uns sicher. Bei dem Alten hielten stets zwei Soldaten Wache, die von zwei zu zwei Stunden abgelöst wurden, und der Junge befand sich bei den gefangnen Ayun, die von den Ayar bewacht wurden.

Was Thomas Melton betraf, so war sein Schicksal vorauszusehn. Er wurde mit nach Tunis genommen und dort als Verräter hingerichtet. Das Schicksal seines Sohnes war weniger fest bestimmt; doch da er als Mitschuldiger seines Vaters zu betrachten war, so war zu erwarten, daß seine Bahn auch nicht mit Rosen bestreut sein würde.

Ich bedauerte, daß es mir nicht gelungen war, Small Hunter am Leben zu erhalten; aber die beiden Meltons waren wenigstens unschädlich gemacht, und ich durfte überzeugt sein, daß die Angehörigen der Familie Vogel nun sicher zu ihrem Erbe kommen würden. Wenn ich an die Freude der Leute dachte, hielt ich alle Mühe, die die Angelegenheit mir verursacht hatte, für gering.

Während wir im Verlauf des Tags in der beschriebnen Weise tätig gewesen waren, hatten die Krieger der Ayar und die Soldaten Vorbereitungen zu dem Fest- und Friedensmahl getroffen, das am Abend abgehalten werden sollte. Denn daß es ohne ein solches nicht abgehn konnte, verstand sich nach den dortigen Gebräuchen von selbst.

Unsre Soldaten hatten einen bedeutenden Vorrat von trockenen Lebensmitteln bei sich. Die Ayar hatten südlich von dem Engpaß eine kleine, für ihre Kriegerschar bestimmte Schlachtherde weiden, die inzwischen herbeigetrieben worden war. Es gab also Fleisch, Mehl, Datteln und auch andres mehr als genug. Wasser war auch da. Licht wurde zu dem Fest nicht gebraucht, denn der Mond ging bald auf und verbreitete einen so hellen Schein, daß künstliche Beleuchtung unnötig war.

Die Beschreibung des Mahls kann ich füglich übergehn. Der Beduine ist äußerst mäßig, kann aber bei solchen Veranlassungen eine erstaunliche Menge von Lebensmitteln zu sich nehmen. Gespart wurde nicht, denn jeder wußte, daß die Uled Ayun bald große Herden bringen würden.

Das Leben, das in den beiden Lagern herrschte, erstarb erst nach Mitternacht. Die gesättigten Esser legten sich schlafen. Bald herrschte Ruhe. Ich hatte ein Zelt angewiesen bekommen, das ich mit Winnetou teilte. Bevor ich zur Ruhe ging, machte ich einen Rundgang, um nach den beiden Meltons zu sehn. Sie befanden sich in der Obhut ihrer Wächter, und jede Sorge um sie schien überflüssig zu sein. Als ich dann zum Zelt kam, saß davor ein Beduine, in dem ich den Mann der geretteten Elatheh erkannte.

„Was tust du hier?" fragte ich.

„Wachen, Effendi."

„Das ist nicht nötig. Leg dich getrost auch nieder!"

„Effendi, wenn ich am Tag schlafe, kann ich des Nachts wachen. Du stehst unter meinem Schutz."

„Ich bedarf dessen aber nicht."

„Weißt du das? Nur Allah kann es wissen. Ich habe dir so viel zu verdanken und bin so arm, daß ich dir nichts dafür geben kann. Erfreue mich also durch die Erlaubnis, hierbleiben zu dürfen! Meine Wachsamkeit ist das einzige, was ich dir bringen kann."

„Nun wohl! So will ich dich nicht dadurch betrüben, daß ich dich fortschicke. Allah sei mit dir, mein Hüter und Freund!"

Ich gab ihm die Hand und trat dann ins Zelt.

Winnetou war auch ermüdet, und wir schliefen bald ein. Ungefähr gegen drei Stunden nach Mitternacht, also nach gar nicht langer Zeit, wurde ich durch einen Ruf geweckt, der draußen erscholl: „Wer da? Zurück!"

Ich horchte. Auch Winnetou richtete sich auf.

„Zurück!“ rief es draußen noch einmal.

Wir gingen hinaus. Mein Freund und Hüter saß nicht mehr am Eingang des Zelts; er war aufgestanden und stand lauschend zur Seite. Der Mond war untergegangen.

„Was gibt's?“ fragte ich.

„Ich saß an der Tür und wachte“, antwortete der Mann. „Da sah ich einen Menschen gekrochen kommen und rief ihn an. Er verschwand darauf schnell. Ich erhob mich von der Erde und ging um das Zelt. Da beobachtete ich, wie ein zweiter davonsprang, und rief ihm nach.“

„Vielleicht sind es zwei Tiere gewesen?“

„Was für Tiere sollten es gewesen sein? Es waren Menschen, die es auf dich abgesehen hatten.“

„Das glaube ich nicht. Wir befinden uns ja unter lauter Freunden.“

„Weißt du das? Allah allein kann es wissen“, wiederholte er seine Worte vom späten Abend. „Doch geh hinein und leg dich getrost wieder schlafen; ich wache für dich.“

Wir gingen, vollständig überzeugt, daß der Mann sich getäuscht hatte. Wie gut aber wäre es gewesen, wenn wir dem Beduinen geglaubt hätten!

Wir schliefen bald wieder ein, wurden aber nach vielleicht einer Stunde durch einen Heidenlärm nochmals aufgeweckt. Winnetou und ich griffen nach unsern Waffen und eilten hinaus. Eben stieg der erste Schein des Tags im Osten auf; man konnte leidlich sehn. Der erste Mensch, auf den mein Blick fiel, war Krüger-Bei, der nach unserm Zelt gelaufen kam. Er rief mir atemlos zu:

„Die Gefangnen sind mit drei Kamelen fort!“

„Welche denn? Wir haben verschiedne Gefangne, die beiden Meltons und die vierzehn Ayun.“

„Die Ayun nicht.“

„Also die Meltons? Alle Wetter! Das wäre ein Streich! Dann müssen wir sofort nach! Aber da laufen deine Leute nach allen Richtungen hin und her und verderben mir die Spuren. Gib den Befehl, daß jeder an dem Platz bleiben soll, wo er sich jetzt befindet!“

Er rief diese Weisung mit einer wahren Donnerstimme über die beiden Lager hin, und sofort trat Ruhe ein. Der Scheik und Emery kamen auch herbei, und nun berichtete Krüger-Bei:

„Als vor zehn Minuten zwei neue Wächter zum Kolaghasi Melton kamen, nur die frühern abzulösen, war er fort. Seine Fesseln lagen da und daneben der eine Wächter mit dem Messer im Herzen.“

„Befindet sich der Tote noch dort?“ fragte ich.

„Ja.“

„Kommt hin!"

Ja, da lag er, der arme Teufel. Die Klinge war ihm bis ans Heft ins Herz gedrungen. Er hatte jedenfalls keinen Ruf mehr ausstoßen können. Das Sonderbarste aber war, daß man erst nach der Entdeckung dieser Tat bemerkt hatte, daß auch der junge Melton fehlte. Dazu waren die drei besten Eilkamele fort.

Winnetou hatte kein Wort von dem, was wir gesprochen hatten, verstanden. Er sah mich fragend an, und ich erklärte ihm das neue Ereignis. Er senkte den Kopf, überlegte eine kleine Weile und sagte dann: „Ein Wächter ist tot. Wo ist der zweite?"

„Auch fort!" antwortete Krüger-Bei, dem ich die Frage verdolmetschte.

„Dann war der andre Wächter im Einverständnis mit Melton", erklärte der Apatsche. „Und Melton ist beizeiten darauf bedacht gewesen, das Spiel für sich zu retten."

„Ganz richtig!" stimmte ich bei. „Und wir beide sind durch die Aufmerksamkeit unsres Hüters einer großen Gefahr entgangen. Die Meltons haben sich nach unserm Zelt geschlichen, um sich zu rächen, sind aber von diesem Mann vertrieben worden."

„Wir müssen ihnen nach!"

„Ja, und zwar ohne Säumen. Leider haben sie die besten Kamele mitgenommen. Wir müssen uns mit den nächstbesten begnügen."

Ich teilte dem Herrn der Heerscharen unsern Entschluß mit und bat ihn, drei schnelle Tiere aussuchen und für mehrere Tage mit Wasser und Lebensmitteln versehn zu lassen.

„Nur drei? Warum nicht mehr?" fragte er.

„Weil nur Emery, Winnetou und ich reiten werden. Du mußt bei deinen Truppen bleiben."

„So will ich euch einige Offiziere und tüchtige Soldaten mitgeben", schlug er vor.

„Auch das muß ich ablehnen. Schnelligkeit ist hier die Hauptsache. Viele Begleiter würden uns nur hinderlich sein. Es bleibt dabei, wir reiten allein. Befiehl, daß man sich beeile."

Das tat er denn auch. Winnetou war schon über das Lager hinausgegangen, um nach den Spuren zu suchen. Er kam zurück und meldete: „Sie sind nordwärts geritten."

„Also nach Tunis", meinte Krüger-Bei. „Das war vorauszusehn."

„Nein", antwortete ich. „Ich möchte wetten, daß sie nicht dorthin reiten, weil das für den Kolaghasi zu gefährlich ist. Man kennt ihn dort. Findet er nicht sofort ein Schiff, so muß er warten. Kommen dann inzwischen seine Verfolger dort an, so schwebt er in Gefahr, ergriffen zu werden. Ich glaube vielmehr, daß er nach irgend einem Hafen des Golfs von Hammamet geht. Das ist derjenige Teil des Meeres, der von hier aus am schnellsten zu erreichen ist."

„Aber Winnetou hat festgestellt, daß sie nach Norden geritten sind. Da liegt doch Tunis."

„Das macht nichts. Melton hat längere Zeit unter Präriejägern und Westmännern gelebt; er kennt also ihre Kniffe. Er will uns irreführen und ist deshalb zunächst nordwärts geritten, damit wir ihm dorthin folgen sollen. Dann sucht er felsigen Boden zu erreichen, der die Fährte seiner Kamele nicht erkennen läßt, und wendet sich nach Osten."

„Aber in Tunis fände er Geld. Hier am Golf von Hammamet gibt es keinen Menschen, von dem er etwas bekommen kann."

„Er braucht keins. Small Hunter hatte gewiß eine bedeutende Summe bei sich. Melton hatte sie ihm nach dem Mord abgenommen und versteckt und ist jedenfalls nicht von hier fort, ohne sie sich vorher zu holen. Jetzt aber sehe ich, daß die drei Kamele gesattelt und bepackt sind. Wir können aufbrechen."

„Wann kommt ihr wieder?"

„Wenn wir die beiden ergriffen haben."

„Sei deiner Sache nicht zu sicher! Bedenke, daß sie schnellere Tiere besitzen als ihr und einen tüchtigen Vorsprung haben."

„Das ist richtig, aber wir werden sie ergreifen, darauf kannst du dich verlassen. Fassen wir sie nicht hier, so fallen sie uns desto bestimmter drüben in Amerika in die Hände."

„Maschallah! So weit wollt ihr ihnen nach?"

„So weit, bis wir sie haben."

„Und wenn ihr sie nicht hier fangt, so kommt ihr doch nach Tunis, bevor ihr unser Land verlaßt?"

„Das läßt sich nicht vorher sagen. Deine Kamele bekommst du auf alle Fälle wieder; dafür werde ich sorgen."

„Das ist das Allerwenigste! Die Hauptsache ist, daß die beiden Halunken uns nicht entrinnen. Kennst du den Weg hinüber nach dem Golf von Hammamet?"

„Von hier aus nicht; aber wir werden ihn schon finden, denn wir haben einen vortrefflichen Wegweiser in der Spur derer, die wir verfolgen."

„Dennoch will ich dir einige Andeutungen geben. Die grade Linie von hier nach Hammamet führt nach dem Wadi Budawas, den Ruinen von Al Khima und über den Dschebel Ussalat nach der Gegend am Meer. Die Beduinen, die du da antreffen wirst, sind die Mescheer, die Selass und die Uled Saïd, lauter friedliche Leute, die euch kein Leid tun werden, wenn ihr sagt, daß ihr meine Freunde seid."

Bei der Aufzählung dieser Stämme hatte er einen, grad den wichtigsten, vergessen, und diese Unterlassung sollte uns verhängnisvoll werden. Ich meine die uns feindlichen Uled Ayun, von denen wir eine so hohe Dije verlangt hatten. Sie weideten ihre Herden oft bis nach dem Wadi Budawas herauf, wo sie Nachbarn der Mescheer waren. Daran hatte der Herr der Heerscharen nicht gedacht, und ich nahm also an, daß wir mit diesen Leuten nicht zusammentreffen würden.

Die Verhältnisse gestatteten uns nicht, viel Zeit auf den Abschied zu verwenden. Nach einigen Minuten ritten wir von dannen. Der Herr der Heerscharen konnte sich doch nicht so schnell von uns trennen; er warf sich auf sein Pferd und ritt mit uns noch eine gute halbe Stunde in das Warr hinein. Er wollte noch allerhand nützliche Bemerkungen machen; aber wir konnten nicht auf ihn achten, sondern mußten alle unsre Aufmerksamkeit auf die Spur lenken, der wir folgten und die hier zwischen den Felsblöcken nur für das Auge eines Westmanns zu erkennen war. Darum hielt er endlich an, reichte mir die Hand zu meinem hohen Sitz herauf und nahm Abschied.

Als wir das Warr hinter uns hatten und die Ebene wieder offen vor uns lag, erblickten wir zu unserm Erstaunen in einiger Entfernung von uns einen Menschen, der ratlos in der weiten Einsamkeit zu stehn schien. Er sah uns auch und wandte sich um, als ob er davonlaufen wollte, blieb aber bald wieder stehn, da er erkannte, daß wir Reiter ihn doch einholen würden. Ein Fußgänger hier in der Wüste war jedenfalls eine seltene Erscheinung.

Die Erklärung sollte uns bald werden, denn als wir näher kamen, erkannten wir an seiner Kleidung, daß es einer unsrer Soldaten war.

„Der entflohene Posten!“ meinte Emery.

„Ohne Zweifel!“ nickte ich.

„Warum der aber hier steht?“

„Er ist heimtückisch zurückgelassen worden. Melton muß man kennen. Um befreit zu werden, hat er dem Menschen alles mögliche versprochen, und nun es gelungen ist, läßt er ihn hier sitzen.“

„Dann wehe dem Soldaten! Fahnenflucht und Befreiüng Gefangner! Wird unbedingt erschossen! Willst du ihn retten?“

„Das kommt auf sein Verhalten an.“

Wir erreichten den Mann. Er hatte uns stehend erwartet, jetzt aber sank er in die Knie und rief, indem er die Hände flehend erhob: „Gnade, Effendi, Gnade! Ich bin bestraft genug!“

Er wandte sich an mich, weil er gesehn hatte, daß ich mit dem Herrn der Heerscharen am vertrautesten verkehrte.

Ich antwortete in ernstem Ton „Bestraft genug? Du bist Fahnenflüchtling im Feld! Weißt du, was für Strafe darauf steht?"

„Der Tod."

„Und außerdem hast du Gefangne befreit. Dafür wirst du, ehe man dich erschießt, entsetzliche Hiebe erhalten."

„Ich weiß es; aber Effendi, dein Wort gilt sehr viel bei dem Herrn der Heerscharen. Ich flehe dich an, bitte für mich!"

„Sag mir zunächst, wie die Flucht vor sich gegangen ist."

„Wir kamen als Doppelposten zu Kalaf Ben Urik. Ich setzte mich hin; mein Kamerad aber ging auf und ab; wenn er entfernt genug war, konnte er nicht hören, daß der Kolaghasi leise zu mir sprach."

„Was sagte dieser?"

„Er verlangte sein Paket zurück, das ich ihm hatte aufheben müssen."

„Ah! Wann hatte er es dir gegeben?"

„Als ihr die Uled Ayar in der Schlucht eingeschlossen hattet. Die Soldaten lagen als Gefangne dort, ich aber befand mich nicht bei ihnen, sondern beim Kolaghasi, dessen Diener ich war. Ihr hattet die Kameraden befreit, und dann ging der Scheik fort, um mit euch zu verhandeln. Nachher sahn wir ihn mit dir zurückkehren, und da sagte der Kolaghasi zornig: ‚Nun ist alle Hoffnung hin; der Hund wird die Ayar überreden und mich an Krüger-Bei ausliefern.' Er gab mir schnell ein Päckchen, es heimlich aufzubewahren, und eilte dann fort, um bei dem Scheik gegen dich zu sprechen. Er hatte keinen Erfolg, und man brachte ihn bald gebunden und mit zerschlagnem Gesicht getragen: er war Gefangner. In einem unbewachten Augenblick schickte er mich aus seiner Nähe fort. Er dachte, du würdest kommen und bei ihm suchen; dann hättest du auch mich durchsucht. Ich mußte mich also entfernen, das Päckchen aber stets bei mir tragen."

„Warum?"

„Damit ich es ihm jeden Augenblick wiedergeben konnte."

„Hat er dir gesagt, welchen Inhalt es hatte?"

„Ja, einen echten Koran aus Mekka und einige Fransen von El-Owaïbs Grabestuch aus der Sâwija-es-Sidi-es-Sahabi-Moschee in Kaïrwan."

„Sehr heilige Sachen!"

„Aber es war nicht wahr."

„Das weiß ich freilich. Wie erfuhrst du denn, daß es eine Lüge war?"

„Von ihm selber. Als ich dann des Nachts als Wächter bei ihm saß, sagte er mir leise, daß das Paket sehr viel Geld enthalte. Er bot mir fünftausend Piaster davon an, wofür ich ihn losbinden sollte."

„Die brauchte er dir doch nicht zu bieten, denn du hattest ja das Paket mit dem ganzen Geld in der Tasche."

„Es nütze mir nichts, sagte er. Es sei kein gewöhnliches Geld, sondern es bestände aus Papieren, die er selbst dem Sarrâf[1] in Tunis geben müßte; denn ein andrer würde kein Geld dafür erhalten. Ich sollte mit ihm fliehn, mit ihm nach Tunis reiten und die fünftausend Piaster sogleich erhalten, wenn er die Papiere umgewechselt hätte."

„Das Anerbieten blendete dich?"

„Ja, Effendi. Ein armer Soldat und fünftausend Piaster! Er schwor mir bei Mohammed und allen Kalifen zu, daß ich das viele Geld sofort nach unsrer Ankunft in Tunis erhalten würde. Ich vertraute ihm und schnitt ihm die Hände frei. Darauf gab ich ihm mein Messer."

„Und der andre Posten?"

„Der sah und wußte nichts davon, denn ich machte mit dem Kolaghasi aus, daß er sich erst dann vollends befreien sollte, wenn wir abgelöst wären. Aber er hielt leider nicht Wort; sobald er das Messer hatte, schnitt er sich vom Pfahl los und machte auch seine Füße frei, blieb aber so liegen, als ob er noch gefesselt wäre. Dann setzte sich mein Kamerad zu uns; der Kolaghasi drang plötzlich auf ihn ein und stieß ihm das Messer ins Herz. Ich wollte schreien, da drohte er mir. Er war frei, und mein Messer steckte in der Brust meines Kameraden. Das zeugte gegen mich. Ich war verloren, wenn ich blieb, und mußte also mit ihm fort."

„Aber ihr gingt nicht gleich?"

„Nein. Ich mußte am Platz warten, und er entfernte sich. Nach einiger Zeit kam er mit dem fremden jungen Mann, der mit mir entflohn ist. Wie er ihn befreit hat, ohne daß jemand etwas merkte, das weiß ich nicht. Wir schlichen fort, um ganz leise die drei besten Kamele des Herrn der Heerscharen zu satteln. Als das geschehn war, führten wir die Tiere eine Strecke fort; ich mußte bei ihnen bleiben; die beiden aber kehrten noch einmal ins Lager zurück, um nach deinem Zelt zu gehn."

„Woher weißt du das?"

„Aus ihren Worten."

„Ja, sie wollten mich ermorden, aber es gelang ihnen nicht, weil ein Wächter vor meinem Zelt saß."

„Das dachte ich mir, denn ich hörte einige laute Rufe. Dann kamen sie eilends zurück und stiegen unter Fluchen auf die Tiere. Ich war auch schnell im Sattel, und wir ritten fort."

„Sprachen sie denn Arabisch miteinander?"

[1] Wechsler, Bankier

„Ja, zuerst. Das war aber eine Unbedachtsamkeit von ihnen; denn ich vernahm Dinge, die ich eigentlich nicht hören sollte. Dann aber bedienten sie sich einer fremden Sprache, wovon ich kein Wort verstand.“

„Weißt du, wohin sie wollen?“

„Nach Tunis.“

„Das glaube ich nicht. Sie werden ebensowenig nach Tunis reiten, wie du deine Piaster bekommen wirst.“

„Die bekomme ich freilich nicht; sie haben mich schmachvoll hintergangen. Nicht weit von hier stiegen sie ab und forderten mich auf, dasselbe zu tun. Kaum stand ich auf der Erde, so fielen sie über mich her und nahmen mir meine Waffen ab, so daß sie nun alle Macht über mich hatten. Ich mußte vor ihren drohenden Gewehrläufen weichen. Dann stiegen sie wieder auf, ergriffen mein Kamel beim Halfter und ritten hohnlachend davon. O Effendi, hätte ich dem Kolaghasi doch nicht ein so großes Vertrauen geschenkt!“

„Du solltest lieber rufen: Wäre ich doch meiner Pflicht treu geblieben! Du hast zwei schwere Verbrechen begangen. Was gedenkst du nun zu tun?“

„Wirst du mich denn nicht festnehmen?“ fragte er verwundert.

„Nein. Ich bin nicht dein Vorgesetzter. Du magst gehn, wohin du willst.“

„Ich danke dir, Effendina! Aber wohin soll ich mich wenden? Ich habe weder Wasser, noch Speise, noch Geld, noch Waffen; auch habe ich kein Pferd oder Kamel. Wer soll mich aufnehmen? Ich werde allen Stämmen, die unter dem Schutz des Paschas wohnen, so unwillkommen sein, daß sie mich lieber an ihn ausliefern, als bei sich behalten. Der Kolaghasi hat mich zum unglücklichsten Menschen gemacht.“

„Der Kolaghasi nicht; du selber trägst die Schuld. Aber deine Taten reuen dich, und ich habe von dir einiges erfahren, was mir wichtig ist; darum will ich dir einen Weg zeigen. Kehre zum Herrn der Heerscharen zurück! Ich will dir einen Zettel mitgeben, auf den ich einige Zeilen schreibe, die dich seiner Gnade empfehlen. Ich denke, daß deine Strafe mild sein wird.“

„Tu das, Effendi! Deine Worte erleichtern mein Herz und erquicken meine Seele!“

Da wendete sich Emery in englischer Sprache an mich:

„Unsinn! Entweder helfen wir gar nicht oder ganz. Der Kerl ist kein schlechter Mensch. Kehrt er zu Krüger-Bei zurück, so wird er infolge deiner Befürwortung zwar nicht erschossen, aber man schneidet ihm die Nase oder die Ohren ab oder gibt ihm wenigstens die Bastonnade und jagt ihn nachher fort. Und außerdem bringst du durch deine Fürbitte den Herrn der Heerscharen in Widerspruch mit seiner Pflicht. Er muß einen Verbrecher laufen lassen dir zuliebe, und alle seine Soldaten wissen, daß er das nicht darf. Wie weit ist es von hier bis zur algerischen Grenze?“

„Wenn man Dörfer und Brunnen nicht zu berühren braucht, kann man sie schnell erreichen; auf dem Karawanenweg aber, wo man von Zeit zu Zeit Wasser findet und sich in den Dörfern Lebensmittel kaufen kann, wird ein Fußgänger zwanzig Wegstunden benötigen.“

„Gibt es nah da drüben französisches Militär?“

„Ja, in Tebessa; von hier aus vierundzwanzig Stunden weit.“

„So schick ihn dort hinüber! Ich will ihm das Geld dazu geben, und in Tebessa mag er sich von Frankreich anwerben lassen.“

Er zog seine volle Börse und warf dem Mann einiges Geld zu.

„Ist dir der Weg von hier nach Lheïs bekannt?“ fragte ich den Soldaten.

„Ja.“

„So wende dich dorthin! Von da aus gehst du über Thaleh und Hydra nach Keïfah, das algerisch ist. Dann hast du nicht mehr weit nach der kleinen französischen Stadt Tebessa, wo Militär liegt. Dort kannst du dich anwerben lassen, wenn du nicht Lust hast, zu etwas anderm zu greifen. Jemand, der schon Soldat gewesen ist, wird von jedem Werber gern willkommen geheißen. Du hast von hier bis Tebessa immer Karawanenweg und wirst also weder zu hungern noch zu dürsten brauchen.“

Das Gesicht des Mannes wurde sonnenhell; er brach in begeisterte Dankreden aus; wir aber hatten keine Zeit, sie anzuhören und ritten weiter.

Die Spur war sehr deutlich, wich aber bald ein wenig nach Westen ab.

„Sonderbar!“ brummte Emery. „Wir denken, die Kerle werden nach Osten abbiegen, und nun gehn sie westlich.“

„Jedenfalls nicht ohne Absicht“, antwortete ich. „Wahrscheinlich kennt der Kolaghasi dort drüben ein Gelände, das felsig ist und keine Fährte annimmt; da will er uns entschwinden.“

„Wird so einem Flachkopf aber nicht gelingen.“

„Schwerlich! Die Meltons haben sich nach Westen gewandt um ihre Spur zu verwischen; dann werden sie nach Osten umbiegen folglich müssen wir, wenn wir gradaus reiten, unbedingt wieder auf ihre Fährte treffen.“

„Well! Und haben dabei eine tüchtige Zeit gewonnen!“

Winnetou war uns ein wenig voraus und hatte also unsern Gedankenaustausch nicht gehört, doch kannte ich ihn gut genug, um überzeugt zu sein, daß er nicht anders rechnen würde als wir. Und richtig! Er hielt sein Kamel an, stieg ab, betrachtete die Spur genau, stieg wieder auf und eilte in grader Richtung weiter, ohne sich nach uns umzusehn.

Wir ritten zwei Stunden lang. Emery wollte ungeduldig werden, denn er begann zu glauben, daß wir uns verrechnet hätten. Da aber bemerkten wir, daß Winnetou, der uns jetzt weit voraus war, wieder abstieg und den Boden betrachtete. Als wir ihn einholten, sahen wir eine Fährte von drei Kamelen, die von Westen her quer über unsre Richtung nach Osten führte.

„Sie sind es", meinte der Apatsche. „Wollten Winnetou und Old Shatterhand irreführen. Pshaw!"

Es war köstlich, dabei sein Gesicht zu beobachten; ungefähr so wie das eines Professors der Sternkunde, dem ein Volksschüler die Entfernung des Sirius berechnen oder die Entstehung der Kometen erklären will. Freude hatte ich über die Art, wie er auf dem Kamel saß. Er, der ohne alle Übung war, zeigte dabei eine Sicherheit, die mich hätte in Erstaunen versetzen können, wenn mir nicht bekannt gewesen wäre, mit welcher Leichtigkeit er sich in alles fand, was körperliche Gewandtheit voraussetzte.

Nachdem er wieder aufgestiegen war, wendeten wir uns in einem rechten Winkel rechts, nach Osten, wohin die wiedergefundne Spur jetzt führte. Wir folgten ihr den ganzen Tag, bis es so dunkel wurde, daß wir sie nicht mehr erkennen konnten. Da hielten wir an, um auf der freien, ringsum ebnen Steppe zu übernachten. Am nächsten Morgen wurde der Ritt fortgesetzt. Die Fährte war jetzt nicht mehr so deutlich wie gestern. Emery sprach die Ansicht aus, daß sie bald wieder frisch sein würde, da die Flüchtlinge wahrscheinlich während der Nacht auch geruht haben mußten, doch war ich andrer Meinung. Die beiden Meltons waren sicher bestrebt gewesen, vor allem einen großen Vorsprung zu gewinnen, und hatten die ganze Nacht dazu verwendet. Das konnten sie, weil der ältere von ihnen die Gegend kannte. Winnetou stimmte mir bei.

„Aber warum sollen sie so erpicht auf einen so großen Vorsprung sein?" fragte der Engländer. „Sie haben ihn ja gar nicht nötig."

„Nicht?" antwortete ich. „Wieso?"

„Weil sie annehmen werden, daß sie uns irregeführt haben."

„Und daß wir etwa nach Tunis reiten?"

„Ja. Sie sind ja gestern abgewichen, um ihre Spur unkenntlich zu machen. Nun werden sie überzeugt sein, daß sie uns getäuscht haben."

„Überzeugt wohl nicht, wenn sie auch annehmen können, daß die Möglichkeit dazu gegeben ist. Thomas Melton kennt Winnetou und mich. Er mag vermuten, daß er uns getäuscht hat, doch nur auf kurze Zeit. Wenn er sich alles vergegenwärtigt, was er von uns weiß, so muß er sich sagen, daß wir durch seinen ganz gewöhnlichen Kniff, falls wir uns überhaupt täuschen lassen, höchstens einige Stunden Zeit verloren, dann aber die Spur wiedergefunden haben und ihr desto nachdrücklicher folgen."

„Hm! Ob sie überhaupt für gewiß annehmen, daß wir ihnen nachreiten?"

„Ganz sicher. Sonst hätten sie sich nicht die Mühe gegeben, uns irrezuführen, auch wären wir längst an ihre Lagerstelle gelangt. Sie sind die ganze Nacht geritten."

„Mein Bruder Scharlieh hat recht", stimmte mir der Apatsche bei. „Sie haben nicht angehalten und sind weit vor uns, weil sie bessere Kamele besitzen als wir und weil wir gelagert haben. Wir müssen uns beeilen."

Es stellte sich heraus, daß wir uns nicht geirrt hatten, denn wir ritten noch längere Zeit auf der immer undeutlicher werdenden Spur und fanden, daß die beiden Reiter auch einmal abgestiegen waren.

Die Steppe war längst wieder in Sandwüste übergegangen. Jetzt trafen wir aber auf einzelne spärliche Grashalme, die nach und nach dichter und kräftiger wurden, und dann erkannten wir niedrige, langgestreckte Hügel, die sich vor uns im Osten erhoben und von Nord nach Süd zu streichen schienen.

„Das muß das Wadi Budawas sein", sagte ich. „Dahinter liegen dann die Ruinen von Al Khima, die wir südlich liegen lassen müssen, um quer über den Dschebel Ussalat zu reiten."

„Ich denke, wir müssen der Fährte folgen", bemerkte Emery.

„Allerdings; aber ich bin überzeugt, daß die Meltons denselben Weg einschlagen, weil er der bequemste nach der Küste ist."

„Well! Doch, sind da drüben links nicht Reiter?"

Er deutete nach Nordost, wo sich einige bewegliche Punkte sehn ließen. Sie näherten sich uns schnell. Bald erkannten wir acht Beduinen, die auf Pferden saßen. Sie hatten uns auch erblickt, kamen uns ein Stück entgegen und hielten dann, um uns zu erwarten. Sie waren gut bewaffnet, schienen aber keine feindlichen Absichten zu hegen. Ungefähr zwanzig Schritte vor ihnen brachten auch wir unsre Tiere zum Stehn, und ich grüßte:

„Sallam! Ist es das Wadi Budawas, das da hinter den Höhen liegt?"

„Ja", entgegnete einer, der der Anführer zu sein schien.

„Zu welchem Stamm gehört ihr?"
„Wir sind Krieger der Mescheer und waren auf der Gazellenjagd. Wir haben kein Wild getroffen und kehrten nach dem Wadi zurück, in dem unsre Herden weiden."
„Wann seid ihr zur Jagd ausgeritten?"
„Heut, als der Morgen tagte."
„So könnt ihr mir eine Frage beantworten. Es sind zwei fremde Reiter auf sehr guten Reitkamelen durch das Wadi gekommen?"
„Ja, heut früh, eben als wir aufbrechen wollten."
„Stiegen sie bei euch ab?"
„Ja. Wir luden sie ein, und sie folgten unsrer Bitte, obgleich sie erklärten, eigentlich keine Zeit zu haben."
„Wie lang blieben sie?"
„Nur so lange, bis ihre Kamele getrunken hatten."
„Wißt ihr, wer sie waren?"
„Der eine war ein Kolaghasi des Paschas, wie wir an seiner Kleidung sahn, und der andre ein Freund von ihm, aber kein Soldat."
„Wohin wollten sie?"
„Nach Kaïrwan, sagten sie. Wer aber seid denn ihr?"
„Kennst du Krüger-Bei, den Herrn der Heerscharen?"
„Ja. Er ist unser Beschützer."
„Weißt du, wo er sich jetzt befindet?"
„Wir hörten von den beiden Reitern, daß er gegen die Uled Ayar gezogen ist, um sie zu züchtigen."
„Wie steht ihr euch mit diesen?"
„Wir leben mit ihnen in Frieden, nicht aber mit den Uled Ayun, die Allah verderben möge."
„Sie sind auch unsre Feinde. Wir kommen von Krüger-Bei, der die Uled Ayar besiegt und dann ein Bündnis mit ihnen geschlossen hat!"
„Marschallah! Er besiegte seine Feinde und begnadigte sie dann? Sein Herz ist voll Güte und Wohlwollen selbst gegen seine Feinde. Wenn ihr von ihm kommt, so steht ihr wohl auch unter seinem Schutz?"
„Wir zählen uns zu seinen besten Freunden."
„Wenn das so ist, so tut uns nicht die Schande an, bei uns vorüberzureiten! Eßt von unsern Speisen und trinkt von unserm Wasser! Ihr seid uns so willkommen, als ob sich der Herr der Heerscharen selber bei euch befände!"
„Wie ist der Name eures Scheiks?"
„Welad en Nari; ich bin es selbst."
„Du also bist der Scheik der tapfern und gastfreundlichen Me-

scheer? Dann müssen wir deiner Einladung Folge leisten. Zwar haben auch wir große Eile, aber so viel Zeit, wie nötig ist, unsre Schläuche mit frischem Wasser zu füllen, können wir euch doch schenken."

„Und von der Gazelle, die wir gestern geschossen haben, müßt ihr auch kosten. Ich bitte euch, uns nach unserm Bet es-Sijâra[1] zu folgen."

Der Scheik wandte sein Pferd den erwähnten Höhen zu; wir schlossen uns ihm an, und seine Leute folgten hinter uns drein. Gesprochen wurde jetzt nicht mehr. Nach der Sitte des Landes mußten wir warten, bis wir wieder angeredet wurden. Das legte uns aber nicht die Verpflichtung auf, auch unter uns zu schweigen. Deshalb übersetzte ich Winnetou, was ich mit dem Anführer gesprochen hatte. Er warf ihm einen forschenden Blick zu und fragte mich dann: „Gefällt der Mann meinem Bruder?"

„Hm! Wenigstens mißfällt er mir nicht. Warum fragst du so?"

„Ein dichter Bart bedeckt sein Gesicht; aber für Winnetou ist der Bart nur ein Schleier, durch den man blicken kann."

„Was siehst du da?"

„Die Freude, daß wir mit ihm reiten."

„Das ist doch natürlich! Er hat uns eingeladen und freut sich darüber, daß wir seinen Wunsch erfüllen."

„Aber es ist eine böse Freude! Winnetou hat kein Vertrauen zu dem Mann."

„Und ich denke, daß kein Grund zur Besorgnis vorhanden ist. Die Mescheer sind, wenigstens jetzt, friedlich gesinnte Leute."

„So mag mein Bruder vertrauen; Winnetou aber wird vorsichtig sein."

Ich hegte wirklich kein Mißtrauen; das war aber noch kein Grund, die übliche Vorsicht aus den Augen zu lassen. Ich war gewohnt, viel auf die Ansichten des Apatschen zu geben; also konnte auch sein Mißtrauen nicht ohne Eindruck auf mich bleiben.

Wir hatten jetzt die Anhöhen erreicht und ritten über sie hinweg. Hinter ihnen senkte sich jählings der Boden und bildete ein Tal, dessen Breite da, wo wir hielten, eine Viertelstunde betragen mochte. Das war das Wadi Budawas, das, wie ich gehört hatte, eine Länge von mehreren Stunden besitzt.

Es gab am diesseitigen Ufer eine Stelle, die weniger steil war; da ritten wir hinab. Man sah, daß das Wadi zur Regenzeit einen Fluß bildete; jetzt aber war es eine grünende Talmulde, die zahlreiche feuchte Stellen enthielt, wo man nur einige Fuß tief zu graben brauchte, um trinkbares Wasser zu erhalten.

Wir ritten eine kurze Strecke abwärts, kamen um eine Krümmung

[1] Haus des Besuchs

und sahen nun das eigenartige Leben eines afrikanischen Hirtenlagers vor uns. Das Wadi war hier viel breiter als vorher und trug Gras, das beinah saftig genannt werden konnte. Wir erblickten Pferde, Schafe, Ziegen, Rinder und Kamele, die nach vielen Tausenden zählten. Dazwischen gab es so wenig Hirten, daß es zu verwundern war, wie die wenigen Leute so viele Tiere in Ordnung zu halten vermochten. Auch einige Zelte waren vorhanden, die wohl den reichen Herdenbesitzern gehörten; die ärmern Beduinen mußten im Freien nächtigen, was die Leute aber gewöhnt sind.

Die Hirten, an denen wir vorüberkamen, erhoben sich achtungsvoll von der Erde und grüßten uns. Das schien auf Winnetou einen beruhigenden Eindruck zu machen, denn der Ausdruck seines Gesichts wurde immer weniger streng.

Wir ritten jetzt an Felsen entlang, in denen sich eine schmale Spalte befand; dorthin lenkte der Scheik sein Pferd. Einige Schritte davor hielt er an, stieg ab und sagte:

„Willkommen in unserm Wadi! Hier ist das Haus des Besuchs, worin unsre Gäste bewirtet werden. Es ist kühl und erquickt den Ermüdeten. Tretet mit mir ein und sättigt euch an den Speisen, die uns vorgesetzt werden!“

Seine Begleiter stiegen ab und wir ebenfalls; doch folgten wir nicht gleich seiner Aufforderung, sondern musterten zunächst unsre Umgebung. Oberhalb der Stelle, an der wir uns befanden, lagen wiederkäuend ein Dutzend prächtiger Reitkamele, wie ich sie hierzuland so edel noch nicht gesehen hatte. Unweit davon entdeckten wir die doppelte Anzahl Reitsättel samt allem Zubehör am Felsen liegen. Noch weiter oben weideten mehrere hochedle Pferde; sie waren in einem Pferch eingeschlossen; dessen Pfähle bildeten in die Erde gesteckte Lanzen, um die man, von einer zur andern, Palmfaserstricke gezogen hatte. Schon der Umstand, daß man die Tiere in dieser Weise von den andern abgesondert hatte, ließ auf ihren Wert schließen; den Kenner aber mußte ihr Anblick in Entzücken versetzen. Unweit davon lagen die Sättel, das Riemenzeug und die Schabracken. Der Scheik bemerkte, mit welche Bewunderung ich diese Pferde betrachtete, und erklärte voll Stolz:

„Ihr Stammbaum reicht bis hinauf zur Lieblingsstute des Propheten. Diese Pferde sind mehr wert als sämtliche Herden unsres Stamms.“

Also in die Felsspalte sollten wir treten; sie war das ‚Haus des Besuchs‘, von dem der Scheik gesprochen hatte. Ein eigentümliches Haus! Der Felsen war wohl an die fünfzehn Meter hoch; die Spalte reichte bis zur Hälfte der Höhe hinauf, war aber so schmal, daß unten zu ebener Erde kaum zwei Mann darin stehn konnten. Sie war also weit eher ein Riß als eine Spalte zu nennen. Ungefähr zehn Schritte von ihr sickerte das Wasser aus der Erde und bildete einen kleinen Tümpel, dessen Inhalt selbst für Menschen sehr gut genießbar war.

Der Scheik bemerkte, daß uns die Spalte nicht so einladend erschien, wie er es wünschen mochte; darum suchte er uns die Sache schmackhaft zu machen.

„Es ist hier wirklich das Haus des Besuchs, von dem ich gesprochen habe. Die Spalte wird weiter hinten so breit, daß sie ein Murabba[1] bildet, worin mehr als zehn Menschen Platz finden. Folgt mir!"

„Erlaube uns, zunächst für unsre Tiere zu sorgen!" bat ich.

„Meinst du, wir kennen die Pflichten der Gastfreundschaft so wenig, daß wir euch selber diese Arbeit tun lassen? Meine Leute werden eure Kamele tränken und eure Schläuche füllen."

Jetzt war eine Weigerung unmöglich, wenn wir ihn nicht beleidigen oder kränken wollten. Und da er uns voranschritt, gab es auch keinen Grund, seiner Aufforderung nicht Folge zu leisten. Wenn die Höhle eine Gefahr für uns barg, so befand er sich bei uns, und wir konnten ihn zwingen, sie zu teilen.

„Da hinein?" fragte Winnetou, als er ihn in der schmalen Öffnung verschwinden sah. „Wird mein Bruder ihm folgen?"

„Ja, er ist ja bei uns."

„Wenn er uns aber betrügt?"

„Wir nehmen alle Waffen mit."

Wir hatten die wenigen Worte englisch gesprochen. Emery knurrte:

„Warum so zaghaft? Was soll der Scheik von uns denken? Er muß uns für Feiglinge halten. Hinein also und ihm nach!"

Er folgte dem Scheik und wir ihm, nachdem wir unsre Waffen an uns genommen hatten. Solange ich meinen Henrystutzen besaß, brauchte ich mich vor keiner offenen Feindseligkeit zu fürchten.

Rechts neben der Spalte lag ein Stein, und zwar eigentümlicherweise auf seiner Spitze. Er war ein Felsstück etwa von der Gestalt der Hälfte einer von oben nach unten durchschnittnen ungeheuern Flasche. Diese halbe Steinflasche mochte wohl an die zwölf Zentner schwer sein und stand mit ihrem Hals auf der Erde. Das konnte der reine Zufall sein und war nicht auffällig genug, irgendwelche Bedenken in mir zu erregen.

Als wir den Eingang hinter uns hatten, sahn wir allerdings, daß das Innere des Spalts geräumiger war, als man von draußen ver-

[1] Viereck

muten konnte. Zehn Mann hatten hier bequem Platz. Der Raum bildete ein längliches Viereck, dessen Boden mit Bastmatten bedeckt war. In der Mitte lag ein besserer Teppich, auf dem eine Sufrag stand, ein kleines, höchstens zehn Zoll hohes Tischchen, wie man es häufig in Beduinenzelten findet. Grad aufrichten konnte man sich allerdings nur in der Mitte des Raums, weil er sich schnell nach oben verengte. Und kühl war es hier, wunderbar kühl! Eine wahre Erquickung nach dem Sonnenbrand, dem wir draußen ausgesetzt gewesen waren.

Der Scheik hockte sich vor dem Tischchen nieder und winkte uns, seinem Beispiel zu folgen. Warum sollten wir das nicht tun, da wir uns nun einmal mit ihm hier befanden?

Kaum hatten wir uns bei ihm niedergelassen, so brachte uns ein junger Hirte drei kleine mit Wasser gefüllte Kalebassen, die wir austranken; ein zweiter kam mit vier Tschibuks, einem Tabaksbeutel und einem kleinen Holzkohlenbecken. Der Scheik stopfte selber die Pfeifen, gewiß eine überaus seltene Ehrenerweisung, legte eigenhändig glühende Kohlen auf den Tabak, reichte jedem von uns eine Pfeife und meinte:

„Raucht mit mir! Der Tabak gibt Wolken des Dufts, die die Seele zum Himmel heben. Bald werden auch die Speisen kommen.“

Wir folgten seinem Beispiel und rauchten ein Kraut, das den Verhältnissen entsprechend nicht übel war; das taten wir wortlos, da unser Wirt nicht sprach. Vielleicht hielt er das Schweigen für seiner Würde angemessen, vielleicht auch für einen Beweis seiner Höflichkeit und Ehrerbietung gegen uns.

Wir hatten die Tschibuks noch nicht ausgeraucht, so kam einer der Hirten wieder und brachte eine Schüssel mit kaltem Kuskus, die er auf das Tischchen stellte.

„Wie steht es mit dem Fleisch, Selim?“ fragte ihn der Scheik.

„Ich werde es gleich bringen“, erwiderte der Gefragte, indem er sich entfernte.

„So bring doch auch gleich —“

Er unterbrach sich, denn Selim war schon hinaus.

„Selim, Selim, hörst du!“ rief er ihm nach.

Es folgte keine Antwort — da sprang er auf und eilte an den Ausgang, um Selim den beabsichtigten Befehl nachzurufen. Wir hatten kein Arg und hinderten ihn also nicht, sich die wenigen Schritte von uns zu entfernen.

„Selim, Selim!“ wiederholte er, indem er hinaustrat.

„Herein muß er, herein!“ warnte Winnetou, obgleich er nicht Arabisch verstand.

Er schnellte auf, um den Scheik zu fassen und hereinzuziehn, konnte seine Absicht aber nicht ausführen, denn noch bevor er die Öffnung erreicht hatte, geschah draußen ein dumpfer Fall, und die Spalte schloß sich. Man hatte den vorhin beschriebnen, eigenartig geformten Stein umgeworfen, und er stand nun grad vor der Spalte, daß man kaum einen Finger zwischen ihn und den Felsen stecken konnte.

„Heigh-ho!" rief Emery, indem er aufsprang.

„Winnetou hat es geahnt", meinte der Apatsche, indem er zurückkehrte und sich so ruhig niedersetzte, als wäre nichts geschehn.

Ich sagte gar nichts. Draußen aber ließ sich ein Jubelgeschrei von zahlreichen Stimmen hören. Es mußten jetzt viel mehr Menschen da sein, als wir vorhin gesehn hatten.

„Ich glaube gar, wir sind gefangen!" knurrte der Engländer.

„Ist uns ganz recht geschehn! Warum haben wir nicht auf Winnetou gehört!"

„Well! Aber es gab keinen Grund zum Mißtrauen. Der Herr der Heerscharen hat selber versichert, daß wir von den Mescheer nichts zu fürchten haben."

„Sind es auch wirklich Mescheer?"

„Sie sagten es doch!"

„Der Scheik hat uns belogen. Wenn er wirklich zu diesem Stamm gehörte, würde er uns nicht in diese Falle gelockt haben."

„Richtig! Aber zu welchem Stamm soll er dann gehören?"

„Höchstwahrscheinlich zu den Uled Ayun."

„Das wäre schlimm für uns. Aber dennoch kann ich nicht begreifen, warum er uns gefangennimmt. Er kennt uns nicht; er hat uns nicht einmal nach unsern Namen gefragt."

„Er kennt uns! Die beiden Meltons sind ja hier gewesen, oder sie befinden sich möglicherweise jetzt noch hier."

„The devil!"

„Sie sind, wenn ich mich nicht abermals irre, hier auf die Uled Ayun getroffen und haben ihnen erzählt, was drüben im Warr und bei dem Engpaß geschehn ist. Sie haben ihnen gesagt, daß der Scheik der Ayun mit seinen Begleitern gefangen worden ist und einen hohen Blutpreis zahlen soll; sie sind überzeugt, daß wir sie verfolgen werden, und haben den Leuten mitgeteilt, daß wir an allem schuld sind, haben ihnen unsre Namen gesagt und unsre Personen beschrieben. Darauf haben die Ayun uns erwartet, sich für Mescheer ausgegeben und uns hier in das Loch gelockt."

„Also darum stand der Stein so sonderbar da draußen! Er lag auf seiner Spitze. Man brauchte ihm nur einen Stoß zu geben, so fiel er um und stellte sich grad vor die Spalte. Sollte er nur für uns aufgebaut worden sein?“

„Nein, denn wäre er erst seit heut früh hierhergewälzt worden, so wäre uns das sofort aufgefallen, und ich hätte mich dann gehütet, hier hineinzugehn. Der Stein gehört jedenfalls seit langer Zeit zu der Falle, worin wohl schon mancher andre Mann gesteckt haben mag.“

„Dann hol der Kuckuck die Heimtücke des Scheiks! Hat er nicht mit uns geraucht? Wir sind also unbedingt seine Gäste, für die er wie für sich selber einzustehn hat. Wie willst du eine so bodenlose Schlechtigkeit erklären?“

„Er hat erfahren, daß wir keine Moslemin sind, und ist der Ansicht, daß man ‚Ungläubige‘ betrügen darf, ohne sich ein Gewissen daraus zu machen.“

„Ah, so ist das! Aber wir haben Farad el Aswad, den Scheik der Uled Ayun, gefangen, der den Blutpreis zahlen soll, und Welad en Nari nennt sich auch einen Scheik der Ayun, wenn du nämlich nicht falsch vermutest. Wie willst du dir das erklären?“

„Dadurch, daß er der Scheik einer Firke[1] der Ayun ist. Er wird uns einen falschen Namen genannt haben.“

„Was hältst du von unsrer Lage? Ist sie gefährlich?“

„Das kommt darauf an, ob sich die beiden Meltons hier befinden. Sind sie noch da, so dringen sie jedenfalls auf unsern Tod und werden uns so streng bewachen, daß das Entkommen ein großes Kuststück wäre.“

„Was hältst du für wahrscheinlicher, ob sie noch hier oder ob sie fort sind?“

„Sie sind wohl fort, weil sie keine Zeit übrig haben. Hier droht ihnen von allen Seiten Gefahr, während ihnen drüben in den Vereinigten Staaten ein großes Vermögen winkt.“

„Well! Ich bin auch der Meinung. Aber wie können wir hinaus? Und dann, wenn wir draußen sind, wie kommen wir fort?“

„Warten wir erst, was die Menschen tun werden, die uns hier eingesperrt haben!“

„Das brauchen wir nicht. Deine beiden Gewehre halten uns alle Feinde fern. Sie müssen sich weit von uns zurückziehn, um von den Kugeln deines Bärentöters nicht erreicht zu werden, und dann haben wir ihre Schießbüchsen nicht zu fürchten.“

„Aber dennoch sind viele Hunde des Hasen Tod. Und selbst

[1] Unterabteilung

wenn ich dir unbedingt beistimmen wollte, wie kommen wir hinaus?"

„Da, wo wir hereingelotst wurden. Der Stein ist zehn, höchstens zwölf Zentner schwer. Drei Männer, wie wir sind, werden ihn doch wegbringen können."

„Ja, wenn wir Platz genug hätten, unsre Kräfte zu entfalten."

„Versuchen wir's wenigstens!"

Winnetou hatte uns zugehört, ohne ein Wort dazu zu sagen; jetzt meinte er:

„Der Stein ist nicht fortzuschieben. Meine Brüder brauchen den Versuch gar nicht zu machen."

„Tun wir's dennoch!" bestand Emery auf seinem Willen. „Wir dürfen nichts, gar nichts unversucht lassen."

Ich zweifelte nicht daran, daß wir drei zusammen imstande wären, einen Stein von zwölf Zentnern von der Stelle zu bewegen; hier aber war ich ebenso überzeugt, daß wir es nicht vermochten. Winnetou folgte gutmütig der Aufforderung des Englishman. Er legte sich mit ihm in den Spalt, Rücken gegen Rücken; denn wegen der Enge hatten sie nicht anders Platz. Sie stemmten ihre Schultern gegen den Stein. Ich beugte mich über sie nach vorn und half. Wir vereinigten unsre Kräfte zu mehreren gewaltigen Stößen, doch vergeblich; denn der Druck traf nicht nur den Stein, sondern auch die beiden Seiten des Felsenrisses; es ging also so viel davon verloren, daß es uns nicht gelang, dem Stein auch nur den kleinsten Ruck zu geben.

„Lassen wir ab!" keuchte Emery. „Wir bringen ihn nicht von der Stelle."

Und als sich draußen ein mehrstimmiges Hohngelächter hören ließ, fuhr er grimmig auf:

„Hört ihr's! Sie horchten draußen. Sie haben unsre Anstrengung bemerkt und lachen uns aus. Hätte ich die Kerle hier, das Lachen sollte ihnen augenblicklich vergehn. Mit Gewalt ist nichts auszurichten, das seh ich ein. Also müssen wir zur List unsre Zuflucht nehmen. Aber wie?!"

„Hab es doch nicht so eilig!" bat ich ihn. „Sinnen und Überlegen bringt gute Gedanken."

„Oft auch nicht. Wie wollen wir die Kerls überlisten, wenn wir hier stecken und sie draußen sind!"

„Mein Bruder mag warten, wie Scharlieh ihm schon gesagt hat", meinte der Apatsche. „Winnetou ahnt einen Ausweg und wird versuchen, ob er gangbar ist."

„Welchen Ausweg?"

„Merkt mein Bruder Emery nicht, wie feucht es in dieser Höhle ist?“

„Das merke ich freilich.“

„Sind aber etwa die Wände naß?“

„Nein; sie sind trocken. Nur der Boden ist feucht.“

Indem der Engländer das sagte, hob er eine der Matten auf und befühlte die darunter befindliche Stelle.

„Mein Bruder hat den Quell beachtet, der sich draußen befindet?“ fuhr der Apatsche fort. „Von ihm muß die Feuchtigkeit kommen. Das Wasser wandert aber nicht in solcher Menge durch den harten Felsen, sondern nur durch Sand. Der Boden der Felsspalte muß also aus Sand bestehn. Die Spalte geht hoch empor, wie wir sehn; aber sie scheint auch tief in die Erde zu steigen und ist bis zu der Höhe, in der wir uns befinden, mit Sand ausgefüllt.“

„So liegt wahrscheinlich der Stein da draußen auch auf Sand und nicht auf Felsen“, rief da Emery.

„Winnetou vermutet es. Wir werden also graben, bis der Stein sich so weit gesenkt hat, daß wir über ihn hinweg können.“

„Wenn wir ihn ganz unterwühlen wollen“, fiel ich ein, „so stürzt er, während wir darunter graben, auf uns und erdrückt uns. Nein, wenn sich die Voraussetzung meines roten Bruders als richtig erweist, so müssen wir ihn stehn lassen, werden uns aber unter ihm hinweg- und hinausgraben. Machen wir zunächst einen Versuch!“

Wir rafften die Matten und den Teppich zusammen und fingen an zu graben. Dazu konnten wir nur die Hände und die Messer nehmen, da wir keine andern Werkzeuge hatten. Natürlich begannen wir die Arbeit vorn am Eingang, gleich hinter dem Stein. Zu unsrer Freude fanden wir grobkörnigen Sand, der mit Steingeröll untermischt war. Wir warfen ihn nach dem Hintergrund der Felskammer.

Selbstverständlich mußten wir dabei sehr vorsichtig verfahren, damit kein verräterisches Geräusch nach außen drang. Darum förderten wir die Arbeit nicht rasch, was uns aber keineswegs mißmutig machte; denn wir hatten Zeit. Es war jetzt eine Stunde vor Mittag, und der Gang, den wir gruben, durfte erst dann das Freie erreichen, wenn es dunkel geworden war.

Licht zur Arbeit hatten wir genug, denn der Stein verschloß nur den untern Teil der Spalte, und ließ den obern offen; Helligkeit drang also da herein, leider aber war die Öffnung so eng, daß sich höchstens ein Kind mit großer Mühe hätte durchzwängen können.

16. Vergebliche Jagd

Je tiefer wir kamen, desto wahrscheinlicher wurde es, daß die Wände unsres Stollens einstürzen würden; der Sand rollte nach. Zum Glück hatten wir den Teppich und die Matten, die wir verstopften; die Gewehre mußten als Stützen dienen.

Wir mochten einen halben Meter tief gedrungen sein, da hörten wir draußen eine Stimme rufen:

„Kara Ben Nemsi mag herbeikommen! Ich habe mit ihm zu sprechen."

Es war die Stimme des Scheiks.

„Wirst du seinem Ruf folgen?" fragte Emery.

„Ja."

„Ich würde es nicht tun, weil der Bursche nicht wert ist, auch nur ein Wort von uns zu hören."

„Das mag sein; aber das, was ich von ihm erfahren werde, kann großen Wert für uns haben."

„Kara Ben Nemsi!" rief der Scheik wieder.

Er kannte also unsre Namen.

„Hier bin ich", antworte ich. „Der Stein ist umgefallen. Weshalb zögert ihr, ihn fortzuschaffen? Ihr wißt doch, daß wir rasch weiter müssen."

Ich tat, als ob ich nur an einen Zufall glaubte. Er lachte über meine vermeintliche Arglosigkeit laut auf.

„Er ist nicht umgefallen, sondern wir haben ihn umgestürzt."

„Umgestürzt? Warum habt ihr das getan?"

„Warum? Das errätst du nicht? Der Kolaghasi warnte mich noch vor seinem Wegreiten vor dir. Er sagte, man müsse sich vor dir mehr als vor einem Teufel in acht nehmen; denn deine List sei noch größer als deine Gewalttätigkeit. Und nun errätst du nicht einmal, warum wir den Stein umgeworfen haben!"

„Wie soll ich das erraten? Sag es!"

Ich sprach so, um ihm eine geringe Meinung von unserm Scharfsinn beizubringen. Je weniger er uns zutraute, desto weniger hielt er unsre Selbstbefreiung für möglich und desto weniger Sorgsamkeit wurde auf unsre Bewachung verwendet.

„Weißt du eigentlich, wo du dich befindest?"

„Natürlich in einem Hirtenlager der Mescheer."

„Die Mescheer mag Allah verdammen! Wir gehören zu den Uled Ayun."

„Allah w'Allah! So hast du uns betrogen?"

„Überlistet haben wir euch. Ist es wahr, daß du ein Giaur bist?"

„Ich bin ein Christ."

„Und deine Begleiter sind auch keine Anhänger des Propheten?"

„Nein."

„Seid verflucht, ihr Hundesöhne! Ihr werdet in der Hölle auf brennenden Pferden reiten. Der Kolaghasi erzählte uns, daß ihr unsern obersten Scheik und seine Begleiter ergriffen habt. Der Herr der Heerscharen hat zwei Boten an die Uled Ayun gesandt, um ein Blutgeld zu fordern, dessen Höhe nur dem Gehirn eines Wahnsinnigen entspringen kann, und dieser verrückte Hund bist du! Ist das wahr?"

„Ja", antwortete ich unbefangen. „Der Kolaghasi hat die Wahrheit gesagt. Ruf ihn her! Ich möchte mit ihm reden."

„Er ist fort."

„So ruf seinen Begleiter!"

„Auch der ist fort. Beide haben sich nur so lange hier aufgehalten, wie notwendig war, uns über euch zu unterrichten. Die beiden Boten des Herrn der Heerscharen sind leider nicht zu uns gekommen, sondern zu einer andern Firke unsres Stamms geritten. Ich habe dorthin geschickt, um sie holen zu lassen, und bin dann ausgezogen, um euch aufzulauern und in die Spalte zu locken. Jetzt seid ihr in unsrer Gewalt und werdet nur dann frei, wenn ihr meine Bedingungen erfüllt."

„Welche sind das?"

„Das sage ich dir jetzt noch nicht. Ihr werdet es erst dann erfahren, wenn meine Abgesandten mit den beiden Boten des Herrn der Heerscharen hier eingetroffen sind. Ich habe dem Kolaghasi versprochen, euch alle drei zu töten. Das sollte ich eigentlich auch ausführen; denn ihr seid ungläubige Hunde und habt nicht nur unsre Krieger ergriffen, sondern sogar unsern Scheik schlagen lassen; dennoch bin ich bereit, euch das Leben und die Freiheit zu schenken, wenn ihr das tut, was ich von euch verlange. Tut ihr's aber nicht, so mögt ihr hier steckenbleiben, um Hungers zu sterben, und alle neunundneunzig Millionen Teufel werden sich in eure Seelen teilen!"

Ich hörte, daß er sich entfernte. Ob ein Wachtposten draußen stand, konnte ich nicht feststellen. Ich lauschte angestrengt und hörte wohl die verschiednen Geräusche des Lagerlebens, konnte aber nicht das mindeste vernehmen oder bemerken, woraus ich hätte schließen können, daß sich draußen hart an der Spalte ein Wächter befand.

Über das, was wir jetzt vom Scheik erfahren hatten, wurde kein Wort verloren. Wir arbeiteten weiter. Ein großer, mehrere Zentner schwerer Stein, der mit im Sand steckte, machte uns viel zu schaffen. Wir mußten ihn heben, und der feine Schutt, auf dem wir dabei standen, bot uns keinen Halt; er rutschte immer nach. Wohl einige Stunden hatten wir uns damit abgequält, bis wir auf den Gedanken kamen, ihn nicht erst zu heben, sondern auf die Seite zu schaffen, wo er uns zugleich den nötigen Halt für die lockern Sandmassen bot. Wir waren noch nicht damit fertig, als draußen wieder mein Name gerufen wurde. Ich fragte, wer da sei.

„Der Scheik", wurde geantwortet. „Die Boten des Herrn der Heerscharen sind hier eingetroffen, und nun sollt ihr meine Bedingungen erfahren. Ich wiederhole dir: wenn ihr sie nicht erfüllt, kann euch nichts vom Tod des Verhungerns und Verdurstens retten."

„So teile sie mir mit!"

„Wir haben euch gefangen, um Geiseln zu haben. Was unserm Scheik und seinen Kriegern bei den Ayar geschieht, das wird auch euch bei uns treffen. Tötet man sie, so müßt auch ihr sterben."

„Man wird sie nicht töten, wenn sie den Blutpreis zahlen."

„Den bezahlen sie nicht. Wir werden euch gegen sie auswechseln."

„Darauf gehn die Uled Ayar nicht ein."

„Desto schlimmer für dich. Du hast unsre Krieger den Ayar ausgeliefert. Sterben sie, so sterbt auch ihr. Du gehörst zu den fremden Giaurs, die stets Papier bei sich haben. Kannst du schreiben?"

„Ja."

„So sollst du einen Brief an den Herrn der Heerscharen anfertigen, aber wir haben weder Kalem[1] noch Hibr[2] hier."

„Beides ist nicht notwendig, denn ich habe ein Kalem resâs[3] bei mir. Was soll ich ihm mitteilen?"

„Daß ihr bei uns gefangen seid und für das Leben unsres obersten Scheiks und seiner Begleiter haftet. Du verlangst, daß diese Männer freigegeben werden."

„Und was bietest du mir dafür?"

„Euer Leben."

„Weiter nichts? Die Freiheit nicht?"

„Versprechen kann ich sie euch meinerseits; aber was unser Oberscheik tun wird, das ist eine andre Sache. Ihr habt ihr

[1] Schreibrohr [2] Tinte [3] Bleistift

peitschen lassen. Er wird eine schwere Sühne verlangen, wahrscheinlich euern Tod!“

„Und dennoch versprichst du uns das Leben?“

„Ich verspreche es und werde mein Wort halten, indem ich euch nicht töte. Ich verspreche euch auch die Freiheit, und ich sage die Wahrheit, denn ich werde euch aus der Spalte herauslassen. Dann hat der oberste Scheik über euch Recht zu sprechen.“

„Der hat gar nicht zu bestimmen; denn um über uns entscheiden zu können, müßte er frei und hier sein, und das könnte er nur dann, wenn auch wir frei wären. Der Herr der Heerscharen gibt keinen von euern Leuten frei, wenn nicht auch wir die volle Freiheit erlangen.“

Es dauerte eine Weile, ehe der Mann draußen weitersprach.

„Ist es wahr, daß du zwei Zaubergewehre bei dir hast, von denen das eine schießt, so oft du willst, tausend Kugeln und noch mehr, ohne daß du zu laden brauchst?“

„Ja.“

„Und das andre schießt mehrere Tagereisen weit, und verfehlt niemals sein Ziel?“

„Ja. Auch die Kugeln aus dem ersten treffen stets dahin, wohin ich will.“

„Ferner habt ihr kleine Pistolen, die gedreht werden und dann sechsmal hintereinander schießen?“

„Auch das ist wahr. Wer hat dir davon erzählt?“

„Die Boten des Herrn der Heerscharen, die ich nach ihrer Ankunft über euch ausgefragt habe. Du wirst mir die Pistolen und deine beiden Zaubergewehre herausgeben. Über dem Stein, der vor dem Spalt liegt, ist Raum genug. Lang die Gewehre dort heraus!“

„Das werde ich nicht. Wenn du die Waffen wünschst, so laß den Stein entfernen und komm herein.“

„Falls du dich weigerst, werde ich dich zwingen.“

„Tu das! Indem du uns so verräterisch hier eingesperrt hast, hast du dir selber die Macht genommen, uns zwingen zu können.“

Wieder schwieg er eine Weile, wenigstens gegen mich, denn ich hörte draußen ein leises Geflüster. Er besprach sich wahrscheinlich mit seinen Leuten. Dann erklang seine Stimme abermals laut:

„Ich habe den Boten des Herrn der Heerscharen erlaubt, zu ihm zurückzukehren. Du willst den Brief schreiben?“

„Ja.“

„So werde ich ihn dir ansagen.“

„Ich habe nichts dagegen, doch muß ich mich vorher überzeugen, daß die Leute wirklich hier sind.“

„Ich gebe dir mein Wort, daß sie da sind."

„Ich glaube nur meinen Augen. Du hast uns bei unsrer Ankunft die Unwahrheit gesagt, und wer mich einmal belogen hat, dem glaube ich niemals wieder."

„Hund, du beleidigst mich!"

„Ich sage, was ich denke. Ist dir das nicht recht, so überlege, daß auch du getan hast, was uns nicht recht war!"

„Du hast aber zu schreiben, ohne daß du siehst. Ich verlange es!"

„Verlang es immerhin! Ich habe nichts dagegen."

„Allah durchbohre dich! Du bist ein Hund, der nie gehorcht, sondern stets seinen eignen Willen durchsetzt. Kannst du denn die Leute erblicken, wenn sie hierher kommen?"

„Ja. Da linker Hand von mir steht der Stein ein wenig vom Felsen ab; ich kann hindurchblicken und werde jeden wahrnehmen, der sich auf diese Seite stellt."

„So holt die Leute; er mag sie sehn!"

Nach diesem Befehl hörte ich Schritte, die sich entfernten. Die beiden Boten wurden gebracht, und einer nach dem andern auf die angegebne Seite gestellt. Sie waren es wirklich.

„Hast du sie erkannt?" fragte der Scheik.

„Ja."

„Du siehst also, daß ich die Wahrheit gesagt habe. Wenn du mich noch einmal einen Lügner nennst, werde ich dich dafür peitschen lassen, daß dir das Blut von allen Gliedern tropft."

„Und dennoch bist du einer! Du hast gesagt, der Kolaghasi sei mit seinem Begleiter gleich wieder fort, und doch sind sie noch hier."

„Sie sind fort!"

„Möchte wissen, wohin! Ich weiß genau, daß sie nur hierher wollten, um sich in den Schutz der Uled Ayun zu begeben."

„Das ist nicht wahr. Sie wollten weiter. Was ich sage, ist richtig! Habe ich ihnen doch einen Führer mitgegeben, den besten Kenner der Gegend zwischen hier und dem Meer, der sie sicher nach Hammamet bringen wird. Willst du nun schreiben?"

„Ja."

„So schafft die beiden wieder fort!"

Ich hatte meinen Zweck erreicht und wußte nun nicht nur, daß die beiden Meltons nicht mehr hier waren, sondern auch, wohin sie sich gewendet hatten. Die Boten wurden fortgeführt, und dann sagte mir der Scheik den Brief an.

Es war beinah eine lächerliche Lage. Draußen stand der Beduine, der nicht schreiben und wohl auch kaum lesen konnte, und ich mußte nachschreiben, was er mir vorsagte. Er stellte Bedingungen, die gar nicht zu erfüllen waren. Seine Absicht ging darauf hinaus, von der Zahlung des Blutpreises loszukommen und die Freiheit der vierzehn gefangenen Ayun zu erhalten, ohne aber verpflichtet zu sein, uns das Leben zu schenken. Ich riß ein Blatt aus dem Notizbuch und schrieb, um ihn nicht belügen zu müssen, auf der einen Seite des Blattes alles nach. Während der Pause aber, in denen er sich besann, teilte ich auf der andern Seite dem Herrn der Heerscharen das Geschehne mit und bat ihn, sich nicht um uns zu kümmern, da wir schon in der nächsten Nacht wieder frei und auf dem Weg nach Hammamet sein würden.

„Nun, bist du fertig?“ fragte er dann.

„Ja.“

„So gib den Brief heraus!“

Ich schob das Blatt durch die Lücke, durch die ich vorhin geblickt hatte. Es entstand eine Pause. Er sah es an und sagte dann in einem Ton, dem man die Verwunderung anhörte:

„Was ist denn das? Das kann man ja gar nicht lesen!“

„Der Herr der Heerscharen kann es recht gut lesen“, antwortete ich.

Ich hatte nämlich deutsch geschrieben und auch die Forderungen des Scheiks in deutsche Sprache übersetzt. Er schien das Blatt andern zu zeigen, denn ich hörte wieder flüstern, und es dauerte längere Zeit, bevor er mich fragte:

„Das sind ja ganz fremde Schriftzüge. Was soll das bedeuten?“

„Es ist die Schrift, die in meiner Heimat gebräuchlich ist. Sie ist Krüger-Bei geläufig.“

„Gut! Wenn er sie nicht lesen kann, ist es dein eigner Schaden. Seine Boten mögen ihm den Brief bringen; sie mögen ihm auch sagen, wohin er seine Antwort zu senden hat, denn wir bleiben nicht hier, sondern ziehn morgen weiter. Bis ich seine Antwort habe, werdet ihr weder zu essen noch zu trinken erhalten, damit eure Sehnsucht nach ihm um so größer wird.“

Er entfernte sich mit denen, die bei ihm gestanden hatten, und nun schob ich mich wie ein Schornsteinfeger in dem Felsenriß in die Höhe, um einmal hinauszublicken.

Da, wo der vorliegende Stein oben zu Ende ging, war der Spalt kaum einen Fuß breit, doch bemerkte ich grad dort einen kleinen Riß im Gestein. Ich fuhr mit dem Messer hinein und brach das Stück heraus. Nun konnte ich den Kopf so weit vorschieben, daß ich hinaus- und an dem Stein hinunterblicken konnte.

Es stand kein Posten draußen. Man hielt den schweren Felsblock für einen mehr als hinreichenden Wächter, ein Umstand, über den wir uns freuen durften. Ich vermochte die ganze Breite des Tals zu überblicken, und auch links hinauf- und nach rechts im Wadi hinabzusehn. Es waren weit mehr Menschen da, als bei unsrer Ankunft. Jedenfalls hatten sie sich versteckt gehalten, um uns so vertrauensvoll wie möglich zu machen. Der Scheik stand links bei den Boten Krüger-Beis. Ich beobachtete, daß er ihnen den Brief gab; dann stiegen sie auf ihre Tiere und ritten davon.

Nie vergeht die Zeit schneller als dann, wenn man sie am nötigsten hat. Die Sonne hatte sich schon hinter dem hohen, westlichen Ufer des Wadi niedergesenkt, und bald hörten wir draußen das Gebet der Dämmerung erschallen. Dann kam das Abendgebet. Der Mond ging auf, doch drang sein Schein nicht in unser schönes „Haus des Besuchs". Ich kletterte wieder empor und sah hinaus. Kein Feuer brannte, denn der Mond leuchtete hell genug. Am Stein stand noch immer keine Wache. Man vertraute vollständig seinem Gewicht. Wir arbeiteten und gruben im Dunkeln. Da wir nichts erkennen konnten, mußten wir uns allein auf den Tastsinn verlassen. Winnetou machte den Vormann. Er scharrte den Sand los und warf ihn den hinter ihm in der Grube stehenden Emery zu, der ihn wieder mir zuschob. Ich mußte ihn dann hinauf auf den Fußboden der Felskammer werfen. Denn wir standen jetzt beträchtlich tief in der Erde. Das Loch führte einen Meter grad abwärts, und dann anderthalb Meter waagrecht nach vorn. Winnetou befand sich jedenfalls schon unter dem Stein und hatte dann, um das Freie zu erreichen, wieder aufwärts zu graben. Es war gegen Mitternacht; in einer Stunde konnten wir fertig sein.

Da hörte ich vor mir ein dumpfes Geräusch.

„Emery!" rief ich.

„Ja. Was?" antwortete er.

„Was macht Winnetou?"

„Er ruht aus; es kommt kein Sand mehr von ihm zu mir."

„Um Gottes willen, greif nach ihm!"

Ein kurzer und doch langer Augenblick verging, dann schrie Emery auf:

„Er ist verschüttet!"

„Himmel!"

„Aber ich habe die Beine. Bleib stehn! Dräng mich nicht! Es ist kein Platz."

Ich hatte ihn beseiteschieben wollen.

„Mach schnell, sonst erstickt er!" trieb ich ihn in höchster Angst an.

Indem ich meine Hände auf seinen Rücken legte, fühlte ich, daß er mit Aufbietung aller seiner Kräfte nach vorn arbeitete. „Cheer up!“ rief er dann. „Jetzt hat er Luft! Er lebt! Winnetou, alter Junge, wie geht's?“

Da hörte ich zu meinem Entzücken die Stimme des Apatschen:

„Es war die höchste Zeit; ich war schon am Ersticken. Die Decke fiel ein und drückte mich nieder; ich konnte nicht einmal rufen.“

Er pustete und entfernte den Sand, der ihm in Mund, Nase und Augen gedrungen war. Dann sagte er ruhig:

„Nun fangen wir wieder von vorn an! Meine Brüder mögen doppelt schnell arbeiten, denn wir werden nun kaum bis zum Anbruch des Tages fertig werden.“

„Ist gar so viel eingestürzt?“ fragte ich.

„Ja.“

„So komm nach hinten! Du hast dich zu sehr angestrengt. Ich will nach vorn.“

„Nein“, sträubte sich Emery. „So wie wir stehn, so wechseln wir ab. Ich geh' jetzt nach vorn. Winnetou muß zurück.

Der Apatsche wollte nicht, mußte uns aber den Willen tun. Leider waren wir durch den Einbruch der Decke sehr weit zurückgekommen. Es galt, das, was wir vorher weggeräumt und befestigt hatten, nochmals wegzuräumen und zu befestigen. Winnetou hatte recht: es war nun nicht mehr daran zu denken, noch während der Nacht fertig zu werden. Und nur, wenn kein weiterer Unfall eintrat, konnten wir hoffen, mit Tagesanbruch draußen die Oberfläche zu erreichen. Daß dann das Entkommen weit gefährlicher war, verstand sich von selbst. Und falls wir nicht fertig wurden, sahn die Uled Ayun das Loch, das wir gegraben hatten, und sorgten gewiß dafür, daß uns ein Fluchtversuch nicht wieder so leicht wurde.

Wir arbeiteten wütend drauflos. Später löste ich Emery ab, so daß ich den Vordern machte. Winnetou befand sich in der Mitte. Wir dachten nicht an die Zeit, fragten nicht, ob es noch früh oder schon spät sei. Wir kratzten, scharrten und gruben ohne Unterlaßß weiter und weiter. Ich bohrte mich schon seit einiger Zeit nach oben, indem ich vorn am Ende des waagrechten Gangs, den wir gegraben hatten, kniete. Da erhielt ich plötzlich einen schweren Schlag auf den Hinterkopf und auf die rechte Schulter. Eine wuchtige Last drückte mich von hinten nach vorn, mit der Brust in den festen Sand, so daß ich kaum atmen konnte. Ich hatte das Gefühl, als ob ich mich in einem luftleeren Raum befände. Die eine Hand mühsam nach hinten stemmend, fühlte ich dort nicht den offenen Gang, sondern etwas Hartes; der Gang war verschlossen, die Decke wieder, und zwar hinter mir, eingestürzt. Ich konnte weder vor- noch rückwärts.

„Winnetou!“ rief ich.

Es klang eigentümlich dumpf. Keine Antwort war zu hören.

„Emery!“

Derselbe klanglose Ton, und wieder keine Antwort! Von den beiden Gefährten war keine Hilfe zu erwarten. Ehe sie das Hindernis zu beseitigen vermochten, mußte ich erstickt sein. Nur nach oben konnte ich Rettung finden. Luft, Luft! Ich grub und kratzte; ich scharrte und bohrte mit beiden Händen. Ich achtete nicht darauf, daß der Sand, den ich loslöste, mir Mund, Augen, Nase und Ohren verstopfte. Weiter, immer weiter, grad hinauf in fieberhafter, wahnwitziger Hast, und da, da ah, frische, freie Luft in die leere Lunge! Ich sog und sog sie ein; ich atmete mit Wonne, wischte mir den Sand aus den Augen und sah einen bleichen Himmel über mir, von dem soeben die letzten Sterne verschwinden wollten. Ich hatte mich an die Oberfläche der Erde gearbeitet. Die Ellbogen hüben und drüben einstemmen und mich emporschwingen, war das Werk eines Augenblicks.

Jetzt sah ich, was mich in Gefahr gebracht hatte, in eine Gefahr, die weit größer war, als ich geahnt hatte. Wäre ich nur wenige Zoll weiter zurück gewesen, so wäre ich vollständig zermalmt worden — denn der schwere Stein war eingesunken; der von uns durchwühlte Sand, worauf er ruhte, hatte die Last nicht mehr halten können und war zusammengebrochen. Wohl einen Meter tief steckte der Stein im Boden; er war schief eingesunken; infolgedessen hatte er den Felsenriß so weit freigegeben, daß ich zu meinem Gefährten hineinschlüpfen konnte.

Meine Gefährten! Himmel! An sie hatte ich jetzt gar nicht gedacht, sondern nur an mich allein! Wie stand es mit ihnen? Lebten noch beide, oder lag einer von ihnen unter dem Stein? Ich eilte an den Spalt und lauschte einen Augenblick. Da hörte ich zu meiner Freude unter mir die dumpfklingende Frage des Englishman: „Also kein Sand?“

„Nein, nur Felsen“, antwortete der Apatsche ebenso dumpf.

„Vorher war aber doch Sand da, durch den er sich gearbeitet hatte!“

„Es ist der Stein, der von oben herabgebrochen ist.“

„Himmel! So ist er zermalmt worden!“

„Zermalmt oder erstickt! Winnetou würde sein Leben geben,

um seinen Bruder zu retten, aber kein Mensch kann durch diesen Stein dringen. Die Sonne des Apatschen ist untergegangen im fernen Land, und seine Sterne verlöschen in —"

„— verlöschen im Licht des Tags, der hier oben aufgehn will!" fuhr ich an seiner Stelle fort, indem ich über den Stein kletterte.

„Scharlieh!" rief, nein schluchzte er.

„Winnetou!"

„Er lebt, er ist da oben!"

„Ja, er lebt! Hinauf zu ihm!" jubelte Emery.

Im nächsten Augenblick sah ich beim ersten Schimmer des Tags, der in den Spalt fiel, die beiden aus der Tiefe tauchen. Winnetou nahm mich von vorn, Emery von hinten. Ich wurde hin und her gezogen und gedrückt, daß es mir fast noch banger werden wollte als vorhin, da mir unter der Erde die Luft auszugehn drohte.

„Scharlieh, mein Bruder!" Nur die drei Worte sagte der Apatsche; aber der Ton, in dem er sie aussprach, galt mir mehr als die allerlängste Rede. Emery machte mehr Worte, meinte es aber nicht weniger herzlich.

„Woher kommst du?" fragte er endlich, nachdem er sich beruhigt hatte. „Wir hielten dich für verloren, erstickt da unten im Sand, und nun bist du hier oben."

„Ich habe mich hindurchgearbeitet. Steigt heraus und seht, wie es gekommen ist!"

Sie bemerkten erst jetzt, daß das Licht des Tags durch die Spalte drang, und folgten mir hinaus.

„Die Höhle ist offen", meinte Emery, indem er jetzt leiser sprach als vorher; denn nun, da wir uns nicht mehr unter der Erde befanden, galt es, vorsichtiger sein. „Ach, grade das, was dich in Gefahr brachte, hat uns frei gemacht! Wir sind gerettet."

„Gerettet!" nickte der Apatsche, der mich noch immer bei der Hand hielt. „Meine Brüder mögen mit mir kommen und ihre Gewehre holen."

Das taten wir, und dann erst nahmen wir uns die Zeit, das Wadi zu überblicken. Was waren die Uled Ayun doch für Menschen! Sie hatten drei so wichtige Gefangene, wie wir waren, und dennoch schliefen sie alle: kein einziger Wächter war zu sehn.

Links bemerkten wir die Reitkamele, und in dem Lanzenpferch befanden sich die Pferde, die ich am Tag so bewundert hatte. Die Menschen lagen in kleinen Gruppen zwischen den Schafen und andern Weidetieren, die entweder auch schliefen oder dumm in den beginnenden Tag hineinstierten.

„Pferde oder Kamele?“ fragte mich Winnetou.

„Pferde“, antwortete ich. „Kommt hinter mir her!“

Ich legte mich auf den Boden nieder und kroch auf die Tiere zu; die beiden andern folgten mir. In der Nähe des Pferchs hielt ich an und flüsterte ihnen zu:

„Wartet hier, bis ich euch winke! Wir drei zugleich würden die Tiere unruhig machen; wir dürfen sie nicht schnauben lassen.“

Ich sah mich noch einmal vorsichtig um. Kein Schläfer hatte sich erhoben, niemand war aufgewacht. Rechts von mir, etwa dreißig Schritt entfernt, stand ein Zelt. Gradaus lag ein zweites in größrer Entfernung, dann weiterhin ein drittes. Nirgends eine Spur von Leben.

Weiterkriechen durfte ich nicht, um die Pferde nicht aufzuregen; ich mußte es vielmehr wagen, mich zu erheben und aufrecht zu ihnen zu treten; ich versuchte es und näherte mich ihnen wie ein Bekannter.

Nun kam die Hauptsache. Jedes edle arabische Pferd hat ein sogenanntes Geheimnis, und jeder Besitzer eines solchen Tiers pflegt es durch eine sich täglich wiederholende Eigentümlichkeit an sich zu gewöhnen. Meist besteht sie darin, daß man dem Tier einen Teil irgendeiner Sure in die Ohren flüstert. Und da man selten eine Sure betet, ohne vorher die Fatiha zu beten, so trat ich zwischen die beiden mir nächsten Pferde, liebkoste sie durch Streichen der Mähne und begann, halblaut die Fatiha herzusagen. Alle Tiere spitzten die Ohren und ließen kein Zeichen der Unruhe erkennen.

Ich suchte die drei besten aus und sattelte sie, was weit über eine halbe Stunde in Anspruch nahm. Nun hätten wir uns eigentlich mit Wasser und Lebensmitteln versehn müssen. Leider aber trat in diesem Augenblick ein Beduine aus dem zuletzt erwähnten Zelt, blickte gegen Osten und rief mit lauter Stimme:

„Allah il Allah! Auf, ihr Gläubigen, zum Gebet des Morgens, denn El-Isfirâr, der gelbe Schimmer des Tags, ist erschienen!“

Im Nu wurde es im Lager lebendig. Die Schläfer erhoben sich. Da durfte keine Sekunde verloren werden. Ich zerschnitt einige Palmfaserstricke des Pferchs, um einen Ausgang zu schaffen, und schwang mich in einen Sattel; im nächsten Augenblick saßen Winnetou und Emery auf den beiden andern Pferden. Wir jagten davon, das Wadi empor.

Alle Beduinen, die sich jetzt eben den Schlaf aus den Augen gerieben hatten, standen starr vor Schreck. Selbst die, an denen wir vorüber mußten, dachten nicht daran, sich uns entgegenzustellen. Dann aber brach ein wahrer Höllenlärm hinter uns los. Wir hörten alle Ausrufe des Schreckens, der Wut und des Entsetzens, die die arabische Sprache besitzt; aber nicht lange Zeit, denn unsre edlen Rosse fegten mit rasender Geschwindigkeit dahin, so daß der Lärm nach einer Minute schon für uns verklungen war. Sobald das steile Ostufer des Wadi uns eine geeignete Stelle bot, ritten wir hinauf und trieben unsre Pferde zu noch größrer Eile an. Die Verfolger sollten uns nicht mehr erkennen können wenn sie diese Stelle erreichten.

Wer noch nie auf einem solchen Pferd gesessen hat, der hat keine Ahnung von der Schnelligkeit eines echten arabischen Rosses. Man sage, was man will, ich behaupte doch immer wieder, es komme ihm keins unsrer berühmtesten Rennpferde gleich. Wir ritten nebeneinander und saßen dabei so ruhig im Sattel, daß wir hätten schreiben können, ohne einen falschen Strich zu tun. Das Gesicht des Apatschen glänzte vor Entzücken.

„Scharlieh", rief er mir zu, „denkst du an deinen Hatatitla[1]?"

„Und du an deinen Iltschi[2]?" nickte ich.

Das waren die beiden Indianerhengste, die wir in der Savanne geritten hatten, die zwei vortrefflichsten Pferde, die mir drüben unter die Hände gekommen waren, und dennoch jauchzte er:

„Zehn solche Hatatitla und Iltschi für ein einziges von den Pferden, die wir jetzt reiten. Selbst der große Manitu reitet in den ewigen Jagdgründen kein besseres."

Die berühmten Ruinen von Al Khima ließen wir weit rechts liegen. Als unser Flug eine Stunde lang gewährt hatte, ritten wir langsamer, und doch war keine Spur von Schaum an den Mäulern und kein Tropfen Schweiß an den schönen Gliedern unsrer Pferde zu bemerken. Wir mußten aber die Kräfte der Tiere schonen.

Nach einer halben Stunde sah Winnetou sich um und rief: „Zwei Reiter hinter uns. Das sind Verfolger."

Ich hielt an und blickte zurück. Die Reiter waren noch weit entfernt; der eine hatte einen bedeutenden Vorsprung vor dem andern; beide aber ritten mit ungeheurer Schnelligkeit; ja, es waren Verfolger!

„Wieder Galopp!" sagte ich. „Wir müssen so viel Zeit gewinnen, daß die beiden noch weiter auseinanderkommen."

Nun fegten wir wieder wie vorhin dahin. Ich erkannte bald, daß ich wirklich drei der besten Pferde ausgewählt hatte; die Verfolger kamen uns nur langsam näher, obgleich sie gewiß alle Kräfte ihrer Tiere anstrengten. Der eine, der zurückgeblieben war,

[1] Blitz [2] Wind

zeigte wohl kaum eine größre Schnelligkeit als wir; von dem andern aber war zu berechnen, daß er uns in einer halben Stunde eingeholt haben würde. Jetzt tauchte am äußersten Blickrand hinter uns noch ein dritter auf. Sie waren uns nicht gefährlich.

Die halbe Stunde verging; das Gelände blieb dasselbe, eine sandige, zuweilen dünngrasige Ebene. Wir hielten es nicht für der Mühe wert, uns viel umzusehn. Die Kerle hätten sonst gar gedacht, daß wir uns vor ihnen fürchteten. Da aber hörten wir eine schreiende Stimme hinter uns, und nun war es Zeit, uns um den, der sich rasch näherte, zu bekümmern. Wir hielten an.

Es war der Scheik, der uns eingesperrt hatte. Hoch in den Bügeln stehend, kam er auf uns zugejagt, schwang drohend die lange Steinschloßflinte und schrie:

„Jâ lußûß, jâ haramîja, afrâsi, afrâsi — ihr Räuber, ihr Diebe, meine Stuten, meine Stuten!“

Er war uns so nahe gekommen, daß es meines weittragenden Bärentöters gar nicht bedurfte; ich konnte ihn recht gut schon mit dem Stutzen erreichen und legte diesen auf ihn an. So groß sein Grimm war, als er den Lauf auf sich gerichtet sah, zügelte er doch sein Pferd, lenkte es zur Seite, schlug einen Viertelkreis um uns, hielt dann an und schrie uns zu:

„Ihr habt meine besten Pferde gestohlen, meine Stuten, die mir höher als mein Leben stehn. Gebt sie her!“

„Komm her und hol sie dir!“ forderte ich ihn auf. „Blick in den Lauf meines Zaubergewehrs, mit dem ich immerwährend schießen kann; dann werden wir erfahren, ob deine Stuten dir lieber sind als dein Leben.“

Er folgte der Aufforderung nicht, sondern fuhr mich wütend an:

„Warum habt ihr sie geraubt! Stehlen sich eure vornehmen Paschas von andern Leuten Pferde?“

„Nein. Bei uns gibt es aber auch keinen Scheik, der Gastfreunde gefangen nimmt und ihnen ihre Kamele stiehlt.“

„Ihr sollt die eurigen haben. Kommt mit mir zurück; ich werde sie euch geben.“

„Du bist ein Lügner; wir glauben dir nicht.“

„Jil'an daknak — verflucht sei dein Bart! Willst du mir die Pferde zurückgeben oder nicht?“

„Nein.“

„So ist deine letzte Stunde gekommen!“ drohte er, indem er das Gewehr erhob.

Sofort saß ich wieder im Anschlag und erwiderte:

„Sobald dein Kolben deine Wange berührt, sitzt meine Kugel in deinem Kopf! Nieder mit der Flinte!“

Er gehorchte, rief mir aber wutbebend zu:

„Du siehst doch ein, daß du die Pferde unmöglich behalten kannst?“

„Ich sehe im Gegenteil ein, daß ich sie sehr gut gebrauchen kann. Sie dienen uns dazu, die Zeitversäumnis einzuholen, die wir durch dich erlitten haben. Du hast gewußt, daß wir den Kolaghasi verfolgten. Daß du geglaubt hast, uns gefangenhalten zu können, verzeihn wir dir gern; denn der Falke achtet nicht der Fliege, die ihm die Schwingen abbeißen will. Ihr seid die größten Dummköpfe, die mir jemals vorgekommen sind, und Hunderten von euch gelingt es nicht, es mit einem einzigen tapfern ‚Giaur‘ aufzunehmen. Und mit einem klugen Giaur! Das will ich dir beweisen. Wir haben durch deinen Verrat zwanzig wertvolle Stunden verloren und brauchen also die drei Stuten, um die Versäumnis wieder einzubringen. Schon als du mir den Brief ansagtest, wußten wir, daß wir jetzt frei sein würden; ich habe es dem Herrn der Heerscharen geschrieben.“

„Das hast du ihm geschrieben! Nicht meine Forderungen?“

„Diese auch, aber nur, damit er über sie lachen soll.“

„So werden seine Boten nicht wiederkommen?“

„Nein; aber er selbst wird mit allen seinen Reitern erscheinen, um den Blutpreis einzutreiben und dich für die Missetat zu strafen, die du an uns verübt hast.“

„Allah w' Allah! Und ich habe deinen Bericht selbst zu ihm fortgeschickt!“

„Ja, das hast du. Du siehst also, mit welch großer Weisheit du von Allah begabt worden bist. Und nun mag es genug der Worte sein! Wir haben nicht Zeit, länger hier bei dir zu halten. Alla jekun ma'ak — Allah sei mit dir!“

Ich stellte mich, als ob ich weiter wollte; da rief er hastig:

„Halt! Nicht von der Stelle! Gib meine Pferde heraus! Du siehst, daß ich nicht mehr allein hier bin.“

Sein Gefährte war nämlich inzwischen auch herangekommen, hatte sich aber erst recht nicht an uns getraut, sondern es vorgezogen, zum Scheik hinzureiten und an seiner Seite zu halten. Auch der dritte, den wir weit in der Ferne bemerkt hatten, näherte sich im Trab, und hinter ihm tauchten noch einige andre auf.

„Sprich doch nicht so lächerlich!“ antwortete ich. „Ich will gnädig mit dir sein und dir zu deiner Beruhigung folgendes sagen: die drei Kamele, die du mit uns gefangengenommen hast, gehören dem Herrn der Heerscharen; du hast sie also nicht uns, sondern ihm geraubt. Dafür werden wir ihm die drei Stuten bringen. Sprich dann mit ihm! Vielleicht ist er bereit, seine Kamele dafür wieder einzutauschen."

„So sieh zu, ob du das ausführen kannst!"

Er legte sein Gewehr an und drückte auf mich ab; ich riß mein Pferd empor und trieb es, eben als der Schuß krachte, zur Seite; die Kugel ging fehl. Nun wollte ich auf ihn los, doch war mir Winnetou schon zuvorgekommen. Der kühne Apatsche hielt es nicht für nötig, sich dabei einer Waffe zu bedienen; er jagte von der Seite her auf den Scheik zu, trieb sein Pferd zum hohen Sprung und ritt in unwiderstehlichem Anprall Roß und Reiter über den Haufen, so daß sich beide an der Erde wälzten; dann hielt er auf den andern Uled Ayun zu, riß ihm im Vorüberjagen die Flinte aus der Hand und zerschlug sie, indem er sich vom Pferd niederbeugte, am Boden, daß sie in Stücke auseinanderflog.

„Fein gemacht!" rief Emery. „Nun aber weiter, damit wir von dem Ungeziefer loskommen."

Wir folgten der Aufforderung, ohne auf das Geschrei hinter uns zu achten. Erst nach längerer Zeit sahen wir uns einmal um. Es waren jetzt fünf Verfolger beisammen. Wir waren nur im Trab geritten.

„Machen wir rascher", meinte Emery, „sonst erhalten wir leicht eine Kugel von hinten! Oder willst du ihnen zeigen, wie weit sie ungefähr herankommen dürfen?"

„Sogleich", antwortete ich, da die Frage an mich gerichtet war.

Ich hielt an bis die Verfolger auf Hörweite heran waren, und rief ihnen dann zu:

„Zurück mit euch!"

„Drauf, drauf!" brüllte der Scheik, seine Leute antreibend.

„Wagt es nicht! Wer nicht gehorcht, bezahlt es erst mit der Flinte und dann mit dem Leben."

Nun wußten sie es, und ich wendete wieder, um weiterzureiten. Nach einiger Zeit sah ich mich abermals um; sie mochten tausend Schritte hinter uns sein; der Scheik ritt voran, die Flinte quer vor sich über dem Sattel; ein zweiter saß genau in derselben Stellung auf dem Pferd. Ich wollte niemanden verwunden und war doch des fremden Tiers nicht sicher; es hatte jedenfalls nicht gelernt, beim Schießen stillzustehn. So schwang ich mich denn herunter, zielte und gab rasch hintereinander die beiden Schüsse des Bärentöters ab. Die Wirkung war die erwartete; da die beiden Flinten vorn querüber gehalten worden waren, und die Kugeln genau auf die Kolben trafen, wurden sie den Reitern gegen die Leiber getrieben; das gab einen so starken Stoß, daß die beiden Männer hintenüberflogen.

„Jâ muszîba, jâ huzn, jâ máskana — o Unglück, o Traurigkeit o Elend!“ hörte ich wirr durcheinanderschrein. „Das war das Gewehr, das meilenweit schießt! Jetzt traf er die Flinten; nun geht's ans Leben! Bleibt zurück, denn Allah will nicht, daß ein Gläubiger durch einen Ungläubigen, einen Zauberer, sterben soll!“

Der Scheik war in den Sand gefallen, er stand inmitten seiner Reiter, hielt beide Hände gegen den Leib und krümmte sich; der Schlag hatte nicht Rücksicht auf seinen Rang genommen, Nachdem ich wieder aufgestiegen war, ritten wir weiter, die Verfolger aber blieben zurück und waren bald nicht mehr zu sehn.

„Ob sie wohl umgekehrt sind?“ fragte Emery.

„Fällt ihnen nicht ein, wenigstens dem Scheik nicht. Drei solche Pferde gibt kein Beduine auf.“

„So müssen wir dafür sorgen, daß er unsre Fährte verliert.“

„Das würde uns nur Zeit kosten und uns doch nichts helfen.“

„Nichts helfen? Wenn er unsre Spuren nicht mehr findet, sind wir ihn doch los.“

„Nein. Du hast doch seine Mitteilung gehört, daß der Kolaghasi nach Hammamet will. Er weiß, daß wir Melton folgen, als auch dorthin reiten. Er wird auch nach Hammamet gehn, gleichviel ob er unsre Fährte sieht oder nicht, und dort seine Pferde von uns fordern.“

Wir ritten den Vormittag hindurch, ohne einen unsrer Verfolger wieder zu Gesicht zu bekommen. Ebensowenig fanden wir die Fährte derer, denen wir nachjagten. Das war aber auch nicht nötig, da wir nun wußten, wohin sie sich gewendet hatten. Den Vorsprung konnten wir unmöglich einholen, und unsre einzige Hoffnung war, daß es in dem kleinen Hammamat augenblicklich kein Schiff geben würde, mit dem sie in See stechen konnten.

Gegen Mittag hatten wir die Ebene hinter uns und kamen in die Ussalatberge, wo wir hinreichend Futter und auch Wasser für unsre Pferde fanden. Für uns selbst gab es außer dem Wasser nichts; da wir keinerlei Nahrungsmittel bei uns hatten, mußten wir hungern, was uns aber nicht störte; wir waren dergleichen gewöhnt.

Am späten Abend trafen wir bei den Ruinen von Nabhanah auf Selassbeduinen, die uns freundlich aufnahmen. Für einige kleine Silberstücke erhielten wir von ihnen so viel Lebensmittel, daß wir bis Hammamet ausreichten.

Am nächsten Tag ritten wir über Mahalute-Kasr bis zu den Zehlumruinen und am dritten Tag über Kasr Azeït und El Menarah nach Hammamet, das wir am Abend erreichten.

Mein erster Gang dort war gleich zu dem Reïs el-mîna[1], der auch zuweilen Reïs el-mersâ genannt wird. Von ihm erfuhr ich, daß außer einem kleinen Kutter seit fünf Tagen kein Schiff den Hafen verlassen hatte.

„Wem gehörte das Fahrzeug?"

„Dem Juden Musah Babuam in Tunis."

Das hatte ein ungehört günstiger Zufall für die beiden Flüchtlinge gefügt, und ich war überzeugt, daß sie die Gelegenheit benutzt hatten, um zu entwischen; dennoch erkundigte ich mich:

„Hatte der Kutter nur Fracht oder auch Reisende?"

„Zwei Reisende."

„Wer waren sie?"

„Ein Kolaghasi des Paschas, der zur See nach Tunis wollte, und ein junger Mann aus dem Belâd el-Amirika."

„Wann ist der Kutter abgefahren?"

„Heut morgen mit der Ebbe. Die Reisenden waren kurz vorher hier eingetroffen. Sie haben schnell ihre Kamele verkauft und sind dann gleich an Bord gegangen."

„Wird das Schiff vor Tunis irgendwo anlegen?"

„Nein, denn die volle Ladung ist nach Tunis bestimmt."

„Und wie lang wird es währen, bis es dort anlangt?"

„Bei dem jetzigen Wind wohl drei Tage."

Die Auskunft war mir recht, da ich in weniger als zwei Tagen von Hammamet nach Tunis reiten konnte. Ich kam also einen vollen Tag vor dem Kutter dort an. Freilich war es fraglich, ob die beiden Meltons so verwegen sein würden, dort zu landen; aber es gab für sie in Tunis die nächste Gelegenheit, an Bord eines großen Dampfers zu kommen, wenn sie nicht schon vorher auf dem Wasser zufällig auf einen stießen und von ihm aufgenommen wurden.

Derselben Ansicht war auch Emery. Er äußerte seine Zustimmung und fragte dann:

„Wir reiten morgen früh wieder ab?"

„Wenn es dir recht ist. Oder hast du einen andern Vorschlag?"

„Ich denke. Du warst doch überzeugt, daß der Scheik uns seiner Pferde wegen hierherfolgen würde. Er kann kurz nach uns eintreffen und uns hier Schwierigkeiten bereiten. Ist es da für uns nicht besser, ihm aus dem Weg zu gehn?"

„Du hast recht. Reiten wir also eine kleine Strecke fort, auf dem Weg nach Soliman zu. Uns ist es doch gleich, wo wir übernachten, da wir lieber im Freien als in einem Mensil[2] dieser kleinen Stadt schlafen."

So verließen wir also Hammamet noch am Abend und über

[1] Hafenkapitän [2] Einkehrort

nachteten in einem offnen Olivengarten, der in der Nähe lag. Am nächsten Tag ritten wir dann bis nach Soliman, und am folgenden trafen wir nachmittags in Tunis ein, wo wir mir Schmerzen auf den Kutter warteten. Die drei Pferde lieferte ich im Bardo ab, wo sie zur Verfügung des Heern der Heerscharen untergebracht wurden.

Nach der Berechnung des Hafenkapitäns hätten wir uns nur einen Tag auf die Ankunft des Kutters zu gedulden gehabt; es vergingen aber fast drei volle Tage, bevor er sich im Hafen von Goletta zeigte. Es stieg kein Reisender aus. An den Kapitän durfte ich mich nicht wenden; der Mann war für meine Zwecke jedenfalls zu schlau. Aber als sich das kleine Fahrzeug vor Anker gelegt hatte, hörte ich ein Geheul an Bord und sah, daß ein Knabe dort Prügel erhielt und nachher fortgejagt wurde. Er kam über die Planke gelaufen, drehte sich dann um, drohte mit beiden Fäusten zurück und stieß Worte aus, die ich nicht verstehn konnte, weil ich zu fern von ihm stand. Er trollte sich langsam der Stadt zu, und ich folgte ihm.

Als fortgejagter Schiffsjunge war er stellungslos; das schien ihm aber nicht zu Herzen zu gehn. Sein Unterhalt machte ihm keine Sorge; er wußte genau, wie das Nötige zu beschaffen war; denn als ich ihn erreicht hatte und so tat, als ob ich an ihm vorübergehn wollte, streckte er mir die Hand entgegen und forderte ein Backschich. Ich gab ihm reichlich und fragte ihn dann nach seinen Verhältnissen. Er war, was wir bei uns ein ‚saubres Früchtchen' nennen würden, hatte trotz seiner vierzehn Jahre schon viel durchgemacht und war nun auch zum erstenmal auf See gewesen, bei der Ankunft aber durchgeprügelt und fortgejagt worden.

„Hattet ihr Güter oder Reisende an Bord?" fragte ich.

„Auch zwei Reisende."

„Sind die hier in Goletta gelandet?"

„Nein; wir mußten sie erst nach der Insel Pantelleria fahren, wo sie sich fränkische Kleider kauften; dann nahmen wir sie wieder auf und kreuzten so lange hin und her, bis ein großer Dampfer erschien, auf den sie stiegen, um mitzureisen."

„Wie hieß dieses Schiff?"

„Ich weiß es nicht."

„Woher kam es und wohin fuhr es?"

„Auch das kann ich nicht sagen, denn mein Reïs meinte, ich brauchte es nicht zu wissen."

Mehr erfuhr ich nicht; der Junge war zum erstenmal auf dem Wasser gewesen und kannte die Seefahrtsverhältnisse zu wenig. um mir Auskunft geben zu können. Nur das eine war gewiß, das

Wichtigste und zugleich Unangenehmste, nämlich, daß die Gesuchten auf einem großen Dampfer, jedenfalls einem europäischen, entkommen waren. Natürlich hatten sie die Absicht, die schnellste Gelegenheit nach Amerika zu ergreifen, und es galt nun, wenn es uns schon nicht gelingen sollte, den beiden zuvorzukommen, so wenigstens, ihnen keine lange Zeit zu ihrem betrügerischen Vorhaben zu lassen.

Das teilte ich meinen Gefährten mit, die mit mir im selben Gasthof wohnten, wo wir nach unsrer Ankunft abgestiegen waren; sie erklärten sich einverstanden, mit dem Dampfer abzufahren, der morgen nach Marseille fällig war. Wir glaubten bestimmt, daß sich uns dort eine weitere Schiffsgelegenheit bieten würde.

Sie gingen dann fort, um einige notwendige Vorbereitungen zu treffen, und ich blieb allein, um einige Aufzeichnungen zu machen. Da hörte ich eilige Schritte draußen; man klopfte stark an und riß die Tür auf; ich erhob mich schnell, um den Ungezogenen wegen seiner Ungebührlichkeit zur Rede zu stellen, hielt aber meine Strafrede gern zurück, denn herein stürmte — mein alter, lieber Krüger-Bei. Er umarmte mich aus Leibeskräften und rief dabei:

„Ihnen schon wieder hier in Tunis! Niemand dürfte gedacht haben, daß eine so schnelle Anwesenheit möglich sei."

„Ja, es ist schneller gegangen, als ich selber geglaubt habe", entgegnete ich, indem ich ihm die Rechte schüttelte. „Sie kommen selbst, uns aufzusuchen. Woher wissen Sie, daß wir uns schon wieder hier befinden? Man hat Ihnen wohl die Pferde gezeigt, die wir mitgebracht haben?"

„Ja, ja, und habe deshalb vermutet, daß Sie auch da sind.

„Allerdings. Wie gefallen Ihnen die Tiere?"

„Vortrefflich; bei Gewißheit der reinsten Rasse kann sie eigentlich niemand bezahlen."

„Ja, es ist echtes Vollblut, für das kein Preis angegeben werden kann."

„Und wie sind Sie in den Besitz der Pferde gelangt?"

„Ich werde es Ihnen erzählen. Sagen Sie mir aber vorher, wie es kommt, daß auch Sie schon hier eingetroffen sind! Ich habe angenommen, daß Ihre Gegenwart bei den Uled Ayar länger notwendig ist."

„Dieser Notwendigkeit bin ich überhoben gewesen durch rasches Handeln nebst schnellen Eingriff bei den Uled Ayun, daß sie zur Verteidigung keine Zeit hatten."

Er erzählte mir nun in seinem klassischen Deutsch, daß er meiner Bemerkung in dem Brief, ich würde noch während der Nacht frei sein, Glauben geschenkt hatte. Dennoch war er sofort aufgebrochen, um uns nötigenfalls zu befreien. Die Uled Ayun hatten noch im Wadi, aus dem wir inzwischen entwischt waren, gelegen. Sie waren freilich schon vorher entschlossen gewesen, das Tal zu verlassen, waren aber an der Ausführung des Vorhabens durch unsre Flucht verhindert worden. Da ihr Scheik uns mit einigen seiner besten Krieger bis Hammamet gefolgt war, mußten sie im Wadi auf ihn warten. Krüger-Bei hatte alle seine Reiter und auch die Uled Ayar bei sich gehabt; er war ihnen infolgedessen weit überlegen gewesen und hatte sie im Wadi so umzingelt, daß sie gezwungen gewesen waren, sich ihm ohne Gegenwehr zu ergeben. Schnell entschlossen war er noch über zwei andre Unterabteilungen des Stammes hergefallen und hatte auch diese überwältigt. Nun waren die Ayun erst recht gezwungen, den hohen Blutpreis an die Ayar zu bezahlen, eine Angelegenheit, die freilich nicht an einem oder in einigen Tagen abgewickelt werden konnte.

Die Anwesenheit Krüger-Beis war dabei aber nicht nötig gewesen; er hatte also für alle Fälle zwei Schwadronen zurückgelassen und war mit den übrigen Truppen nach Tunis zurückgekehrt, wo er nach seiner Ankunft hörte, daß wir im Bardo gewesen waren und dort die Pferde abgegeben hatten. Er nahm selbstverständlich an, daß wir uns in dem Gasthof befänden, wo wir schon früher gewohnt hatten, und war nun herbeigeeilt, uns hier aufzusuchen.

Da wir schon am nächsten Nachmittag fort wollten, galt es, noch heut die amtlichen Erhebungen zu veranlassen, um die Urkunden zu vervollständigen, die wir in Beziehung auf die Ermordung Small Hunters in Händen hatten. Krüger-Bei hielt die Angelegenheit für wichtig genug, sie Mohammed es Sadok Pascha, dem Herrscher von Tunis, vorzutragen. Er tat es ungesäumt; dann hatten wir eine Vorladung zum Vertreter der Vereinigten Staaten, und noch bevor es Abend war, befanden wir uns im Besitz von amtlichen Schriftstücken, die den beiden Meltons den Tod bringen mußten.

Den Abend brachten wir im Bardo bei meinem alten Freund zu. Er hätte uns gern länger bei sich behalten, mußte aber zugeben, daß es für uns unmöglich war, auf seinen Wunsch einzugehn.

Am andern Tag traf der Dampfer ein. Krüger-Bei ließ es sich nicht nehmen, uns zum Hafen zu begleiten; ja, er ging sogar an Bord, um sich zu überzeugen, daß wir gut untergebracht waren. Dann verabschiedete er sich von uns, und das Schiff trug uns den beiden entkommenen Verbrechern nach. — — —

Die Fortsetzung zu diesem Buch bildet:

Bd. 22: Satan und Ischariot

INHALT

Karl Mays Gesammelte Werke

KRÜGER BEI

ist als Band 21 der Original-Reihe Karl Mays Gesammelte Werke erschienen

Jeder Band in olivgrünem Ganzleinen mit Goldprägung und farbigem Deckelbild